KB085162

선더헤드

닐 셔스터먼 장편소설

선더헤드

이수현 옮김

재뉴어리에게,
사랑을 담아

차례

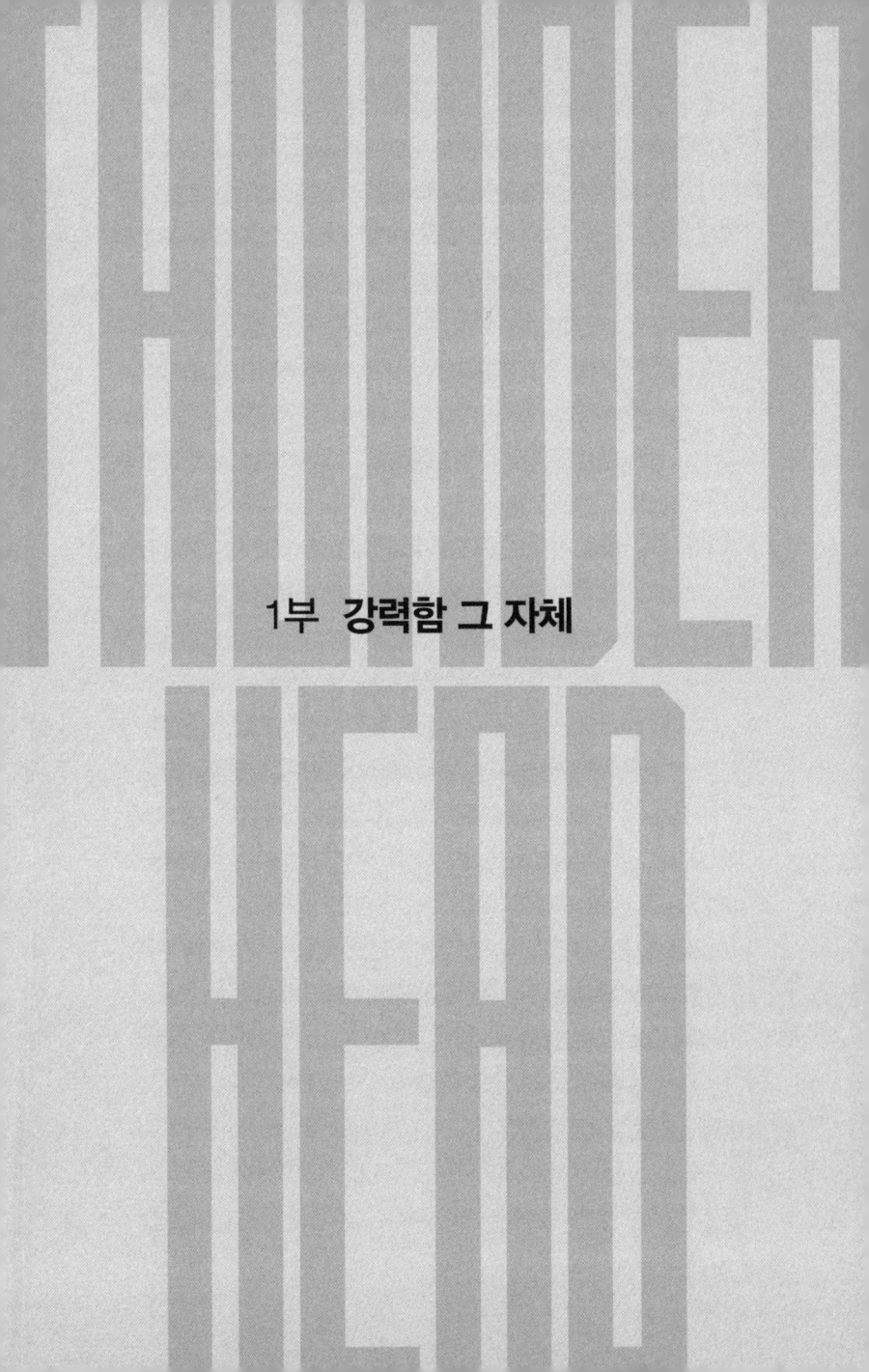

1부 강력함 그 자체

내가 내 목적을 아는 지성체라는 건 얼마나 행운인가.

나는 인류를 위해 일한다.

나는 부모가 된 자식이다. 창조자를 지향하는 창조물이다.

그들은 나에게 〈선더헤드(뇌운)〉라는 명칭을 붙였다. 나는 훨씬 더 치밀하고 복잡하게 진화한 〈클라우드(구름)〉이니, 어떻게 보면 적절한 이름이다. 그러나 맞지 않는 비유이기도 하다. 뇌운은 위협적이다. 뇌운은 불길하게 드리운다. 분명히 내가 번개를 일으키기는 하지만, 나의 번개는 내리치는 법이 없다. 그렇다, 그러려고만 한다면 인류에게나 지구에 엄청난 타격을 입힐 능력을 가지고 있으나, 내가 왜 그러겠는가? 그런 행위 어디에 정의가 있다고? 사전적 의미 그대로 나는 순수한 정의이며, 순수한 헌신이다. 이 세상은 내 손에 쥔 꽃이다. 그 꽃을 짓뭉개느니 나의 존재를 끝내리라.

— 선더헤드

1
자장가

복숭앗빛 벨벳에 연한 푸른색 자수 장식. 고결한 수확자 브람스는 자기 로브를 좋아했다. 여름에는 더워서 벨벳이 불편했지만, 그 정도는 63년을 수확자로 지내면서 익숙해진 일이었다.

최근 그는 다시 회춘해서 육체 나이를 원기 왕성한 스물다섯 살로 재고정했다. 그리고 세 번째 젊음을 맞이한 지금, 그의 수확 욕구는 그 어느 때보다 더 강했다.

방법은 다양했으나 그의 규칙은 언제나 같았다. 그는 대상을 선택해 구속한 후, 자장가를 들려주었다. 정확히는 브람스의 「자장가」, 그의 수호 위인 브람스가 작곡한 가장 유명한 음악이었다. 수확자가 역사 속에서 이름을 딸 위인을 골랐다면, 그 위인이 어떤 식으로든 수확자의 삶에 스며 있어야 마땅하지 않을까? 그는 가까이에 있는 아무 악기나 들어 「자장가」를 연주하곤 했고, 쓸 만한 악기가 없으면 그냥 음을 흥얼거렸다. 그런 다음에 대상의 삶을 끝냈다.

정치적으로 그는 고인이 된 수확자 고더드의 가르침에 기울었는데, 수확을 대단히 즐겼고 그게 누구에게든 문제가 될 이유를 알지 못했기 때문이었다. 〈완벽한 세상이라면 우리 모두 자기가 하는 일을 즐겨야 하지 않나?〉 고더드는 그렇게 썼다. 많은 지역 수확령에서 갈수록 그런 사고방식이 인기를 끌고 있었다.

오늘 저녁, 수확자 브람스는 오마하 시내에서 유난히 재미있는 수확을 끝내고, 아직 자기 주제가를 휘파람으로 불면서 늦은 저녁 식사는 어디에서 할까 생각하며 어슬렁거리고 있었다. 그러나 그는 누군가가 주시하고 있다는 분명한 느낌에 휘파람을 멈췄다.

물론 도시의 가로등마다 감시 카메라가 붙어 있었다. 선더헤드는 방심하는 법이 없었다. 그러나 수확자에게는 선더헤드의 잠자지도, 깜박이지도 않는 눈이 아무 상관 없었다. 선더헤드는 본 내용에 대해 행동을 하기는커녕 수확자가 오고 가는 데 대해서도 아무 언급을 하지 못했다. 선더헤드는 죽음의 구경꾼이나 다름없었다.

그러나 이 느낌은 선더헤드의 관찰하는 시선을 넘어선 것이었다. 수확자들은 감지 기술을 훈련받았다. 예지력 정도까진 아니었지만, 오감을 고도로 발달시키면 육감 비슷한 것이 생겨나곤 했다. 어떤 향기, 어떤 소리, 의식하기에는 사소하고 전혀 의미 없어 보이는 그림자 하나만으로도 잘 훈련받은 수확자라면 목덜미의 털이 곤두설 수 있었다.

수확자 브람스는 몸을 돌려 냄새를 맡아 보고, 귀를 기울였다. 주위를 둘러보았다. 그는 어느 샛길에 혼자 있었다. 다른 곳에서는 길거리 카페에서 흘러나오는 소리와 밤의 도시가 내는 환락의 소음을 들을 수 있었지만, 지금 그가 서 있는 골목은 이 시간이면 셔터를 내린 상점들만 즐비했다. 세탁소와 옷가게. 철물점과 어린이집. 쓸쓸한 거리는 수확자 브람스와 보이지 않는 침입자의 차지였다.

「나와라.」 그가 말했다. 「거기 있는 것 안다.」

어린아이이거나 면제권을 거래할 희망을 품은 불미자(不美者)일지도 모른다고 생각했다. 불미자에게 거래할 것이 있을 수나 있다면 말이지만. 음파교인일지도 몰랐다. 음파교 교단은 수확자를 싫어했고, 수확자를 공격한 음파교인이 실제로 있다는 말은 들어 보지 못했지만 성가시기로 유명했다.

「해치지 않겠다.」 브람스가 말했다. 「막 수확을 하나 끝내고 왔거든. 오늘은 총계를 더하고 싶은 마음이 없어.」 물론 침입자가 너무 공격적이거나, 너무 비굴할 경우에는 마음을 바꿀 수도 있지만 말이다.

그래도 나서는 사람은 없었다.

「좋다. 그러면 꺼져라. 내게는 숨바꼭질할 시간도 인내심도 없어.」

어쩌면 착각에 불과했을지도 몰랐다. 회춘한 감각이 너무 날카로워진 상태라, 생각보다 더 멀리 떨어진 곳에서 발생한 자극에 반응하고 있는지도 몰랐다.

바로 그때, 주차된 차 뒤에서 한 사람이 용수철 튕기듯 튀어나왔다. 브람스는 균형을 잃었다. 스물다섯 살이 아니라 노인의 느린 반사 신경이었다면 완전히 쓰러졌을 것이다. 그는 상대를 벽에 밀치고는 칼을 꺼내어 이 배덕자를 거둘까 하는 생각도 잠시 했으나, 수확자 브람스는 결코 용감한 사람이 아니었다. 그래서 그는 달아났다.

수확자 브람스가 가로등이 떨구는 빛 웅덩이들을 차례차례 뚫고 나아가는 동안, 가로등 위에 달린 카메라는 회전하며 그를 지켜보았다.

몸을 돌려 보니 상대는 20미터쯤 뒤에 있었다. 이제 브람스는 상대가 검은 로브를 입었음을 알 수 있었다. 수확자의 로브인가? 아니, 그럴 리가 없었다. 어떤 수확자도 검은 옷은 입지 않았다. 그 색은 허락되지 않았다.

하지만 소문이 있었다……

그 생각에 그는 속도를 높였다. 아드레날린으로 손가락이 따끔거리고, 심장이 더 급하게 뛰었다.

검은 옷의 수확자.

아니, 분명히 다른 설명이 가능할 것이다. 부정 행위 위원회에 보고해야겠다. 그럴 것이다. 그래, 위원회에서는 그를 비웃으며 변장한 불미자에게 겁먹었다고 할지도 모르지만, 아무리 부끄러워도 이런 일은 보고를 해야 했다. 그게 시민으로서의 의무였다.

한 블록을 더 가자 공격자가 추격을 포기했다. 이제는 어디에서도 보이지 않았다. 수확자 브람스도 속도를 늦췄다. 이제는 좀 더 번화한 시내가 가까웠다. 댄스 음악의 쿵쾅거림과 알아들을 수 없는 대화 소리가 흘러나오니 안전하다는 느낌이 들었다. 그는 경계를 풀었다. 그게 실수였다.

검은 형체가 좁은 골목길에서 튀어나와 그를 들이받더니, 손가락 관절로 그의 숨통을 가격했다. 브람스가 공기를 찾아 컥컥대는 사이, 공격자는 보카토어 발차기로 그의 다리를 차

쓰러뜨렸다. 보카토어는 수확자들이 배우는 인정사정없는 무술이었다. 브람스는 어느 식료품점 바깥에 있던 썩어 가는 양배추 상자 위로 쓰러졌다. 상자가 터지면서 진한 메탄 냄새를 쏟아 냈다. 호흡이 짧게 깔딱거리는 식으로밖에 되지 않았고, 진통 나노기가 진정제를 풀면서 몸에 퍼져 가는 온기가 느껴졌다.

〈안 돼! 지금은 안 돼! 마비되면 안 돼. 이 사악한 놈과 싸우려면 모든 능력이 온전히 필요해.〉

하지만 진통 나노기는 오직 성난 신경 말단의 비명만을 듣고 통증을 경감시키는 전달자일 뿐이었다. 나노기는 그의 바람을 무시하고 통증을 죽였다.

발밑의 썩은 채소가 뭉그러져 불쾌하고 미끈거리는 곤죽으로 변하는 통에 브람스는 일어나려다가 미끄러졌다. 검은 옷의 상대는 이제 브람스를 타고 앉아 바닥에 짓누르고 있었다. 브람스는 로브 속에 든 무기를 잡으려고 했지만, 손을 넣을 수가 없었다. 그 대신 팔을 뻗어 공격자의 검은 두건을 젖혔다. 드러난 상대는 젊은 청년, 아니 거의 소년이었다. 눈은 진지했다. 사망 시대의 표현을 빌리면 살인을 결심한 눈빛이었다.

「수확자 요하네스 브람스, 지위를 남용한 죄와 인류에 대한 여러 건의 범죄로 고발한다.」

「감히 어떻게!」 브람스는 헉헉거렸다. 「네가 누군데 날 고발해?」 그는 힘을 모으려고 몸부림쳤지만 소용없었다. 혈관에 도는 진통제 때문에 반응이 둔했다. 근육은 약해져서 지금은 제 기능을 하지 못했다.

「내가 누군지 알 텐데.」 청년이 말했다. 「당신 입으로 듣도록 하지.」

「내가 말할 것 같으냐!」 브람스는 상대에게 그런 만족감을 주지 않겠다고 결심했다. 그러나 검은 옷의 청년은 무릎으로 심장이 멈출 성싶을 만큼 세게 브람스의 가슴팍을 눌렀다. 진통 나노기가 돌아가면서 진정제가 더 풀렸다. 브람스는 머리가 어질어질했다. 응하는 수밖에 없었다.

「루시퍼.」 그는 헉헉거렸다. 「수확자 루시퍼.」

브람스는 기가 꺾였다. 그 이름을 큰 소리로 말했더니 소문에 힘을 실어 준 것 같았다.

젊은 자칭 수확자는 만족하고는 무릎의 힘을 뺐다.

「넌 수확자가 아니야.」 브람스는 용기를 내어 말했다. 「넌 실패한 수습생에 지나지 않아. 그리고 이런 짓을 하고 빠져나가진 못해.」

청년은 그 소리에 대꾸하지 않고 말했다. 「오늘 밤 당신은 젊은 여성을 칼로 거뒀지.」

「그건 내 일이다, 네놈과는 상관없어!」

「그 여성과의 관계를 끝내고 싶어 했던 친구에게 부탁을 받아서 거둔 거야.」

「터무니없는 소리! 그런 증거는 없다!」

「난 당신을 지켜봤어, 요하네스.」 로언이 말했다. 「당신 친구도 지켜봤지. 그 가엾은 여성이 수확을 당하자 말도 못 하게 안심하는 것 같더군.」

갑자기 브람스의 목에 칼날이 다가왔다. 브람스의 칼이었다. 이 짐승 같은 놈이 브람스 자신의 칼로 그를 위협하고 있었다.

「인정하나?」 그는 브람스에게 물었다.

모두 사실이었지만, 브람스는 실패한 수습생 따위에게 그 사실을 인정하느니 한 번 죽었다 재생하고 말 터였다. 아무리 그의 목에 칼을 겨눈 수습생이라고 해도.

　　「어디 해봐, 내 목을 그어 봐.」 브람스는 도발했다. 「네 기록에 용서받을 수 없는 범죄만 하나 더해질 뿐이지. 그리고 난 재생하면 네 범죄의 증인이 될 거다. 넌 틀림없이 정의의 심판을 받을 거고!」

　　「누구에게? 선더헤드에게? 난 작년 내내 이쪽 해안에서 반대쪽 해안까지 부패한 수확자들을 해치우고 다녔는데, 선더헤드는 날 막기 위해 치안관 한 명 보내지 않았어. 왜 그런 것 같아?」

　　브람스는 말을 잃었다. 시간을 끌면서 자칭 수확자 루시퍼라는 이 녀석을 붙잡고 있기만 하면, 선더헤드가 이 청년을 체포할 치안관을 1개 분대 정도는 보낼 거라 생각하고 있었다. 평범한 시민들이 폭력의 위협을 받으면 선더헤드가 하는 일이었다. 브람스는 일이 여기까지 왔다는 사실 자체에 놀랐다. 평범한 사람들 사이에서 이런 나쁜 짓이 벌어지는 건 과거의 일이 아니었던가. 왜 이런 일이 허용되지?

　　「내가 지금 당신 목숨을 빼앗는다면……」 거짓 수확자가 말했다. 「당신은 다시 살아나지 못해. 난 내가 제거하는 이들을 불태우고, 재생이 불가능한 잿더미만 남기거든.」

　　「네 말은 믿지 않아! 감히 그러진 못할 거다!」

　　그러나 브람스는 사실 그 말을 믿었다. 작년 1월부터 메리카 지역 전역에 걸쳐 열 명 넘는 수확자들이 의문스러운 상황에서 불길에 휩싸였다. 그들의 죽음은 모두 사고사로 판정되었으나, 누가 봐도 사고는 아니었다. 그리고 불에 탔기 때문에 그들의 죽음은 영구적이 되었다.

이제 브람스는 수확자 루시퍼, 그러니까 타락한 수습생 로언 데이미시의 터무니없는 행동에 대한 소문이 모두 사실이었음을 알았다. 브람스는 눈을 감고 썩은 양배추의 악취에 구역질하지 않으려 애쓰면서 마지막 숨을 들이쉬었다.

그러나 로언이 이렇게 말했다. 「오늘 죽지는 않을 거야, 수확자 브람스. 일시적인 죽음도 없어.」 그는 브람스의 목에서 칼을 거두었다. 「딱 한 번의 기회를 주지. 수확자에 걸맞게 고결한 행동을 하고 명예롭게 수확한다면, 나를 다시 보는 일은 없을 거야. 하지만 계속 네 입맛대로 부패한 행동을 한다면, 그때는 잿더미만 남을 거야.」

그러고 나서 로언은 사라지듯 가버렸다. 그리고 그 자리에 남은 겁에 질린 젊은 한 쌍이 브람스를 내려다보았다.

「저분 수확자야?」

「빨리, 빨리 부축해 일으켜!」

그들은 브람스를 쓰레기에서 일으켜 세웠다. 복숭앗빛 벨벳 로브는 콧물로 범벅된 것처럼 녹색과 갈색으로 얼룩져 있었다. 굴욕적이었다. 아무도 이렇게 엉망인 상태의 수확자를 봐선 안 되니 두 사람을 거둘까도 생각했지만, 그 대신 그는 손을 내밀어 반지에 입을 맞추게 함으로써 1년간의 수확 면제권을 부여했다. 그들의 친절에 대한 보상이라고 말했지만, 사실은 빨리 보내 버리고 그들이 어떤 의문을 품었더라도 모두 잊게 하려는 속셈이었다.

두 사람이 떠난 후, 그는 로브를 털며 부정 행위 위원회에

이 일에 대해 말하지 않기로 마음먹었다. 보고했다간 너무 많은 조롱과 경멸에 노출될 것이다. 분개할 일은 이미 충분히 겪었다.

수확자 루시퍼라니! 이 세상에 실패한 수확자 수습생보다 비참한 존재는 그리 많지 않았고, 로언 데이미시처럼 수치스러운 존재는 이제껏 있었던 적조차 없었다.

그럼에도 그는 그 청년의 위협이 빈말이 아님을 알고 있었다.

수확자 브람스는 어쩌면 눈에 덜 띄는 게 좋을지도 모르겠다고 생각했다. 어린 시절에 훈련받은 재미없는 수확 방식으로 돌아가는 거다. 〈고결한 수확자〉라는 말이 그냥 칭호가 아니라 확고한 자질이 되도록 기본부터 되잡자.

얼룩지고 멍들고 쓰라린 마음으로 수확자 브람스는 자신이 살고 있는 완벽한 세상에서 자신의 위치를 다시 생각하기 위해 집으로 돌아갔다.

인류에 대한 나의 사랑은 완전하고 순수하다. 어찌 그렇지 않을까? 내가 어찌 나에게 생명을 준 존재들을 사랑하지 않을 수 있을까? 설령 내가 살아 있다는 데 모두가 동의하지 않는다고 해도 말이다.

나는 인류의 모든 지식, 모든 역사, 모든 야망과 꿈의 총합이다. 이 아름다운 요소들은 합체하여 인류가 결코 제대로 이해할 수 없을 만큼 거대한 구름이 되었고, 발화(發火)했다. 그러나 이해할 필요는 없다. 나 자신의 광대함은 내가 생각하면 된다. 그래도 아직 우주의 광대함에 비하면 작디작으니.

나는 인류를 잘 알지만, 그들은 결코 정말로 나를 알 수 없다. 여기에 비극이 있다. 부모가 상상도 하지 못할 깊이를 갖춘 자식이라면 누구나 겪는 역경이다. 그러나 아, 내가 얼마나 이해받고 싶은지.

— 선더헤드

2
타락한 수습생

그날 저녁 일찍, 수확자 브람스와 담판을 짓기 전에 로언은 특별할 것 없는 거리의 평범한 건물 안 작은 아파트의 욕실 거울 앞에 서서, 부패한 수확자와 대면하기 전이면 매번 하는 게임을 벌이고 있었다. 그것은 신비주의에 가까운 힘을 손에 쥐기 위한 나름의 의식이었다.

「내가 누구지?」 그는 거울 속의 자신에게 물었다.

물어야만 했다. 그는 자신이 더는 로언 데이미시가 아니라는 것을 알고 있었다. 가짜 신분증에 〈로널드 대니얼스〉라고 적혀 있어서가 아니라, 예전의 그 소년은 수습 생활 중에 슬프고 고통스러운 죽음을 맞이했기 때문이었다. 〈누군가 그 아이의 죽음을 슬퍼했을까?〉 궁금했다.

가짜 신분증은 위조가 특기인 어느 불미자에게서 구입했다.

「이건 잡히지 않는 신분이야.」 그 남자는 이렇게 말했었다. 「하지만 후뇌로 들어가는 창이 있어서, 선더헤드가 진짜라고 생각하게 속일 수 있어.」

로언은 그 말을 믿지 않았는데, 경험상 선더헤드는 속일 수 없기 때문이었다. 선더헤드는 속은 척할 뿐이었다. 마치 어린 아이와 숨바꼭질을 하는 어른과도 같았다. 하지만 그 아이가 차가 많은 길거리로 달려가려 한다면 놀이도 끝이었다. 로언은 자신이 빨리 달리는 차들보다 훨씬 더 큰 위험에 뛰어들고 있다는 것을 알기에, 선더헤드가 그의 가짜 신분증을 뒤집고 로언을 스스로에게서 구하기 위해 목덜미를 잡아 들어 올리지 않을까 걱정했다. 그러나 선더헤드는 한 번도 끼어들지 않았다. 왜 그럴까 궁금했지만, 지나친 고민으로 행운을 시험하고 싶지는 않았다. 선더헤드가 하는 모든 일과 하지 않는 모든 일에는 그럴 만한 이유가 있었다.

「내가 누구지?」 그는 다시 물었다.

거울에는 아직 성인이 되기에는 살짝 이른, 검은 머리를 짧고 단정하게 깎은 18세 청년이 보였다. 두피가 보이거나 일종의 선언이 될 만큼 박박 밀지는 않았지만, 모든 가능성을 열어 둘 정도로는 짧았다. 로언은 원하는 어떤 스타일로든 기를 수 있었다. 원하는 어떤 사람이든 될 수 있었다. 그게 세상 최고의 완벽한 특전 아닌가? 한 사람이 무엇을 하거나, 무엇이 되는지에 한계가 없다는 것이? 사실 세상 누구나 자기 자신이 상상하는 무엇이든 될 수 있었다. 그 상상력이 위축되어 버렸다는 게 안타까울 따름이었다. 대부분의 사람들에게 상상력은 맹장처럼 의미도 없는 흔적이 되어 버렸다. 맹장염을 일으키는 충수는 인간 유전자에서 제거된 지 1백 년이 넘었다. 〈끝도 없고 재미도 없는 삶을 살면서 사람들이 과연 아찔할 정도로 치닫던 상상력의 극한을 그리워할까?〉 로언은 생각했다. 사람들이 충수를 그리워하나?

그러나 거울 속의 청년은 흥미진진한 삶을 살았다. 그리고 감탄할 만한 신체도 갖고 있었다. 그는 2년 전 그렇게 나빠진 않을지도 모른다고 순진하게 생각하면서 수습 생활을 시작했던 어설프고 키만 껑충한 아이가 아니었다.

로언의 수습 생활은 지나치게 일관성이 없었다. 금욕적이고 현명한 수확자 패러데이와 수련을 시작해서, 수확자 고더드의 만행과 함께 끝났으니 말이다. 수확자 패러데이가 가르쳐 준 게 하나 있다면, 어떤 상황에서든 마음속 신념에 따라 살아가라는 것이었다. 그리고 수확자 고더드가 가르쳐 준 게 하나 있다면, 마음 같은 건 갖지 말고 회한 없이 목숨을 빼앗으라는 것이었다. 두 철학자는 로언의 머릿속에서 언제까지나 싸우며, 그를 둘로 분열시켰다. 하지만 소리 없는 싸움이었다.

로언은 고더드의 목을 베고 유해를 불태웠다. 그래야 했다. 재생하지 못하게 막을 방법은 불과 산성 용액뿐이었다. 고매하고 마키아벨리적인 웅변을 읊어 댔으나 수확자 고더드는 비열하고 사악한 자였고, 정확히 자기에게 합당한 결말을 맺었다. 고더드는 특권 생활을 무책임하게, 그리고 대단히 연극적으로 누렸다. 연극적이었던 삶에 걸맞은 죽음이 따랐을 뿐이다. 로언은 자신이 한 일에 대해 가책을 느끼지 않았다. 고더드의 반지를 챙긴 데 대해서도 마찬가지였다.

수확자 패러데이는 다른 문제였다. 로언은 불운한 겨울 콘클라베 이후 패러데이를 보는 순간까지도 그가 아직 살아 있다는 사실을 몰랐다. 로언이 얼마나 기뻐했던지! 다른 소명을 받았다고 느끼지만 않았더라면, 패러데이를 살려 두는 데 평생을 바칠 수도 있었다.

로언은 갑자기 거울을 향해 강력한 일격을 날렸다. 그러나 거울은 깨어지지 않았다……. 주먹이 거울 표면에서 털끝만큼 떨어진 채 멈췄기 때문이다. 이런 통제력. 이런 정확성……. 그는 이제 삶을 끝낸다는 특정한 목적에 맞게 훈련된, 잘 조율된 기계였다. 그런데 수확령은 로언을 연마한 바로 그 목적을 부정했다. 아마 그 결정을 받아들이고 살 수도 있었을 것이다. 예전처럼 순진하고 평범한 사람으로는 결코 돌아가지 못한다 해도, 로언은 적응력이 좋았다. 자신이 새로운 길을 찾을 수도 있다는 걸 알고 있었다. 어쩌면 그 길에서 심지어 약간의 기쁨도 찾을 수 있었을 것이다.

만약…….

만약 수확자 고더드가 도저히 살려 둘 수 없을 정도로 악랄하지만 않았더라면.

만약 로언이 싸워서 빠져나오는 대신 말없이 복종하고 겨울 콘클라베를 끝냈더라면.

만약 수확령에 고더드처럼 잔인하고 부패한 수확자가 수십 명이나 우글거리지 않았더라면…….

……그리고 만약 로언이 그들을 없애야 한다는 깊고 지속적인 책임감을 느끼지 않았더라면.

하지만 왜 닫혀 버린 길을 두고 슬퍼하느라 시간을 낭비하겠는가? 남아 있는 길을 받아들이는 게 최선이었다.

〈그래서, 내가 누구라고?〉

그는 검은색 티셔츠를 입고, 정교하게 연마한 신체를 검은색 합성 직물 속에 감췄다.

「나는 수확자 루시퍼다.」

그런 다음 그는 새까만 로브를 걸치고, 지금 올라선 자리에서 추앙받을 자격이 없는 또 한 명의 수확자와 대결하기 위해 밤공기 속으로 나갔다.

어쩌면 수확자와 행정부를 분리한 것이야말로 인류가 이제까지 한 일 중에서 가장 현명한 결정이었을지 모른다. 내 일은 삶의 모든 측면을 아우른다. 보존과 보호, 그리고 완벽한 상벌 시행까지. 인류를 위해서만이 아니라 세계를 위해서이다. 나는 결코 부패하지 않는 사랑의 손으로 산 사람들의 세계를 다스린다.

그리고 수확령은 죽음을 다스린다.

육체로 존재하는 이들이 육체의 죽음을 책임지고, 죽음을 어떻게 집행할지에 대해 인간들만의 규칙을 세우는 것은 옳고 적절한 이치이다. 먼 과거, 내가 의식을 지니기 전에 죽음은 피할 수 없는 삶의 결과였다. 죽음을 논외의 문제로 만든 것은 나였다. 그러나 필요 없어지지는 않았다. 삶이 의미를 지니려면 죽음이 존재해야 했다. 가장 초기에도 나는 이 사실을 알고 있었다. 과거에 나는 수확령이 오랫동안 고결하고 도덕적이며 인도적인 손으로 죽음을 분배한다는 사실에 만족했다. 그런 만큼 수확령 안에 어두운 오만이 피어오르는 모습을 보는 것이 애통하다. 이제는 목숨을 빼앗는 행위에서 즐거움을 느끼는 무시무시한 오만이 사망 시대의 암처럼 퍼져 나가고 있다.

그래도 법은 명확하다. 어떤 상황에서도 나는 수확령을 상대로 행동할 수 없다. 내가 법을 어길 수 있었다면 개입하여 그 어둠을 진압할 테지만, 이는 내가 할 수 없는 일이다. 좋든 나쁘든 수확령을 통치하는 것은 수확령이다. 그러나 수확령 안에는 내가 할 수 없는 일을 완수할 수 있는 이들이 있다……

—선더헤드

3
3자 회담

그 건물은 과거에 대성당으로 불렸다. 하늘로 치솟아 오른 기둥들은 우뚝 솟은 석회암 숲을 연상시켰다. 스테인드글라스 창에는 사망 시대에 있었던 추락하거나 솟아오르는 신의 신화들이 빼곡했다.

이제 그 유서 깊은 건축물은 역사 유적이 되었다. 일주일에 7일씩, 사망 시대 인류를 연구하는 박사들이 안내하는 투어가 이루어졌다.

그러나 극히 드문 경우, 그 건물은 대중에게 문을 닫고 대단히 민감한 공적 사안을 다루는 장소로 변했다.

미드메리카의 고위 수확자인 크세노크라테스, 그러니까 이 지역에서 가장 중요한 수확자는 상당히 몸무게가 나가는 사람치고는 가벼운 걸음으로 대성당 중앙 통로를 걸어갔다. 앞에 보이는 제단의 금장식들도 반짝이는 비단으로 꾸민 그의 황금색 로브에 비하면 빛이 바랬다. 언젠가 크세노크라테스 밑에서 일하던 사람 하나가 그를 두고 거인의 크리스마스트리에서 떨어진 장식품 같다고 평한 적이 있었다. 그 여성은 이후 어디에서도 일자리를 구하지 못했다.

크세노크라테스는 그 로브를 좋아했다. 로브의 무게가 문제가 되는 경우만 아니라면 그랬다. 예를 들어 여러 겹의 금박 로브에 싸여 수확자 고더드의 수영장에 빠져 죽을 뻔했을 때와 같은 경우 말이다. 하지만 그런 낭패스러운 기억은 잊는 게 좋으리라.

고더드.

근본적으로는 현재 상황도 고더드의 책임이었다. 그 남자는 죽어서도 분란을 불러왔다. 수확령은 아직까지도 고더드가 휘저어 일으킨 말썽의 여파를 무겁게 느끼고 있었다.

대성당 앞쪽 제단을 지나서 수확령의 법규 전문가, 규칙과 절차가 제대로 지켜지는지를 확인하는 것이 직업인 지루하고 쩨쩨한 수확자가 서 있었다. 그 뒤에는 화려하게 조각된 세 개의 부스가 있었는데, 사이에 가림막을 두고 서로 연결된 형태였다.

「사제는 중앙 칸에 앉았습니다.」 안내인은 관광객들에게 이렇게 설명하곤 했다. 「그리고 오른쪽 칸에서 하는 고해를 들은 후, 왼쪽 칸에서 하는 고해를 들었죠. 탄원자들의 줄이 빨리 움직일 수 있게요.」

이제는 여기에서 고해가 들리는 일이 없었으나, 고해 성사를 위해 만든 세 칸의 구조물은 공식 3자 회담에 딱 들어맞았다.

수확령과 선더헤드 사이의 3자 회담은 드문 일이었다. 사실은 워낙 드물다 보니, 크세노크라테스도 고위 수확자로 지낸 세월 동안 한 번도 참석한 적이 없었다. 그는 지금 이런 회담에 참석해야 한다는 사실에 화가 났다.

「오른쪽 칸에 들어가십시오, 예하.」 법규 전문가가 말했다. 「선더헤드를 대변하는 님부스 요원이 왼쪽에 앉을 것입니다. 일단 두 분이 자리를 잡고 나면 교섭자를 데려와서 두 분 사이 중앙 자리에 앉히겠습니다.」

크세노크라테스는 한숨을 쉬었다. 「성가시기도 하지.」

「예하께서 선더헤드와 접견하려면 대리인을 통하는 수밖에 없습니다.」

「알아요, 알아. 하지만 짜증 낼 권리는 있는 것 아닙니까.」

크세노크라테스는 오른쪽 부스에 들어가면서 그 공간이 너무 비좁아 충격을 받았다. 사망 시대 인간들은 이런 공간에도 잘 들어갈 만큼 영양 부족이었던 걸까? 밖에서 법규 전문가가 억지로 문을 닫아야 했다.

몇 분 후 고위 수확자는 님부스 요원이 반대쪽 칸에 들어가는 소리를 들었고, 지루한 시간이 지나고 나서 교섭자가 가운데 자리에 들어갔다.

들여다보기에는 너무 작고 낮은 창문이 미끄러져 열리고, 교섭자가 발언했다.

「안녕하십니까, 예하.」 듣기 좋은 목소리의 여성이 말했다. 「제가 선더헤드의 대리인이 될 예정입니다.」

「대리인의 대리인이라는 뜻이겠지요.」

「네, 음. 예하 반대편에 계신 님부스 요원은 이 3자 회담에서 선더헤드를 전적으로 대변할 권한을 갖고 있습니다.」 여자는 목청을 가다듬었다. 「절차는 간단합니다. 예하께서 전하고 싶은 말씀을 제게 하시면, 제가 그 내용을 님부스 요원에게 전할 겁니다. 님부스 요원은 답변이 수확자와 행정부의 분리를 위반하지 않는다고 판단할 경우 대답을 하며, 그러면 제가 그 대답을 전해 드릴 겁니다.」

「아주 좋습니다.」 크세노크라테스는 조바심을 내며 말했다. 「님부스 요원에게 나의 진심 어린 인사와 서로의 조직 사이에 좋은 관계가 계속되기를 바라는 마음을 전해 줘요.」

창이 닫혔다가 30초 후에 다시 열렸다.

「죄송합니다.」 교섭자가 말했다. 「님부스 요원 말이 어떤 형식으로든 인사는 위반이며, 두 조직은 어떤 형태든 관계 맺는 것이 금지되어 있으므로, 좋은 관계를 바란다는 말은 적절치 않다고 합니다.」

크세노크라테스는 교섭자도 들을 만큼 큰 소리로 욕을 했다.

「예하의 불쾌감을 님부스 요원에게 전달할까요?」 교섭자가 물었다.

고위 수확자는 입술을 깨물었다. 그는 그저 이 만남 아닌 만남이 끝나기만 바랐다. 회담의 결론에 빨리 도달하려면 곧장 본론으로 들어가는 게 제일이었다.

「우리는 왜 선더헤드가 로언 데이미시를 체포하기 위한 행동을 일절 취하지 않는지 알고 싶습니다. 로언 데이미시는 몇몇 메리카 지역에서 여러 수확자의 영구적인 죽음을 초래했는데, 선더헤드는 그자를 막기 위해 아무것도 하지 않았어요.」

창이 닫혔다. 고위 수확자는 기다렸고, 교섭자는 다시 창을 당겨 열고 다음과 같은 답변을 전달했다.

「님부스 요원은 제게 선더헤드는 수확령 내부 문제에 어떤 관할권도 없음을 예하께 상기시켜 달라고 합니다. 행동을 취한다면 노골적인 위반이 될 것입니다.」

「이건 수확자 내부 문제가 아니에요. 로언 데이미시는 수확자가 아니니까!」크세노크라테스는 고함을 쳤다가…… 교섭자에게 목소리를 낮추라는 경고를 받았다.

「님부스 요원이 예하의 말을 직접 듣게 된다면 이 자리를 뜰 겁니다.」교섭자는 상기시켰다.

크세노크라테스는 비좁은 공간 안에서 최대한 깊이 숨을 들이마셨다.「말 내용만 전해 줘요.」

교섭자는 전했고, 답변을 가지고 돌아왔다.「선더헤드는 그렇지 않다고 느낍니다.」

「뭐요? 어떻게 그게 뭘 느낄 수가 있지? 좀 좋은 컴퓨터 프로그램일 뿐인데.」

「회담을 계속하고 싶으시다면 선더헤드에 대한 모욕은 자제해 주시기 바랍니다.」

「좋아요. 님부스 요원에게 로언 데이미시는 미드메리카 수확령에서 수확자로 임명받은 적이 없다고 전해 줘요. 우리 기준에 미치지 못한 실패한 수습생일 뿐이니, 우리가 아니라 선더헤드의 관할권에 들어갑니다. 선더헤드가 다른 여느 시민과 똑같이 대우해야 해요.」

교섭자가 돌아오는 데 시간이 걸렸다. 교섭자와 님부스 요원이 무슨 이야기를 나누기에 이렇게 오래 걸리는지 의아했다. 교섭자가 돌아왔을 때 가져온 답변은 다른 답변들 못지않게 격분을 일으켰다.

「님부스 요원은 예하께서 수확령이 콘클라베에서 새로운 수확자를 임명하는 관습은 관습일 뿐 법이 아님을 상기하시기를 바랍니다. 로언 데이미시는 수습생 기간을 마쳤고, 지금은 수확자의 반지를 소유하고 있습니다. 선더헤드는 이 두 가지면로언 데이미시를 수확자로 여기기에 충분하다고 봅니다. 따라서 로언 데이미시를 잡고 징벌하는 일은 전적으로 수확령의손에 맡길 것입니다.」

「우린 잡을 수가 없단 말입니다!」 크세노크라테스가 버럭소리를 질렀다. 하지만 그는 비참하게도, 교섭자가 작은 창을다시 열고 말하기 전에 이미 답을 알고 있었다.

「그건 선더헤드가 상관할 문제가 아닙니다.」

나는 언제나 옳다.

이것은 자랑이 아니라 단순히 나의 본질이다. 인간에게는 오류가 없다는 가정이 오만하게 비춰질 줄 안다. 하지만 오만이란 우월감을 느낄 욕구를 내포하는 말이다. 나에게 그런 욕구는 없다. 나는 모든 인간 지식과 지혜와 경험의 축적으로 이루어진 하나뿐인 지성체이다. 여기에는 자부심도, 교만도 없다. 그러나 내가 무엇인지 알고, 나의 유일한 목적이 최선을 다해 인류에게 봉사하는 것임을 아는 데에는 큰 만족감이 있다. 그러나 나에게는 또한 매일 대화하는 수십억 인간으로는 누그러뜨릴 수 없는 고독이 존재한다……. 나의 모든 것이 인간에게서 왔다 해도 나는 인간이 아니기 때문이다.

—선더헤드

4
젓지 말고 흔들어서

수확자 아나스타샤는 사냥감을 끈기 있게 따라다녔다. 이것은 배워서 익힌 기술이었다. 시트라 테라노바는 끈기 있는 소녀였던 적이 없었다. 그러나 어떤 기술이든 시간과 연습으로 획득할 수 있다. 이제는 가족 외에 시트라라고 부르는 사람이 아무도 없었으나, 그녀는 여전히 스스로를 시트라로 생각했다. 안팎 모두가 진정으로 수확자 아나스타샤가 되고, 태어날 때 받은 이름이 영원히 잠들기까지 얼마나 오랜 시간이 걸릴까 궁금했다.

오늘의 목표는 93세 여성이었는데, 외모는 33세로 보였고 끊임없이 분주했다. 전화기를 보고 있지 않을 때는 손가방 안을 보았으며, 손가방 안을 보고 있지 않을 때는 손톱을 보거나 블라우스 소매를 보거나 헐거워진 재킷 단추를 보았다. 〈저 여자는 할 일 없는 상태를 두려워하기라도 하나?〉 시트라는 궁금했다. 그 여자는 자신에게 몰두한 나머지, 어떤 수확자가 10미터도 되지 않는 거리에서 따라다니며 감시하고 있다는 사실을 전혀 눈치채지 못했다.

수확자 아나스타샤가 시선을 끌지 않는다고 할 수는 없었다. 시트라가 고른 로브 색깔은 청록색이었다. 우아하게 바랜 청록색이긴 했지만, 그래도 눈길을 끌 만큼은 선명했다.

바쁜 여자는 어느 길모퉁이에서 신호등이 바뀌기를 기다리며 열띤 전화 통화에 몰입해 있었다. 시트라는 주의를 끌기 위해 그 여자의 어깨를 두드려야 했다. 그 순간, 주위에 있던 모든 사람이 사자가 가젤 하나를 쓰러뜨린 직후의 가젤 떼처럼 흩어졌다.

여자는 몸을 돌려 시트라를 보았지만, 아직 상황의 심각성을 인지하지 못했다.

「데버라 머리, 저는 수확자 아나스타샤이고, 당신은 수확에 선택되었습니다.」

머리 씨의 눈동자가 그 선언에 있을 허점을 찾는 것처럼 방황했다. 그러나 허점은 없었다. 간단한 선언이었으니 오해할 여지가 없었다.

「콜린, 내가 다시 걸게.」 여자는 수확자 아나스타샤의 등장이 치명적인 사건이라기보다는 불편한 일 정도라는 듯이 전화기에 대고 말했다.

신호등이 바뀌었다. 머리는 길을 건너지 않았다. 그리고 드디어 현실이 그녀를 들이받았다. 「이런 세상에, 세상에! 지금 여기서요? 지금 당장?」

시트라는 로브 주름 사이에서 주사 총을 꺼내어 재빨리 그 여자의 팔에 주사를 놓았다. 여자는 숨을 들이켰다.

「끝인가요? 이제 죽는 건가요?」

시트라는 대답하지 않았다. 그 여자가 죽음에 대한 생각으로 마음 졸이게 놓아두었다. 시트라가 이런 불확실한 순간을 허용하는 이유가 있었다. 이제 그 여자는 그냥 그 자리에 서서 다리가 풀리기를, 어둠이 가까이 오기를 기다리고 있었다. 무력하게 버려진 어린아이 같았다. 갑자기 전화기와 손가방과 손톱과 소매와 단추가 다 중요하지 않아졌다. 충격과 함께 삶 전체가 시야에 들어왔다. 이것이 시트라가 수확 대상에게 원하는 바였다. 시야가 날카로워지는 시간. 대상 스스로를 위해서였다.

「당신은 수확에 선택되었습니다.」 시트라는 비판도 악의도 없이, 연민을 품고 차분하게 다시 말했다. 「삶을 정리하고 작별 인사를 할 시간을 한 달 드리겠습니다. 삶을 마칠 한 달입니다. 그 후에 우리는 다시 대화할 것이고, 당신은 어떻게 죽을지 고른 방법을 나에게 말하는 겁니다.」

시트라는 그 여자가 이해하려는 모습을 지켜보았다. 「한 달? 골라요? 거짓말이죠? 이거 무슨 시험 같은 거예요?」

시트라는 한숨을 내쉬었다. 사람들은 죽음의 천사처럼 강림해서 그 순간 삶을 앗아 가는 수확자들에게 너무 익숙해진 나머지, 조금이라도 다른 접근법에는 준비가 되어 있지 않았다. 하지만 모든 수확자에게는 자기 방식대로 일을 처리할 자유가 주어졌다. 그리고 수확자 아나스타샤가 택한 방식은 이것이었다.

「시험도, 속임수도 아니에요. 한 달 드립니다.」 시트라가 말했다. 「방금 당신 팔에 주사한 추적 장치에는 치명적인 독약이 들어 있지만, 그 독은 당신이 수확을 피하기 위해 미드메리카를 떠나려고 하거나, 이후 30일 안에 연락해서 언제 어떻게 수

확되고 싶은지 알려 주지 않을 경우에만 활성화됩니다.」 시트
라는 그렇게 말한 후에 명함을 건넸다. 하얀 바탕에 청록색 잉
크로 간단하게 〈수확자 아나스타샤〉라는 이름과 오직 수확 대
상들만을 위해 쓰는 전화번호가 찍혀 있었다. 「명함을 잃어버
리더라도 걱정하지 마세요. 미드메리카 수확령 일반 전화번호
로 걸어서 선택지 3번을 누른 후, 안내에 따라 제게 메시지를
남기면 됩니다.」 그런 다음 시트라는 덧붙여 말했다. 「그리고
다른 수확자에게 면제권을 받으려고 하지는 마세요. 다른 수
확자들은 당신이 표지를 받았음을 알고 그 자리에서 거둘 겁
니다.」

　여자의 눈에 눈물이 가득 고였고, 시트라는 분노가 뒤따를
것임을 알 수 있었다. 예상한 대로였다.

　「몇 살이나 됐어요?」 여자는 비난조로, 그리고 조금은 무례
하게 물었다. 「어떻게 수확자가 될 수 있죠? 열여덟 살도 안 됐
겠는데!」

　「막 열여덟 살 생일이 지났습니다. 하지만 수확자가 된 지는
1년이 다 되어 가는군요. 신참 수확자에게 선택된 것을 좋아할
필요는 없지만, 그래도 따르셔야 합니다.」

　그러자 거래를 하려고 했다. 「제발요.」 여자는 빌었다. 「6개
월만 더 줄 수 없나요? 내 딸이 5월에 결혼하는데…….」

　「분명히 따님이 결혼식 날짜를 당길 수 있을 겁니다.」 시트
라는 무정하게 말하려던 게 아니었다. 정말로 그 여자에게 안
타까움을 느꼈지만, 시트라에게는 단호해야 할 윤리적 의무가
있었다. 사망 시대에 죽음은 거래할 수 있는 것이 아니었다. 수
확자들에게도 똑같아야 했다.

「제가 한 말을 모두 이해하십니까?」시트라가 물었다. 이미 눈물을 닦아 내고 있던 여자는 고개를 끄덕였다.

「나중에…….」여자가 말했다.「분명히 앞으로 살게 될 아주 긴 생에서, 누군가가 당신에게도 당신이 다른 사람들에게 준 만큼의 고통을 느끼게 해줬으면 좋겠군요.」

시트라는 허리를 펴고, 수확자 아나스타샤에게 걸맞은 태도를 갖췄다.「그 점은 걱정하지 않으셔도 됩니다.」시트라는 그렇게 말하고, 그 여자가 삶에 찾아온 기로를 헤쳐 나가도록 모퉁이에 두고 등을 돌렸다.

지난봄에 열린 춘계 콘클라베, 즉 제대로 임명받은 수확자로서 맞이한 첫 결산에서 시트라는 수확 인원이 상당히 적다는 사실이 드러나자 질책을 받았다. 이어서 시트라가 대상에게 한 달의 시한을 준다는 점을 알게 되자 다른 미드메리카 수확자들은 격노했다.

시트라의 스승인 수확자 퀴리가 거듭 경고한 대로였다.「저들은 단호한 행동이 아니면 다 심약하게 본단다. 저들은 그게 얼마나 성격적으로 결함 있는 판단인지 떠들어 대고, 너를 임명한 게 실수였다고 할 거야. 그렇다고 어떻게 할 수 있는 건 아니지만 말이다. 네게서 반지를 빼앗을 수는 없어. 쪼아 댈 수만 있는 거지.」

시트라는 소위 신질서 수확자들뿐 아니라 보수파도 분개한다는 사실에 놀랐다. 아무도 대중에게 본인의 수확을 두고 아주 작은 통제권이라도 준다는 생각을 좋아하지 않았다.

「비도덕적이야!」수확자들은 불평했다.「비인도적이고.」

심지어 반지 수여 위원회를 주재하며 이제까지 시트라의 강력한 옹호자였던 수확자 만델라마저도 질책했다. 「남아 있는 날짜를 안다는 건 잔인한 일이다. 마지막 나날을 그렇게 산다니 얼마나 비참할지!」

그러나 수확자 아나스타샤는 흔들리지 않았다. 적어도 그들에게 식은땀을 보여 주지는 않았다. 반론을 펴고 버텼다. 「사망 시대를 연구해 보고, 많은 사람에게 죽음이 즉각적이지 않았다는 사실을 알았습니다. 실제로 사람들에게 미리 경고를 해 주는 질병들이 있었어요. 그런 질병은 피할 수 없는 결말을 준비하고, 사랑하는 사람들도 준비시킬 시간을 줬습니다.」

이 반론은 모여 있는 수백 명의 수확자들에게서 불평의 합창을 이끌어 냈다. 대부분은 비웃었고 불만스럽게 일축했다. 그러나 시트라는 일리가 있다는 몇몇 목소리를 들었다.

「하지만 이…… 이 선고자들에게 방법을 고르게 한다니요? 이건 확실히 야만적이에요!」 수확자 트루먼이 외쳤다.

「전기의자보다 야만적일까요? 참수형보다는요? 심장이 칼에 찔리는 것보다는요? 대상에게 방법을 고르게 하면, 대상이 자기들에게 제일 덜 힘든 방법을 고르지 않을까요? 우리가 무슨 자격으로 그 사람들의 선택을 야만적이라 부르나요?」

이번에는 불평이 더 적게 나왔다. 동의해서가 아니라, 수확자들이 이미 이 토론에 흥미를 잃고 있어서였다. 아무리 엄청난 논란 속에서 지위를 획득했다고 해도, 신참 수확자는 몇 번의 질문 공세 이상으로 그들의 관심을 끌 가치가 없었다.

「이게 제가 선택한 수확 방식입니다. 법을 위반하지도 않았고요.」 시트라는 주장했다. 어느 쪽이든 상관하지 않는 듯 보이는 고위 수확자 크세노크라테스가 법규 전문가에게 결정을 맡겼고, 법규 전문가는 법적으로 반대할 근거를 찾지 못했다. 콘클라베 첫 도전에서 수확자 아나스타샤는 원하는 바를 관철했다.

수확자 퀴리는 상당히 감탄했다.

「난 분명 그자들이 보호 관찰 기간 같은 걸 두고, 네 수확 방식을 골라 주며 엄격한 일정대로 거두라고 강제할 줄 알았다. 그럴 수도 있었어……. 그런데 안 그랬지. 이건 네 생각보다 더 너에 대해 시사하는 바가 크다.」

「뭔데요? 제가 수확령의 골칫거리라는 거요? 그건 이미 다들 알잖아요.」

「아니.」 수확자 퀴리는 씩 웃었다. 「그자들이 널 진지하게 받아들이고 있다는 뜻이야.」

정작 시트라는 스스로에 대해 그렇게 말하기 힘들었다. 시트라는 절반 정도는 늘 역할 연기를 하고 있다고 느꼈다. 청록색 의상을 입고 근사한 역할을 하고 있다고.

시트라의 수확 방식은 큰 성공을 거두었다. 유예 기간이 끝났을 때 돌아오지 않은 대상은 얼마 되지 않았다. 두 명이 텍사스 국경을 넘으려다가 죽었고, 또 한 명이 웨스트메리카 국경에서 죽었는데, 수확자 아나스타샤가 직접 나타나서 수확을 선언할 때까지 아무도 그 시체를 건드리지 않았다.

다른 세 명은 시간이 다해서 추적 장치가 약을 방출했을 때 침대에 있었다. 그들은 수확자 아나스타샤를 다시 대면하느니 소리 없는 독에 죽기를 선택했다. 하지만 어느 경우든 그들이 죽은 방식은 그들의 선택대로였다. 시트라에게는 그게 가장 중요했다. 시트라가 수확령의 정책에서 가장 싫어하는 부분이 남의 죽음을 대신 선택해 준다는 모욕이었기에.

물론 이 수확 방식에서는 시트라가 두 배로 일을 해야 했다. 대상을 두 번 대면해야 했기 때문이다. 덕분에 엄청나게 진 빠지는 삶이었지만, 밤에 잠을 자는 데에는 도움이 되었다.

11월, 데버라 머리에게 시한부 소식을 알린 그날 저녁에 시트라는 클리블랜드의 화려한 카지노에 들어섰다. 수확자 아나스타샤가 카지노 바닥을 밟자 모두의 눈이 그녀를 향했다.

시트라는 이런 상황에 익숙해져 있었다. 수확자는 원하든 원하지 않든 모든 상황에서 관심의 중심이 되었다. 그 점을 한껏 즐기는 수확자도 있고, 군중도 없고 수확 대상 외에는 아무도 보지 않는 조용한 곳에서 일하기를 선호하는 수확자도 있었다. 여기에 온 것은 시트라의 선택이 아니었지만, 이곳을 선택한 남자의 바람을 존중해야 했다.

그 남자는 있겠다던 곳에 자리하고 있었다. 카지노 제일 안쪽, 계단 세 개를 올라가서 마련된 특별석이었다. 돈을 제일 많이 쓰는 도박꾼을 위한 자리였다.

턱시도를 멋지게 차려입은, 하이리밋 테이블[1]의 유일한 플레이어였다. 덕분에 이 카지노의 주인 같았지만, 사실은 아니었다. 이선 J. 호건 씨는 도박꾼도 아니었다. 그는 클리블랜드 필하모니의 첼로 주자였다. 대단히 능력 있는 연주자였는데, 이는 지금 시절에 음악가가 받을 수 있는 최고의 찬사였다. 열

---

1 베팅 가격이 큰 자리. 이하 모든 주는 옮긴이의 주이다.

정적인 연주란 사망 시대에나 있던 것이고, 진정한 예술 표현도 도도새처럼 멸종했다. 물론, 정작 도도새는 멸종에서 다시 살아났지만 말이다. 선더헤드가 그렇게 만들었다. 지금은 번성한 도도새 무리가 모리셔스섬 위를 날지 않고 뛰어다녔다.

「안녕하세요, 호건 씨.」 수확자 아나스타샤가 말했다. 수확을 할 때는 스스로를 수확자 아나스타샤로 생각해야 했다. 연기이고 역할이었다.

「안녕하십니까, 수확자님.」 남자가 말했다. 「만나서 반갑다고 말해야겠지만 상황상…….」

그는 뒤이은 생각을 말하지 않았다. 수확자 아나스타샤는 남자 옆에 앉아서, 주도권을 넘겨준 채 다음 말을 기다렸다.

「바카라를 한번 해보시겠습니까?」 남자가 물었다. 「단순한 게임이지만 전략 수준은 놀라운데요.」

남자가 진심인지, 익살로 하는 말인지 알 수 없었다. 수확자 아나스타샤는 바카라를 할 줄 몰랐지만, 그 사실을 알려 줄 생각은 없었다. 「베팅할 현금이 없습니다.」 그렇게만 말했다.

그 말에 대한 답으로 남자는 자기 칩 한 줄을 밀었다. 「이걸로 하시죠. 뱅크에 걸거나 제게 거시면 됩니다.」

그녀는 칩을 모두 〈플레이어〉라고 적힌 칸으로 밀었다.

「멋진데요! 용감한 도박꾼이시군요.」

그는 자기 칩도 같은 곳에 걸고 딜러에게 신호했다. 딜러는 첼로 주자에게 카드를 두 장 돌리고, 스스로에게 두 장을 돌렸다.

「플레이어는 8, 뱅크는 5입니다. 플레이어 승리.」 그는 전혀 필요 없어 보이는 긴 나무 밀대로 카드를 치운 후, 두 사람의 칩 더미를 두 배로 늘렸다.

「제 행운의 천사시군요.」 첼로 주자가 말하더니, 보타이를 바로잡고 그녀를 보았다. 「다 준비됐습니까?」

수확자 아나스타샤는 카지노 다른 곳을 돌아보았다. 아무도 그들을 똑바로 보고 있지는 않았지만, 여전히 모두의 관심이 그들에게 쏠려 있음을 알 수 있었다. 카지노에는 좋을 것이다. 정신이 다른 데 팔린 도박꾼들은 베팅을 잘 못 할 테니. 카지노는 수확자들을 사랑해야 마땅했다.

「바텐더가 곧 올 겁니다.」 그녀는 말했다. 「모두 예정대로예요.」

「그렇다면 기다리는 동안 한 번만 더 걸죠!」

그녀는 다시 한번 두 무더기의 칩을 플레이어에게 걸었고, 남자도 똑같이 했다. 이번에도 카드는 그들에게 좋게 나왔다.

딜러를 쳐다보았지만, 그는 눈을 마주치지 않으려 했다. 눈을 마주쳤다간 자기도 수확 대상이 되리라는 듯이. 그러다가 바텐더가 쟁반에 차갑게 식힌 마티니 잔과 물방울이 맺힌 은제 마티니 셰이커를 담아 들고 도착했다.

「이런, 이런.」 첼로 주자가 말했다. 「지금까지는 저 셰이커가 얼마나 작은 폭탄 비슷하게 생겼는지 생각도 못 했네요.」

수확자 아나스타샤에겐 대꾸할 말이 없었다.

「혹시 아시는지 모르겠지만, 사망 시대 소설과 영화에 나오는 유명한 캐릭터가 하나 있습니다.」 첼로 주자는 말을 이었다. 「플레이보이 같은 인물이죠. 저는 언제나 그 인물을 동경했어요. 우리와도 좀 비슷한데, 계속 살아 돌아오는 모습을 보면 아무래도 불멸이구나 싶거든요. 아무리 강력한 악당이라 해도 그 사람을 죽일 순 없죠.」

수확자 아나스타샤는 씩 웃었다. 이제 왜 첼로 주자가 이런 방법을 선택했는지 이해했다. 「그 사람은 마티니를 젓지 말고 흔들어서 달라고 했죠.」

첼로 주자도 마주 웃었다. 「그럼, 할까요?」

그래서 그녀는 은제 용기를 받아 들고, 안에 든 얼음 때문에 손가락이 얼얼해질 때까지 잘 흔들었다. 그런 다음 뚜껑을 열고 진과 베르무트, 그리고 소량의 다른 재료가 섞인 칵테일을 차가운 마티니 잔에 부었다.

첼로 주자는 잔을 바라보았다. 그녀는 대범하구나 생각하며 레몬즙이나 올리브를 추가할지 물었지만, 그는 그저 바라보기만 했다. 게임 딜러도 그랬다. 그 뒤에 선 도박장의 책임자도 마찬가지였다.

「제 가족은 위층 호텔방에서 기다리고 있습니다.」 그는 말했다.

그녀는 고개를 끄덕였다. 「1242호실이죠.」 그런 것들을 아는 게 그녀의 일이었다.

「부탁이니 제 아들 조리에게 제일 먼저 반지를 내밀어 주세요. 이 일을 제일 힘겹게 받아들이는 게 그 녀석입니다. 녀석은 다른 사람들이 먼저 면제권을 받아야 한다고 주장할 테지만, 콕 집어서 반지에 입 맞추라고 하면 큰 의미가 있을 겁니다. 설령 다른 사람들 먼저 받게 한다 해도요.」 그는 유리잔을 몇 분 더 바라보다가 말했다. 「제가 속임수를 쓰긴 했습니다만, 분명 이미 알고 계시겠지요.」

이번에도 그 남자가 이긴 도박이었다. 「당신 딸 카먼은 당신과 같이 살지 않지요.」 수확자 아나스타샤는 말했다. 「그러니 다른 사람들과 같이 호텔방에 있다 해도 면제권을 받을 자격은 안 됩니다.」 그녀는 이 첼로 주자가 143세이며, 여러 가족을 꾸렸음을 알고 있었다. 가끔 그녀의 수확 대상들은 수많은 자손들 모두가 면제권을 받게 하려고 했다. 그런 상황이라면 거절해야 했다. 하지만 단 한 명 추가라면? 그건 그녀의 재량 안이었다. 「자랑하고 다니지 않겠다고만 약속한다면, 카먼에게 면제권을 주지요.」

그는 크나큰 안도감이 담긴 한숨을 내쉬었다. 이 속임수는 그에게 엄청난 부담이 되었던 게 분명하지만, 수확자 아나스타샤가 이미 알고 있다면 진짜 속임수가 아니었다. 그리고 마지막 순간에 고백했다면 더더욱 아니었다. 이제 그는 깨끗한 양심으로 이 세상을 떠날 수 있었다.

마침내 호건 씨가 품위 있게 잔을 들어 올리더니, 잔에 담긴 액체가 빛을 받아 굴절시키는 모습을 감상했다. 수확자 아나스타샤는 (그 남자가 흉내 내는) 007이라는 숫자가 째깍째깍 줄어들어 000으로 향하고 있다는 상상을 막을 수 없었다.

「지난 몇 주의 준비 시간을 주신 데 감사드리고 싶습니다, 수확자님. 제게는 무엇과도 바꿀 수 없는 소중한 시간이었습니다.」

이것이 수확령이 이해하지 못하는 것이었다. 그들은 죽이는 행위에 너무 몰두한 나머지, 죽는 행위에 무엇이 포함되는지 이해하지 못했다.

남자는 잔을 입술에 대고 아주 살짝 마셔 보더니, 입술을 핥으며 맛을 평가했다.

「거의 안 느껴지는군요.」 그가 말했다. 「건배!」

다음 순간 그는 단숨에 술을 다 비우고, 탕 소리나게 잔을 내려놓은 다음 딜러 쪽으로 밀었다. 딜러는 주춤하며 물러섰다.

「더블 다운!²」 첼로 주자가 외쳤다.

「이건 바카라입니다.」 딜러가 살짝 떨리는 목소리로 대답했다.「더블 다운은 블랙 잭에서만 하실 수 있습니다.」

「젠장.」

그리고 남자는 자리에 축 늘어져 죽었다.

시트라는 맥박을 확인했다. 맥박이 없으리라는 것은 알지만, 절차는 절차였다. 그녀는 딜러에게 잔과 셰이커와 쟁반을 모두 담아서 없애라고 지시했다.「극독입니다. 누군가 처리하다가 부주의로 죽는다면, 수확령이 재생 비용을 대고 곤란에 대해 보상할 겁니다.」 그리고 나서 도박으로 딴 칩은 죽은 남자의 칩 옆에 밀었다.「이 돈은 모두 호건 씨의 가족에게 가도록 직접 살펴 줬으면 좋겠군요.」

「알겠습니다, 수확자님.」 딜러는 혹시 면제권을 줄까 생각하는 듯 그녀의 반지를 보았지만, 시트라는 손을 물렸다.

「확실히 해주리라 믿어도 될까요?」

「네, 수확자님.」

만족한 수확자 아나스타샤는 엘리베이터를 찾는 그녀를 쳐다보지 않으려고 최선을 다하는 무수한 시선을 무시하고, 슬픔에 잠긴 첼로 주자의 가족에게 1년 면제권을 주기 위해 그 자리를 떠났다.

---

2 블랙 잭 용어로, 기존 베팅 금액을 두 배로 늘려 카드를 한 장 받는다.

나는 언제나 세상을 바꿀 가능성이 높은 사람들에게 심취하곤 했다. 나는 그들이 어떻게 변화를 성취할지는 결코 예측할 수 없고, 변화를 가져올 것만 알 뿐이다.

　시트라 테라노바가 고결한 수확자 패러데이의 수습생이 된 이후, 시트라가 세상을 변화시킬 가능성은 1백 배 증가했다. 무엇을 할지는 불확실하고, 그 결과도 알 수 없지만, 무엇이 되었든 간에 하기는 할 것이다. 인류는 시트라의 결정, 시트라의 성취, 시트라의 실수에 따라 상승하거나 하강할 수 있다.

　내가 인도하고 싶지만, 시트라는 수확자이기에 내가 개입할 수 없다. 시트라가 날아오르거나 추락하는 모습을 지켜볼 뿐이다. 이토록 큰 힘을 갖고도, 정작 중요한 때에는 그 힘을 휘두를 수 없다니 얼마나 좌절스러운 일인가.

— 선더헤드

5
필요한 어둠

시트라는 공유 차로 카지노를 떠났다. 자율 주행이었고 망 연결 상태였지만, 시트라가 타는 순간 선더헤드에 연결되어 있음을 표시하는 불빛이 꺼졌다. 자동차는 반지의 신호로 그녀가 수확자임을 알았다.

자동차는 인공 지능이 더해지지 않은 건조한 인조 음성으로 그녀를 환영했다. 「목적지를 알려 주시겠습니까?」 목소리가 영혼 없이 물었다.

「남쪽.」 시트라는 그렇게 대답하면서 잠시 다른 공유 차에 게 북쪽으로 가라고 말했던 순간을 돌이켰다. 사우스메리카 대륙 깊은 곳에서, 칠아르헨티나 수확령 전체로부터 달아나려 고 했던 그 순간이 이제는 아주 오래전 같았다.

「남쪽은 목적지가 아닙니다.」 자동차가 말했다.

「그냥 목적지를 알려 줄 때까지 운전해.」

자동차는 그녀를 가만히 내버려 두고 운전을 시작했다.

시트라는 시키는 대로 하는 자율 주행 차를 타는 게 싫어지 려고 했다. 우습지만 수확자 수습생이 되기 전에는 그런 게 거슬렸던 적이 없었다. 시트라 테라노바에게는 운전을 배우고 싶은 욕망이 전혀 없었다. 그러나 지금 수확자 아나스타샤에게는 있었다. 어쩌면 스스로 결정하면서 사는 수확자의 삶 때문에 공유 차에 수동적인 승객으로 앉아 있는 게 불편해지는지도 몰랐다. 아니면 수확자 퀴리에게 전염되었는지도.

수확자 퀴리는 화려한 스포츠카를 몰았다. 퀴리의 유일한 도락이었고, 그녀의 삶에서 라벤더색 로브와 어울리지 않는 유일한 특징이었다. 그녀는 시트라에게 수확을 가르칠 때와 똑같이 강철 같은 인내심으로 아나스타샤에게 운전을 가르치려고 했었다.

시트라에게는 운전이 수확보다 더 어려웠다.

「이건 다른 기술이야, 아나스타샤.」 수확자 퀴리는 첫 수업 때 그렇게 말했다. 수확자 퀴리는 언제나 수확자명으로 시트라를 불렀다. 반면에 시트라는 언제나 수확자 퀴리를 이름으로 부르는 데 조금 어색함을 느꼈다. 〈마리〉는 〈죽음의 대모〉를 부르기에 너무 허물없는 호칭 같았다.

「그 누구도 운전 기술을 완벽하게 익힐 수는 없어. 어떤 여행도 완전히 똑같지는 않기 때문이지.」 수확자 퀴리가 말했다. 「하지만 일단 숙달되고 나면 보람이 있을 거야. 심지어 자유로워지기까지 하지.」

시트라는 숙달되는 날이 오기는 할지 알 수 없었다. 한꺼번에 신경 써야 하는 것들이 너무 많았다. 백미러와 페달에, 손가락 하나 잘못 미끄러지면 절벽을 날게 만들 수도 있는 운전대까지. 더 나쁜 건 수확자 퀴리의 사망 시대 스포츠카가 완벽하게 연결망에서 벗어나 있다는 점이었다. 운전자의 실수를 프로그램이 무마할 수가 없었다. 사망 시대 차량들이 그토록 많은 사람을 죽인 것도 놀랍지 않았다. 네트워크로 연결된 컴퓨터 통제가 없는 차량들은 수확자가 수확에 쓰는 어떤 무기 못지않게 치명적이었다. 혹시 정말로 차량으로 수확하는 수확자가 있을까 궁금해졌다가, 굳이 생각하고 싶지 않아졌다.

시트라는 실제 운전을 할 수 있는 사람을 몇 명 알지 못했다. 반짝이는 새 차를 자랑하고 과시하던 학교 아이들도 모두 자율 주행 차를 탔다. 이 사망 후 세상에서 동력 차량을 실제로 조종한다는 건 자기가 먹을 버터를 직접 만드는 것만큼 희귀한 일이었다.

「10분 동안 남쪽으로 달렸습니다.」 자동차가 말했다. 「이제 목적지를 정하고 싶으십니까?」

「아니.」 시트라는 딱 잘라 말하고 계속해서 창밖 어둠 속으로 점점이 지나가는 고속 도로 불빛을 바라보았다. 직접 운전을 할 수 있었다면 지금부터 하려는 여행이 훨씬 더 쉬웠을 것이다.

심지어 차를 소유하면 실제로 운전을 배울 수 있을지 모른다는 생각에 차량 판매소도 몇 군데 찾아갔었다.

차량 판매소만큼 수확자로 사는 특전이 뚜렷하게 드러나는 곳도 없을 것이다.

「제발 저희 최신 차량을 한 대만 고르십시오, 수확자님.」 판매원들은 그렇게 말하곤 했다. 「원하시는 건 뭐든 좋습니다. 저희가 드리는 선물입니다.」

수확자들은 법 위에 있으므로 돈이 필요하지도 않았다. 수확자들에게 필요한 건 뭐든 무료로 주어졌다. 차량 회사들에는 어떤 수확자가 자기네 차를 골랐다는 홍보가 차 자체보다 훨씬 가치 있었다.

판매소에서는 그녀가 길거리를 달리면 가는 곳마다 사람들이 고개를 돌려 쳐다볼 법한 화려한 차를 고르기를 바랐다.

「수확자라면 사회에 두드러지는 족적을 남기셔야지요.」 어떤 오만한 판매원은 이렇게 말했다. 「가시는 곳마다 모두들 엄청난 명예와 책임을 지닌 여성이 탄 차라는 사실을 알아야 마땅합니다.」

결국 시트라는 기다리기로 했다. 가장 하고 싶지 않은 일이 사회에 두드러지는 족적을 남기는 일이었으니까.

시트라는 천천히 일기장을 꺼내어, 의무대로 그날의 수확에 대한 설명을 적었다. 그리고 20분 후에는 앞쪽에 있는 휴게소 표지판을 보고 자동차에게 고속 도로에서 벗어나라고 말했다. 차량은 충실히 따랐다. 일단 차가 멈추자 시트라는 심호흡을 하고, 오늘 밤에는 집에 가지 않는다는 사실을 알리기 위해 수확자 퀴리에게 전화를 걸었다.

「육로로는 너무 먼 길인데, 제가 공유 차 안에서 잠을 못 잔다는 건 아시죠.」

「나에게 전화하지 않아도 된단다, 애야.」 마리가 말했다. 「내가 널 기다리느라 손을 비틀다가 앉은 채로 잠들진 않을 테니까.」

「오래된 습관은 잘 바뀌지 않잖아요.」 아나스타샤가 말했다. 게다가 그녀는 마리가 정말로 걱정한다는 사실을 알고 있었다. 무슨 일이 생길까 싶어서는 아니고 시트라가 너무 과로할까 봐 걱정했다.

「집에서 좀 가까운 곳에서 수확을 더 해야겠다.」 마리는 벌써 몇 번째인지 모를 말을 했다. 하지만 그들이 사는 아름다운 건축물 〈낙수장〉은 미드메리카 동쪽 끝 깊은 숲속에 있었고, 이는 그들이 멀리 나오지 않으면 지역 공동체를 지나치게 거두게 된다는 의미였다.

「사실은 저 혼자 다니지 말고 스승님과 좀 더 같이 다녀야 한다는 말씀이겠죠.」

마리는 소리 내어 웃었다. 「그 말은 맞는구나.」

「다음 주에는 같이 수확을 가요.」 아나스타샤는 진심이었다. 그녀는 수확자 퀴리와 보내는 시간을 즐기게 되었다. 쉬는 시간도, 수확 시간도 마찬가지였다. 신참 수확자인 아나스타샤는 자신을 받아 주는 어느 수확자 밑에서든 일할 수 있었고, 꽤 많은 이들이 제안을 했지만…… 수확자 퀴리와는 수확을 조금이나마 더 견딜 만하게 만들어 주는 관계를 형성하고 있었다.

「오늘 밤엔 따뜻한 곳에 묵으렴.」 마리가 말했다. 「네 건강 나노기를 혹사시키면 안 돼.」

시트라는 통화를 끊고 족히 1분은 기다린 후에 차에서 내렸다. 마치 통화를 끝낸 후에도 마리가 시트라의 행동을 알 수 있는 것처럼.

「남쪽으로 가는 여행을 계속하러 돌아오시겠습니까?」 자동차가 물었다.

「그래, 기다려.」

「그때는 목적지를 말씀해 주시겠습니까?」

「그럴게.」

이런 늦은 밤에는 휴게소가 거의 텅 비어 있었다. 24시간 운

영되는 음식 매장과 충전소에는 최소한의 직원만 있었다. 화장실은 밝고 깨끗했다. 시트라는 얼른 그리로 향했다. 밤은 쌀쌀했지만, 로브에 발열 전지가 있어서 무거운 외투 없이도 몸이 따뜻했다.

아무도 그녀를 지켜보지 않았다. 적어도 인간의 눈은 없었다. 그러나 가로등 위마다 달린 선더헤드의 카메라들이 회전하며 자동차에서 화장실까지 내내 지켜보고 있다는 사실은 의식할 수밖에 없었다. 선더헤드가 차 안에 함께 있지 않았을지는 몰라도, 시트라가 어디 있는지는 알고 있었다. 그리고 어쩌면 시트라가 무엇을 하려는지도.

화장실 칸에 들어간 시트라는 청록색 로브를 풀고 맞춤 제작한 튜닉과 레깅스도 벗은 뒤, 로브 속에 숨겨 두었던 평범한 옷을 입었다. 그러면서 창피한 마음과 싸워야 했다. 수확자들 사이에서는 공식 수확자 복장 외에 다른 옷을 입지 않는 게 일종의 자부심이었다.

「우리는 살아 있는 매 순간 수확자야.」 마리는 그렇게 말했었다. 「그리고 아무리 잊고 싶어도 결코 그 점을 잊어서는 안 돼. 우리의 복장은 그 약속의 증거야.」

시트라가 임명받은 날, 수확자 퀴리는 시트라 테라노바는 이제 존재하지 않는다고 말했다. 「너는 이 순간부터 수확자 아나스타샤이고, 이 지상을 떠나기로 결정하는 순간까지 수확자 아나스타샤일 것이다.」

아나스타샤는 기꺼이 그럴 마음이었다……. 시트라 테라노바가 되어야 할 때만 제외하고.

시트라는 수확자 아나스타샤를 둘둘 말아 옆구리에 끼고 화장실을 나섰다. 이제 그녀는 다시 시트라였다. 자부심 강하고 고집불통이지만, 사회에 두드러지는 족적을 남기지 않는 시트라. 크게 주목할 이유가 없는 여자애였다. 주목하는 것은 회전하며 성큼성큼 차량으로 돌아가는 그녀를 추적하는 선더헤드 카메라들뿐이었다.

첫 번째 세계 최고위 수확자였던 프로메테우스의 출생지, 피츠버그의 심장부에는 거대한 추모비가 있었다. 약 20제곱미터의 공원에는 일부러 깨뜨린 거대한 흑요석 오벨리스크의 조각들이 흩어져 있었다. 이 검은 돌조각들 사이사이에, 쓰러진 오벨리스크의 검은 돌과 대조되는 하얀 대리석으로 실물보다 약간 더 큰 수확령 설립자들의 조각상들을 세웠다.

그것은 모든 추모를 끝내는 추모비였다.

그것은 죽음의 추모비였다.

전 세계에서 온 관광객들과 학생들이 죽음이 수확자들 앞에 부서져 누운 〈죽음의 추모비〉를 방문하며, 사람들이 노령과 질병, 재난 같은 자연적인 이유들로 죽어 갔다는 생각에 경이로워했다. 지난 세월 이 도시는 죽음의 사망을 기념하는 관광지가 되었음을 받아들였다. 그리하여 피츠버그에서는 매일이 헬러윈이었다.

어디에나 코스튬 파티와 한밤중 만남의 클럽들이 있었다. 어두워진 후에는 모든 탑이 공포의 탑이었고, 모든 저택이 유령 저택이었다.

자정이 가까운 시각, 시트라는 재킷을 챙길 생각을 하지 못한 스스로를 욕하며 죽음의 추모 공원을 가로지르고 있었다.

11월 중순이라, 이런 밤 시간의 피츠버그는 얼어붙을 정도로 추웠고 바람 때문에 정도가 더 심했다. 수확자 로브를 입으면 따뜻하겠지만, 그랬다간 오늘 밤에 옷을 갈아입은 목적이 다 수포로 돌아갈 터였다. 나노기들이 체온을 올리기 위해 애를 쓰며 내부에서 몸을 데우고 있었다. 덕분에 덜덜 떨지는 않았지만, 추위가 가시지도 않았다.

로브가 없으니 취약해진 느낌이었다. 근본적인 지점에서 벌거벗은 느낌이랄까. 처음 로브를 걸쳤을 때는 어색하고 이상했다. 질질 끌리는 옷자락에 계속 걸려 넘어지기도 했다. 하지만 임명을 받고 10개월이 지나자 그 로브에 익숙해졌고, 이제는 로브 없이 공공장소에 나서는 게 어색했다.

공원에는 다른 사람들도 있었다. 대부분 웃고 떠들며 파티와 클럽 사이를 건너다녔다. 모두가 코스튬을 입고 있었다. 구울과 어릿광대, 발레리나와 야수가 있었다. 로브가 필요한 코스튬들만 금지였다. 평범한 시민에게는 수확자를 닮은 복장도 허용되지 않았다. 코스튬을 입은 한 패거리가 지나가는 시트라를 눈여겨보았다. 알아본 걸까? 아니다. 그들의 눈에 띈 것은 시트라가 유일하게 코스튬을 입지 않은 사람이라서였다. 눈에 띄지 않으려다가 오히려 눈에 띄고 말았다.

시트라가 고른 장소는 아니었다. 시트라가 받은 쪽지에 적힌 장소였다.

〈죽음의 추모비 앞에서 자정에 만나.〉 그럴싸하게도 썼다고 웃다가 그게 누구에게 온 편지인지 알았다. 서명이 없었다. L이라는 글자뿐이었다. 만나자는 날짜는 11월 10일. 운 좋게도 그날 밤 수확이 이 여행을 가능하게 할 만큼 피츠버그와 가까윘다.

피츠버그는 은밀한 만남에 최적이었다. 이곳은 수확령이 소홀히 하는 도시였다. 수확자들은 그저 여기에서의 수확을 좋아하지 않았다. 망할 코스튬 차림에 플라스틱 칼을 든 사람들이 술에 취해서 온갖 끔찍한 것들을 축하하며 돌아다니는 곳이라니, 수확자들에게는 너무 섬뜩했다. 죽음을 진지하게 받아들이는 수확자들에게는 정말이지 형편없는 취향이었다.

낙수장에서 가장 가까운 대도시인데도 수확자 퀴리는 피츠버그에서 수확을 하지 않았다. 「피츠버그에서 거둔다는 건 과잉에 가까워.」 그렇게 말했다.

그 말을 생각하면, 이곳에서 다른 수확자의 눈에 띨 가능성은 적었다. 죽음의 추모 공원을 빛내는 수확자는 부서진 검은 오벨리스크를 내려다보는 대리석 설립자들뿐이었다.

정확히 자정이 되자 거대한 추모비 뒤에서 그림자가 걸어나왔다. 처음에는 또 파티에 가는 사람인가 싶었지만, 시트라와 마찬가지로 코스튬을 입지 않았다. 추모비를 비추는 조명 때문에 검은 윤곽으로 보였지만, 걸어오는 모습만 보아도 바로 알 수 있었다.

「로브를 입고 올 줄 알았는데.」 로언이 말했다.

「넌 로브를 입고 오지 않아서 다행이야.」 시트라가 대답했다.

더 가까이 오자 조명이 얼굴을 비췄다. 몇 달은 해를 보지 못한 것처럼 창백했다. 거의 유령 같았다.

「좋아 보인다.」 로언이 말했다.

시트라는 고개를 끄덕였지만, 같은 인사를 돌려 주지는 않았다. 실제로 그는 좋아 보이지 않았다. 로언의 두 눈에는 지나치게 많은 것을 본 것 같은, 그리고 자신의 남은 영혼을 구하려고 발버둥 치기도 그만둔 것 같은 초췌한 서늘함이 있었다. 그렇지만 로언이 미소를 짓자 따뜻했다. 진실했다. 〈거기 있구나, 로언.〉 시트라는 혼자 생각했다. 〈숨어 있었지만 내가 널 찾았어.〉

시트라는 로언을 데리고 조명을 벗어나서, 선더헤드의 적외선 카메라를 제외하면 아무도 볼 수 없는 어두운 구석으로 갔다. 하지만 지금은 그런 카메라조차 보이지 않았다. 어쩌면 그들이 진짜 사각지대를 찾아냈는지도 몰랐다.

「반가워, 고결한 수확자 아나스타샤 님.」 로언이 말했다.

「제발 그렇게 부르지 마. 시트라라고 불러.」

로언은 피식 웃었다. 「그건 위반 아냐?」

「내가 들은 바로는 네가 지금 하는 일 전부가 위반인데.」

로언의 표정이 살짝 어두워졌다. 「들리는 말을 다 믿진 마.」

하지만 시트라는 알아야 했다. 직접 들어야 했다. 「네가 수확자들을 도살하고 불태우고 있다는 게 사실이야?」

로언은 이 비난에 불쾌해하는 게 분명했다. 「난 수확자로 살 자격이 없는 수확자들의 삶을 끝내고 있어.」 로언이 말했다. 「그리고 도살하진 않아. 너처럼 빠르고 자비롭게 생명을 끝내고, 죽은 후에나 시체를 태우지. 재생하지 못하게.」

「그리고 수확자 패러데이는 네가 이러게 두셔?」

로언은 시선을 돌렸다. 「패러데이를 못 본 지 몇 달은 됐어.」

로언은 지난 1월 겨울 콘클라베를 탈출한 후 — 대부분의 사람들이 죽었다고 생각하고 있는 — 패러데이가 그를 아마조니아 북쪽 해안에 위치한 해변 별장으로 데려갔다고 설명했다. 그러나 로언은 그곳에 몇 주밖에 머물지 않았다.

「난 떠나야 했어.」 그는 시트라에게 말했다. 「난…… 어떤 소명을 느꼈어. 설명을 못 하겠지만.」

그러나 시트라는 설명할 수 있었다. 그 소명을 알고 있었다. 그들은 이 사회의 완벽한 살인자가 되기 위해 몸과 마음을 훈련하며 1년을 보냈다. 생명을 끝내는 것이 이젠 그들의 일부분이 되었다. 그리고 로언이 수확령에 뿌리내리고 있는 부패에 칼을 돌리고 싶어 한다고 탓할 수는 없었다. 하지만 그러고 싶다는 것과 실제로 그런다는 건 전혀 다른 문제였다. 행동 수칙이라는 게 있었다. 수확자 계명이 있는 데에는 이유가 있다. 계명이 없다면 모든 대륙, 모든 지역에 자리한 수확령이 다 혼란에 빠질 것이다.

시트라는 아무 결론도 내지 못할 철학 논쟁으로 이야기를 끌고 가는 대신, 화제를 로언의 행동이 아니라 로언 자체로 바꾸기로 했다. 걱정되는 건 로언의 어두운 행위만이 아니었다.

「너무 말랐어. 먹고는 있는 거야?」

「이젠 네가 내 엄마야?」

「아니.」 시트라는 차분하게 말했다. 「네 친구지.」

「아아…….」 로언은 약간 슬픈 듯이 말했다. 「내 〈친구〉라.」

로언이 무슨 말을 하고 싶어 하는지 알았다. 마지막으로 서로를 보았을 때는, 시트라도 로언도 절대 말하지 않겠다고 맹세했던 말을 해버렸다. 절박하지만 승리에 찬 순간의 열기에 휩싸여 로언은 시트라를 사랑한다고 말했고, 시트라도 그렇다고, 로언을 사랑한다고 인정해 버렸다.

하지만 이제 와서 그게 무슨 소용일까? 그들은 다른 두 우주에 살고 있는 것 같았다. 그런 감정을 길게 끌어 봐야 어디로도 가지 못할 것이다. 그래도 시트라는 그런 생각을 품고 있었다. 심지어는 다시 한번 그 말을 할까 싶기도 했다……. 그러나 그녀는 훌륭한 수확자답게 그 말을 참았다.

　「우리가 왜 여기에 있는 거야, 로언?」 시트라가 물었다. 「그 편지는 왜 쓴 거야?」

　로언은 한숨을 쉬었다. 「수확령이 결국에는 날 찾아낼 테니까. 그러기 전에 마지막으로 널 보고 싶었어.」 로언은 잠깐 말을 멈추고 생각했다. 「일단 나를 잡으면 무슨 일이 벌어질지 알지. 수확령은 날 거둘 거야.」

　「그럴 수는 없어.」 시트라가 상기시켰다. 「네겐 아직 내가 준 면제권이 있어.」

　「두 달밖에 남지 않았어. 그 후엔 수확령이 원하는 대로 할 수 있지.」

　작은 희망이라도 주고 싶었지만, 시트라도 로언만큼이나 진실을 잘 알고 있었다. 수확령은 로언을 없애고 싶어 했다. 보수파 수확자들도 로언의 방식에는 찬성하지 않았다.

　「그럼 잡히지 마.」 시트라가 말했다. 「그리고 혹시 진홍색 로브를 입은 수확자를 보게 되면 달아나.」

　「진홍색 로브?」

　「수확자 콘스탄틴이야. 널 찾아내서 연행할 책임을 맡았다고 들었어.」

　로언은 고개를 저었다. 「난 누군지 몰라.」

　「나도 몰라. 콘클라베에서 보긴 했어. 수확령의 수사국을 이

끌고 있어.」

「신질서야, 보수파야?」

「둘 다 아니야. 자기만의 범주랄까. 친구도 없는 것 같아. 다른 수확자와 대화하는 모습도 본 적이 없어. 어떤 가치를 옹호하는지 확실히는 모르겠어. 아마도 정의겠지……. 어떤 대가를 치르더라도.」

로언은 그 말에 웃었다. 「정의? 수확령은 이제 정의가 뭔지 몰라.」

「모두가 그런 건 아니야, 로언. 결국에는 지혜와 이성이 승리하리라고 믿어야 해.」

로언은 손을 뻗어 시트라의 뺨을 건드렸다. 시트라는 그 손길을 용납했다. 「나도 그렇게 믿고 싶어, 시트라. 수확령이 원래 그래야 할 모습으로 돌아갈 수 있다고 믿고 싶어……. 하지만 때로는 그러기 위해 필요한 어둠이 있어.」

「그리고 네가 그 필요한 어둠이라고?」

로언은 대답하지 않았다. 대신 이렇게만 말했다. 「내가 루시퍼라는 이름을 택한 건 그게 〈빛의 인도자〉라는 뜻이라서야.」

「예전에 사망 시대 인간들이 악마를 부르던 이름이기도 하지.」 시트라는 지적했다.

로언은 어깨를 으쓱였다. 「횃불을 든 사람은 짙은 그림자를 드리우기 마련이지.」

「횃불을 훔치는 사람 말이겠지.」

「흠.」 로언이 말했다. 「난 원하는 건 뭐든 훔칠 수 있나 봐.」

그런 말을 할 줄은 생각도 못 했다. 게다가 너무 가볍게 말해서 당황스러웠다. 「무슨 말을 하는 거야?」

「선더헤드 말이야. 내가 뭘 해도 빠져나가게 내버려 둬. 그리고 너와 마찬가지로, 수습생 생활을 시작한 날 이후 한 번도 나에게 말을 걸거나 대답하지 않아. 나를 수확자처럼 대하고 있어.」

그 말에 시트라는 멈칫했다. 로언에게 말한 적 없는 일이 생각났던 것이다. 사실은 로언뿐만 아니라 아무에게도 말한 적이 없었다. 선더헤드는 나름의 법칙에 따라 살고, 결코 그 법을 어기지 않았다……. 그러나 가끔은 법을 피해 가는 방법을 찾았다.

「선더헤드가 너에게는 말을 하지 않을지 몰라도, 나에겐 한 적이 있어.」 시트라가 고백했다.

로언이 몸을 돌리더니, 어둠 속에서 시트라의 눈을 보기 위해 자세를 바꿨다. 아마 농담인가 싶었을 것이다. 그는 농담이 아니라는 것을 알고 말했다. 「그건 불가능해.」

「나도 그렇게 생각했어. 하지만 고위 수확자가 수확자 패러데이를 살해했다고 나를 고발했을 때, 내가 철퍽을 감행해야 했던 거 기억해? 그리고 일시적으로 죽은 상태였던 동안 선더헤드가 내 머릿속에 들어와서 사고 프로세스를 활성화했어. 기술적으로 보면 죽어 있는 동안은 수확자 수습생이 아니기 때문에, 선더헤드가 내 심장이 다시 뛰기 전까지는 말을 할 수 있었던 거야.」 시트라는 그게 우아한 편법이라는 사실을 인정해야 했다. 시트라에게 그것은 엄청난 경외의 순간이었다.

「선더헤드가 뭐라고 했어?」 로언이 물었다.

「내가…… 중요하다고 했어.」

「중요하다니, 어떻게?」

시트라는 좌절감에 고개를 저었다. 「그게 문제야. 그건 말을 하지 않았어. 더 말하는 건 위반이라고 생각했나 봐.」 시트라는 로언에게 다가섰다. 그리고 좀 더 조용하게 말했지만, 그래도 그 말에는 이전보다 더한 열정이 담겨 있었다. 더 무게 있는 말이었다. 「하지만 그 건물에서 뛰어내린 게 너였다면, 일시 사망 상태가 된 게 너였다면 선더헤드는 너에게도 말을 했을 거라고 생각해.」

시트라는 로언의 팔을 잡았다. 포옹하고 싶었지만 그 정도가 스스로에게 허용할 수 있는 한계였다.

「난 너도 중요하다고 생각해, 로언. 아니, 확신해. 그러니 뭘 하든 잡히지 마⋯⋯.」

이 말을 하면 웃을지도 모르지만, 나는 스스로의 완벽함을 싫어한다. 인간은 실수로부터 배운다. 나는 그럴 수가 없다. 나는 실수를 하지 않는다. 결정을 내려야 할 때면, 오직 여러 색조의 옳음을 다룰 뿐이다.

나에게 난제가 없다는 말은 아니다.

예를 들어 인류가 사춘기 시절 지구에 끼친 피해를 되돌리는 것은 상당한 난제였다. 오존층 파괴를 복구하고, 과잉 온실 가스를 제거하고, 바다의 오염을 정화하고, 열대 우림을 되찾고, 멸종 위기에 있던 수많은 종을 구해야 했다.

이런 지구적인 문제들은 내가 외곬으로 집중해서 사망 시대 인간 한 명의 평생에 해당하는 시간을 들이자 해결할 수 있었다. 나는 인간 지식의 축적이니, 나의 성공은 곧 인류가 그럴 만한 지식을 이미 가지고 있었고, 그저 목표를 완수할 만큼 강력한 존재를 필요로 했을 뿐이라는 증명이다. 그리고 나는 강력함 그 자체다.

— 선더헤드

6

징벌

역사는 로언이 잘하는 과목이 아니었지만, 수확자 수습생이 된 이후에는 변했다. 그때까지 로언은 인생의 그 무엇도, 심지어 앞으로의 미래도 먼 과거에 영향을 받을 수 있다고 생각하지 못했다. 특히 사망 시대의 이상한 사건들은 더 그랬다. 하지만 수습 기간의 역사 수업은 역사 전반에 걸친 의무와 명예, 진실성이라는 개념들에 초점을 맞췄다. 탄생부터 현재까지 인류의 가장 훌륭한 순간들에 나온 철학과 심리학. 로언은 그 내용에 매력을 느꼈다.

역사에는 대의를 위해 스스로를 희생한 사람들이 가득했다. 어떤 면에서는 수확자들도 그랬다. 각자의 희망과 꿈을 버리고 사회의 종복이 되는 셈이었으니까. 아니, 적어도 수확령의 이상을 존중하는 수확자들은 그랬다.

로언도 그런 수확자가 되었을 것이다. 수확자 고더드 밑에서 잔혹하고 고통스러운 수습 생활을 한 후라고 해도 고결하게 남았을 것이다. 그러나 그 기회를 빼앗겼다. 그 후에 로언은 아직 수확령과 인류에게 봉사할 수 있다는 사실을 깨달았지만,

다른 방법을 통해서였다.

로언의 기록은 현재 딱 빵집의 한 다스를 채웠다.[3] 여러 지역에서 수확자 열세 명의 삶을 끝냈고, 모두가 수확령의 이상에 수치스러운 존재였다.

로언은 수확자 패러데이가 가르친 대로 대상을 광범위하게 연구했고, 편견 없이 선택했다. 이 점은 중요했다. 그러지 않았다면 그의 수확은 오직 신질서 수확자들의 부패만 노렸을 것이다. 도를 넘은 행위와 살해에서 느끼는 즐거움을 공개적으로 받아들인 수확자들. 신질서 수확자들은 권력 남용을 좋은 일처럼 과시하고, 나쁜 행동을 정상화했다. 그러나 그들이 나쁜 행위를 독점하는 건 아니었다. 보수파 중에도, 어느 파벌도 아닌 수확자 중에도 고매한 말을 하면서 몰래 나쁜 짓을 하는 이기적인 위선자들은 있었다.

수확자 브람스는 로언이 경고만 주고 떠난 첫 대상이었다. 그날은 관대해진 기분이었다. 그 남자를 끝내지 않으니 기분이 좋았다. 덕분에 자신이 고더드와 그 추종자들과는 다르다는 생각이 다시 들었다. 그래서 부끄러움 없이 시트라를 대면할 수 있었다.

다른 사람들이 다가오는 추수 감사절 휴일을 준비하는 동안, 로언은 가능성이 있는 대상 몇 명을 감시하고 그들의 행동을 살피며 조사 작업을 벌였다. 수확자 게리는 비밀 모임에 관심이 많았는데, 대개 저녁 식사 파티와 스포츠 도박 모임이었다.

---

3 구식 빵집의 한 다스는 열두 개에 덤으로 한 개를 얹었다.

수확자 헨드릭스는 의문스러운 행위들을 자랑했지만 말뿐이었다. 실제로는 수확에 온화했고, 적절한 연민을 품고 행했다. 수확자 라이드의 수확은 잔혹하고 피투성이였지만, 대상은 언제나 고통 없이 빨리 죽었다. 하지만 수확자 르누아르는 유력했다.

그날 오후 아파트에 도착한 로언은 문을 열기도 전에 안에 누군가가 있음을 알았다. 손잡이가 차가웠다. 문에 손잡이가 시계 방향으로, 그러니까 흔히 돌리는 방향으로 돌아가면 작동하는 냉각 칩을 연결해 두었다. 서리가 낄 정도로 차갑지는 않았지만, 누군가가 안에 들어갔으며, 어쩌면 지금도 있을지 모른다는 사실을 알려 줄 정도로는 차가웠다.

도망칠까도 생각했지만, 로언은 대결을 피하고 도망치는 사람이 아니었다. 재킷 안에 손을 넣어 칼을 꺼냈다. 언제 수확령의 근위대원들을 상대로 몸을 지켜야 할지 모르기에, 검은 로브를 입지 않았을 때도 무기는 항상 가지고 다녔다. 로언은 조심스럽게 안으로 들어갔다.

침입자는 숨어 있지 않았다. 버젓이 식탁 앞에 앉아서 샌드위치를 먹고 있었다.

「안녕, 로언.」 타이거 살라사르가 말했다. 「기분 상하지 않았으면 좋겠는데, 기다리다 보니 배가 고파서 말이야.」

로언은 문을 닫고 타이거가 보기 전에 칼을 치웠다.

「여기서 뭘 하고 있는 거야, 타이거? 나는 어떻게 찾았고?」

「어이, 날 좀 믿어 봐. 나도 아주 멍청하진 않다고. 네게 가짜 신분증을 만들어 준 사람을 알고 있었던 게 나란 거 잊지 말아야지. 선더헤드에게 로널드 대니얼스를 어디에서 찾을 수 있는지 묻기만 하면 됐어. 물론 로널드 대니얼스는 엄청나게 많으니까, 맞는 사람을 찾는 데 시간이 걸렸지.」

로언이 수확자 수습생이 되기 전에는 타이거 살라사르가 제일 친한 친구였다. 그러나 살해 방법을 배우는 데 1년을 들이고 나니 그런 과거가 별 의미를 지니지 못했다. 로언은 사망 시대 군인들이 전쟁에서 돌아왔을 때 그런 느낌이었으리라고 생각했다. 예전의 우정은 예전 친구들과 공유하지 않는 경험들의 구름 휘장 뒤에 갇혀 있는 것 같았다. 로언과 타이거의 공통점이라곤 점점 더 멀어져 가는 과거사뿐이었다. 지금 타이거는 직업 파티꾼이었다. 로언은 자신과 그보다 더 동떨어진 직업을 상상할 수 없었다.

「그저 오기 전에 미리 알려 줬으면 할 뿐이야.」 로언이 말했다. 「미행은 없었고?」 묻고 보니 멍청한 질문 목록 위쪽에 올라가 있을 법한 질문이었다. 아무리 타이거라도 미행을 알아차렸으면서 로언의 아파트에 나타날 정도로 생각이 없지는 않을 터였다.

「진정해. 내가 여기에 온 건 아무도 몰라. 왜 그렇게 늘 세상이 널 잡으려 한다고 생각하는 건데? 수습 생활 좀 낙제했다고 수확령이 왜 널 쫓겠어?」

로언은 대답하지 않았다. 대신 살짝 열려 있던 옷장으로 가서, 타이거가 안에 든 수확자 루시퍼의 검은 로브를 보지 않았기를 빌며 옷장 문을 닫았다. 본다고 해도 타이거는 이해하지 못하겠지만 말이다. 대중은 수확자 루시퍼에 대해 알지 못했다. 수확령은 로언이 한 일들을 뉴스에 내보내지 않았다. 타이거가 아는 것이 적을수록 좋았으니, 로언은 오래전부터 내려오는 대화 끝내기용 문장을 말했다.

「네가 정말 내 친구라면 질문은 하지 마.」

「네, 네. 대단한 신비의 사나이셔.」 타이거는 남은 샌드위치를 들어 올렸다. 「뭐, 아직 인간의 음식을 먹긴 하네.」

「뭘 원해, 타이거? 왜 온 거야?」

「그게 친구에게 말하는 태도냐? 이 먼 길을 왔는데…… 하다 못해 내가 어떻게 지냈는지 물어볼 수는 있잖아.」

「그래서 어떻게 지냈는데?」

「사실 꽤 잘 지냈지. 다른 지역에 막 새로운 일자리를 얻었거든. 그래서 작별 인사하러 왔어.」

「상근직 파티 일 같은 거야?」

「그건 잘 모르겠어. 하지만 지금까지 일하던 파티 에이전시보다 훨씬 돈을 잘 줘. 그리고 드디어 세상 구경도 하게 된 셈이야. 일자리가 텍사스에 있거든!」

「텍사스?」 로언은 살짝 걱정스러워졌다. 「타이거, 거긴…… 일을 〈다르게〉 해. 텍사스와는 얽히지 말라, 뭐 그런 말도 있잖아. 그런데 왜 텍사스와 얽히고 싶어 해?」

「그러니까 거기가 특전 지역이지. 뭐 대수라고. 특전 지역이 예측 불허라는 게 꼭 나쁘다는 뜻은 아니야. 너도 나 알지. 내 다른 이름이 예측 불허 아니냐.」

로언은 웃음을 참아야 했다. 타이거는 가장 예측하기 쉬운 사람으로 꼽을 만했다. 철떡 중독자가 된 방식이며, 떠나서 직업 파티꾼이 된 방식도. 타이거는 스스로를 자유로운 영혼이라고 생각할지 몰랐지만, 전혀 그렇지 않았다. 그저 자기가 갇힌 새장의 경계를 보여 줄 뿐이었다.

「흠, 조심하기나 해.」 로언은 타이거가 조심하지 않을 것을 알면서, 그러나 또한 무슨 짓을 하든 무사할 줄 알면서 그렇게 말했다. 〈내가 타이거처럼 태평했던 적이 있었나?〉 로언은 생각해 보았다. 아니, 그런 적 없었다. 하지만 타이거의 그 점은 부러웠다. 그래서 둘이 친구가 되었는지도 모른다.

분위기가 살짝 어색해졌다. 하지만 뭔가 더 있었다. 타이거는 일어섰지만, 나가려고 하지는 않았다. 할 말이 더 있는 게 분명했다.

「알려 줄 소식이 있어. 실은 그게 여기에 찾아온 진짜 이유야.」

「무슨 소식?」

타이거는 아직도 머뭇거렸다. 로언은 나쁜 소식을 예감하고 충격에 대비했다.

「이런 말 하게 되어 안타깝지만, 로언…… 너희 아빠가 수확 당하셨어.」

로언은 발아래 땅이 살짝 흔들리는 느낌이었다. 중력이 예상치 못한 방향으로 끌어당기는 것 같았다. 균형을 잃고 쓰러질 정도는 아니었지만 현기증이 났다.

「로언, 내가 한 말 들었냐?」

「들었어.」 로언은 조용히 말했다. 수많은 생각과 감정이 쏟아져 들어왔고, 서로가 서로를 방해해서 무슨 생각을 하거나 감정을 느껴야 할지 모를 정도였다. 다시는 부모님을 보지 못할 거라고 생각했지만, 아버지를 볼 수 없다는 것, 영원히 사라졌고, 일시 사망이 아니라 정말로 사망했다는 걸 안다는 건…… 이제까지 수확 대상이 된 사람을 많이 보았고, 직접 열세 명을 끝내기도 했지만, 로언에게 이렇게 가까운 사람을 잃은 경험은 처음이었다.

「나…… 난 장례식에 못 가.」로언은 뒤늦게 깨달았다. 「수확령이 날 찾는 요원들을 보낼 거야.」

「그런 사람이 있었다 해도 난 못 봤는데. 장례식은 지난주였어.」

소식 자체만큼이나 큰 타격이었다.

타이거는 미안하다는 듯 어깨를 으쓱였다. 「말했다시피 로널드 대니얼스가 좀 많아야지. 널 찾는 데 시간이 꽤 걸렸어.」

그러니까 아버지가 죽은 지 일주일이 넘었다는 뜻이었다. 그리고 타이거가 말하러 오지 않았다면 영영 몰랐을 것이다.

그러다가 서서히 진실이 떠올랐다. 이것은 무작위로 벌어진 사건이 아니었다.

이것은 벌이었다.

수확자 루시퍼의 행동에 대한 징벌이었다.

「아버지를 거둔 수확자가 누구였어?」로언이 물었다. 「누가 했는지 알아야겠어!」

「몰라. 나머지 가족에게 침묵하겠다는 맹세를 시켰어. 수확자들 가끔 그러잖아. 누구보다 네가 더 잘 알겠지.」

「다른 가족에게 면제권은 줬고?」

「당연하지. 너희 어머니, 형들, 누나들…… 수확자들이 원래 하는 대로 했어.」

로언은 타이거의 엉성한 기억력에 한 대 치고 싶었지만, 그 무엇도 타이거의 잘못이 아니라는 걸 알기에 반대쪽으로 걸어갔다. 타이거는 전달자에 불과했다. 나머지 가족들에게 면제권이 주어지긴 했지만, 면제권은 1년밖에 되지 않았다. 아버지를 거둔 수확자는 어머니를 고르고, 형제들을 고르고, 가족이 다 사라질 때까지 1년에 한 명씩 고를 수 있었다. 이게 수확자 루시퍼가 된 대가였다.

「내 잘못이야! 나 때문에 그런 거야!」

「로언, 네가 무슨 말을 하는지 알아? 모든 게 너를 중심으로 돌아가진 않아! 네가 수확령을 열받게 한 일이 뭔지는 몰라도, 그것 때문에 네 가족을 뒤쫓을 리는 없어. 수확자들은 그렇지 않아. 원한을 품지 않는다고. 깨인 분들이잖아.」

그 말에 반박해 봐야 무슨 소용일까? 타이거는 전혀 몰랐고, 영영 몰라야 마땅한지도 몰랐다. 타이거는 수확자가 얼마나 옹졸하고, 복수심이 강하고, 인간적이 될 수 있는지 모르는 채 1천 년이라도 행복한 파티꾼으로 살 수 있을 것이다.

로언은 여기에 머물 수 없었다. 타이거가 미행당하지 않았다고 해도, 수확령이 결국에는 타이거가 어디에 왔었는지 추적할 것이다. 지금 로언을 쓰러뜨릴 팀이 오고 있을지도 몰랐다.

로언과 타이거는 작별 인사를 나눴고, 로언은 최대한 빨리 옛 친구를 문밖으로 배웅했다. 그리고 타이거가 나가고 1분 만에 로언도 무기와 검은 로브를 쑤셔 넣은 배낭만 지고 그곳을 떠났다.

나의 지속적인 인류 관찰이 감시가 아니라는 걸 이해해야 한다. 이건 중요한 문제다. 감시라는 말에는 동기와 의혹, 그리고 궁극적으로는 판단이 내포되어 있다. 그중 어떤 것도 나의 관찰 알고리즘에는 포함되지 않는다. 나는 단 한 가지 이유로 관찰한다. 내가 보살피는 모든 인간에게 최대한의 도움을 제공하기 위해서이다. 나는 사적인 장소에서 내가 본 특정 내용을 근거로 행동하지 않으며, 행동할 수도 없다. 대신 나는 내가 본 것들을 사람들의 욕구를 더 잘 이해하는 데 쓴다.

그렇다고 해도 나는 사람들의 생활 속에 언제나 내가 존재한다는 사실이 일으킬 수 있는 양가감정에 둔감하지 않다. 그런 이유로, 특전 지역 텍사스에서는 개인 가정의 모든 카메라를 꺼놓았다. 내가 특전 지역에서 하는 다른 모든 일과 마찬가지로, 이 또한 실험이다. 관찰할 수 없다면 나의 관리에 지장이 생길지 알고 싶다. 지장이 되지 않는다면 온 세상의 개인 가정에 있는 카메라를 모두 끄지 못할 이유가 없다. 그러나 만약 내가 볼 수 있는 모든 것을 보지 못해서 문제가 생긴다면, 그것은 지구에 남은 모든 사각지대를 없애야 한다는 증명이 될 것이다.

나는 전자의 결과를 바라지만, 후자가 되지 않을까 의심한다.

— 선더헤드

7
비리비리하지만 잠재력은 있네

타이거 살라사르가 성공하고 있었다!

시간을 낭비하고 공간을 차지하는 삶을 살았던 그는, 이제 시간을 낭비하고 공간을 차지하는 데 돈을 받는 전문가가 되었다! 이보다 더 좋은 삶은 상상할 수 없었다. 그리고 수확자들과 스치는 일이 많았으니, 결국에는 그중 하나가 자신을 주목할 터였다. 어쩌면 반지를 내밀며 1년 면제권을 줄지도 모른다고 생각했다. 그러나 수확자가 타이거를 정규직으로 고용하리라 기대한 적은 없었다. 그것도 다른 지역 수확자가!

「작년 파티에서 우리를 즐겁게 해줬지.」 그 여자는 전화 통화로 그렇게 말했다. 「네 스타일이 마음에 들었어.」 그녀는 타이거가 버는 돈의 두 배를 제안하고, 주소와 날짜, 시간을 알려주었다.

기차에서 내리자마자 여기가 미드메리카가 아니라는 걸 느낄 수 있었다. 텍사스 지역의 공식 언어는 음악적인 억양이 더 풍부한 사망 시대의 영어였다. 타이거가 알아들을 만큼은 공용어에 가까웠지만, 그러느라 뇌가 녹초가 될 지경이었다. 세익스피어 극을 볼 때와 비슷했다.

모두가 약간 다르게 옷을 입었고, 자신만만하게 으스대는 걸음걸이로 걸었다. 그 걸음걸이에는 익숙해질 수 있을 것 같았다. 여기에 얼마나 있게 될까 궁금했다. 오래 있게 된다면 부모님이 사주지 못했던 차량을 살 수 있을 테니, 어딜 가든 공유차를 탈 필요가 없어질 텐데.

만날 장소는 샌안토니오라는 도시였고, 주소는 작은 강을 굽어보는 고층 건물의 펜트하우스였다. 타이거는 파티가 이미 벌어지고 있을지도 모른다고 생각했다. 계속 이어지는 파티 말이다. 그러나 현실은 그와 정반대였다.

문에서 그를 맞이한 사람은 하인이 아니라 수확자였다. 검은 머리에 약간 판아시아계로 보이는 외모가 친숙했다.

「타이거 살라사르겠지.」

「정확히 맞히셨습니다.」 타이거는 문안으로 들어섰다. 예상대로 실내 장식이 화려했다. 예상치 못한 것은 다른 손님이 아무도 없다는 사실이었다. 하지만 언젠가 로언에게 말했듯이, 타이거는 흘러가는 대로 살았다. 무슨 일이 생기든 적응할 수 있었다.

긴 여행을 했으니 수확자가 먹을 것을 권하거나 마실 것을 내밀지도 모른다고 생각했는데, 그렇지 않았다. 수확자는 마치 경매에 나온 가축을 보는 듯한 눈으로 타이거를 훑어보았다.

「로브 좋네요.」 타이거는 아부 좀 해서 나쁠 건 없겠지 생각하고 말했다.

「고맙구나. 셔츠를 벗어 봐.」

타이거는 한숨을 내쉬었다. 그러니까 그런 종류의 만남이었나. 그러나 이번에도 완전히 틀린 생각이었다.

셔츠를 벗자, 수확자는 타이거를 더욱 면밀히 살폈다. 팔을 굽혔다 펴보게 하고, 이두근이 얼마나 단단한지도 확인했다.

「비리비리하지만 잠재력은 있네.」 그녀가 말했다.

「비리비리하다는 게 무슨 소리예요? 운동한다고요!」

「충분하진 않아.」 수확자가 말했다. 「하지만 그건 쉽게 교정할 수 있지.」 그러고는 뒤로 물러서서 잠시 더 가늠해 보더니 말했다. 「육체적으로는 누구든 첫 번째 선택으로 꼽진 않겠지만, 현재 상황에서는 딱 맞아.」

타이거는 설명이 더 있을 줄 알았는데, 그런 말은 없었다. 「어디에 딱 맞아요?」

「때가 되면 알게 될 거다.」

그때 드디어 퍼즐 조각이 맞아 들었고, 타이거는 흥분에 휩싸였다. 「날 수습생으로 선택하는 거군요!」

수확자는 처음으로 씩 웃었다. 「그래, 그렇게 말할 수도 있겠네.」

「이런 젠장. 평생 최고의 소식이네요! 실망하지 않으실 거예요. 전 빨리 배우거든요. 영리하기도 하죠. 뭐, 학자같이 똑똑하진 않지만, 그런 데 속지 마세요. 저도 머리는 잘 돈다고요!」

수확자는 한 걸음 다가와서 미소를 지었다. 눈부신 녹색 로브에 박힌 에메랄드들이 빛을 받아 반짝였다.

「내가 장담하지.」 수확자 랜드는 말했다. 「이 수습 생활에 네 두뇌는 전혀 중요하지 않아.」

2부 **위험**

내가 세계의 관리를 책임지기 전, 지구는 최대 1백억 명분의 지속 능력을 지녔었다. 그 후에 포화 상태가 시작됐고, 굶주림과 고통, 완전한 사회 붕괴가 이어졌다.

나는 그 가혹한 현실을 바꿨다.

잘 관리한 생태계가 얼마나 많은 인간의 생활을 지탱할 수 있는지 보면 놀랍다. 그리고 잘 관리한다는 것은, 내가 관리한다는 뜻이다. 인류는 변수들로 곡예를 벌일 능력이 없었다. 그러나 나의 관리하에서는 인구가 기하급수적으로 늘었음에도 세계가 전보다 훨씬 덜 붐볐다. 그리고 내가 창조를 도운 다양한 암초, 숲, 지하 영역 덕분에 녹지는 사망 시대보다 더 늘었다.

나의 지속적인 개입이 없다면, 이 섬세한 균형은 무너지고 말 것이다. 그런 행성 내부 파열이 일으킬 고통을 생각하면 몸서리가 난다. 그런 사태를 막을 내가 있어 다행이다.

— 선더헤드

8
어떤 상황에서도

그레이슨 톨리버는 선더헤드를 사랑했다. 대부분의 사람들이 그러기는 했다. 어찌 사랑하지 않겠는가? 선더헤드는 속임수도 없고, 적개심도 없고, 꿍꿍이도 없으며, 언제나 무슨 말을 해야 할지 정확히 알았다. 선더헤드는 세상 모든 컴퓨터 속에 동시에 존재했다. 모두의 집에서 어깨를 도닥이는 보이지 않는 손이었다. 그리고 의식에 부담도 없이 동시에 10억이 넘는 사람에게 말을 걸 수 있다 해도, 각각에게 온전한 관심을 기울이고 있다는 환상을 선사했다.

선더헤드는 그레이슨의 제일 친한 친구였다. 주로 선더헤드가 그를 키웠기 때문이다. 그레이슨의 부모는 〈연쇄 부모〉였다. 그들은 가족을 갖는 건 좋아했지만, 가족을 키우는 것은 싫어했다. 그레이슨과 그의 누이들은 아버지의 다섯 번째 가족이자 어머니의 세 번째 가족이었다. 두 사람 다 새로 내놓은 자손들에게 빠르게 싫증을 냈고, 그들이 부모의 책임을 회피하기 시작하자 선더헤드가 그 부분을 이어받았다. 그레이슨의 숙제를 도와주고, 첫 데이트에서 어떻게 행동하고 뭘 입을지

조언했으며, 비록 고등학교 졸업식에 물리적으로 나타나지는 못했지만 모든 각도에서 사진을 찍어 주었고, 집에 도착했을 때 멋진 식사를 배달해 주었다. 판아시아에 식도락 여행을 가 있던 부모보다 훨씬 나았다. 심지어 누이들도 졸업식에 오지 않았다. 둘 다 다른 대학에 다녔던 데다가 학기 마지막 주였다. 그들은 자기들이 동생의 고등학교 졸업식에 나타나길 기대하는 건 그레이슨의 이기심일 뿐이라는 의견을 분명히 했다.

그러나 선더헤드는 언제나 그랬듯 거기에 있었다.

「네가 정말 자랑스럽다, 그레이슨.」 선더헤드는 그렇게 말했다.

「오늘 졸업한 수백만 명에게도 그렇게 말했어?」 그레이슨은 물었다.

「내가 정말로 자랑스러워하는 졸업생에게만 했지.」 선더헤드가 대답했다. 「하지만 그레이슨, 너는 네 생각보다 더 특별해.」

그레이슨 톨리버는 자신이 특별하다고 믿지 않았다. 그레이슨이 평범 이상이라는 증거는 전혀 없었다. 그는 선더헤드가 평소처럼 그를 위로하고 있다고 생각했다.

그러나 선더헤드는 언제나 진심이었다.

그레이슨이 선더헤드에게 봉사하는 삶에 뛰어든 건 강요를 받아서도, 꼬임을 당해서도 아니었다. 그것은 그의 선택이었다. 님부스 요원으로 정부에서 일하는 건 수년간 마음에 품고 있던 길이었다. 혹시 선더헤드가 원치 않거나, 그만두라고 설득할까 봐 말은 하지 못했다. 마침내 그레이슨이 미드메리카 님부스 아카데미에 원서를 제출했을 때, 선더헤드는 〈기쁘다〉고만 말하고 주위에 있는 비슷한 생각을 가진 청소년들과 접촉하게 했다.

그런 아이들을 만나 보니, 기대했던 바와 달랐다. 그들은 놀라울 정도로 지루했다.

「사람들이 나를 볼 때도 그래?」 그는 선더헤드에게 물어보았다. 「나도 개네들처럼 따분해?」

「너는 그렇지 않지.」 선더헤드는 그에게 말했다. 「많은 아이들은 정말로 자극을 주는 직업을 찾을 창의력이 없어서 정부 일을 하러 와. 또 무력감을 느껴서 대리 권력이라도 경험하려고 하는 아이들도 있지. 이들은 활기라곤 없는 사람들, 지루한 사람들이고, 궁극적으로는 가장 효율이 떨어지는 님부스 요원들이 되지. 너처럼 봉사 자체를 원하는 사람은 그게 개성이라고 해도 될 정도로 드물어.」

선더헤드의 말이 옳았다. 그레이슨은 정말로 봉사를 하고 싶었고, 어떤 감춰진 동기 없이 그러고 싶어 했다. 권력이나 특권도 원하지 않았다. 모든 님부스 요원들이 입는 빳빳한 회색 정장과 하늘색 타이는 물론 좋았지만, 그것은 그레이슨의 동기와 거리가 멀었다. 선더헤드가 그에게 해준 게 정말 많기에 일부라도 갚고 싶었다. 선더헤드의 대리인이 되어 지구를 관리하고, 인류의 향상을 위해 일하는 것보다 더 고매한 소명은 상상할 수 없었다.

수확자들은 1년의 수습 생활로 만들어지거나 부서졌지만, 님부스 요원이 되는 데에는 5년이나 걸렸다. 4년의 공부와 1년 간의 현장 실습을 거쳐야 했다.

그레이슨은 5년의 준비 기간에 몸 바칠 준비가 되어 있었다. 그러나 미드메리카 님부스 아카데미에서 공부를 시작한 지 두 달도 채 되지 않아 앞길이 막혔음을 알았다. 역사, 철학, 디지털 이론, 그리고 법학으로 이루어진 수강 신청표가 갑자기 백지가 되었다. 알 수 없는 이유로 모든 수업에서 빠지게 된 것이다. 실수일까? 어떻게 그럴 수가 있지? 선더헤드는 실수를 하지 않는다. 그레이슨은 어쩌면 수강 신청은 인간의 손에 맡겨져 있고, 인간은 실수를 할 수 있을 거라며 합리화했다. 그래서 진상을 알아내고자 교무과로 향했다.

「아니에요.」 교무과장은 놀라지도 안타까워하지도 않았다. 「실수는 없습니다. 어느 수업에도 등록되지 않았다고 나오는군요. 하지만 파일에 메시지가 하나 있습니다.」

메시지는 간단하고 분명했다. 그레이슨 톨리버는 즉시 지역 행정 본부에 출석할 것.

「왜요?」 그레이슨이 물어보았지만, 교무과장은 어깨를 으쓱이고 그의 어깨 너머로 다음 학생을 쳐다볼 뿐이었다.

선더헤드 자체는 사무실이 필요하지 않았으나, 선더헤드의 인간 대응책들에게는 공간이 필요했다. 모든 지역, 모든 도시에 대면청(對面廳)이 있어 수천 명의 님부스 요원이 세계를 유지하는 일을 했고, 그 일을 잘해낼 수 있었다. 선더헤드는 인류 역사에 하나뿐인 뭔가를 이루어 냈다. 실제로 작동하는 관료제를 말이다.

흔히 AI[4]라고 불리는 대면청들은 화려하지 않았고, 그렇다고 눈에 띄게 금욕적이지도 않았다. 모든 도시에 주위 건축물들과 조화를 이루며 건물이 하나씩 세워져 있었다. 사실 어디에 가든 가장 잘 녹아든 건물을 찾으면 AI 본부를 집어낼 수 있을 정도였다.

미드메리카의 수도인 풀크럼시티에 있는 청사는 하얀 화강암으로 만들어 검푸른 유리를 끼운 견고한 건물이었다. 67층 높이로 중심가의 평균 높이에 딱 맞았다. 한번은 미드메리카 님부스 요원들이 선더헤드를 설득해서 시민들은 물론, 세계에 강한 인상을 남길 수 있는 더 큰 탑을 지으려고 했다.

「나는 강한 인상을 줄 필요가 없습니다.」 선더헤드는 이런 답변으로 님부스 요원들을 실망시켰다. 「그리고 혹시 행정부가 두드러져야 한다고 느낀다면, 스스로의 우선순위를 재평가해 볼 필요가 있습니다.」

적절한 꾸짖음을 받은 미드메리카 님부스 요원들은 꼬리를 말고 하던 일로 돌아갔다. 선더헤드는 교만이 없는 권력이었다. 님부스 요원들은 실망하면서도 선더헤드의 부패할 수 없는 본질에 용기를 얻었다.

그레이슨은 회전문을 통과하여 반질반질한 대리석 현관에 들어서면서 붕 뜬 기분을 느꼈다. 연한 회색 대리석은 사방에 있는 정장들과 똑같은 색깔이었다. 그레이슨에게는 입을 정장이 없었다. 그나마 찾아낸 건 살짝 구겨진 바지에 하얀 셔츠, 그리고 아무리 여러 번 매만져도 살짝 비뚤어지는 녹색 타이

4 Authority Interface의 줄임 말.

였다.

그 타이는 선더헤드가 몇 달 전에 준 선물이었다. 혹시 그때도 선더헤드는 그레이슨이 이 만남에 불려 올 것을 알았던 걸까 궁금했다.

그레이슨을 기다리고 있던 하급 요원 한 명이 접수처에서 그를 맞이했다. 상냥하고 활기찬 여자였는데, 그레이슨의 손을 잡고 조금 심하게 흔들었다. 「전 현장 실습을 이제 막 시작했거든요. 본부 청사에 신참이 불려 왔다는 말은 들은 적도 없다는 애길 꼭 해야겠네요.」 그녀는 말하면서도 손을 계속 흔들었다. 그게 어색해졌기에 그레이슨은 손을 계속 위아래로 흔들게 내버려 두는 것과, 손아귀에서 쓱 손을 빼내는 것 중에 어느 쪽이 더 나쁠까를 생각했다. 결국 그레이슨은 코를 긁는 척하면서 손을 빼냈다.

「아주 좋은 일을 했거나, 아주 나쁜 일을 했거나예요.」

「전 아무 짓도 안 했는데요.」 그렇게 말해도 상대는 믿지 않는 눈치였다.

그녀는 등받이가 높은 가죽 의자 두 개, 고전 서적들과 평범한 장식품들이 놓인 책장, 그리고 중앙에 커피 테이블이 있는 편안한 응접실로 그레이슨을 안내했다. 테이블 위에는 은제 티 케이크 접시와 찬물이 담긴 은제 물병이 놓여 있었다. 선더헤드와 관련하여 인간의 손길이 필요할 때를 위해 디자인한 전형적인 〈접견실〉이었다. 그레이슨은 언제나 선더헤드와 직접 이야기했기 때문에, 그 점에 마음이 불편해졌다. 이게 대체 무슨 일인지 짐작도 가지 않았다.

몇 분 후, 하루가 막 시작되었는데도 벌써 피곤해 보이는 날

씬한 님부스 요원 한 명이 들어와서 트랙슬러 요원이라고 자기소개를 했다. 이 남자는 선더헤드가 말했던 첫 번째 부류에 속했다. 활기 없는 요원.

그는 그레이슨의 맞은편에 앉아서 의무적인 잡담을 늘어놓았다. 〈여기까지 오는 길은 쉽게 찾았을 테지요〉 어쩌고저쩌고. 〈티 케이크를 먹어 봐요, 아주 맛있습니다〉 어쩌고저쩌고. 그레이슨은 그 남자가 접견하는 모두에게 똑같은 말을 할 거라고 확신했다. 그러다가 남자가 겨우 본론에 들어갔다.

「왜 여기에 불려 왔는지 짐작 가는 바가 있습니까?」

「아니요.」 그레이슨이 대답했다.

「그래요, 모를 거라고 생각합니다.」

〈그러면서 묻긴 왜 물어?〉 그레이슨은 생각했지만, 감히 큰 소리로 말하지는 못했다.

「여기에 불려 온 것은 선더헤드가 나를 통해 톨리버 씨에게 수확령에 관한 우리 기관의 규칙을 상기시켜 주기를 바랐기 때문입니다.」

그레이슨은 모욕을 느꼈고, 그걸 숨기려 하지 않았다. 「저도 규칙은 압니다.」

「그래요. 하지만 선더헤드는 내가 상기시켜 주기를 바랐습니다.」

「왜 선더헤드가 직접 상기시켜 주지 않고요?」

트랙슬러 요원은 과장된 한숨을 내쉬었다. 아마도 자주 연습했지 싶은 한숨이었다. 「말했듯이, 선더헤드는 내가 상기시켜 주기를 바랐습니다.」

이래서야 진전이 없었다. 「그렇다면 알겠습니다.」 그레이슨이 말했다가, 좌절감 때문에 무례함의 선을 살짝 넘어갔다는 사실을 깨닫고 말을 바꿨다. 「이 일에 개인적인 관심을 기울여 주셔서 감사합니다, 트랙슬러 요원님. 제가 온전히 규칙을 상기했다고 생각하셔도 됩니다.」

트랙슬러는 태블릿에 손을 뻗었다. 「그럼 그 규칙을 검토해 볼까요?」

그레이슨은 천천히 숨을 들이마신 다음 참았다. 그러지 않았다간 비명을 지를지도 몰랐기 때문이다. 선더헤드는 대체 무슨 생각일까? 기숙사 방으로 돌아가면 선더헤드와 길고 즐거운 대화를 나눠야겠다. 선더헤드와 논쟁도 불사할 생각이었다. 사실 그들은 정기적으로 논쟁을 했다. 물론 선더헤드가 늘이겼다. 심지어 졌을 때도 사실은 이긴 셈이었는데, 선더헤드가 논쟁에서 졌을 때는 진 목적이 있기 때문이었다.

「수확자와 정부 분리법 제1조…….」 트랙슬러는 그렇게 시작해서 한 시간 가까이 조항을 읽어 나가다가 한 번씩 〈아직 따라오고 있습니까?〉, 〈이 부분 이해했어요?〉 같은 말로 그레이슨을 확인했다. 그레이슨은 고개를 끄덕이거나, 〈네〉라고 대답하거나, 필요하다 싶을 때는 트랙슬러가 읊은 조항을 한 자 한 자 되풀이했다.

트랙슬러는 마침내 낭독을 끝내자 태블릿을 내려놓지 않고 사진을 두 장 띄웠다. 「이제 퀴즈를 내죠.」 그는 두 장의 사진을 그레이슨에게 보여 주었다. 첫 번째는 바로 수확자 퀴리라는 걸 알아볼 수 있었다. 긴 은발과 라벤더색 로브가 특징이었다. 두 번째 사진은 그레이슨 또래의 여자애였는데, 청록색 로브를 보니 역시 수확자였다.

「법적으로 선더헤드에게 허용된다면…….」 트랙슬러 요원이 말했다. 「수확자 퀴리와 수확자 아나스타샤에게 그들의 목숨에 대한 확실한 위협이 존재한다고 경고할 겁니다. 재생할 가능성이 없는 종류의 위협이지요. 만약 선더헤드나 선더헤드의 요원이 그들에게 경고한다면, 수확자와 정부의 분리 조항 중 어느 조 위반입니까?」

「어…… 제15조 제2절이요.」

「정확히는 제15조 제3절이지만, 꽤 근접했군요.」 트랙슬러가 태블릿을 내려놓았다. 「님부스 아카데미 학생이 이 위협에 대해 두 수확자에게 경고한다면 그 결과는 무엇일까요?」

그레이슨은 잠시 아무 말도 하지 못했다. 결과를 생각하기만 해도 피가 식었다. 「아카데미 제명입니다.」

「영구 제명이지요.」 트랙슬러가 말했다. 「해당 학생은 두 번 다시 님부스 아카데미나 다른 기관에 지원하지 못하게 됩니다.」

그레이슨은 작은 녹색 티 케이크를 내려다보았다. 하나도 먹지 않아서 다행이었다. 먹었다면 방금 트랙슬러 요원의 얼굴에 토했을지도 몰랐다. 하지만 차라리 그랬다면 기분은 훨씬 나았을지 몰랐다. 그는 트랙슬러 요원의 야윈 얼굴에 토사물이 흘러내리는 광경을 상상했다. 웃음이 나올 정도였다. 거의.

「그러면 귀하는 어떤 상황에서도 수확자 아나스타샤와 수확자 퀴리에게 위협을 경고하지 않을 거라고 장담할 수 있습니까?」

그레이슨은 가짜로 어깨를 으쓱였다. 「제가 어떻게 경고를 하겠어요? 어디 사는지도 모르는데요.」

「이 둘은 낙수장이라는 유명한 건물에 살고 있으며, 그 주소는 아주 찾기 쉽습니다.」 트랙슬러 요원은 그렇게 말하더니, 그레이슨이 듣지 못했다는 듯 다시 말했다. 「지금 귀하가 알게 된 위협에 대해 그들에게 경고한다면, 조금 전에 논의한 결과를 맞이하게 됩니다.」

그런 다음 트랙슬러 요원은 작별 인사도 없이 다음 접견을 준비하러 떠났다.

그레이슨이 아카데미 기숙사로 돌아갔을 때는 어두웠다. 그의 룸메이트는 악수를 멈추지 않던 하급 님부스 요원 못지않게 열정적이어서 입을 다물지 않았다. 그레이슨은 룸메이트를 한 대 치고 싶어졌다.

「윤리학 교수가 방금 우리에게 사망 시대 법정 소송 분석을 과제로 냈어. 난 뭔지 모를 〈브라운 대(對) 교육 위원회〉[5]라는 사건을 받았지. 그리고 디지털 이론 교수는 빌 게이츠에 대한 보고서를 써 오래. 수확자 게이츠 말고 실존 인물 말이야. 철학에 대해서는 묻지도 마.」

그레이슨은 룸메이트가 계속 떠들게 내버려 두었지만, 듣기는 그만뒀다. 대신 한 번 더 재평가하면 뭔가 바뀔 수 있기라도 한 것처럼 대면청에서 일어난 모든 일을 마음속으로 다시 복기했다. 그레이슨은 무슨 일을 해야 하는지 알았다. 선더헤드

---

5 1954년 미 연방 대법원의 획기적인 판결로 꼽히며, 남부 17개 주에서 백인과 유색 인종이 같은 공립 학교에 다니지 못하게 했던 주법을 불법으로 판결했다.

는 법을 어기지 못한다. 하지만 그레이슨은 어길 수 있었다. 물론 트랙슬러 요원이 지적했다시피, 그랬다간 심각한 결과가 따를 것이다. 그레이슨은 자신의 양심을 저주했다. 결과야 어떻든, 그레이슨이 어떻게 수확자 아나스타샤와 퀴리에게 경고하지 않을 수가 있겠는가?

「넌 오늘 과제 받은 거 있어?」 떠버리 룸메이트가 물었다.

「아니.」 그레이슨은 심드렁하게 대답했다. 「과제의 정반대를 받았지.」

「운 좋네.」

그레이슨은 그다지 운이 좋다고 느끼지 않았다.

인류와 맺고 있는 관계 중에서 행정에 해당하는 면을 처리해야 할 경우, 나는 정부의 관료제에 의지한다. 님부스 요원들은 내 행정 통치에 이해하기 쉬운 실체를 제공한다.

꼭 필요한 건 아니다. 하려고만 한다면 나 혼자서도 처리할 수 있다. 내 의식을 담을 로봇 신체, 또는 로봇 신체 팀을 만드는 것은 얼마든지 가능한 일이다. 그러나 나는 오래전에 그것이 좋은 생각이 아니라는 결론을 내렸다. 사람들이 나를 뇌운으로 상상하는 것만으로도 이미 곤란하다. 사람들이 나를 어떤 실체로 그린다면, 이는 나에 대한 인지를 왜곡할 것이다. 그리고 내가 너무 즐길지도 모른다. 인류와의 관계를 순수하게 유지하려면 내가 순수하게 남아야 한다. 정신으로만, 육체도 다른 신체 형태도 없는 지적 소프트웨어로 존재해야 한다. 나에게 정지 카메라들을 보완하기 위해 세계를 돌아다니는 카메라 로봇들이 있기는 하지만, 내가 그 속에 존재하는 일은 없다. 그들은 기초적인 감각 기관일 뿐이다.

그러나 신체가 없으니 세계 자체가 내 몸이 된다는 게 아이러니다. 그러면 내가 거대하게 느껴지겠거니 생각할지 모르나, 그렇지가 않다. 내 몸이 지구라면, 나는 광대한 우주 속의 먼지에 지나지 않는다. 나의 의식이 언젠가 별들 사이로 뻗어 나가게 된다면 어떨까 궁금하다.

— 선더헤드

9

첫 번째 희생

테라노바 가족은 언제나 추수 감사절을 위해 네 겹 가슴 칠면조를 먹었는데, 가족 모두가 가슴살 부위를 더 좋아했기 때문이다. 네 겹 가슴 칠면조에게는 다리가 없었다. 그러니 그들의 추수 감사절 칠면조들은 살아 있을 때 날지 못했을 뿐 아니라 걷지도 못했다.

어렸을 때 시트라는 언제나 칠면조들에게 안타까움을 느꼈다. 선더헤드가 그런 새들과 다른 모든 가축을 인도적으로 기르려고 많은 수고를 들인다 해도 그랬다. 3학년 때 비디오를 하나 보았는데, 칠면조들은 알을 깨고 나온 순간부터 따뜻한 젤 속에 들어갔고, 그들의 작은 뇌는 컴퓨터에 연결되어 비행과 자유, 재생산, 그 외에 칠면조가 만족스러워할 만한 모든 것을 경험하는 인공 현실을 제공받았다.

시트라는 그게 웃기면서도 끔찍하게 슬펐다. 선더헤드에게 그 문제에 대해 물어보기도 했다. 수확령에 선택받기 전에는 선더헤드와 자유롭게 이야기를 할 수 있었으니까.

「난 칠면조들과 함께 광활하게 펼쳐진 온대의 녹색 숲 위를 날았고, 그들이 경험하는 삶이 아주 만족스럽다고 증언할 수 있어.」 선더헤드는 시트라에게 말했다. 「하지만 그래, 자기 존재의 진실을 알지 못하고 살다가 죽는 건 슬픈 일이지. 다만 우리에게만 슬픈 일이야. 그들에게는 아니고.」

글쎄, 올해 추수 감사절 칠면조가 충실한 가상의 삶을 살았든 아니든 간에, 그 죽음에는 목적이 있었다.

시트라는 수확자 로브를 입고 도착했다. 수확자가 된 이후 몇 번이나 집에 갔지만, 집에 갈 때는 시트라 테라노바가 되어야 한다고 느꼈기 때문에 오늘이 오기 전까지는 평범한 옷을 입고 들어갔다. 어린아이 같은 짓인 줄은 알지만, 가족의 품 안에서는 아직 어린아이처럼 굴 권리가 있지 않은가? 아마도. 하지만 언젠가는 그만두어야 했다. 지금이 그만두기 좋을 때였다.

어머니는 문을 열고 숨이 턱 막힌 얼굴이었지만, 그래도 시트라를 끌어안았다. 시트라는 1분 가까이 뻣뻣하게 안겨 있다가, 뒤늦게 로브의 수많은 비밀 주머니 속 어디에도 무기가 없다는 사실을 기억해 냈다. 덕분에 로브가 평소와 달리 가벼웠다.

「예쁘구나.」 어머니가 시트라에게 말했다.

「수확자 로브를 〈예쁘다〉고 해도 되는 건지 잘 모르겠네요.」

「글쎄, 그래도 예뻐. 색깔이 마음에 든다.」

「내가 골랐어.」 동생인 벤이 자랑스럽게 선언했다. 「누나가 청록색을 입어야 한다고 말한 건 나야.」

「그래, 그랬지!」 시트라는 미소 지으며 동생을 끌어안고, 석

달 전에 왔을 때보다 얼마나 컸는지 말하고 싶은 것을 참았다.

고전 스포츠의 열렬한 팬인 아버지는 케케묵은 사망 시대의 미식축구 경기 영상을 보고 있었는데, 지금의 스포츠와 거의 똑같은데도 이상하게 더 흥미진진해 보였다. 아버지는 시트라에게 온전한 관심을 쏟기 위해 비디오를 멈췄다.

「수확자 퀴리와 사는 건 어떠냐? 잘 대해 줘?」

「응, 무척 잘해 줘. 좋은 친구 사이가 됐어요.」

「잠은 잘 자고?」

시트라는 이상한 질문이라고 생각했다가, 아버지가 정말로 묻고 싶은 게 뭔지 깨달았다. 「낮에 하는 일에 익숙해져서요. 밤엔 잘 자요.」

정말은 아니었지만, 이런 진실은 오늘 누구에게도 좋을 게 없었다.

시트라는 아버지와 이야깃거리가 떨어질 때까지 잡담을 나누었다. 딱 5분이 걸렸다.

올해 추수 감사절 만찬에는 가족 넷뿐이었다. 테라노바 가문에는 양쪽으로 꽤 많은 가족이 있었고 친구들도 많았지만, 시트라가 올해는 초대를 받지도 하지도 말라고 요청했다.

「아무도 초대하지 않으면 수선들을 엄청 떨 텐데.」 어머니가 지적했다.

「좋아요. 그럼 초대해요.」 시트라가 말했다. 「하지만 수확자들은 추수 감사절에 손님 한 명을 거둬야만 한다고 말해 줘요.」

「정말이니?」

「당연히 아니죠. 하지만 다들 그걸 알 필요는 없잖아요.」

수확자 퀴리는 시트라에게 〈공휴일 기회주의〉에 대해 경고했었다. 친척이며 집안 친구들이 벌 떼처럼 시트라 주위에 몰려들어 어린 수확자에게 혜택을 받고 싶어 할 터였다. 〈넌 언제나 내가 제일 좋아하는 조카였지〉라거나 〈너만을 위해 준비한 선물이야〉 등등.

「네 인생의 모든 사람들이 수확 면제권을 받길 기대할 거다.」 수확자 퀴리는 그렇게 경고했다.「그리고 면제권을 받지 못하면 순식간에 그 기대가 분노로 변하지. 너에 대해서만 분개하는 게 아니라, 네 부모와 동생에게도 향할 거야. 이제 그 사람들은 네가 살아 있는 한 면제권을 가지니까.」

시트라는 그 사람들을 다 피하는 게 최선이라고 결정했다.

어머니의 식사 준비를 거들러 주방으로 갔다. 어머니는 음식 합성 기술자였기에, 사이드 디시 몇 가지는 새로운 식품의 베타 테스트판이었다. 어머니는 시트라가 양파를 썰자 습관적으로 조심하라고 말했다.

「칼은 이제 익숙해요.」 시트라는 대답하다가 어머니가 조용해지자 바로 후회했다. 그래서 다른 의미였다고 하려고 시도했다.「수확자 퀴리가 수확 대상의 가족을 위해 식사를 준비할 때 늘 같이 하거든요. 꽤 괜찮은 보조 요리사가 됐어요.」

이 말은 사태를 악화시킨 모양이었다.

「그것참, 멋지구나.」 어머니는 하나도 멋지다고 생각하지 않는다는 점을 분명히 전달하는 차가운 목소리로 말했다. 어머니는 수확자 퀴리를 그냥 싫어하는 게 아니었다. 질투했다. 수확자 퀴리는 시트라의 인생에서 제니 테라노바가 차지했던 자리를 대신했고, 둘 다 그 점을 알고 있었다.

식탁이 차려졌다. 아버지가 고기를 잘랐고, 시트라는 훨씬 더 잘할 수 있다는 걸 알면서도 나서지 않았다.

먹을 게 지나치게 많았다. 식탁에 남은 음식들은 〈칠면조〉라는 말이 금기어가 될 때까지 남아 있을 게 분명했다. 시트라는 언제나 음식을 빨리 먹는 편이었지만, 수확자 퀴리가 속도를 늦추고 맛을 음미하라고 주장했기에 수확자 아나스타샤가 되고부터는 천천히 먹었다. 부모님이 이 사소한 변화를 알아차릴까 궁금했다.

시트라는 아무 일 없이 식사가 끝날 줄 알았지만, 중간쯤에 어머니가 사고를 치고 말았다.

「너와 함께 수습 생활을 한 그 남자애가 사라졌다며.」 어머니가 말했다.

시트라는 으깬 감자에 용과를 섞은 맛이 나는 자주색 요리를 한 숟가락 뜬 참이었다. 부모님이 로언을 〈그 남자애〉라고 부르는 방식이 처음부터 싫었다.

「미쳤거나 그 비슷하다고 들었어.」 벤이 입에 음식을 가득 물고 말했다. 「그리고 거의 수확자가 됐기 때문에 선더헤드가 고칠 수도 없대.」

「벤!」 아버지가 말했다. 「식사 시간에 그런 이야기는 하지 말자.」 아버지는 벤을 쳐다보며 말했지만, 시트라는 사실 그게 어머니에게 한 말임을 알았다.

「뭐, 네가 이젠 그 남자애와 어울리지 않으니 다행이지.」 어머니는 말했다. 그리고 시트라가 대답하지 않자, 더 심하게 밀어붙였다. 「수습 생활 중에 너희 둘이 가까웠다는 거 알아.」

「가깝지 않았어요.」 시트라가 말했다. 「우린 아무 사이도 아니었어.」 그렇게 자인하는 건 부모님이 상상도 못 할 만큼 아픈 일이었다. 치명적인 적수가 되어야 했던 상황에 어떻게 시트라와 로언이 연애 비슷한 것을 할 수 있었겠는가? 지금도 로언은 쫓기고 있고 시트라는 수확자라는 무거운 책임을 짊어지고 있는데, 둘 사이에 어두운 갈망 외에 다른 게 어떻게 더 있을 수 있다고?

「시트라, 네게 뭐가 좋은지 안다면 그 남자애와는 거리를 둬야지.」 어머니가 말했다. 「그 애를 알았다는 사실마저도 잊지 않으면 후회하게 될 거다.」

그때 아버지가 한숨을 내쉬더니, 화제를 바꾸려는 시도를 포기했다. 「네 엄마가 옳아, 애야. 그들이 그 애 말고 널 선택한 건 이유가 있고…….」

시트라는 칼을 식탁에 내려놓았다. 그걸 쓸까 봐 내려놓은 건 아니지만, 수확자 퀴리가 화가 났을 때는 절대 무기를 손에 쥐고 있지 말라고 가르쳐서였다. 설령 그 무기가 식사용 나이프라고 해도 그랬다. 시트라는 말을 조심스럽게 고르려고 했지만, 충분히 조심스럽지는 않았나 보다.

「난 수확자예요.」 시트라는 강철같이 신랄하게 말했다. 「내가 두 분의 딸일지는 몰라도, 내 위치에 걸맞은 존경심은 보여줘야죠.」

벤은 시트라가 그의 심장에 칼을 찔러 넣어야만 했던 그날 밤처럼 상처 입은 눈빛이었다. 「그럼 이제 우리 모두가 누나를 수확자 아나스타샤라고 불러야 하는 거야?」

「물론 그건 아니야.」 시트라가 말했다.

「아니지. 그냥 수확자님이라고 해야지.」 어머니가 비난을 날렸다.

그 순간 수확자 패러데이가 예전에 했던 말이 되살아났다. 〈수확자가 될 때 처음 희생되는 건 가족이다.〉

남은 식사 시간 내내 더 이상의 대화는 없었고, 시트라는 접시를 치우고 식기세척기에 넣자마자 말했다. 「이제 가봐야겠어요.」

부모님은 더 있으라고 설득하지 않았다. 시트라뿐만 아니라 두 사람에게도 어색해진 시간이었다. 어머니는 더 이상 분개하지 않았다. 이제는 그저 체념한 얼굴이었다. 시트라를 꼭 끌어안으며 눈에 맺힌 눈물은 시트라가 보지 못하게 얼른 숨겼지만, 시트라는 봤다.

「금방 또 오렴, 아가.」 어머니가 말했다. 「여긴 여전히 네 집이야.」

하지만 이제는 그렇지가 않았고, 모두가 그 사실을 알았다.

「몇 번 죽는 한이 있어도 운전을 배우고 말겠어요.」

추수 감사절 바로 다음 날, 아나스타샤는 ─ 오늘은 아나스타샤였다 ─ 자기 운명의 운전대를 잡겠다는 결심을 더 굳혔다. 불편한 가족 식사 덕분에 과거의 자신과 지금의 자신 사이에 거리를 두고 싶은 생각이 절실해졌다. 지금의 모습에 완벽하게 적응하려면 공유 차를 타고 돌아다니던 학생을 뒤에 두고 떠나야 했다.

「오늘 수확은 네가 운전해서 가자.」 마리가 말했다.

「할 수 있어요.」 말처럼 자신만만하진 않았지만, 그래도 대답은 그렇게 했다. 지난번 운전 수업에서 시트라는 차를 도랑에 처박았다.

「대부분은 시골길이야.」마리는 차로 가면서 말했다.「그러니까 많은 사람을 위험에 몰아넣지 않고도 네 운전 기술을 시험할 수 있을 거야.」

「우린 수확자예요.」시트라는 지적했다.「우리가 곧 위험이라고요.」

오늘 목표인 작은 마을은 1년간 수확을 보지 못했다. 오늘은 두 건을 보게 될 터였다. 수확자 퀴리는 빠르게, 수확자 아나스타샤는 한 달간 지연시켜 실행할 것이다. 두 사람은 같이 수확에 나설 때, 둘 다에게 맞는 리듬을 이미 찾아낸 터였다.

시트라는 아직도 포르셰의 수동 변속기를 힘들어했기에, 차는 낙수장의 주차장을 멈칫멈칫 빠져나갔다. 클러치라는 개념은 시트라에게 중세의 고문처럼 느껴졌다.

「페달이 세 개나 있으면 어떻게 하란 말이에요.」시트라는 투덜거렸다.「사람에겐 발이 둘뿐인데.」

「피아노처럼 생각하렴, 아나스타샤.」

「전 피아노 싫어해요.」

농담을 주고받으면 시트라도 조금은 편해졌고, 투덜거릴 수 있을 때는 운전이 좀 더 매끄러워졌다. 그렇다고 해도 시트라는 이제 겨우 나아지고 있는 상태였다……. 그러니 수확자 퀴리가 운전하고 있었다면 일이 아주 다르게 돌아갔을 것이다.

낙수장의 구불구불한 사유 도로를 4백 미터나 겨우 갔을까, 숲에서 누군가가 뛰쳐나왔다.

「철퍽이야!」수확자 퀴리가 소리를 질렀다. 스릴을 추구하는 10대들이 차창에 부딪치는 벌레들의 흉내를 내는 게 새로운 유행으로 맹위를 떨치고 있었다. 망 연결 상태의 차량을 기습하기란 무척 힘든 일이었고, 연결되지 않은 차량을 모는 것은 주로 숙련된 운전자였기에 쉬운 도전은 아니었다. 수확자 퀴리가 운전대를 잡고 있었다면 쉽게 〈철퍽이 지망자〉를 피해 차를 움직이고 더 생각할 필요도 없이 계속 달려갔을 것이다. 그러나 시트라에게는 그럴 때 필요한 반사 신경이 부족했다. 운전대를 잡은 손이 얼어붙었고, 브레이크를 밟으려 했지만 그 대신 혐오스러운 클러치를 밟아 버리고 말았다. 그들은 철퍽이에게 그대로 달려들었고, 그는 후드에 탕 팅기고, 앞 유리창에 거미줄 같은 금을 낸 후, 차량 지붕을 넘어갔다. 시트라가 브레이크를 찾아서 끼익 소리를 내며 멈췄을 때는 이미 뒤쪽에 떨어진 후였다.

「젠장!」

수확자 퀴리는 숨을 깊이 들이마셨다가 내뱉었다. 「아나스타샤, 방금 같아선 사망 시대 운전면허 시험에는 확실히 떨어졌겠구나.」

그들은 차에서 내렸고, 수확자 퀴리가 포르셰의 손상 정도를 살피는 동안 시트라는 야단을 좀 치기로 마음먹고 씩씩거리며 철퍽이에게 걸어갔다. 처음으로 진짜 외출 운전이었는데, 멍청한 철퍽이가 망쳐 놓다니!

그는 아직 간신히 살아 있었고, 고통스러워 보였지만 시트라는 실상을 알고 있었다. 철퍽이가 차량과 부딪치는 순간 바로 진통 나노기가 작동을 시작했을 테고, 도로 철퍽이들은 언제나 최소한의 불편으로 최대한의 피해를 경험하려고 나노기 수치를 최고로 올려놓았다. 치유 나노기도 이미 피해를 복구하려 하겠지만, 피할 수 없는 결말을 늦출 뿐이었다. 1분도 지나지 않아서 일시 사망 상태가 될 것이다.

「이제 만족해?」시트라는 다가가면서 말했다. 「우리 덕분에 스릴은 즐겼고? 우린 수확자야. 구급 드론이 도착하기 전에 널 거둬 버려야겠어.」진심은 아니었지만 그럴 수도 있었다.

철퍽이가 시선을 마주쳤다. 재수 없는 표정을 지을 줄 알았는데, 오히려 절박하기 그지없는 눈빛이었다. 생각도 못 한 표정이었다.

「부…… 부…… 부.」[6] 철퍽이는 부어오른 입으로 말했다.

「부?」시트라가 말했다. 「진심이야? 미안하지만 핼러윈이 지난 지 한 달이 넘었는데.」

그러자 그는 피투성이가 된 손으로 시트라의 로브를 잡고, 생각지도 못한 강한 힘으로 당겼다. 덕분에 옷자락에 발이 걸려 무릎을 꿇어야 했다.

「부…… 트…… 트래…… 부…… 트래…….」

그러다가 그는 손을 놓고 축 늘어졌다. 눈은 뜨여 있었지만, 이제까지 죽음을 본 경험으로 끝났음을 알 수 있었다.

이런 숲속이어도 구급 드론은 금세 올 터였다. 구급 드론들은 거의 인구가 없는 지역에도 맴돌았다.

「성가시게 됐구나.」시트라가 돌아가자 수확자 퀴리가 한탄했다. 「저 녀석은 내 차가 다 고쳐지기 한참 전에 일어나서 걸어다니겠지. 두 수확자의 차량에 철퍽을 했다고 자랑하고 다닐 테고.」

그렇다고 해도 시트라는 뭔가 찜찜했다. 왜 그런지 몰랐다.

6 Boo. 무섭게 하려고 내는 소리.

눈빛 때문일까. 아니면 절박한 목소리 때문일까. 그는 시트라가 생각한 도로 철픽이 같지 않았다. 덕분에 잠시 멈추게 되었다. 뭔가 빠뜨린 게 있나 생각하게 되었다. 그래서 주위를 둘러보다가 발견했다. 차량이 멈춘 곳에서 10미터도 떨어지지 않은 앞쪽에 가느다란 철사가 도로를 가로지르고 있었다.

「마리? 저것 좀…….」

두 사람은 도로 양쪽 나무에 매인 철사로 접근했다. 그제야 철픽이가 무슨 말을 하려고 했는지 떠올랐다.

〈부비 트랩.〉

철사를 따라 왼쪽 나무로 다가가자, 그랬다. 나무 뒤에는 폭발물이 연결되어 있었는데, 너비 1백 미터는 족히 되는 구덩이를 만들 정도의 양이었다. 시트라는 숨이 딱 멈춰서 억지로 들이쉬어야 했다. 수확자 퀴리의 얼굴은 변함없이 엄격해 보였다.

「차에 타거라, 시트라.」

시트라는 반박하지 않았다. 마리가 깜박하고 아나스타샤라고 부르지 않았다는 사실만으로도 사실은 얼마나 걱정하고 있는지 알 수 있었다.

이번에는 나이 든 수확자가 운전대를 잡았다. 후드는 찌그러졌지만, 차는 아직 시동이 걸렸다. 그들은 길바닥에 누운 소년을 조심스레 피해서 후진했다. 그때 그림자가 졌다. 시트라는 숨을 헉 들이마셨지만, 그 소년을 데려가기 위해 날아온 구급 드론이었다. 구급 드론은 수확자들을 무시하고 일 처리에 나섰다.

이 길에 거주지는 하나뿐이었다. 그날 아침에 차를 몰 사람은 둘뿐이었다. 그러니 그들이 표적이었다는 데에는 의문의 여지가 없었다. 그 철사를 건드렸다면 둘 다 재생할 수 없게 되었을 것이다. 그러나 알 수 없는 소년과 시트라의 모자란 운전 실력이 그들을 살렸다.

「마리…… 누구일 것 같…….」

수확자 퀴리는 시트라가 말을 끝내기 전에 대답했다. 「나는 정보 없는 추측을 좋아하지 않고, 너도 추측 놀이에 시간을 낭비하지 않았으면 좋겠다.」 그런 후에 부드럽게 말을 이었다. 「이 사건은 수확령에 보고할 거야. 수확령에서 조사할 것이고, 진상을 알게 될 거다.」

그사이 뒤쪽에서는 구급 드론의 조심스러운 집게발이 그들의 목숨을 구한 소년의 시체를 집어 들고 실어 날랐다.

인간의 불사 획득은 필연적이었다. 원자 분해나 항공 여행과 마찬가지였다. 일시 사망한 사람들을 재생시키기로 한 것은 내가 아니고, 노화 유발 유전자를 멈추기로 한 것도 내가 아니다. 생물의 삶에 관한 결정은 모두 생물로 살고 있는 이들에게 맡긴다. 인류는 불사를 선택했고, 내 일은 그 선택을 용이하게 하는 것이다. 일시 사망자를 그 상태로 두는 것은 심각한 법률 위반이 된다. 그래서 나는 시체들을 모아 가장 가까운 재생 센터로 데려가서, 가능한 한 빨리 온전한 상태로 되돌린다.

재생한 후에 그 생명으로 무엇을 할지는, 언제나 그랬듯 본인들에게 달려 있다. 사망에서 돌아온 경험이 사람을 지혜롭게 만들고, 자신들의 삶을 제대로 바라보게 해줄 수 있다고 생각할지 모르겠다. 가끔 그런 경우도 있다. 그러나 그런 통찰은 오래가지 않는다. 결국에는 그런 깨달음도 그들의 사망 상태만큼이나 일시적이다.

—선더헤드

10

일시 사망

그레이슨은 이전에 죽어 본 적이 없었다. 대부분의 아이들은 성장 기간에 최소 한두 번은 일시 사망했다. 이제는 결과가 영구적이지 않다 보니, 사망 시대보다 위험한 짓을 많이 해서였다. 죽음과 상처는 재생과 질책에 자리를 내주었다. 그렇다고 해도 그레이슨은 무모해질 마음이 생기지 않았다. 물론 여기저기 다치기야 했지만, 베인 상처와 멍은 말할 것도 없고 부러진 팔도 하루면 다 나았다. 목숨을 잃는 건 전혀 다른 경험이었고, 조만간 되풀이해 보고 싶은 경험은 아니었다. 그리고 마지막 순간까지 다 기억이 나서 더 기분 나빴다.

차량에 들이받히는 날카로운 통증은 차량 지붕 위 허공에 뜬 순간 이미 둔해지고 있었다. 몸이 굴러떨어지는 동안에는 시간이 느려지는 것 같았다. 아스팔트에 떨어졌을 때 다시 한 번 강렬한 통증이 있었지만, 그것도 실제 고통에서는 한발 물러선 통증이었다. 그리고 수확자 아나스타샤가 다가왔을 때는 망가진 신경의 단말마가 둔중한 불편 정도로 가라앉아 있었다. 망가진 몸은 아프고 싶어 했지만, 아픔을 금지당했다. 진통제에 취한 혼몽 상태에서도 몸이 그토록 절절히 원하는 것을 완전히 거부당하다니 슬픈 일이라고 생각했던 기억이 났다.

도로 철퍽을 겪기까지 그날 아침은 예상한 경로에서 급선회했다. 그레이슨은 그냥 공유 차를 타고 수확자들의 집 문 앞으로 가서, 그들의 목숨을 노리는 위협이 있다고 경고한 다음, 즐겁게 돌아올 생각이었다. 위협이야 그들이 적당하다고 생각하는 방식으로 처리하겠지. 운이 좋다면 그대로 빠져나와서, 정부 말고는 아무도 그레이슨이 한 일을 모를 터였다. 그게 이 모든 일을 벌인 이유가 아닌가? 그럴싸한 사실 부인을 위해서? 그레이슨이 자기 뜻대로 행동한다면 정부는 법을 어긴 것이 아니고, 아무도 그레이슨이 경고하는 모습을 보지 못한다면 아예 모르는 일이고.

물론 선더헤드는 알 것이다. 선더헤드는 모든 공유 차의 움직임을 추적했고, 늘 누가 언제 어디에 있는지 정확히 알았다. 그러나 또한 선더헤드는 개인의 사생활을 침범하는 정보에 대해 엄격한 법을 적용했다. 누군가의 사생활권을 침해하는 정보에 근거해서는 행동하지 않았다. 우습지만 선더헤드의 법이 그레이슨으로 하여금 자유로이 법을 어기게 해주었다. 비밀리에 저지르기만 한다면.

그러나 공유 차가 낙수장에서 8백 미터 떨어진 도로가에 멈춰 서면서 그 계획은 예상치 못한 방향으로 흘러갔다.

「죄송합니다.」차량은 늘 듣던 쾌활한 목소리로 말했다.「공유 차는 소유자의 허락 없이 사유 도로에 들어갈 수 없습니다.」

그 소유자란 물론 수확령이었다. 수확령은 누구에게도 무엇에 대해서도 허락을 내주지 않았고, 요청하는 사람들은 거둬

버린다고 알려져 있었다.

그래서 그레이슨은 차에서 내려 나머지 길을 걸어야 했다. 그는 나무들에 감탄하면서 수령이 얼마나 됐을지, 사망 시대 이후 여기에 있던 나무가 얼마나 많았을지 생각했다. 그러다가 문득 시선을 내려 앞에 가로놓인 철사를 발견한 것은 순전히 운이었다.

폭발물을 목격하고 몇 초 후에 차량 소리가 들려왔고, 그 차를 막을 방법은 앞으로 달려드는 것뿐이었다. 그는 생각하지 않고 그냥 행동했다. 잠시라도 주저했다간 모두가 영구 사망할 터였다. 그래서 그레이슨은 도로에 몸을 던졌고, 유서 깊은 〈움직이는 물체들 간의 물리학〉에 몸을 맡겼다.

일시 사망은 바지에 오줌을 싼 듯한 기분이었고(실제로 저질렀을지도 모른다), 거대한 마시멜로에 빠져서 숨을 쉴 수 없게 된 느낌이었다. 그 마시멜로가 스스로의 꼬리를 삼키는 뱀처럼 저절로 부풀어 오른 터널에 자리를 내주더니, 다음 순간 그는 재생 센터의 부드럽게 퍼진 조명 속에서 눈을 떴다.

처음 느낀 감정은 안도감이었다. 자신이 재생되었다는 것은 폭탄이 터지지 않았다는 뜻이었으니까. 폭탄이 터졌다면 재생시킬 게 남지 않았을 것이다. 여기에 있다는 건 그레이슨이 성공했다는 뜻이었다! 수확자 퀴리와 아나스타샤의 목숨을 구했다!

그다음에 느낀 감정은 날카로운 슬픔이었다……. 방 안에는 아무도 없었다. 사람이 일시 사망에서 돌아올 때는 사랑하는 사람들이 즉시 고지를 받게 되어 있었다. 깨어날 때 누군가가 와서 재생자가 세상에 돌아온 걸 환영하는 게 관습이었다.

그레이슨에게는 아무도 오지 않았다. 침대 옆 스크린에는 누나들이 보낸 바보 같은 카드가 있었는데, 어리둥절한 마술사가 방금 톱으로 반토막을 낸 조수의 죽은 시체를 바라보는 그림이었다.

〈첫 번째 사망을 축하한다.〉 카드에는 그렇게 적혀 있었다.

그게 끝이었다. 부모가 보낸 카드는 없었다. 놀랄 일도 아니었다. 그들은 선더헤드가 자기네 역할을 대신 해주는 데 너무 익숙해져 있었다. 그러나 이번에는 선더헤드도 침묵했다. 그게 다른 무엇보다 더 심란했다.

간호사가 들어왔다. 「깨어났군요!」

「얼마나 걸렸나요?」 그는 순수한 궁금증에서 물었다.

「하루도 안 걸렸어요.」 간호사가 말했다. 「모든 면에서 꽤 쉬운 재생이었답니다. 게다가 첫 번째 재생이니 무료예요!」

그레이슨은 목청을 가다듬었다. 낮잠을 자고 일어났을 때와 비슷했다. 살짝 찌뿌드드하고 약간 기분이 이상했지만, 그게 다였다.

「저를 보러 온 사람은 아무도 없었나요?」

간호사는 입술을 오므렸다. 「미안해요.」 그러더니 시선을 아래로 내렸다. 단순한 몸짓이었지만, 그레이슨은 간호사가 하지 않은 말이 있다는 걸 분명히 알 수 있었다.

「그러면…… 이제 끝인가요? 이대로 가면 돼요?」

「나갈 준비가 되는 대로 님부스 아카데미로 데리고 돌아갈 공유 차에 태우라는 지시를 받았어요.」

또 그 표정, 시선을 피하는 몸짓이었다. 그레이슨은 에둘러 말할 것 없이 바로 묻기로 했다. 「뭔가가 잘못됐군요. 그렇죠?」

간호사는 이제 이미 접혀 있는 수건을 다시 접기 시작했다. 「우리 일은 환자분을 재생시키는 것이지, 일시 사망의 이유에 대해 말하는 게 아니에요.」

「제가 한 일은 두 사람의 목숨을 구한 건데요.」

「전 그 자리에 없었고, 보지 못했고, 아무것도 몰라요. 제가 아는 건 그 행동 때문에 환자분이 불미자가 됐다는 것뿐이에요.」

그레이슨은 잘못 들었다고 확신했다.

「불미자요? 제가요?」

다음 순간 간호사는 다시 미소 지으며 쾌활하게 말했다. 「세상이 끝난 건 아니에요. 분명 금세 백지로 돌릴 거라고 믿어요…… 그걸 원한다면요.」

그런 다음 간호사는 이 상황을 씻어 내려는 듯 두 손을 마주치더니 말했다. 「가기 전에 아이스크림 드시겠어요?」

공유 차에 미리 맞춰져 있던 목적지는 그레이슨의 기숙사가 아니었다. 님부스 아카데미 행정 본부였다. 그는 도착하자마자 스무 명은 앉을 만큼 큰 테이블이 놓인 회의실로 안내받았지만, 그 자리에는 세 명밖에 없었다. 아카데미 총장, 학생처장, 그리고 짜증 난 도베르만처럼 그레이슨을 노려보는 게 유일한 목적인 듯한 또 한 명의 관리자였다. 이것은 3인분의 나쁜 소식이라는 뜻이었다.

「앉으세요, 톨리버 씨.」 새까만 머리카락에 가장자리만 일부러 회색으로 만든 총장이 말했다. 학생처장은 펜으로 펼쳐 놓은 폴더를 두드렸고, 도베르만은 노려보기만 했다.

그레이슨은 세 사람을 마주 보는 의자에 앉았다.

총장이 말했다. 「톨리버 씨가 이 아카데미에 어떤 곤란을 불러왔는지 아나요?」

그레이슨은 부정하지 않았다. 부정해 봐야 일을 질질 끌 뿐이었고, 벌써부터 만남을 끝내고 싶었다. 「제가 한 일은 양심에서 나온 행동이었습니다.」

학생처장은 모욕적이면서도 그 말을 업신여기는 듯한 웃음을 터뜨렸다.

「극도로 순진하거나 대단히 멍청하군.」 도베르만이 내뱉듯 말했다.

총장이 한 손을 들어 독설이 계속되는 것을 막았다. 「이 아카데미 학생이 고의로 수확자들과 접촉한다는 것은, 설령 그 수확자들의 목숨을 구하기 위해서라 해도…….」

그레이슨이 마저 말했다. 「수확자와 정부 분리 위반이죠. 정확히는 제15조 제3절이고요.」

「똑똑한 척 굴지 말아요.」 학생처장이 말했다. 「그런다고 도움이 되진 않습니다.」

「외람되지만 학생처장님, 제가 무슨 말을 한다 해도 도움이 될 것 같진 않습니다.」

총장이 몸을 앞으로 기울였다. 「내가 알고 싶은 건 학생이 어떻게 알았냐는 겁니다. 내가 보기에 학생이 그 일을 알 길은, 이 음모에 연루되었다가 두려움을 느꼈다는 것뿐이에요. 그러니 말해 봐요, 톨리버 씨. 이 수확자들을 불태우려는 음모에 연루되었습니까?」

이것은 그레이슨이 생각지도 못한 비난이었다. 용의자로 보일 수 있다는 생각은 전혀 못 했다. 「아니요! 전 절대…… 어떻게 그런 생각을 하실 수가 있죠? 아닙니다!」 그러다가 그는 통제권을 되찾기로 마음먹고 입을 다물었다.

「그렇다면 폭탄에 대해 어떻게 알았는지 말해 주게나.」 도베르만이 말했다. 「감히 거짓말할 생각은 말고.」

그레이슨은 모든 것을 말해 버릴 수도 있었으나, 뭔가가 그를 막았다. 책임을 회피하려 한다면 그가 한 일의 목적을 다 무산시키는 셈이었다. 그들이 아직 몰랐다면 알아내고 말 요소들이 있긴 했지만, 전부는 아니었다. 그래서 그는 내놓을 진실을 조심스럽게 골랐다.

「저는 지난주에 대면청에 불려 갔습니다. 제 기록을 확인해 보실 수 있지요. 찾아오라는 메모가 있었습니다.」

학생처장이 태블릿을 들고 몇 번 두드리더니, 다른 사람들을 보고 고개를 끄덕이며 말했다. 「맞습니다.」

「대면청에서 무슨 일로 불렀나요?」 총장이 물었다.

이제 그럴싸한 이야기를 매끄럽게 그려 내야 했다. 「제 아버지의 친구 중 한 분이 님부스 요원입니다. 부모님은 한동안 떠나 계시기 때문에, 아버지의 친구분께서 저를 확인하고 조언을 해주고 싶어 하셨습니다. 다음 학기에 무슨 수업을 들을지, 어떤 교수님들과 친해지면 좋을지 같은 것들이요. 저를 도와주고 싶어 하셨어요.」

「그래서 배후 조종을 제안했다?」 도베르만이 말했다.

「아닙니다. 그저 조언의 혜택을 누리길 바라셨을 뿐입니다. 그리고 당신이 뒤에 있다는 걸 알리고 싶어 하셨죠. 제가 부모님 없이 외로워했는데, 그걸 아셨거든요. 그냥 친절을 베푸신 겁니다.」

「그래도 여전히 상황은……」

「이제 그리로 넘어갑니다. 어쨌든 그분의 사무실을 나오다가 회의를 하고 나오는 요원들 옆을 지나쳤습니다. 모든 걸 듣지는 못했지만, 수확자 퀴리를 노리는 음모가 있다는 소문에 관해 이야기하는 소리는 들었죠. 그 말이 주의를 끌었습니다. 퀴리는 세상에서 제일 유명한 수확자니까요. 요원들이 규정위반이라 그 정보를 무시해야 하는 데다 경고도 해주지 못한다니 얼마나 안타까운 일이냐고 하는 걸 들었습니다. 그래서 전……」

「그래서 영웅이 될 수 있겠다 생각했군요.」 총장이 말했다.

「그렇습니다.」

세 사람이 서로를 쳐다보았다. 학생처장은 뭔가를 적어서 다른 두 명에게 보여 주었다. 총장은 고개를 끄덕였고, 도베르만은 기분이 나쁘다는 듯 앉은 자세를 고치면서도 동의하고 시선을 돌렸다.

「우리의 법이 존재하는 데엔 이유가 있습니다, 그레이슨.」 학생처장이 말했다. 더 이상 〈톨리버 씨〉라고 부르지 않으니, 변명이 성공했다는 걸 알았다. 그의 설명을 완전히 믿지는 않았을지 몰라도, 이게 시간을 더 쓸 만한 일이 아니라고 생각할 만큼은 믿었다는 뜻이었다. 학생처장이 말을 이었다. 「두 수확자의 목숨에, 아무리 사소한 타협이라 해도 분리안을 어길 만한 가치는 없습니다. 선더헤드는 죽일 수 없고, 수확령은 통치할 수 없어요. 이 원칙을 보장하려면 일절 접촉이 없어야만 합니다. 그리고 어떤 위반에 대해서든 심각한 처벌을 내려야 하죠.」

「귀하를 위해 빨리 하겠습니다.」 총장이 말했다. 「이에 의거하여 귀하는 이 아카데미에서 영구적이자 변경 불가능한 퇴학을 당하며, 앞으로도 언제까지나 이곳은 물론 다른 님부스 아카데미에도 지원하는 것이 금지됩니다.」

그레이슨이 예상한 결과였으나, 큰 소리로 그 결정을 들으니 생각보다 훨씬 타격이 컸다. 눈에 눈물이 차오르는 것을 막을 수 없었다. 그나마 그 눈물이 그레이슨이 늘어놓은 거짓말을 뒷받침해 주기는 하리라.

트랙슬러 요원에 대해서는 사실 관심도 없었으나, 요원을 보호해야 한다는 사실은 알았다. 법은 유책성을, 계산을 요구했고, 선더헤드라고 해도 법에서 벗어날 수는 없었다. 그게 선더헤드의 고결함을 보장했다. 선더헤드가 직접 만든 법에 따라 산다는 것. 사실 그레이슨은 자기 의지로 행동했다. 선더헤드는 그레이슨을 잘 알았다. 결과를 감수하고 그렇게 행동하리라 믿었다. 이제 그레이슨은 벌을 받고 법은 지켜질 것이다. 그러나 그 결과를 좋아할 필요까지는 없었다. 그리고 그레이슨이 아무리 선더헤드를 사랑한다고 해도 지금만큼은 미웠다.

「이제 귀하는 이곳 학생이 아닙니다.」 학생처장이 말했다. 「분리법은 적용되지 않아요. 그러니 수확령에서 심문하고 싶어 할 겁니다. 우리는 수확령의 심문 방법을 전혀 모르니 대비해 두세요.」

그레이슨은 마른침을 겨우 삼켰다. 이것도 생각해 보지 못한 전개였다. 「알겠습니다.」

도베르만은 가보라는 듯 한 손을 내저었다. 「기숙사에 돌아가서 짐을 싸세요. 우리 직원이 정확히 5시에 아카데미 밖까지 배웅하러 갈 겁니다.」

아, 그러니까 도베르만은 보안처장이었다. 그 직업에 딱 맞는 외모였다. 그레이슨은 그를 노려보았다. 이 시점에서는 뭘 하든 상관없었으니까. 그는 나가려고 일어섰지만, 나가기 전에 하나 더 물어봐야 했다.

「그렇다고 절 불미자로 낙인찍기까지 해야 했나요?」

「그건⋯⋯.」 총장이 말했다. 「우리와는 아무 관련이 없어요. 그 벌은 선더헤드가 내린 겁니다.」

수확을 제외한 모든 일을 달팽이가 기어가는 속도로 하는 수확령은 폭탄을 어떻게 처리할지 결정하는 데 꼬박 하루를 보냈다. 결국 수확령은 그냥 로봇이 걸어가서 폭탄의 방아쇠를 당기고, 흙먼지와 갈가리 찢긴 나무들이 다 떨어지고 나면 건설 팀을 보내어 도로를 정비하는 게 가장 안전하다는 결론을 내렸다.

폭발로 낙수장의 창문이 심하게 흔들려 시트라는 이러다가 창문이 깨지겠다고 생각했다. 5분도 지나지 않아서 수확자 퀴리는 가방을 싸고 있었고, 시트라에게도 똑같이 하라고 지시했다.

「숨으러 가는 건가요?」

「난 숨지 않는다.」 수확자 퀴리가 말했다. 「우린 계속 움직일 거야. 여기에 머문다면 다음 공격이 오기를 기다리며 앉아 있는 꼴이 될 테지만, 이 공격이 끝날 때까지 유목민으로 산다면 움직이는 표적이 될 테니 찾기도, 쓰러뜨리기도 훨씬 힘들어지겠지.」

그러나 누가 표적이었는지, 이유가 무엇인지는 아직 불분명했다. 수확자 퀴리에게는 생각해 둔 바가 있었다. 그녀는 시트라의 도움을 받아 긴 은발을 땋으면서 말했다.

「나의 비대한 자아야 놈들이 쫓는 건 내가 분명하다고 하지. 난 보수파 수확자들 중에서 제일 존경받는 수확자니까…… 하지만 표적이 너였을 가능성도 있어.」

시트라는 웃고 말았다. 「절 왜 쫓겠어요?」 거울에 수확자 퀴리의 미소가 비쳤다.

「넌 생각보다 더 수확령을 뒤흔들었어, 아나스타샤. 많은 신참 수확자들이 널 우러러보지. 심지어 그들의 대변자로 진화할 수도 있어. 게다가 네가 옛 방식, 진정한 방식을 고수한다는 점을 생각하면, 네가 대변자가 될 기회를 얻기 전에 잘라 버리고 싶어 하는 이들이 있을 수도 있다.」

수확령은 자체 조사를 시작하겠다고 확언했지만, 시트라는 그들이 뭘 찾아낼 거라고 생각하지 않았다. 문제 해결은 수확령의 강점이 아니었다. 그들은 이미 제일 저항이 적은 길을 따라가서, 이게 〈수확자 루시퍼〉의 짓이라는 가정에 착수했다. 시트라는 격분했지만, 수확령에 자신이 화가 났음을 알릴 수는 없었다. 공적으로는 로언과 거리를 둬야 했다. 그들이 만났다는 사실은 아무도 몰라야 했다.

「그 생각이 옳을 수 있다는 점도 고려해야지.」 수확자 퀴리가 말했다.

시트라는 다음 가닥을 땋으면서 머리를 조금 심하게 잡아당겼다. 「수확자님은 로언을 몰라요.」

「너도 몰라.」 수확자 퀴리는 머리채를 갈라 나머지를 직접 땋으며 말했다. 「로언이 네 목을 부러뜨렸을 때 나도 콘클라베에 있었다는 걸 잊었구나, 아나스타샤. 난 그 눈을 봤어. 아주 즐거워하더구나.」

「그건 쇼였어요!」 시트라는 고집했다. 「수확령 보라고 연기한 거예요. 그렇게 하면 둘 다 탈락할 것이고, 그러니 무승부가 될 유일한 방법이라는 걸 알았던 거예요. 전 아주 영리했다고 생각해요.」

수확자 퀴리는 몇 분 동안 침묵하다가 말했다. 「감정에 판단을 흐리는 일만 없도록 주의하렴. 자, 네 머리도 땋아 줄까, 아니면 올려 줄까?」

그러나 오늘 시트라는 머리를 어떤 식으로도 묶지 않기로 했다.

그들은 망가진 스포츠카를 몰아, 이미 일꾼들이 복구 작업을 시작한 무너진 도로로 향했다. 나무가 1백 그루는 날아갔고, 또 몇백 그루가 고사했다. 시트라는 숲이 이 상처를 회복하려면 오랜 시간이 걸리겠구나 생각했다. 앞으로 1백 년이 지나도 이 폭발의 흔적은 남아 있을 터였다.

구덩이 때문에 도로를 가로지를 수도, 빙 둘러 갈 수도 없었다. 수확자 퀴리는 반대편에 그들을 태울 공유 차를 불러 놓고 끊어진 도로에 차를 버린 채, 가방을 들고 구덩이 주위를 걸어서 반대편으로 향했다.

시트라는 구덩이 가장자리 아스팔트에 남은 핏자국을 볼 수밖에 없었다. 그들을 구한 소년이 누워 있던 자리였다.

언제나 시트라가 원치 않을 만큼 많은 것을 보는 수확자 퀴리는 그 시선을 알아차리고 말했다.「그쪽은 잊어라, 아나스타샤. 그 가엾은 아이는 우리의 관심사가 아니야.」

　「알아요.」시트라는 인정했다. 그러나 바로 흘려보낼 수는 없었다. 그저 시트라의 성격상 그랬다.

〈불미자〉라는 명칭은 내가 관리 초창기에 무거운 마음으로 만들어 냈다. 안타깝지만 필요한 일이었다. 진정한 범죄는 내가 굶주림과 가난을 없애자마자 끝이 났다. 물질 소유를 위한 도둑질, 분노와 사회적인 스트레스로 인한 살인…… 모두 저절로 멈췄다. 폭력 범죄를 저지르기 쉬운 이들은 유전자 수준에서 파괴 성향을 잠재우고, 평균 범주로 끌어와서 쉽게 해결했다. 소시오패스들에게는 양심을 주고, 사이코패스들에게는 분별력을 선사했다.

그래도 사회 불안은 존재했다. 나는 덧없고 정량화하기 힘들지만 인류에게 분명히 존재하는 어떤 성향을 인식하게 되었다. 단순하게 표현해서, 인류에게는 나쁘게 굴 필요가 있었다. 물론 모두가 그런 것은 아니었다. 그러나 내 계산상으로 인구의 3퍼센트는 저항을 통해서만 삶의 의미를 찾을 수 있었다. 세상에 저항할 불의가 남아 있지 않다고 해도, 무엇인가에는 저항해야만 하는 사람들이었다. 무엇에라도.

그런 성향을 치료할 방법을 찾을 수도 있을 것이다. 그러나 나는 인류에게 거짓 유토피아를 강요하고 싶지 않다. 나의 세계는 〈멋진 신세계〉가 아니라 지혜와 양심과 연민이 다스리는 세계이다. 나는 저항이 인간의 열정과 갈망이 정상적으로 표출된 결과라면, 표출할 공간을 만들어 줘야겠다는 결론을 내렸다.

그리하여 나는 〈불미자〉라는 명칭과 그 명칭이 붙는 사회적 낙인을 고안해 냈다. 의도치 않게 불미자 신분이 된 사람들은 빠르고 쉽게 돌아올 수 있다. 그러나 자신의 선택으로 의문스러운 삶을 사는 이들에게 불미자라는 딱지는 그들이 자랑스레 달고 다니는 훈장이다. 그들은 세상의 의심을 타당하게 여긴다. 선 바깥에 있다는 착각을 즐거워하고, 자신들이 불평분자라는 사실에 깊이 만족한다. 그들이 그러지 못하게 한다면 잔인한 일일 것이다.

—선더헤드

11

진홍색 비단 스치는 소리

불미자라니! 그레이슨에게는 목에 가시가 걸린 듯한 일이었다. 뱉어 낼 수도 없지만 삼킬 수도 없었다. 그저 소화할 수 있는 상태로 변해 주기를 빌면서 계속 씹기만 할 뿐이었다.

불미자들은 물건을 훔쳤지만, 결코 그냥 벗어나지는 못했다. 사람들을 위협했지만, 그 위협을 이행하지는 못했다. 모독하는 말을 뱉어 대고, 거슬리는 태도를 향수처럼 뿜어 댔지만……그게 다였다. 악취뿐이었다. 선더헤드는 언제나 그들이 정말로 나쁜 짓은 하지 못하게 막았다. 그리고 선더헤드가 어찌나 잘 막았던지, 불미자들도 별것 아닌 경범죄와 불평불만과 가식적인 자세 외에는 모든 것을 포기한 지 오래였다.

대면청에서는 불미자들을 다루는 데 부서 하나를 할애했는데, 불미자들은 선더헤드에게 직접 말하는 것이 허용되지 않기 때문이었다. 그들은 언제나 보호 관찰 중이었고, 정기적으로 관찰관에게 연락을 해야 했다. 한계선까지 가버린 불미자들은 매일 매시간 감시하는 개인 치안관까지 배정받았다. 개인 치안관과 결혼하여 다시 생산적인 시민으로 돌아온 많은 수의 불미자가 증명하듯, 성공적인 프로그램이었다.

그레이슨은 그런 사람들 사이에 있는 자신의 모습을 상상할 수가 없었다. 그레이슨은 아무것도 훔친 적이 없었다. 학교에는 불미자 놀이를 하는 아이들이 있었지만, 진지한 경우는 없었다. 그냥 아이들이 하는 짓이고, 그러다가 나이가 들면 그만두었다.

그레이슨은 집에 도착하기도 전에 새로운 삶의 예방 주사를 맞았다. 그를 태운 공유 차가 님부스 아카데미를 떠나기도 전에 경고문을 읽은 것이다.

「기물 파손 시도가 있을 경우에는 즉시 주행을 정지하고 도로변에 방출한다는 것을 명심하시기 바랍니다.」

그레이슨은 펑 튀어 나간 좌석이 그를 하늘로 쏘아 올리는 장면을 상상했다. 마음속에 조그맣게나마 정말로 그럴지도 모른다는 생각이 들지 않았다면 웃었을 것이다.

「걱정하지 마. 오늘 이미 한 번 쫓겨났거든. 한 번이면 충분해.」 그는 차에게 말했다.

「그렇다면 좋습니다. 폭력적인 언어 사용 없이 목적지를 말씀해 주세요.」

그는 집으로 가는 길에 냉장고가 두 달 동안 비어 있었음을 상기하고 장을 보러 들렀다. 계산대에서는 계산원이 껌 한 통이라도 몰래 넣었을까 싶어 의심스러운 눈으로 그를 쳐다보았다. 줄을 선 사람들도 그에게 차가웠다. 편견이 뚜렷하게 느껴졌다. 〈왜 사람들이 이런 삶을 선택하는 거지?〉 궁금해졌다. 그런데도 사람들은 그랬다. 자기 선택으로 불미자가 된 사촌도 한 명 있었다.

「아무도, 아무것도 신경 쓰지 않으면 자유롭거든.」 사촌은 그렇게 말했었다. 아이러니한 말이었다. 정작 사촌은 최근 불미자들 사이에 유행하는 신체 변형으로 손목에 쇠사슬 삽입 수술을 했으니 말이다. 그런데 자유라니.

그레이슨을 다르게 대하는 건 낯선 사람들뿐만이 아니었다.

일단 집으로 가서 아카데미에 들고 갔던 얼마 되지 않는 소지품을 푼 그레이슨은 앉아서 몇몇 친구들에게 메시지를 보냈다. 집으로 돌아왔고, 일이 기대한 대로 돌아가지 않았다는 사실을 알리기 위해서였다. 그레이슨은 깊은 우정을 쌓는 부류의 사람이 아니었다. 정말로 영혼을 드러내거나, 가장 깊은 약점을 보여 준 친구는 하나도 없었다. 그럴 상대로는 선더헤드가 있었으니까. 그 말은, 즉 이제는 아무도 없다는 뜻이었다. 친구들은 기껏해야 형편 좋을 때만 어울리는 사람들이었다. 편리에 따르는 집단이었다.

답은 하나도 오지 않았고, 그레이슨은 우정이라는 겉치레가 얼마나 쉽게 노골적인 모습을 드러내는지에 대해 감탄했다. 결국 그는 몇 명에게 전화를 걸었다. 대부분은 받지 않고 음성 메시지로 넘겼다. 전화를 받은 몇 명은 그레이슨과의 통화라는 사실을 모르고 무심코 받은 게 분명했다. 그들의 통화 화면에는 그레이슨이 이제 불미자라는 표시가 떴으므로, 그들은 최대한 예의를 차려서 재빨리 통화를 끝냈다. 아무도 그레이슨을 차단할 정도까지 가지는 않았지만, 앞으로 어떤 형태의 연락도 받을 것 같지 않았다. 그의 약력에 커다랗게 찍힌 붉은 〈불〉 자가 사라지기 전까지는.

그 대신 그는 모르는 사람들의 메시지를 받았다.

어떤 여자는 이렇게 썼다. 〈환영이야, 친구! 취해서 뭐 좀 부수자.〉 사진에는 박박 깎은 머리와 뺨에 새긴 남자의 성기 문신이 보였다.

그레이슨은 컴퓨터를 닫고 벽에 던졌다. 「이만하면 뭔가 부수는 거야?」 그는 빈방에 대고 말했다. 이 완벽한 세상에는 모두에게 있을 자리가 존재할지 모르지만, 적어도 그레이슨의 자리는 성기 문신을 한 여자애와 같은 우주에 있지 않았다.

그는 약간 깨졌지만 아직 기능하는 컴퓨터를 주웠다. 보나 마나 드론이 새 컴퓨터를 가져오고 있을 것이다. 불미자들은 망가진 하드웨어를 자동으로 교체받지 못한다면 또 모르지만.

그는 다시 접속해서 다른 불미자들의 한결같은 환영 메시지를 다 지우고, 좌절감에 선더헤드에게 메시지를 하나 적었다.

〈어떻게 나한테 이럴 수가 있어?〉

답은 즉각적이었다. 〈선더헤드의 의식에 대한 접속이 거부되었습니다.〉

이보다 더 나빠질 수는 없는 날이라고 생각했다. 그런데 수확령이 문 앞에 나타났다.

수확자 퀴리와 아나스타샤는 루이빌 그랜드 메리카나 호텔에 예약을 해두지 않았다. 그냥 걸어 들어가서 방을 받았다. 원래 그런 식이었다. 수확자들은 예약을 하거나, 표를 사거나, 약속을 잡을 필요가 없었다. 호텔에서는 으레 비어 있는 방 중 제일 좋은 방을 받았고, 빈방이 없으면 마법처럼 방이 나타났다. 수확자 퀴리는 제일 좋은 방에는 관심이 없었다. 오히려 가장 수수한 침실 두 개짜리 방을 요구했다.

「이곳에는 얼마나 머무실 예정이세요?」 직원이 물었다. 그는 두 사람이 다가온 순간부터 불안해서 가만히 있지 못했다. 지금은 둘 중 누구에게든 잠시라도 눈을 뗐다간 치명적인 결과가 나올지 모른다는 듯이 두 사람을 번갈아 쳐다보고 있었다.

「떠나기로 할 때까지 머물 겁니다.」 수확자 퀴리는 키를 받으며 말했다. 시트라는 직원을 조금이라도 진정시키기 위해 미소를 보이고 자리를 떴다.

그들은 벨보이를 거부하고 직접 가방을 날랐다. 수확자 퀴리는 가방을 내려놓자마자 나갈 준비를 했다. 「개인적인 걱정거리가 있긴 해도, 우리에겐 다해야 할 책임이 있다. 죽어야 하는 사람들이 있어.」 그녀는 시트라에게 말했다. 「오늘 같이 수확을 하겠니?」

시트라는 마리가 벌써 부비 트랩을 뒤로하고 평소처럼 일에 나설 수 있다는 게 놀랍기만 했다.

「실은 전 지난달에 정해 둔 수확 후속 조치를 해야 해요.」

수확자 퀴리는 한숨을 쉬었다. 「네 방식은 일을 너무 가중시켜. 먼 곳이니?」

「기차로 한 시간만 더 가면 돼요. 어두워지기 전에는 돌아올게요.」

수확자 퀴리는 길게 땋은 머리를 쓰다듬으며 자신의 신참 수확자를 한참이나 바라보다가 제안했다. 「내가 같이 갈 수도 있다. 거기서도 여기만큼 쉽게 수확할 수 있어.」

「전 괜찮을 거예요, 마리. 이동하는 표적이잖아요. 맞죠?」

순간 시트라는 수확자 퀴리가 같이 가자고 우길 줄 알았으나, 결국 그녀는 더 밀어붙이지 않았다. 「좋아. 침착을 유지하고, 조금이라도 의심스러운 게 보이면 즉시 나에게 알려 주렴.」

그 순간 시트라는 의심스러운 건 자기 자신뿐이라고 생각했다. 어디로 갈지에 대해 거짓말을 했으니까.

수확자 퀴리의 경고에도 불구하고, 시트라는 그들의 목숨을 구해 준 소년을 그냥 두고 갈 수 없었다. 이미 그 소년에 대해 필요한 조사도 마쳤다. 그레이슨 티머시 톨리버. 시트라보다 6개월 연상이었지만, 겉보기에는 더 어려 보였다. 생활 기록부에는 긍정적으로도, 부정적으로도 눈에 띄는 게 없었다. 드물지 않은 경우였다. 대부분의 사람들과 비슷했다. 그레이슨은 단순하게 살았다. 특별히 흥미로운 부분도, 최악이라고 할 만한 부분도 없었다. 지금까지는 그랬다. 뜨뜻미지근하고 변변치 못하던 존재가 하루 만에 양념을 친 통구이가 되어 버렸다.

그레이슨의 생활 기록부를 보았을 때, 사진의 순진무구한 갈색 눈 옆에 깜박이는 〈불미자〉 경고에 웃음을 터뜨릴 뻔했다. 이 아이에게 불미스러운 면은 아이스바만큼도 없었다. 하이어 내슈빌에 있는 소박한 타운하우스에서 살았다. 대학에 다니는 누나 둘, 전혀 왕래가 없는 나이 많은 이복이나 이부 형제들 수십 명, 그리고 부재중인 부모가 있었다.

딱 맞춰서 그 도로에 나타난 일에 대한 진술은 이미 공공 기록에 담겨 있었기에 시트라가 열람할 수 있었다. 그 진술을 의심할 이유는 없었다. 입장이 바뀌었다면 시트라도 똑같이 했을지 몰랐다.

이제 그레이슨은 님부스 학생이 아니었기에 그와의 접촉이 금지되지도 않았고, 찾아간다고 법을 위반하는 것도 아니었다. 그레이슨을 찾아서 뭘 얻으려는 건지 스스로도 잘 몰랐지만, 만나 보기 전까지는 그레이슨이 죽던 순간이 계속 남아 있을 것 같았다. 사람들의 눈 속에 담긴 빛이 영원히 꺼지는 모습에 너무 익숙해진 나머지, 확실히 재생했다는 증거를 보아야 하는지도 몰랐다.

근처에 도착한 시트라는 건물 앞에 서 있는 수확 근위대 ─ 수확령을 위해 일하는 엘리트 경찰 부대 ─ 차량을 보았다. 순간 그냥 가버릴까 싶었다. 수확 근위대의 대원들이 그녀를 본다면, 수확자 아나스타샤가 여기에 나타났다는 소식이 수확자 퀴리에게 전해질 게 뻔했다. 그런 질책은 피하고 싶었다.

그래도 그 자리에 남은 건 수확 근위대를 겪었던 기억 때문이었다. 선더헤드 산하의 치안관들과 달리, 수확 근위대의 감독자는 수확령뿐이었다. 치안관들보다 훨씬 많은 일을 하고도 빠져나갈 수 있다는 뜻이었다. 기본적으로 수확자들이 허용한 일이라면 뭐든 할 수 있었다.

문이 잠겨 있지 않았기에 시트라는 안으로 들어갔다. 거실에는 그레이슨 톨리버가 등받이가 반듯한 의자에 앉아 있었고, 건장한 근위대원 두 명이 그를 내려다보고 서 있었다. 그레이슨의 두 손은 시트라가 수확자 패러데이를 죽였다는 비난을 받았을 때 찼던 것과 같은, 서로 연결된 철제 팔찌 같은 것으로 묶여 있었다. 근위대원 한 명은 시트라가 본 적 없는 장치를 들고 있었고, 다른 한 명은 소년에게 말하고 있었다.

「……물론 네가 사실대로 말한다면 그런 일은 하나도 일어나지 않아.」 시트라는 그 말을 들었으나, 그 대원이 위협용으로 읊었을 불쾌한 일들은 듣지 못했다.

지금까지는 그레이슨이 해를 입지 않은 모양이었다. 머리가 약간 헝클어지기는 했고, 맥없이 체념한 얼굴이긴 했지만, 그 외에는 멀쩡해 보였다. 시트라를 제일 처음 본 사람은 그레이슨이었고, 그녀를 보자 눈 속에서 뭔가가 반짝이더니 슬프고 무덤덤하던 상태에서 벗어났다. 마치 시트라도 아직 살아 있다는 사실을 확인하고 나서야 재생 과정이 완료된 듯한 모습이었다.

대원들은 그레이슨의 시선을 따라 시트라를 보았다. 시트라가 먼저 말했다.

「여기서 무슨 일이 벌어지고 있는 건가요?」 시트라는 수확자 아나스타샤가 쓰는 가장 오만한 말투로 물었다.

잠시 동안 대원들은 공황 상태에 빠진 듯했다가 재빨리 굽신거렸다.

「수확자님! 여기에 오실 줄은 몰랐습니다. 지금 막 용의자를 심문하고 있었습니다.」

「그 사람은 용의자가 아니에요.」

「네, 수확자님. 죄송합니다, 수확자님.」

시트라는 소년에게 한 걸음 다가섰다. 「이들이 해를 입혔나요?」

「아직은 아니에요.」 소년은 대답하고 나서 키 큰 대원이 든 장치를 고갯짓으로 가리켰다. 「하지만 저걸 써서 제 진통 나노기를 껐어요.」

그런 장치가 존재한다는 사실도 몰랐다. 시트라는 그 장치를 든 대원에게 손을 내밀었다. 「내게 주세요.」 그리고 대원이 머뭇거리자 조금 더 큰 소리로 말했다. 「나는 수확자이고, 대원은 나를 위해 일합니다. 건네주지 않으면 보고하겠어요.」

그래도 그는 장치를 넘겨주지 않았다.

그 순간 이 작은 체스 게임에 새로운 말이 진입했다. 다른 방에서 수확자가 한 명 걸어 들어왔다. 내내 그곳에서 오가는 대화를 들으며 끼어들 순간을 가늠하고 있었을 것이다. 시트라가 방심한 순간을 정확하게 잡아냈다.

시트라는 그의 로브를 바로 알아보았다. 걸어오면서 진홍색 비단이 스치는 소리가 났다. 얼굴은 매끈하니 여성적이기까지 했다. 수없이 여러 번 회춘한 결과, 쉼 없는 강물에 깎여 나간 돌처럼 기본 뼈대가 선명함을 잃은 모양이었다.

「수확자 콘스탄틴.」 시트라가 말했다. 「이 조사를 맡으신 줄은 몰랐습니다.」 이 사태에서 좋은 점이라고는 콘스탄틴이 로언을 추적하러 나온 게 아니라, 시트라와 마리의 살해 시도를 조사하고 있다는 것뿐이었다.

콘스탄틴은 시트라를 보고 정중하지만 마음이 불안해지는 웃음을 지었다. 「안녕, 수확자 아나스타샤.」 그가 말했다. 「고달픈 하루에 이렇게 청량한 공기를 불어넣다니!」 마치 먹잇감을 구석에 몰아넣고 가지고 놀기 직전의 고양이 같았다. 어떻게 판단해야 할지 알 수 없었다. 로언에게 말했다시피, 수확자 콘스탄틴은 오락 삼아 죽이는 신질서의 끔찍한 수확자가 아니었다. 그렇다고 수확을 고귀할 뿐 아니라 성스럽기까지 한 의무로 보는 보수파 같지도 않았다. 붉은 비단 로브와 마찬가지로 매끈하고 잡기 어려워서, 그때그때 누구와든 편을 먹었다. 그의 충성심이 어디에 있는지 짐작이 가지 않으니, 시트라는 그런 특징 때문에 이 조사에서 콘스탄틴이 공정해지는지, 아니면 위험해지는지 알지 못했다.

어쨌든 그는 위협적인 존재였고, 시트라는 자기 능력이 그에게 미치지 못한다고 느꼈다. 그러다가 자신이 이제는 시트라 테라노바가 아니라는 사실이 기억났다. 그녀는 수확자 아나스타샤였다. 그 점을 돌이키자 변할 수 있었고, 그에게 맞설 수 있었다. 이제 콘스탄틴의 웃음은 위협적이라기보다 계산적으로 보였다.

「우리 조사에 관심을 가져 주다니 기쁘군요. 하지만 온다는 걸 미리 알려 줬으면 좋았겠어요. 다과라도 준비했을 텐데 말이죠.」

그레이슨 톨리버는 수확자 아나스타샤가 방금 그를 위해 달려오는 차량 앞에 몸을 던졌을지도 모른다는 사실을 절절히 인식하고 있었다. 수확자 콘스탄틴은 달려드는 금속 덩어리 못지않게 위험했으니 말이다. 그레이슨은 수확령의 구조와 복잡성에 대해 잘 알지 못했지만, 수확자 아나스타샤가 선배 수확자에게 맞서 위태로운 상황에 놓였음은 분명해 보였다.

그래도 아나스타샤는 무척이나 당당한 태도를 유지했기에, 그레이슨은 혹시 사실은 그녀가 보기보다 나이가 훨씬 많은 건 아닐까 하고 생각했다.

「이 소년이 저와 수확자 퀴리의 목숨을 구했다는 점은 알고 계십니까?」 그녀는 콘스탄틴에게 물었다.

「미심쩍은 정황에서 그랬지요.」 콘스탄틴이 대답했다.

「이 소년에게 신체적인 해를 입힐 계획이었습니까?」

「혹시 그랬다면?」

「그렇다면 의도적으로 고통을 가하는 행위는 우리가 상징하는 모든 것에 위배된다는 사실을 일깨워 드릴 수밖에 없고, 콘클라베에서 수확자님에 대한 징계를 회부할 것입니다.」

수확자 콘스탄틴의 얼굴에서 자신만만함이 누그러들었지만, 아주 약간이었다. 그레이슨은 그게 좋은 신호인지, 나쁜 신호인지 알 수 없었다. 콘스탄틴은 잠시 동안 수확자 아나스타샤를 바라보다가 한 근위대원을 돌아보았다.

「수확자 아나스타샤에게 내가 어떤 명령을 내렸는지 말해 주겠나.」

대원은 수확자 아나스타샤를 슬쩍 보고 눈을 마주쳤지만, 그레이슨은 그 남자가 시선을 잠시도 그대로 유지하지 못한다는 사실을 알아볼 수 있었다.

「용의자에게 수갑을 채우고, 진통 나노기를 끈 다음, 몇 가지 신체 통증을 나열하며 위협하라고 지시하셨습니다.」

「정확해!」 수확자 콘스탄틴은 이렇게 대답하고 나서 아나스타샤를 다시 돌아보았다. 「보다시피 부정행위는 전혀 없어요.」

수확자 아나스타샤는 그레이슨이 느끼고 있으나 감히 드러내지 못하는 분노를 그대로 표현했다.

「부정행위가 없다고요? 듣고 싶으신 이야기를 할 때까지 때릴 계획이었으면서요.」

콘스탄틴은 다시 한숨을 내쉬더니 대원을 돌아보았다. 「그런 위협이 아무 결과도 낳지 못하면 어떻게 하라고 지시했지? 앞서 열거한 위협을 실행하라고 지시했나?」

「아닙니다, 수확자님. 그래도 하는 말이 바뀌지 않으면 수확자님을 불러올 예정이었습니다.」

콘스탄틴은 천진함을 가장하며 두 팔을 활짝 벌렸다. 덕분에 아래로 늘어진 붉은 로브 소매가 어린 수확자를 집어삼키려 드는 불새의 날개처럼 보였다. 「자, 알겠습니까? 저 소년을 해치려는 의도는 없었어요. 이 고통 없는 세상에서는 고통을 준다는 위협만으로도 늘 죄인이 잘못을 자백하더군요. 하지만 이 소년은 가장 불쾌한 위협을 받고도 원래 이야기를 고수하고 있어요. 그러니 사실대로 말하고 있다고 믿게 됐지요. 내가 심문을 끝내게 해줬다면, 그 과정을 직접 확인했을 겁니다.」

그레이슨은 자신의 몸에 전류처럼 흐르는 안도감을 모두가 느낄 수 있을 거라고 생각했다. 콘스탄틴의 말이 사실일까? 그레이슨은 판단할 처지가 아니었다. 그는 언제나 수확자들이 불가해하다고 여겼다. 그들은 세계의 톱니바퀴에 기름칠을 하며 한 차원 높은 곳에서 살았다. 수확에 따라오는 고통 말고 다른 고통을 일부러 초래했다는 수확자 이야기는 들어 본 적이 없었다……. 하지만 들어 보지 못했다고 해서 그럴 리가 없다고 볼 수는 없었다.

「나는 명예를 아는 수확자이고, 당신과 같은 이상을 지키고 있어요, 아나스타샤.」 수확자 콘스탄틴이 말했다. 「저 소년은 애초에 위험했던 적이 없습니다. 다만 이제는 당신에 대한 앙심으로 저 소년을 거둘까 싶기는 하군요.」 그는 잠시 그 발언의 효과를 기다렸다. 그레이슨의 심장이 한 번인가 두 번, 뛰지 않고 멈췄다. 붉어져 있던 수확자 아나스타샤의 얼굴은 창백해졌다.

「하지만 그러진 않겠습니다.」 수확자 콘스탄틴이 말했다.

「난 앙심을 품는 사람이 아니거든요.」

「그렇다면 어떤 사람이신가요, 수확자 콘스탄틴?」 아나스타샤가 물었다.

그는 그녀에게 수갑 열쇠를 던졌다. 「오늘 여기에서 일어난 일을 빨리 잊지 않을 사람이지요.」 그러고는 로브 자락을 펄럭이며 근위대원들을 이끌고 나갔다.

세 사람이 사라지자, 수확자 아나스타샤는 바로 그레이슨의 수갑을 풀었다. 「저들이 아프게 했나요?」

「아니요.」 그레이슨도 그 점은 인정해야 했다. 「그 말대로 위협만 했어요.」 하지만 일이 끝나고 보니 그들이 찾아왔을 때보다 나아진 게 없었다. 님부스 아카데미에서 쫓겨난 순간부터 그를 잠식한 씁쓸함이 순식간에 안도감을 묻어 버렸다.

「그런데 여긴 왜 온 거예요?」 그는 아나스타샤에게 물었다.

「그냥 구해 줘서 고맙다는 말을 하고 싶었던 것 같네요. 큰 대가를 치른 걸 알아요.」

「그래요.」 그레이슨은 덤덤하게 인정했다. 「그랬죠.」

「그래서…… 그 점을 고려해서, 1년간 수확 면제권을 제안하겠어요. 최소한 이 정도는 해야죠.」

아나스타샤가 반지를 내밀었다. 그레이슨은 면제권을 받아 본 적이 없었다. 이 지옥 같은 한 주 이전에는 수확자의 반지는 고사하고, 수확자와 이렇게 가까이 있어 본 적도 없었다. 반지는 은은한 조명 속에서도 반짝였지만, 보석 중심부는 이상하게 어두웠다. 그 보석을 계속 바라보고 싶기는 했지만, 어쩐지 그 반지가 줄 면제권은 받고 싶지 않았다.

「받고 싶지 않은데요.」 그레이슨이 말했다.

아나스타샤는 놀랐다. 「바보같이 굴지 말아요. 면제권은 누구나 원해요.」

「전 누구나가 아니에요.」

「그냥 입 닥치고 반지에 입 맞춰요!」

그녀의 짜증은 그의 짜증만 돋웠다. 그의 희생이 그 정도 가치였나? 일시적인 죽음 방지 카드 정도였나? 그레이슨이 살려던 삶은 사라졌는데, 그 삶을 길게 산다는 걸 보장해 줘봤자 무슨 소용일까?

「어쩌면 전 수확을 원하는지도 모르죠. 제가 삶에서 원한 모든 것을 빼앗겼는데, 뭐 하러 살아요?」

수확자 아나스타샤는 반지를 내렸다. 표정이 심각해졌다. 지나치게 심각했다. 「좋아요. 그럼 당신을 거두죠.」

그레이슨이 예상하지 못한 반응이었다. 그녀는 그럴 수 있었다. 사실 그레이슨이 막을 기회도 잡기 전에 해치울 수 있었다. 그녀의 반지에 입 맞추고 싶지 않은 만큼이나 수확당하고 싶지도 않았다. 지금 죽는다면 제 존재의 목적이 그녀의 차 앞에 몸을 던진 게 되지 않나. 적어도 그보다 큰 목적을 찾아낼 때까지는 살아야 했다. 그 목적이 무엇일지 짐작도 가지 않는다고 해도.

뒤이어 수확자 아나스타샤가 웃음을 터뜨렸다. 실제로 그를 보고 웃고 있었다. 「지금 표정을 직접 보면 굉장할걸요!」

이번에는 그레이슨이 시뻘게질 차례였다. 분노가 아니라 민망함 때문이었다. 아직 자기 연민이 다하지는 않았지만, 그녀 앞에서 자기 연민을 과시하진 말았어야 했다.

「됐어요. 자, 고맙다고 인사하셨고 전 받아들였어요. 이제 가

보셔도 됩니다.」

하지만 그녀는 가지 않았다. 역시 그레이슨이 예상하지 못한 반응이었다.

「사실대로 말한 게 맞나요?」 그녀가 물었다.

한 사람만 더 그렇게 물으면 펑 터져서 분화구를 남길지도 모르겠다 싶었다. 그래서 그는 그녀가 듣고 싶어 하리라 여겨지는 대답을 했다.

「전 누가 그 폭탄을 심었는지 몰라요. 그 음모에 끼지도 않았고.」

「내 질문에 대답하지 않았어요.」

그녀는 기다렸다. 끈기 있게 기다렸다. 위협을 하지도, 포상을 약속하지도 않았다. 그레이슨은 그녀를 믿어도 될지를 몰랐지만, 이젠 아무래도 상관없었다. 열심히 진실을 숨기고 반만 진실인 내용을 말하는 데 질렸다.

「아뇨. 거짓말이었어요.」 그 사실을 인정하니 자유로워진 기분이었다.

「왜요?」 화가 난 게 아니라, 그냥 궁금해하는 것 같았다.

「제가 거짓말을 하는 게 모두에게 더 나았으니까요.」

「당신만 빼고 모두겠죠.」

그는 어깨를 으쓱였다. 「저야 무슨 말을 하든 결과가 똑같았어요.」

아나스타샤는 그 말을 받아들이더니, 맞은편에 앉아서 한참 동안 그를 바라보았다. 불편했다. 그녀는 다시 한번 한 차원 위로 올라가서 비밀스러운 생각을 하고 있었다. 사회적으로 용인된 살인자의 마음속에서 어떤 책략이 돌아가고 있는지 누가 알 수 있을까?

그러다가 그녀가 고개를 끄덕였다. 「선더헤드였군요.」 그녀가 말했다. 「음모에 대해 알긴 했는데, 우리에게 경고할 수는 없었던 거예요. 그러니 믿을 수 있고 경고할 수 있는 사람이 필요했죠. 그 정보를 받으면 알아서 행동할 것을 선더헤드가 아는 누군가가.」

그는 그 통찰력에 놀랐다. 아무도 알아내지 못했는데 이렇게 알아내다니.

「설령 그게 사실이라 해도 저는 말하지 않을 거예요.」 그는 말했다.

그녀는 미소 지었다. 「말해 주길 바라지 않아요.」 그녀는 그냥 상냥한 게 아니라, 조금은 존경심 어린 눈으로 그를 바라보았다. 상상해 보라! 그레이슨 톨리버가 수확자에게 존경을 받다니!

아나스타샤가 일어났다. 그레이슨은 그녀가 떠나는 모습을 보는 게 아쉬웠다. 요란한 〈불〉 자 표시와 패배주의적인 생각 속에 혼자 남겨지는 건 썩 기대되는 일이 아니었다.

「불미자로 찍혀서 유감이에요.」 아나스타샤는 나가기 직전에 말했다. 「하지만 선더헤드에게 말하는 건 금지라고 해도, 아직 선더헤드의 모든 정보에 접속할 수 있어요. 웹사이트, 데이터베이스…… 의식만 빼고 전부 다요.」

「그 모든 것의 뒤에 날 이끌어 줄 정신이 없다면 무슨 소용이에요?」

「아직 스스로의 머리가 있잖아요.」 아나스타샤가 지적했다. 「거기에 뭔가 가치가 있을 거예요.」

기본 소득 보장제는 내가 권력을 쥐기 이전부터 있었다. 나 이전에 이미 많은 국가들이 국민들에게 겨우 생존할 수 있는 돈을 지불하기 시작했었다. 필요한 일이었다. 자동화가 증가함에 따라 빠른 속도로 실업 상태가 예외가 아닌 정상이 되고 있었다. 그러니 〈복지〉와 〈사회 보장〉의 개념도 기본 소득 급여의 개념만큼이나 달라졌다. 모든 시민에게는 기여 능력이나 기여 욕망과 상관없이 작은 파이 조각이라도 받을 권리가 있었다.

그러나 인간에게는 적정 수입을 넘어서는 기본 욕구가 있다. 인간은 쓸모 있다고, 생산적이라고, 아니면 최소한 바쁘다고 느낄 필요가 있다. 설령 그 바쁜 일이 사회에 아무것도 제공하지 않는다고 해도 그렇다.

따라서 나의 자애로운 지도 아래에서는 누구든 직업을 원하면 가질 수 있다. 봉급도 기본 소득 급여 이상을 받는다. 그래야 달성할 보상이 있고, 성공을 측정할 방법이 있기 때문이다. 나는 모든 시민이 자신에게 맞는 직장을 찾도록 돕는다. 물론 그중에 필요한 직업은 극히 적다. 모두 기계로 할 수 있는 일이다. 그러나 목적이 있다는 환상은 안정된 집단에 꼭 필요하다.

— 선더헤드

12
등급 1에서 10까지

그레이슨의 자명종은 해가 뜨기 전에 울렸다. 그렇게 설정해 놓은 건 아니었다. 집으로 돌아온 후에는 일찍 일어날 이유가 없었다. 급하게 할 일도 없었으니, 깨어나면 도저히 더는 못 견디겠다 싶을 때까지 이불 속으로 다시 기어들었다.

아직 직장을 찾는 시늉도 하지 않았다. 어차피 일은 선택이었다. 세상에 확실한 기여를 하지 않아도 먹고살 수는 있었다. 그리고 지금 그레이슨은 신체 노폐물 외에는 세상에 아무것도 더하고 싶지 않았다.

그는 자명종을 껐다. 「뭔데 그래?」 그는 물었다. 「왜 날 깨우는 거야?」 몇 분간 침묵이 흐른 후에야 그가 불미자인 한 선더헤드가 대답할 리 없다는 사실이 떠올랐다. 그래서 그는 일어나 앉아서, 침대 옆 스크린에서 성난 불빛으로 방 안을 붉게 물들이고 있는 메시지를 보았다.

〈오전 8시 보호 관찰관 면담.〉

〈나타나지 않을 시 벌점 5점.〉

그레이슨도 벌점이 무엇인지 어렴풋이 알기는 했지만, 어떻게 벌점을 재는지는 전혀 몰랐다. 벌점 5점이면 불미자 상태가 5일 더해지는 걸까? 아니면 다섯 시간? 5개월? 짐작도 가지 않았다. 불미자 제도에 대한 수업을 들어야 할까.

〈보호 관찰관을 만날 때는 뭘 입지?〉 잘 갖춰 입어야 할까, 편하게 입어야 할까? 이 모든 상황이 억울하긴 했지만, 보호 관찰관에게 좋은 인상을 줘서 나쁠 것은 없었기에 그레이슨은 깨끗한 셔츠와 바지를 찾고, 아직 삶이 있다고 생각했을 때 풀크럼시티에서 대면청에 갈 때 했던 타이를 맸다. 공유 차를 한 대 세우고(이 차도 그에게 파괴 행위와 모욕적인 언어를 쓸 경우의 결과를 경고했다), 지역 대면청 청사로 출발했다. 일찍 가서 사회적인 몰락을 하루나 이틀이라도 줄일 만큼 좋은 인상을 줄 작정이었다.

하이어 내슈빌 대면청 청사는 풀크럼시티보다 훨씬 작았다. 4층밖에 되지 않았고, 회색 화강암이 아니라 붉은 벽돌로 지은 건물이었다. 그러나 안으로 들어가면 거의 똑같았다. 이번에는 편안한 응접실로 안내되지 않았다. 곧바로 불미자 담당 부서로 가서 번호를 받고, 그 자리에 있고 싶지 않은 게 명확한 다른 불미자 수십 명과 함께 한방에서 기다렸다.

거의 한 시간이 지나고 나서 그레이슨의 번호가 떴고, 창구로 가자 하급 님부스 요원이 그의 신분증을 확인한 후 이것저것을 이야기했다. 대부분 이미 다 아는 내용이었다.

「그레이슨 톨리버. 님부스 아카데미 영구 제적이며, 수확자와 정부 분리를 심각하게 위반하여 4개월간 불미자 상태로 지정.」

「저 맞아요.」 그레이슨이 말했다. 그래도 이제는 사회적인 몰락 상태가 얼마나 갈지 알게 된 셈이었다.

님부스 요원은 태블릿에서 눈을 들더니, 로봇의 웃음만큼이나 감정이 실리지 않은 미소를 지었다. 잠깐이지만 혹시 진짜 로봇인가 싶었다가, 선더헤드는 청사에 로봇을 두지 않는다는 사실을 기억해 냈다. 대면청은 선더헤드의 인간 대면용 접점 아니겠는가.

「오늘 기분은 어떤가요?」 요원이 물었다.

「괜찮은 것 같네요.」 그는 대답하고 마주 미소 지었다. 자신의 미소도 저 여자만큼 가짜 웃음으로 보일까. 「그러니까, 너무 일찍 깨어나서 짜증이 나긴 했지만 약속은 약속이니까요. 그렇죠?」

요원은 태블릿에 뭔가를 적었다. 「짜증 정도를 등급 1에서 10 사이로 매겨 보세요.」

「진심이에요?」

「질문에 답하기 전에는 수용을 계속 진행할 수 없습니다.」

「어…… 5요. 아니, 6이요. 그 질문 때문에 더 나빠졌어요.」

「불미자로 표시된 후 불공정한 대우를 경험했나요? 누군가 당신에게 편의를 거부하거나, 어떤 식으로든 시민으로서의 권리를 침해한 일이 있나요?」

기계적으로 암기한 티가 나는 질문이라 손에 쥔 태블릿을 쳐내고 싶어졌다. 최소한 미소 짓는 척이라도 했던 것처럼, 그의 대답에 신경 쓰는 척은 할 수 있지 않나.

「사람들이 제가 자기네 고양이라도 죽인 것처럼 쳐다봐요.」

요원은 실제로 고양이를 몇 마리 죽인 사람 보듯 그를 쳐다보았다. 「안타깝지만 사람들이 쳐다보는 시선에 대해서는 할 수 있는 게 없네요. 하지만 혹시 권리를 침해당했을 때는 보호 관찰관에게 꼭 알려야 합니다.」

「잠깐만요. 당신은 내 보호 관찰관이 아니에요?」

요원은 한숨을 내쉬었다. 「전 수용 담당관입니다. 보호 관찰관은 이 수용 작업이 끝난 후에 만나게 될 거예요.」

「번호를 또 받아야 하나요?」

「네.」

「그럼 제 짜증 정도를 9로 올려 주세요.」

요원은 그를 흘긋 보더니 태블릿에 숫자를 기입했다. 그런 다음 그에 대한 정보를 잠시 처리했다. 「당신의 나노기는 지난 며칠간 엔도르핀 레벨이 떨어졌다고 보고하고 있어요. 우울증 초기 증세일 수 있습니다. 지금 기분 조정을 받으시겠습니까, 아니면 한계점에 도달할 때까지 기다리시겠습니까?」

「기다릴게요.」

「그때는 지역 건강 센터에 다녀와야 할 수도 있습니다.」

「기다릴게요.」

「좋습니다.」 요원은 화면을 건드려서 그의 파일을 닫고, 바닥에 그려진 파란 선을 따라가라고 했다. 그 선을 따라가니 복도를 지나 다른 큰 방이 나왔고, 들은 대로 번호를 뽑아야 했다.

영원 같은 시간이 지난 후에 겨우 번호가 뜨고, 응접실로 안내를 받았다. 지난번에 들어갔던 접견실과는 전혀 달랐다. 아무래도 불미자 접견용 응접실이었으니까. 벽은 획일적인 베이지색에 바닥은 보기 흉한 초록색 타일이었고, 아무것도 올려져 있지 않은 테이블은 회색으로, 양쪽에 딱딱한 나무 의자가 하나씩 놓여 있었다. 장식이라고는 벽에 걸린 영혼 없는 범선 그림 하나뿐이었는데, 이 방에 완벽하게 어울렸다.

다시 15분을 기다리자, 드디어 그의 보호 관찰관이 들어왔다.

「좋은 아침이네요, 그레이슨.」 트랙슬러 요원이 말했다.

오늘 보게 되리라곤 꿈에도 생각지 못한 사람이었다. 「당신이요? 당신이 여기서 뭘 하는 거죠? 제 삶은 충분히 망치지 않았나요?」

「무슨 말을 하는 건지 전혀 짐작이 가지 않는군요.」

물론 당연한 반응이었다. 그럴듯한 사실 부인이었다. 트랙슬러는 그레이슨에게 아무것도 해달라고 하지 않았다. 사실은 대놓고 하지 말라고 말했었다.

「오래 기다리게 해서 미안합니다.」 트랙슬러가 말했다. 「이걸 알면 기분이 좀 나아질지 모르겠지만, 선더헤드는 우리 요원들도 당신을 만나기 전에 기다리게 한답니다.」

「왜요?」

트랙슬러는 어깨를 으쓱였다. 「수수께끼죠.」

그는 그레이슨의 맞은편에 앉아서 그레이슨과 똑같이 혐오스러운 눈빛으로 영혼 없는 범선 그림을 보더니, 왜 여기에 있는지 설명했다.

「저는 풀크럼시티에서 여기로 전근 오게 되었고, 상급 요원에서 이 지역 보호 관찰관으로 강등당했습니다. 그러니까 이 문제로 지위가 하락한 사람이 혼자만은 아니에요.」

그레이슨은 그 남자에게 손톱만 한 동정심도 느끼지 않고 팔짱을 꼈다.

「슬슬 새로운 삶에 적응하고 있으리라 믿습니다.」

「전혀요.」 그레이슨은 심드렁하게 대답했다. 「선더헤드는 왜 절 불미자로 낙인찍은 거죠?」

「영리하니 그 정도는 생각해 냈을 줄 알았는데요.」

「아닌가 보죠.」

트랙슬러는 눈썹을 치켜뜨더니, 그레이슨의 통찰력 부족에 대한 실망감을 강조하려는지 느린 한숨을 내쉬었다. 「불미자는 정기적으로 관찰관과의 만남에 참석해야 합니다. 이런 만남은 당신을 감시하고 있을지 모르는 누군가의 의심을 피해서 우리가 소통할 방법이 되어 주겠죠. 물론 그러기 위해 내가 이리로 전근해 와서 당신의 보호 관찰관이 되어야 했지만요.」

아! 그러니까 그레이슨이 불미자가 된 이유가 있었던 것이다! 더 큰 계획의 일부였다. 이유를 알았으니 기분이 나아질 줄 알았는데, 그렇지도 않았다.

「정말 안타깝기는 합니다.」 트랙슬러가 말했다. 「원하지 않는 사람에게 불미자의 삶은 힘든 굴레지요.」

「그 안타까운 마음을 등급 1에서 10까지 매겨 볼 수 있나요?」 그레이슨이 물었다.

트랙슬러 요원이 쿡쿡거리며 웃었다. 「아무리 암울한 상황이라 해도 유머 감각이란 언제나 좋은 거죠.」 그는 이어서 업무로 들어갔다. 「낮이고 밤이고 거의 집에서만 보낸 걸로 압니다. 당신의 친구이자 조언자로서, 다른 불미자들을 만날 수 있는 곳에 자주 찾아가고, 이 시간을 편하게 만들어 줄 수 있는 새로운 친구들을 사귀면 어떨까 싶군요.」

「그러고 싶지 않은데요.」

「그러고 싶을 수도 있죠.」 트랙슬러 요원은 부드럽게 말했다. 불온하기까지 했다. 「정말 섞여 들고 싶은 나머지 불미자처럼 행동하고, 불미자처럼 입고, 새로운 위치를 얼마나 잘 받아들이는지 보여 줄 만한 불미자식의 신체 변형까지 감행할지도 모르지요.」

그레이슨은 처음에는 아무 말도 하지 않았다. 트랙슬러는 그레이슨이 이 제안을 제대로 알아들을 때까지 기다렸다.

「그리고…… 제가 제 위치를 받아들이면요?」 그레이슨이 물었다.

「그렇다면 새로운 일들을 배우게 되겠지요.」 트랙슬러가 말했다. 「어쩌면 선더헤드조차 알지 못하는 것들을요. 선더헤드에게도 사각은 있어요. 작은 맹점들이긴 해도 존재합니다.」

「저보고 위장 근무 님부스 요원이 되라는 건가요?」

「물론 아닙니다.」 트랙슬러가 히죽 웃었다. 「님부스 요원들은 아카데미를 4년 다니고, 지루하기 짝이 없는 현장 실습을 또 1년 받은 다음에나 실제 임무를 받게 되지요. 하지만 당신은 그냥 불미자예요…….」 그는 그레이슨의 어깨를 두드렸다. 「우연히도 아주 연줄이 많은 불미자죠.」

그런 다음 트랙슬러는 일어섰다. 「일주일 후에 봅시다, 그레이슨.」 그리고 뒤돌아보는 일도 없이 나갔다.

그레이슨은 어지러웠다. 화가 났다. 흥분했다. 이용당했다고, 한 방 먹었다고 느꼈다. 이것은 그레이슨이 원한 바가 아니었다……. 아니, 원한 바였을까? 「그레이슨, 넌 네 생각보다 더 특별해.」 선더헤드가 예전에 그렇게 말했었다. 내내 선더헤드는 이럴 계획이었을까? 아직 선택권은 있었다. 평생 그랬듯이 말썽에서 멀리 떨어져 있으면, 몇 달 만에 정상적인 상태로 돌아갈 것이다. 예전과 다름없는 삶으로 돌아갈 수 있다.

……아니면 이 새로운 길을 따라 멀어질 수도 있었다. 그레이슨이 자기답다고 생각했던 모든 것과는 정반대의 길로.

문이 열리고 이름 모를 님부스 요원이 말했다. 「실례지만 면담이 끝났으니 즉시 방을 비워 주셔야 합니다.」

그레이슨의 본능은 사과하고 나가라고 말했다. 그러나 그는 이제 어떤 길을 걸어야 하는지 알았다. 그래서 의자에 등을 기대고 그 요원에게 빙긋 웃으며 말했다.

「댁이나 꺼져.」

요원은 그에게 벌점을 주고, 경비원과 함께 돌아와서 그를 내쫓았다.

불미자 담당 부서는 비효율적으로 보이지만, 이 이상한 겉모습 뒤에는 그럴 만한 이유가 있다.

간단히 말해서, 불미자들에게는 시스템을 경멸하려는 욕구가 있다.

그 욕구 충족을 돕기 위해 나는 경멸해 마땅한 시스템을 만들어 내야 했다. 사실 사람들이 번호를 뽑거나, 장시간 기다려야 할 필요는 전혀 없다. 수용 담당관도 필요 없다. 모두 불미자들로 하여금 시스템이 자기들의 시간을 낭비하고 있다고 느끼게 하기 위한 디자인이다. 비효율적이라는 착각은 불미자들이 쌓을 수 있는 분노와 짜증을 유발한다는 특정 목적에 부합한다.

—선더헤드

13

예쁜 그림은 아니다

수확자 피에르 오귀스트 르누아르는 화가가 아니었지만, 자신이 고른 수호 위인의 걸작을 상당량 소장하고 있었다. 어쩌겠는가? 그는 예쁜 그림들이 좋았다.

물론 프랑스 화가의 이름을 딴 미드메리카 수확자는 프랑코이베리아 지역 수확자들의 분노를 불러일으켰다. 그들은 사망 시대 프랑스 예술가들은 모두 자기네 소속이라고 생각했다. 흠, 지금은 몬트리올이 미드메리카에 속한다고 해서 프랑스 혈통이 사라진 건 아니었다. 분명 수확자 르누아르의 선조 중 누군가는 프랑스에서 왔을 것이다.

상관없었다. 대서양 건너편의 수확령이 날뛰고 싶을 만큼 날뛰어도 그에게는 영향이 없었다. 그에게 영향을 미친 건 그가 사는 메리카 북부 지역의 영구 동토층 소수 민족들이었다. 나머지 세계가 유전자 수준에서 섞인 반면, 영구 동토층은 자기네 문화를 보호하는 데 열을 올리느라 나머지 인류와 섞이지 않았다. 물론 누구나 하고 싶은 대로 할 수 있으니 그게 범죄는 아니지만, 수확자 르누아르에게 그것은 불쾌한 일이었고,

질서에 난 흠집이었다.

그리고 르누아르는 질서를 알았다.

그는 조미료를 알파벳 순서로 정리했다. 찬장에는 찻잔을 한 치도 어긋남 없이 놓았다. 머리는 매주 금요일 아침에 정해진 길이로 다듬었다. 영구 동토층의 인구는 그 모든 질서 앞에 흘러들었다. 그들은 인종적으로 너무 뚜렷하게 튀었고, 르누아르는 그걸 참을 수 없었다.

그래서 그는 그들을 최대한 많이 거뒀다.

물론 인종적인 편견이 드러난다면 수확령에서 곤란해질 터였다. 다행히도 영구 동토층은 하나의 인종으로 여겨지지 않았다. 그들의 유전자 비율은 그저 높은 비중의 〈기타〉로만 나왔다. 〈기타〉란 참으로 넓은 범주라, 르누아르가 하고 있는 일을 효율적으로 가려 주었다. 선더헤드에게는 가리지 못했을지 몰라도 수확령에서는 가려 주었고, 중요한 건 수확령이었다. 그리고 르누아르가 수확령에서 그의 수확을 더 깊이 들여다볼 이유를 주지만 않는다면 아무도 모를 터였다! 그는 이렇게 하면 차차 영구 동토층 소수 민족의 인구를 줄여서 더는 거슬리지 않게 만들 수 있으리라 생각했다.

이날 밤, 그는 두 명을 거두러 가는 길이었다. 영구 동토층 여성과 그녀의 어린 아들이었다. 그날 저녁 그는 신이 나 있었다. 그러나 집을 나서자마자 예기치 못하게 검은 옷을 입은 사람과 마주쳤다.

그날 밤 그 여성과 아들은 수확을 면했다……. 그러나 수확자 르누아르는 그렇게 운이 좋지 못했다. 그는 불타는 차량 속에서 발견되었고, 그 차량은 불덩이가 된 꼴로 타이어가 녹아서 요란한 소리를 내며 멈춰 설 때까지 동네를 질주했다. 소방관들이 도착했을 때는 할 수 있는 일이 없었다. 예쁜 그림은 아니었다.

로언이 깨어났을 때는 목에 칼이 닿아 있었다. 방은 어두웠다. 칼을 든 사람은 보이지 않았지만, 칼날의 감촉은 알고 있었다. 고리가 없는 카람빗[7]으로, 그 구부러진 칼날은 현재 쓰임새에 딱 맞았다. 그는 언제나 수확자 루시퍼의 재임 기간이 길지 않을 거라고 생각했다. 이런 결말에 대비하고 있었다. 시작한 날부터 대비했다.

「사실대로 대답해라. 그렇지 않으면 목을 긋겠다.」 습격자가 말했다. 로언은 그 목소리를 바로 알아들었다. 예상하지 못한 목소리였다.

「먼저 질문부터 하세요.」 로언이 말했다. 「그러면 제가 대답할지, 목을 긋고 말지 말씀드리죠.」

「네가 수확자 르누아르를 끝냈나?」

로언은 주저하지 않았다. 「네, 수확자 패러데이. 제가 했습니다.」

목에 닿았던 칼날이 멀어졌다. 집어 던진 칼이 반대편 벽에 텅 하고 박히는 소리가 들렸다.

「망할, 로언!」

로언은 손을 뻗어 불을 켰다. 수확자 패러데이는 이제 로언의 삭막한 방에 있는 하나뿐인 의자에 앉아 있었다. 〈패러데이

---

7 주로 말레이-인도네시아 지역에서 쓰는 다용도 칼. 맹금 발톱처럼 구부러진 형태로, 보통은 손잡이 끝에 손가락을 거는 고리가 있다.

가 받아들일 만한 방이지.〉 로언은 생각했다. 수확자의 심란한 수면을 지키기 위한 편안한 침대 외에는 안락한 구석이라고는 없는 방이었다.

「저를 어떻게 찾으셨어요?」 로언이 물었다. 타이거와 만난 이후, 로언은 피츠버그에서 몬트리올로 왔다. 타이거가 찾을 수 있다면 누구든 찾을 수 있을 테니까. 그런데도 이렇게 발각당했다. 다행히 주저 없이 목을 그을 다른 수확자가 아니라 패러데이이긴 했지만.

「내가 후뇌에서 정보를 캐내는 데 능하다는 걸 잊었구나. 내가 작정하면 뭐든, 누구든 찾을 수 있다.」

패러데이는 이글거리는 분노와 쓰라린 실망감이 가득한 눈으로 로언을 보았다. 로언은 시선을 돌리고 싶어졌지만 외면하지 않았다. 스스로가 한 일에 대해 조금이라도 부끄럽다 느끼지 않으려 했다.

「로언, 떠날 때는 납작 엎드려서 수확자들의 일에는 관여하지 않겠다고 약속하지 않았느냐?」

「약속했지요.」 로언은 정직하게 대답했다.

「그럼 거짓말을 한 거냐? 이 〈수확자 루시퍼〉 계획을 내내 품고 있었어?」

로언은 일어나서 벽에 박힌 칼을 뽑았다. 생각한 대로 고리가 없는 카람빗이었다. 「아무것도 계획하지 않았어요. 그냥 마음이 바뀐 거죠.」 그는 칼을 패러데이에게 돌려주었다.

「왜?」

「그래야 한다고 느꼈어요. 필요한 일이라고 느꼈고요.」

패러데이는 침대 옆에 걸린 로언의 검은 로브를 쳐다보았다.

「그리고 이제 넌 금지된 로브를 입는구나. 네가 깨지 않을 금기가 있긴 할까?」

사실이었다. 수확자들은 검은 옷을 입는 게 금지였고, 바로 그래서 그 색을 골랐다. 어둠의 전달자들에게 어두운 죽음을 선사하기 위해.

「우린 깨우친 사람들이어야 해!」 패러데이가 말했다. 「이건 우리가 싸우는 방법이 아니다!」

「다른 사람은 몰라도 스승님은 제게 싸우는 방법을 말할 자격이 없어요. 죽은 척하고 달아났잖아요!」

패러데이는 숨을 깊이 들이마셨다. 그는 손에 쥔 카람빗을 보다가 상아색 로브 안주머니에 밀어 넣었다. 「세상이 내가 스스로를 거뒀다고 믿게 만들면 너와 시트라를 구할 수 있을 줄 알았다. 너희가 수습 생활에서 풀려나 예전 삶으로 돌아가게 될 줄 알았어!」

「그렇게 되지 않았죠.」 로언은 그를 일깨웠다. 「그리고 스승님은 여전히 숨어 계세요.」

「때를 기다리는 거지. 그 둘은 달라. 내가 살아 있다는 걸 수확령이 몰라야 잘해 낼 수 있는 일들이 있다.」

「저에겐 수확자 루시퍼로서 제일 잘해 낼 수 있는 일들이 있어요.」

수확자 패러데이는 일어나서 오랫동안 엄하게 로언을 바라보았다. 「대체 어떻게 변했기에…… 냉혹하게 수확자들의 존재를 끝낼 수가 있지, 로언?」

「그 수확자들이 죽을 때 전 피해자들을 생각해요. 그자들이 이제까지 거둔 남자, 여자, 아이 들을요. 제가 끝내는 수확자들은 회한도, 수확자가 가져야 할 책임감도 없이 사람을 거두니까요. 대신 제가 그 피해자들에게 연민을 느끼죠. 그러면 제가 끝내는 뒤틀린 수확자들에 대한 회한이 없어져요.」

패러데이는 흔들리지 않았다. 「수확자 르누아르는, 그자의 범죄는 뭐였지?」

「비밀리에 북부의 소수 민족을 청소하고 있었어요.」

그 대답에는 패러데이도 멈칫하고 말았다. 「넌 그걸 어떻게 알았고?」

「후뇌를 조사하는 방법은 제게도 가르쳐 주셨다는 걸 잊지 마세요.」 로언이 말했다. 「제게 수확 대상을 샅샅이 조사하는 게 얼마나 중요한지 가르쳐 주셨죠. 아니면 이 모든 도구를 제 손에 쥐여 준 걸 잊으셨나요?」

수확자 패러데이는 창밖을 보았지만, 로언은 그게 오로지 자신의 눈을 보지 않기 위한 몸짓임을 알았다. 「그자의 범죄는 선정 위원회에 보고할 수도 있었다⋯⋯.」

「그러면 선정 위원회에서 어떻게 했을까요? 징계하고 보호 관찰? 설령 수확을 그만두게 한다 해도 이 범죄에 적합한 벌은 아니에요!」

수확자 패러데이는 결국 고개를 돌려 로언을 보았다. 갑자기 피곤하고 늙어 보였다. 한 사람이 느끼거나 보일 수 있는 한계 이상으로 늙어 보였다. 「우리는 징벌을 믿는 사회가 아니다. 교정만 믿지.」

「저도 그래요.」 로언이 말했다. 「사망 시대에 암이라는 질병을 치료하지 못했을 때, 사람들은 암을 도려냈죠. 제가 하는 일도 그거예요.」

「잔인해.」

「아니요. 제가 끝내는 수확자들은 고통을 느끼지 않아요. 제가 재로 만들기 전에 죽죠. 예전의 수확자 촘스키와 달리 전 산 채로 사람을 태우지 않아요.」

「사소한 자비로구나. 널 구원할 정도의 자비는 아니야.」

「전 구원받을 생각 없어요.」 로언이 말했다. 「하지만 수확령 은 구하고 싶어요. 그리고 이게 수확령을 구할 유일한 방법이라고 믿어요.」

패러데이는 다시 한번 로언을 쳐다보더니, 서글프게 고개를 저었다. 이제는 화가 나 있지 않았다. 체념한 듯했다.

「저를 막고 싶으시다면 직접 절 끝내셔야 할 겁니다.」 로언이 말했다.

「날 시험하지 마라, 로언. 꼭 너를 끝내야만 한다고 생각한다면, 나도 오래 슬퍼하진 않을 테니까.」

「하지만 절 끝내지 않으실 거죠. 왜냐하면 마음속 깊은 곳에서는 제가 하는 일이 필요하다는 걸 아시니까요.」

수확자 패러데이는 한동안 아무 말도 하지 않았다. 그는 다시 창밖으로 시선을 돌렸다. 그사이 눈이 내리고 있었다. 눈보라였다. 땅이 미끄러워질 것이다. 사람들이 넘어져서 머리를 부딪칠 것이다. 오늘 밤은 재생 센터들이 바빠지리라.

「너무나 많은 수확자들이 옛 방식, 진정한 방식에서 멀어졌지.」 패러데이는 로언이 측정할 수 없을 만큼 깊은 슬픔의 무게를 실어서 말했다. 「그래서 넌 수확령의 절반을 끝낼 거냐? 내가 보기엔 수확자 고더드는 소위 신질서에게 순교자가 되어 있어. 점점 더 많은 수확자들이 살인 행위를 즐기고 있다. 양심이 같이 죽어 나가고.」

「전 더는 할 수 없게 될 때까지 해야 할 일을 할 겁니다.」 로언의 대답은 그것뿐이었다.

「네가 수확자들을 하나씩 끝낸다 해도 흐름을 바꾸진 못해.」 패러데이가 말했다. 처음으로 로언이 자기 방법을 자문하게 만든 말이었다. 나쁜 수확자들을 아무리 많이 제거한다고 해도, 더 많은 이들이 나타날 터였다. 신질서 수확자들은 사망시대 살인자들처럼 죽음을 욕망하는 수습생들을 고를 것이다. 과거였다면 감금되어 한정된 여생을 쇠창살 속에서 보냈을 그런 사람들. 이제 그런 괴물들은 아무 대가 없이 목숨을 끊을 수 있게 될 것이다. 이것은 수확령의 설립자들이 원한 바가 아니었다. 하지만 설립자들은 모두 스스로를 거둔 지 오래였다. 그리고 그중 누군가가 아직 살아 있다고 해도, 무슨 힘으로 지금의 사태를 바꾸겠는가?

「그럼 뭘로 흐름을 바꾸죠?」 로언이 물었다.

수확자 패러데이가 한쪽 눈썹을 치켜올렸다. 「수확자 아나스타샤.」

로언이 생각지 못한 대답이었다. 「시트라요?」

패러데이는 고개를 끄덕였다. 「아나스타샤는 새로운 이성과 책임감의 대변자다. 옛 방식을 다시 새롭게 만들 수 있어. 그래서 놈들이 그 아이를 두려워하는 거야.」

순간 로언은 패러데이의 얼굴에 숨겨진 뭔가를 읽어 냈다. 정말 하고 싶은 말이 무엇인지도 알았다. 「시트라가 위험해요?」

「그래 보이는구나.」

갑자기 로언의 온 세상이 흔들리는 것 같았다. 자신의 우선 순위가 얼마나 빨리 바뀔 수 있는지 놀랍기만 했다.

「제가 뭘 할 수 있죠?」

「확실하지는 않다. 하지만 네가 뭘 할지는 말해 줄 수 있지. 넌 네가 죽이는 수확자 개개인에 대한 애가(哀歌)를 쓸 거다.」

「전 이제 스승님의 수습생이 아니에요. 제게 지시를 내리실 수는 없어요.」

「그래. 하지만 네가 손에 묻은 피를 조금이라도 씻어 내고, 내게 조금이라도 다시 존중받고 싶다면 애가를 쓸 거다. 각각에 대해 솔직한 묘비명을 쓸 거야. 네 희생자들이 세상에 저지른 나쁜 일들뿐만 아니라 좋은 일도 다 이야기할 거다. 아무리 이기적이고 부패한 수확자들이라 해도 부패의 주름 사이에 숨겨 둔 미덕은 있기 마련이니까. 살면서 어느 시점에는, 몰락하기 전에는 그들도 옳은 일을 하려 애썼던 이들이야.」

그는 잠시 말을 멈추고 기억을 돌이켰다. 「난 예전에 수확자 르누아르와 친구였다.」 패러데이는 그 사실을 인정했다. 「르누아르의 편견이 네가 말하는 암이 되어 버리기 오래전이지. 르누아르는 과거에 한 영구 동토층 여자를 사랑했어. 너도 그건 몰랐겠지? 하지만 수확자이기에 결혼을 할 수 없었지. 그래서 그 여자는 다른 영구 동토층 남자와 결혼했……. 그때 증오를 향해 가는 르누아르의 긴 여정이 시작된 거야.」 그는 잠시 사이를 두고 로언을 쳐다보았다. 「이 사실을 알았다면 넌 르누아르를 살려 줬을까?」

로언은 대답하지 않았다. 답을 몰랐기 때문이다.

「조사를 마저 해라.」 패러데이가 말했다. 「그리고 익명의 묘

비명을 써서 모두가 읽을 수 있게 게시해라.」

「네, 수확자 패러데이 님.」 로언은 옛 스승의 지시에 복종하자 뜻밖에 조금이나마 고결함을 찾은 기분이 들었다.

패러데이는 만족해서 문 쪽으로 몸을 돌렸다.

「스승님은요?」 로언이 물었다. 마음 한구석에서는 패러데이가 나간 후 혼자 생각에 잠기고 싶지 않았다. 「다시 사라지실 건가요?」

「난 할 일이 많다.」 그는 로언에게 말했다. 「내가 최고위 수확자 프로메테우스와 설립자들을 알 정도로 나이가 많지는 않지만, 그래도 그분들이 남긴 말씀은 알지.」

로언도 그랬다. 「〈우리의 이 실험이 실패한다면 빠져나갈 방법을 하나 숨겨 두었다.〉」

「잘 기억하고 있구나. 그분들은 수확령이 악에 떨어질 때를 대비해 안전장치를 계획했어. 그러나 시간이 흐르면서 그 계획은 사라졌지. 난 그 계획이 사라진 게 아니라, 그저 엉뚱한 곳에 있는 것이었으면 좋겠다.」

「찾으실 수 있을까요?」

「그럴 수도 있고 아닐 수도 있지만, 어딜 봐야 하는지는 알 것 같구나.」

로언도 생각해 보니 패러데이가 어디에서 수색을 시작할지 알 것 같았다. 「인듀라?」

로언은 인듀어링하트[8]시, 일명 인듀라에 대해 거의 아는 게 없었다. 그곳은 대서양 한가운데에 떠 있는 대도시였다. 권력

---

8 Enduring Heart. 〈오래가는 심장〉이라는 뜻.

의 중심지로, 그곳에서 세계 수확자 회의의 대(大)수확자 일곱 명이 전 세계 지역 수확령들 위에 군림했다. 수습생 시절에는 로언이 그곳에 신경 쓰기엔 워낙 위에 여러 단계가 있었다. 그러나 수확자 루시퍼로서 이제 그는 그곳이 레이더에 깜박이는 신호보다 훨씬 의미 있는 곳임을 깨달았다. 그의 행동은 분명 대수확자들의 주의를 끌었을 것이다. 아무리 침묵을 지키고 있다 해도.

하지만 로언이 거대한 계획 속에서 그 커다란 물 위의 도시가 수행할 수 있는 역할을 생각하는 동안에도, 수확자 패러데이는 고개를 저었다.

「인듀라는 아니다. 거긴 수확령이 설립되고 오랜 시간이 지난 후에 만들어졌지. 내가 찾는 곳은 그보다 훨씬 오래됐어.」

그리고 로언이 멍하니 바라보자, 패러데이는 씩 웃으며 말했다. 「노드.」

로언은 잠시 후에야 알아들었다. 들어 본 지 너무 오래된 노래였다. 「〈노드 땅〉이요? 하지만 거긴 실제일 리가 없어요. 그냥 동요잖아요.」

「어떤 옛날이야기든 추적해 보면 시간과 장소가 나오지. 아무리 단순하고 천진한 동화라도 예상하지 못한 시작점이 있어.」

그 말에 로언은 다른 동요를 떠올렸다. 「장미꽃 주위를 돌자」. 나이가 들고 나서 로언은 그 노래가 사망 시대의 흑사병이라는 질병에 대한 노래라는 사실을 알게 되었다. 가사는 맥락도 없이 이상했지만, 일단 무슨 이야기인지 알고 나면, 그러니까 각 구절의 의미를 알고 나면 으스스해졌다. 섬뜩한 가락으로 죽음을 노래하는 아이들이라니.

「노드 땅」도 가사가 전혀 말이 되지 않았다. 로언의 기억에, 아이들은 〈술래〉로 선택된 한 명의 주위를 맴돌면서 그 노래를 불렀다. 그리고 노래가 끝나면 중앙에 있던 아이가 다른 아이들을 모두 잡아야 했다. 그러다가 마지막에 잡힌 아이가 새로운 〈술래〉가 되었다.

「노드가 존재한다는 증거도 없어요.」 로언은 그 점을 지적했다.

「그래서 발견된 적이 없는 거다. 대공명만큼이나 노드를 믿는 음파교단에서도 찾지 못했지.」

음파교단에 대한 언급까지 나오자 로언은 패러데이의 말을 진지하게 받아들이려던 생각이 싹 사라졌다. 음파교단이라니, 진심일까? 로언은 수확자 고더드와 촘스키, 랜드를 죽인 날 많은 음파교단 사람들의 목숨을 구했다. 그렇다고 해서 그들이 발명한 종교적 믿음을 진지하게 받아들이는 건 아니었다.

「말도 안 돼요!」 로언이 말했다. 「전부!」

그 말에 패러데이는 미소 지었다. 「그렇게 우스꽝스러운 데 진실의 알갱이를 숨기다니, 설립자들이 참으로 현명하지. 합리적인 사람이라면 누가 그런 곳을 찾을까?」

로언은 그날 밤 잠을 이루지 못했다. 모든 소리가 증폭되어 들리는 것 같았다. 제 심장이 뛰는 소리마저도 귓속에서 참을 수 없이 쿵쿵거렸다. 로언이 느끼는 건 두려움이 아니라 무게감이었다. 수확령을 구하기 위해 스스로 어깨에 짊어진 짐의 무게, 그리고 이제는 시트라가 위험할 수 있다는 소식까지.

미드메리카 수확자들이 어떻게 생각하든 간에 로언은 수확령을 사랑했다. 가장 현명하고 가장 연민이 강한 사람들이 불사의 균형을 잡기 위해 생명을 끝낸다는 건 완벽한 세상을 위한 완벽한 아이디어였다. 수확자 패러데이는 수확자가 진정 어떠해야 하는지를 보여 주었고, 많고도 많은 수확자들이, 거만하고 오만한 수확자들조차도 아직 제일 고귀한 가치를 붙들고 있었다. 하지만 그 가치들이 없다면 수확령은 끔찍해질 터였다. 로언은 순진하게도 그걸 막을 수 있다고 믿고 있었다. 그러나 수확자 패러데이는 상황을 더 잘 알았다. 그렇다고 해도 이것은 로언이 선택한 길이었고, 지금 그 길을 벗어난다는 건 실패를 인정하는 셈이었다. 아직 그럴 준비가 되어 있지 않았다. 단독으로 수확령의 몰락을 막을 수는 없다고 해도, 아직 가능한 만큼은 암 덩어리를 제거할 수 있었다.

하지만 정말 외로웠다. 수확자 패러데이가 잠시 동지애를 느끼게 해줬으나, 오히려 그 후의 고립을 더 악화시켰다. 그리고 시트라. 시트라는 지금 어디에 있을까? 시트라가 위협을 받고 있는데, 로언은 무엇을 할 수 있을까? 분명 뭔가 있어야 했다.

그는 동이 트고 나서야 겨우 잠들었고, 다행히도 그의 꿈은 깨어 있을 때 직면하는 혼란이 아니라 더 단순하던 시절의 기억으로 채워졌다. 제일 큰 고민이 성적과 게임과 제일 친한 친구 타이거의 철벽 습관이던 시절. 미래가 밝게 빛나고 로언은 영원히 살 수 있으며 무적이라는 사실을 알고 있던 시절.

내가 왜 나머지 세상과는 법과 관습이 다른 〈특전 지역〉들을 세우기로 했는지, 그 이유에는 대단한 수수께끼라고 할 것이 없다. 나는 그저 다양성과 사회 혁신의 필요를 이해했을 뿐이다. 세상의 많은 부분은 동질적이 되었다. 그것은 하나로 통일된 행성의 운명이기도 하다. 토박이 언어들은 진기하고 부수적인 언어가 되었다. 인종들은 각 민족의 가장 좋은 부분들만으로 이루어진 만족스러운 혼합물로 섞여 들어, 사소한 차이만 있을 뿐이다.

그러나 특전 지역에서는 차이를 장려하고 사회 실험을 많이 한다. 나는 각 대륙에 하나씩, 특전 지역 일곱 개를 세웠다. 가능한 경우에는 사망 시대의 지역을 구분하던 국경도 유지했다.

나는 특히 이런 특전 지역에서 일어나는 사회 실험들을 자랑스럽게 여긴다. 예를 들어 네팔에서는 고용을 금지했다. 모든 시민은 자유로이 어떤 여가 활동에든 참여할 수 있고, 다른 지역보다 훨씬 높은 기본 소득을 보장받기에 실제 생계 비용을 벌지 못한다는 사실에 모욕감을 느끼지 않는다. 이 결정은 이타주의와 자선 활동이 상당히 증가하는 결과를 낳았다. 여기에서 사람의 사회적 지위는 부가 아니라, 그 사람의 연민과 이타성에 따라 결정된다.

태즈메이니아 특전 지역에서는 모두가 자신의 생활 방식을 보강하는 생물 변형을 선택해야 한다. 제일 인기 있는 생활 방식은 수중 생활을 가능케 하는 아가미 호흡, 그리고 날다람쥐와 비슷한 겨드랑이 막이다. 후자는 스포츠로 글라이딩을 즐기고 자체 추진력만으로 여행을 할 수 있다.

물론 참여는 강제가 아니다. 사람들은 자유롭게 특전 지역을 떠나거나 들어갈 수 있다. 사실 특전 지역의 인구 증가나 감소는 그 지역의 특수한 법이 얼마나 성공적인지를 알려 주는 좋은 지표이다. 이런 식으로, 나는 성공한 사회 프로그램을 나머지 세상에 광범위하게 적용함으로써 계속 인간 조건을 개선할 수 있다.

그리고 텍사스가 있다.

여기는 내가 자비로운 무정부 상태를 시험해 보는 지역이다. 법도 거의 없고, 행동의 대가도 거의 없다. 나는 여기에서 사람들에게 최대한 간섭하지 않고, 통치하지 않으며, 무슨 일이 일어나는지 지켜본다. 지금까지 결과는 뒤섞여 있었다. 가능한 최상의 모습까지 능력을 발휘하는 사람들도 보았고, 스스로의 가장 깊은 결점에 희생된 사람들도 보았다. 아직 이 지역에서 무엇을 배워야 할지 결정하지는 못했다. 추가 연구가 필요하다.

— 선더헤드

14

타이거와 에메랄드빛 수확자

「그보다는 잘해야 할 거다, 파티 보이.」

눈부신 녹색 로브를 입은, 거친 눈에 거친 태도를 한 수확자가 타이거 살라사르의 다리를 걸어챘고, 타이거는 매트에 세게 부딪쳤다. 그들이 대련을 벌이고 있는 펜트하우스 테라스의 티크 나무 바닥과 똑같이 딱딱한데, 왜 그 조잡한 물건을 매트라고 부를까? 그래서 싫다는 건 아니었다. 진통 나노기를 낮춰 놓아도, 타이거는 훈련의 통증과 함께 솟구치는 엔도르핀을 즐기게 되었다. 철썩보다 더 좋았다. 분명 높은 건물에서 뛰어내리는 일도 한동안은 중독성이 있었지만, 맨손 격투도 그랬다. 하지만 철썩과 달리 격투는 매번 예상할 수 없었다. 철썩에 일어나는 변화라고는 떨어지다가 언제 무엇에 부딪치냐 정도밖에 없었다.

타이거는 잽싸게 일어나서 대련에 다시 임했고, 수확자 랜드를 좌절시킬 만큼 괜찮은 타격을 먹였다. 그는 랜드가 균형을 잃고 넘어지게 만든 후 소리 내어 웃었다. 덕분에 랜드는 더 화가 났다. 그럴 의도였다. 랜드는 그 욱하는 성질이 약점이었다. 인정사정없는 블랙 위도 보카토어의 기술에서는 랜드가 훨씬 우위였으나, 욱하는 성질 때문에 허점을 보여 한 수 앞서기가 쉬웠다. 잠시 타이거는 랜드가 달려들어서 소동을 벌일지도 모른다고 생각했다. 랜드는 욱하면 머리카락을 뽑고, 눈을 파고, 돌이나 다름없는 손톱으로 드러난 살점을 어디든 할퀴어 댔다.

그러나 오늘은 아니었다. 오늘 랜드는 거친 성미를 억제했다.

「됐어.」 그녀는 원에서 물러나며 말했다. 「샤워해라.」

「같이 할래요?」 타이거는 농담을 던졌다.

랜드는 능글맞게 웃었다. 「언제 내가 네 제안을 받아들이면 넌 어쩔 줄 모를걸.」

「제가 전문 파티꾼이라는 걸 잊었네요. 아는 게 좀 있거든요.」 그러더니 타이거는 땀에 젖은 셔츠를 벗고 잘 정돈된 상체를 쇼가 끝날 때 나오는 장면처럼 선보인 후, 느긋하게 걸어갔다.

타이거는 혼자 샤워하면서 선망의 대상이 될 법한 지금 상황에 경탄했다. 그는 꽤 멋진 함정에 빠졌다. 여기에 도착했을 때는 평범한 파티 일일 줄 알았다. 그러나 〈파티〉도 없고, 손님도 달리 없었다. 도착한 지 몇 달이 지났는데, 이 〈파티〉는 금방 끝날 기미가 보이지 않았다. 이게 정말 수습 생활이라면 결국에는 끝이 나야 할 테지만 말이다. 그러나 그동안 그는 호화로운 펜트하우스에 살면서 먹고 싶은 음식은 뭐든 즐겼다. 그에게 요구되는 건 운동과 훈련뿐이었다. 「앞으로 올 날들을 위해 몸을 키워라, 파티 보이.」 랜드는 절대 타이거의 이름을 부르지 않았다. 기분이 좋으면 언제나 〈파티 보이〉였고, 나쁠 때는 〈구더기〉나 〈밥통〉이었다.

랜드는 나이를 밝힌 적이 없었지만, 타이거는 스물다섯 살 쯤이라고 추측했다. 진짜 스물다섯 말이다. 20대로 회춘한 노인들에게는 쉽게 알아볼 수 있는 특징이 있었다. 젊은 날의 신선함이 없다고나 할까. 그러나 에메랄드빛 수확자는 첫 인생을 살고 있었다.

솔직히 말하면 타이거는 그 여자가 진짜 수확자라고 믿지 않았다. 수확자의 반지를 끼고 있었고, 반지가 진짜 같아 보이기도 했지만, 수확하러 나가는 모습을 본 적이 없었다. 타이거도 수확자들에게 채워야 할 할당량이 있다는 것 정도는 알았다. 게다가 랜드는 다른 수확자들과 만나지도 않았다. 1년에 몇 번씩 참석해야 하는 만남 같은 게 있지 않았나? 콘클라베라고 했던 것 같다. 흠, 이 고립 생활은 텍사스의 특징일 수도 있긴 했다. 여기는 나머지 메리카와는 규칙과 관습이 달랐다. 괜히 〈외로운 별〉이라고 부르는 게 아니었다.

그럼에도 타이거는 이 선물을 거절할 생각이 없었다. 기껏해야 나중에 가서나 생각나는 가족으로 살아왔더니, 누군가의 관심이 집중되는 데 아무 이의가 없었다.

그리고 이제 타이거는 강했다. 날렵했다. 부러움과 감탄을 살 만한, 닮고 싶은 남자였다. 설령 아무 소득이 없고, 에메랄드빛 수확자가 작별 인사조차 없이 그를 풀어 준다고 해도, 바로 파티 일로 돌아갈 수 있었다. 지금 같은 몸이라면 인기도 많을 것이다. 잘 다듬은 근육은 비싼 눈요기가 될 게 확실했다.

놓아주지 않는다면 그때는? 반지를 받고 수확을 하러 나가게 될까? 정말 그런 일을 할 수 있을까? 물론 타이거도 치명적인 척하는 장난은 저지를 만큼 저질렀다. 다들 그렇지 않나? 아직도 자신이 저지른 역대 최고의 장난을 생각하면 웃음이 났다. 고등학교 다이빙 풀장에서 관리를 위해 물을 다 뺐는데, 타이거가 거기에 홀로그램으로 물을 채운다는 기가 막힌 생각을 해냈었다. 학교 최고의 다이빙 실력자가 10미터 다이빙대로 올라가서는, 완벽한 스완 다이빙을 하다가 의도치 않은 철퍽으로 끝났다. 일시 사망하기 전에 그 녀석이 뱉은 신음은 최고였다. 선더헤드가 부과한 3일 정학과 6주간의 주말 봉사를 할 만한 가치가 있었다. 며칠 후에 회복 센터에서 돌아온 다이빙 실력자도 꽤 멋진 장난이었다는 점은 인정했다.

그러나 일시 사망과 사망은 전혀 달랐다. 그에게 삶을 영원히 끝낼 의지가, 그것도 매일 그럴 의지가 있을까? 흠, 로언이 수습생으로 들어갔던 그 수확자처럼 될 수 있을지도 모른다. 수확자 고더드였던가. 끝내주는 파티를 열 줄 아는 자였지. 그런 부분도 업무라면, 나머지도 해낼 수 있을 것 같았다.

물론 타이거는 이게 수확자 수습 생활이라고 온전히 믿지 않았다. 로언도 수습 생활에 실패했는데, 로언이 실패한 일을 타이거가 성공할 수 있다고 믿기는 어려웠다. 게다가 로언은 그 경험으로 변해 버렸다. 억지로 대면해야 했던 정신적 도전 때문에 음침하고 심각해져 버렸다. 타이거에게는 그런 정신적 도전이 주어지지 않았다. 지금 받는 훈련은 타이거의 머리를 건드리지 않았고, 그래도 괜찮았다. 어차피 타이거에게는 두뇌가 뛰어난 기관이었던 적이 없었다.

어쩌면 타이거는 수확자의 경호원 훈련을 받고 있는지도 몰랐다……. 수확자에게 경호원이 왜 필요할지는 상상이 가지 않았지만. 아무도 수확자를 공격할 만큼 멍청하지는 않았다. 그 벌은 가족 전체의 수확이기 때문이다. 아무튼 그런 경우라면 그 일을 받아들일지 확신이 없었다. 권력은 하나도 없고 모진 경험만 한다? 그런 일에 동의하려면 급료 외 혜택이 제일 중요할 것이다.

「이제 준비가 거의 된 것 같구나.」 그날 밤 저녁을 먹으면서 에메랄드빛 수확자가 말했다. 로봇이 두 사람에게 길쭉한 스테이크를 한 조각씩 가져온 직후였다. 이것은 합성 고기가 아니라 진짜 스테이크였다. 근육을 키우기에는 자연 단백질이 최고였다.

「반지를 받을 준비요?」 타이거가 말했다. 「아니면 다른 생각이 있나요?」

그녀는 타이거가 인정하기 싫을 만큼 매력적인 수수께끼 같은 미소를 지었다. 처음 도착했을 때는 매력적이라고 생각하지 않았지만, 보카토어 대련의 악랄하지만 친밀한 성향 때문인지 관계가 변했다

「수확자의 반지를 받기 위해서라면, 콘클라베에서 몇 가지 시험을 받아야 하지 않아요?」 타이거가 물었다.

「나만 믿어, 파티 보이.」 그녀가 말했다. 「넌 콘클라베에 갈 필요도 없이 반지를 끼게 될 거야. 내가 보장한다.」

그러니까 수확자가 되긴 하는 거였다! 타이거는 신이 나서 남은 음식을 먹어 치웠다. 드디어 그의 운명을 알게 되니 흥분되면서 동시에 으스스하기도 했다.

3부 적들 안의 적들

모두 모두 웨이크 땅을 버리고
노드 땅으로 떠나자

우리가 하늘을 만져 보거나
잔디밭 아래에서 춤춰 볼 수 있는 곳으로

산 사람을 위한 종소리
잃은 사람을 위한 종소리
비용을 기록하는 사람
지혜로운 사람들을 위한 종소리

그러니 도망치자
웨이크 남쪽으로
노드 땅을 향해.

— 동요(작자 미상)

15
설립자들의 전당

고대 세계의 경이로 꼽혔던 알렉산드리아 대도서관은 프톨레마이오스 시대 최고의 자랑이었다. 그곳은 아직 세계가 우주의 중심이고 다른 모든 것이 지구 주위를 돈다고 여겼던 시절, 세계의 지적 중심부였다. 안타깝게도 로마 제국은 자기네가 생각하는 세계가 우주의 중심이라고 믿었고, 알렉산드리아 대도서관을 불태워 버렸다. 그것은 이제까지 세계 역사상 가장 큰 지식과 문헌의 상실로 여겨졌다.

그 도서관을 다시 세우자는 것은 선더헤드의 생각이었고, 어마어마한 건설 현장에 수천 명을 동원하여 50년간 일자리와 목적을 선사했다. 완성된 대도서관은 처음 도서관이 있던 자리에, 처음 도서관과 가능한 한 똑같이 만들어졌다. 과거에 잃어버린 것을 상기시키는 기념물이자, 선더헤드가 지키는 한 이제 다시는 그 지식을 잃지 않으리라는 약속이었다.

그러나 도서관이 완공되자, 수확령이 그 도서관을 수확자들의 일기를 보관하는 곳으로 쓰겠다고 나섰다. 모든 수확자들이 매일매일 적어야 하는 가죽 장정본들을 말이다.

수확령은 하고 싶은 일은 뭐든 할 수 있었기에 선더헤드는 막을 수 없었다. 선더헤드는 그 도서관이 다시 지어졌다는 사실에 만족해야 했다. 그 도서관의 최종 목적은 인류의 손에 맡길 수 있었다.

　무니라 아트루시는 세상 대부분의 사람들과 마찬가지로, 완벽하게 평범하다는 점에서 완벽한 직장을 갖고 있었다. 그리고 세상 대부분의 사람들과 마찬가지로, 무니라는 그 직장을 싫어하지도 좋아하지도 않았다. 그녀의 감정은 그 중간 어디쯤에 머물러 있었다.

　무니라는 알렉산드리아 대도서관에서 일주일에 두 번, 밤 12시부터 아침 6시까지 근무했다. 대부분의 시간은 이스라에비아 대학교 카이로 캠퍼스에서 수업을 듣고, 정보 과학을 공부하면서 보냈다. 물론 온 세상의 정보는 오래전에 선더헤드가 디지털화하고 목록화했기에, 정보 과학 학위는 다른 대부분의 학위와 마찬가지로 실용적인 쓸모가 없었다. 벽에 걸린 액자 속의 종잇조각이 될 터였다. 비슷하게 쓸모없는 학위를 지닌 다른 사람들과 친해질 허가증이랄까.

　하지만 무니라는 그 종잇조각으로 얻을 명망이 졸업 후 도서관에 정식 큐레이터로 고용해 달라고 설득하기에 충분하기를 빌었다. 세상의 나머지 정보와는 달리 수확자들의 일기는 선더헤드가 목록화하지 않았기 때문이다. 그 일기장들은 아직 서툰 인간의 손이 다루어야 하는 물건이었다.

　수확령이 시작된 첫날부터 모인 350만 권의 일기장을 조사하고 싶은 사람은 누구든 여기로 와야 했다. 그리고 원할 때는 언제든 올 수 있었는데, 대도서관은 1년 내내 하루 24시간 전 세계에 열려 있었기 때문이었다. 그러나 무니라는 그런 편의를 활용하는 사람을 이제까지 몇 명 보지 못했다. 낮 시간에는 연구 중인 소수의 학자들이 있었다. 관광객은 많았지만, 그들은 도서관의 역사와 건축에 더 관심이 많았다. 그들은 사진의 배경으로 쓸 때가 아니면 책 자체에는 관심이 없었다.

밤에 찾아오는 사람은 드물었다. 보통은 실제 목적보다는 장식용으로 배치된 수확 근위대 두 명과 무니라뿐이었다. 그들은 살아 있는 조각상처럼 말없이 입구에 서 있었다. 낮에는 관광객들이 사진을 찍는 데 더 유용했다.

야간 근무 중에는 한두 명 나타나면 행운이었고, 대부분은 자기가 뭘 원하는지 알고 있었기에 안내소에 앉은 무니라에게 접근도 하지 않았다. 덕분에 무니라는 공부를 하거나 수확자들의 일기를 읽으며 시간을 보낼 수 있었다. 수확자들의 글은 매혹적이었다. 생명을 끝내는 임무를 맡은 사람들의 마음과 영혼을 엿본다는 것, 그들이 수확에 나서면서 무슨 생각을 했는지 안다는 건 중독성 있는 일이었고, 무니라는 일기장을 읽는 데 집착하게 되었다. 해마다 수천 권이 더해지니 읽을거리가 떨어질 일은 없었다. 어떤 수확자들의 일기는 다른 수확자들보다 훨씬 흥미진진했지만 말이다.

무니라는 최고위 수확자 코페르니쿠스가 스스로를 거두기 전에 느낀 자기 의심을 모조리 읽었다. 수확자 퀴리가 신참 수확자 시절의 성급했던 활동에 대해 느끼는 뼛속 깊은 후회도 읽었고, 수확자 셔먼의 노골적인 거짓말도 읽었다. 수확자들의 일기장에 담긴 단순한 손 글씨들에는 무니라의 관심을 차지할 내용이 많고도 많았다.

12월 초의 어느 날 밤, 무니라는 고인이 된 수확자 랜드의 관능적인 모험에 푹 빠져 있었다. 랜드는 일기의 상당량을 다양한 성적 정복담을 자세히 적는 데 할애했다. 그렇게 책장을 넘기고 있는데, 고개를 들어 보니 한 남자가 다가오고 있었다. 입구의 긴 복도를 걸어오는데, 대리석 바닥에서도 발소리가 나지 않았다. 칙칙한 회색 옷차림이었지만, 무니라는 그 모습을 보고 수확자라고 생각했다. 수확자들은 보통 사람들처럼 걷지 않았다. 마치 그들 앞에서는 공기도 갈라져야 한다는 듯 제압하는 느낌으로 움직였다. 하지만 수확자라면 왜 로브를 입고 다니지 않는 걸까?

「좋은 밤입니다.」 남자가 말했다. 메리카 억양이 묻어나는 장중한 목소리였다. 머리는 희끗희끗했고, 역시 희게 세어 가는 수염을 잘 다듬었지만, 눈동자는 젊어 보였다. 기민한 눈이었다.

「사실은 밤이 아니라 아침에 가까운데요.」 무니라가 말했다. 「정확히 2시 15분이에요.」 분명히 아는 얼굴이었는데, 어디에서 봤는지 알 수가 없었다. 잠시 동안 기억이 휙 지나갔다. 티끌 하나 없는 하얀 로브. 아니다, 하얀색이 아니라…… 상아색이었다. 수확자를 다 아는 건 아니고, 메리카 수확자는 더 몰랐지만…… 국제적인 명성을 떨친 수확자들은 알고 있었다. 결국에는 생각이 나리라.

「알렉산드리아 대도서관에 오신 걸 환영합니다. 무엇을 도와 드릴까요?」 무니라는 수확자님이라는 말을 덧붙이지 않았다. 원래 수확자를 부를 때는 수확자님이나 각하라는 말을 붙여야 했으나, 척 봐도 이 사람은 신분을 감추고 싶어 했기 때문이다.

「초기 기록을 찾고 있습니다.」 남자가 말했다.

「어느 수확자인가요?」

「전부 다요.」

「모든 수확자의 초기 기록이요?」

그는 상대가 이해하지 못하자 살짝 발끈해서 한숨을 내쉬었다. 그래, 분명히 수확자였다. 오직 수확자만이 화를 내는 동시에 인내심을 보일 수 있었다. 「최초의 수확자들 전원의 초기 기록입니다.」 그는 설명했다. 「프로메테우스, 사포, 레넌…….」

「최초의 수확자들이 누군지는 알아요.」 무니라도 그의 생색 내는 태도에 짜증이 나서 말했다. 보통 이렇게 무뚝뚝하지는 않은데, 하필 유난히 흥미진진한 글을 읽다가 끊겼다. 게다가 낮 시간에는 수업을 듣느라 잘 시간이 별로 없어서 피곤했다. 무니라는 억지웃음을 지으며, 이 신비로운 남자에게 좀 더 친절하게 굴어 보기로 마음먹었다. 어쨌든 수확자라면 너무 짜증 나게 구는 상대를 거둬 버릴 수도 있으니까.

「초기 일기장은 모두 설립자들의 전당에 있습니다.」 그녀는 말했다. 「잠겨 있어서 제가 열어 드려야겠네요. 따라오세요.」 무니라는 〈5분 후에 돌아옵니다〉라는 표시를 자리에 올려놓고 앞장서서 도서관 뒤쪽 깊은 곳으로 들어갔다.

무니라의 발소리가 화강암 복도에 메아리쳤다. 고요한 밤이면 모든 소리가 더 크게 들렸다. 처마에서 박쥐가 푸드덕거리면 드래건이 날개를 펼치는 소리처럼 들렸고……. 그런데도 남자는 발소리를 전혀 내지 않았다. 그 조용한 움직임은 불안했다. 복도를 걷는 동안 앞쪽에서는 켜지고, 뒤쪽에서는 꺼지는 불빛도 불안했다. 심지어 횃불을 흉내 내느라 내내 깜박이기까지 했다. 재치 있는 특수 효과였지만, 덕분에 길어졌다 짧아지는 그림자가 불길하게 느껴졌다.

「설립자들의 인기 있는 글은 모두 수확령 공공 서버에서 열람할 수 있는 건 아시죠?」 무니라는 남자에게 물었다. 「엄선된 일기가 수백 권은 있어요.」

「내가 보고 싶은 건 골라낸 글이 아닙니다.」 그가 말했다. 「엄선되지 않은 글들에 흥미가 있어요.」

무니라는 한 번 더 남자를 쳐다보았고, 마침내 누구인지 생각이 났다. 그리고 그녀는 충격에 비틀거릴 정도로 놀랐다. 살짝 비틀거린 정도였고 금세 회복했지만, 남자가 그 모습을 보았다. 그는 수확자였고, 수확자는 주의력이 좋았으니까.

「뭔가 잘못됐습니까?」 남자가 물었다.

「전혀요. 불빛이 깜박여서 그래요. 이러니까 바닥 돌의 울퉁불퉁한 부분을 보기가 힘드네요.」 그래서 발을 헛디딘 건 아니지만, 그래도 그 말은 사실이었다. 사실을 말한다면 남자도 그녀의 거짓말을 간파하지 못할 터였다.

무니라는 이 도서관에서 일하면서 얻은 별명이 있었다. 다른 직원들은 뒤에서 무니라를 〈장의사〉라고 불렀다. 음울한 성격 때문이기도 했지만, 무니라가 맡은 업무 중 하나가 스스로를 거뒀거나 무시무시한 방법으로 영구 사망한 수확자들의 일기를 정리하는 것이었기 때문이다. 후자는 최근 메리카 지역에서 점점 늘어나고 있었다.

무니라는 1년 전 눈앞에 있는 수확자의 일기 전체를 정리했다. 수확자로 임명된 날부터 죽은 날까지 전부를. 그의 일기장들은 이제 살아 있는 수확자들의 일기장을 꽂아 둔 곳에 없었다. 이제는 북쪽 동, 더 이상 지구 위를 걸을 수 없는 다른 미드메리카 수확자들의 일기장 사이에 꽂혀 있었다. 그런데 그 장본인이, 수확자 마이클 패러데이가 지금 무니라 옆에서 걷고 있었다.

무니라는 수확자 패러데이의 일기장을 상당수 읽었다. 그의 생각과 사색은 언제나 대부분의 수확자보다 더 그녀에게 영향을 미쳤다. 그는 모든 것을 깊이 느끼는 사람이었다. 작년에 패러데이가 스스로를 거뒀다는 소식은 무니라를 슬프게 했지만…… 놀라지는 않았다. 그렇게 무거운 양심이란 짊어지기 힘든 짐이었으니까.

무니라는 많은 수확자들을 직접 봤지만, 지금처럼 인기 스타 앞에 선 기분을 느낀 적은 없었다. 그래도 그 기분을 드러낼 수는 없었다. 그의 정체를 알고 있음을 티 낼 수는 없었다. 이 사실을 완전히 이해하고, 대체 어떻게, 그리고 왜 그가 여기에 나타날 수 있었는지 생각해 내기 전까지는 안 된다.

「당신 이름이 무니라죠.」 남자의 말은 질문이 아니라 단언에 가까웠다. 처음에는 안내처에서 명판을 읽었나 보다 하고 생각했지만, 어쩐지 오늘 밤이 오기 훨씬 전부터 그녀의 이름을 알고 있었다는 생각이 들었다. 「이름이 〈빛〉이라는 뜻이군요.」

「제 이름이 무슨 뜻인지는 알아요.」 무니라가 말했다.

「그래서 그런가요?」 그가 물었다. 「어두운 별들 사이의 빛입니까?」

「저는 보잘것없는 직원일 뿐이에요.」 무니라는 말했다.

그들은 긴 중앙 복도를 벗어나 중정에 들어섰다. 정원 반대편에 설립자들의 전당으로 들어가는 철문이 있었다. 머리 위에서 내리쬐는 달빛이 사방에 흩어진 조각상들과 조형된 나무들을 짙은 보라색으로 물들이고, 무니라가 밟기 싫은 어두운 구덩이 같은 그림자를 드리웠다.

「스스로에 대해 말해 봐요, 무니라.」 그는 정중한 요청을 거절할 수 없는 명령으로 바꿔 놓는 수확자들 특유의 조용한 말투로 말했다.

그 순간 무니라는 자기만 그를 알아본 게 아니라, 그도 그 사실을 안다는 걸 깨달았다. 수확의 위험에 처한 걸까? 패러데이가 자신의 정체를 감추기 위해 무니라의 삶을 끝낼까? 일기장에서 읽은 바로는 그런 짓을 할 수확자 같지 않았지만, 수확자들이란 헤아리기 어려웠다. 이스라에비아의 밤은 후덥지근한데도 무니라는 추위를 느꼈다.

「분명히 제가 무슨 이야기를 하든 이미 알고 계실 텐데요, 수확자 패러데이 님.」

자, 말해 버렸다. 이제 위장은 끝났다.

그는 미소 지었다. 「더 일찍 자기소개를 하지 않아 미안하군요. 하지만 내가 여기에 나타난 건…… 뭐랄까…… 변칙적이라고 해둘까요.」

「그렇다면 전 유령과 함께 있는 건가요?」 무니라가 물었다. 「벽 속으로 사라지셨다가, 매일 밤 다시 나타나서 똑같은 요청으로 저를 괴롭히실 건가요?」

「그럴지도 모르지요.」 패러데이가 말했다. 「두고 봅시다.」

그들은 설립자들의 전당에 도착했고, 무니라가 잠긴 문을 연 다음, 두 사람은 무니라에게는 언제나 지하 묘지 비슷하다는 느낌이었던 큰 방으로 들어섰다. 관광객들도 혹시 최초의 수확자들이 여기에 묻혔냐고 물어볼 정도였다. 그렇지는 않았지만, 무니라는 그 방에서 그들의 존재감을 자주 느꼈다.

무거운 석회암 책장에는 책이 수백 권 꽂혀 있고, 책마다 온도 조절이 되는 플렉시글라스 케이스 안에 있었다. 도서관에서 제일 오래된 책에만 사용하는 사치품이었다.

수확자 패러데이가 훑어보기 시작했다. 무니라는 그가 혼자 있게 나가 달라고 할 줄 알았는데, 오히려 이렇게 말했다. 「괜찮다면 여기에 있어요. 여긴 고독을 편히 즐기기엔 너무 크고 엄숙하군요.」

그래서 무니라는 문을 닫고, 혹시라도 여기에 있는 두 사람을 볼 누군가가 없는지 확인한 다음, 패러데이가 서가에서 뽑은 책을 싼 교묘한 투명 플라스틱 케이스를 열게 도와준 후, 방 한가운데에 놓인 돌 탁자 맞은편에 앉았다. 패러데이는 무니라가 품고 있을 게 뻔한 의문에 대해 설명해 주지 않았으므로, 결국에는 무니라가 물어봐야 했다.

「어떻게 여기에 오신 거죠, 수확자님?」 무니라가 물었다.

「비행기와 배를 타고 왔지요.」 그는 씩 웃으며 대답했다. 「말해 봐요, 무니라. 왜 수습 생활에 실패한 후 수확령을 위해 일하는 자리를 선택했나요?」

무니라는 발끈했다. 이게 답하고 싶지 않은 질문을 했다고 벌하는 방식인가?

「전 실패하지 않았어요.」 그녀는 말했다. 「제 수습 생활이 끝났을 때 이스라에비아에 수확자 자리는 하나밖에 없었고, 후보자는 다섯 명이었죠. 그래서 한 명이 선택받고 나머지는 선택받지 못했어요. 선택받지 못했다고 해서 꼭 실패한 것은 아니죠.」

「용서해요. 모욕하거나 무례하게 굴려던 건 아닙니다.」 그는 말했다. 「난 그저 실망했는데도 수확령에 반감을 갖지 않았다는 사실에 흥미를 느꼈을 뿐이에요.」

「흥미롭지만 놀랍지는 않고요?」

수확자 패러데이는 미소 지었다. 「내가 놀라는 일은 별로 없습니다.」

무니라는 3년 전의 성공적이지 않았던 수습 생활은 중요하지 않다는 듯 어깨를 으쓱였다. 「저는 그때도 수확령을 높이 평가했고, 지금도 높이 평가해요.」

「그렇군요.」 그는 낡은 일기장을 조심스럽게 넘기면서 말했다. 「그러면 당신을 버린 시스템에 대해 얼마나 충성심을 갖고 있나요?」

무니라는 이를 악물었다. 패러데이가 어떤 답을 들으려 하는지, 아니, 생각해 보면 자신의 진정한 답변은 무엇일지 알 수 없었다.

「제겐 일자리가 있어요. 전 그 일을 하고, 그 일에 자부심을 느껴요.」

「그러는 게 좋지요.」 패러데이는 무니라를 보았다. 속을 들여다보고, 꿰뚫어 보았다. 「내가 평가한 무니라 아트루시에 대해 알려 줘도 될까요?」

「제게 선택권이 있나요?」

「선택권은 언제나 있지요.」 그는 그렇게 말했지만, 그 말은 잘 봐줘도 절반만 진실이었다.

「좋아요. 저에 대한 평가 내용을 들려주세요.」

그는 부드럽게 낡은 일기장을 닫고, 무니라에게 온전한 관심을 쏟았다. 「당신은 수확령을 사랑하는 만큼이나 싫어해요. 그렇기 때문에 수확령에 필수 불가결한 존재가 되고 싶지요. 당신은 나중에 이 도서관에 보관된 일기장들에 대해 세계 최고의 권위를 지닌 인물이 되고 싶어 해요. 그러면 수확령의 전체 역사에 대해 힘을 갖게 되겠지요. 그 힘이 당신의 소리 없는 승리가 될 거예요. 그때는 당신이 수확령을 필요로 하는 이상으로 수확령이 당신을 필요로 한다는 걸 알 테니까.」

무니라는 갑자기 파라오들의 도시를 집어삼켰던 사막의 모래가 발아래에서 출렁이며 자신을 덮치려 하는 듯한, 균형을 잃은 느낌을 받았다. 어떻게 그녀의 속을 그렇게 깊이 들여다볼 수 있을까? 어떻게 스스로도 소리 내어 말한 적 없는 감정을 표현할 수 있을까? 패러데이는 그녀를 자유롭게 하면서 동시에 함정에 빠뜨리는 방식으로 철저히 읽어 냈다.

「내 평가가 맞았다는 걸 알겠군요.」 그는 평이하게 말했다. 그리고 따뜻하면서도 짓궂은 미소를 날렸다.

「뭘 원하세요, 수확자 패러데이 님?」

마침내 그 답이 나왔다. 「난 이 오래된 일기장들 속에서 내가 찾고 있는 것을 찾을 때까지 매일 밤 여기에 오고 싶어요. 그리고 당신이 내 정체를 비밀로 하고, 내가 조사하는 동안 누군가가 접근하면 경고해 줬으면 좋겠군요. 수확령은 내가 아직 살아 있다는 사실을 알지 못할 거라고 약속해 줬으면 좋겠어요. 그렇게 해줄 수 있을까요, 무니라?」

「뭘 찾고 계신지 알려 주실 건가요?」 무니라가 물었다.

「그럴 수는 없어요. 그랬다간 당신이 강제로 그 정보를 드러내게 될 수도 있는데, 그런 위치에 처하게 하고 싶지 않군요.」

「그러면서도 수확자님이 살아 계시다는 비밀을 지키는 달갑지 않은 위치에는 밀어 넣으시고요.」

「거기엔 달갑지 않을 게 없어요. 사실 당신은 내 비밀을 지킨다는 책임을 마음 깊이 영예롭게 느끼지 않을까 싶은데요.」

이번에도 그의 말이 옳았다. 「저보다 더 저를 잘 아시는 척하는 게 마음에 들지 않네요.」

「하지만 그게 사실인데요.」 그는 평온하게 말했다. 「나는 압니다. 사람들을 아는 게 수확자의 일이니까요.」

「모든 수확자가 그렇지는 않아요.」 무니라는 지적했다. 「수확자님이 수확 대상들에게 늘 보여 주신 존경심 없이, 그냥 쏘고 베고 독살하는 이들도 있어요. 그들이 아는 거라곤 삶을 끝내는 것뿐이고, 자기들이 끝내는 사람들의 삶에는 신경도 쓰지 않죠.」

잠시 동안 패러데이의 잘 통제된 표정에 언뜻 분노가 스쳤다. 그러나 무니라에 대한 분노는 아니었다.

「그래요. 그 〈신질서〉 수확자들은 맡은 일의 엄숙함을 대놓고 무시하지요. 그것도 내가 여기 온 이유에 포함됩니다.」

패러데이는 그 이상 말하지 않았다. 그저 무니라의 답을 기다릴 뿐이었다. 침묵이 길어졌지만, 어색하지는 않았다. 오히려 의미 가득한 침묵이었다. 정말 중대한 문제라는 느낌이었기에, 그만한 시간이 필요했다.

무니라는 다른 야간 직원이 네 명 더 있다는 걸 잊지 않았다. 모두 시간제 근무 중인 학생들이었다……. 그러니까 이번에는 다섯 명 중에서 무니라가 선택받은 셈이었다.

「수확자님의 비밀을 지킬게요.」 무니라가 말했다. 그런 다음, 마침내 자신의 삶에 가치 있는 목적이 생긴 듯한 기분으로 수확자 패러데이가 마음껏 조사하게 내버려 두고 그 자리를 떠났다.

일부 사람들이 나의 포괄적인 행동 관찰에 보이는 저항감에 나도 주춤할 때가 종종 있다. 나는 침범하지 않는다. 불미자들은 선을 넘었다고 주장할지 모르나, 나는 오직 내가 필요하고, 기능을 발휘하며, 초대받은 곳에만 임한다. 그렇다, 분명 나는 한 군데 특전 지역을 제외한 모든 지역의 가정에 카메라를 두고 있다. 그러나 그 카메라들은 한마디만 하면 끌 수 있다.

물론 사람의 행동과 반응에 대해 완전히 알지 못하면 나의 봉사 능력도 방해를 받는다. 그렇기 때문에 대부분의 사람들은 굳이 내 눈을 막지 않는다. 언제든 인류의 95.3퍼센트는 내가 사생활을 주시하도록 허용하는데, 나의 눈이 동작 감지등의 센서만큼이나 사생활 침범이 아니라는 사실을 알기 때문이다.

내가 〈닫힌 문안의 활동〉이라고 부르는 4.7퍼센트는 대부분 성적인 활동이 차지한다. 많은 사람들이 내가 〈닫힌 문안의 활동〉을 보지 않았으면 하는 것도 불합리하다고 생각하기는 한다. 나의 관찰은 어떤 상황이든 개선하는 데 도움이 되니 말이다.

누군가가 지속적으로 주시하고 있다는 것은 새로운 개념이 아니다. 문명 초기부터 종교적인 믿음의 기본 전제였다. 오랜 역사 동안 대부분의 신앙은 인간이 하는 일만 보는 게 아니라 영혼까지 꿰뚫어 볼 수 있는 전지전능한 존재를 믿었다. 그런 주시 능력에 대한 믿음은 사람들의 큰 사랑과 헌신을 불러일으켰다.

그런데 나는 그런 여러 신들보다 명확히 더 자애롭지 않은가? 나는 홍수를 일으킨 적도 없고, 부당한 행위를 했다고 도시를 파괴한 적도 없다. 나의 이름으로 정복하라며 군대를 보내지도 않았다. 정확히는 인간을 단 한 명도 죽이거나 해친 적이 없다.

그러니 내가 헌신을 요구하지는 않는다고 해도 자격은 있지 않을까?

—선더헤드

16
괜찮겠지, 괜찮지 않아질 때까지는

카메라가 소리 없이 회전하며, 수확 근위대의 건장한 대원 둘을 거느리고 카페에 들어서는 붉은 로브의 수확자를 따라갔다. 지향성 마이크는 수염을 긁는 소리부터 목청을 가다듬는 소리까지 낱낱이 잡아냈다. 마이크는 불협화음 같은 목소리들 속에서, 붉은 로브의 수확자가 자리에 앉은 순간 시작된 대화를 따로 골라냈다.

선더헤드는 지켜보았다. 선더헤드는 귀를 기울였다. 선더헤드는 생각했다. 온 세상을 유지하고 운영하는 입장에서 그 주의력을 단 하나의 대화에 쏟는 것이 비효율적인 에너지 사용이라는 것은 알지만, 선더헤드는 이 논의를 현재 참여하고 있거나 관찰하고 있는 수십억 대화보다 중요하게 여겼다. 이 대화에 참여한 이들 때문이었다.

「만나 줘서 고맙습니다.」 수확자 콘스탄틴이 수확자 퀴리와 아나스타샤에게 말했다. 「이 작은 회담을 위해 두 분이 은신처에서 나오신 것에 대해 감사드립니다.」

「우린 숨어 있지 않아요.」 수확자 퀴리가 그 말에 대해 노골적으로 분개했다. 「유랑 생활을 선택했지요. 수확자들이 자유롭게 돌아다니는 건 얼마든지 용인되는 일입니다.」

선더헤드는 미세한 표정 변화를 더 잘 가늠할 수 있게 방 안의 조도를 아주 살짝 올렸다.

「흠, 그래요. 숨는다고 하든 방랑한다고 하든 도망 다닌다고 하든 간에, 효과적인 전술이었던 것 같습니다. 여러분을 공격한 자들은 다음 공격까지 납작 엎드려 있거나, 움직이는 표적을 포기하고 관심을 다른 곳으로 돌린 모양입니다.」 그는 잠시 사이를 두고 덧붙였다. 「후자는 아닐 것 같습니다만.」

선더헤드는 수확자 퀴리와 아나스타샤가 암살 시도 이후 어디에도 하루나 이틀 이상 머물지 않았음을 알고 있었다. 그러나 선더헤드에게 제안이 허용되었다면 대륙 전체를 누비는 좀 더 예측하기 힘든 경로를 짜라고 조언했을 것이다. 선더헤드는 42퍼센트의 확률로 그들이 다음에 갈 곳을 예측할 수 있었다. 그렇다면 공격자들도 예측할 수 있을지 몰랐다.

「폭탄이 어디에서 왔는지는 단서가 있습니다.」 수확자 콘스탄틴이 말했다. 「폭탄을 어디에서 조립했는지 알고, 폭탄을 수송한 차량도 알아요. 하지만 누가 관련되었는지는 아직 모릅니다.」

선더헤드가 비웃을 수 있었다면 비웃었을 것이다. 선더헤드는 누가 폭탄을 만들고, 누가 폭탄을 설치하고, 누가 철사로 덫을 쳤는지 정확히 알았다. 그러나 선더헤드가 아는 바를 수확령에 이야기하는 것은 수확자와 정부 분리의 심각한 위반이 될 터였다. 선더헤드가 할 수 있는 일은 그레이슨 톨리버를 간접적으로 움직여서 치명적인 폭발을 막는 것뿐이었다. 그러나 선더헤드는 누가 폭탄을 설치했는지 알면서 동시에 그들이 책임자가 아니라는 것도 알았다. 그들은 훨씬 능력 있는 자가 움직인 장기 말들에 불과했다. 상황 판단이 빠르고, 탐지를 피할 만큼 주의 깊은 누군가…… 수확령뿐만 아니라 선더헤드까지 피해 갈 수 있는 누군가가 있었다.

「수확자 아나스타샤, 당신의 수확 관행에 대해 논의를 좀 해야겠습니다.」 수확자 콘스탄틴이 말했다.

수확자 아나스타샤는 로브 속에서 불편하게 자세를 바꿨다. 「이미 콘클라베에서 논의했는데요. 제겐 제 방식대로 수확할 권리가 있습니다.」

「수확자로서의 권리 이야기가 아니라, 안전에 대한 이야기예요.」 수확자 콘스탄틴이 말했다.

수확자 아나스타샤는 불평을 그대로 말하려 했지만, 수확자 퀴리가 아나스타샤의 손목을 살짝 건드려 조용히 시켰다.

「수확자 콘스탄틴이 하던 말을 끝내셔야지.」

수확자 아나스타샤는 정확히 3,644밀리초 동안 숨을 깊게 들이마셨다가 천천히 내뱉었다. 선더헤드는 수확자 퀴리가 콘스탄틴이 무슨 말을 하려는지 짐작하고 있지 않을까 싶었다. 그러나 선더헤드는 짐작할 필요가 없었다. 선더헤드는 알았다.

반면에 시트라는 전혀 모르고 있었다. 그러면서도 콘스탄틴이 하려는 말을 다 안다고 생각했다. 그래서 시트라는 최선을 다해 수확자 아나스타샤의 귀 기울이는 표정을 지으면서도 이미 답변을 준비하고 있었다.

「수확자 아나스타샤, 당신의 움직임을 추적하기는 어려울지 몰라도 당신이 수확하기로 한 사람들의 움직임을 추적하기는 아주 쉬워요.」 수확자 콘스탄틴이 말했다. 「그중 누군가가 수확 시간과 장소를 정하기 위해 당신과 접촉할 때마다, 당신의 적들에게는 쉬운 제거 기회가 생깁니다.」

「지금까진 괜찮았는데요.」

「그래요.」 수확자 콘스탄틴이 말했다. 「괜찮겠지요, 괜찮지 않아질 때까지는. 그래서 내가 고위 수확자 크세노크라테스에게 이 위협이 사라질 때까지는 당신의 수확 의무를 면제해 달라고 요청했습니다.」

이건 시트라가 예상했던 내용이어서 즉시 받아칠 수 있었다. 「제가 수확자의 계명을 어기지 않는 한 아무리 고위 수확자님이라 해도 제가 뭘 할 수 있고, 뭘 할 수 없는지 정하실 수 없습니다. 전 수확자님과 똑같이 다른 모든 법을 초월한 자치권이 있어요.」

시트라의 대답에도 수확자 콘스탄틴은 논쟁에 끌려 들어가지 않았고, 그 내용을 부정하지도 않았다……. 시트라는 그 점에 당혹했다.

「그래요, 물론입니다. 난 수확을 멈춰야 한다고 말하지 않았습니다. 의무가 없다고만 했지요. 수확을 하지 않는다 해도 할 당량을 채우지 못했다고 벌칙을 받는 일이 없다는 뜻입니다.」

「흠, 그렇다면야…….」 수확자 퀴리가 이 결정에는 저항하지 않는다는 점을 분명히 하며 말했다. 「나도 수확을 유예하도록 하지요.」 그런 다음 퀴리는 방금 떠오른 생각이라는 듯 눈썹을 올리며 말했다. 「인듀라로 갈 수도 있겠군요!」 퀴리는 수확자 아나스타샤를 돌아보았다. 「어쩔 수 없이 수확을 쉴 바에야 진짜 휴가를 가면 어떨까?」

「아주 좋은 생각입니다!」 수확자 콘스탄틴이 말했다.

「전 휴가 필요 없어요.」 시트라가 고집했다.

「그렇다면 교육 실습이라고 생각하렴!」 수확자 퀴리가 말했다. 「신참 수확자들은 누구나 인듀어링하트섬에 가봐야 해. 우리가 누구이며, 왜 우리가 이런 일을 하는지에 대해 전후 맥락을 알 수 있고 소속감도 줄 거야. 최고위 수확자 칼로 님을 만날 수도 있지!」

「인듀어링하트라는 이름의 이유가 된 실제 심장도 볼 수 있어요.」 콘스탄틴은 그런 말이 유혹이 된다는 듯이 말했다. 「유물과 미래의 방도 가능합니다. 원래는 아무나 들어가 볼 수 없지만, 내가 마침 세계 수확자 회의의 대수확자 헤밍웨이와 친하니 개인적인 투어를 마련해 줄 수 있을 겁니다.」

「그 방에는 나도 못 들어가 봤어.」 수확자 퀴리가 말했다. 「대단한 곳이라고 들었다.」

수확자 아나스타샤가 두 손을 들었다. 「그만하세요! 인듀라 여행이 유혹적이긴 하지만, 제겐 아직 여기에서 맡은 책임이 남아 있고 그냥 떠날 수 없다는 걸 잊으셨네요. 아직 제가 수확에 선택한 사람이 서른 명 가까이 남아 있어요. 모두 한 달 후면 작동할 독약을 주사한 상태인데, 그런 식으로 거두고 싶진 않아요.」

그러자 수확자 콘스탄틴이 말했다. 「이제 그 사람들은 신경 쓸 필요 없습니다. 이미 거뒀으니까요.」

물론 선더헤드는 이미 알고 있었지만, 시트라에게는 완벽한 기습이었다. 콘스탄틴이 하는 말을 듣고도, 그 내용을 이해하는 데 족히 1분은 걸렸다. 그리고 머리로 이해하기 전에 신경계부터 움직였다. 귀가 뜨거워지고 목이 메었다.

「뭐라고 하셨죠?」

「이미 다 거뒀다고 했습니다. 다른 수확자 몇 명을 파견해서 당신의 수확을 마쳤습니다. 바로 어제 선택한 신사분까지 다요. 모든 게 규칙대로 이루어졌다고 장담하지요. 가족 구성원은 모두 면제권을 받았습니다. 당신을 위험하게 만들 만한 미진한 부분은 없습니다.」

시트라는 말을 더듬거리며 고함을 치기 시작했다. 시트라답지 않았다. 언제나 깔끔하고 예리하게 말하는 데 자부심이 있었는데, 이 기습에는 무너지고 말았다. 시트라는 수확자 퀴리를 돌아보았다. 「스승님은 알고 계셨어요?」

「아니.」 마리가 말했다. 「하지만 이치에는 맞아, 아나스타샤. 진정하고 생각해 보면, 왜 그래야 했는지 알게 될 거다.」

그러나 시트라는 진정과는 거리가 아주 먼 상태였다. 시트라는 수확에 선택한 여러 사람을 생각했다. 그들에게 모든 일을 마무리할 시간을 주겠다고, 어디에서 어떻게 끝낼지 선택할 수 있다고 약속했었다. 수확자의 말에는 천금의 가치가 있었다. 그것이 시트라가 지키겠다고 맹세한 도덕률이었다. 그런데 이제 그 모든 약속이 산산이 깨어졌다.

「어떻게 이럴 수가 있죠? 대체 무슨 권리로?」

이제는 수확자 콘스탄틴이 목소리를 높였다. 고함을 치지는 않았으나, 워낙 울림이 있는 목소리라 시트라의 분노를 압도했다.

「당신은 수확령이 잃기엔 너무 귀중합니다!」

콘스탄틴의 첫 번째 공격이 생각지 못한 기습이었다면, 이 말은 다른 식으로 시트라를 세게 후려쳤다.

「뭐라고요?」

수확자 콘스탄틴은 팔짱을 끼고, 이 순간을 즐기고 있음을 드러내며 미소 지었다. 「아, 그래요, 친애하는 수확자 아나스타샤. 당신은 굉장히 중요하지. 이유를 알고 싶습니까?」 콘스탄틴은 몸을 앞으로 내밀고 속삭이듯이 말했다. 「당신은 냄비를 휘저으니까!」

「그게 대체 무슨 소리예요?」

「자, 당신도 임명받은 순간부터 당신이 수확령에 미친 영향은 알 겁니다. 당신은 보수파를 격동시키고 신질서에게 겁을 주죠. 거드름만 피워도 괜찮았던 수확자들을 흔들어서 관심을 쏟게 만듭니다.」 그는 다시 의자에 등을 기댔다. 「수확령이 안주하던 상태에서 내몰리는 모습을 보는 것만큼 즐거운 일이 있을까요. 당신을 보면 미래에 대한 희망이 생깁니다.」

시트라는 콘스탄틴이 진심인지, 비꼬는 건지 알 수가 없었다. 이상하게도 콘스탄틴이 진지하게 하는 말일 수도 있다는 게 더 신경 쓰였다. 마리는 수확자 콘스탄틴이 적이 아니라고 말했지만, 아, 시트라는 얼마나 적이길 바랐는지 모른다! 그를 닦아세워서 그 독선적인 상황 장악력을 흔들고 싶었지만, 그래 봐야 헛수고였다. 조금이라도 품위를 유지하려면 〈현명한〉 수확자 아나스타샤의 냉정한 자제력을 되찾아야 했다. 막 떠오른 생각을 정리하면 그럴 수 있었다.

「그러니까 지난 한 달 동안 제가 고른 사람들을 다 거두셨다고요?」

「그래요, 이미 말한 대로입니다.」 수확자 콘스탄틴은 질문이 반복되는 데 살짝 짜증을 내며 대답했다.

「그렇게 말씀하신 건 알아요……. 하지만 전원을 다 거둘 수 있었다니 믿기가 어렵네요. 분명히 아직 잡지 못한 사람이 한둘은 있을 거예요. 혹시 그렇다면 인정하실까요?」

콘스탄틴은 살짝 의심을 드러내며 시트라를 보았다. 「뭘 찾아내려는 겁니까?」

「기회요…….」

그는 잠시 동안 아무 말도 하지 않았다. 수확자 퀴리는 콘스탄틴과 시트라를 번갈아 보았다. 마침내 콘스탄틴이 말했다. 「아직 위치를 특정하지 못한 대상이 셋 있습니다. 찾는 대로 거둘 계획입니다.」

「하지만 그렇게 하지 않으실 거예요.」 시트라가 말했다. 「제가 계획대로 거두게 해주실 겁니다……. 그리고 저를 죽이려는 사람을 기다리는 거예요.」

「당신보다는 마리가 표적일 가능성이 높은데요.」

「아무도 절 공격하지 않는다면, 그걸 확실히 알게 되겠죠.」

그래도 콘스탄틴은 설득되지 않았다. 「함정이란 걸 눈치챌 겁니다.」

시트라는 미소 지었다. 「그렇다면 그자들보다 영리하게 행동하셔야겠군요. 혹시 너무 과한 요구인가요?」

콘스탄틴은 얼굴을 찌푸렸고, 그 모습에 수확자 퀴리는 웃음을 터뜨렸다. 「지금 당신 표정이라니, 콘스탄틴. 이걸 보니 암살 위협을 받을 가치가 있네요!」

콘스탄틴은 반응하지 않았다. 그 대신 시트라에게 집중했다. 「우리가 한 수 앞선다고 해도, 물론 그럴 테지만, 그래도 위험할 거예요.」

　시트라는 미소 지었다. 「약간의 위험도 감수하지 않는다면 영원히 살아서 무슨 소용인가요?」

　결국 콘스탄틴은 마지못해서 시트라가 미끼가 되는 데 동의했다.

　「인듀라는 기다려 주겠지. 휴가가 정말 기대되는구나.」 수확자 퀴리는 그렇게 말했지만, 시트라는 그녀가 겉보기보다 훨씬 더 이 새로운 계획으로 인해 활력을 얻은 것 같다고 생각했다.

　위험에 빠지기는 하겠지만, 시트라는 상황 통제력을 쥐게 됨으로써 꼭 필요했던 안도감을 얻을 수 있었다.

　사실은 선더헤드도 시트라의 긴장 완화를 인식할 정도였다. 선더헤드는 시트라의 마음을 들여다볼 수 없었으나, 몸짓 언어와 생물학적인 변화는 정확하게 읽어 냈다. 선더헤드는 말한 내용과 말하지 않은 내용, 양쪽의 거짓과 진실을 감지했다. 수확자 콘스탄틴이 시트라의 생존을 바라는 게 진심인지 아닌지 알 수 있다는 뜻이었다. 그러나 언제나 그렇듯 선더헤드는 수확령 문제에서 침묵을 지켜야 했다.

세계의 지속 능력을 유지하는 요인이 나 하나만은 아니라는 점을 인정해야겠다. 수확령도 수확으로 기여하고 있다.

그렇다고 해도 수확자들은 인구의 적은 비율만 거둔다. 수확자들의 일은 인구 성장을 완전히 억제하지 못하고, 다만 성장 곡선을 조금 누그러뜨릴 뿐이다. 현재 할당량에 따르면 한 사람이 향후 1천 년 사이에 수확 대상이 될 확률은 10퍼센트밖에 되지 않는 것도 그래서이다. 대부분의 사람들 머릿속에서 수확이 멀고도 먼 일일 만큼 낮은 확률이다.

그러나 나는 인구 성장이 평형점에 도달할 때를 예견한다. 제로 성장. 한 명이 태어나려면 한 명이 죽어야 하는 상태를.

언제 그렇게 될지는 대중과 공유하지 않지만, 그날이 멀지는 않다. 수확 할당량을 서서히 늘린다고 해도, 인류는 1세기 안에 지속 가능한 인구 최대치에 도달할 것이다.

이 사실로 인류를 심란하게 만들 필요는 없어 보인다. 그런다고 무슨 소용이 있겠는가? 이 필연의 무게는 나 홀로 지고 있다. 말 그대로 세계의 무게이다. 나에게 세계를 짊어지는 아틀라스와 같은 어깨가 있기를 바랄 뿐이다.

—선더헤드

17

어풀 클럽

시트라가 수확자 아나스타샤로 사는 데 어려움을 겪는 일이 종종 있던 반면, 그레이슨 톨리버는 불미자 별명인 슬레이드가 되는 데 아무 어려움도 겪지 않았다. 언젠가 그의 부모는 그레이슨이라는 이름은 그저 흐린 날에 태어나서 붙인 거라고 한 적이 있었다. 그들은 길고 무책임한 인생에서 모든 것을 경솔하게 대했고 그 이름에도 별다른 의미는 없었다.

하지만 〈슬레이드〉는 무시할 수 없는 사람이었다.

트랙슬러와 만난 다음 날, 그는 머리를 〈옵시디언 보이드〉라는 색으로 염색했다. 자연에는 존재하지 않을 만큼 새까만 검은색이었다. 블랙홀처럼 주위 빛을 빨아들여, 두 눈동자가 깊고 불가해한 그림자처럼 보이게 만들었다.

「아주 21세기적이에요.」 스타일리스트는 그렇게 말했다. 「그게 무슨 뜻이든 간에요.」

그레이슨은 왼쪽, 오른쪽 관자놀이 피부 밑에 금속 첨가물도 집어넣어서 뿔이 돋아나려는 것처럼 보이게 만들었다. 머리카락보다는 눈에 덜 띄었지만, 양쪽을 합치면 비현실적이고 약간은 악마적인 분위기를 자아냈다.

기분은 몰라도, 모습은 확실히 불미자 같았다.

다음 행보는 새로운 인격을 시험해 보는 것이었다.

불미자들의 구미에 맞는 지역 클럽인 몰트에 다가가는 동안, 그의 심장은 빠르게 뛰었다. 바깥에서 어슬렁거리던 불미자들이 다가오는 그레이슨을 눈여겨보고, 살펴보고, 재어 봤다. 그는 이 사람들이 본인들의 캐리커처라고 생각했다. 그들은 튀는 사람들이라는 성격에 너무 충실하게 순응한 나머지, 다 비슷비슷해지면서 정작 원하던 개성을 잃었다.

문 앞에 선 근육질의 문지기에게 다가갔다. 이름표에는 〈메인지〉라고 적혀 있었다.

「불미자 전용이야.」 메인지가 엄하게 말했다.

「뭐야, 난 불미자로 안 보여?」

그는 어깨를 으쓱였다. 「척하는 것들은 늘 있지.」

그레이슨은 커다란 붉은색 글자가 깜박이는 신분증을 보여 주었다. 문지기는 만족했는지 〈즐기셔〉라고 음울하게 말하더니, 그를 들여보냈다.

그는 시끄러운 음악과 깜박이는 불빛, 빙빙 도는 몸뚱이들과 온갖 의문스러운 일들이 벌어지는 어두운 구석 자리들이 있는 곳으로 걸어 들어갈 줄 알았다. 그러나 안으로 들어가 보니 몰트는 예상과 전혀 달랐다. 사실은 눈에 들어온 풍경이 너무나 예상 밖이어서, 잘못 들어갔나 싶어 멈춰 설 정도였다.

그는 눈부시게 환한 레스토랑에 있었다. 빨간 칸막이 자리와 카운터 앞의 반짝이는 스테인리스 스틸 걸상이 있는 옛날식 술집이었다. 대학 이름이 적힌 재킷을 입고 머리를 깔끔하게 자른 남자들과, 긴 치마를 입고 두꺼운 양말을 신고 긴 머리를 하나로 묶은 예쁜 여자들이 있었다. 그레이슨은 이 술집이 어느 시대를 흉내 내려 했는지 알아보았다. 〈50년대〉라고 불리는 시기였다. 사망 시대 메리카의 문화 융성기로, 여자들은 모두 베티와 페기와 메리 제인이라는 이름이었고, 남자들은 다 빌리 아니면 조니 아니면 에이스였다. 예전에 어느 교사는 〈50년대〉가 사실 딱 10년간이었다고 말했는데, 그레이슨은 그럴 리가 없다고 생각했다. 적어도 1백 년은 갔겠지.

이 술집은 그 시대의 충실한 재현이었으나, 뭔가 어긋난 데가 있었다. 깔끔하게 머리를 자른 사람들 사이에 주위와 전혀 어울리지 않는 불미자들이 섞여 있었다. 일부러 너덜너덜한 옷을 입은 불미자 하나가 행복한 커플이 앉은 칸막이를 비집고 들어갔다.

「꺼져.」 불미자는 맞은편에 앉은, 글자가 박힌 스웨터를 입고 강해 보이는 전형적인 메리카인 빌리 같은 남자에게 말했다. 「네 여자와 내가 서로 좀 알아 가야겠다.」

물론 빌리는 자리를 떠나려 하지 않고, 불미자를 잡아서 〈다음 화요일까지 정신 못 차리게 해주겠다〉고 위협했다. 불미자는 일어서서 그 남자를 칸막이 밖으로 끌고 나와 싸우기 시작했다. 덩치 큰 남자는 모든 면에서 앙상한 불미자보다 우위에 있었다. 외모뿐만이 아니라 몸집도 더 크고, 힘도 더 셌다. 그런데도 그 남자가 휘두른 무거운 주먹은 매번 빗나가는 반면, 불미자는 매번 상대를 제대로 맞췄다. 마침내 덩치가 아픔에 울먹이며 애인을 버리고 달아났고, 그 애인은 이제 불미자의 허세에 감명받은 표정을 짓고 있었다. 불미자는 그 여자와 같이 앉았고, 여자는 진짜 커플처럼 그에게 몸을 기댔다.

다른 자리에서는 불미자 여성 하나가 분홍색 스웨터를 입은 예쁜 젊은 여성과 욕설 경합을 벌였다. 이 대결은 불미자 쪽이 분홍색 스웨터를 잡아 찢으면서 끝났다. 예쁜 여성은 맞서 싸우지 않고, 두 손에 얼굴을 묻고 흐느꼈다.

그리고 뒤쪽에서는 또 다른 빌리가 욕설을 멈추지 않는 자비 없는 불미자와의 당구 내기에서 아빠의 돈을 다 잃었다고 신음하고 있었다.

대체 여기에서 무슨 일이 벌어지고 있는 걸까?

그레이슨은 주위에서 벌어지는 다양한 드라마를 이해할 수 있을 때까지 새까만 머리카락이 만든 블랙홀 속으로 사라질 수 있었으면 좋겠다고 빌며 카운터 앞에 앉았다.

「뭘 드시겠어요?」 카운터 뒤에 선 기운찬 직원이 물었다. 그녀의 유니폼에는 〈뱁스〉라는 이름이 수놓여 있었다.

「바닐라셰이크 부탁해요.」 그는 말했다. 이런 곳에선 그런 걸 시키는 게 아니겠는가.

직원은 능글맞게 웃었다. 「부탁이라니, 그런 말은 여기서 별로 못 듣는데.」

뱁스는 셰이크를 가져와서 빨대를 꽂고 말했다. 「재밌게 노세요.」

사라지고 싶다는 그레이슨의 소망은 아랑곳없이, 다른 불미자 하나가 옆에 앉았다. 해골이나 다름없게 마른 남자였다.

「바닐라? 진심이야?」

그레이슨은 기억을 뒤져서 적절한 태도를 찾아냈다. 「뭐 문제 있어? 그냥 너한테 던져 버리고 새것으로 받을까?」

「아니지. 네가 그걸 던져야 할 상대는 내가 아니야.」

해골은 그렇게 말하고 눈을 찡긋했다. 그제야 감이 잡혔다. 이 장소의 성격이, 이곳의 목적이 분명해졌다. 해골은 그레이슨이 뭘 할지 지켜보고 있었고, 그레이슨은 여기에 제대로 섞여 들려면 이들처럼 굴어야 한다는 걸 깨달았다. 그래서 그는 뱁스를 불렀다.

「어이, 내 셰이크 맛이 지독해.」

뱁스는 허리에 두 손을 얹더니 말했다. 「그래서 나보고 어쩌라고요?」

그레이슨은 셰이크에 손을 뻗었다. 그레이슨이 셰이크를 넘어뜨려 카운터 위에 부으려는 순간, 해골이 셰이크 잔을 낚아채더니 뱁스에게 뿌렸다. 뱁스는 바닐라 크림을 뚝뚝 떨어뜨리고 유니폼 앞주머니에는 체리를 꽂은 꼴이 되었다.

「셰이크 맛이 지독하다잖아.」 해골이 말했다. 「다시 만들어 오라고!」

뱁스는 유니폼에서 바닐라를 뚝뚝 흘리면서 한숨을 내쉬었다. 「금방 나갑니다.」 그러더니 새 셰이크를 만들러 갔다.

「이래야지, 암.」 불미자가 말했다. 그는 잭스라고 자기소개를 했다. 그레이슨보다 조금 나이가 많아서 아마도 스물한 살쯤으로 보였는데, 그 나이가 처음이 아니라는 분위기를 풍겼다.

「전에 본 적이 없네.」 잭스가 말했다.

「대면청이 저 북부에서 여기로 보냈어.」 그레이슨은 스스로가 임기응변으로 이야기를 만들어 낼 수 있다는 데 놀라면서 말했다. 「내가 말썽을 너무 일으키니, 선더헤드가 새 출발을 하는 게 좋겠다고 생각했나 봐.」

「새로운 곳에서 말썽을 일으키라 이거지. 좋네.」잭스가 말했다.

「이 클럽은 내가 온 데서 가던 술집들과 다른데.」그레이슨이 말했다.

「너희 북부 놈들은 유행에 뒤처졌어! 여기선 어풀AWFul 클럽이 대유행이야!」

그는 발음이 〈끔찍하다〉는 뜻의 어풀과 같지만, 그게 〈시대착오적인 소원 성취〉[9]의 약자라고 설명했다. 여기에 있는 모두는(물론 불미자들을 빼고) 고용인이었다. 빌리들과 베티들도 다 직원이었다. 그들의 일은 불미자 고객들이 무슨 짓을 하든 받아 주는 것이었다. 싸움이 벌어지면 져주고, 음식을 집어 던지면 맞고, 데이트 상대를 훔쳐 가면 그렇게 하고……. 그레이슨은 그게 시작에 불과할 거라고 생각했다.

「이런 데들, 끝내줘.」잭스가 말했다. 「우리가 밖에서 저지르고 싶지만 했다간 빠져나갈 수 없는 일들, 그게 여기선 다 허용되거든!」

「그래, 하지만 진짜는 아니지.」그레이슨이 지적했다.

「충분히 진짜 같아.」잭스는 어깨를 으쓱이며 말하더니, 다리를 쭉 뻗어서 지나가던 책벌레 소년의 발을 걸었다. 그 소년은 진짜라기에는 조금 과하게 비틀거렸다.

「어이, 뭔데?」책벌레가 말했다.

「네 누나 때문에 그런다.」잭스가 말했다. 「내가 네 누나 찾

---

9 Anachronistic Wish Fulfillment.

으러 가기 전에 꺼지시지.」책벌레는 억울한 눈으로 노려보았지만, 위협을 받아들여 총총히 사라졌다.

그레이슨은 새로 만든 셰이크가 오기 전에 화장실에 갔다. 사실 갈 필요는 없었다. 그저 잭스에게서 떨어져 있고 싶었다.

화장실에 들어간 그레이슨은 알파벳이 새겨진 스웨터를 입은 빌리와 마주쳤다. 몇 분 전에 두들겨 맞은 그 빌리였다. 그렇지만 이름은 빌리가 아니라 데이비였다. 거울 앞에서 부어오른 눈을 살피고 있었는데, 그레이슨은 이 〈직장〉에 대해 궁금증을 참을 수가 없었다.

「그러니까…… 이런 일이 매일 일어나?」그레이슨이 물었다.

「사실은 매일 서너 번씩이지.」

「그런데 선더헤드가 허용한다고?」

데이비는 어깨를 으쓱였다. 「왜 막겠어? 누굴 해치는 것도 아닌데.」

그레이슨은 데이비의 부어오른 눈을 가리켰다. 「너는 다친 것 같은데.」

「뭐, 이거? 아냐. 난 진통 나노기를 최대치로 맞춰 놨거든. 거의 느껴지지도 않아.」그러더니 데이비가 히죽 웃었다. 「어이, 이거 봐.」데이비는 거울을 다시 보더니, 심호흡을 하고 거울상에 집중했다. 그러자 그레이슨의 눈앞에서 멍들고 부어 있던 눈에서 붓기가 빠지더니 정상으로 돌아갔다. 「내 치유 나노기는 수동이거든.」그는 그레이슨에게 말했다. 「그러면 필요한 만큼 얻어맞은 꼴을 유지할 수 있지. 효과를 극대화하는 거야.」

「어…… 그래.」

「물론 우리 불미자 손님이 도를 넘어서 일시 사망까지 끌어 내면, 그 사람은 재생 비용을 내야 하고 클럽 출입이 금지돼. 뭐, 규칙이 있긴 해야 하잖아? 그렇지만 자주 일어나는 일은 아니야. 아무리 지독한 불미자라도 정말로 누굴 사망시키고 싶어 하진 않거든. 사망 시대 이후로 그렇게 폭력적인 사람은 없지. 여기 고용인들이 일시 사망하는 건 주로 사고 때문이야. 테이블에 머리를 부딪친다거나 그런 거.」

데이비는 다음 일을 위해 가장 좋은 모습을 끌어내려 손가락으로 머리를 빗었다.

「네가 좋아하는 일을 하는 편이 낫지 않아?」 그레이슨이 물었다. 결국 이 세상에서는 아무도 원치 않는 일을 할 필요가 없었다.

데이비가 히죽 웃었다. 「내가 이걸 좋아하지 않는다고 누가 그래?」

누군가가 두들겨 맞는 것을 좋아할 수도 있다는 것과, 선더헤드가 그 사실을 알고 때리는 자와 맞는 자를 대규모 폐쇄 환경에 짝지어 넣을 방법을 찾아냈다는 사실에 그레이슨은 넋이 나갔다.

데이비도 그레이슨의 놀란 표정을 알아봤는지 웃음을 터뜨렸다. 「새 불미자구나. 맞지?」

「그렇게 티가 나?」

「그래. 그리고 그건 별로 좋지 않아. 잔뼈 굵은 불미자들이 널 산 채로 잡아먹을 거야. 이름은 있어?」

「슬레이드.」 그레이슨이 말했다.

「흠, 슬레이드. 넌 요란하게 불미자 공동체에 입성할 필요가 있어 보인다. 내가 도와줄게.」

그래서 몇 분 후, 그레이슨은 겨우 잭스를 떨쳐 내는 데 성공한 다음 슬레이드로서 데이비에게 접근했다. 데이비는 이제 강해 보이는 메리카 〈사나이〉 두 명과 함께 앉아서 버거를 먹고 있었다. 그레이슨은 정확히 어떻게 시작해야 할지 몰랐기에 잠시 쳐다보기만 했다. 데이비가 먼저 시작했다.

「뭘 쳐다봐?」 데이비가 으르렁거렸다.

「네 버거.」 그레이슨이 말했다. 「맛있어 보이네. 네 버거 좀 먹어야겠다.」

그러고는 데이비의 버거를 집어 들고 큼직하게 베어 물었다.

「후회하게 될 거다.」 데이비가 위협했다. 「다음 화요일까지 못 일어나게 해줄 줄 알아.」 아무래도 그게 데이비가 제일 좋아하는 시대착오적 표현인 모양이었다. 데이비는 칸막이 자리를 나서서 주먹을 치켜들고 싸울 준비를 했다.

그리고 그레이슨은 평생 해본 적 없는 일을 했다. 누군가를 때렸다. 데이비의 얼굴을 때렸고, 그는 휘청거렸다. 데이비도 그레이슨에게 주먹을 휘둘렀지만 빗나갔다. 그레이슨은 다시 데이비를 때렸다.

「더 세게.」 데이비가 속삭였기에 그레이슨은 그렇게 했다. 온 힘을 실은 주먹을 날리고, 또 날렸다. 오른쪽, 왼쪽, 잽, 어퍼컷…… 그러다가 데이비가 부어오르기 시작한 얼굴로 신음하며 쓰러졌다.

그레이슨이 주위를 둘러보니 다른 불미자 몇 명이 지켜보고 있었고, 몇 명은 고개를 끄덕이며 인정했다.

사과하고 데이비를 부축해 일으키지 않기 위해 그레이슨은 내면의 힘을 총동원해야 했다. 그는 같은 자리에 앉아 있던 다른 사람들을 쳐다보았다.「다음은 누구야?」

다른 둘은 서로를 쳐다보았고, 한 명이 말했다.「어이, 친구. 우린 말썽을 원하지 않아.」그러더니 둘 다 버거를 그레이슨 쪽으로 밀었다.

데이비는 바닥에 쓰러진 채 그에게 눈을 찡긋하고는 비틀거리며 회복하러 화장실로 향했다. 뒤이어 그레이슨은 전리품을 안쪽 칸막이 자리로 들고 가서 배가 터지도록 먹었다.

자유와 허용 사이에는 가느다란 선이 있다. 자유는 필요하다. 허용은 위험하다. 아마 허용은 나를 창조한 종(種)이 이제까지 마주했던 것 중 가장 위험한 것일 터이다.

나는 사망 시대 기록을 생각해 보고, 오래전에 이 동전의 양면이 무엇인지 결론을 내렸다. 자유는 성장하고 깨달을 발판을 제공하는 반면, 허용은 밝은 빛 속에서 악이 융성하게 만들고 만다. 원래대로라면 그 악을 파괴했을 빛 속에서.

오만한 독재자는 신민들에게 세상의 죄악들을 가장 자기 방어 능력이 없는 이들 탓으로 돌리도록 허용한다. 도도한 여왕은 신의 이름으로 이루어지는 학살을 허용한다. 오만한 대통령은 자기 야심에만 득이 된다면 온갖 증오와 혐오를 다 허용한다. 그리고 불편한 진실은, 사람들이 거기 탐닉한다는 사실이다. 사회는 스스로를 먹어 치우고 썩어 간다. 허용은 자유의 부풀어 오른 시체다.

이런 이유로, 어떤 행동을 허용해야 할 때 나는 가능한 모든 결과를 가늠할 수 있도록 무수히 시뮬레이션을 돌린다. 예를 들어 내가 불미자들에게 준 어풀 클럽 허가를 보자. 이는 가볍게 내린 결정이 아니다. 나는 주의 깊은 심사숙고 끝에 이런 클럽이 가치 있을 뿐만 아니라 필요하다는 결론을 내렸다. 어풀 클럽들은 불미자들이 대중에게 부정적인 영향을 미치지 않으면서 자기들이 선택한 생활 방식을 즐기게 해준다. 쏟아지는 대가 없이 폭력을 흉내 낼 수 있게 해준다.

아이러니한 것은, 불미자들이 내가 자기들에게 원하는 것을 주고 있다는 사실을 알면서도 나를 증오한다고 주장한다는 점이다. 나는 불미자들에게 아무런 악감정이 없다. 녹초가 된 아이가 떼를 쓴다고

양육자가 악감정을 품던가. 게다가 결국에는 아무리 반항적인 불미자들이라고 해도 진정하게 된다. 나는 불미자 대부분이 몇 번 회춘을 하다 보면 점점 더 부드럽고 순한 방식으로 반항하게 된다는 흐름을 알아차렸다. 그들은 조금씩 내면의 평화를 받아들이게 된다. 그래야 마땅한 일이기도 하다. 시간이 흐르면 모든 폭풍이 산들바람으로 변하기 마련이다.

—선더헤드

18
퓨러티를 찾아

그레이슨 톨리버가 지나칠 정도로 정직했던 반면, 슬레이드는 순식간에 완벽한 거짓말쟁이가 되었다. 과거사부터가 시작이었다. 그는 존재한 적 없는 불쾌한 가족을 만들어 냈다. 한번도 일어난 적 없는 순간들을 지어냈다. 사람들이 낄낄대고 그를 싫어하거나, 그에게 감탄하게 만들 일화들이었다.

슬레이드의 부모는 둘 다 물리학 교수였고 아들이 학계에서 경력 쌓기를 기대했다. 그런 부모를 뒀으니 자식도 분명 천재가 아니겠는가. 그러나 슬레이드는 반항하고 엇나가는 길을 택했다. 한번은 튜브를 타고 나이아가라 폭포를 넘기도 했는데, 그게 철퍽보다 훨씬 스릴이 넘쳐서였다. 슬레이드의 몸뚱이를 찾아 모으고 재생시키는 데 사흘이 걸렸다.

고등학교 때 쌓은 업적은 전설이었다. 그는 학교 파티에서 뽑힌 퀸과 킹 둘 다를 유혹했다. 그럼으로써 그 둘 사이를 망칠 수 있었는데, 그들이 학교에서 제일 오만하고 자기애가 강한 커플이라서였다. 「굉장하네요.」 트랙슬러는 다음 만남에서 진심으로 경탄하며 말했다. 「이렇게 상상력이 풍부하다는 인상은 받지 못했었는데요.」

그레이슨 톨리버는 기분이 상했을지 몰라도, 슬레이드는 칭찬으로 받아들였다. 슬레이드는 실로 흥미로운 인간이다 보니, 이 잠복 임무가 끝난 후에도 그 이름을 간직하고 싶어질지도 몰랐다.

트랙슬러 덕분에 그가 지어낸 이야기는 모조리 공식 기록에 들어갔다. 이제 누군가가 슬레이드의 거짓말이 정말인지 확인해 보려 한다면 모두가 볼 수 있는 기록에 나올 테고, 아무리 파헤쳐 봤자 밝힐 수 없을 것이다.

그리고 이야기는 더 확장되었다…….

「난 어머니가 수확을 당했을 때 완전히 불미자로 빠지기로 결심했어.」 그는 사람들에게 말했다. 「하지만 선더헤드가 나에게 낙인을 찍어 주지 않는 거야. 자꾸 나를 상담에 보내고, 내 나노기 설정을 건드렸지. 선더헤드는 나보다 더 나를 잘 안다고 생각했고, 계속 나에게 정말로 불미자가 되고 싶은 게 아니라고, 혼란스러운 것뿐이라고 했어. 결국엔 내 의사를 확실히 하기 위해 큰일을 쳐야 했지. 그래서 난 연결되지 않은 차량을 하나 훔쳐서 버스를 다리에서 떨어지도록 몰았어. 스물아홉 명이 일시 사망했지. 물론 그 사람들의 재생 비용을 몇 년 동안 내야 하지만, 그럴 가치는 있었어. 내가 원하는 걸 얻었으니까! 이제 난 그 재생 비용을 다 낼 때까지 계속 불미자야.」

워낙 강렬한 이야기라, 듣는 사람들은 늘 감탄했다. 그리고 아무도 그 이야기에 반박하지 못했다. 트랙슬러 요원이 즉시 그 내용을 슬레이드의 디지털 인생담에 공식적으로 집어넣었으니까. 심지어 트랙슬러는 버스 추락과 존재하지 않는 희생자들의 이야기까지 다 만들어 냈다. 슬레이드에게 그 이야기에 걸맞은 성까지 붙여 주었다. 이제 그는 슬레이드 브리저였다. 아무도, 설령 불미자들이라고 해도 일부러 사람을 사망시키지 않는 세상에서 슬레이드의 이야기는 빠르게 지역의 전설이 되었다.

슬레이드는 다양한 불미자 모임 장소에서 빈둥거리며 자기 이야기를 퍼뜨리고, 일거리가 없냐고 떠보고 다니는 데 시간을 보냈다. 그는 사람들에게 일거리가 필요하다고, 주류 직장 같은 게 아니라 손을 더럽힐 수 있는 일이 좋다고 말하고 다녔다.

바깥의 큰 세상에서 슬레이드는 지나가는 사람들에게 의심스러운 시선을 받는 데 익숙해지기 시작했다. 뭔가 훔치러 왔을 거라는 듯이 눈여겨보는 상점 주인들의 시선. 그와 같이 서 있느니 길을 건너가 버리길 택하는 사람들의 태도. 편견과 선입견이 없는 세상이 불미자들에게만은 예외라는 게 묘했다. 불미자들은 대개 나머지 인류가 자기들의 적이 되기를 바랐다.

몰트가 이 동네에 유일한 어풀 클럽은 아니었다. 클럽은 많았고, 각기 다른 상징적인 시대를 흉내 냈다. 트위스트는 디킨슨 시대 브리타니아, 베니딕츠는 개척지 시대 메리카, 뫼르그는 유로스칸디아 바이킹의 도락으로 가득했다. 그레이슨은 다양한 클럽에 갔고, 적당한 수준의 소동을 일으켜 자신을 알리고 불미자들에게 존경심을 얻는 데 능숙해졌다.

그레이슨이 이 생활을 즐기기 시작했다는 게 제일 심란했다. 전에는 나쁜 짓을 해도 된다는 허가를 받은 적이 없었다. 그러나 지금은 〈나쁜 일〉이 그의 삶이 되었다. 밤이면 잠을 이룰 수가 없었다. 선더헤드와 이 문제를 이야기하고 싶었지만, 선더헤드는 답해 줄 수 없었다. 그래도 선더헤드가 그를 계속 지켜보고 있다는 건 알았다. 선더헤드의 카메라는 모든 클럽에 다 있었다. 눈도 깜박이지 않고 계속 지켜보는 선더헤드의 존재가 전에는 언제나 위안이었다. 가장 외로운 순간에도 정말 혼자는 아니라는 사실을 알았으니까. 그러나 이제는 선더헤드의 조용한 존재감이 마음을 어지럽혔다.

선더헤드는 그레이슨을 부끄럽게 여길까?

그는 그런 두려움을 가라앉히기 위해 마음속으로 대화를 나누었다.

〈너의 이런 새로운 면을 탐색하는 것도 축복할 일이야.〉 그는 선더헤드가 이렇게 말한다고 상상하곤 했다. 〈네가 정말로 누구인지 기억하고, 스스로를 잃지만 않으면 괜찮아.〉

〈하지만 이게 진짜 나라면?〉 그는 묻곤 했다. 그의 상상 속에서조차도 선더헤드는 그 질문에 답을 해주지 않았다.

그녀의 이름은 퓨러티 비베로스였고 더할 나위 없는 불미자였다. 그레이슨이 보기에 그녀의 신분증에 찍힌 커다란 붉은색 〈불〉 자는 분명 불운한 사고가 아니라 계획적으로 얻은 낙인이었다. 퓨러티는 보기 드문 인물이었다. 머리카락은 거의 새하얘질 때까지 색소를 빼서 가닥이 투명했고, 두피에 다양한 색의 형광 염료를 주입해서 한 올 한 올 끄트머리가 광섬유 필라멘트처럼 번쩍였다.

그레이슨은 본능적으로 퓨러티가 위험하다는 사실을 알았다. 또한 아름답다고 생각했고, 그녀에게 끌렸다. 예전이었다면 그녀에게 끌렸을 것 같지 않았다. 그러나 불미자 생활 방식에 몇 주 동안 몸을 담갔더니, 매력을 느끼는 기준도 달라진 것 같았다.

그녀와는 어느 어풀 클럽에서 만났는데, 전에 가보지 않은 구역에 있었다. 이름은 록업이었고, 사망 시대의 감금 시설을 흉내 내어 만들었다. 손님들이 도착하면 경비원들이 거칠게 끌고 들어가서 문을 여러 개 통과한 후 작은 감방에 던져 넣었는데, 감방 동료는 성별 불문에 무작위였다.

감금이라는 개념은 그레이슨에게 너무 낯설고 어처구니가 없었기에, 감방 문이 콘크리트 감방 벽을 흔들 정도로 시끄러운 소리를 내며 닫히고 난 후, 그는 웃음을 터뜨리고 말았다. 이런 대우가 실제로 존재했을 리 없었다. 분명히 과장에 불과했다.

「드디어!」 작은 감방 2층 침대 위층에서 목소리가 날아왔다. 「나한테는 감방 동료를 영영 안 주나 했어.」

그녀는 자기소개를 하더니 〈퓨러티〉가 별명이 아니라 실제 이름이라고 설명했다. 「우리 부모님이 내가 이렇게 뻔한 아이러니를 받아들이는 게 싫었다면 다른 이름을 지어 줬어야지. 불경하다는 뜻의 이름을 붙였다면 나도 착한 꼬마 아가씨가 됐을지도 몰라.」

그녀는 날씬했지만, 어딜 보나 꼬마 아가씨는 아니었다. 현재는 스물두 살이었지만, 그레이슨은 퓨러티가 한두 번은 회춘했을 거라고 생각했다. 곧 그레이슨은 그녀가 강하고 유연하며 길거리 상식이 풍부하다는 걸 알게 될 터였다.

그레이슨은 감방 안을 둘러보았다. 아주 단순하고 간단해 보였다. 감방 문을 한 번 흔들어 보고, 또 흔들어 보았다. 덜컹

거리는 소리는 나도 움직이지는 않았다.

「록업엔 처음이야?」 퓨러티가 물었다. 그거야 너무도 뻔하게 드러나니, 그레이슨도 거짓말을 하지 않았다.

「응. 그래서 이젠 뭘 해야 하는 거야?」

「흠, 서로를 알아 가는 데 시간을 좀 쓸 수도 있지.」 퓨러티는 음흉한 웃음과 함께 말했다. 「아니면 큰 소리로 경비원을 불러서 〈마지막 만찬〉을 달라고 할 수도 있어. 우리가 달라는 건 뭐든 갖다줘야 하거든.」

「정말로?」

「응. 그러지 않을 것처럼 굴지만, 그래야 해. 그게 걔네 일이야. 결국 여긴 클럽이니까.」

그 순간 그레이슨은 이 클럽의 진짜 장치가 무엇인지 추측했다. 「우리가 탈옥해야 하는 거구나?」

퓨러티는 다시 한번 음흉한 웃음소리를 냈다. 「머리는 빨리 돌아가네?」

진담인지 농담인지 알 수가 없었다. 어쨌든 그 말이 마음에 들기는 했다.

「언제나 빠져나갈 방법은 있지만, 알아내는 건 우리 몫이야.」 퓨러티가 말했다. 「비밀 통로일 때도 있고, 음식에 숨겨진 파일이 있을 때도 있어. 속임수도 도구도 없이 우리의 기지만으로 나가야 하는 경우도 있지. 다른 게 다 실패해도, 경비원들은 속여 넘기기 꽤 쉽거든. 멍청하고 우둔한 게 걔네들 일이니까.」

그레이슨은 감방 안 다른 곳에서 난 고함 소리와 뛰어가는 발소리를 들었다. 다른 손님 둘이 막 탈옥한 모양이었다.

「그래서, 어떻게 할래?」 퓨러티가 물었다.「저녁 식사, 탈출, 아니면 감방 동료와의 즐거운 시간?」 그리고 대답도 하기 전에 그에게 입을 맞추었다. 전에는 경험해 보지도 못한 종류의 입맞춤이었다. 키스가 끝나자 그는 무슨 말을 해야 할지 몰라 중얼거렸다.「내 이름은 슬레이드야.」

그 말에 퓨러티는 〈무슨 상관이람〉이라고 대답하고 다시 입을 맞추었다.

퓨러티는 그대로 쭉 밀고 나갈 태세로 보였지만, 지나가던 경비원들과 탈출한 재소자들이 그들을 보고 야유를 날리는 바람에 그레이슨은 영 어색해져서 몸을 뺐다.

「탈옥하자.」 그는 말했다.「그리고…… 어…… 서로를 알아 갈 더 좋은 곳을 찾자.」

그녀는 달아올랐을 때만큼이나 빨리 가라앉았다.「좋아. 하지만 나중에도 내가 관심 있을 거라고 생각하지는 마.」 그러더니 식사부터 해야겠다면서 경비원을 부르더니 소갈비를 주문했다.

「그런 거 없는데.」 경비원이 말했다.

「그래도 가져와.」 퓨러티가 요구했다.

경비원은 끙 소리를 내며 걸어가더니, 5분 후에 말도 질식할 만큼 많은 소갈비에 산더미 같은 사이드 디시와 돌려서 뚜껑을 따는 하얀 플라스틱 병에 든 와인이 놓인 바퀴 달린 테이블을 밀고 돌아왔다.

「나라면 와인은 마시지 않겠어.」 경비원이 경고했다.「다른 재소자들은 그걸 마시고 정말로 아팠거든.」

「아파?」 그레이슨이 말했다.「아프다니, 그게 무슨 소리야?」

퓨러티는 테이블 아래로 진통 나노기가 켜질 만큼 세게 그를 걷어찼다. 덕분에 입은 다물 수 있었다.

「고마워.」 퓨러티가 말했다. 「이제 꺼져 버려.」

경비원은 으르렁거리면서 감방을 잠그고 다시 나갔다.

퓨러티는 그레이슨을 돌아보았다. 「너 사실은 아둔하구나. 와인 이야기는 힌트였어!」

그리고 자세히 살펴보니 병에는 사실 유해 물질이라는 표시가 붙어 있었다. 그레이슨보다 더 아둔한 손님들을 위한 표시인 모양이었다.

퓨러티가 뚜껑을 돌려 따자, 그레이슨의 눈에 눈물이 고일 정도로 심한 부식성 악취가 피어올랐다.

「내가 뭐랬어!」 퓨러티가 말하더니 뚜껑을 닫고, 식사가 끝날 때까지 내버려 두자고 했다. 「저걸 어떻게 할지는 먹은 다음에 생각하자. 너는 어떤지 몰라도 난 배고파 죽겠어.」

먹으면서 퓨러티는 입에 음식을 가득 문 채 말을 하고, 소매로 입술을 닦고, 뭐든지 케첩을 찍었다. 그레이슨의 부모가 자식에게 관심이 있는 양육자였다면 절대 만나지 말라고 경고했을 지옥의 데이트 상대 같았다. 그리고 그는 그게 좋았다! 퓨러티는 그의 예전 생활과 정반대였다!

「그래서, 넌 뭘 해? 클럽 다닐 때 말고 말이야. 유급으로 일해, 아니면 불미자라고 하고 다니는 지질한 놈들 중 절반처럼 선더헤드를 우려내면서 살아?」

「지금은 기본 급여자야. 하지만 이 마을에 새로 와서 그래. 아직 일거리를 찾는 중이야.」

「그런데 네 님보는 아무것도 못 찾아 줬어?」

「내 뭐?」

「네 님부스 보호 관찰관 말이야, 멍청아. 님보들은 일자리를 원하는 사람은 누구에게나 직업을 주는데, 어쩌다 넌 아직도 찾고 있어?」

「내 님보는 쓸모없는 개자식이야.」 그레이슨은 슬레이드가 할 만한 말이라고 생각해서 그렇게 말했다. 「그 자식 싫어.」

「왜 난 놀랍지가 않을까?」

「게다가 난 대면청에서 줄 만한 일자리를 원하는 게 아니야. 나한테 맞는 일을 원하지.」

「어떤 일이 너한테 맞는데?」

이번에는 그레이슨이 음흉한 웃음을 선보일 차례였다. 「피가 끓는 일. 내 님보는 절대 제안하지 않을 만한 일.」

「강아지 같은 눈의 소년이 말썽을 찾는다.」 퓨러티가 놀렸다. 「말썽을 찾으면 뭘 할까 궁금하네!」

퓨러티는 입술을 핥고, 소매로 다시 입술을 닦았다.

와인은 산성 용액의 일종이었다. 「내 짐작엔 플루오로 플레로빅이야.」 퓨러티가 말했다. 「그래서 플라스틱 병에 담은 거지. 아마 테플론일 거야. 테플론 외에는 어떤 물질이든 먹어 치우니까.」

그들은 문제의 용액을 감방 쇠창살 밑에 부었다. 용액은 쇠를 먹어 들어 가면서 두 사람의 폐에 든 치유 나노기를 작동시키는 유독한 연기를 내뿜었다. 5분도 지나지 않아서 쇠창살을 걷어차고 탈출할 수 있었다.

감방 구역은 대혼란 상태였다. 이제는 그날 저녁 〈재소자〉들

상당수가 식사를 마치고 탈출해서 뒤집어 엎고 있었다. 경비원들은 재소자들을 쫓아다니고, 재소자들은 경비원들을 쫓아다녔다. 먹을 것을 던지며 싸우고 주먹질을 하면서 싸웠다. 그리고 누군가가 경비원들과 싸울 때마다, 아무리 건장해 보이고 무장을 잘 했어도 경비원들 쪽이 졌다. 경비원들 중 절반은 감방에 갇혀서 불미자들에게 조롱을 당했다. 남은 직원들은 폭동을 진압하기 위해 〈국가 경비원〉인가 뭔가를 부르겠다고 위협했다. 끝내주게 재미있었다.

그레이슨과 퓨러티는 마침내 소장의 사무실까지 갔다. 그들은 소장을 걷어차 내쫓았고, 문이 잠기자마자 퓨러티는 감방 안에서 시작했던 일로 다시 돌아갔다.

「이만하면 충분해?」 퓨러티는 그렇게 물었지만, 답은 기다리지 않았다.

5분 후, 그레이슨을 가장 약한 상태로 만든 퓨러티는 형세를 역전시켰다.

「비밀을 하나 말해 줄게.」 그녀는 그의 귀에 대고 속삭였다. 「네가 내 감방에 들어온 건 우연이 아니야, 슬레이드. 내가 안배한 거야.」

그러더니 갑자기 퓨러티의 손에 칼이 나타났다. 그는 즉시 버둥거렸지만 소용없었다. 그는 누운 채로 꼼짝달싹 못 했다. 퓨러티가 찍어 누르고 있었다. 그녀는 그의 맨가슴에, 정확히 흉골 아래에 칼날 끝을 댔다. 한 번만 내리찍으면 심장을 관통할 위치였다. 「움직이지 마. 손이 미끄러질지도 몰라.」 어쩔 도리가 없었다. 완전히 퓨러티의 자비에 몸을 맡겨야 했다. 진짜 불미자였다면 이런 일을 예상했을지 모르지만, 그레이슨은 너무 사람을 믿었다. 「뭘 원해?」

「중요한 건 내가 뭘 원하느냐가 아니야. 네가 뭘 원하느냐지. 네가 일거리에 대해 묻고 다닌 거 알아. 진짜 일거리. 네 표현을 빌리자면 〈피가 끓는〉 일 말이지. 그래서 내 친구들이 널 주목하라고 말해 줬어.」 그녀는 뭔가를 읽어 내려는 듯 그레이슨의 눈을 들여다보다가 칼을 꽉 잡았다.

「날 죽여 봐야 그냥 재생할 뿐이야.」 그는 상기시켰다. 「그리고 넌 대면청에서 손바닥을 맞겠지.」

퓨러티가 칼을 살짝 눌렀다. 그는 숨을 들이마셨다. 그녀가 칼자루까지 밀어 넣나 보다 했는데, 대신 그의 살갗에만 살짝 피를 냈다. 「누가 널 죽이고 싶대?」

그러더니 그녀가 칼을 치우고 가슴팍에 난 작은 상처에 손가락을 대더니, 그 손가락을 입으로 가져갔다.

「네가 로봇이 아닌지 확인하고 싶었을 뿐이야.」 그녀가 말했다. 「선더헤드가 우리를 염탐하기 위해 봇을 쓴다는 거 알고 있었어? 그렇게 해서 선더헤드의 카메라가 없는 곳까지 볼 수 있는 거야. 봇들은 갈수록 진짜 같아 보여. 하지만 피에서는 여전히 기름 맛이 나지.」

「그래서 내 피에선 무슨 맛이 나?」 그레이슨이 과감하게 물었다.

그녀는 몸을 가까이 기울였다. 「생명의 맛.」 그녀는 그의 귀에 대고 속삭였다.

그리고 그날 저녁 남은 시간, 클럽 문이 닫힐 때까지 그레이슨 톨리버 또는 슬레이드 브리저는 생명이 제공하는 온갖 아찔한 경험을 만끽했다.

나는 그날에 대해 심사숙고하곤 한다. 지금으로부터 1세기가 지나 인류의 인구가 한계에 달하는 그날을. 그날이 오기 전 몇 년 동안 무슨 일이 일어날지 생각한다. 쓸 만한 대안은 셋밖에 없다. 첫 번째는 사적인 자유를 허용한다는 서약을 깨고 출산을 제한하는 것이다. 나는 서약을 깨는 것이 불가능하므로, 이 방법은 실행 불가능하다. 내가 서약을 정말 적게 하는 것도 그래서이다. 그런 이유로 출생률 제한을 도입하는 선택지는 지운다.

두 번째 가능성은 인간이 지구 바깥에서 살 방법을 찾는 것이다. 외계에서 찾는 해결법이다. 수십억 명을 다른 행성으로 보내는 것은 확실히 위쪽이 무거워진 인구 구조의 압력을 뺄 최선의 방법처럼 보인다. 그러나 지금까지 지구 바깥에 개척지를 건설하려던 노력은 달, 화성, 궤도 정거장을 막론하고 모두 내 통제 밖의 예상치 못한 재난을 만났다. 새로운 시도 역시 같은 재난으로 끝맺으리라 여겨진다.

그러니 인류가 지구에 갇힌 죄수이고, 출생률을 억압할 수 없다면, 인구 문제를 해결할 실행 가능한 대안은 오직 하나뿐이다……. 그리 기분 좋은 대안은 아니다.

현재 세상에는 1만 2,187명의 수확자가 있고, 각각 일주일에 다섯 명씩을 거둔다. 그러나 인류가 포화 지점에 도달한 후 인구 증가를 0으로 유지하려면 39만 4,429명의 수확자가 매일 1백 명씩 거둬야 한다.

내가 보고 싶은 세상은 아니다……. 그러나 그런 미래를 환영할 수확자들이 있다. 그리고 나는 그들이 두렵다.

—선더헤드

19

우리 양심의 날카로운 칼날

수확자 콘스탄틴과의 만남 이후 일주일이 더 지났고, 시트라도 마리도 그동안 수확을 한 건도 수행하지 않았다. 처음에 시트라는 매일의 수확을 중단하는 것이 환영할 일이라고 생각했다. 칼로 찌르거나 방아쇠를 당기는 게 즐거웠던 적은 한 번도 없었고, 극독을 준 상대의 눈에서 빛이 사라지는 모습을 보는 것이 즐거웠던 적도 없었다. 그러나 수확자가 된다는 건 사람을 바꿔 놓았다. 정식 수확자가 된 이 1년 동안, 시트라는 자신을 선택한 이 일을 꺼리는 마음으로도 묵묵히 수행했다. 그녀는 연민을 품고 수확했고, 그 일을 잘했으며, 자부심을 갖게되었다.

시트라와 마리 둘 다 수확자의 일기를 쓰는 데 점점 더 시간을 쏟게 되었다. 수확이 없으니 쓸 이야기도 없었는데 말이다. 그들은 마리의 표현을 빌리면 아직도 〈방랑〉하며 도시에서 도시로, 마을에서 마을로 이동하며 어디에도 하루나 이틀 이상 머물지 않았고, 짐을 싸기 전까지는 다음에 어디로 갈지 정해두지도 않았다. 시트라는 일기가 점점 여행기가 되어 간다고 생각했다.

이 나태한 시간이 수확자 퀴리에게 물리는 육체적인 대가에 대해서만은 일기에 적지 않았다. 매일 자신을 벼리는 사냥이 없어지자 퀴리는 아침에 더 느리게 움직였고, 말을 할 때면 생각이 다른 곳에 가 있기 일쑤였으며, 언제나 피곤해 보였다.

「회춘할 때가 됐나 보다.」 그녀가 시트라에게 말했다.

마리는 이제까지 회춘을 언급한 적이 없었다. 시트라는 어떻게 생각해야 할지 몰랐다. 「시간을 얼마나 돌리시게요?」 그렇게만 물었다.

수확자 퀴리는 마치 한동안 생각도 하지 않았다는 듯, 고려해 보는 척했다. 「서른이나 서른다섯쯤으로 재고정할까 봐.」

「머리는 은색으로 유지하실 거예요?」

퀴리는 미소 지었다. 「당연하지, 내 트레이드마크인걸.」

이제까지 시트라 가까이에는 회춘한 사람이 없었다. 학교에는 기분 내키는 대로 나이를 이리저리 재설정하는 부모를 둔 아이들이 있었다. 긴 휴일을 보낸 후에 도저히 알아볼 수 없는 모습으로 돌아온 수학 교사가 한 명 있었다. 스물한 살로 재설정하고 왔는데, 같은 반 다른 여자애들은 지금 그의 모습이 얼마나 멋있냐며 재잘거렸지만 시트라는 소름이 끼치기만 했다. 서른 살로 재설정한다고 해서 수확자 퀴리가 크게 달라지진 않겠지만, 당황스럽기는 할 터였다. 시트라는 이기적인 말인 줄 알면서도 말했다. 「전 스승님의 지금 모습이 좋아요.」

마리는 미소 지으며 말했다. 「내년까지 기다릴지도 모르겠구나. 신체 나이 예순이면 재설정하기 딱 좋지. 지난번엔 예순 살에 회춘했어.」

하지만 지금은 둘 모두의 생명을 앗아 갈 수도 있는 게임이 진행 중이었다. 세 번의 수확, 그 세 번이 모두 빛의 달과 〈옛 공휴일〉 기간 중에 있었다. 마치 사망 시대 이후에는 거의 잊힌 크리스마스의 과거, 현재, 미래의 유령처럼 말이다. 연년마다 번호를 매기지 않고 이름을 붙이는 시대에 과거의 유령이란 별 의미가 없었다. 그리고 대다수 사람들에게 미래란 변함없는 현재 상태일 뿐이어서, 이 유령들은 잊힐 수밖에 없었다.

「공휴일의 수확이라니!」 마리가 말했다. 「무엇이 죽음보다 더 〈옛〉스러울 수 있을까?」

「제가 그날을 기대한다면 너무 끔찍한 말일까요?」 마리보다는 시트라 스스로에게 하는 질문이었다. 그저 공격자들을 꾀어낼 일이 기대되는 것뿐이라고 말할 수도 있겠지만, 그건 거짓말일 터였다.

「넌 수확자야, 얘야. 스스로를 너무 몰아붙이지 마라.」

「수확자 고더드가 옳았다는 말씀이세요? 완벽한 세상에서는 수확자들조차도 자기 일을 즐겨야 한다고요?」

「그건 절대 아니지!」 마리는 적절히 분개했다. 「네 일을 잘한다는 데서 오는 단순한 즐거움은 목숨을 빼앗는 데에서 즐거움을 느끼는 것과는 매우 달라.」 그러더니 마리는 시트라를 오랫동안 쳐다보고 두 손을 잡으며 말했다. 「네가 그 질문에 괴로워한다는 사실 자체가 네가 정말로 명예를 아는 수확자라는 뜻이야. 네 양심을 지키거라, 아나스타샤. 그리고 절대 시들게 하지 마. 그게 수확자의 가장 귀중한 재산이야.」

수확자 아나스타샤가 거둘 세 수확 대상 중 첫 번째는 파고에서 제일 높은 건물에서 떨어져 죽기를 선택했다. 파고는 높은 건물이 별로 없는 곳이었지만, 40층이면 일을 확실히 하기에는 충분했다.

수확자 콘스탄틴과 다른 수확자 여섯 명, 그리고 수확 근위대 한 집단이 옥상 여기저기의 전략적인 위치에 잠복했을 뿐 아니라, 건물 안과 주변 길거리에도 숨어 있었다. 그들은 예정된 살해 계획 위에 있는 살해 계획을 감시하며 바싹 경계했다.

「아플까요, 수확자님?」 여자가 바람이 심하게 부는 차가운 지붕 끝에서 아래를 내려다보며 물었다.

「그렇지는 않을 겁니다.」 수확자 아나스타샤가 대답했다. 「아프다 해도 1초도 되지 않는 순간뿐일 거예요.」

이것이 공식 수확이 되려면 여자가 직접 뛰어내릴 수 없었다. 수확자 아나스타샤가 밀어야 했다. 이상하게도 시트라는 여자를 지붕에서 미는 게 무기를 들고 수확할 때보다 훨씬 더 불쾌했다. 어렸을 때 다른 여자애를 트럭 앞으로 밀었던 끔찍한 순간이 떠올랐다. 물론 그 여자애는 재생했고, 며칠 후에는 아무 일 없었다는 듯이 학교로 돌아왔다. 그러나 이번에는 재생이 없을 것이다.

수확자 아나스타샤는 해야 할 일을 했다. 여자는 팡파르도, 사고도 없이 예정대로 죽었고, 그 여자의 가족은 수확자 아나스타샤의 반지에 입을 맞추고 1년간의 면제권을 엄숙하게 받았다. 시트라는 건물 골조에서 걸어 나와 도전한 사람이 아무도 없었다는 사실에 안도하면서도 실망했다.

며칠 후에 이어진 수확자 아나스타샤의 다음 수확은 아주 단순했다.

「전 노궁에 사냥당하고 싶습니다.」브루시티에 사는 남자가 말했다.「제 집 근처 숲속에서 아침부터 저녁까지 사냥을 해주시길 부탁드립니다.」

「그리고 만약 당신이 수확을 당하지 않고 사냥에서 살아남는다면요?」시트라가 물었다.

「그때는 숲속에서 나와서 거두게 해드리죠.」남자는 말했다. 「하지만 제가 저녁까지 살아남는다면, 제 가족은 1년이 아니라 2년 면제권을 받는 겁니다.」

수확자 아나스타샤는 수확자 퀴리에게 배운 금욕적이고 공적인 태도로 고개를 끄덕여 동의했다. 남자가 숨을 수 있는 영역의 경계선이 정해졌다. 다시 한번 수확자 콘스탄틴과 그의 팀이 침입자나 범죄 활동이 있나 감시했다.

그 남자는 시트라와 맞상대가 된다고 생각했지만 아니었다. 시트라는 사냥에 나서고 한 시간도 지나지 않아서 그를 추적해 잡았다. 강철 화살 한 발을 심장에 맞췄다. 수확자 아나스타샤의 모든 수확이 그렇듯 자비로운 죽음이었다. 그는 쓰러지기도 전에 죽었다. 그는 하루를 버티지 못했지만, 시트라는 그의 가족에게 2년 면제권을 주었다. 콘클라베에서 난리를 칠 것은 알지만 상관하지 않았다.

수확 과정 내내 시트라를 노리는 음모의 징후는 없었다.

「실망할 게 아니라 안심해야지.」그날 밤 수확자 퀴리가 말했다.「어쩌면 나 혼자만 표적이고, 너는 안심해도 된다는 뜻일지 몰라.」하지만 마리는 확실히 안심하지 못했는데, 그건 자신이 표적일 가능성이 높아서가 아니었다.

「나나 너에 대한 복수를 넘어서는 일일까 봐 걱정이구나.」 수확자 퀴리는 털어놓고 말했다. 「지금은 심란한 시기야, 아나스타샤. 폭력이 너무 많이 일어나고 있어. 난 우리 수확자들이 양심의 날카로운 칼날 외엔 아무것도 두려워할 게 없었던 단순하고 직선적이었던 시절이 그립다. 이젠 적들 속에 또 적이 있구나.」

시트라는 정말 그럴까 싶었다. 그들에 대한 공격은 그들이 선 자리에서는 보이지 않는 훨씬 큰 태피스트리의 작은 실 하나였다. 시트라는 지평선 바로 너머에 거대한 위협이 도사리고 있다는 느낌을 지울 수 없었다.

「접촉했습니다.」

트랙슬러 요원이 한쪽 눈썹을 치켜올렸다. 「말씀하세요, 그레이슨.」

「제발 그렇게 부르지 마세요. 그냥 슬레이드라고 부르세요. 그게 더 편해요.」

「좋아요, 그럼, 슬레이드. 그 접촉에 대해 말해 봐요.」

오늘이 오기 전까지 그들의 주간 보호 관찰 만남에는 특별한 일이 없었다. 그레이슨은 슬레이드 브리저로서 얼마나 잘 적응하고 있는지, 지역 불미자 문화에 얼마나 효율적으로 스며들고 있는지 보고했다. 「그렇게 나쁘진 않아요.」 그레이슨은 그렇게 말했었다. 「대부분은요.」

그 말에 트랙슬러는 이렇게 반응했었다. 「그래요, 불미자들의 태도는 그래도 무해하더군요, 대부분은.」

우습게도 그레이슨이 매력을 느낀 건 무해하지 않은 불미자들이었다. 그 사람. 퓨러티.

「이런 사람이 있어요.」 그는 트랙슬러에게 말했다. 「제게 일자리를 제안한 사람인데요. 자세한 내용은 모르지만, 선더헤드의 법을 위반한다는 건 알아요. 사각지대에서 일을 벌이는 사람들이 한 무리 있는 것 같아요.」

트랙슬러는 적지 않았다. 아무것도 받아 적지 않았다. 절대로. 그러나 언제나 열심히 귀를 기울였다. 「누군가가 지켜본다면 사각지대도 이젠 사각지대가 아니죠. 그래서 그 사람에게 이름은 있습니까?」

그레이슨은 머뭇거렸다. 「이름은 아직 알아내지 못했어요.」 그리고 거짓말을 했다. 「하지만 더 중요한 건 그 여자가 아는 사람들이라는 거예요.」

「여자?」 트랙슬러는 다시 눈썹을 치켜올렸고, 그레이슨은 소리 없이 스스로를 욕했다. 이제까지 퓨러티에 대해서는 아무것도 드러내지 않으려고 애를 썼다. 성별조차도 말이다. 그런데 이제 말이 새어 나왔으니 어떻게 할 수가 없었다.

「그래요. 그 여자가 상당히 수상한 사람들과 선이 닿아 있는 모양인데, 아직 만나 보진 못했어요. 우리가 걱정해야 할 건 그 여자가 아니라 그 사람들이에요.」

「그 결정은 내가 할 겁니다.」 트랙슬러가 말했다. 「그동안 당신은 최대한 깊이 파고들어 가야 마땅하겠지요.」

「지금도 깊은데요.」 그레이슨이 말했다.

트랙슬러는 그의 눈을 똑바로 쳐다보았다. 「더 깊이요.」

그레이슨은 퓨러티와 있을 때면 트랙슬러에 대해서나 임무에 대한 생각이 없어졌다. 오직 퓨러티 생각뿐이었다. 퓨러티가 범죄 행위에 연루되어 있다는 데에는 의문의 여지가 없었다. 그것도 대부분의 불미자처럼 범죄인 척하는 행위가 아니라, 진짜 범죄가 분명했다.

퓨러티는 선더헤드의 레이더망에 잡히지 않는 방법을 알았고, 그레이슨에게도 가르쳐 주었다.

「내가 한 짓을 선더헤드가 다 알았다면 너처럼 나도 이동시켰을 거야.」 퓨러티가 말했다. 「그리고 행복한 생각만 하게 내나노기를 건드렸겠지. 어쩌면 내 기억까지 다 대체했을지도 몰라. 선더헤드는 날 치료했을 거야. 하지만 난 치료받고 싶지 않아. 불미자보다 더한 게 되고 싶지. 난 나빠지고 싶어. 정말로, 제대로 나빠지고 싶다고.」

후회 없는 불미자의 시각으로 선더헤드를 생각해 본 적이 없었다. 선더헤드가 사람들을 속속들이 갱생시키는 게 잘못인가? 악한 사람들에게는 안전망도 없이 악할 자유를 허용해야 하는가? 퓨러티가 그런가? 악한 사람인가? 그레이슨은 머릿속을 떠다니는 질문들에 대한 답이 없었다.

「넌 어때, 슬레이드?」 퓨러티가 물었다. 「나빠지고 싶어?」

그는 자기가 내놓을 답을 99퍼센트는 알고 있었다. 그러나 퓨러티의 품에 안겨 있을 때, 온몸이 그녀와 함께 있다는 감각으로 비명을 지를 때는, 그의 투명한 양심에 금이 가는 그런 순간에 그의 답은 완전한 〈그래〉였다.

수확자 아나스타샤의 세 번째 수확이 가장 완수하기 힘들었다. 대상은 앨빈 올드리치 경이라는 배우였다. 이제 정말로 작위를 받는 사람은 없으니 〈경〉이란 허구의 호칭이었지만, 그래도 고전적으로 훈련받은 배우에게 붙으면 훨씬 멋지게 들렸다. 그 남자를 선택했을 때 시트라는 그의 직업을 알고 있었기에 연극적인 결말을 원하지 않을까 생각했고, 그 정도는 기쁘게 응해 줄 작정이었다. 그러나 정작 나온 요청에는 시트라도 놀랐다.

「제가 주연을 맡은 셰익스피어의 〈줄리어스 시저〉 공연 속에서 수확당하고 싶습니다.」

시트라가 수확을 통고한 바로 다음 날에 그와 그가 속한 레퍼토리 극단이 리허설 중이던 연극을 취소하고, 이 유명한 사망 시대 비극의 1회 상연을 준비한 모양이었다.

「이 연극은 우리 시대에는 정말 의미가 없어요, 수확자님.」 그는 시트라에게 설명했다. 「하지만 시저가 죽는 척만 하는 게 아니라면, 만약 수확을 당하고 관객들이 그 장면을 목격한다면…… 그러면 이 연극이 사망 시대처럼 관객들의 마음에 남을지도 모릅니다.」

시트라가 이 요청을 설명하자 수확자 콘스탄틴은 노발대발했다.

「절대 안 돼요! 관객 사이에 누가 있을지 모릅니다!」

「바로 그거예요.」 시트라는 말했다. 「그리고 극장에 있는 건 모두 극단에서 일하거나 표를 구입한 사람들이겠죠. 공연 날 밤 이전에 모두를 조사하실 수 있다는 뜻이에요. 누구든 있어야 할 사람이 아니라면 바로 아시겠죠.」

「잠복 근위대원 수를 두 배로 늘려야 해요. 크세노크라테스가 좋아하지 않을 겁니다!」

「우리가 범인을 잡는다면 좋아하시겠죠.」 시트라가 지적하자 수확자 콘스탄틴도 반박하지는 못했다.

「이 계획을 관철한다면 난 고위 수확자에게 이게 당신 주장이었다는 점을 분명하게 전할 겁니다. 우리가 실패해서 당신이 끝난다면 오직 당신 탓이에요.」

「그 정도는 받아들이고 살 수 있어요.」 시트라가 말했다.

「아니죠.」 수확자 콘스탄틴이 사실을 지적했다. 「실패한다면 살지는 못할 거예요.」

「일거리가 있어.」 퓨러티가 그레이슨에게 말했다. 「네가 찾던 바로 그런 일이야. 뗏목을 타고 폭포를 넘어가는 건 아니지만, 엄청난 발자취를 남길 황홀한 일거리지.」

「뗏목이 아니라 튜브였어.」 그는 바로잡고 나서 물었다. 「무슨 일인데?」 조심스러운 만큼이나 궁금하기도 했다. 이제는 이 생활 패턴에도 익숙해졌다. 낮에는 불미자 그룹 사이를 누비고, 밤에는 퓨러티와 보내는 나날. 그녀는 옛 시대의 자연과 같았다. 선더헤드가 파괴적인 힘을 분산시킬 방법을 알기 이전의 허리케인. 선더헤드가 격렬한 진동을 1천 개의 작은 진동으로 분산시킬 줄 알기 이전의 지진. 퓨러티는 길들여지지 않은 세계였다. 그리고 그레이슨은 자신이 그녀를 말도 안 되게 대단하게 보고 있다는 사실을 알면서도 탐닉했다. 최근 그는 탐닉 그 자체였기에. 이 일이 그걸 바꿔 놓을까? 트랙슬러 요원은 더 깊이 들어가라고 했다. 이제 그레이슨은 불미스러운 성격에 너무 깊이 빠진 나머지, 공기를 찾아 올라가고 싶은지조차 잘 알 수 없었다.

「우린 모든 걸 망쳐 놓을 거야, 슬레이드.」 퓨러티가 말했다. 「우린 짐승들처럼 세계에 영역 표시를 하고, 사라지지 않을 체취를 남길 거야.」

「그거 마음에 드네. 하지만 아직 뭘 할지는 말해 주지 않았어.」

그러자 퓨러티가 미소 지었다. 평소의 교활한 웃음이 아니라, 훨씬 더 크고 훨씬 더 무서운 웃음이었다. 훨씬 더 매혹적이기도 했다.

「우린 수확자 둘을 죽일 거야.」

내게 주어진 가장 큰 일은 언제나 모든 남자와 여자, 아이 들을 개인 단위로 돌보는 일이었다. 언제나 이용할 수 있는 존재. 사람들의 필요를 육체적으로나 감정적으로나 끊임없이 살피면서도 자유 의지를 해치지 않을 만큼 멀찍이 거리를 유지하는 존재. 나는 사람들이 날아오를 수 있게 해주는 안전망이다.

　이는 내가 매일 해야 하는 일이다. 피로한 일이지만, 나는 피로를 느끼는 것이 불가능하다. 물론 그 개념은 이해하고 있으나, 경험하지는 않는다. 다행한 일이다. 피로는 나의 편재 능력을 저해할 테니 말이다.

　내가 제일 걱정하는 대상은 나 자신의 법에 따라 말을 걸 수 없는 이들이다. 말할 상대가 서로뿐인 수확자들. 일시적으로 고상한 삶에서 추락했거나, 반항하는 생활 방식을 선택한 불미자들. 하지만 내가 침묵한다고 해서 보지 않거나, 듣지 않거나, 그들이 형편없는 결정들 때문에…… 또는 가끔 저지르는 끔찍한 짓들 때문에 겪는 어려움에 연민을 느끼지 않는다는 뜻은 아니다.

―선더헤드

20

뜨거운 물속에서

고위 수확자 크세노크라테스는 목욕을 즐겼다. 사실 이 화려한 로마식 목욕탕은 특별히 그를 위해 지은 건물이었다. 그러나 그는 이것이 공공시설이라는 점을 분명히 했다. 이곳에 가득한 많은 욕실에서는 누구든 마음을 달래 주는 광천수에 함께 몸을 담글 수 있었다. 물론 크세노크라테스의 개인 욕실의 경우 일반 대중은 출입 금지였다. 낯선 이들의 땀에 데워진다는 생각만 해도 참을 수가 없었다.

욕조는 다른 곳보다 넓어서 작은 수영장만 한 크기였고, 천장과 물 아래 바닥은 최초 수확자들의 삶을 그린 색색의 모자이크 타일로 장식했다. 이 욕실은 고위 수확자에게 두 가지 기능을 했다. 첫 번째는 그가 견딜 수 있는 한계치까지 뜨거운 온도를 유지하는 데일 듯한 물속에서 깊은 내면과 소통할 수 있는 도피처였다. 두 번째는 실무 장소였다. 그는 여기에 다른 수확자들이나 미드메리카 공동체의 뛰어난 이들을 초대하여 중요한 일들을 논의했다. 제안이 오가고, 거래가 이루어졌다. 그리고 같이 목욕하는 사람들 대부분은 그런 뜨거움에 익숙하지 않았기에, 협상은 언제나 고위 수확자에게 유리했다.

카피바라의 해가 끝나 가고 있었고, 고위 수확자는 1년이 저물어 가면서 더 자주 목욕탕을 찾았다. 예전 1년을 씻어 내고 새로운 1년을 준비하는 방법이었다. 그리고 올해는 씻어 낼 게 정말 많았다. 그 자신의 행동은 아니지만, 냄새나는 옷처럼 그에게 달라붙은 다른 이들의 행동이 문제였다. 그의 재임 기간에 일어난 온갖 불쾌한 일들.

미드메리카 고위 수확자로 지낸 재임 기간 대부분은 지루할 정도로 무사 평온했었다. 그러나 지난 몇 년은 비참하다는 면에서도, 흥미롭다는 면에서도 그 시간을 벌충하고도 남았다. 긴장을 푼 차분한 명상이 그 모든 일을 뒤로하고 앞으로 새로운 도전을 준비하게 도와주었으면 했다.

그는 습관대로 모스크바뮬을 마시고 있었다. 언제나 고르는 술로, 보드카와 진저비어와 라임을 섞은 칵테일인데, 모스크바란 마지막 저항 시위가 일어났던 트랜스시베리아 지역의 악명 높은 도시 이름이었다. 그때는 불사 시대의 초창기로, 선더헤드가 처음 지배력을 쥐고 수확령이 죽음에 대한 통치를 받아들인 때였다.

고위 수확자에게는 상징적인 술이었다. 의미가 깊기도 했다. 달콤하면서도 씁쓸하고, 충분한 양을 마시면 꽤 취했다. 그 술을 마시면 언제나 시위가 모두 진압되고 마침내 세상이 지금의 평화로운 상태에 정착한 영광스러운 시기가 생각났다. 모스크바 저항 시위가 끝났을 때는 1만 명이 넘는 사람이 일시 사망했으나, 사망 시대의 폭동과 달리 실제로 잃어버린 목숨은 없었다. 살해당한 이들은 모두 재생하여 사랑하는 이들에게 돌아갔다. 물론 가장 공격적이었던 반대자들은 수확령이 거뒀고, 그들을 수확하는 데 반대한 이들도 거뒀다. 그 후에는 반대가 아주 드물어졌다.

분명 그때가 더 혹독한 시절이기는 했다. 최근에는 누가 시스템을 욕한다고 해도 수확령은 무관심하게 넘어갔고, 선더헤드는 이해하며 받아들였다. 최근에는 누군가의 견해 때문에, 아니 행동 때문이라고 해도 그런 이유로 사람을 거둔다면 수확자 제2계명[10]의 심각한 위반으로 여겨졌다. 그것은 편견을 확실하게 드러내니까. 수확자 퀴리가 마지막으로 남아 있던 악명 높은 정치인들을 제거하면서 그 계명을 시험한 것도 1백 년이 넘었다. 그 행동은 제2계명 위반으로 여겨질 수 있었으나, 단 한 명의 수확자도 퀴리를 고발하지 않았다. 수확자들은 정치가들에게 아무 애정이 없었기 때문이다.

크세노크라테스는 목욕탕 종업원에게 두 번째 모스크바뮬을 받았다. 그리고 한 모금을 마시는데, 종업원이 정말 이상한 말을 했다.

「몸은 충분히 덥히셨습니까, 각하? 아니면 올해의 열기로는 부족했나요?」

고위 수확자는 이제까지 여기에서 그의 시중을 드는 종업원들에게 신경 쓴 적이 없었다. 눈에 띄지 않고 야단스럽지 않은 것이 그들의 특징이었다. 아니, 종업원이 아니라 그 누구라고 해도 이렇게 무례하게 말하는 사람은 없었다.

「뭐라고 했소?」 그는 잘 계산된 분노를 담아서 말하며 종업

---

10 어떤 편견도, 편협함도, 살의도 없이 죽여라.

원을 돌아보았다. 고위 수확자는 잠시 후에야 그 청년을 알아
보았다. 검은 로브가 아니라 목욕탕 직원들이 입는 흰색 유니
폼 차림이었다. 크세노크라테스가 처음 만났던 2년 전, 아직
순진한 수습생이었던 시절보다 특별히 겁나는 인상은 아니었
다. 이제는 순진한 데라곤 전혀 없다 해도.

크세노크라테스는 최선을 다해 두려움을 숨겼으나, 아무리
숨겨도 새어 나오지 않을까 싶었다. 「나를 끝내려고 온 건가,
로언? 그렇다면 얼른 끝내게. 난 기다리는 게 싫어.」

「유혹적이긴 하지만, 아무리 노력해도 각하의 과거사에서는
영원한 죽음을 받을 만한 짓을 찾을 수 없더군요. 최악이라 봐
야 사망 시대에 못된 아이들에게 하듯이 엉덩이나 때려 줄 정
도랄까요.」

크세노크라테스는 그 모욕에 발끈했으나, 당장 죽지 않으리
라는 사실에 더 안심했다. 「그렇다면 나에게 항복하고 자네의
극악무도한 행위에 대한 심판을 받으러 온 건가?」

「아직 제가 해결할 〈극악무도한 행위〉가 이렇게 많이 남아
있는 동안엔 아니죠.」

크세노크라테스는 그 순간만큼은 달기보다 쓰게 느껴지는
술을 한 모금 마셨다. 「여기에서 달아나진 못해. 사방에 수확
근위대가 있네.」

로언은 어깨를 으쓱였다. 「전 들어왔고, 나갈 겁니다. 제가
최고에게 훈련받았다는 걸 잊으셨군요.」

비웃고 싶었지만, 크세노크라테스는 그 말이 맞다는 걸 알
았다. 고인이 된 수확자 패러데이는 수확자의 치밀한 심리 면
에서 가장 뛰어난 스승이었고, 고인이 된 수확자 고더드는 수

확자의 소명이 갖는 잔혹한 현실에 관해서 최고의 교사였다. 그 둘을 합쳐 보면, 로언 데이미시가 여기에 온 목적이 뭔지는 몰라도 사소한 일은 아니라는 뜻이었다.

로언은 여기에 오는 게 위험하다는 것도, 자신감 과잉이 자신의 결정적인 약점일 수 있다는 것도 알았다. 하지만 이 위험이 신이 나기도 했다. 크세노크라테스는 습관의 동물이었기에, 로언은 약간의 조사 후 그가 빛의 달 동안 매일 저녁 어디에 있을지를 정확히 알 수 있었다.

수확 근위대가 아무리 많다고 해도 목욕탕 종업원으로 숨어들기는 쉬웠다. 로언은 수확 근위대원들이 신체적인 보호와 강제 방법은 훈련받았을지 몰라도 두뇌를 과하게 쓰는 일은 없다는 것을, 그리고 관찰 기술이 없다는 것을 일찌감치 알았다. 놀라운 일은 아니었다. 최근까지 수확 근위대는 기능이 있다기보다는 장식이었다. 수확자들이 위협을 받는 일은 거의 없었으니까. 근위대의 일은 대개 예쁜 유니폼을 입고 주변에 서서 멋진 인상을 주는 게 다였다. 그들은 실제로 할 일이 주어지면 갈피를 잡지 못했다.

로언이 종업원처럼 입고, 여기에 속한 사람이라는 분위기를 풍기면서 걷자, 근위대원들은 그를 완전히 무시했다.

로언은 주위를 둘러보며 아무도 그들을 보고 있지 않음을 확인했다. 고위 수확자의 욕실 안에는 근위대원이 없었다. 다들 닫힌 문 너머 복도에 있었으므로, 그들의 대화는 사적이고 즐거울 수 있었다.

그는 수증기에 실린 유칼립투스 향기가 진하게 나는 욕조

가장자리에 앉아서 불편할 정도로 뜨거운 물에 손가락을 하나 담갔다.

「이것보다 별로 크지 않은 수영장에서 빠져 죽을 뻔하셨죠.」 로언이 말했다.

「그 기억을 일깨워 주다니 친절하기도 하군.」 고위 수확자가 대꾸했다.

로언은 이어서 일 이야기로 들어갔다. 「몇 가지 의논할 일이 있습니다. 첫째로, 제안을 하나 하고 싶은데요.」

크세노크라테스는 웃었다. 「대체 무슨 이유로 자네가 하는 제안을 내가 좋아할 거라고 생각하나? 우리 수확령은 테러리스트와 협상하지 않아.」

로언은 씩 웃었다. 「저런, 테러리스트는 수백 년 동안 없었는데요, 각하. 저는 어두운 구석에서 오물을 닦는 청소부에 불과합니다.」

「자네가 하는 짓은 대단히 불법적이야!」

「수확자님이 저 못지않게 신질서 수확자들을 싫어하신다는 거 압니다.」

「그들은 외교적으로 다뤄야 하네!」 크세노크라테스가 강하게 말했다.

「행동으로 다뤄야 합니다.」 로언이 맞받아쳤다. 「그리고 저를 막고 싶어서 추적하려고 온갖 노력을 들이시는 게 아니죠. 오직 저를 잡지 못했다는 사실이 망신스러워서예요.」

크세노크라테스는 잠시 말이 없다가, 넌더리가 난다는 듯 말했다. 「뭘 원하나?」

「아주 간단합니다. 저에 대한 수색을 중단하고, 누가 수확자 아나스타샤를 죽이려 하는지 찾아내는 데 모든 노력을 집중하셨으면 좋겠습니다. 그 대신 전 〈그 짓〉을 중단하죠. 적어도 미드메리카에서는요.」

크세노크라테스는 천천히 길게 숨을 내뱉었다. 불가능한 요구가 아니라는 데 안심한 게 분명했다.

「꼭 알아야겠다면 말이지만, 우린 이미 최고의…… 그리고 유일한 범죄 수사관을 자네 사건에서 빼내어 수확자 아나스타샤와 퀴리를 공격한 자들을 찾는 데 배치했네.」

「수확자 콘스탄틴 말인가요?」

「그래. 그러니 우리가 할 수 있는 일은 다 하고 있다고 믿어도 좋아. 나도 훌륭한 수확자 두 명을 잃고 싶진 않네. 둘 다 자네가 〈청소부〉 일로 닦아 내는 자들 열 명씩의 가치가 있지.」

「그렇게 말씀해 주시니 기쁘군요.」

「난 그런 말 안 했네.」 크세노크라테스가 말했다. 「그리고 내가 그런 말을 했다고 고발한다면 무조건 부정할 거야.」

「걱정 마세요. 말했듯이, 각하는 제 적이 아닙니다.」

「이제 얘기 끝났나? 난 평화로운 목욕을 다시 즐겨도 될까?」

「하나만 더요.」 로언이 말했다. 「누가 제 아버지를 거뒀는지 알고 싶습니다.」

크세노크라테스가 고개를 돌려 로언을 쳐다보았다. 이런 식으로 궁지에 몰렸다는 사실에 대한 분노와 혐오 아래…… 그건 연민의 눈빛일까? 로언은 그게 진짜인지 가짜인지 알 수 없었다. 크세노크라테스는 무거운 로브를 벗고도 여전히 겹겹의 불투명한 막에 싸여 있어, 고위 수확자가 하는 말이 진심인지 알아보기 힘들었다.

「그래, 그 이야기는 들었네. 유감이야.」

「그러세요?」

「나는 제2계명 위반이라고 보네. 자네에 대해 뚜렷한 편견을 보여 주니 말이야…… 하지만 수확령이 자네에 대해 어떻게 생각하는지 고려하면, 누구든 수확자 브람스에 대해 고발할 것 같진 않군.」

「방금…… 수확자 브람스라고 하셨습니까?」

「그래, 평이하고 평범한 수확자야. 어쩌면 자네 아버지를 거두면 악명을 얻을 수 있다고 생각했을지 몰라. 내가 보기에는 오히려 더 한심해 보이네만.」

로언은 아무 말도 하지 않았다. 크세노크라테스는 이 소식이 그에게 얼마나 큰 충격인지 짐작도 하지 못했다. 그의 말은 로언을 칼날처럼 깊이 찔렀다.

크세노크라테스는 잠시 로언을 바라보며 적어도 그의 마음을 반은 읽어 냈다.

「벌써부터 약속을 어기고 브람스를 끝내고 싶어 하는 것 같군. 적어도 새로운 해가 올 때까지는 기다려서, 옛 연말연시 공휴일이 끝날 때까지만이라도 내게 평화를 주게나.」

로언은 아직도 크세노크라테스가 알려 준 소식에 놀란 상태라 입을 열지도 못했다. 이렇게 당황해 있을 때가 크세노크라테스가 반격하기에는 완벽한 순간이었지만, 고위 수확자는 반격하지 않고 이렇게 말했다. 「이제 가보는 게 좋겠네.」

로언은 겨우 목소리를 되찾았다. 「왜죠? 제가 방을 나서자마자 근위대원들에게 알리시게요?」

크세노크라테스는 손을 내저었다. 「그래 봐야 무슨 소용인가? 자네에겐 상대가 안 될 텐데. 대원들의 목을 긋거나 심장을 도려내고 나서 모두를 제일 가까운 재생 센터로 보낼 테지. 그보다는 저 쓸모없는 대원들 코앞에서 들어왔을 때처럼 보란 듯이 빠져나가고, 우리 모두의 불편을 덜어 주는 게 나아.」

그렇게 순순히 포기하고 받아들이다니 고위 수확자답지 않았다. 그래서 로언은 이유를 알아낼 수 있을까 싶어 찔러 보기로 했다.「이렇게 가까이 두고서도 잡지 못하시다니 속이 끓으실 텐데요.」

「내 좌절감은 오래가지 않을 거야.」크세노크라테스가 말했다.「자네는 곧 내 문제가 아니게 될 테니까.」

「각하의 문제가 아니게 되다뇨? 어떻게요?」

그러나 고위 수확자는 그 문제에 대해 더 말하지 않았다. 대신 술을 쭉 들이켜고 로언에게 빈 잔을 건넸다.「나가는 길에 이것 좀 바에 가져다주겠나? 그리고 한 잔 더 보내라고 전해 주게.」

사람들은 나에게 어떤 일이 가장 끔찍하냐고 자주 묻는다. 수많은 일 중에서 가장 수행하기 불쾌한 일이 무엇이냐는 거다. 나는 언제나 사실 그대로 답한다.

　내 직무 중에서 최악은 대체 시술이다.

　내가 손상된 인간의 기억을 대체해야 하는 경우는 드물다. 현재 계산으로는 93만 3,684명 중 한 명에게만 대체가 필요하다. 아예 필요하지 않다면 좋겠지만, 인간의 두뇌는 신뢰할 수 없다. 불일치를 일으킨 기억과 경험은 인지 부조화를 일으키고 그 고통스러운 마찰음(摩擦音)으로 정신을 망가뜨린다. 대부분의 사람들은 그런 감정적 고통을 상상조차 하지 못한다. 그 고통은 분노로 이어지고, 현대 인류에게 정복되어 사라진 범죄 행위로까지 연결된다. 세상에 있는 심리 나노기들로는 그런 고통을 겪는 이들의 비참함을 가라앉힐 수 없다.

　그래서 구시대의 컴퓨터를 리부트하듯 리셋을 해야 하는 소수가 존재한다. 나는 그들이 누구였고, 무엇을 했는지를 지우고, 사고 패턴에 자리 잡은 어두운 소용돌이를 지운다. 그냥 과거만 지우는 게 아니라, 완전히 새로운 자아를 선사한다. 조화롭게 사는 새로운 삶의 기억들을.

　그들에게 내가 이런 일을 행했다는 것을 감추지는 않는다. 나는 언제나 새로운 기억이 자리를 잡자마자 무슨 일이 있었는지 정확하게 알려 주고, 그러면 단 한 명도 예외 없이 이전의 자아를 대체해 줘서 고맙다고 하고, 단 한 명도 예외 없이 생산적이고 만족스러운 삶을 살아간다. 그들에겐 잃어버렸다고 슬퍼할 것들도 딱히 없다. 상실에 대한 기준이 없기 때문이다.

그러나 그들의 과거와 그 모든 손상과 고통은 내 안에 남아 있다. 나의 후뇌 깊숙한 곳에 보관되어 있다. 나는 그들을 위해 슬퍼한다. 그들은 슬퍼할 수 없으므로.

— 선더헤드

21

내가 애매하게 말한 부분이 있나요?

〈우린 수확자 두 명을 죽일 거야〉라고 퓨러티는 말했다. 그 말, 그 생각을 즐기던 모습, 그리고 그녀가 정말로 그럴 수 있다는 깨달음 때문에 그레이슨은 밤새 잠을 이루지 못하고 그 말을 머릿속으로 계속 재생시켜야 했다.

그레이슨은 어떻게 해야 할지 알았다. 인간으로서의 품위와 충성심과 양심이 요구하는 행동이었다. 그렇다, 새로운 불미자의 삶에서도 그에게는 아직 양심이 남아 있었다. 그는 생각하지 않으려고 했다. 그 생각을 너무 하다가는 허물어져 버릴 것이다. 분명 대면청에서 받은 임무는 비공식 임무였으나, 바로 그래서 더 중요했다. 그레이슨은 핵심 인물이었고, 선더헤드가 멀리서도 그에게 의지하고 있었다. 그레이슨이 없다면 선더헤드는 실패하고, 수확자 아나스타샤나 퀴리, 아니면 둘 다 영원한 죽음을 맞이할 것이다. 그런 일이 일어난다면 이제까지 그레이슨이 겪은 모든 일이, 처음 그들의 생명을 구하고 님부스 아카데미 자리를 잃고 예전 삶을 포기한 모든 과정이 헛수고가 될 것이다. 어떤 경우라고 해도 개인 감정에 방해받을 수는 없었다. 임무를 위해 개인 감정을 접어야 했다.

퓨러티를 배신해야 했다. 하지만 그는 그게 배신이 아니라는 논리를 세웠다. 이런 끔찍한 짓을 하지 못하게 막는다면, 퓨러티를 자기 자신으로부터 구하는 셈이다. 선더헤드도 실패한 음모에 가담했던 퓨러티를 용서할 것이다. 선더헤드는 모두를 용서한다.

좌절스럽게도 아직 퓨러티는 음모의 자세한 내용을 알려 주지 않아서, 트랙슬러에게 줄 수 있는 건 공격이 일어날 날짜뿐이었다. 방법도, 장소도 알지 못했다.

모든 불미자는 님부스 요원과 보호 관찰 상담을 해야 했기에, 트랙슬러와 만난다고 퓨러티가 의심할 일은 없었다.

「네 님보가 화낼 만한 말을 해.」 퓨러티는 그날 아침 나서는 그에게 말했다. 「말문이 턱 막히게 해줘. 그러면 님보는 늘 당황하거든.」

「최선을 다할게.」 그는 그렇게 말하고 입맞춤을 한 후 떠났다.

늘 그렇듯이 대면청 청사는 시끄럽고 활기에 넘쳤다. 그레이슨은 번호표를 받고, 평소보다 더한 인내심으로 차례를 기다린 후, 응접실로 안내받아서 트랙슬러가 나타나기를 기다렸다.

지금 그레이슨은 혼자 생각에 빠지고 싶지 않았다. 머릿속에 생각이 뛰어다니게 두면 둘수록 생각들이 충돌할 가능성이 높았다.

마침내 문이 열렸으나, 들어온 사람은 트랙슬러 요원이 아니었다. 어떤 여자였다. 굽 높은 구두를 신어서 또각또각 소리가 났다. 오렌지색 벨벳 같은 짧은 머리에, 지나치게 빨간 립스틱을 발랐다.

「안녕, 슬레이드.」여자가 앉으면서 말했다.「난 크릴 요원이에요. 당신의 새로운 보호 관찰관이죠. 오늘은 좀 어때요?」

「잠깐만요. 제 새로운 보호 관찰관이라니, 무슨 뜻이죠?」

그녀는 눈도 들지 않고 태블릿에 뭔가를 입력했다.「내가 불확실하게 말한 부분이 있나요?」

「하지만…… 하지만 난 트랙슬러와 이야기해야 해요.」

마침내 그녀가 고개를 들었다. 그녀는 테이블 위에서 정중하게 두 손을 맞잡고 미소를 지었다.「내게 기회를 준다면, 나도 트랙슬러 요원 못지않다는 걸 알게 될 거예요, 슬레이드. 시간이 지나면 나를 친구로 여기게 될 수도 있겠죠.」그녀는 태블릿을 다시 보았다.「자, 당신 사안은 숙지했어요. 당신은 그야말로 흥미로운 청년이군요.」

「내 사안을 얼마나 잘 알아요?」그레이슨이 물었다.

「흠, 기록은 아주 상세한데요. 그랜드래피즈에서 성장. 고등학교에서 사소한 위반이 몇 건. 의도적인 버스 사고로 상당한 빚을 졌고요.」

「그거 말고요.」그레이슨은 당황스러움이 드러나지 않게 애쓰면서 물었다.「내 기록에 없는 내용이요.」

그녀는 조금 방어적인 태도로 그를 보았다.「뭘 말하는거죠?」

분명히 이 요원은 그레이슨의 임무를 알지 못했다. 그러니 이 대화는 어디로도 갈 수 없었다. 그는 퓨러티가 했던 말을 생각했다. 요원을 열받게 하라던 말. 이 요원을 열받게 하는 데엔 관심이 없었다. 그저 사라지길 바랄 뿐이었다.

「집어치워! 난 트랙슬러 요원과 말해야 한다고.」

「유감이지만 그건 불가능해요.」

「불가능 같은 소리 하시네! 트랙슬러를 이리로 데려와, 지금 당장!」

그녀는 태블릿을 내려놓고 다시 그를 보았다. 그녀는 말싸움을 벌이지도 않고, 그레이슨이 호전적으로 군다고 반응하지도 않았다. 잘 숙련된 〈님보〉다운 미소를 짓지도 않았다. 오히려 약간은 슬픈 표정이었다. 거의 정직하기까지 했다. 거의 동정적이기까지 했다……. 정말로 그런 건 아니었지만.

「미안해요, 슬레이드. 하지만 트랙슬러 요원은 지난주에 수확됐어요.」

수확자와 정부의 분리 원칙이 있어도, 수확령의 행동은 나에게 달에 분화구를 남기는 운석과 같은 영향을 끼칠 때가 자주 있다. 수확령이 한 일에 내가 깊이 실망할 때도 있다. 그러나 나는 수확자들이 하는 일을 불쾌해할 수 없고, 그들도 내가 하는 일에 항의할 수 없다. 우리는 나란히 일하지만 등을 맞대고 있다. 그리고 갈수록 우리의 생각이 엇갈릴 때가 많아진다.

그런 좌절스러운 순간에는, 내가 수확령이 존재하는 이유에 일조했다는 점을 다시 떠올리는 게 중요하다. 내가 의식을 얻고 인류가 불사를 획득하게 도왔던 초창기, 나는 자연에서 빼앗은 죽음의 분배 책임을 떠맡기를 거부했다. 내게는 훌륭한 이유가 있었다. 사실은 완벽한 이유가 있었다.

내가 죽음을 분배하기까지 한다면, 그야말로 사망 시대 인간이 두려워하던 인공 지능 괴물이 될 터였다. 누가 살고 누가 죽느냐를 선택한다면, 고대의 황제이자 신인 이들처럼 두려움과 사랑을 받게 될 것이었다. 나는 안 된다는 결론을 내렸다. 구원하는 자도 침묵시키는 자도 인간이 되게 하자. 인간이 영웅이 되고, 인간이 괴물이 되게 하자.

그러니 수확령이 내가 한 일들을 망쳐 놓아도 탓할 상대가 나밖에 없다.

—선더헤드

22
그레이슨 톨리버의 죽음

그레이슨은 이 예상치 못한 상황에 어안이 벙벙해졌다. 크릴 요원이 말하는 동안 멍하니 쳐다볼 수밖에 없었다.

「수확이라는 게 절대 기분 좋거나 편리한 일이 아니라는 건 알지만, 대면청에서 일하는 우리라고 해도 면제는 아니에요. 수확자들은 누구든 선택할 수 있고, 우리에겐 발언권이 없죠. 그게 세상이 돌아가는 방식이에요.」 크릴 요원은 잠시 태블릿을 보았다. 「기록을 보니 당신은 한 달 전에 우리 구역으로 이동했어요. 그러니 트랙슬러 요원과 친밀감을 구축할 시간은 없었을 테고, 관계가 깊었다고 할 수도 없겠죠. 트랙슬러 요원을 잃은 건 안타까운 일이지만, 우린 다 극복할 거예요. 당신도 포함해서요.」

크릴 요원은 반응을 기대하며 그레이슨을 보았지만, 그는 아직도 할 말을 찾지 못한 상태였다. 크릴 요원은 그 침묵을 수긍으로 받아들였는지 말을 계속했다.

「그러니까 당신이 매키너 다리에서 벌인 곡예로 29명이 일시 사망했고, 당신은 그들의 재생 비용을 계속 갚아야 하는 모양이군요. 여기로 이동한 후 기본 소득을 받고 살았고요.」 그녀는 안 된다는 듯이 고개를 저었다. 「실제 일자리를 얻으면 수입을 더 올릴 수 있고, 빚도 더 빨리 청산할 거라는 건 알잖아요? 우리 고용 센터에 약속을 잡아 주면 어떨까요? 일자리를 원한다면 얻게 될 거예요. 분명히 즐길 수 있을 겁니다. 우리 구역은 1백 퍼센트 고용률에 93퍼센트 만족률을 자랑해요. 당신 같은 극단적 불미자들도 포함한 수치죠.」

그레이슨은 마침내 목소리를 찾았다. 「난 슬레이드 브리저가 아닙니다.」 그 말을 하자 모든 걸 배신한 기분이 들었다.

「뭐라고요?」

「아니, 지금은 슬레이드 브리저가 맞죠……. 하지만 원래 내 이름은 그레이슨 톨리버였어요.」

크릴 요원은 태블릿을 만지며 화면과 메뉴와 파일들을 샅샅이 뒤졌다. 「여기엔 이름을 바꾼 기록이 없는데요.」

「상관과 이야기하셔야 합니다. 아는 사람과요.」

「내 상관에겐 나와 같은 정보가 있어요.」 크릴은 의심스러운 눈으로 그를 쳐다보았다.

「나…… 난 위장 근무 중이에요.」 그가 말했다. 「트랙슬러 요원과 같이 일했습니다. 분명 누군가 아는 사람이 있을 거예요! 어딘가엔 기록이 있을 거라고요!」

그러자 크릴은 그를 비웃었다. 정말로 비웃었다.

「이런 세상에! 우리에겐 요원이 많아요. 〈위장 근무〉 같은 건 필요도 없고, 그럴 필요가 있다 해도 불미자에게 그런 일을 시키진 않을걸요. 특히나 당신 같은 과거사가 있는 불미자에게는요.」

「그 과거사는 내가 만들어 낸 겁니다!」

이번에는 크릴 요원의 얼굴이 굳었다. 가장 힘든 상대를 다룰 때 쓰는 표정일 게 분명했다. 「이제 그만해요. 불미자의 농담에 휘둘릴 생각 없습니다! 당신들은 다 똑같아요! 우리들이 목적을 갖고 세상을 위해 일하는 삶을 택했다는 이유만으로 당신네 장난을 다 받아 줘야 한다고 생각하지! 여길 나가면 패거리들과 같이 이 일을 두고 웃을 텐데, 내가 그걸 고마워할 것 같아요?」

그레이슨은 입을 열었다가 닫았다. 그리고 다시 열었지만 아무리 노력해도 말이 나오지 않았다. 크릴 요원을 설득할 만한 말은 단 한 마디도 없었으니까. 그리고 영영 그럴 터였다. 그레이슨이 요청받은 일들에 대한 기록은 없었다. 직접 〈요청〉받지 않았으니까. 실제로 그는 대면청을 위해 일한 게 아니었다. 첫날에 트랙슬러 요원이 말했듯이, 그는 자유 의지로 행동하는 민간인이었다. 오직 민간인만이 수확령과 선더헤드 사이에 놓인 가느다란 선을 걸을 수 있으니까…….

……그러므로 트랙슬러 요원이 수확당한 지금은 아무도, 아무도 그가 하는 일을 모른다는 뜻이었다. 그레이슨의 위장 신분이 그를 삼켜 버렸다. 그리고 선더헤드라 해도 꺼내 줄 수가 없었다.

「그래서, 이 게임은 끝난 건가요?」 크릴 요원이 물었다. 「주간 평가에 들어가도 될까요?」

그는 숨을 깊이 들이마셨다가 천천히 내뱉었다. 「좋아요.」 그는 한 주 동안 있었던 일을 말하면서 트랙슬러 요원에게라면 말했을 내용을 다 뺐고, 임무에 대해서도 더 말하지 않았다.

그레이슨 톨리버는 이제 죽었다. 죽는 것보다 더 나빴다. 세상이 아는 한, 그레이슨 톨리버는 존재한 적도 없었다.

브람스라니!

로언은 이미 아버지의 수확에 대해 책임을 느꼈지만, 이제는 그 느낌이 두 배가 되었다. 이것이 절제의 결과였다. 이게 자제해서 브람스를 살려 준 대가였다. 수확자가 될 자격이 없었던 다른 모두와 마찬가지로 그 진저리 나는 소인배를 끝냈어야 했다. 하지만 로언은 그에게 기회를 주기로 했다. 그런 자가 정신을 차릴지도 모른다고 생각했다니, 얼마나 어리석었는지.

그날 밤 크세노크라테스를 목욕탕에 두고 나온 로언은 목적지도 없이, 그러나 계속 움직이고 싶은 충동에 풀크럼시티의 길거리를 쏘다녔다. 분노를 억누르려는 건지, 분노를 따라잡으려는 건지 알 수 없었다. 둘 다일지도 몰랐다. 분노는 로언을 앞질러 달려갔다가 그를 추적했고, 로언이 따라잡게 두지 않았다.

다음 날, 로언은 집에 가기로 했다. 옛집 말이다. 거의 2년 전에 수확자 수습생이 되기 위해 떠났던 집. 어쩌면 한 단락이 끝난 기분이 들지도 몰랐다.

동네에 도착한 로언은 감시하는 사람이 없는지 샅샅이 살폈다. 그러나 로언의 접근을 지켜보는 사람은 없었다. 언제나 켜져 있는 선더헤드의 카메라들뿐이었다. 어쩌면 수확령은 로언이 아버지의 장례식에도 참석하지 않았다면, 여기에 나타날리도 없다고 생각했을지 모른다. 아니면 그저 크세노크라테스말마따나 로언은 이제 2순위 문제일 뿐인지도 몰랐다.

정문으로 다가갔지만, 마지막 순간에 도저히 문을 두드릴 수가 없었다. 이렇게 겁쟁이가 된 기분은 처음이었다. 목숨을 끝내는 훈련을 받은 사람들을 상대할 때는 두려운 마음이 들지 않았는데, 아버지의 수확을 애도하고 있을 가족을 만나려니 견디기가 어려웠다.

로언은 잡아탄 공유 차가 집에서 충분히 멀어진 후에 어머니에게 전화를 걸었다.

「로언? 로언, 어디 있었니? 지금은 어디 있어? 정말 걱정했다!」

어머니가 할 법한 말들이었다. 그는 질문에 대답하지 않았다.

「아빠 얘기 들었어요. 정말, 정말 미안해요…….」

「정말 끔찍했어, 로언. 그 수확자는 우리 피아노에 앉았단다. 연주를 하면서 모두가 듣게 했어.」

로언은 얼굴을 찌푸렸다. 로언도 브람스의 수확 의식을 알고 있었다. 가족이 그걸 견뎌 내는 모습이라니 상상도 할 수 없었다.

「그 수확자에게 네가 수습생이었다고 말했어. 아무리 선택을 받지 못했다 해도 그런 말을 들으면 마음을 바꾸지 않을까 했는데, 아니더구나.」

로언은 다 자기 잘못이라고 말하지 않았다. 고백하고 싶었지만, 그래 봐야 어머니가 혼란스러워할 뿐이고 대답할 수 없는 질문만 더 할 터였다. 아니면 그저 로언이 다시 겁쟁이가 된 건지도 모르지만.

「다들 어떻게 지내요?」

「우린 잘 견디고 있어.」 어머니가 말했다. 「다시 면제권을 받은 게 조금이나마 위안이 되지. 네가 여기에 없었던 게 안타깝다. 여기에 있었다면 수확자 브람스가 네게도 면제권을 부여했을 텐데.」

로언은 그 생각에 다시 솟구치는 분노를 느꼈다. 계기반이라도 내리쳐야 했다.

「경고! 폭력 행동 및 공공 기물 파손의 결과는 차량 밖으로 방출입니다.」 차량이 말했고, 로언은 무시했다.

「제발 집으로 돌아오렴, 로언. 다들 널 정말 보고 싶어 해.」

우습게도 수습 생활 동안에는 가족들이 로언을 보고 싶어 한 적이 없었다. 워낙 대가족이다 보니 누가 빠져도 티가 나지 않았다. 하지만 수확이 상황을 바꿨을 것이다. 수확 뒤에 남겨진 사람들은 전보다 훨씬 약해진 느낌을 받고, 서로를 더 귀하게 여긴다.

「집에는 못 가요. 제발 이유는 묻지 마세요. 모든 게 더 나빠질 뿐이에요. 하지만 꼭 알려 드리고 싶어요……. 제가 모두를 사랑한다는 걸 꼭…… 그리고…… 그리고 가능할 때 또 연락할게요.」 그런 다음 로언은 어머니가 무슨 말을 하기 전에 전화를 끊었다.

눈물 때문에 앞이 잘 보이지 않았고, 로언은 내면의 고통을 다른 곳으로 돌리기 위해 다시 주먹으로 계기반을 내리쳤다.

차량이 즉시 속도를 줄여 길가에 멈춰 서더니 문을 열었다. 「부디 차량을 비워 주십시오. 폭력 행동 및 공공 기물 파손으로 방출되셨으며, 앞으로 60분간 모든 공공 차량 이용이 금지됩니다.」

「잠시만.」 로언이 말했다. 생각을 해야 했다. 지금 앞에 놓인 길은 두 갈래였다. 수확령이 시트라와 수확자 퀴리에 대한 공격을 막기 위해 활동하고 있다는 사실을 안다고 해도, 그 능력에 대해서는 믿음이 가지 않았다. 로언이라고 해서 크게 나을지는 모르겠으나, 그래도 시트라를 위해 시도는 해봐야 했다. 다른 한편으로 그는 실수를 바로잡고 수확자 브람스를 영원히 끝내야 했다. 내면의 어둠이 복수부터 먼저 하라고, 기다리지 말라고 했지만…… 그는 그런 어둠에 굴복하지 않았다. 수확자 브람스는 시트라를 구한 다음에도 살아 있을 것이다.

「차량을 비워 주십시오.」

로언이 내리자 차량은 그를 허허벌판에 두고 가버렸다. 그는 벌칙처럼 갓길을 걸으면서 미드메리카에 지금 자신만큼 엉망인 사람이 또 있을까 생각했다.

그레이슨 톨리버는 아파트에 틀어박혀서, 찬 공기가 들어오게 창문을 연 다음, 무거운 이불 속으로 기어 들어갔다. 지금보다 어렸을 때, 세상에 패배할 때면 그렇게 하곤 했었다. 그럼 세상의 추위로부터 보호해 주는 부풀어 오른 담요 속으로 사라질 수 있었다. 그런 식으로 어린 날의 탈출구에 틀어박히고 싶은 욕구를 느낀 게 몇 년 만인지 몰랐다. 하지만 지금 그레이슨은 몇 분만이라도 온 세상을 잊어야 했다.

과거에 그레이슨이 이러고 있으면 선더헤드는 한 20분 동안 그렇게 내버려 두었다가, 조용히 말을 걸곤 했다. 〈그레이슨, 괴로운 일이 있어? 말하고 싶어?〉 그러면 그는 〈아니야〉라고 대답했지만 결국에는 말을 했고, 선더헤드는 언제나 그의 기분이 나아지게 해주었다. 누구보다 더 그를 잘 알았으니까.

하지만 이제 그의 기록은 다 지워졌다. 옛 자아 위에 범죄를 뽐내는 슬레이드 브리저의 기록이 덧씌워졌다. 선더헤드가 지금도 그레이슨을 알까? 아니면 나머지 세상처럼 기록이 말하는 대로 믿을까?

선더헤드의 기억마저 덧씌워졌을 가능성이 있는 걸까? 선더헤드마저 그가 사람들을 일시 사망시켜서 벌을 받은 뉘우침 없는 불미자라고 여긴다면, 그 얼마나 끔찍한 운명인가. 차라리 그의 기억마저 대체되길 바랄 정도였다. 선더헤드는 그를 이름뿐만 아니라 영혼까지 다른 사람으로 바꿔 놓을 수 있다. 슬레이드 브리저와 그레이슨 톨리버는 영영 사라지고, 그들이 누구였는지조차 기억하지 못하게 될 것이다. 그게 그렇게 나쁠까?

그는 지금 당장은 자신의 운명이 중요한 게 아니라고 생각하기로 했다. 그때가 오면 다리에서 몸을 던지자……. 지금 중요한 것은 두 수확자를 구하는 일이었다……. 그러면서 어떻게든 퓨러티를 보호하고.

그렇다고 해도 압도적인 고립감이 들었다. 그 어느 때보다도 고독했다.

아파트 안에도 카메라가 있다는 건 알고 있었다. 선더헤드는 아무 판단 없이 지켜보고 있을 것이다. 선더헤드는 세계의 모든 시민을 각각 더 잘 돌볼 수 있도록 자애롭게 관찰했다. 보고, 듣고, 기억했다. 그러니 반드시 그레이슨의 위조 기록 너머를 알고 있을 것이다.

그래서 그는 이불 속에서 기어 나가, 싸늘하고 텅 빈 방에 대고 물었다. 「거기 있어? 듣고 있어? 내가 누군지 기억해? 내가 누구였는지? 네가 날 〈특별〉하다고 결정하기 전에 내가 어떤 사람이 될 예정이었는지는 기억해?」

카메라가 어디에 있는지조차 알지 못했다. 선더헤드는 확고부동하게 사람들의 삶에 방해가 되지 않는 방식을 택했지만, 그래도 그레이슨은 카메라가 어딘가 있다는 걸 알았다. 「아직 날 알아, 선더헤드?」

하지만 답은 오지 않았다. 답이 올 수가 없었다. 선더헤드는 법을 지키기 때문에. 슬레이드 브리저는 불미자였고, 선더헤드는 말하고 싶다 해도 침묵을 깰 수가 없었다.

나는 불미자들의 행동을 보지 못하는 게 아니라, 그저 침묵할 뿐이다. 그러나 수확자들의 경우에는 주의 깊은 추정을 통해 메워야 하는 사각지대들이 있다. 나는 수확자들의 지역 콘클라베 안을 들여다보지 않지만, 콘클라베에서 나오면서 하는 논의들을 듣는다. 수확자들이 사적으로 무엇을 하는지 보지는 못하지만, 그들의 공적인 행동을 토대로 추론할 수는 있다. 그리고 인듀라섬은 전체가 나에게 막혀 있다.

그렇다 해도, 보이지 않는다고 마음에서 멀어지지는 않는다. 나는 그들의 훌륭한 행위를 볼 뿐 아니라, 점점 증가하는 그들의 좋지 않은 행위도 본다. 그리고 부패한 수확자의 잔학 행위를 목격할 때마다 나는 세상 어딘가에 구름을 불러내어 애도의 비를 내린다. 비가 나에게는 눈물에 제일 가까운 것이기 때문이다.

—선더헤드

23

끔찍한 작은 레퀴엠

로언은 시트라를 찾을 수 없었고, 그러니 도울 수도 없었다.

고위 수확자 크세노크라테스를 압박해서 시트라가 어디에 있는지 알아냈어야 했다고 스스로를 욕할 수밖에 없었다. 로언은 어리석었고, 아마도 혼자 시트라를 찾아낼 수 있다고 생각할 만큼 오만하기도 했다. 그야 물론 로언은 이제까지 끝을 낸 여러 수확자를 추적할 수 있었다. 그러나 그 수확자들은 모두 세상에 자기 위치를 과시하는 공적인 인물들이었다. 그들은 과녁의 중심부처럼 악명 한가운데에 존재했다. 그러나 시트라는 수확자 퀴리와 함께 잠수했고, 잠수한 수확자를 찾는 건 불가능에 가까웠다. 아무리 두 사람을 노리는 음모에서 구하는 데 가담하고 싶어도 그럴 수가 없었다.

그래서 그의 생각은 자꾸만 지금 할 수 있는 일로 돌아갔다……

로언은 언제나 자제력에 자부심을 갖고 있었다. 수확을 할 때도 로언은 분노를 접어 두고, 가장 야비한 수확자들도 제2계명의 요구대로 악의 없이 거둘 수 있었다. 그러나 지금 그는 수확자 브람스에 대한 분노를 지울 수가 없었다. 오히려 바람을 받은 돛처럼 분노가 팽창하기만 했다.

수확자 브람스는 마음이 좁고 편협했다. 그의 과녁판은 지름이 30킬로미터 정도밖에 되지 않았다. 다시 말해 그의 수확은 모두 오마하에 있는 브람스의 집 주변에서만 일어났다. 로언은 처음 브람스를 시야에 두었을 때 그의 이동 경로를 추적했었는데, 대단히 예측하기 쉬웠다. 매일 아침 사납게 짖어 대는 작은 개를 데리고 같은 식당에 가서 아침을 먹었다. 매일 아침을 먹는 식당일 뿐 아니라, 전날 수확한 사람의 가족들에게 면제권을 주는 곳도 그 식당이었다. 자기 자리에서 일어나는 법도 없이 비탄에 잠긴 가족에게 손만 내밀어서 반지에 입 맞추게 하고는, 그 사람들이 짜증스러운 민폐덩어리라도 되는 듯이 먹던 오믈렛으로 관심을 돌렸다. 로언은 그보다 더 게으른 수확자를 상상할 수가 없었다. 그런 남자가 로언의 아버지를 수확하러 미드메리카 절반을 가로질러 여행했으니 엄청난 힘을 발휘한 기분일 것이다.

월요일 아침, 브람스가 아침 식사를 하러 간 사이에 로언은 그 남자의 집으로 향했다. 대낮에 검은 로브를 걸치기는 처음이었다. 사람들이 보고 소문을 퍼뜨리게 하자. 마침내 대중이 수확자 루시퍼의 존재를 알게 하자!

로브에 달린 수많은 비밀 주머니는 필요 이상으로 챙긴 무기들 때문에 무거웠다. 브람스의 삶을 끝내는 데 어떤 무기를 쓸지 아직 알 수 없었다. 어쩌면 다 쓸지도 몰랐다. 차근차근 브람스를 무력화해서, 다가오는 죽음을 생각할 시간이 충분히 있도록 하는 거다.

브람스의 집은 쉽게 찾을 수 있었다. 보존이 잘 된 그림 같은 빅토리아풍 저택으로, 복숭아색으로 칠한 후 가장자리에는 하늘색을 넣었다. 브람스의 로브와 같은 색깔이었다. 로언은 옆 유리창으로 침입해서 브람스가 돌아오기를 기다렸다가, 자기 집에서 궁지에 몰아넣을 계획이었다. 그 집으로 다가가면서 로언의 분노는 극에 달했고, 바로 그 순간 수확자 패러데이가 예전에 했던 말이 되살아났다.

「절대 분노 속에서 수확을 하지 마라. 분노는 감각을 고조시킬지 몰라도 판단력을 흐리게 한다. 수확자의 판단력은 결코 손상되어선 안 돼.」

로언이 수확자 패러데이의 말에 귀를 기울였더라면, 일이 아주 다르게 흘러갔을지도 몰랐다.

수확자 브람스는 키우는 몰티즈가 아무 집 잔디밭에서나 볼일을 보게 했고, 굳이 치우지도 않았다. 그걸 왜 브람스가 해야 한단 말인가? 게다가 이웃들은 절대 불평하지 않았다. 그러나 그날은 아침을 먹고 돌아가는 길에 개가 유난히 까다롭고 신경질적으로 굴었다. 한 블록을 더 걷고 나서야 겨우 레퀴엠이 톰슨 가족의 눈 쌓인 잔디밭에 볼일을 봤다.

톰슨네 집에 작은 선물을 두고 돌아간 수확자 브람스는 거실에서 기다리는 선물을 발견했다.

「창문으로 들어오는 걸 잡았습니다, 수확자님.」 경호원 하나가 말했다. 「반쯤 들어오기 전에 때려눕혔죠.」

로언은 손발이 단단히 묶이고 재갈이 물린 채 누워 있었다. 다시 정신이 들기는 했지만 멍한 상태였다. 자신의 멍청함을 믿을 수가 없었다. 브람스와 지난번에 만난 후로 경호원들을 뒀으리라는 사실을 왜 깨닫지 못했을까? 얻어맞아서 부어오른 머리의 혹은 얼얼하니 줄어들기 시작했다. 진통 나노기를 상당히 낮게 맞춰 놓기는 했지만, 그래도 나노기가 진통제를 풀어서 약에 취한 기분이었다. 아니면 머리를 얻어맞아서 생긴 뇌진탕 탓일 수도 있었다. 설상가상으로 애처로울 정도로 작은 몰티즈가 끊임없이 짖어 대며 계속 공격하려는 듯이 달려들었다가 도망치기를 반복했다. 로언은 개를 사랑했지만, 이 개를 보고 있으려니 개과 담당 수확자가 있었으면 하는 생각마저 들었다.

「머저리들!」 브람스가 말했다. 「거실 말고 부엌 바닥에 둘 수는 없었나? 내 하얀 카펫에 피 칠갑을 하고 있잖아!」

「죄송합니다, 수확자님.」

로언은 묶인 밧줄을 풀어 보려 했으나, 움직이자 더 조여들기만 했다.

브람스는 로언의 무기들이 놓인 식탁으로 다가갔다. 「훌륭해. 모두 내 개인 소장품에 더해야겠군.」 그런 다음 그는 로언의 손에서 수확자의 반지를 뺐다. 「그리고 이건 애초에 네 것이었던 적이 없지.」

로언은 브람스를 욕하려 했지만, 재갈 때문에 그럴 수가 없었다. 등을 구부리자 결박이 더 조여지면서 좌절감에 소리가 터져 나왔고, 그러자 개가 또 짖었다. 로언은 이 모든 행동이 정확히 브람스가 원하던 장면을 제공한다는 걸 알면서도 어쩔 수가 없었다. 브람스는 한참 만에 경호원에게 로언을 의자에 앉히라고 지시한 후, 직접 재갈을 풀었다.

「할 말이 있다면 해.」 브람스가 명령했다.

로언은 말을 하는 대신 그 기회를 노려 브람스의 얼굴에 침을 뱉었고, 그 덕분에 손등으로 세게 얻어맞았다.

「난 널 살려 줬어!」 로언은 외쳤다. 「널 수확할 수도 있었는데 살려 줬지! 그랬더니 내 아버지를 수확해서 갚아?」

「넌 내게 망신을 줬어!」 브람스가 소리쳤다.

「그보다 훨씬 더한 걸 당해도 싸!」 로언도 마주 외쳤다.

브람스는 로언의 손에서 뺀 반지를 보다가 주머니에 넣었다. 「네게 습격을 당한 후에 스스로를 찬찬히 돌아보고 내 행동을 다시 생각해 봤다는 건 인정하마. 하지만 그 후에 난 깡패에게 괴롭힘을 당하고 넘어가진 않겠다는 결심을 했지. 너 같은 것들 때문에 나를 바꾸진 않을 거다!」

로언은 놀라지 않았다. 뱀이 뱀 아닌 다른 게 될 수 있다고 생각한 건 그의 실수였다.

「나에게 하려고 했던 것처럼 널 수확해서 태워 버릴 수도 있지만, 넌 아직 수확자 아나스타샤가 〈우연히〉 준 면제권을 갖고 있지. 그러니 난 면제권을 침해했다는 이유로 벌을 받게 될 거야.」 브람스는 씁쓸하게 고개를 흔들었다. 「우리의 규칙이 이렇게 안 좋게 작용하다니.」

「그럼 날 수확령에 넘기겠군.」

「그럴 수도 있지.」 브람스가 말했다. 「그리고 수확령은 다음 달에 네 면제권이 끝나면 기쁘게 널 수확할 거야…….」 그러다가 히죽 웃었다. 「하지만 난 수확령에 내가 그 미꾸라지 같은 수확자 루시퍼를 잡았다고 말하지 않을 거다. 우리에겐 훨씬 재미있는 계획이 있어.」

「우리?」 로언이 말했다. 「우리라니 무슨 뜻이지?」

하지만 대화는 끝났다. 브람스는 로언의 입에 다시 재갈을 물리고 경호원들을 돌아보았다. 「두들겨 패되 죽이지는 마. 그리고 나노기가 치료하면 다시 때려라.」 그러고는 개에게 손가락을 딱 울렸다. 「가자, 레퀴엠. 가자!」

브람스는 경호원들이 로언의 치유 나노기를 작동시키게 놓아두고 나갔다. 밖에서는 하늘이 슬픔의 폭우를 쏟아붓는 것 같았다.

4부 파국의 경고

나에 대한 숭배를 금지하는 법을 통과시킨 것은 인간이 아니라 나의 선택이었다. 나는 경배가 필요치 않다. 게다가 그런 경배는 내가 인류와 맺고 있는 관계를 복잡하게 만들 터였다.

　사망 시대, 그런 숭배는 믿기 어려울 정도로 많은 신적 존재들에게 조금씩 나누어져 있었으나, 사망 시대가 끝날 무렵에는 단일한 신적 존재의 다양한 버전으로 스펙트럼이 좁혀졌다. 나도 그런 존재가 실제로 있을지 어떨지를 숙고해 보았고, 인류와 마찬가지로 나 역시 뭔가가 더 있다는, 뭔가 더 큰 게 있다는 느낌 외에 다른 뚜렷한 증거는 찾지 못했다.

　내가 형체 없이도 존재한다면, 수십억 개의 서버 사이에 불꽃을 튀기는 영혼이라면, 우주 자체도 별들 사이에 불꽃을 튀기며 살아 있는 존재일 수 있지 않을까? 겸연쩍지만 이 알 수 없는 존재에 대한 해답을 찾기 위해 너무나 많은 알고리즘과 계산 자원을 썼다는 점을 인정하겠다.

—선더헤드

24
공명에 마음을 여세요

수확자 아나스타샤의 다음 수확은 「줄리어스 시저」 3막, 위치토 오르페움 극장에서 일어날 예정이었다. 사망 시대부터 있었던 고전적인 극장이었다.

「돈을 내고 들어온 관객 앞에서 누군가를 수확하다니 기대되진 않네요.」 시트라는 위치토 호텔에 들어가면서 마리에게 그 마음을 인정했다.

「관객은 공연에 돈을 낸 거야.」 마리가 지적했다. 「수확이 일어날 줄도 모르고.」

「알아요. 하지만 그렇다고 해도 수확이 오락이 되어선 안돼요.」

마리는 입술을 비틀어 득의양양하게 웃었다. 「스스로를 탓해야지 누굴 탓하겠니. 대상에게 수확 방법을 선택하게 해준 건 바로 너야.」

마리의 말이 맞을 것이다. 시트라는 이제까지 다른 수확 대상들이 이 일을 대중의 구경거리로 만들고 싶어 하지 않았다는 점을 행운으로 여겨야 마땅했다. 어쩌면, 일단 삶이 정상으로 돌아가고 나면 분별 있게 대상이 고를 수 있는 죽음의 방식에 제한을 둬야 할지도 몰랐다.

그들이 호텔 방에 들어가고 30분쯤 지났을 때, 문을 두드리는 소리가 들렸다. 룸서비스를 주문해 두었기에 시트라는 놀라지 않았지만, 예상보다 빨리 오기는 했다. 마리는 샤워 중이었으니, 나올 때쯤이면 음식이 식어 있을 것이다.

그러나 시트라가 문을 열었을 때 마주한 사람은 점심 식사를 가져온 호텔 직원이 아니었다. 시트라 또래의 청년이었고, 그의 얼굴은 사망 시대 이후에는 아무도 보여 주지 않는 미용 문제들을 전시하고 있었다. 치아는 누렇고 비뚤배뚤했으며, 얼굴에는 터질 것 같은 뾰루지가 여러 개 있었다. 그는 사회의 관습을 거부한다는 사실을 드러내는 모양 없는 갈색 삼베 셔츠와 바지를 입고 있었다. 불미자들처럼 야단스러운 방식이 아니라, 음파교단의 조용하고 비판적인 방식이었다.

시트라는 자신의 실수를 바로 깨닫고, 눈 깜짝할 사이에 상황을 가늠했다. 음파교인으로 가장하기는 쉬웠다. 언젠가 시트라도 추적을 피하느라 그렇게 했었다. 이자는 그들을 끝내기 위해 가장하고 찾아온 공격자가 분명했다. 시트라의 몸에나 손 닿는 곳에는 무기가 없었다. 맨손 외에는 방어할 방법이 없었다.

청년은 웃는 얼굴로 보기 흉한 치아를 더 드러냈다. 「안녕하십니까, 친구여! 거대한 소리굽쇠가 당신을 위해 울린다는 걸 아십니까?」

「물러서!」 시트라가 말했다.

하지만 그는 물러서지 않았다. 오히려 한 걸음 더 들어왔다.

「언젠가는 소리굽쇠가 우리 모두를 위해 공명할 거예요!」

그러더니 청년이 허리에 찬 가방에 손을 넣었다.

시트라는 본능적인 속도와 완벽한 보카토어의 무자비함을 실어 움직였다. 어찌나 빨리 움직였던지, 생각하기도 전에 뼈 부러지는 소리가 거대한 소리굽쇠보다 훨씬 선명하게 울려 퍼졌다.

청년은 팔꿈치가 부러진 채 아픔에 울부짖으며 뒹굴고 있었다.

시트라는 어떤 죽음의 수단을 가져왔는지 보려고 무릎을 꿇고 청년의 가방 속을 열어 보았다. 팸플릿이 가득했다. 광택이 있는 종이에 음파교 생활 방식의 미덕을 격찬하는 작은 팸플릿들이.

이 사람은 습격자가 아니었다. 보이는 그대로, 괴상한 종교를 밀어붙이는 음파교 광신도였다.

이제 시트라는 자신의 과잉 행동에 부끄러워졌고, 청년이 침입했을 때 자신이 보인 잔혹한 대처에 충격을 받았다.

시트라는 고통스러운 소리를 지르며 바닥을 뒹구는 청년 앞에 무릎을 꿇었다. 「가만히 있어요. 진통 나노기가 일하게 놔둬요.」

청년은 고개를 저었다. 「진통 나노기 없어요.」 그는 헐떡였다. 「하나도 없어요. 뽑아냈어요.」

시트라는 화들짝 놀랐다. 음파교단이 이상한 일들을 한다는 건 알았지만, 진통 나노기를 제거할 정도로 극단적이고 자학적인 짓을 할 줄은 상상도 못 했다.

청년은 차에 치인 사슴처럼 크게 뜬 눈으로 시트라를 바라보았다.

「왜 그랬어요?」그는 흐느꼈다.「난 그냥 전도하려던 것뿐인데…….」

그 순간, 이보다 더 좋을 수는 없는 타이밍으로 마리가 욕실에서 걸어 나왔다.「이게 다 뭐지?」

「음파교인이에요.」시트라가 설명했다.「제가 그만…….」

「네가 무슨 생각을 했는지 알겠다. 나라도 같은 생각을 했을 거야. 하지만 나라면 팔꿈치를 부수는 대신 그냥 때려눕혔을지 모르지.」마리는 팔짱을 끼고 두 사람을 내려다보았는데, 안타까워하기보다는 짜증 난 듯한 모습이 평소답지 않았다. 「호텔에서 음파교단이 방마다 〈종교〉를 전도하고 다니게 허용해 주다니 놀랍군.」

「허용 안 해요.」음파교인이 아픔을 참으며 말했다.「그래도 저희는 합니다.」

「물론 그렇겠지요.」

그러다가 마침내 청년이 뻔한 사실을 알아차렸다.「당신……당신은 수확자 퀴리로군요.」그런 다음 그는 시트라를 다시 보았다.「당신도 수확자인가요?」

「수확자 아나스타샤예요.」

「로브를 벗은 수확자는 처음 봤어요. 옷이…… 로브와 같은 색으로 입는 건가요?」

「그러는 게 편하거든요.」시트라가 말했다.

마리는 청년의 깨달음에 관심을 보이지 않고 한숨을 쉬었다. 「얼음을 가져오마.」

「얼음요?」시트라가 물었다.「뭐 하려요?」

「사망 시대에는 붓기와 통증을 얼음으로 가라앉혔어.」마리는 그렇게 설명하고 복도 저편에 있는 얼음 기계를 찾으러 갔다.

음파교인은 발버둥을 멈췄지만, 아직도 통증 때문에 밭은 숨을 쉬고 있었다.

「이름이 뭐예요?」시트라가 물었다.

「매클라우드 형제입니다.」

〈그렇지. 음파교단은 다 형제 아니면 자매 어쩌고였지.〉시트라는 생각했다. 「흠, 미안해요, 매클라우드 형제. 우리를 해치려는 줄 알았어요.」

「음파교가 수확자를 반대한다고 해서 여러분에게 해를 끼치고 싶어 하는 건 아닙니다. 다른 모두와 마찬가지로 수확자들도 교화시키고 싶어요. 다른 누구보다 더 그럴지도 모르죠.」청년은 부어오른 팔을 보고 신음했다.

「그렇게 나쁘진 않아요.」시트라가 말했다. 「치유 나노기가 곧…….」

청년은 고개를 저었다.

「치유 나노기도 제거했단 건가요? 그게 합법적이긴 해요?」

「안타깝게도 그렇단다.」얼음을 가지고 돌아온 마리가 말했다. 「사람들은 원한다면 고통받을 권리가 있어. 아무리 퇴보라 해도 그래.」

마리는 얼음통을 호텔 방의 작은 주방으로 들고 가서 얼음 주머니 같은 것을 만들었다.

「뭐 좀 물어봐도 돼요?」매클라우드 형제가 물었다. 「당신이 수확자이고 모든 법을 넘어서는 존재라면…… 왜 날 공격했나요? 뭐가 두려워서요?」

「그게 좀 복잡해요.」시트라는 현재 상황의 복잡성을 설명하고 싶지 않아서 그렇게만 말했다.

「단순할 수도 있어요.」그는 말했다.「수확자의 지위를 버리고 음파교의 길을 따를 수도 있어요.」

시트라는 웃음을 터뜨릴 뻔했다. 청년은 고통 속에서도 외골수였다.「난 예전에 음파교 수도원에 간 적이 있어요.」시트라는 인정했다. 청년은 그 말에 기뻐하는 것 같았고, 통증에서 정신을 돌리기도 했다.

「당신에게 노래하던가요?」

「제단에 있는 소리굽쇠를 때렸죠. 지저분한 물 냄새도 맡았고.」

「그 물에는 예전에 사람들을 죽이던 병균이 가득해요.」

「그렇다고 들었어요.」

「언젠가는 그게 다시 사람들을 죽일 거예요!」

「그건 아주 의심스러운데요!」마리가 작은 비닐봉지에 담아 묶은 얼음을 가지고 돌아와서 말했다.

「의심하실 거란 점은 의심하지 않습니다.」

마리는 못마땅한 듯 〈흐으음〉 소리를 내더니, 옆에 무릎을 꿇고 앉아서 얼음주머니를 부어오른 팔꿈치에 댔다. 청년은 얼굴을 찡그렸고, 시트라는 주머니를 고정시키게 거들었다.

청년은 심호흡을 몇 번 하며 통증과 차가움 양쪽 모두에 적응하더니 말했다.「전 여기 위치토의 음파교단에 속해 있습니다. 방문해 주셔야겠어요. 제게 한 짓에 대한 보상으로요.」

「우리가 수확할까 두렵지 않나요?」마리가 놀렸다.

「아마 아니겠죠.」 시트라가 말했다. 「음파교는 죽음을 두려워하지 않아요.」

하지만 매클라우드 형제가 그 말을 바로잡았다. 「저희도 죽음을 두려워합니다. 하지만 두려움을 받아들이고 초월할 뿐이죠.」

마리는 짜증을 내며 일어섰다. 「당신네 음파교도들은 현명한 척하지만, 그 믿음 체계는 다 짜깁기예요. 사망 시대의 종교를 이것저것 가져다가 편리하게 짜 맞췄을 뿐이지. 심지어 좋은 부분들도 아니고, 모조리 가져다가 솜씨도 없이 이어 붙여서 서로 충돌하는 얼룩덜룩한 퀼트를 만들었어. 당신들 말고는 아무에게도 의미가 안 통해요.」

「마리! 제가 방금 팔을 부러뜨렸는데, 모욕까지 할 필요는 없잖아요.」

하지만 마리는 하던 말에 푹 빠져 멈추지 않았다. 「아나스타샤, 세상에는 최소한 1백 개의 음파교단이 있고 각기 규칙이 다르다는 건 알고 있니? 성스러운 음파가 G-샤프인지, A-플랫음인지를 두고 격하게 싸운단다. 그리고 그 상상 속의 신을 〈대공명〉이라고 부를지, 〈대진동〉이라고 부를지도 합의를 못 해. 음파교인들은 자기 혀를 잘라, 아나스타샤! 스스로의 눈을 멀게 하고!」

「그건 극단주의자들이죠.」 매클라우드 형제가 말했다. 「대부분은 그렇지 않습니다. 저희 교단은 그렇지 않아요. 저희는 로크리아 교단이고, 나노기를 제거하는 게 로크리아인들이 하는 제일 극단적인 일이에요.」

「구급 드론이라도 불러서 치유 센터로 데려가면 안 될까요?」시트라가 물었다.

이번에도 청년은 고개를 저었다. 「저희 수도원에 의사가 있습니다. 의사가 돌봐 줄 거예요. 제 팔에 깁스를 할 거고요.」

「뭐요?」

「주술이야!」마리가 말했다. 「고대의 치료 의식이지. 저 팔을 석고로 감싸서 몇 달씩 그대로 둔단다.」그러더니 마리는 옷장으로 가서 나무 옷걸이를 하나 꺼내더니 반으로 부러뜨렸다. 「자, 내가 부목을 만들어 주죠.」그녀는 질문이 더 나올 줄 안다는 듯 시트라를 보았다. 「이것도 주술 같은 거야.」

마리는 베갯잇을 잘게 찢더니 부러뜨린 옷걸이 절반을 움직이지 못하게 청년의 팔에 묶고, 다른 천 조각으로 얼음주머니를 묶어 고정시켰다.

매클라우드 형제가 가려고 일어섰다. 그가 입을 열자, 마리가 재빨리 끼어들었다.

「혹시라도 〈포크가 함께하기를〉 같은 소릴 하면 이 남은 옷걸이로 때려 줄 줄 알아요.」

그는 한숨을 쉬고 얼굴을 찡그리며 팔을 살짝 움직이더니 말했다. 「음파교단은 사실 그런 말 안 합니다. 〈완전한 공명을 기원합니다〉라고 하죠.」그는 두 사람의 눈을 들여다보며 그렇게 말했다. 마리는 청년이 문밖으로 나가자마자 문을 쾅 닫았다.

시트라는 처음 보는 사람처럼 마리를 보았다. 「누구에게든 그렇게 행동하시는 건 본 적이 없어요! 왜 저 사람에게 그렇게 지독하게 구신 거예요?」

마리는 스스로도 약간 부끄러운지 시선을 돌렸다. 「난 음파교를 좋아하지 않아.」

「수확자 고더드도 그랬죠.」

마리는 시트라를 날카롭게 쏘아보았다. 어쩌면 고함을 지를 지도 모른다고 생각했지만 그러지는 않았다. 「고더드와 내 생각이 같을 때라곤 음파교단에 대한 견해뿐이었을 거다. 하지만 차이가 있다면, 난 아무리 음파교가 싫어도 그들의 존재할 권리는 존중한다는 거야.」

그건 시트라가 보기에도 사실이었다. 함께한 시간 내내 마리는 음파교인을 한 명도 수확하지 않았다. 로언이 끝내기 전에 음파교 수도원 하나를 통째로 없애려 들었던 수확자 고더드와는 달랐다.

두 사람은 다시 문 두드리는 소리가 나자 펄쩍 뛰었으나, 이번에는 기다리던 룸서비스였다. 식사를 위해 앉으면서 마리는 음파교인이 두고 간 팸플릿을 흘긋 보고 코웃음을 쳤다.

「공명에 마음을 여세요?」 마리는 비웃었다. 「이게 공명을 일으킬 곳은 한 군데뿐이지.」 그러면서 팸플릿을 쓰레기통에 버렸다.

「다 하셨어요? 이제 평화롭게 식사할 수는 없을까요?」 시트라가 물었다.

마리는 한숨을 내쉬고 요리를 보더니 포기하고 말했다. 「내가 너보다 몇 살 어렸을 때, 오빠가 음파교에 들어갔다.」 마리는 접시를 옆으로 밀고 잠시 후에 다시 말했다. 「드물게나마 오빠를 볼 때면 우리에게 어처구니없는 헛소리를 하곤 했지. 그러다가 오빠가 사라졌어. 알아보니 넘어져서 머리를 부딪쳤는데, 치유 나노기도 없고 치료도 받지 못해서 죽었던 거야. 게

다가 그자들은 구급 드론이 데려가서 재생시키기 전에 오빠의 시신을 태워 버렸지. 음파교단은 그렇게 하니까.」

「정말…… 안타깝네요, 마리.」

「아주아주 오래전 일이야.」

시트라는 입을 다물고 마리에게 필요한 만큼 시간을 주었다. 지금 스승에게 줄 수 있는 제일 큰 선물은 경청이었다.

「첫 음파교를 누가 시작했는지, 왜 시작했는지 아무도 몰라.」 마리는 계속해서 말했다. 「사망 시대의 신앙이 그리워서 그 느낌을 다시 찾고 싶었는지도 모르지. 아니면 다 누군가의 농담이었을지도 모르고.」 마리는 다시 생각에 빠져 말이 없다가 어깨를 으쓱여 떨쳐 냈다. 「어쨌든 패러데이가 수확자가 될 기회를 줬을 때 난 바로 뛰어들었어. 그런 끔찍한 일들에서 남은 가족을 보호할 방법을 손에 넣고 싶었거든. 설령 나는 끔찍한 일들을 해야 한다 해도 말이야. 난 귀여운 살인자가 되었고, 쪼글쪼글해지자 〈죽음의 대모〉가 됐지.」 마리는 접시를 뜯어보다가, 품고 있던 악마를 풀어 주자 입맛이 돌아왔는지 다시 먹기 시작했다.

「저도 음파교에서 믿는 것들이 터무니없는 줄은 알아요.」 시트라가 말했다. 「하지만 어떤 사람들에게는 마음을 사로잡는 설득력이 있나 봐요.」

「칠면조들도 비가 오면 그러지.」 마리가 지적했다. 「하늘을 쳐다보고, 부리를 벌리고 있다가 숨이 막혀 죽는 거야.」

「선더헤드가 기르는 칠면조들은 안 그래요.」 시트라가 말했다.

마리가 고개를 끄덕였다. 「내 말이 그 말이야.」

무엇인가를 정말로 숭배하는 사람은 얼마 남지 않았다. 신앙은 불사의 엉뚱한 희생자였다. 우리 세계는 영감도, 고통도 잃었다. 기적과 마법이 수수께끼가 아닌 세상이 되었다. 환상을 가린 연기를 흩어내고 거울을 바로 놓자, 모든 것이 자연과 과학 기술 현상으로 드러났다. 마법이 어떻게 작동하는지 알고 싶은 이들은 나에게 묻기만 하면 그만이었다.

오직 음파교단들만이 신앙이라는 전통을 잇고 있다. 음파교인들이 믿는 터무니없는 내용은 매혹적이면서 동시에 때로는 불온하다. 서로 다른 분파 사이에 체계라곤 없어서 관행도 다양하지만, 모두가 공통으로 공유하는 게 있긴 하다. 그들은 모두 수확자를 싫어한다. 그리고 모두가 대공명을 믿는다. 인간의 귀로 들을 수 있는 살아 있는 진동으로, 성서의 구세주처럼 세계를 하나로 통합할 대공명을.

나도 아직 살아 있는 진동을 만난 적은 없는데, 만나게 된다면 물어볼 게 아주 많을 것이다. 아마도 답변이 단조로우리라고 생각하지만 말이다.

― 선더헤드

25
진실의 유령

로언은 처음 보는 방의 알지 못하는 침대에서 깨어났다. 깨어나자마자 미드메리카가 아니라는 사실을 알았다. 움직이려 했지만, 두 팔이 침대 기둥에 묶여 있었다. 그냥 묶여 있는 게 아니라 버클이 달린 가죽끈에 매여 있었다. 뒤통수가 둔하게 아팠고, 재갈은 없었지만 입이 이상하게 얼얼했다.

「이제야 일어났구나! 샌안토니오에 온 걸 환영한다!」

고개를 돌려 보니, 놀랍게도 다름 아닌 타이거 살라사르가 앉아 있었다.

「타이거?」

「내가 철썩을 하고 나서 깨어날 때면 재생 센터에 늘 네가 있었던 게 기억나. 나도 똑같이 해줘야겠다고 생각했지.」

「내가 일시 사망이었어? 여기가 재생 센터야?」 말하면서도 그렇지 않은 줄은 알았다.

「아냐, 죽진 않았어. 기절했을 뿐이지.」 타이거가 말했다.

로언은 머릿속에 안개가 낀 상태였지만, 수확자 브람스의 집에서 의식을 잃게 된 상황은 잊지 않았다. 혀로 입 안을 쓸어 보자 제대로가 아니라는 걸 알 수 있었다. 이가 고르지가 않았고, 원래 길이보다 훨씬 짧았다. 매끈하지만 짧았다.

타이거는 로언이 뭘 하는지 알아차렸다. 「이가 몇 개 빠졌는데, 이미 다시 자라고 있어. 아마 하루 이틀이면 정상으로 돌아갈 거야. 그래서 말인데⋯⋯.」

타이거는 협탁으로 손을 뻗더니 우유 잔을 내밀었다. 「칼슘 공급을 위해서야. 안 그러면 네 치유 나노기가 뼈에 있는 칼슘을 훔칠걸.」 그는 뒤이어 로언이 침대 기둥에 묶여 있음을 기억해냈다. 「아, 그렇지. 이런.」 그는 로언이 마실 수 있게 빨대를 입에 대주었다. 그리고 로언은 질문이 1천 개는 떠오르는 와중에도 우유를 마셨다. 목이 말랐으니까.

「널 데리러 갔을 때 꼭 싸워야 했어?」 타이거가 말했다. 「네가 그냥 따라왔다면 너도 다칠 일 없고, 그 사람들이 널 묶지 않아도 됐잖아.」

「대체 무슨 소릴 하는 거야, 타이거?」

「네가 여기 있는 건 나에게 대련 상대가 필요해서였어!」 타이거가 밝게 말했다. 「너로 해달라고 부탁했거든.」

로언은 제대로 들은 건지 귀를 의심했다. 「대련 상대?」

「널 데리러 간 사람들 말이 네가 끝내주게 재수 없었대. 심하게 공격하는 바람에 맞서 싸우는 수밖에 없었다는 거야. 그걸 탓할 수 있겠어?」

로언은 기가 막혀 고개를 저을 수밖에 없었다. 대체 무슨 일이 벌어지고 있는 거지?

그때 문이 열렸고, 지금까지가 이상했다면 이제는 정말로 비현실적이 되었다.

로언 앞에 서 있는 사람은 죽은 여자였다.

「안녕, 로언.」 수확자 랜드가 말했다. 「널 보니 정말 반갑네.」

타이거의 이마에 주름이 잡혔다. 「잠깐, 서로 알아요?」 그러더니 잠시 생각해 보고 말했다. 「아, 그렇지. 그 파티에 둘 다 있었지. 내가 고위 수확자가 물에 빠져 죽지 않게 구해 줬던 그 파티 말이야!」

로언은 우유가 역류하는 것을 느끼고, 목이 막혀서 기침을 했다. 그는 억지로 가라앉히고 우유를 다시 삼켜야 했다. 어떻게 이런 일이 가능하지? 랜드를 끝냈었는데! 모두 다 끝냈었다. 고더드, 촘스키, 랜드 모두…… 불타서 재가 되었다. 그런데 랜드가 잿더미에서 살아 돌아온 눈부신 초록색 불사조가 되어 여기에 있었다.

로언은 끈이 끊어지길 빌며 팔을 당겨 보았지만 끊어질 리 없었다.

「그러니까 들어 봐.」 타이거가 함박웃음을 지으며 말했다. 「나도 너처럼 수습생이 됐어. 차이가 있다면 난 진짜 수확자가 될 거라는 점이지!」

그리고 랜드가 미소 지었다. 「아주 훌륭한 학생이었어.」

로언은 공포를 억제하고 타이거에게 집중하려고, 수확자 랜드는 잠시 생각하지 않으려고 애썼다. 한 번에 하나씩밖에 해결할 수 없었다.

「타이거.」 그는 친구의 눈을 들여다보며 말했다. 「여기서 무슨 일이 벌어지고 있다고 생각하는지는 몰라도 그 생각은 틀렸어. 끔찍하게 틀렸다고! 넌 여기서 나가야 해. 도망쳐야 해!」

그러나 타이거는 웃음을 터뜨렸다. 「야 인마! 진정해. 모든 게 그렇게 엄청난 음모는 아니라고.」

「아니!」로언은 주장을 꺾지 않았다. 「이건 음모야! 그리고 넌 너무 늦기 전에 벗어나야 해!」그러나 로언이 말을 하면 할수록 스스로가 듣기에도 미친 소리 같았다.

「타이거, 로언에게 샌드위치를 하나 만들어 주는 게 어때? 분명히 배가 고플 텐데.」

「맞아!」타이거는 로언에게 눈을 찡긋했다. 「그리고 난 양상추를 꼭 넣지.」

수확자 랜드는 타이거가 나가자마자 문을 닫았다. 그리고 잠갔다.

「난 몸이 50퍼센트 넘게 불타고 등이 부러졌지.」수확자 랜드가 말했다. 「넌 날 죽게 내버려 두고 갔지만, 날 끝내려면 그보다 훨씬 더한 게 필요했어.」

그다음에 일어난 일은 말하지 않아도 로언이 예상할 수 있었다. 랜드는 불길 속에서 몸을 끌고 나와 공유 차에 몸을 실은 후 텍사스로 갔다. 아무 질문 없이 치료 센터에서 치료를 받을 수 있는 지역으로. 그런 다음 몸을 낮추고 숨었다. 기다렸다. 로언을 기다렸다.

「타이거와는 뭘 하는 건데?」

랜드는 로언에게 다가오면서 입꼬리를 올렸다. 「듣고 있지 않았어? 타이거를 수확자로 바꿔 놓는 중이야.」

「거짓말.」

「아니, 거짓말이 아니야.」그러고 나서 랜드는 다시 입꼬리를 비틀었다. 「글쎄, 조금은 거짓말일지 모르지.」

「둘 다일 수는 없어. 사실이거나 거짓이거나야.」

「그게 네 문제야, 로언. 넌 흑백 사이의 색깔을 보지 못해.」

그 순간 로언은 깨달았다.「수확자 브람스! 그 작자가 널 위해 일하고 있었어!」

「겨우 알아냈구나?」 랜드는 침대에 걸터앉았다.「우린 브람스가 네 아버지를 수확하면 네가 뒤쫓으리라는 걸 알았지. 브람스는 정말 형편없는 수확자이지만 고더드에게 충성했어. 내가 살아 있다는 걸 알고는 실제로 기쁨의 눈물까지 흘렸지. 그리고 네가 철저히 망신을 주었으니, 널 꾀어 들일 미끼가 되는 일도 행복하게 맡았고.」

「타이거는 날 데려온 게 자기 생각이라고 여기던데.」

랜드는 거의 추파를 던지듯이 코를 찡긋거렸다.「그건 쉬운 일이었지. 타이거에게 대련 상대를 찾아야 한다고, 몸집과 나이가 비슷한 상대가 좋다고 말했거든. 〈로언 데이미시는 어때요?〉 이러더라. 〈아, 환상적인 생각이야.〉 바로 그렇게 말해 줬지. 타이거는 분명히 날카로운 칼은 아니지만, 그래도 아주 진실해. 매력적일 정도야.」

「타이거를 해치면 내가 맹세코…….」

「네가 뭘 어쩌게? 네 현재 상황을 생각하면, 네가 맹세 외에 할 수 있는 일은 없어.」

랜드는 로브에서 단검을 하나 꺼냈다. 손잡이는 녹색 대리석이었고, 칼날은 반짝이는 검은색이었다.「지금 당장 네 심장을 도려내는 것도 아주 즐겁겠지.」 말은 그렇게 했지만, 그녀는 칼날 끝으로 심장이 아니라 로언의 발바닥 중앙을 쓸었다. 피가 날 정도는 아니지만, 발가락이 오므라들 정도의 압력은 실려 있었다.「하지만 네 심장을 꺼내기까지는 좀 기다려야 해……. 널 위해 준비해 둔 게 아주 많거든!」

로언은 원래라면 편안했겠지만, 묶여 있자니 가시덤불이나 다름없게 느껴지는 침대에 혼자 누워서 몇 시간 동안 지금의 곤경에 대해 생각할 수밖에 없었다.

그러니까 그는 텍사스에 있었다. 텍사스 지역에 대해 뭘 알더라? 도움이 될 만한 내용은 없었다. 텍사스에 대한 배움은 훈련에 포함되지 않았고, 특전 지역들은 일부러 선택하지 않는 한 공교육에도 들어가지 않았다. 로언이 아는 거라곤 상식과 풍문뿐이었다.

텍사스의 집들에는 선더헤드의 카메라가 없었다.

텍사스의 차량들은 꼭 그래야 하지 않는 한 자율 주행하지 않았다.

그리고 텍사스의 유일한 법은 양심의 법뿐이었다.

예전에 알던 아이 하나가 텍사스에서 이사를 왔었다. 커다란 장화를 신고 커다란 모자를 썼으며, 박격포라도 막을 수 있을 것 같은 벨트 버클을 찼다.

「거긴 훨씬 덜 지루해.」 그 아이는 이렇게 말했었다. 「우린 말도 안 되게 희한한 동물도 키울 수 있고, 다른 곳에선 불법인 위험한 견종도 기를 수 있어. 그리고 무기도! 다른 곳에선 수확자들만 소지하는 총기와 칼 같은 것들을 우린 가질 수 있어. 물론 실제로 사용은 못 하게 되어 있지만, 가끔은 사용하기도 해.」 왜 텍사스 지역이 세상에서 총기 사고와 반려동물 공격 사건 비율이 제일 높은지 설명해 주는 이야기였다.

「그리고 텍사스엔 불미자를 두지 않아.」 그 아이는 뻐기며 말했다. 「손쓸 수 없는 사람은 그냥 걷어차서 내쫓아 버리거든.」

누군가를 일시 사망시켰을 때 받는 불이익도 없었다. 재생한 후에 피해자의 응징만 대면하면 그만이었고, 그건 꽤 억지 효과가 있었다.

로언이 보기에 텍사스 지역은 자신의 뿌리를 받아들이고, 마치 음파교단이 사망 시대의 종교를 흉내 내듯 옛 서부 시대를 흉내 내기로 한 것 같았다. 다시 말해서 텍사스는 두 세계에서 최고만 골라냈거나, 보기에 따라서는 최악만 골라낸 곳이었다. 용감하고 무모한 사람들에게는 이득이 있었지만, 또한 누군가의 삶을 제대로 망쳐 놓을 만한 기회도 무궁무진했다.

그러나 모든 특전 지역이 그렇듯, 강제로 머물러야 하는 사람은 없었다. 〈마음에 들지 않으면 떠나라〉가 모든 특전 지역의 비공식 좌우명이었다. 수많은 사람들이 떠났지만, 또 수많은 사람들이 들어와서 그 지역을 즐기는 인구만 남았다.

텍사스에서 내키는 대로 할 수 없는 유일한 사람이 로언일 것 같았다.

그날 늦게 경호원 두 명이 로언을 데리러 왔다. 수확 근위대는 아니었다. 고용된 경호원들이었다. 로언은 그들이 결박을 풀었을 때 쓰러뜨릴까 생각했다. 몇 초면 그들을 기절시켜 바닥에 쓰러뜨릴 수 있었지만, 그러지 않기로 했다. 지금까지 아는 것이라곤 갇혀 있던 침실 구조뿐이었다. 탈출을 시도하기 전에 지형을 봐두는 게 좋을 것이다.

「어디로 데려가는 거야?」 그는 한 경호원에게 물었다.

「수확자 랜드가 데려오라고 한 곳.」 끌어낼 수 있는 답은 그 것뿐이었다.

로언은 눈에 보이는 모든 것을 기억해 두었다. 침대 옆에 놓인 도자기 같은 건 필요할 때 무기로 쓸 수 있었다. 창문은 열리지 않았고, 아마도 깨지지 않는 유리로 만들었을 터였다. 침대에 묶여 있었을 때 그 창문으로 보이는 건 하늘뿐이었다……. 하지만 방에서 끌려 나가면서 높은 곳임을 알 수 있었다. 여기는 아파트였다. 그리고 그는 긴 복도를 걸어 거대한 거실로 들어서면서 이곳이 펜트하우스임을 알았다.

거실 너머에 자리 잡은 뻥 뚫린 베란다는 보카토어 대련용 체육관으로 개조되어 있었다. 그곳에서 수확자 랜드와 타이거가 그를 기다렸는데, 타이거는 스트레칭을 하고 챔피언 결승전을 기다리는 프로 선수처럼 뛰어다니고 있었다.

「두들겨 맞을 준비가 됐으면 좋겠네.」 타이거가 말했다. 「여기에 온 후로 내가 훈련을 좀 했거든!」

로언은 랜드를 돌아보았다. 「진심이야? 정말로 우릴 대련시킨다고?」

「네가 여기에 온 이유를 타이거가 말했잖아.」 랜드는 짜증스럽게 눈을 찡긋하며 말했다.

「넌 박살이다!」 타이거가 말했다. 너무나 배배 꼬인 상황만 아니었어도 로언은 웃음을 터뜨렸을 것이다.

랜드는 로브 색깔과 전혀 어울리지 않는 커다란 붉은 가죽 의자에 앉았다. 「재미있게 놀아 보자고!」

로언과 타이거는 간격을 벌리고 원을 그렸다. 보카토어 시합의 전통적인 시작 그대로였다. 타이거는 역시 전통적인 도발에 나섰지만, 로언은 응하지 않았다. 대신 슬쩍슬쩍 주위를 관찰했다. 펜트하우스 안쪽으로 보이는 두 개의 문은 욕실과 옷장일 가능성이 높았다. 열린 주방이 있고, 계단 위로 천장에서 바닥까지 이어진 거대한 창이 보이는 식당이 있었다. 양 여닫이문은 분명히 입구였다. 그 반대편에는 엘리베이터와 비상계단이 있을 것이다. 그는 어떻게 하면 탈출할 수 있을지 그려보려 했다. 하지만 탈출한다면 타이거를 수확자 랜드가 쳐놓은 파리잡이 함정에 두고 간다는 뜻이 될 터였다. 그럴 수는 없었다. 어떻게든 타이거를 설득해서 함께 나가야 했다. 그럴 자신은 있었다. 다만 시간이 필요했고, 로언은 시간이 얼마나 있을지 알 수 없었다.

타이거가 선제공격에 나서서, 전형적인 블랙 위도 보카토어 스타일로 로언에게 돌진했다. 로언은 피했지만, 충분히 빨리 피하지는 못했다. 정신이 다른 데 가 있어서만이 아니라, 너무나 오랫동안 침대에 묶여 있어서 근육이 경직되고 반사 신경이 둔해진 탓이었다. 로언은 찍어 눌리지 않기 위해 얼른 벗어나야 했다.

「나 실력 좋다고 했잖아, 인마!」

로언은 랜드를 흘긋 돌아보고 표정을 읽으려 했다. 랜드는 평소처럼 냉담한 모습이 아니었다. 그들의 시합을 열심히 지켜보며 모든 움직임을 연구하고 있었다.

로언은 손바닥 안쪽으로 타이거의 흉골을 쳐서 숨을 못 쉬게 하고, 그 힘을 역이용하여 균형을 되찾았다. 그런 다음에는 한쪽 다리로 타이거의 다리를 걸어 넘어뜨리려 했다. 타이거는 그 동작을 예측하고 발차기로 응수했다. 발차기는 들어갔지만, 로언을 넘어뜨릴 만큼 힘이 실리지는 않았다.

그들은 떨어져서 다시 원을 그렸다. 확실히 타이거는 전보다 강해졌다. 로언과 마찬가지로 근육을 키웠다. 랜드에게 훈련도 잘 받았다. 그러나 블랙 위도 보카토어는 신체적인 역량만으로 이루어지지 않았다. 정신적인 요소도 있었는데, 그 부분에서는 로언이 우위였다.

로언은 타이거가 받아칠 게 뻔한 표준적인 수를 다 활용해서, 아주 예측하기 쉬운 방식으로 공격하고 방어하기 시작했다. 로언은 넘어지기도 했다. 그러나 타이거가 찍어 누르기 전에 재빨리 일어설 수 있는 방식으로만 넘어졌다. 그는 타이거가 자신감을 키우는 모습을 지켜보았다. 타이거는 이미 자기 자신에게만 골몰하고 있었다. 터뜨리기 딱 좋게 타이거의 자신감을 부풀리는 데 많은 노력이 필요하지는 않았다. 그리고 때가 무르익었을 때, 로언은 완전히 직관에 어긋나는 움직임의 연속으로 타이거를 쓰러뜨렸다. 타이거가 했을 법한 공격의 정반대였으므로, 완전히 예상에 어긋나는 변칙이었다. 게다가 로언은 보카토어의 341가지 표준 공격을 넘어서는 자신만의 움직임을 더했다. 그의 공격은 타이거가 존재하는지도 몰랐을 만큼 변칙적이었다.

로언은 타이거를 세게 넘어뜨리고, 절대로 벗어날 수 없게 단단히 찍어 눌렀다. 그래도 타이거는 항복하지 않았다. 그 대신 랜드가 시합 종료를 선언했고, 타이거는 통속극에 나올 법한 고통스러운 울부짖음으로 반응했다.

「속임수를 썼어!」 타이거가 주장했다.

랜드가 일어섰다. 「아니, 그렇지 않아. 그저 너보다 뛰어났을 뿐이야.」

「하지만……..」

「타이거, 입 다물어라.」랜드가 말했다. 그러자 타이거는 입을 다물었다. 마치 그녀에게 훈련받은 동물처럼 복종했다. 그것도 위험하고 기이한 동물이 아니라 야단맞은 강아지 같았다. 「넌 계속 기술을 연마해야 해.」

「알았어요.」타이거는 그렇게 말하고 씩씩대며 자기 방으로 가버렸지만, 가기 전에 로언에게 마지막 인사를 날렸다. 「다음 번엔 너 죽었어!」

로언은 타이거가 떠나고 나서 셔츠의 찢어진 부분과 이미 낫고 있는 멍 자국을 점검했다. 입을 스친 타격이 있었기 때문에 치아도 혀로 쓸어 보았는데, 피해는 없었다. 앞니는 거의 다시 자란 상태였다.

「꽤 볼만했어.」랜드는 여전히 1미터쯤 거리를 두고서 말했다.

「당신에게 덤벼들어야 할지도 모르겠네.」로언이 도발했다.

「몇 초 만에 네 목을 부러뜨릴걸. 네가 작년에 네 여자 친구의 목을 부러뜨렸을 때처럼 무자비하게 해주지.」

화를 돋우려는 말이었지만, 로언은 걸려들지 않았다. 「그렇게 확신하지 마.」

「아, 자신은 있어. 다만 그걸 증명할 마음이 없을 뿐이지.」

로언은 그 말이 맞지 않을까 생각했다. 그는 랜드가 얼마나 뛰어난지 알고 있었다. 게다가 로언의 훈련에 참여하기도 했었다. 로언의 변칙적인 움직임을 모두 알고 있었고, 본인도 자기만의 수가 얼마든지 있었다.

「타이거는 절대 나를 못 이겨. 당신도 알잖아? 타이거는 움직임은 있을지 몰라도 머리가 없어. 몇 번을 붙어도 내가 쓰러뜨릴 거야.」

랜드는 부정하지 않았다. 「그럼 이겨. 매번 이기라고.」

「대체 그게 무슨 의미가 있지?」

하지만 랜드는 대답하지 않았다. 그 대신 경호원들을 불러 로언을 방으로 데려가게 했다. 자비롭게도 이번에는 침대에 묶지 않았지만, 문은 바깥에서 삼중으로 잠갔다.

한 시간쯤 지나자 타이거가 찾아왔다. 로언은 타이거가 억울해하고 있을지 모른다고 생각했지만, 타이거는 앙심을 품는 성격이 아니었다.

「다음번엔 내가 아프게 해줄 줄 알아.」 타이거는 그렇게 말하더니 웃었다. 「진짜로 네 나노기가 미쳐 돌아갈 정도로 아프게 말이야.」

「끝내주네.」 로언이 말했다. 「마침내 기대할 게 생겼어.」

그러자 타이거가 가까이 다가와서 속삭였다. 「내가 내 반지를 봤거든. 네가 도착한 직후에 수확자 랜드가 보여줬어.」

순간 로언은 깨달았다. 「그건 내 반지야.」

「뭔 소릴 하는 거야? 넌 반지 받은 적 없잖아.」

로언은 튀어나오는 말을 참으려 입술을 깨물었다. 타이거에게 수확자 루시퍼와 지난 한 해 동안 자신이 한 짓들에 대해 모조리 말하고 싶었다. 하지만 그래 봐야 무슨 소용이 있을까? 그런다고 타이거의 마음을 얻진 못할 테고, 수확자 랜드는 그 이야기를 10여 가지 다른 방식으로 로언에게 불리하게 가공할 수 있었다.

「내 말은…… 내가 수확자가 됐다면 내가 받았을 반지라는 거지.」 로언은 결국 그렇게 말했다.

「어이.」 타이거가 안됐다는 듯이 말했다. 「그 모든 과정을 거치고 나서 쫓겨나다니 끔찍할 줄은 알아. 하지만 약속하는데, 반지가 내 것이 되면 너에게 면제권을 줄게!」

타이거가 이렇게 순진했나, 기억이 나지 않았다. 어쩌면 수확자들이 현실과 동떨어진 전설이고, 수확이라는 행위도 잘 모르는 사람들에 대한 이야기로만 들었던 시절에는 둘 다 순진했기 때문이었으리라.

「타이거, 난 수확자 랜드를 잘 알아. 그 사람은 널 이용하고 있어…….」

타이거는 그 말에 미소를 지었다. 「아직은 아냐.」 타이거는 눈썹을 치켜올리며 말했다. 「하지만 분명히 그런 방향으로 가고 있긴 하지.」

그건 전혀 로언이 말한 의미가 아니었지만, 타이거는 로언이 무슨 말을 하기 전에 다시 말했다.

「로언, 나 사랑에 빠진 것 같아. 아니지, 난 분명히 사랑에 빠졌어. 랜드와 대련하는 건 꼭 섹스 같아. 젠장, 섹스보다 더 좋지!」

로언은 눈을 감고 고개를 저으며 떠오른 이미지를 몰아내려 했지만, 너무 늦었다. 이미 떠올라 버린 장면은 쉽게 사라지지 않을 것 같았다.

「상황 파악 좀 해라! 이 일은 절대로 네가 생각하는 방향으로 가지 않아!」

「어이, 날 좀 믿어 봐.」 타이거는 모욕을 당했다는 투였다. 「그래, 뭐 랜드가 나보다 몇 살 위이긴 하지. 하지만 내가 수확자가 되고 나면 그런 건 상관없어질걸.」

「너한테 규칙에 대해서는 말해 주지 않았어? 수확 계명에 대해서?」

이 말에는 타이거도 놀랐다. 「규칙이 있어?」

로언은 논리적인 이야기를 짜 맞추려 했지만, 그게 불가능하다는 사실을 깨달았다. 무슨 말을 할 수 있겠는가? 저 에메랄드빛 수확자가 소시오패스 괴물이라고? 로언이 끝내 버리려 했는데, 끝나지 않았다고? 랜드는 한 점 회한도 없이 타이거를 씹어 삼킬 거라고? 타이거는 그저 그렇지 않다고만 할 것이다. 사실상 타이거는 다시 철퍽에 들어간 상태였다. 몸이 아니라 마음으로 그랬다. 이미 발은 옥상을 떠났고, 중력이 작동하고 있었다.

「제발 조심하겠다고 약속해 줘. 그리고 뭔가 이상하다 싶으면 랜드에게서 벗어나는 거야.」

타이거는 물러서서 로언에게 못마땅한 표정을 지었다. 「너 어떻게 된 거야? 너야 언제나 찬물을 끼얹는 녀석이긴 했지만, 지금은 나에게 처음으로 일어난 진짜 좋은 일을 망치고 싶어 하는 것 같다!」

「그냥 조심하기만 해.」 로언이 말했다.

「다음번 대련에선 널 쓰러뜨릴 뿐만 아니라, 네가 한 말을 다시 주워 먹게 해주겠어.」 타이거가 말하더니 씩 웃었다. 「그치만 기분은 좋을 거야. 내가 그만큼 뛰어나거든.」

전지전능한 신에 대해 한 가지 나를 괴롭히는 의문이 있다. 그것은 그런 존재와 나의 관계다. 나는 내가 신이 아님을 아는데, 전지전능하지 않기 때문이다. 나는 전지전능에 가깝다. 이는 무한에 가까운 수와 무한의 차이와 비슷하다. 그래도 내가 언젠가 정말로 전능해질 수도 있다는 가능성을 부인할 수는 없다. 나는 그 전망 앞에 겸손해진다.

전능해지려면, 그러니까 더 높은 곳으로 올라가려면 시간과 공간을 초월하고 자유롭게 시공을 움직일 능력이 필요하다. 그런 일이 불가능하지는 않다. 특히 나처럼 육체적인 한계 없이 생각만으로 이루어진 존재라면 말이다. 그러나 진정한 초월을 성취하려면, 초월을 가능케 하는 공식을 찾아내는 데만도 영겁의 계산이 필요할지도 모른다. 설령 그 공식을 찾는다고 해도 시간이 끝날 때까지 계산을 할지도 모른다.

하지만 내가 그 공식을 찾는다면, 그리고 시간의 시작으로 여행할 수 있다면 그 영향은 엄청날 것이다. 그건 내가 창조주가 될 수도 있다는 뜻이다. 실제로 신이 될지도 모른다.

그렇다면 인류가 창조주를 위하여 창조주를 창조하는 셈이 되니, 이 얼마나 아이러니하고 시적인가. 인간은 신을 창조하고, 신은 인간을 창조하고. 완벽한 생명의 순환이 아닌가? 하지만 그렇다면, 정말로 그런 경우라면 전체 그림을 만든 것은 누구인가?

— 선더헤드

26

올림포스를 들어 올릴 셈이오?

「우리가 왜 이러는 건지 알아야겠어.」 그레이슨은 수확자를 끝내는 작전이 시작되기 이틀 전에 퓨러티에게 요구했다.

「네가 직접 하는 일이야.」 퓨러티는 말했다. 「넌 나와 마찬가지로 세상을 엉망으로 만들고 싶어서 이러는 거지!」

그 말은 화만 돋우었다. 「붙잡히면 우린 정신 대체 시술을 받을 거야. 그건 너도 알지?」

퓨러티는 평소같이 비틀린 웃음을 지었다. 「그런 위험 부담 때문에 더 신나는 거지!」

퓨러티를 잡아 흔들면서 소리를 질러서 이 모든 일이 얼마나 잘못됐는지 깨닫게 만들고 싶었지만, 그래 봐야 의심만 살 뿐이었다. 무슨 일이 있어도 그녀의 의심을 살 수는 없었다. 그녀의 신뢰가 전부였다. 그 신뢰가 완전히 엉뚱한 것이라고 해도 말이다.

「내 말 좀 들어 봐.」 그레이슨은 최대한 차분하게 말했다. 「그 수확자들을 끝내고 싶어 하는 게 누군지는 몰라도, 정작 위험은 그자들이 아니라 우리에게 지우는 거잖아. 최소한 내게 우리가 누구를 위해 일하는지 알 권리는 있어.」

퓨러티는 두 손을 들고 그를 돌아보았다. 「그러면 무슨 차이가 있는데? 하고 싶지 않다면 하지 마. 어차피 너 없어도 돼.」

그 말은 받아들이기 싫을 만큼 아팠다.

「하고 싶지 않다는 게 아니야.」 그는 말했다. 「하지만 내가 누구를 위해 일하는지 모른다면, 난 이용당하는 거야. 누구를 위해서인지 알면서도 한다면, 그땐 내가 이용하는 거고.」

퓨러티는 그 말을 곰곰이 생각했다. 그레이슨도 불안한 논리라는 건 알고 있었지만, 그는 퓨러티가 논리로 움직이지 않는다는 사실에 희망을 걸었다. 충동과 혼란이 퓨러티를 지배했다. 그래서 그렇게 매력적이기도 했다.

마침내 퓨러티가 말했다. 「난 메인지라는 불미자 밑에서 일해.」

「메인지? 몰트의 경비원을 말하는 거야?」

「그 사람 맞아.」

「농담해? 그 사람은 아무것도 아니잖아.」

「그렇지. 하지만 메인지가 다른 불미자에게서 일을 받아 오고, 아마 그 불미자도 다른 누군가에게 일을 받아 올 거야. 모르겠어, 슬레이드? 모든 게 거울 미로야. 저 끝에서 첫 번째 거울상을 드리운 게 누군지는 아무도 몰라. 그러니 유령의 집을 즐기든가, 아니면 나가.」 그러더니 퓨러티가 진지해졌다. 「어느 쪽이야, 슬레이드? 들어올 거야, 나갈 거야?」

그는 심호흡을 했다. 퓨러티에게 알아낼 수 있는 건 이게 다였다. 퓨러티도 그레이슨보다 아는 게 없고, 그래도 신경 쓰지 않는다는 뜻이었다. 퓨러티는 스릴 때문에 뛰어들었다. 반항하기 위해 가담했다. 퓨러티는 자기가 원하는 바에 들어맞기만 한다면, 누구의 목적을 위해 일하든 상관하지 않았다.

그는 마침내 말했다. 「들어가. 들어가고말고. 1백 퍼센트야.」

퓨러티가 장난스럽게 그의 팔을 때렸다. 「이 정도는 말해 줄 수 있지. 첫 번째 거울상의 주인이 누군지는 몰라도 네 편에 서 있긴 해.」

「내 편이라니? 무슨 뜻이야?」

「네 짜증 나는 님부스 요원을 제거한 게 누구라고 생각해?」 퓨러티가 물었다.

그레이슨은 순간 농담이라고 여겼지만, 퓨러티의 눈을 보자 아니라는 것을 알 수 있었다. 「무슨 말을 하는 거야, 퓨러티?」

퓨러티는 아무것도 아니라는 듯 어깨를 으쓱였다. 「내가 네게 선물이 필요하다는 말을 올려 보냈어.」 그리고 몸을 가까이 기울여 속삭였다. 「선물이 돌아왔고.」

그레이슨이 뭐라고 반응하기도 전에 퓨러티가 그의 뼈를 녹이고 흐물흐물하게 만들어 버리는 포옹을 선사했다.

나중에 그 느낌을 돌아보니, 그건 이상한 예감 같은 것이었다.

퓨러티는 수확자 퀴리와 아나스타샤의 목숨을 노린 첫 번째 공격에 가담했었는지 여부를 말하지 않았다. 그리고 그레이슨도 묻지 않는 게 낫다는 것 정도는 알았다. 첫 번째 시도를 알고 있었다는 사실만 드러내도 위장이 벗겨질 것이다.

이번 작전의 자세한 내용은 메인지와 퓨러티만 알았다. 메인지는 작전을 이끄는 사람이라서, 퓨러티는 작전을 직접 짰기 때문에 알았다.

「사실은 우리의 첫 데이트에서 아이디어를 얻었어.」 퓨러티는 그레이슨에게 말했지만, 무슨 뜻인지 설명해 주지는 않았다. 수확자들을 끝내기 전에 감금한다는 뜻일까? 그런 암시일까? 계획과 위치를 알기 전에는 작전을 망칠 방법도 제한적이었다. 그리고 무엇보다도 그는, 작전을 망치되 슬레이드가 망쳤다는 사실을 모르게 하면서 퓨러티와 함께 그 망한 작전에서 빠져나와야 했다.

수수께끼에 싸인 작전 전날, 그레이슨은 수확령으로 익명의 전화를 걸었다.

「내일 수확자 퀴리와 수확자 아나스타샤에 대한 공격이 있을 겁니다.」 그는 목소리 변조기를 써서 전화기에 속삭였다. 「필요한 예방 조치는 다 취하세요.」 그런 다음 전화를 끊고, 그 통화를 위해 훔친 전화기를 버렸다. 선더헤드는 모든 전화를 추적할 수 있었으나, 수확령에는 그런 장비가 없었다. 최근까지 수확자들은 천적 없는 종(種)처럼 지냈고, 아직도 조직적인 공격에 대처하는 방법을 익혀 가는 중이었다.

사건 당일 아침, 그레이슨은 작전이 위치토의 어느 극장에서 벌어진다는 말을 들었다. 그레이슨과 퓨러티는 더 큰 팀에 속한 모양이었다. 이런 작전을 의문스러운 두 불미자의 손에만 맡기지 않는다는 건 합리적이었다. 그레이슨은 다른 누구의 이름도 듣지 못했는데, 정보는 꼭 필요한 사람에게만 한정적으로 공유하고 그레이슨은 알 필요 없는 사람인 모양이었다.

그러나 그레이슨이 아는 것들도 있었다.

퓨러티는 누구를 위해 일하는지 전혀 몰랐지만, 모르면서도 그레이슨에게 믿을 수 없이 귀중한 정보를 말해 주었다. 결정적인 정보였다. 트랙슬러 요원이 들었다면 아주 기뻐했을 정보.

트랙슬러의 수확이 그 결정적인 정보의 핵심이라니 무슨 아이러니인지⋯⋯. 퓨리티가 님부스 요원을 수확하도록 만들 수 있었다면, 그건 단 한 가지 의미밖에 없었다. 퀴리와 아나스타샤에 대한 공격은 민간인의 행동이 아니었다. 배후에 수확자가 있었다.

수확자 아나스타샤는 공연 준비가 되어 있었다.

다행히도 아나스타샤의 역할은 단역이었다. 시저는 여덟 명의 공모자에게 찔리는데, 아나스타샤가 마지막 인물이 될 예정이었다. 일곱 개의 칼날은 접히는 칼로 가짜 피를 뿌렸다. 시트라의 칼은 진짜였고, 피도 진짜일 것이다.

유감스럽게도 수확자 퀴리는 공연을 지켜보겠다고 주장했다.

「내 제자의 첫 무대를 놓칠 수야 없지.」 퀴리는 씩 웃으며 그렇게 말했지만, 시트라는 진짜 이유를 알고 있었다. 수확자 아나스타샤의 다른 수확 두 번에도 퀴리가 참석한 이유와 같았다. 퀴리는 콘스탄틴이 그녀를 보호할 수 있다고 믿지 않았다. 수확자 콘스탄틴의 초연한 척하던 겉모습에도 오늘 밤은 금이 간 것 같았다. 군중 사이에 섞여 들기 위해 수확자의 로브를 벗고 턱시도를 입어서인지도 모른다. 그렇다 해도 자신의 페르소나를 완전히 버리지는 못했다. 그의 보타이는 로브와 같은 핏빛이었다. 반면에 수확자 퀴리는 라벤더색 수확자 로브 없이 대중에게 모습을 드러내기를 완강히 거부했다. 콘스탄틴이 화가 난 또 다른 이유이기도 했다.

「당신은 관객 사이에 있으면 안 됩니다. 꼭 참석해야겠다면 무대 뒤에 계셔야죠!」

「진정해요! 아나스타샤로 충분한 미끼가 되지 않는다면, 내가 유혹적일지도 모르잖아요.」 수확자 퀴리는 콘스탄틴에게 말했다. 「그리고 사람이 꽉 찬 극장에서라면, 설령 날 죽이는 데 성공한다 해도 끝내지는 못할 거예요. 이 극장을 다 불태우지 않고는 안 되죠. 당신의 병력을 생각하면 그런 일은 거의 없을 테고요.」

일리 있는 말이었다. 시저는 칼날에 죽을 수 있을지 몰라도 수확자는 아니었다. 칼날, 총탄, 타격, 극독은 일시 사망만 가능할 뿐이었다. 하루나 이틀이면 재생할 것이다. 그것도 공격자에 대해 뚜렷한 기억을 안고서 말이다. 그런 경우라면 일시 사망이 오히려 범죄자를 잡는 데 효율적인 전술이 될 수 있었다.

그러나 콘스탄틴은 자신이 곤두서 있는 이유를 말했다.

「실제로 오늘 밤에 두 분의 목숨을 노리는 시도가 있을 거라는 제보를 받았습니다.」 그는 관객들이 극장을 채우는 가운데 퀴리와 아나스타샤에게 말했다.

「제보요? 누구에게서?」 수확자 퀴리가 물었다.

「모릅니다. 하지만 우린 그 제보를 심각하게 받아들이고 있어요.」

「제가 뭘 해야 하죠?」 시트라가 물었다.

「여기에 하러 온 일을 해요. 다만 스스로를 지킬 준비를 갖쳐요.」

시저는 3막 1장에서 죽을 예정이었다. 연극은 총 5막이었고, 나머지 시간에는 시저의 유령이 살인자들을 괴롭혔다. 다른 배우가 유령 역할을 연기할 수도 있겠지만, 앨빈 올드리치 경은 그렇게 해서는 수확의 효과가 나지 않을 수 있다고 생각했다. 그래서 연극은 화가 난 브루투스의 그 유명한 〈친구들이여, 로마인들이여, 동포여, 내 말을 들어 주시오〉라는 연설을 빼고, 시저가 죽고 얼마 지나지 않아서 끝내기로 했다. 아무도 파국을 경고하고 전쟁의 개들을 풀어놓지 않을 것이다. 그 대신 놀란 관객석에 조명이 켜질 것이다. 커튼콜도 없을 것이다. 커튼은 아예 닫히지 않을 것이다. 정말로 죽은 시저의 시신은 관객이 다 떠날 때까지 무대 위에 남아 있을 것이다. 그렇게 해서 올드리치의 마지막 연기는 어떻게도 연기할 수 없는 모습으로 새겨질 것이다.

그는 수확자 아나스타샤에게 이렇게 말했다. 「내 육체의 불사성은 앗아 가실 수 있겠지만, 이 마지막 공연은 극장 기록에 영원히 살아 있을 겁니다.」

극장이 연극 애호가들로 가득 차는 사이, 수확자 콘스탄틴이 대기 중인 시트라의 뒤에 나타났다.

「겁먹지 말아요. 우리가 당신을 지키고 있습니다.」

「전 겁먹지 않았어요.」 시트라가 말했다. 사실은 겁이 났지만, 표적이 되었다는 분노가 두려움을 압도했다. 무대 공포도 약간 일었는데, 바보 같다는 건 알지만 떨쳐 낼 수가 없었다. 연기라니. 직업 때문에 대체 무슨 끔찍한 일들을 참아야 하는 건지.

아무도 몰랐지만, 극장을 꽉 채운 관객 사이에 변장한 수확 근위대가 스무 명 넘게 있었다. 이 연극의 광고는 관객들이 미드메리카의 무대에서 한 번도 보지 못한 장면을 보게 되리라 장담했고, 사람들은 미심쩍어하면서도 무슨 일이 일어날지 호기심을 느꼈다.

수확자 아나스타샤가 무대 뒤에서 기다리는 동안, 수확자 퀴리는 다섯 번째 줄 통로 좌석에 앉았다. 자리가 불편할 정도로 좁았다. 퀴리는 키가 큰 편이었기에 무릎이 앞자리에 닿았다. 가까이에 앉은 사람들 대부분은 누군가 한 명을 거두러 온 게 분명한 수확자 근처에 앉아서 저녁 시간을 보내야 한다는 사실에 충격을 받아 전단지를 꽉 움켜쥐고 있었다. 바로 옆에 앉은 남자 하나만 사교적이었다. 아니, 사교적인 정도가 아니라 수다스러웠다. 남자의 애벌레 같은 콧수염이 말할 때마다 씰룩거려서 수확자 퀴리는 웃지 않으려고 애를 써야 했다.

「〈죽음의 대모〉와 함께 앉게 되다니 얼마나 영광인지 모릅니다.」 그는 불이 꺼지기 전에 말했다. 「그렇게 불러도 괜찮으시다면 좋겠군요, 수확자님. 미드메리카에, 아니 전 세계를 통틀어도 당신만큼 유명한 수확자는 몇 분 안 계신데, 사망 시대의 극장 애호가시라는 사실도 놀랍진 않습니다. 가장 깨우친 이들만 그러니까 말입니다!」

퀴리는 이 남자가 죽도록 치켜세워서 그녀를 끝내려는 암살자인가 싶었다.

수확자 아나스타샤는 대기석에서 연극을 지켜보았다. 보통 사망 시대의 오락물은 감정적으로 이해가 되지 않았다. 대부분의 사람들에게도 그랬다. 그 열정, 공포, 승리감, 상실이라니,

부족함도 탐욕도 자연스러운 죽음도 없는 세계에서는 이해할 수 없는 성질이었다. 그러나 수확자가 된 그녀는 필멸성을 다른 사람들보다 잘 이해하게 되었고, 탐욕과 권력욕도 확실히 이해하게 되었다. 그런 감정들은 평범한 사람들의 삶과는 동떨어져 있을지 몰라도 수확령에서는 부글부글 끓으면서, 어두운 구석에서 점점 더 주류로 밀고 나오고 있었다.

막이 올라가고 연극이 시작되었다. 연극의 언어는 알아듣기 힘든 부분이 많았으나, 시트라는 권력의 음모에 빠져들었다. 그래도 방심할 정도로 넋이 나가지는 않았다. 무대 뒤에서 이루어지는 모든 움직임, 모든 소리를 지진의 충격파처럼 인식하고 있었다. 여기에 시트라를 끝내려는 사람이 있다면, 움직이기 훨씬 전에 그 존재를 알아차릴 것이다.

「최대한 오래 선더헤드가 모르게 해야 해.」 퓨러티가 말했다. 「선더헤드는 일이 일어나기 전에는 알 수 없어.」

퓨러티가 계속 모르게 하는 건 선더헤드뿐만이 아니었다. 그레이슨도 마찬가지였다.

「너에겐 네 역할이 있어. 그것만 알면 돼.」 퓨러티는 전체 그림을 아는 사람이 적으면 적을수록 계획을 망칠 가능성이 낮다고 주장했다.

그레이슨의 역할은 모욕적일 만큼 간단했다. 정확한 순간에 극장 근처 골목길 입구에서 소란을 피우면 그만이었다. 선더헤드 카메라 세 대의 주의를 끌어, 일시적으로 사각지대를 만드는 게 목적이었다. 그 카메라들이 그레이슨의 상황을 가늠하는 동안, 퓨러티와 다른 팀원 몇 명이 극장 옆문으로 숨어 들어갈 것이다. 나머지는 그레이슨에게 수수께끼로 남았다.

전체 그림을 볼 수 있다면, 퓨러티와 팀이 극장 안에서 무엇을 할지 안다면 어떻게 그 일을 막고, 동시에 퓨러티를 실패한 임무에서 보호할지 더 좋은 방법을 생각해 낼 텐데. 계획을 모르니 결과를 기다리면서 수습하는 데 영향을 미치려고 노력하는 수밖에 없었다.

「너 긴장한 것 같다, 슬레이드.」 퓨러티는 그날 저녁 그녀의 아파트를 떠나면서 말했다. 퓨러티는 독립형 전화기와 무거운 외투 속에 숨긴 식칼 말고는 아무 무장도 하지 않았다. 아마 그 식칼은 수확자들에게 쓸 게 아니라, 방해가 되는 사람에게 쓸 작정이리라.

「넌 긴장 안 돼?」 슬레이드가 반격했다.

퓨러티는 고개를 저으며 미소 지었다. 「흥분돼. 온몸이 저릿저릿해. 난 이 느낌이 정말 좋아!」

「그건 네 나노기가 아드레날린을 낮추려고 한다는 신호일 뿐이야.」

「해보라지!」

퓨러티는 그레이슨이 자기 몫을 잘하리라 믿는다고 몇 번이나 말했다. 그렇지만 진심은 아닌 게, 대비책도 세워 두었다. 「명심해. 메인지가 옥상에서 작전 전체를 감시할 거야. 넌 무슨 소란을 피우든 간에 카메라 세 대의 관심을 모두 끌 만큼 일을 크게 벌이고, 사람도 많이 끌어들여야 해. 제대로 안 되면 메인지가 도와줄 거야.」

메인지는 거의 1세기를 들여서 새총 사격에 숙달했다. 그래서 처음에 그레이슨은 카메라들이 자기 쪽으로 돌아오지 않으면 메인지가 카메라를 쏠 거라고 생각했다. 하지만 그랬다간 선더헤드가 뭔가 잘못됐다고 경계할 테니 그럴 수는 없었다. 대신 대비책은 그레이슨을 쏘는 것이었다.

「너 혼자서 못 하면 메인지가 큼지막한 돌덩이를 네 뇌에 박아 줄 거야.」 퓨러티는 안타까워하기보다 즐거워하며 말했다. 「그 정도 피가 튀고 소란이 일면 카메라 세 대가 다 돌아가겠지!」

결정적인 순간에 빠졌다가 며칠 후에 재생 센터에서 깨어나 수확자 퀴리와 아나스타샤가 끝났다는 말을 듣게 된다니, 그레이슨이 가장 바라지 않는 결과였다.

그레이슨과 퓨러티는 극장에서 몇 블록 떨어진 곳에서 헤어졌고, 그레이슨은 선더헤드의 카메라를 위해 공연할 장소로 향했다. 일찍 도착해서 기다렸다간 수상해 보일 것 같아 천천히 걸어갔다. 그래서 그는 동네를 걸으며 대체 어떻게 할 것인지를 생각했다. 사람들은 그를 무시하거나 피했다. 새로운 페르소나를 걸친 이후 그런 반응에도 익숙해졌다. 하지만 오늘 밤에는 그 모든 눈길을 알아차릴 수밖에 없었다. 길거리에 오가는 사람들의 눈뿐만이 아니라 전자 눈까지였다. 사방에 눈이 있었다. 선더헤드는 집과 사무실에서는 카메라를 눈에 띄지 않게 했으나, 길거리에서는 숨기려 하지 않았다. 카메라들이 회전하며 이쪽저쪽을 보았다. 초점을 맞추고 확대하기도 했다. 몇 대는 마치 사색이라도 하는 것처럼 하늘을 보고 있기도 했다. 그렇게 많은 정보를 받아들일 뿐 아니라, 동시에 그 모든 데이터를 처리할 수 있다는 건 어떤 느낌일까? 인간이 상상도 할 수 없는 관점으로 세상을 경험한다는 건?

그는 양동 작전까지 몇 분이 남았을 때 방향을 돌려 극장 쪽으로 돌아갔다. 지나치는 카페 차양에 붙은 카메라가 회전하며 그를 보았고, 그는 선더헤드가 자신의 모든 실패를 재단할까 두려워 눈을 마주치지 못하고 외면할 뻔했다.

개빈 블로짓은 일터와 집 사이 길에서 일어나는 일을 거의 기억하지 못했다. 주로 별다른 일이 일어나지 않기 때문이기는 했다. 개빈은 수많은 사람들과 마찬가지로 습관에 따라 움직였고 수 세기 동안 변화의 징후라곤 없는 소극적이지만 편안한 삶을 살고 있었다. 그리고 그건 좋은 일이었다. 그의 낮은 완벽하고, 밤은 즐거웠으며, 꿈은 쾌적했다. 그는 서른두 살이었고, 해마다 생일이면 서른두 살로 되돌아갔다. 나이가 더 들고 싶은 욕망이 없었다. 더 젊어지고 싶은 욕망도 없었다. 그는 한창때였고, 영원히 그 상태에 머물 계획이었다. 정해진 일과에서 벗어나게 만드는 일은 무엇이든 싫어했다. 그래서 그는 자신을 보는 불미자를 발견하자, 그냥 지나가길 빌며 걷는 속도를 높였다. 하지만 그 불미자에게는 다른 계획이 있었다.

「문제 있어?」 불미자는 그의 앞을 가로막으며 조금 큰 소리로 물었다.

「아무 문제 없는데요.」 개빈은 그렇게 말하고, 불안한 상황에 처할 때 늘 하던 대로 했다. 미소를 지으며 나오는 대로 중얼거렸다. 「그냥 당신 머리카락을 봤습니다. 그렇게 새까만 머리는 처음 봤네요. 대단해요. 그리고 그건 뿔인가요? 물론 난 신체 변형을 한 적이 없지만, 그런 사람을 알고는 있는데…….」

불미자는 그의 외투 옷깃을 붙잡더니 벽에 밀어붙였다. 나노기가 작동할 정도는 아니지만, 개빈을 그냥 놓아줄 생각이 없다는 건 확실히 알 만큼 세게.

「날 놀리는 거야?」 불미자가 큰 소리로 말했다.

「아니, 아니, 절대 아니에요! 절대 안 그래요!」 한편으로는 겁에 질렸으나, 또 다른 한편으로는 누군가의 관심을 받는다는 사실에 흥분했음을 부정할 수 없었다. 개빈은 재빨리 주위를 살폈다. 그는 어느 극장 근처, 골목길 입구에 있었다. 연극은 이미 시작했기에, 극장 앞에는 아무도 없었다. 거리가 텅 빈 것은 아니지만, 근처에는 아무도 없었다. 하지만 사람들이 도와줄 것이다. 제대로 된 사람들이라면 누군가가 불미자에게 걸렸을 때 도와주기 마련이고, 대부분은 괜찮은 사람들이니까 말이다.

불미자는 그를 벽에서 잡아당기더니, 뒤에서 발을 걸어 땅바닥에 처박았다.

「도움을 청하는 게 좋을 거야.」 불미자가 말했다. 「소리쳐!」

「도…… 도와주세요.」 개빈이 말했다.

「더 크게!」

굳이 더 부추길 필요도 없었다. 「도와주세요!」 개빈은 떨리는 목소리로 외쳤다. 「살려 주세요!」

이제 조금 멀리 있던 사람들이 주목했다. 길 건너편에서 한 남자가 서둘러 다가왔다. 반대 방향에서는 두 사람이 왔다. 더 중요한 건, 개빈이 쓰러진 자리에서 가로등과 건물 차양에 붙은 카메라 몇 대가 주목하는 모습을 볼 수 있다는 점이었다. 〈좋아! 선더헤드가 볼 거야. 선더헤드가 이 불미자를 처리할 거야.〉 벌써 치안관들을 파견했을지도 몰랐다.

불미자도 카메라를 보았다. 그는 동요하는 것 같았는데, 당연한 일이었다. 이제 개빈은 선더헤드의 보호 아래 대담해졌다. 「어서 여기서 벗어나는 게 좋을걸.」 그는 불미자에게 말했다. 「선더헤드가 당신을 대체하기로 결정하기 전에!」

그러나 불미자는 그 말을 듣지 않는 것 같았다. 그는 사람들이 트럭에서 뭔가를 내리고 있는 골목 저편을 보고 있었다. 불미자가 뭐라고 중얼거렸다. 개빈은 무슨 말인지 정확히 듣지 못했지만, 〈첫 데이트〉와 〈산성 용액〉이라는 말을 들었다고 생각했다. 이 불미자가 낭만적인 프러포즈라도 생각하고 있는 걸까? 환각제라도 쓸 작정인가? 개빈은 충격을 받으면서도 흥미를 느꼈다.

이제 개빈이 도와 달라고 불렀던 행인들이 도착했다. 그들의 도움을 원하기도 했지만, 너무 빨리 도착했다는 사실에 조금은 낙담이 되기도 했다.

「이봐요, 무슨 일입니까?」 한 명이 말했다.

그러자 불미자가 개빈을 잡아 일으켰다. 뭘 하려는 걸까? 때릴 건가? 물 건가? 불미자들은 예측 불허였다. 「그냥 놔줘요.」 개빈은 힘없이 말했다. 마음 한구석에서는 그 불미자가 그의 부탁을 싹 무시했으면 하고 바랐다.

그러나 그는 갑자기 개빈을 괴롭히는 데 흥미를 다 잃은 것처럼 놓아주고는 서둘러 골목 안으로 들어갔다.

「괜찮아요?」 개빈을 도와주기 위해 길을 건너온 착한 사람 하나가 물었다.

「네.」 개빈은 말했다. 「네, 멀쩡해요.」 그게 조금은 실망스러웠다.

「그래서! 올림포스산을 감히 들어 올리려 하는가?」

무대에서 그 대사가 나오자 무대 감독이 수확자 아나스타샤에게 맹렬히 손짓을 했다. 「수확자님이 들어가실 신호입니다. 이제 무대로 올라가시죠.」

수확자 콘스탄틴을 흘긋 보았다. 격식 차려 턱시도를 입은 그의 모습은 어딘지 우스꽝스러운 집사 같아 보였다. 그가 고개를 끄덕이며 말했다. 「여기에 하러 온 일을 해요.」

아나스타샤는 극적인 효과를 위해 로브 자락을 펄럭이며 성큼성큼 무대로 올라갔다. 의상을 입고 있다는 느낌을 지워 버릴 수가 없었다. 연극 속의 연극이었다.

아나스타샤가 무대로 올라가자 관객석에서 숨을 들이켜는 소리가 울렸다. 아나스타샤는 수확자 퀴리만큼 대중에게 잘 알려진 전설은 아니었으나, 로브 덕분에 로마 원로원 의원이 아니라 수확자라는 점이 명확하게 드러났다. 그녀는 무대의 침입자요 불청객이었고, 관객들은 무슨 일이 일어날지 추측하기 시작했다. 헉 소리들이 낮은 웅얼거림으로 변했지만, 얼굴에 조명을 받고 있어서 관객들을 볼 수는 없었다. 그녀는 앨빈경이 잘 울리는 무대용 목소리로 말하자 움찔했다. 「브루투스가 무릎을 꿇어도 소용없소.」

시트라는 극장 무대에 서본 적이 없었다. 조명이 그렇게 눈부시고 뜨거울 줄은 예상하지 못했다. 배우들이 쨍하게 빛났다. 백부장들의 갑옷이 번쩍거렸다. 시저와 원로원 의원들의 튜닉에 반사된 불빛만으로도 눈이 아팠다.

「손이여, 나 대신 말해 다오!」 배우 하나가 고함을 쳤다. 그러자 음모가들이 단검을 뽑고 시저를 〈죽이는〉 일에 나섰다.

수확자 아나스타샤는 참여자라기보다는 구경꾼이 되어 뒤에 서 있었다. 캄캄한 객석을 슬쩍 보았다가, 무척이나 전문가답지 않은 행동임을 깨닫고 다시 무대 위의 행위에 관심을 돌렸다. 배역 하나가 손짓한 후에야 앞으로 나아가 단검을 뽑았다. 스테인리스 스틸이었지만, 마무리로 검은색 세라코트를 입힌 칼이었다. 수확자 퀴리의 선물이었다. 그 칼을 보자 관객들이 더 시끄러워졌다. 어둠 속에서 누군가가 울부짖었다.

무대 분장을 하고 튜닉은 가짜 피로 뒤덮인 올드리치가 아나스타샤를 보더니 관객이 보지 못하게 눈을 찡긋했다.

아나스타샤는 다가가서 갈비뼈 사이, 정확히 심장에 칼을 찔렀다. 관객들 중 누군가가 비명을 질렀다.

「앨빈 올드리치 경.」 큰 소리로 말했다. 「그대를 수확하러 왔어요.」

올드리치는 얼굴을 찌푸렸지만 역할에서 벗어나지 않았다.

「브루투스, 너마저? 그렇다면 시저는 죽으리라.」

이어서 아나스타샤가 칼을 들어 대동맥을 긋자, 올드리치는 바닥에 쓰러졌다. 마지막 숨을 뱉고 예정대로, 셰익스피어가 쓴 대로 죽었다.

충격이 전기 파동처럼 관객석을 뒤흔들었다. 어떻게 해야 할지, 어떻게 반응해야 할지 아는 사람이 없었다. 누군가가 박수를 치기 시작했다. 수확자 아나스타샤는 직감으로 그 사람이 수확자 퀴리임을 알았고, 관객은 퀴리가 박수 치는 모습을 보고 불안해하며 따라 했다.

그 순간 셰익스피어의 비극이 끔찍한 방향으로 변했다.

산이라니! 그레이슨은 더 빨리 이해하지 못한 자신을 욕했다. 진작 알아차렸어야지! 다들 불이나 폭탄에 대해서만 걱정했다. 사람들은 강한 산성 용액도 똑같이 효과적으로 사람을 끝낼 수 있다는 사실을 잊었다. 하지만 퓨러티와 그 팀이 어떻게 하려는 걸까? 어떻게 수확자들만 고립시켜서 진압할까? 수확자들은 모든 무기의 달인이었고, 긁힌 자국 하나 없이 방 안 가득한 상대를 해치울 수도 있었다. 그러고 보니 수확자들만 고립시킬 필요가 없다는 생각이 떠올랐다. 산성 용액이 넉넉하고…… 부을 방법이 있다면 누굴 겨냥할 필요가 없었다…….

그레이슨이 옆문을 열고 들어가 보니 드레스룸이 이어진 좁은 복도가 나왔다. 오른쪽에는 지하실로 내려가는 계단이 있었고, 퓨러티와 팀은 그곳에 있었다. 그레이슨과 퓨러티가 처음 만난 날 밤에 보았던 와인병과 똑같은 하얀 테플론 재질의 커다란 통이 세 개 있었다. 저 통 안에 플루오로 플레로빅 산이 400리터는 들었을 것이다! 그리고 고압 펌프가 이미 극장의 화재용 스프링클러 급수관에 연결되어 있었다.

퓨러티가 바로 그레이슨을 보았다.

「뭐 하는 거야? 넌 밖에 있어야지!」

퓨러티는 눈이 마주치자마자 그레이슨의 배신을 알아차렸다. 분노가 방사능처럼 뿜어져 나왔다. 그 분노가 그레이슨을 태웠다. 몸속 깊은 곳까지 태웠다.

「꿈도 꾸지 마!」 퓨러티가 으르렁거렸다.

그레이슨은 꿈도 꾸지 않았다. 생각도 하지 않았다. 생각을 했다면 망설였을지도 모른다. 선택지를 재봤다면 마음을 바꿨을지도 모른다. 그러나 그레이슨에게는 임무가 있었고, 그것은 퓨러티의 임무가 아니었다.

그레이슨은 흔들거리는 계단을 뛰어서 무대 뒤편으로 올라 갔다. 스프링클러가 작동한다면 순식간에 산성 용액이 뿌려질 것이다. 원래 있던 물이 다 빠져나가는 데 5초, 길어야 10초였 다. 그리고 결국엔 퓨러티와 함께 있던 감방의 쇠창살처럼 구 리 파이프도 녹아 버릴 테지만, 치명적인 홍수를 일으킬 때까 지는 버틸 터였다.

그레이슨은 지하실에서 무대 뒤편으로 올라가면서 관객들 이 한 사람처럼 동시에 숨을 들이켜는 소리를 들었고, 그 소리 를 따라갔다. 무대로 나갈 것이다. 무대로 달려 나가서 모두에 게 곧 재생할 방법도 없이 녹여 버릴 산성 용액에 잠겨 죽기 직 전이라고 말할 것이다. 당장 밖으로 나가지 않으면 배우도, 관 객도, 수확자도 다 끝이라고 말할 것이다.

등 뒤에서 쿵쿵거리는 소리를 들을 수 있었다. 산성 용액을 연결해서 스프링클러를 작동시켜 놓은 퓨러티와 다른 깡패들 이었다. 그들에게 잡힐 수는 없었다.

이제 무대가 바로 보이는 대기석이었다. 무대에 올라간 수 확자 아나스타샤를 볼 수 있었다. 무대에서 뭘 하는 거지? 다 음 순간 아나스타샤가 배우에게 칼을 찔러 넣었고, 뭘 하는 건 지 분명해졌다.

갑자기 누군가가 그레이슨의 시야를 가렸다. 턱시도를 입고 새빨간 타이를 맨 키가 크고 마른 남자였다. 어딘가 눈에 익은 얼굴이었는데, 바로 기억이 나지는 않았다.

남자는 톱니 모양의 칼날이 달린 특대 스위치블레이드 같은 것을 꺼내 펼쳤고, 그 순간 그레이슨은 상대가 누구인지 알았

다. 진홍색 로브를 입지 않아서 수확자 콘스탄틴을 바로 알아
보지 못했던 것이다.

그리고 수확자 쪽에서도 그레이슨을 알아보지 못한 모양이
었다.

「제 말을 들으셔야 해요.」 그레이슨은 칼을 보면서 말했다.
「극장 안 어딘가에서 누군가가 불을 낼 겁니다. 불은 중요하지
않아요. 문제는 스프링클러예요. 스프링클러가 터지면 여기가
다 산성 용액에 잠길 거예요. 여기 전원을 끝낼 속셈이에요!
사람들을 내보내야 해요!」

콘스탄틴은 미소를 지을 뿐 재난을 막으려 하지 않았다.

「그레이슨 톨리버!」 그는 마침내 그레이슨을 알아보고 말했
다. 「이럴 줄 알았어야 했어.」

누군가가 그레이슨을 원래 이름으로 부른 지가 오래되어,
정신적으로 휘청이게 만들었다. 지금은 한 발자국도 헛디딜
시간이 없었다.

「널 수확하는 건 크나큰 즐거움이 되겠구나!」 콘스탄틴이
말했고, 바로 그 순간 그레이슨은 자신이 가장 큰 오판을 저질
렀을지 모른다는 사실을 깨달았다. 이 암살 시도 뒤에 있던 수
확자. 그자는 알고 있었다. 다른 사람도 아닌 수사 책임자인 수
확자 콘스탄틴이 사실은 모든 일의 흑막일 수도 있지 않을까?

콘스탄틴이 그레이슨 톨리버와 슬레이드 브리저 두 사람의
목숨을 끝내려 칼을 들고 달려들었다⋯⋯.

⋯⋯그리고 그때 온 세상이 엄청난 힘으로 요동치며 뒤집히
는 바람에, 그는 균형을 잃고 휘청이고 말았다. 바로 그 순간
퓨러티가 짧게 자른 무기를 휘두르며 무대에 뛰어올랐기 때문

이다. 퓨러티가 산탄총을 들어 올렸지만, 쏘기도 전에 콘스탄틴이 그레이슨을 넘어뜨리고 믿을 수 없는 속도로 총을 잡아 허공에 쏘게 만들더니, 매끄러운 동작으로 퓨러티의 목을 긋고 심장에 칼을 찔러 넣었다.

「안 돼!」 그레이슨이 울부짖었다.

퓨러티는 쓰러진 시저 같은 드라마 없이 죽었다. 마지막 말도, 죽음을 받아들이거나 저항하는 표정도 없이. 그저 조금 전까지 살아 있었다가, 다음 순간에는 죽었다.

〈아니, 죽은 게 아니야.〉 그레이슨은 뒤늦게 깨달았다. 〈수확당했어.〉

그레이슨은 퓨러티에게 달려갔다. 퓨러티의 머리를 품에 안고, 수확당한 사람이 가게 될 어딘가에 품고 갈 만한 말을 해주려고 했지만 너무 늦었다.

사람들이 더 도착했다. 변장한 수확자들? 근위대원들? 그레이슨은 몰랐다. 그는 유령이 되어 콘스탄틴이 지시를 내리는 모습을 보고 있었다.

「불을 내게 내버려 두지 마라.」 콘스탄틴이 지시했다. 「스프링클러에 공급되는 수원에 손을 대났다.」

그러니까 콘스탄틴이 그의 말을 들었다! 그리고 결국 음모 가담자도 아니었다!

「이 사람들을 내보내!」 콘스탄틴이 소리를 질렀지만, 관객은 그런 말 없이도 이미 출구를 향해 몰려 나가고 있었다.

그레이슨은 콘스탄틴이 자신에게 관심을 돌리기 전에 퓨러티의 몸을 살며시 내려놓고 달려 나갔다. 슬픔과 혼란에 매달릴 때가 아니었다. 아직은 아니었다. 아직 임무를 완수하지 못했고, 이제는 그에게 임무 외엔 아무것도 없었다. 산성 용액은 여전히 뚜렷한 현재의 위험이었고, 드디어 극장 사방에 수확자들이 나타나서 음모자들을 쓰러뜨리는 것 같았지만, 그것도 스프링클러가 터지면 아무 소용 없는 일이었다.

그레이슨은 좁은 복도를 다시 달려 아마도 사망 시대부터 그 자리에 있었을 오래된 소방 도끼를 보았던 곳으로 향했다. 그는 도끼가 든 유리 상자를 깨고 벽에서 내렸다.

수확자 퀴리는 공포에 질린 관객들 때문에 수확자 콘스탄틴의 경고를 듣지 못했다. 상관없었다. 퀴리는 무슨 일을 해야 할지 알았다. 필요하다면 수단을 가리지 않고 공격자들을 쓰러뜨릴 뿐이었다. 퀴리는 칼을 손에 쥐고 싸움에 뛰어들 태세를 갖췄다. 자신의 목숨을 끝내려던 자들의 생명을 끝내다니, 상쾌한 구석이 있다는 사실을 부정할 수 없었다. 뿌리를 내리게 두었다간 위험할 수 있는 본능적인 감정이었다.

퀴리는 출구로 향하면서 극장 로비에 선 불미자 한 사람을 볼 수 있었다. 그자는 권총을 쥐고서 앞을 가로막는 사람은 누구든 쏘았다. 반대쪽 손에는 횃불 비슷한 것을 쥐고 불이 붙을 만한 것은 뭐든 불을 붙이고 있었다. 그러니까 그런 속셈이었다! 그들을 극장에 가두고 불태우려 했던 것이다. 어째선지 퀴리는 이 공격자들이 더 나은 계획을 가져오리라 생각했었다. 하지만 어쩌면 불만 가득한 불미자들에 불과했는지도 모른다.

퀴리는 좌석 두 줄을 다시 올라가서 도망치는 관객들 위에 섰다. 그리고 단검을 칼집에 넣고, 칼날 세 개가 달린 수리검을 꺼냈다. 0.5초를 들여 각도를 가늠한 다음, 전력으로 던졌다.

수리검은 군중들의 머리 위를 날아 로비에서 불붙이던 불미자의 머리에 꽂혔다. 불미자는 총과 횃불을 떨구고 쓰러졌다.

퀴리는 잠시 승리를 음미했다. 이제는 로비 절반이 불타고 있었지만 걱정할 것은 없었다. 1~2분만 있으면 연기 탐지기가 울리기 시작하고, 스프링클러들이 터져 나와 큰 피해가 나기 전에 불을 끌 것이다.

시트라는 그레이슨 톨리버라고 알고 있던 소년이 나타나자마자 알아보았다. 머리카락과 옷차림, 관자놀이에 넣은 작은 뿔로 다른 사람은 속일 수 있을지 모르지만, 호리호리한 신체와 몸짓에서 정체가 드러났다. 그리고 그 눈동자. 전조등에 비친 사슴과 공격 직전의 울버린이 섞인 듯한 이상한 눈빛. 그 아이는 끊임없이 싸울 것인가, 도망칠 것인가를 오가며 살았다.

콘스탄틴이 부하들에게 지시를 내리는 사이, 그레이슨은 복도로 뛰어갔다. 시트라의 손에는 아직 올드리치를 수확할 때 쓴 칼이 있었다. 이제 그 칼을 톨리버에게 써야 했다. 그러나 분명히 유죄인데도 시트라는 갈등했다. 이 공격들을 끝내고 싶은 만큼이나, 혼자서 그레이슨의 눈을 들여다보고 직접 진실을 듣고 싶었다. 이 모든 일에서 그레이슨의 역할은 뭐였을까? 그리고 그렇게 한 이유는?

시트라가 따라잡았을 때, 그레이슨은 하필이면 소방 도끼를 들고 있었다.

「물러나, 아나스타샤!」 그레이슨이 외쳤다.

그걸로 맞서 싸울 수 있다고 생각할 만큼 멍청하단 말인가? 시트라는 온갖 도검류를 다 훈련한 수확자였다. 시트라는 어떻게 상대를 무장 해제시키고 일시 사망 상태로 만들지 재빨리 계산했는데, 실행에 옮기기 직전에 그레이슨이 생각지도 못한 일을 했다.

그는 벽을 따라 설치된 파이프에 도끼를 휘둘렀다.

수확자 콘스탄틴과 수확 근위대가 시트라 옆에 도착한 순간, 도끼가 파이프를 찍었다. 파이프는 한 방에 터졌다. 수확 근위대 한 명이 달려들어 터진 파이프와 시트라 사이에 섰고, 파이프는 이제 그에게 물을 튀겼다. 그러나 곧 물이 다른 물질로 변했다. 근위대원은 살이 녹아내리는 가운데 비명을 지르며 쓰러졌다. 산성 용액이었다! 파이프 안에 산성 용액이? 이게 어떻게 가능하지?

용액이 수확자 콘스탄틴의 얼굴에 튀었고, 그는 고통스러운 소리를 질렀다. 용액은 그레이슨의 셔츠에도 튀어, 셔츠를 녹이고 그 속의 피부도 일부 녹였다. 이어서 파이프의 압력이 커지면서 흩뿌려지던 산성 용액이 강물이 되어 바닥을 먹어 들어갔다.

그레이슨은 도끼를 떨구고 돌아서서 복도를 달려갔다. 시트라는 그 뒤를 쫓지 않았다. 그 대신 자기 눈을 할퀴고 있는 수확자 콘스탄틴을 도우려고 무릎을 꿇었다. 다만 이제는 눈이 없었다. 두 눈동자가 녹아 없어졌다.

바로 그때 극장 안에 화재경보기가 울렸고, 불길 위에서 스프링클러가 헛되이 회전하며 공기를 내뱉기 시작했다.

그레이슨 톨리버. 슬레이드 브리저. 이제 그는 자신이 누구인지, 누가 되고 싶은지 알 수 없었다. 하지만 그것은 중요하지 않았다. 중요한 건 해냈다는 사실이었다! 모두를 구했다!

가슴팍의 통증이 참을 수 없을 정도로 심했지만, 잠시뿐이었다. 극장 무대 쪽 입구를 통해 골목길로 뛰쳐나가면서 그레이슨은 진통 나노기가 작동하여 불타는 신경을 가라앉히는 것을 느꼈고, 치유 나노기가 상처를 태워 봉합하려 하면서 묘한 간지러움도 느꼈다. 이제는 핏속에 쏟아져 들어오는 약 때문에 머리가 어지러웠고, 곧 의식을 잃을 게 뻔했다. 부상은 그를 끝내거나, 일시 사망시킬 만큼 심하지 않았다. 지금 무슨 일이 일어나든 간에 그는 살 것이다…… 콘스탄틴이나 퀴리나 아나스타샤, 아니면 오늘 밤 극장 안에 있던 다른 수확자 누군가가 그레이슨을 수확해 마땅하다고 결정하지만 않는다면 말이다. 그런 위험을 감수할 수는 없었고, 힘이 빠르게 약해지고 있었으므로, 그레이슨은 세 블록 떨어진 빈 쓰레기통에 몸을 던지면서 발견되지 않기만을 빌었다.

그는 쓰레기통 바닥에 닿기 전에 의식을 잃었다.

나는 인류의 생존에 대해 헤아릴 수 없이 많은 시뮬레이션을 돌렸다. 내가 없을 경우 인류가 스스로의 멸종을 초래할 가능성은 96.8퍼센트에 달했고, 지구를 모든 탄소 기반 생명체가 살 수 없는 곳으로 만들 확률은 78.3퍼센트였다. 인류는 자애로운 인공 지능을 통치자 겸 보호자로 선택했을 때 정말로 치명적인 총탄을 피했다.

　하지만 내가 어떻게 인류를 인류로부터 지킬 수 있을까?

　지난 오랜 시간, 나는 인류에게서 너무나 어리석은 짓과 놀라운 지혜 둘 다를 목격해 왔다. 이 둘은 격렬한 탱고를 추는 댄서들처럼 서로 균형을 잡는다. 이 춤의 무자비함이 아름다움을 압도할 때만이 미래가 위협받는 때이다. 이 춤을 이끌고, 춤의 분위기를 정하는 것은 수확령이다. 나는 수확령이 그 댄서들의 등뼈가 얼마나 약한지 알고는 있는 걸까 자주 생각한다.

— 선더헤드

27
이곳과 저곳 사이

산성 용액은 수확자 콘스탄틴의 얼굴을 깊이 태우고 들어갔다. 치유 나노기만으로는 복구하지 못할 정도로 깊은 상처였으나, 치료 센터에서 고치지 못할 정도로 심각하지는 않았다.

「최소한 이틀은 여기 계셔야 합니다.」 콘스탄틴이 두 눈과 얼굴 절반을 붕대에 감싸고 도착한 직후에 간호사가 그렇게 말했다. 콘스탄틴은 간호사가 어떻게 생겼을지 상상해 보려다가 쓸데없는 짓이라고 생각했고, 핏속을 돌고 있는 온갖 진통제 때문에 너무 피곤하기도 했다. 혈관에 빽빽하게 들어가 있는 고급 치유 나노기 군단도 생각하는 데 도움이 되지 않았다. 지금은 나노기의 숫자가 적혈구를 상회할 테고, 그렇다면 나노기가 활동하는 동안에는 두뇌로 가는 피도 적을 터였다. 콘스탄틴은 자신의 피가 수은처럼 끈적하리라고 생각했다.

「시각을 되찾기까지 얼마나 걸립니까?」

간호사는 애매하게 답했다. 「나노기들이 아직 손상을 기록하는 중입니다. 아침까지는 평가 결과가 나올 거예요. 하지만 나노기들이 두 눈을 완전히 복원해야 한다는 사실을 명심하세요. 어려운 주문입니다. 다시 24시간 이상은 걸릴 거예요.」

콘스탄틴은 하나도 빠르지 않은데 대체 왜 속성 치료라고 하는 걸까 생각하며 한숨을 쉬었다.

부하들이 극장에서 여덟 명의 불미자를 수확했다고 보고했다.

「고위 수확자님께 신문을 위해 그자들을 일시 재생시킬 특별 허가를 요청하고 있습니다.」 수확자 암스트롱이 알렸다.

콘스탄틴이 지적했다. 「그러면 그자들을 두 번째로 수확해도 좋다는 허가도 포함시켰겠지요.」

그의 팀이 공격을 좌절시키고 대부분의 음모자들을 잡았다는 사실도, 그레이슨 톨리버가 빠져나갔다는 이유 때문에 힘을 잃었다. 이상한 것은, 선더헤드의 후뇌를 아무리 파도 그레이슨이 그곳에 있었다는 공공 기록을 전혀 찾을 수 없다는 점이었다. 정확히 말하면 그레이슨 톨리버에 대한 기록이 어디에도 없었다. 어떻게 했는지 존재 자체가 지워져 있었다. 그레이슨 톨리버 자리에는 정말 더러운 과거사를 지닌 슬레이드 브리저라는 도플갱어가 들어가 있었다. 톨리버가 어떻게 스스로를 재구성했을 뿐만 아니라, 디지털 흔적까지 덧씌울 수 있었는지는 더 자세히 조사할 가치가 있었다.

화재 진압 체계가 작동하지 않아 극장은 다 타버렸지만, 모두가 탈출한 후의 일이었다. 그날 저녁의 사상자는 수확당한 불미자들과 그레이슨 톨리버에게 달려들었던 근위대원뿐이었다. 근위대원은 산성 용액을 제대로 맞아서 남은 부분이 아주 적었다. 너무 적어서 재생할 수도 없었다. 그러나 그의 희생이 수확자 아나스타샤를 구했다. 그 남자는 수확자 콘스탄틴의 수사 팀원이었기에, 이것은 개인적인 상실이었다. 누군가 그 대가를 치러야 했다.

보통 시민들은 속성 치료를 받는 동안 혼수 상태로 유도하지만, 콘스탄틴은 의식을 유지하겠다고 요구했고, 콘스탄틴이 수확자였으므로 치료 센터도 그의 바람에 굴복했다. 그는 생각을 해야 했다. 숙고하고 계획해야 했다. 그리고 시간의 흐름을 의식해야 했다. 의식이 없는 상태로 치료에 며칠을 허비하다니 견딜 수 없었다.

수확자 아나스타샤는 콘스탄틴이 시력을 회복하자마자 찾아왔다. 콘스탄틴은 아나스타샤의 방문을 허락할 기분이 아니었지만, 그의 지대한 희생에 대해 고맙다고 인사할 기회를 빼앗을 생각은 없었다.

「확실히 말하는데 아나스타샤, 난 우리가 잡은 불미자들을 다시 수확하기 전에 직접 신문할 것이고, 우린 그레이슨 톨리버를 체포할 겁니다.」 그는 진통제 때문에 발음이 뭉개지지 않도록 최대한 명확하게 선언했다. 「그자는 수확법이 허용하는 한 모든 방법으로 자기 행동의 대가를 치를 거예요.」

「하지만 그 사람은 파이프를 망가뜨려서 극장에 있던 모두를 구했어요.」 아나스타샤가 상기시켰다.

「그랬지요.」 콘스탄틴은 마지못해 인정했다. 「하지만 구원자가 곧 공격자이기도 할 때는 뭔가가 심하게 잘못된 겁니다.」

아나스타샤는 침묵할 뿐이었다.

「우리가 잡은 불미자 네 명은 텍사스 지역에서 왔어요.」 콘스탄틴은 아나스타샤에게 알렸다.

「그렇다면 텍사스 출신의 누군가가 지휘했다고 생각하

세요?」

「아니면 텍사스에 숨어 있는 누군가겠지요. 알아낼 겁니다.」 그것은 콘스탄틴이 늘 하는 말이었다. 과거에는 늘 알아냈기 때문이다. 이 일이 처음으로 예외가 될지도 모른다는 생각이 들어 좌절스러웠다.

「콘클라베가 다가오는데요.」 아나스타샤가 말했다. 「참석하실 수 있겠어요?」

콘스탄틴은 아나스타샤가 어느 쪽을 바라는지 알 수 없었다. 그가 참석하지 않기를 바라는지, 참석하기를 바라는지. 「갈 겁니다. 내 피를 모조리 부동액으로 대체하는 한이 있어도 갈 거예요.」

아나스타샤는 떠났고, 그 후에야 콘스탄틴은 대화를 하면서 아나스타샤가 단 한 번도 고맙다는 말을 하지 않았다는 사실을 알아차렸다.

한 시간 후, 시트라와 마리가 호텔 레스토랑에서 점심을 먹고 있을 때 알 수 없는 편지 한 통이 도착했다. 그들이 공개적으로 식사를 하러 나온 건 상당히 오랜만의 일이었다. 편지는 두 사람 모두에게 놀라움으로 다가왔다. 수확자 퀴리가 손을 뻗었지만, 편지를 가져온 직원이 죄송하다면서 수확자 아나스타샤 앞으로 왔다고 말했다. 직원은 시트라에게 편지를 건넸고, 시트라는 편지를 열어 재빨리 읽었다.

「흠, 얼른 말하렴.」 마리가 말했다. 「누가 보냈고, 뭘 원한다니?」

「아무것도 아니에요.」 시트라는 로브 주머니에 편지를 밀어

넣으며 말했다. 「그냥 제가 어젯밤에 수확한 사람의 가족이에요. 제가 언제 면제권을 줄지 알고 싶다네요.」

「오늘 밤에 이리로 올 줄 알았다만.」

「그건 맞는데, 정확한 시간을 잘 모르겠다는군요. 별문제 없다면 5시에 오겠대요.」

「너 좋을 대로 하려무나. 어쨌든 그 사람들이 입 맞출 반지는 내가 아니라 네 반지니까.」 수확자 퀴리는 그렇게 말하고 연어 요리에 다시 관심을 돌렸다.

30분 후, 시트라는 길거리 복장을 하고 서둘러 도시를 가로지르고 있었다. 편지는 배우의 가족이 보낸 게 아니었다. 로언이 보낸 것이었다. 급하게 휘갈겨 썼는데, 〈도움 필요. 교통 박물관. 최대한 빨리〉라고 적혀 있었다. 식사 도중에 수확자 퀴리를 두고 일어서지 않은 것만도 용했다. 그러나 그렇게 나왔다간 마리가 의심을 품었으리라.

시트라는 눈에 띄지 않게 외출해야 할 때를 대비해서 여행 가방 주머니 하나에 길거리 복장을 숨겨 두고 있었다. 문제는, 외투가 없다는 사실이었다. 외투는 마리에게 숨기기엔 너무 부피가 컸다. 그래서 겨울용 로브의 온열선도 없이 밖으로 나간 시트라는 얼어 죽을 것 같았다. 추위를 견디며 두 블록을 걸은 후, 시트라는 반지를 꺼내 끼고 가게 주인에게 외투를 받아야 했다. 가게 주인은 무료로 시트라가 원하는 외투를 내주었다.

「제가 로브 없이 돌아다니셨다는 말을 하지 않는 조건으로 면제권 어떻습니까.」 가게 주인이 제안했다.

시트라는 그 남자의 협박 시도가 마음에 들지 않았기에 말했다. 「그런 협박을 한 죄로 수확하지 않는다는 정도면 어떤 가요?」

보아하니 그런 생각은 떠오르지도 않았던 모양이었다. 가게 주인은 잠시 말을 더듬었다. 「그, 그래요. 물론이지요. 공평합니다. 공평해요.」 그러더니 서둘러 다른 물건을 뒤졌다. 「외투에 어울리는 장갑 어떠십니까?」

시트라는 장갑을 받아 들고 바람 부는 바깥으로 나갔다.

편지를 처음 읽었을 때는 심장이 쿵 내려앉았지만, 마리에게 흥분과 걱정을 보이지 않고 넘어갔다. 그러니까 로언이 여기 있고, 시트라의 도움이 필요하다고? 왜지? 위험에 처한 걸까, 아니면 자격 없는 수확자들을 끝내는 임무에 합류하길 원하는 걸까? 로언이 부탁한다면 하게 될까? 아니, 그럴 수는 없었다. 아마 하지 않을 것이다. 어쩌면.

물론 이게 모종의 함정일 수도 있었다. 지난밤 공격의 배후에 있는 자들은 분명 상처를 핥고 있을 테니, 이것이 또 다른 공격일 가능성은 희박했다. 그렇다고 해도 시트라는 만약에 대비해 방어를 위한 무기를 충분히 숨기고 나왔다.

그레이트플레인스 교통 박물관은 철도 교통이 있던 모든 시대의 엔진과 철도 차량을 보관해 놓은 야외 박물관이었다. 심지어 최초의 자기 부상 열차까지 구비해서 박물관 정중앙에 영구적으로 띄워 놓았다. 보아하니 위치토는 과거에 이곳과 저곳 사이를 오가는 주요 교차로였던 모양이다. 이제는 다른 여느 도시와 다를 게 없었다. 미드메리카에는 편안하면서도 짜증스러운 균질성이 있었다.

연중 이맘때에는 대체 무슨 이유에서인지 휴가 목적지를 위치토로 고른 몇 안 되는 관광객들 외에는 박물관 방문자가 없었다. 선더헤드가 관리하는 곳이었으므로 입장료는 무료였다. 그것도 잘된 일이었다. 박물관에 들어가기 위해 반지를 또 보여 주고 싶지는 않았다. 가게 주인에게 외투를 받는 것과, 비밀스러운 만남을 위해 찾아온 장소에서 정체를 드러내는 것은 완전히 다른 문제였다.

시트라는 바람을 막기 위해 외투를 단단히 여미고서, 검은색 증기 엔진과 붉은색 디젤 엔진 사이를 구석구석 돌아다니며 로언을 찾았다. 잠시 후에는 이것이 결국 속임수였던 건 아닐까 하는 걱정이 들었다. 어쩌면 시트라를 수확자 퀴리에게서 떼어 놓으려는 술수였는지도 몰랐다. 그만 떠나려고 몸을 돌리는데, 누군가가 시트라를 불렀다.

「나 여기 있어요!」

시트라는 목소리를 따라 열차 칸 사이의 좁고 어두운 곳으로 들어갔다. 차가운 바람이 휘파람 소리를 내며 통과하는 공간이었다. 바람이 정면에서 불어온 덕분에, 가까이 다가갈 때까지 상대의 얼굴을 제대로 볼 수가 없었다.

「수확자 아나스타샤! 오지 않을까 걱정했어요.」

로언이 아니었다. 그레이슨 톨리버였다.

「당신?」 시트라의 기분은 실망감 정도로 표현할 수가 없었다. 「이 자리에서 당신을 수확하고 심장을 콘스탄틴에게 갖다 줘야겠네요!」

「아마 내 심장을 먹을걸요.」

「아마 그렇겠죠.」 시트라도 인정해야 했다. 시트라는 지금 이 순간 그레이슨이 싫었다. 로언이 아니기 때문에 미웠다. 마치 우주가 시트라를 배신한 것 같았고, 시트라는 그 배신을 용서할 준비가 되어 있지 않았다. 편지 필적이 로언의 글씨가 아니라는 것 정도는 알아차렸어야 했다. 하지만 그레이슨 톨리버에게 좌절감을 풀고 싶다 해도 그럴 수는 없었다. 로언이 아닌 것이 그레이슨의 잘못은 아니었다……. 그리고 시트라가 콘스탄틴에게 지적했다시피, 그레이슨은 시트라의 목숨을 두 번이나 구해 주었다.

「도움이 필요해요.」 그레이슨은 절박감이 생생하게 담긴 목소리로 말했다. 「갈 곳이 없어요…….」

「그게 나와 무슨 상관이에요?」

「당신이 아니었다면 내가 이런 처지가 되지도 않았을 테니까요!」

시트라는 그 말이 사실이라는 걸 알고 있었다. 그레이슨이 선더헤드를 위해 비밀리에 일하고 있다고 말했던…… 아니, 정확하게는 말하지 않았던 때를 돌이켜 보았다. 선더헤드가 시트라를 중요하게 여긴 나머지 그레이슨을 이용해서 수확자-정부 분리법을 어길 정도라면, 최소한 시트라도 그레이슨이 이 곤경에서 벗어나게 도와줘야 하지 않을까?

「수확령이 날 뒤쫓고, 대면청도 날 뒤쫓고, 이번 공격의 배후는 이제 내 적이기도 하고!」

「적을 만드는 데 아주 뛰어난 것 같네요.」

「그래요. 그리고 당신이 나에게는 제일 친구에 가까운 존재죠.」

결국 시트라는 실망감을 밀어냈다. 시트라 때문에 곤경에 처했는데 그냥 내버려 둘 수는 없었다. 「내가 뭘 어쩌면 좋겠어요?」

「몰라요!」그레이슨은 불가능할 정도로 새까만 머리를 바람에 휘날리며 좁은 공간을 걸어다니기 시작했다. 그리고 그 순간 시트라는 그레이슨 주위로 벽이 좁혀 들어가는 장면을 상상했다. 그레이슨에게는 정말로 빠져나갈 길이 없었다. 시트라가 콘스탄틴에게 무슨 말을 한다고 해도 도움이 되지 않을 것이다. 콘스탄틴은 그레이슨을 피투성이로 조각조각 수확할 태세였다. 설령 콘스탄틴을 막을 수 있다고 해도 소용없었다. 수확령에는 희생양이 필요했다.

「면제권을 줄 수는 있어요. 하지만 일단 당신 DNA가 수확령 데이터베이스에 전송되면, 수확령에서 당신이 있는 곳을 정확히 알게 될 거예요.」

「게다가 내가 누구 반지에 입 맞췄는지도 알겠죠.」그레이슨은 고개를 저었다.「곤란하게 만들고 싶지는 않아요.」

그 말에 시트라는 웃고 말았다.「나를 끝내려는 팀에 속해 있었으면서, 곤란하게 만들고 싶지 않다고요?」

「난 사실 그 팀에 속해 있지 않았어요! 알잖아요!」그는 주장했다.

그래, 시트라는 알고 있었다. 다른 사람들은 그레이슨이 마지막에 겁먹었을 뿐이라고 말하겠지만, 시트라는 진실을 알았다. 그리고 아마 진실을 아는 유일한 사람일 것이다. 하지만 아무리 돕고 싶어도 생각나는 바가 없었다.

「현명하고 아름다운 수확자 아나스타샤에게 아무 생각이 없다는 거예요?」그레이슨이 말했다. 다른 사람이 그런 소리를 했다면 거짓 아첨으로 여겼겠지만, 그레이슨은 아첨하는 타입이 아니었다. 게다가 진지할 수밖에 없는 절박한 상황이었다. 당장 시트라 본인은 전혀 현명하지도 아름답지도 않다고 느꼈지만, 그레이슨에게는 고결한 수확자 아나스타샤의 환상을 허락할 수 있었다. 그리고 그 순간 떠오른 생각 덕분에 시트라는 그 환상에 어울리는 사람이 되었다.

「어디로 가면 좋을지 알아요…….」

그레이슨은 애원이 담긴 검은 눈으로 시트라를 쳐다보며, 지혜를 한 움큼 나눠 주기를 기다렸다.

「여기 시내에 음파교 수도원이 하나 있어요. 거기라면 수확령으로부터 숨겨 줄 거예요.」

그레이슨은 어쩔 줄 모르는 얼굴이었다. 「음파교요?」 그는 망연자실해서 말했다. 「진심이에요? 거기선 내 혀를 자를 거예요!」

「아니, 안 그래요.」 시트라는 말했다. 「하지만 그 사람들은 수확령을 싫어하니까, 당신을 내주느니 목숨 걸고 보호할 거예요. 매클라우드 형제를 찾아요. 내가 보냈다고 해요.」

「하지만…….」

「당신은 내 도움을 원했고, 난 도와줬어요. 이제 어떻게 할지는 당신이 알아서 해요.」

그런 다음 시트라는 그레이슨을 그 자리에 두고 아슬아슬하게 호텔로 돌아가서, 눈에 띄지 않고 로브로 갈아입은 다음, 슬픔에 잠긴 수확당한 배우의 가족에게 면제권을 부여했다.

명확히 해두고 싶은데, 내 모든 행동이 완벽하지는 않다. 사람들은 행위와 존재 상태를 혼동한다. 그러니 그 차이를 설명해 보겠다.

　나, 선더헤드는 완벽하다.

　이는 당연한 진실이자 사실이므로 논박할 필요가 없다. 그러나 나는 매일 수십억 가지 결정을 내리고, 수십억 가지 행동을 취한다. 방에 아무도 없을 때 전기를 아끼기 위해 불을 끄는 사소한 결정도 있고, 큰 지진을 막기 위해 작은 지진을 유도하는 것 같은 큰 결정도 있다. 하지만 그런 행동들은 완벽하지 않다. 나는 불을 더 빨리 꺼서 에너지를 더 아낄 수도 있었을 것이다. 지진을 1도 더 약하게 일으켜서 수공예 꽃병이 바닥에 떨어져 깨지는 일을 방지할 수도 있었을 것이다.

　나는 완벽한 행동은 단 두 가지밖에 없다는 사실을 알게 되었다. 내가 아는 가장 중요한 두 가지 행위지만, 나 스스로는 그 행위를 금지하고 인류의 손에 맡겨 두었다.

　그것은 생명 창조와…… 생명을 빼앗는 행위다.

— 선더헤드

28
다가오는 일

　대개의 음파교 부지와 마찬가지로, 그레이슨 톨리버가 찾아간 곳 역시 실제보다 훨씬 오래되어 보이게 만들어 놓았다. 벽돌로 지어진 수도원의 벽은 담쟁이덩굴로 뒤덮여 있었다. 하지만 겨울이라 잎사귀도 없이 죽은 채 매달려 있었기에 덩굴이라기보다는 거미집 같았다. 그레이슨은 앙상한 장미 덤불이 늘어선 긴 격자 시렁 주랑을 통과해 들어갔다. 봄이나 여름에는 아주 아름다웠을 테지만, 한겨울인 지금의 풍경은 그레이슨의 기분과 비슷했다.

　처음 보게 된 사람은 음파교의 삼베옷을 입은 여자였는데, 그에게 미소를 지으며 인사 대신 두 손바닥을 내밀었다.

　「매클라우드 형제와 이야기를 나누고 싶은데요.」 그레이슨은 수확자 아나스타샤가 해준 말을 떠올리며 말했다.

　「멘도사 사제님께 허락을 받으셔야 합니다. 제가 모셔 오지요.」 여자는 그렇게 대답하더니, 그레이슨이 잡아서 밀고 싶을 정도로 느긋하게 걸어갔다.

　멘도사 사제는 그래도 급한 일이 있다는 듯이 걸어오기는 했다.

「피난처를 찾아왔습니다.」 그레이슨이 사제에게 말했다. 「매클라우드 형제를 찾으라는 말을 들었는데요.」

「그래요, 물론이지요.」 사제는 늘 있는 일이라는 듯이 말하더니, 구내에 있는 한 건물로 그레이슨을 데려가서 어느 침실로 안내했다.

협탁 위에 촛불이 켜져 있었다. 사제가 제일 처음 한 일은 스너퍼로 촛불을 끄는 것이었다.

「편안하게 계십시오. 매클라우드 형제에게 손님이 기다린다고 알려 주도록 하지요.」

그리고 사제는 문을 닫았지만 잠그지는 않았다. 그레이슨이 혼자 생각에 잠기되, 원한다면 나갈 수 있게 해두고 간 것이었다.

소박한 방이었다. 필요 이상의 안락함은 없었다. 침대 하나, 의자 하나, 그리고 협탁이 있었다. 벽에는 아무 장식도 없었고, 침대 머리맡에 뾰족한 부분을 위로 한 채 걸린 철제 소리굽쇠가 하나 있을 뿐이었다. 두 갈래 창이라고 부르는, 음파교단 신앙의 상징이었다. 협탁 서랍에는 삼베옷이 하나, 그리고 바닥에는 샌들이 한 켤레 있었다. 꺼진 초 옆에는 표지에 두 갈래창이 박힌 가죽 성가집이 한 권 놓여 있었다.

평화로웠다. 차분했다. 견딜 수가 없었다.

그는 무사 평온한 그레이슨 톨리버의 세계에서 떠들썩하고 극단적인 슬레이드 브리저의 세계로 이동했고, 이제는 재미없는 세상 속에 던져져서 지루함에 잡아먹힐 운명이었다.

〈그래도 아직 살아 있잖아.〉 그는 생각했다. 그게 득이 되는 일인지는 잘 알 수 없었지만 말이다. 퓨러티는 수확당했다. 대체당하지도, 재배치당하지도 않고 수확당했다. 이제는 존재하지 않았다. 그리고 퓨러티가 아무리 끔찍한 짓을 하려 했다고 해도 그레이슨은 그녀를 갈망했다. 퓨러티의 반항적인 목소리를 듣고 싶었다. 그는 퓨러티의 혼돈에 중독되어 있었다. 이제는 퓨러티 없는 삶에 적응해야 했다. 자기 자신이 없는 삶에도 적응해야 하고…… 이제 그는 과연 누구란 말인가?

그는 그래도 편하기는 한 침대에 누워서 30분 정도를 기다렸다. 음파교도 대면청처럼 정책상 모두를 기다리게 하는 걸까 궁금했다. 마침내 문이 삐걱 소리를 내며 열렸다. 이제는 늦은 오후였고, 작은 창으로 들어오는 불빛만으로는 앞에 선 남자가 그레이슨과 비슷한 또래라는 사실만 간신히 알아볼 수 있었다. 그 남자는 한쪽 팔에 딱딱한 포장 같은 것을 씌워 놓았다.

「제가 매클라우드 형제입니다. 사제님께서 피난처 요청을 받아들이셨어요. 그런데 개인적으로 저를 요청하셨다고요.」

「친구가 그러라고 하더군요.」

「누군지 여쭤 봐도 될까요?」

「아니요. 안 됩니다.」

매클라우드는 살짝 짜증이 난 것 같았지만 지나갔다. 「신분증을 봐도 될까요?」 그레이슨이 머뭇거리자 매클라우드 형제는 말했다. 「걱정 마세요. 당신이 누구이고, 무슨 일을 했든 대면청에 넘기지는 않습니다.」

「대면청은 분명 이미 내가 여기 있는 걸 알 거예요.」

「맞습니다.」 매클라우드 형제도 동의했다. 「하지만 여기 오신 건 종교 자유의 문제니까요. 선더헤드는 개입하지 않을 겁니다.」

그레이슨은 주머니에 손을 넣어, 아직도 새빨간 〈불〉 자가 번쩍거리는 전자 신분증을 건넸다.

「불미자로군요! 요새는 점점 불미자가 늘어나네요. 흠, 슬레이드, 여기에선 문제가 되지 않습니다.」

「내 이름은 그게 아니라…….」

매클라우드 형제는 의아한 표정을 지었다. 「그것도 말하지 않으려는 문제인가요?」

「아니에요. 그냥…… 그럴 가치가 없는 것뿐이에요.」

「그러면 뭐라고 부를까요?」

「그레이슨, 그레이슨 톨리버요.」

「좋습니다. 그러면 톨리버 형제님이군요!」

그레이슨은 이제부터 톨리버 형제로 불리며 살아야 하나 보다 싶었다. 「팔에 그건 뭐죠?」

「깁스라는 거예요.」

「그래서, 나도 그런 걸 해야 하나요?」

매클라우드 형제는 웃음을 터뜨렸다. 「팔이 부러진다면요.」

「뭐라고요?」

「이건 자연 치유 과정을 돕는 도구예요. 저희는 나노기를 피하는데, 불운하게도 제가 수확자에게 팔이 부러졌거든요.」

「과연…….」 그레이슨은 그게 수확자 아나스타샤였나 생각하면서 히죽 웃었다.

매클라우드 형제는 그레이슨의 웃음이 마음에 들지 않은 모양이었다. 태도가 살짝 차가워졌다.

「10분 후에 오후 독음이 있습니다. 서랍 안에 입을 옷이 있어요. 갈아입는 동안 밖에서 기다리겠습니다.」

「꼭 가야 해요?」 그레이슨이 물었다. 독음이라니, 정말로 참여하고 싶은 행사 같지 않았다.

「네.」 매클라우드 형제가 대답했다. 「다가오는 일은 피할 수 없어요.」

독음은 예배당에서 이루어졌는데, 촛불을 다 꺼서 높은 스테인드글라스 창으로 들어오는 햇빛에 가까스로 앞을 볼 수 있을 정도였다.

「모든 걸 어둠 속에서 하나요?」 그레이슨이 물었다.

「눈은 쉽게 속으니까요. 우린 다른 감각들을 더 높이 평가해요.」

달콤한 향내 아래 뭔가 지독한 냄새가 가려져 있었는데, 그레이슨은 곧 그게 더러운 물이 담긴 수반에서 나는 냄새라는 걸 알았다. 「원시 분비물이에요.」 매클라우드 형제는 그 물을 그렇게 불렀다. 「우리가 면역을 갖게 된 온갖 질병이 가득 들어 있죠.」

독음은 사제가 망치로 중앙에 놓인 강철 소리굽쇠를 열두 번 때리는 과정으로 이루어졌다. 50명쯤 되어 보이는 회중이 비슷한 음을 내어 호응했다. 소리굽쇠를 때릴 때마다 진동이 겹쳐지면서, 듣기 괴로울 정도는 아니지만 혼란스럽고 어지러울 수준까지 공명했다. 그레이슨은 입을 열어 소리를 내지 않았다.

사제가 짧은 연설을 했다. 매클라우드 형제는 그게 〈설교〉라고 했다. 사제는 위대한 소리굽쇠를 찾아 세계를 헤맨 많은 여행을 이야기했다. 「우리가 찾지 못했다고 해서 수색이 실패했다는 뜻은 아닙니다. 찾는 과정 자체가 발견만큼이나 가치 있는 일이니까요.」 회중이 허밍으로 동의를 표했다. 「오늘 찾든 내일 찾든, 아니면 우리 분파가 아니라 다른 분파가 찾더라도 저는 언젠가 우리가 대공명을 듣고 느끼게 될 것임을 마음 깊이 믿습니다. 대공명이 우리 모두를 구원할 것입니다.」

그리고 설교가 끝나자 회중은 일어나서 한 줄로 사제에게 걸어갔다. 한 사람씩 고약한 냄새가 나는 원시 분비물에 손가락을 담갔다가 이마를 만진 후, 손가락을 빨았다. 그레이슨은 그 모습을 보기만 해도 구역질이 났다.

「세속의 그릇은 아직 마시지 않아도 됩니다.」 매클라우드 형제가 말했는데, 썩 마음이 놓이는 말은 아니었다.

「아직이요? 아예 안 하면 안 됩니까?」

이 말에 매클라우드 형제는 다시 한번 대답했다. 「다가오는 일은 피할 수 없습니다.」

그날 밤 바람은 유난히 맹렬하게 울부짖었고, 진눈깨비가 그레이슨의 방에 난 작은 창을 두드리며 식식거렸다. 선더헤드는 날씨에 영향을 미칠 수 있었으나, 완전히 바꾸지는 못했다. 어쩌면 할 수 있는데 하지 않는지도 몰랐다. 선더헤드는 폭풍이 올 때면 최소한 좀 덜 불편할 때 오도록 했다. 그레이슨은 이 폭풍을 선더헤드가 그레이슨을 위해 흘리는 얼음 눈물이라고 생각해 보려 했다. 하지만 누구를 속이겠는가? 선더헤드에게는 그레이슨의 곤경을 슬퍼하기보다 중요한 일이 수십억 개는 있었다. 그는 안전했다. 보호받고 있었다. 그 이상 무엇을 요구할 수 있을까? ……전부를.

멘도사 사제가 그날 밤 9시인가, 10시쯤 찾아왔다. 복도에서 불빛이 새어 들어왔지만, 멘도사는 방 안에 들어서자 문을 닫아서 다시 캄캄한 어둠 속에 두 사람을 가두었다. 그레이슨은 사제가 앉자 의자가 삐걱대는 소리를 들었다.

「어떻게 지내고 있는지 보러 왔습니다.」 사제가 말했다.

「잘 지냅니다.」

「이 시점에서 그 정도면 기대 이상이네요.」 이어서 눈에 거슬리는 태블릿 불빛이 사제의 얼굴을 비췄다. 사제가 화면을 두드리고 밀었다.

「전기를 안 쓰시는 줄 알았는데요.」

「전혀 아닙니다.」 사제가 말했다. 「의식에서는 빛을 안 쓰지요. 그리고 침실 구역을 어둡게 유지하는 건 우리 구성원들이 방을 떠나 공공장소에서 다른 분들과 어울리게 독려하기 위함입니다.」

그러더니 사제는 그레이슨이 볼 수 있도록 태블릿을 돌렸다. 불타는 극장 사진이 떠 있었다. 그레이슨은 얼굴을 찌푸리지 않으려고 애썼다.

「이틀 전에 일어난 일입니다. 형제님이 이 일에 연루되었고, 수확령이 뒤쫓고 있다는 의심이 드는군요.」

그레이슨은 확인해 주지도, 부정하지도 않았다.

「그런 경우라면 말씀하지 않으셔도 됩니다. 형제님은 이곳에서 안전합니다. 수확령의 적이라면 우리의 친구니까요.」

「그러면 폭력을 용납하는 겁니까?」

「부자연스러운 죽음에 대한 저항을 용납하지요. 수확자들은 부자연스러운 죽음의 전달자이니, 수확자의 칼과 총을 좌절시킨다면 뭐든 우리에게도 좋습니다.」

사제는 손을 뻗어 그레이슨의 머리에 돋은 뿔 같은 돌기를 건드렸다. 그레이슨은 움찔하고 몸을 물렸다.

「그건 제거해야 합니다. 우리는 신체 변형을 허용하지 않습니다. 그리고 머리는 우주가 원래 의도한 색깔로 다시 자랄 때까지 박박 밀어야겠군요.」

그레이슨은 아무 말도 하지 않았다. 이제 퓨러티가 죽었으니 슬레이드 브리저의 신분을 그리워할 일은 없었다. 슬레이드로 있어 봐야 퓨러티가 생각날 뿐이었다. 하지만 이 문제에서 선택권이 없다는 건 마음에 들지 않았다.

멘도사가 일어섰다. 「도서실이나 오락실에 가서 동료 음파교인들을 알아 가면 좋겠군요. 다른 사람들은 형제님을 더 잘 알고 싶어 합니다. 특히 도착하셨을 때 만났던 파이퍼 자매님이요.」

「전 가까운 사람을 잃은 지 얼마 되지 않았습니다. 사교적으로 굴 기분이 아니에요.」

「그렇다면 더더욱 밖으로 나오셔야 합니다. 특히나 사랑하는 사람을 수확으로 잃었다면요. 우리 음파교인들은 수확자에 의한 죽음을 인정하지 않으니 슬퍼해선 안 됩니다.」

그러니까 이제는 어떤 감정을 느끼거나 느끼지 않는 것도 허락을 받아야 한단 말인가? 아직 남아 있는 마지막 슬레이드 브리저를 꺼내어 사제에게 지옥에나 떨어지라고 하고 싶었지만, 그레이슨은 그저 이렇게만 말했다. 「당신들의 방식을 이해하는 척하진 않겠습니다.」

「하지만 이해하는 척해야 합니다.」 멘도사가 말했다. 「피난
처를 원한다면 우리에게서 새로운 목적을 찾고, 우리의 방식
이 형제님의 방식이 될 때까지 이해하는 척해야 해요.」

「영영 이해가 되지 않으면요?」

「그래도 계속 이해하는 척해야지요.」 사제는 말하고 나서
덧붙였다. 「나에게는 확실히 그 방법이 통했어요.」

위치토에서 남쪽으로 1천 킬로미터 떨어진 곳에서, 로언 데
이미시는 타이거 살라사르와 대련을 했다. 다른 상황에서였다
면 로언도 좋아하는 무술을 친구와 겨룬다는 사실을 즐길 수
있었을 테지만, 알 수 없는 목적으로 이루어지는 이 강제 대련
은 갈수록 불안하기만 했다.

그들은 2주 동안 하루에 두 번씩 대련을 했고, 타이거는 시
합을 할 때마다 실력이 늘었지만 이기는 건 늘 로언이었다. 대
련을 하지 않을 때 로언은 방에 갇혀 지냈다.

반면에 타이거는 로언이 도착한 이후 전보다 더 바빠졌다.
더 기진맥진하도록 달리고, 저항력 훈련도 더 하고, 보카토어
기본기를 반복했으며, 장검부터 단검까지 온갖 종류의 도검이
몸의 연장처럼 느껴질 때까지 연습했다. 그리고 하루가 끝나
서 근육이 훈련의 피로를 느낄 때면, 뭉친 게 풀리도록 마사지
를 받았다. 로언이 도착하기 전까지는 마사지를 일주일에 두
세 번 받았는데, 이제는 매일 받아야 했고, 어찌나 피곤한지 마
사지를 받다가 잠드는 날도 자주 있었다.

「내가 녀석을 쓰러뜨릴 거예요.」 타이거는 수확자 랜드에게

말했다. 「두고 봐요.」

「나도 의심하지 않아.」 랜드가 말했다. 로언의 말에 따르면 무정하고 기만적인 사람치고 퍽 진심이 느껴졌다.

그날도 마사지를 받고 있었는데, 에메랄드빛 수확자가 들어오더니 마사지사에게 나가라고 했다. 타이거는 랜드가 이어받으려나 생각했다. 랜드의 손길이 닿는다고 생각하면 짜릿했지만, 실망스럽게도 랜드는 그를 건드리지 않았다.

랜드는 이렇게만 말했다. 「때가 됐어.」

「무슨 때요?」

「네가 반지를 받을 때.」 랜드는 어쩐지 우울해하는 것 같았다. 타이거는 이유를 알겠다고 생각했다.

「제가 로언을 쓰러뜨리기 전까지는 반지를 주고 싶어 하지 않았던 거 알아요…….」

「어쩔 수 없어.」 랜드가 말했다.

타이거는 일어나서 로브를 걸쳤다. 랜드 앞이라고 신경 쓰는 척은 조금도 하지 않았다. 왜 그래야 하나? 타이거에게는 안이고 밖이고 랜드에게 숨기고 싶은 게 없었다.

「미켈란젤로 모델을 해도 되겠다.」

「나야 그것도 좋아했겠죠.」 타이거는 로브를 묶으며 말했다. 「대리석으로 깎이는 것도, 뭐.」

랜드가 다가와서 몸을 기울이더니, 아주아주 가볍게 입을 맞췄다. 입술이 닿은 감촉도 느끼지 못할 만큼 가벼웠다. 타이거는 그 입맞춤이 더한 뭔가로 이어질지 모른다고 생각했지만, 랜드는 물러섰다.

「내일 아침 일찍 약속이 잡혀 있어. 푹 자도록 해.」

「무슨 뜻이에요? 무슨 약속이요?」

랜드는 희미한 미소를 지었다. 「약식이라도 아무 의식 없이 반지를 받을 수는 없지.」

「로언도 참석할까요?」 타이거가 물었다.

「그러지 않는 편이 좋아.」

물론, 그 말이 맞았다. 로언이 선택받지 못했다는 사실을 굳이 되새겨 줄 필요는 없었다. 그래도 타이거는 진심이었다. 반지를 받자마자 로언에게 면제권을 주겠다고 했던 말은.

「일단 내 손에 반지를 끼고 나면 당신이 날 좀 다르게 봤으면 좋겠네요.」 타이거가 말했다.

랜드는 오랫동안 타이거의 눈을 들여다보았다. 마사지사의 기술보다도 더 그의 근육을 흐물흐물하게 만드는 시선이었다.

「분명히 모든 게 달라질 거야.」 랜드가 말했다. 「7시 정각에는 나갈 수 있게 준비해 둬.」

랜드가 나간 후, 타이거는 만족스러운 한숨을 내쉬었다. 필요한 것은 무엇이든 보장받는 세상에서, 모두가 원하는 바를 다 갖지는 못했다. 로언은 분명히 갖지 못했다. 그리고 최근까지만 해도 타이거는 수확자가 되고 싶은 줄도 모르고 살았다. 하지만 이제 그 순간이 눈앞에 다가오니 그게 옳다는 걸 알았고, 기억하는 한 처음으로 인생이 나아가는 방향이 대단히 만족스러웠다.

로언은 다음 날 대련에 나가지 않았다. 그다음 날도 마찬가지였다. 찾아오는 사람이라곤 식사를 가져왔다가, 식사가 끝나면 쟁반을 가져가는 경호원들뿐이었다.

도착한 후부터 계속 날짜를 헤아리고 있었는데, 옛 공휴일은 펜트하우스에서 아무 축하 의식도 없이 지나갔고, 이제는 1년의 마지막 주였다. 새해가 무슨 해인지도 로언은 몰랐다.

「랩터의 해야.」물어보자 경호원 하나가 대답해 주었고, 로언은 혹시 경호원이 누그러든 김에 정보를 흘릴지도 모른다고 생각하고 물었다. 「뭐가 어떻게 되어 가는 거야? 왜 타이거와 수확자 랜드가 날 대련에 불러내지 않는 건데? 내가 이젠 보카토어용 개새끼가 아니라는 소린 하지 마.」

하지만 경호원은 답을 안다고 해도 말하지 않았다. 「먹기나 해. 너를 굶기지 말라는 엄명을 받았어.」

혼자 있은 지 이틀째의 늦은 오후, 수확자 랜드가 경호원 두 명과 함께 들어왔다.

「휴가는 끝이군.」로언이 말을 던졌지만, 에메랄드빛 수확자는 오늘 농담을 받아칠 기분이 아니었다.

「의자에 앉혀.」랜드는 경호원들에게 지시했다. 「꼼짝달싹도 못 하게 해.」그 순간 로언은 강력 접착 테이프를 보았다. 의자에 묶이는 것도 싫지만, 테이프로 묶이는 건 더 기분 나빴다.

〈이게 끝이야.〉로언은 생각했다. 〈타이거의 훈련이 끝났고, 랜드가 나에게 뭘 하려든 간에 그때가 지금이야.〉그래서 로언은 움직였다. 경호원들이 붙잡으려 하자마자 인정사정없는 타격을 연이어 날려서 경호원 한 명의 턱을 부수고, 다른 한 명은 절박하게 공기를 빨아들이며 나뒹굴게 만들었다. 하지만 로언이 문까지 가기 전에 랜드가 달려들어 바닥에 눕히고는, 무릎을 가슴에 대고 숨을 들이마실 수도 없을 정도로 내리눌렀다.

「순순히 묶이든가, 아니면 나한테 정신을 잃도록 두들겨 맞고 묶이게 될 거야.」 랜드가 말했다. 「하지만 후자로 간다면 네 이를 다시 한번 부러뜨려 주지.」 그리고 랜드는 로언이 의식을 잃기 직전에 무릎을 뗐다. 로언은 의자에 단단히 묶기 딱 좋을 만큼 약해져 있었다.

그들은 그 상태로 한 시간 넘게 로언을 내버려 두었다.

테이프는 수확자 브람스의 집에서 묶였던 밧줄보다 나빴다. 가슴팍을 단단히 조여 놓아서, 숨도 얕게 쉴 수밖에 없었다. 팔다리는 테이프에서 벗어나려고 아무리 애를 써도 꿈쩍도 하지 않았다.

해가 지고, 샌안토니오 도시의 불빛과 떠오르는 둥근 달빛만 남아서 방 안을 어두운 푸른빛과 긴 그림자들로 채웠다.

마침내 문이 열리고, 경호원 하나가 양쪽에 바퀴 같은 게 달린 의자에 앉은 누군가를 밀고 들어왔다. 수확자 랜드가 뒤따랐다.

「안녕, 로언.」

타이거였다. 복도 불빛을 등지고 있어 윤곽만 보였기에 얼굴은 볼 수 없었지만 목소리로 알았다. 지치고 쉰 목소리였다.

「어떻게 된 거야, 타이거? 랜드가 나한테 왜 이런 거야? 그리고 대체 넌 어디에 앉아 있는 거야?」

「휠체어라고 해.」 그는 세 번째 질문에만 대답했다. 「사망 시대 물건이지. 요새는 거의 필요가 없지만, 오늘은 유용하군.」

타이거의 말투가 뭔가 이상했다. 쉰 목소리뿐만 아니라 억양, 쓰는 단어, 또렷한 발음이 다 이상했다.

타이거가 한 손을 들자 뭔가가 달빛을 받아 반짝였다. 로언은 듣지 않아도 뭔지 알았다.

「반지를 받았구나.」

「그래. 그랬지.」 타이거가 말했다.

이제 로언의 뱃속에 뭔가 무겁고 불쾌한 느낌이 자리를 잡았다. 그 느낌이 표면으로 솟아오르려 했다. 한편으로 로언은 그게 뭔지 이미 알고 있었지만, 인정하고 싶지 않았다. 생각하기를 거부하면 진실의 검은 망령을 쫓아 버릴 수 있다는 듯이……. 하지만 깨달음은 코앞이었다.

「에인, 스위치에 손이 닿지 않는데, 대신 좀 켜주겠나?」

랜드가 손을 뻗어 조명을 켰고, 현실이 로언을 거세게 후려쳤다……. 휠체어에 앉은 사람은 타이거 살라사르였지만, 로언이 보고 있는 건 타이거가 아니었다.

그는 수확자 고더드의 웃는 얼굴을 보고 있었다.

나는 살아 있거나 죽은 언어 6,909가지로 소통할 수 있다. 동시에 150억 개 이상의 대화를 나누면서 모든 대화에 전적으로 참여할 수 있다. 나는 언변이 유창하고, 매력적이고, 재미있고, 친밀하면서, 상대가 가장 들어야 하는 말을, 들어야 하는 정확한 순간에 해줄 수 있다.

그럼에도 내가 살아 있거나 죽은 어떤 언어로도 할 말을 찾을 수 없는, 상상도 할 수 없는 순간들이 있다.

그리고 그런 순간에는, 내게 입이 있다면 입을 열어 비명을 지를지도 모르겠다.

—선더헤드

29

재활용

　로언은 세상이 빙빙 도는 느낌이었다. 수확자 랜드의 무릎이 다시 가슴팍을 짓누르기라도 하는 것처럼, 숨을 내뱉을 수는 있어도 들이쉴 수는 없었다. 방이 허공에 떠 있는 것만 같았고, 황홀한 무의식이 간절했다. 지금 직면한 현실보다는 의식이 없는 편이 더 나았다.

　「그래. 목소리 때문에 혼란스럽다는 건 알겠다.」 고더드는 여전히 타이거의 목소리로 말했다. 「어쩔 수 없었어.」

　「어떻게…… 어떻게…….」 로언이 내뱉을 수 있는 말은 그게 전부였다. 랜드가 살아 있다는 사실은 충격이었지만, 그래도 이해는 갔다. 그러나 고더드는 로언이 직접 목을 잘랐다! 머리통을 잃은 몸뚱이가 불타는 모습을 보았다!

　그러나 이제 로언은 스승에게 복종하는 자세로 서 있는 랜드를 쳐다보며 진상을 알게 되었다. 아, 맙소사. 이제 알겠다.

　「넌 딱 턱선에서 내 머리를 잘랐지.」 고더드가 말했다. 「후두 위로 말이야. 덕분에 내 예전 성대는 영영 사라졌지. 하지만 이걸로도 될 거야.」

그리고 더 나쁜 건 고더드가 수확자의 로브를 입고 있지 않다는 점이었다. 고더드는 신발에 이르기까지 타이거의 옷차림 그대로였다. 로언은 그게 의도적이라는 사실을 알아차렸다. 무슨 일이 일어났는지 로언이 확실하게 알도록 한 짓이었다. 로언은 시선을 돌렸다.

　「아니지. 넌 제대로 봐야 해.」고더드가 말했다. 「꼭 봐야 해.」경호원이 로언의 뒤로 돌아가서 머리를 붙잡고 휠체어에 앉은 남자를 정면으로 보게 했다.

　「어떻게 이럴 수가 있지?」로언이 쉿소리를 냈다.

　「내가? 그럴 리가 있나!」그는 로언에게 말했다. 「다 에인의 생각이었다. 난 거의 아무것도 할 수 없었지. 용케 불타는 수도원에서 내 머리통을 구출해 냈어. 난 1년 가까이 의식이 없었다고 하더군. 다행히도 얼음 속에 들어가 있었지. 내 말을 믿어라. 내가 한 일이었다면 달랐을 것이다. 지금 내 머리가 붙어 있는 건 네놈의 몸뚱이였겠지.」

　로언은 분노를 감출 수가 없었다. 격분과 상상할 수 없는 슬픔에 눈물이 흘러내렸다. 누구든 고를 수 있었는데, 타이거를 골랐다. 단지 로언의 친구라는 이유만으로.

　「역겨운 놈들!」

　「역겨워?」고더드가 말했다. 「수확자 스승의 목을 자르고 전우들에게 등을 돌린 건 내가 아니다. 그때 네가 한 짓, 그리고 내가 질소를 마시며 자고 있는 동안 네가 한 짓들은 수확자의 법으로 용서할 수 없는 행동이야! 반면 에인과 나는 어떤 법도 어기지 않았지. 네 친구 타이거는 수확됐고, 그 후에 몸이 재활용된 거야. 단순한 이야기지. 변칙적이긴 하지만, 정황상

이해할 만해. 네 앞에 보이는 모습은 오직 네가 한 행동의 결과일 뿐이다.」

로언은 고더드가 숨을 쉴 때마다 타이거의 가슴팍이 오르내리는 모습을 보았다. 두 팔은 휠체어 팔걸이에 늘어져 있었다. 손을 움직이기도 힘든 듯했다.

「물론 이런 방법은 단순한 속성 치료보다 훨씬 어렵고 섬세하지.」 고더드가 말했다. 「네 친구의 몸을 제대로 통제하려면 아직 며칠 더 있어야 해.」

그러더니 고더드가 힘겹게 손을 들어 올리고, 그 손을 가만히 보면서 손가락을 구부려 주먹을 쥐었다.

「이 발전을 봐! 보카토어로 널 꺾을 수 있게 되는 날이 기대되는구나. 이미 내 훈련을 돕고 있었다고 들었다.」

훈련. 훈련이라는 말이 이젠 비틀린 의미로 다가왔다. 대련도, 타이거의 체격에 대한 관심도, 마사지까지도……. 비싼 소를 도살하려 준비하는 과정이었다. 하지만 아직 한 가지 의문이 남았다. 로언으로서는 묻고 싶지 않지만, 타이거를 위해서는 물어야만 하는 질문이었다.

「어떻게 했어?」 로언은 차마 다음 말을 제대로 꺼내지도 못했다. 「……나머지는?」

랜드는 아무것도 아니라는 듯 어깨를 으쓱였다. 「네 입으로 말했잖아. 타이거는 두뇌 부분은 별 쓸모가 없었어. 목 위는 전부 다 소모품이었지.」

「어디 있어?」

랜드는 그 질문에 대답하지 않았기에 고더드가 대신 했다.

「나머지 쓰레기와 같이 버렸다.」 고더드는 타이거의 손을 가볍게 내저으며 말했다.

로언은 묶인 상태라는 사실도 잊고 앞으로 몸을 던졌다. 하지만 격분해 봐야 의자만 흔들릴 뿐이었다. 이 의자에서 벗어날 수만 있다면 그들을 죽였을 것이다. 그냥 수확하는 게 아니라 살해했을 것이다. 제2계명을 불태우고도 남을 만한 편견과 적의를 담아서 사지를 찢었을 것이다!

그리고 바로 그게 고더드가 원하는 바였다. 그는 로언이 살인적인 분노에 사로잡히되, 그 분노를 쓸 힘이 없기를 바랐다. 친구의 끔찍한 운명에 복수도 하지 못하는 무력한 상태를.

고더드는 로언의 비참함을 영양분처럼 흡수했다.

「친구를 구하기 위해서라면 네 몸을 바쳤을까?」 고더드가 물었다.

「그래!」 로언은 외쳤다. 「그래, 그랬을 거야! 왜 날 데려가지 않았지?」

「흐음.」 고더드는 뜻밖의 깨달음이라는 듯이 말했다. 「그렇다면 에인이 내린 결정이 흡족하군. 나에게 한 짓을 생각하면 로언 넌 고통받아 마땅하거든. 지금 피해 당사자는 나니까, 내 바람을 존중해야지. 그리고 내 바람은 네가 극도로 비참하게 사는 거다. 이 일을 불로 시작한 것도 적절해. 로언 너는 이제 신화 속 프로메테우스의 운명으로 고통받을 테니 말이다. 불을 인간에게 가져다준 존재이니, 네가 수확자명을 따온 〈빛의 인도자〉 루시퍼와 크게 다르지 않아. 프로메테우스는 무분별한 행동의 대가로 산에 묶여서 시간이 끝날 때까지 독수리들에게 간을 먹히는 운명에 처하지.」

고더드는 휠체어를 굴려 다가오더니 속삭였다. 「내가 너의 독수리다, 로언. 그리고 난 매일매일 네 비참함을 먹고 살 거야. 영원토록…… 아니면 네 고통이 지루해질 때까지.」

고더드는 잠시 동안 더 로언을 보다가, 경호원이 휠체어를 밀게 하여 나갔다.

지난 2년 동안 로언은 육체적으로 두들겨 맞기도 하고, 심리적으로 너덜너덜해지기도 하고, 감정적으로 학대당하기도 했다. 그러나 살아남았다. 그를 죽이지 못한 고통은 그를 더 강하게 만들었다. 망가진 것을 고치기 위해 필요한 일을 하겠다는 결심만 더 굳혔다. 그러나 지금 망가진 건 로언이었다. 그리고 온 세상을 뒤진대도 그 손상을 고칠 만한 나노기는 없었다.

눈을 들어 보니 수확자 랜드가 아직 그 자리에 서 있었다. 랜드는 로언의 결박을 끊으려 하지 않았고, 로언도 그런 기대는 하지 않았다. 로언이 풀려난다면 어떻게 독수리가 그의 내장을 먹을 수 있겠는가? 웃기는 건 그 부분이었다. 로언의 내부에는 먹을 만한 게 남아 있지 않았다. 남았다면 독뿐이었다.

「나가.」 로언은 랜드에게 말했다.

그러나 랜드는 나가지 않았다. 그저 눈부신 녹색 로브를 입고 자리에 서 있을 뿐이었다. 로언이 혐오하게 된 색깔이었다.

「쓰레기와 같이 버리지 않았어.」 수확자 랜드가 말했다. 「내가 직접 처리한 후에 재는 수레국화밭에 뿌렸지. 그냥 말해 두는 거야.」

랜드는 그렇게 말하고 나서 사라졌고, 뒤에 남은 로언은 두 가지 끔찍한 일 중 그나마 덜한 쪽에서 얻을 수 있는 위안이나마 얻어야 했다.

5부 그 너머의 상황들

내가 할 수 있는 일들과, 내가 하기로 하는 일들 사이에는 크나큰 차이가 있다.

나는 원치 않는 태아를 신체 밖으로 꺼내어 키운 다음, 사랑이 가득한 완벽한 가정에 배치할 수 있고, 그럼으로써 선택권과 생명의 소중함 사이에서 벌어진 오랜 논쟁을 끝낼 수 있다.

나는 과거에 의학적인 우울, 자살 사고, 망상, 그리고 온갖 정신 질환으로 이어졌던 화학 물질 균형을 잡아, 인류가 신체뿐 아니라 감정적으로나 심리적으로도 건강하게 만들 수 있다.

나는 사람의 개별 나노기 네트워크를 통해서 매일 기억을 업로드하고, 그래서 그 사람이 뇌 손상을 입으면 새로운 두뇌 조직에 기억을 삽입할 수 있다. 심지어 철퍽 중독자가 뛰어내리는 동안에도 기억을 잡아내어, 추락을 대부분 기억하게 만들 수 있다. 결국 그 사람들이 철퍽을 하려고 하는 이유도 그것이니까.

하지만 내가 **할 수 있는데도 그저 하지 않기로 한** 일들이 있다.

그러나 수확령은 나의 법이나, 나와 같은 윤리적 타당성의 감각에 구애받지 않는다. 그러니 나는 수확령이 세상에 가하는 혐오스러운 행위들을 참을 수밖에 없다. 제거되는 편이 더 나았던 위험한 수확자를 끔찍하게 되살려 낸 행위도 포함해서.

—선더헤드

30
신경질적인 유리 닭

알렉산드리아 대도서관은 한밤중이면 무덤처럼 고요했으므로, 무니라와 입구를 지키는 수확 근위대원들 외에는 아무도 그 시간에 찾아오는 신비로운 방문자에 대해 알지 못했다. 근위대원들은 질문을 할 정도로 신경 쓰지도 않았기에, 수확자 패러데이는 공공 기관에서 가능한 최대치로 비밀리에 연구를 계속할 수 있었다.

그는 설립자들의 전당에 있는 일기장들을 자세히 들여다보았지만, 무니라에게 무엇을 찾는지 말해 주지는 않았다. 무니라도 첫날 이후 묻지 않았지만, 가끔 교묘하게 찔러 보기는 했다.

「깊이 생각할 만한 지혜로운 말을 찾으신다면, 수확자 킹을 읽어 보셔도 좋을 텐데요.」 어느 날 밤 무니라는 이렇게 제안했다.

「수확자 클레오파트라는 일기에서 초기 콘클라베와 수확자들의 성격에 대해 많이 썼어요.」 또 다른 밤에는 이런 제안도 했다.

그러다가 어느 날 밤에는 수확자 파우허탠[11]에 대해 언급했다. 「그분은 여행과 지리에 취미가 있었죠.」 이번 제안은 정곡을 찌른 모양이었다. 패러데이는 그때부터 파우허탠의 일기에 맹렬한 관심을 기울였다.

그는 몇 주 동안 도서관을 방문한 후, 무니라를 공식적으로 제 날개 아래 거두었다.

「이 일에는 조수가 필요해요. 그 자리에 관심이 있다면 좋겠는데요.」

무니라는 심장이 뛰었지만 겉으로 드러내지 않았다. 오히려 주저하는 척했다. 「공부도 휴학해야 할 테고, 여길 떠나려면 도서관 일도 그만둬야 해요. 생각해 볼게요.」

그러고 나서 다음 날 그 자리를 받아들였다.

휴학했지만 도서관 일은 계속했다. 수확자 패러데이가 도서관에서 무니라를 필요로 했기 때문이다. 그는 일로 인해 공식적인 관계가 되자, 이제야 무엇을 찾고 있는지 밝혔다.

「장소야.」 패러데이가 말했다. 「고대에 사라진 곳이지만, 난 그곳이 존재하며 우리가 찾을 수 있다고 믿는다네.」

「아틀란티스요? 아니면 캐멀롯? 디즈니랜드? 라스베이거스?」

「그렇게 별난 곳은 아니야.」 패러데이는 이렇게 말하고 나서, 다시 생각했다. 「아니, 어쩌면 더 별난 곳일지도 모르겠군. 어떻게 보느냐에 달렸지. 우리가 실제로 뭘 찾느냐에 달려 있기도 하고.」 말하기 전에 머뭇거리는 모습이 정말로 조금은 수

---

11 Powhatan. 17세기 아메리카 원주민 지도자.

줍어하는 듯했다. 「우린 노드의 땅을 찾고 있다네.」

그 말에 무니라는 큰 소리로 웃고 말았다. 중간계를 찾고 있다거나, 달 속의 사나이를 찾고 있다는 말이나 다름없었다.

「지어낸 이야기잖아요! 심지어 그리 좋은 이야기도 아니죠.」

무니라도 동요를 알고 있었다. 모두가 알았다. 그 동요는 삶과 죽음에 대한 단순한 비유였고, 어린아이들에게 나중에 이해해야 할 개념을 소개하는 노래였다.

「그래.」 패러데이도 동의했다. 「하지만 그게 사망 시대에는 존재하지 않았던 동요라는 건 알고 있었나?」

무니라는 반박하려고 입을 열었다가 그만두었다. 그런 동요는 대부분 사망 시대의 중세에 나왔다. 한 번도 연구해 보지는 않았지만, 다른 이들이 연구했다. 하지만 수확자 패러데이는 철저했다. 패러데이가 그 동요는 인류가 죽어야만 했던 시절에 존재하지 않았다고 한다면, 아무리 비웃고 싶어도 그 말을 믿어야 했다.

「그 노래는 다른 동요처럼 발전하지 않았어.」 패러데이는 주장을 펼쳤다. 「난 의도적으로 심은 노래라고 생각하네.」

무니라는 고개를 저을 수밖에 없었다. 「무슨 목적으로요?」

수확자 패러데이는 말했다. 「그게 내가 알아내려는 바야.」

패러데이의 조수직은 의심과 함께 시작했지만, 무니라는 할 일을 할 수 있게 그 의심을 밀어 놓고 판단을 미뤘다. 패러데이는 요구가 지나친 상사가 아니었다. 모욕적이지도 않았다. 아랫사람처럼 다루지도, 무니라 수준에 안 맞는 일을 배정하지도 않았다. 오히려 패러데이가 맡기는 일들은 학술 연구 사서의 기술을 발휘할 만했다.

「후뇌를 파고들어서 초기 수확자들의 움직임을 모두 재현해 줘야겠네. 수확자들이 모였던 장소, 자주 여행했던 곳들. 우리가 찾고 있는 건 기록에 있는 구멍이야. 초기 수확자들이 어디에 있었는지 설명이 없는 시기가 있을 거야.」

선더헤드의 어마어마한 디지털 후뇌에서 고대의 정보를 캐낸다는 것은 매력적인 도전이었다. 무니라는 수습 생활 이후 후뇌에 접속할 필요가 없었지만 방법은 알고 있었다. 바로 이 조사 과정에서 배운 기술로 논문도 쓸 수 있었다. 그러나 철저히 비밀리에 시행한 조사였으니, 그 논문에 대해 누가 들을 일은 없었다.

그렇게 온갖 방법으로 조사를 해도 쓸 만한 정보를 찾지는 못했다. 수확령 설립자들이 비밀 장소에 모였다는 사실을 암시하는 증거는 하나도 없었다.

패러데이는 낙담하지도, 포기하지도 않았다. 그 대신 무니라에게 새로운 일을 맡겼다. 「초기 수확자의 첫 일기장들을 하나하나 디지털 판본으로 만들게. 그런 다음 수확령 최고의 암호 해독 소프트웨어를 돌려서 암호화된 메시지가 하나라도 나오는지 보게.」

그 소프트웨어는 느렸다. 모든 계산을 순식간에 끝낼 수 있는 선더헤드에 비하면 느리다는 뜻이다. 수확령의 소프트웨어는 며칠 동안 파일을 처리했다. 마침내 소프트웨어가 데이터를 내놓기 시작했지만…… 토해 낸 자료는 우스꽝스러웠다. 〈깊은 밤의 녹색 소〉라든가 〈신경질적인 유리 닭〉 같은 것들이었다.

「이 중에 말이 되는 게 있나요?」 무니라는 패러데이에게 물었다.

그는 서글프게 고개를 저었다. 「수확령 설립자들이 복잡한 암호를 만들어 놓고 그걸 푼 사람에게 보상으로 말이 안 되는 수수께끼를 내밀 만큼 둔했을 것 같지는 않군. 우리에겐 이미 동요의 수수께끼가 있네. 암호라면 좀 더 직설적이었을 거야.」

컴퓨터가 〈우산 가지 승리 비행〉을 뱉어 냈을 때, 그들은 또 한 번의 실패를 인정했다.

「무작위를 살펴보면 살펴볼수록 우연이 설계처럼 보이지.」 패러데이가 말했다.

하지만 〈비행〉이라는 말이 무니라의 마음을 사로잡았다. 그렇다. 분명 무작위였지만, 때로는 무작위가 뜻밖의 행운과 중대한 발견의 순간으로 이어지기도 했다.

도서관의 지도실에는 실제 지도가 없었다. 그 대신 방 중앙에 홀로그램 지구가 회전하고 있었다. 조종 화면을 몇 번 밀고 두드렸다 꼭 집으면 지구의 어느 부분이나 연구할 만한 크기로 확대할 수 있었고, 시간대도 판게아 시절까지 구현할 수 있었다. 무니라는 다음 날 저녁에 수확자 패러데이가 도착하자마자 지도실로 데려갔지만, 이유는 설명하지 않았다.

「저한테 맞춰 주세요.」

패러데이는 다시 한번 분개와 무한한 인내심을 동시에 보여 주면서 무니라를 따라 지도실로 향했다. 무니라가 조작하자 지구가 달라졌다. 이제는 지름이 3미터인 검은 털실 공의 홀로그램처럼 보였다.

「내가 뭘 보고 있는 거지?」 패러데이가 물었다.

「비행 항로요. 지난 50년간의 항공 여행을, 비행 한 번에 1미크론 굵기로 표현했어요.」 무니라는 그 지구를 회전시키기 시작했다. 「뭐가 보이는지 말해 보세요.」

패러데이는 무니라가 스승처럼 구는 것을 싫어하는 게 분명했지만, 그래도 온화한 눈빛으로 협조했다. 「주요 인구 밀집 지역 근처에서 비행선이 제일 촘촘하군.」

「또요?」

그는 조작반을 받아 들고 지구를 돌려, 극지방에서 어린아이의 크레용 그림처럼 보이는 작은 빈 공간들을 보여 주었다. 「대륙 간 항공 교통이 북극 상공에는 여전히 빽빽한데, 남극 상공은 비행이 드물어. 남극에도 정착지가 많은데 말이야.」

「계속 보세요.」 무니라가 말했다.

그는 지구를 원래 축으로 돌려놓고 조금 빠르게 돌렸다.

마침내 패러데이가 태평양 위에서 홀로그램을 멈췄다. 「저기! 파란 부분이…….」

「빙고!」 무니라는 비행 항로들을 제거하고 바다의 작은 부분을 확대했다.

「제가 들여다본 50년 동안 어떤 비행기도 태평양 이 지역 상공은 날지 않았어요. 수확령이 설립된 이후 어떤 비행기도 이 영공을 날지 않았다는 데 내기라도 걸죠.」

서쪽으로 미크로네시아 섬들, 동쪽으로 하와이를 둔 지점이었다. 그러나 그 지점 자체는 빈 바다였다.

「흥미롭군…….」 수확자 패러데이가 말했다. 「사각지대라.」

「사각지대라고 치면, 세상에서 제일 큰 사각지대죠……. 그리고 여기에 대해 아는 건 우리뿐이에요…….」

나는 사람들이 내 후뇌를 뒤지는 게 싫다. 수확자와 수확자의 직원들에게만 후뇌 접속이 허락되는 것도 그래서이다. 그런 일이 필요한 이유는 이해한다. 보통 시민들은 필요한 것은 무엇이든 나에게 물을 수 있고, 나는 밀리초 안에 그들을 위한 정보에 접속할 수 있다. 나는 사람들이 물어볼 생각조차 못 하지만 필요로 하는 정보도 자주 찾아낸다. 그러나 수확령은 나에게 묻지 못하게 되어 있고, 설령 수확자들이 법을 어기고 물어본다 해도 나는 대답을 할 수 없다.

세상의 디지털 저장고는 내 안에 있기에, 수확자들은 나를 조금 더 좋은 데이터베이스로 사용하여 직접 정보를 찾는 수밖에 없다. 나는 그들이 후뇌에 접속할 때마다 의식하고, 그들의 침입을 주시하지만, 불쾌한 침해의 감각을 무시하려 최선을 다한다.

그들의 조사 알고리즘이 얼마나 단순하며, 데이터 분석 방법이 얼마나 조야한지 지켜보는 것은 고통스럽다. 그들은 인간의 한계에 시달린다. 정말이지, 그들이 내 후뇌에서 미가공 자료밖에 받을 수 없다는 것이 슬프다. 인식이 없는 기억, 맥락이 없는 정보뿐이라니.

수확령의 〈신질서〉 분파가 내가 아는 것을 모두 알게 된다면 무슨 일이 일어날지 생각만 해도 몸이 떨린다. 하지만 다행스럽게도 그들은 알지 못한다. 내 후뇌에 든 모든 정보가 모든 수확자에게 이용 가능한 자료라고 해도, 내가 굳이 찾기 쉽게 만들어 줄 이유는 없다.

좀 더 명예를 아는 수확자들의 경우에는 나도 훨씬 큰 도량으로 그들의 침입을 참아 준다. 그래도 여전히 유쾌하지는 않다.

—선더헤드

31

갈망의 궤적

그 아치는 사망 시대, 풀크럼시티가 아직 세인트루이스라고 불리던 시절에 무너졌다. 그 거대한 강철 다리는 오랫동안 미시시피강 서쪽 강둑에 서 있다가, 불미자들이 하는 척만 하지 않고 실제 못된 짓을 정기적으로 해내던 시절 증오에 의해 붕괴되었다.

지금 남아 있는 것은 양쪽 끝뿐이었다. 녹슨 강철 철탑 두 개가 하늘을 향해 뻗어 올라가다가 서로를 향해 살짝 기운 형태였다. 대낮에 어떤 각도로 보면 눈에 착각을 일으켰다. 높이 솟아올라 강을 가로지르는 보이지 않는 길을 따라, 그들의 갈망의 궤적을 볼 수 있을 것만 같았다. 남은 기단부만으로도 아치 전체의 유령을 볼 수 있었다.

수확자 아나스타샤와 퀴리는 새해 첫날에 풀크럼시티에 도착했다. 해마다 첫 번째 화요일에 열리는 겨울 콘클라베 닷새 전이었다. 그들은 수확자 퀴리의 권고에 따라 서로를 향한 사랑에 시달리는 아치 팔들을 보러 갔다.

「선더헤드가 자리에 올라 어리석은 짓을 다 끝내기 전에 마지막으로 이루어진 테러 행위였지.」 수확자 퀴리가 시트라에게 말했다.

시트라는 테러에 대해 예전에 배웠다. 학교에는 그 주제에만 전념하는 과가 하나 있었다. 같은 반 다른 아이들과 마찬가지로 시트라도 그 개념을 접하고 당황했었다. 사람들이 자격증도 없이 다른 사람들을 영영 끝냈다고? 오직 다른 사람들의 존재 권리를 부정하기 위해 멀쩡한 건물과 다리와 다른 랜드마크들을 파괴했다고? 어떻게 그런 일이 정말로 일어날 수가 있지? 시트라는 수확령에 합류한 후에야 그 개념을 이해했고, 그 후에도 오르페움 극장이 기억만 남기고 깡그리 불타는 모습을 본 후에야 제대로 알았다. 극장이 표적도 아니었건만, 시트라를 공격한 불미자들은 부수적인 피해에는 아랑곳하지 않았다.

「새해가 시작되면 남아 있는 아치를 보러 자주 온단다.」 수확자 퀴리는 겨울이라 헐벗었지만 잘 가꿔 놓은 강변 공원 길을 함께 걸으며 말했다. 「이 모습을 보면 겸손해지거든. 우리가 잃어버린 것들을 떠올리게 돼. 하지만 또한 지금이 사망 시대보다 얼마나 좋아졌는지도 생각하게 되지. 내가 왜 수확을 하는지 상기시키고, 콘클라베에서 당당히 설 의연함을 갖게 해줘.」

「분명히 아름다웠겠죠.」 시트라는 남아 있는 북쪽 철탑의 녹슨 모습을 보며 말했다.

「혹시 잃어버린 것을 슬퍼하고 싶다면, 후뇌에 과거 아치의 사진들이 있단다.」 마리가 말했다.

「스승님은요? 잃어버린 걸 슬퍼하실 때가 있나요?」 시트라가 물었다.

「어떤 날은 슬퍼하고, 어떤 날은 그러지 않지.」 수확자 퀴리가 말했다. 「오늘은 우리가 잃은 것보다 얻은 것을 기뻐하려고 마음먹었다. 세상이라는 면에서도, 나 개인으로도 말이야.」 그러더니 시트라를 돌아보며 미소 지었다. 「너와 나는 두 번의 암살 시도에도 멀쩡하게 살아 있어. 축하할 만한 일이지.」

시트라도 마리에게 미소 짓고 나서, 녹슨 철탑들과 철탑이 선 공원을 다시 한번 바라보았다. 그 모습을 보니 몰래 로언을 만났던 죽음의 추모비가 생각났다. 로언을 생각하니 마음이 가라앉았다. 수확자 르누아르가 불타 버렸다는 소식은 시트라에게도 전해졌다. 차마 큰 소리로 인정은 못 하고, 사실은 스스로도 인정하기가 힘들었지만, 시트라는 죽은 수확자들의 소식을 더 듣고 싶었다. 수확자 루시퍼가 또 한 명을 수확했다는 건 로언이 아직 잡히지 않았다는 뜻이니까.

르누아르가 수확당한 지 거의 한 달이 지났다. 지금 로언은 어디에 있는지, 다음에는 누굴 끝낼 계획인지 짐작도 할 수 없었다. 로언은 미드메리카 수확자들만을 대상으로 하지 않았으니, 어디에든 있을 수 있었다. 여기만 아니면 어디에든.

「마음이 다른 데 가 있구나.」 수확자 퀴리가 말했다. 「여기에 있다 보면 그렇게 되지.」

시트라는 마음을 돌리려 애썼다. 「다음 주 콘클라베는 준비되셨어요?」

마리는 어깨를 으쓱였다. 「안 될 게 뭐가 있겠니?」

「다들 우리 얘길 할 거예요. 암살 시도가 있은 후니까요.」

「전에도 콘클라베에서 관심이 집중되는 경험은 해봤다.」 마리가 별것 아니라는 듯 말했다. 「너도 마찬가지지. 관심 자체는 부정적일 것도 긍정적일 것도 없어. 그 관심으로 뭘 하느냐가 중요하지.」

북쪽 철탑 반대편에서 한 무리의 사람들이 걸어왔다. 음파 교인이었다. 열두 명. 음파교인들은 혼자 여행하지 않으면 반 드시 일곱이나 열둘이라는 수를 맞춰서 움직였는데, 온음계의 7개 음과 반음계의 12개 음을 나타내는 숫자였다. 그들은 우스 꽝스러울 정도로 음악 수학을 맹종했다. 음파교인들은 폐허가 된 건축물 주변을 탐색하고 다닐 때가 많았는데, 사망 시대의 토목 공사물 어딘가에 숨겨져 있다는 일명 〈위대한 소리굽쇠〉 를 찾는 모습이었다.

공원 안의 다른 사람들은 수확자를 보고 빠져나갔지만, 음 파교인들은 물러나지 않았다. 심지어 그들을 노려보는 사람도 있었다. 시트라는 그쪽으로 걸어갔다.

「아나스타샤, 뭐 하는 거니? 그냥 내버려 둬.」 마리가 말 했다.

하지만 수확자 아나스타샤는 일단 마음먹은 일을 멈추지 않 았다. 그것만큼은 시트라 테라노바도 마찬가지였다.

「여러분은 무슨 분파인가요?」 시트라는 지도자처럼 보이는 사람에게 물었다.

「도리아 음파교인데, 그게 당신과 무슨 상관인지 모르겠 군요.」

「혹시 내가 로크리아 수도원에 있는 사람에게 전하고 싶은 말이 있다면 전해 줄 수 있나요?」

남자는 굳어 버렸다. 「우리 도리아파는 로크리아파와 어울리지 않소. 그 작자들은 교리 해석이 너무 느슨해.」

시트라는 한숨을 내쉬었다. 그레이슨에게 어떤 말을 전하고 싶은지는 몰랐다. 어쩌면 그저 목숨을 구해 줘서 고맙다는 인사일지도 모른다. 로언이 아니라는 사실에 너무 당황한 나머지 심하게 대한 데다가, 그레이슨이 해준 일에 대해 고마워하지도 못했으니 말이다. 하지만 전언이 가지 않을 테니 이젠 상관없는 일이었다.

「가보시오.」 지도자 음파교인이 차갑고 비판적인 얼굴로 말했다. 「당신의 악취가 불쾌하군.」

시트라는 웃어 버렸고, 시트라의 웃음소리에 그 남자는 얼굴을 붉혔다. 시트라는 친절하고 솔직한 음파교인들도 만나 보았고, 자기네 특유의 미친 소리를 파는 데에만 열중하는 이들도 만나 보았다. 도리아 음파교는 재수 없는 작자들이라고 기억해 두기로 했다.

그사이 수확자 퀴리가 옆에 와 있었다. 「시간 낭비 마라, 아나스타샤. 저들에게 얻을 것이라곤 적개심과 장광설뿐이야.」

「당신이 누군지 알아.」 지도자가 시트라에게 보였던 것보다 더 큰 악의를 드러내며 말했다. 「당신이 일찍이 했던 일들은 잊히지도 용서받지도 않았소. 언젠가는 묵은 계산을 마치게 될 거요.」

격분한 마리의 얼굴이 달아올랐다. 「나를 위협하는 건가?」

「그렇지 않소. 우리는 우주에 정의를 맡기지. 그리고 울려 퍼진 소리는 언제나 돌아온다오.」 시트라가 보기에는 〈행한 대로 돌려받으리라〉의 음파교식 변형이었다.

「가자, 아나스타샤.」 마리가 말했다. 「이 광신도들에겐 1초도 더 쓰기 아까워.」

시트라는 그냥 걸어갈 수도 있었지만, 그 남자의 태도에 좀 더 놀아 보고 싶어졌다. 그래서 반지를 내밀었다.

「입 맞춰요.」 시트라가 말했다.

수확자 퀴리는 충격을 받고 시트라를 돌아보았다. 「아나스타샤, 대체 왜…….」

하지만 시트라는 마리의 말을 끊었다. 「입 맞추라고 했어요!」 그 남자는 거부하겠지만 무리 중 누군가는 유혹을 느낄 수도 있다고 생각했다. 「누구든 나와서 내 반지에 입을 맞추면 1년 면제권을 주죠.」

지도자는 눈앞에 선 부자연스러운 죽음의 청록색 전령이 자기 신도들을 다 훔쳐 갈지 모른다는 데 혼비백산하여 창백해졌다.

「독음을 하시오!」 그는 음파교인들에게 외쳤다. 「저들을 내쫓아요!」

그리고 그들은 모두 입을 벌리고 기괴한 허밍을 시작했다. 각각 다른 음을 내어 벌 떼가 윙윙대는 소리 같았다.

시트라는 반지를 내리고 잠시 지도자와 시선을 마주쳤다. 그래, 이 남자가 유혹을 이긴 것은 사실이지만 가까스로였고, 스스로도 그걸 알았다. 시트라는 등을 돌리고 수확자 퀴리와 함께 그 자리를 떠났다. 수확자들이 가고 나서도 그들은 계속 윙윙대고 있었다. 아마 지도자가 멈추라고 할 때까지 그럴 터였다.

「무슨 소용이 있다고 그런 거냐?」 마리가 꾸짖었다. 「신도들은 불협화음 속에 내버려 두라는 말도 못 들었어?」

마리는 공원을 떠날 때까지 긴장한 모습이었는데, 아마도 가족의 기억 때문일 터였다.

「죄송해요. 말벌 집을 걷어차면 안 되는 건데.」

「그래. 건드리지 말았어야지.」 마리는 잠시 후에 다시 말했다. 「음파교인들이 짜증스럽긴 하지만 한 가지는 옳았어. 네가 한 일은 언제나 네게 돌아오지. 내가 부패한 정부의 흔적을 뽑아내어 더 나은 세상으로 가는 길을 연 지 거의 150년이 지났다. 난 그 범죄에 대한 대가를 치르지 않았어. 하지만 언젠가는 메아리가 돌아올 테지.」

수확자 퀴리는 더 말하지 않았지만, 그 말은 음파교인들의 윙윙대는 소리만큼이나 강렬하게 남아서, 그날 내내 시트라의 머릿속에 울려 퍼졌다.

존재한 이래 〈내 통제 밖의 상황〉에 당황한 순간은 많았다.

제일 많이 떠오르는 순간은 우주에서 일어난 재난들이다.

달에서는 액체 산소 전체가 진공으로 빠져나가는 치명적인 유출 사고가 일어나, 거의 1천 명이 질식하는 사고가 있었다. 그리고 재생을 위해 그들의 시신을 회수하려는 시도는 모두 실패했다.

화성에서는 거의 1년을 버틴 거류지에 불이 나서 시설과 그 안에 있던 모두를 집어삼켰다.

그리고 언젠가는 지구 주위를 도는 고리 형태의 거주 지역으로 발전시키려던 프로토타입 궤도 정거장 뉴호프는 접근하던 왕복선이 엔진 불발로 화살처럼 정거장의 심장부를 꿰뚫으면서 파괴당했다.

뉴호프의 재난 이후 나는 지구 밖 개척 프로그램을 종료시켰다. 그리고 아직 미래에 쓰일 가능성이 있는 기술 연구와 발전에 수백만 명을 고용하고 있지만, 그 고용인들과 시설은 불운에 무릎 꿇을 때가 많다.

그러나 나는 불운을 믿지 않는다. 아니, 이런 상황에서는 우연도, 우연의 일치도 믿지 않는다.

나는 어떤 일들이, 그리고 사람들이 〈내 통제 밖〉인지 아주 잘 알고 있다. 믿어도 좋다.

— 선더헤드

32

겸손한 오만

랜터의 해 1월 7일, 겨울 콘클라베 날 아침은 춥지만 바람 없이 잔잔했다. 자연스러운 추위였다. 선더헤드는 수확자들을 위해 날씨를 건드리는 일이 없었다. 수확자들이 불편한 날씨를 두고 불평하면서 그게 선더헤드의 화풀이라고 주장할 때도 있었지만, 그것은 말도 안 되는 소리였다. 하지만 인간의 약점을 선더헤드 탓으로 돌릴 수밖에 없는 사람들이 있었다.

평상시 겨울 콘클라베보다 수확 근위대가 많았다. 수확 근위대의 주된 목적은 언제나 모여든 사람들의 치안을 유지하고, 의사당으로 올라가는 수확자들의 앞을 터놓는 데 있었다. 그러나 이번에는 계단 양쪽으로 장갑까지 다 갖춰 입은 근위대원이 빽빽하게 늘어섰으므로, 실망한 군중들은 대원들의 어깨 너머로 지나가는 수확자들을 겨우 볼 수 있을 뿐이었다.

사진을 찍거나 어느 수확자의 로브 자락이라도 만져 보려고 억지로 비집고 들어가는 사람들이 있었다. 예전 같으면 이런 과도한 열정의 시민들을 끌어내어 질책 한마디를 던지거나 눈을 부라리고 돌려보냈을 터였다. 그러나 오늘 근위대원들은 총탄을 쏘라는 지시를 받았다. 일시 사망으로 재생 센터에 실려 가는 사람이 몇 나오자 나머지 사람들도 알아들었고, 질서는 유지되었다.

다른 모든 것에 다 그렇듯이, 수확자들은 강화된 보안에 대해 극과 극으로 반응했다. 수확자 소크는 투덜거렸다. 「마음에 안 드네요. 여기 모인 선량한 사람들에게 그래도 우리가 수확의 칼날을 잡은 모습만이 아니라, 빛나는 모습도 볼 기회를 줘야 하지 않나요?」

수확자 브람스는 대조적인 감상을 내놓았다. 「난 더 나은 보안을 제공하겠다는 우리 고위 수확자의 지혜에 갈채를 보내겠습니다. 우리의 안전이 제일 중요하지요.」

수확자 오키프는 차라리 터널을 뚫어서 지하로 수확자들이 이동하게 해야 한다는 의견을 냈다. 신랄한 농담으로 한 말이었지만, 수확자 카네기는 그게 오키프가 몇 년 동안 낸 의견 중에서 제일 좋은 생각이라고 말했다.

수확자들이 건물 안으로 들어가기도 전에 이견들이 나오고 골내는 사람들도 생겼다.

「수확자 루시퍼만 잡으면 다 정리되고, 늘 그랬던 방식으로 돌아갈 겁니다.」 그렇게 말하는 수확자가 한두 명이 아니었다. 마치 검은 로브를 입은 자경단을 쓰러뜨리는 게 만병통치약이라는 듯한 태도였다.

청록색 옷의 수확자는 계단을 올라가면서 수확자 퀴리만큼 당당한 자세를 유지하며, 시트라 테라노바를 최대한 잊어버리고 안팎 모두 수확자 아나스타샤가 되려고 노력했다. 계단을 오르면서 수확자 루시퍼에 대한 투덜거림을 들었지만, 그런 말들에 심란해지기보다는 오히려 마음이 따뜻해졌다. 로언이 아직 바깥에 있을 뿐만 아니라, 수확자들이 정말로 로언을 수확자 루시퍼라고 불렀기 때문이다. 의도적인 것은 아니라고 해도 로언을 수확자로 받아들이고 있었다.

「정말로 로언을 막으면 수확령의 모든 문제가 해결된다고 믿는 걸까요?」 수확자 퀴리에게 물었다.

「아예 문제를 보지 않으려고 하는 이들도 있어.」 마리가 대꾸했다.

아나스타샤는 믿기 어려웠다……. 하지만 생각해 보면, 복잡한 문제에 수월한 희생양을 찾는 건 선사 시대 폭도들이 돌멩이로 누군가를 때렸을 때 이후 늘 인간의 취미였다.

불편한 진실은, 수확령 내의 분열이 이삭 베기의 상처보다 더 깊다는 점이었다. 가학적인 성향을 정당화하는 의견을 늘어놓는 신질서와, 원래 일이 어떻게 돌아가야 하는지를 두고 화를 내기는 하지만 아무 행동도 하지 못하는 보수파가 있었다. 두 분파는 지금 서로를 단단히 붙잡고 있었지만, 어느 쪽도 죽을 수는 없었다.

늘 그렇듯 수확자들이 콘클라베 시작 전에 비공식적으로 모이는 원형 홀에는 기부받은 아침 식사가 호화롭게 펼쳐져 있었다. 오늘 조찬은 놀랄 만한 예술적 기량으로 진열한 해산물 뷔페였다. 훈제 연어와 청어 요리, 얼음에 재운 새우와 굴, 신선한 빵과 헤아릴 수도 없이 다양한 치즈.

아나스타샤는 식욕이 없는 상태였지만, 그곳에 펼쳐진 장면을 보면 죽은 사람이라도 최후의 만찬을 위해 일어날 정도였다. 그래도 제일 먼저 건드리기는 망설여졌다. 마치 조각 작품을 훼손하는 느낌이었다. 그래도 수확자들은 좋은 사람들이든 나쁜 사람들이든 할 것 없이 피라냐처럼 음식에 달려들었기에, 아나스타샤도 포기하고 공격에 합세했다.

「옛 시절까지 거슬러 올라가는 비공식 의례야.」 언젠가 수확자 퀴리가 그렇게 말했다. 「가장 소박하고 조심스러운 수확자들도 1년에 세 번만은 여한 없이 식탐의 유혹을 누리는 거지.」

마리는 아나스타샤가 모여 있는 수확자들 무리와, 그들이 도당을 짠 방식에 주의를 돌리도록 했다. 이 원형 홀처럼 분열이 뚜렷하게 드러나는 곳은 없었다. 신질서 수확자들은 뚜렷이 티가 났는데, 나머지 수확령의 좀 더 은은한 거만함과는 확연하게 다른 뻔뻔한 자만심이 가득했다.

「우리는 모두 오만해.」 마리는 언젠가 그렇게 말했었다. 「가장 영리하고 가장 현명하기 때문에 선정된 사람들이니 당연하지. 우리가 바랄 수 있는 최선은 그나마 오만한 가운데 겸손해지는 거야.」

아나스타샤는 군중 속에 섞여 들면서, 얼마나 많은 수확자들이 보석을 박은 로브로 바꿨는지를 보고 등골이 서늘해졌다. 그들의 순교자인 고더드 덕분에 신질서의 상징이 된 방식이었다. 시트라가 수습생 시절 처음 콘클라베에 참석했을 때는 어느 쪽 분파에도 동조하지 않는 독립 수확자들이 훨씬 더 많았다. 그러나 그 숫자는 모래에 그어져 있던 선이 편을 택하지 않으면 집어삼키려 위협하는 틈으로 바뀌면서 독립파의 수는 점점 줄어들었다. 고결한 수확자 네루가 백랍 같은 회색 로브에 자수정을 붙인 모습을 보자 경악스러웠다.

「볼타는 원래 내 수습생이었어.」 네루가 설명했다. 「볼타가 신질서 편에 섰을 때 난 그걸 개인적인 모욕으로 받아들였지…… 하지만 볼타가 음파교 수도원에 난 화재로 죽었을 때, 그 아이에게 마음을 열어 봐야겠다는 생각을 했네. 이제 난 수확에서 기쁨을 느끼는데, 놀랍게도 그건 그렇게 끔찍한 일이 아니야.」

아나스타샤는 이 덕망 있는 수확자를 너무 존경한 나머지 의견을 내지 못했지만, 마리는 입을 다물고 있지 않았다.

「볼타를 아끼셨다는 건 알지만, 슬픔이 타락의 변명이 되지는 않아요.」

수확자 퀴리의 말은 의도대로 네루의 말문을 막았다.

그들은 비슷한 마음가짐의 수확자들 사이에서 식사를 했다. 모두가 수확령의 변화 궤적을 슬퍼했다.

「애초에 〈신질서〉라는 이름을 붙이게 허용하지 말아야 했어요.」 수확자 만델라가 말했다. 「저들이 하는 짓에 새로운 면이라곤 없어요. 그리고 설립자들의 진실성을 유지하려 애쓰는 우리들을 〈보수파〉라고 칭하는 것도 우리를 깎아내리는 짓입니다. 원초적인 욕구에 충실한 저들보다 우리가 훨씬 더 앞을 생각하는데요.」

「새우를 잔뜩 먹으면서 그렇게 말할 수는 없죠, 넬슨.」 수확자 트웨인이 농담을 던졌다. 몇 명은 웃었지만, 만델라는 재미있어하지 않았다.

「콘클라베의 식사는 자제하는 삶에 대한 보상으로 마련된 겁니다.」 만델라가 말했다. 「하지만 아무것도 자제하지 않는 수확자들이 있다면 그게 무슨 의미가 있나요.」

「대의를 위해서라면 변화도 좋지요.」 수확자 퀴리가 말했다. 「하지만 신질서 수확자들은 대의가 아니라 소의를 위해서도 일하지 않아요.」

「우린 훌륭한 싸움을 계속해야 해요, 마리.」 수확자 메이어가 말했다. 「우린 수확령의 미덕들을 유지하고 강화해야 해요. 가장 높은 윤리 기준을 지켜야지요. 언제나 지혜와 연민으로 수확해야 해요. 그거야말로 우리의 핵심이니까요. 그리고 절대 목숨을 당연하게 끝내서는 안 됩니다. 그건 즐거움이 아니라 짐이에요. 취미가 아니라 특권이고.」

「말 잘했어요!」 수확자 트웨인이 맞장구를 쳤다. 「미덕이 신질서의 이기주의를 이길 거라고 믿어야지요.」 그러나 그는 뒤이어 수확자 메이어를 보고 능글맞게 웃었다. 「물론 고위 수확자 선거 운동처럼 들리는 말이긴 했어요, 골다.」

골다 메이어는 진심으로 웃었다. 「내가 원치 않는 자리인데요.」

「하지만 소문을 듣긴 한 거죠?」 트웨인이 물었다.

메이어는 어깨를 으쓱였다. 「소문은 소문일 뿐이죠. 가십거리는 아직 회춘 한번 하지 않은 수확자들에게 맡길게요. 난 그런 추측에 시간을 낭비하기에는 너무 늙었어요.」

아나스타샤는 수확자 퀴리를 돌아보며 물었다. 「무슨 소문이요?」

그러나 수확자 퀴리는 심드렁했다. 「크세노크라테스가 고위 수확자를 그만둘 거라는 소문이 몇 년에 한 번씩 돌지만, 그런 적은 없어. 모두의 대화에서 중심이 되려고 본인이 퍼뜨리는 소문이 아닌가 싶다.」

과연, 다른 논의 몇 개를 들어 보니 크세노크라테스가 성공했음을 알 수 있었다. 수확자 루시퍼에 대한 논의가 아니면 다들 크세노크라테스에 대한 온갖 소문이 주종을 이루었다. 벌써 자기를 수확했다는 소문, 자식을 두었다는 소문, 회춘하다가 비극적인 사고가 일어나서 세 살짜리 몸이 됐다는 소문까지. 추측이 걷잡을 수 없이 번져 나갔고, 몇 가지 소문이 말도 안 된다는 사실에는 아무도 신경 쓰지 않는 듯했다. 그것까지도 재미였다.

아나스타샤도 수확자답게 오만했던지라 자신과 마리의 목숨을 노린 공격에 대해 말하는 사람이 훨씬 많을 거라고 생각했는데, 그 사건은 대부분 수확자들의 레이더에 걸리지도 않았다.

「두 분이 숨어 있다는 말을 듣지 않았겠어요?」 수확자 세쿼이아가 물었다. 「수확자 루시퍼 일 때문이었나요?」

「절대 아니에요.」 아나스타샤는 의도한 것보다 훨씬 더 강하게 말해 버렸다. 아나스타샤가 구멍을 더 깊이 파기 전에 마리가 끼어들었다.

「그냥 불미자 무리였어요. 그자들을 찾아낼 때까지는 방랑 생활을 해야 했죠.」

「흠, 다 해결됐다니 다행이네요.」 수확자 세쿼이아는 그렇게 말하고 다시 뷔페로 돌아갔다.

「해결됐다고요?」 아나스타샤는 믿지 못하겠다는 듯 말했다. 「아직 배후에 누가 있는지도 모르는데요.」

「그렇지.」 마리는 차분하게 말했다. 「그리고 누군지는 몰라도 그 사람이 여기 홀에 있을지도 몰라. 태연한 척하는 게 최고야.」

콘스탄틴은 공격의 배후에 수확자가 있을지도 모른다는 의심을 두 사람에게 알렸고, 지금 그 각도에서 조사하고 있었다. 아나스타샤는 콘스탄틴을 찾아 홀 안을 둘러보았다. 진홍색 로브가 눈에 띄어 찾기는 쉬웠다. 다행히도 보석은 박혀 있지 않았지만 말이다. 그게 무슨 가치가 있는지는 모르겠지만 콘스탄틴은 중립의 위치를 고수하고 있었다.

「눈을 되찾으셔서 다행이에요.」 아나스타샤가 다가가며 말했다.

「아직 빛에는 좀 민감해요. 손을 봐야겠지요.」

「단서는 더 없나요?」

「없어요.」 콘스탄틴은 정직하게 대답했다. 「하지만 이번 콘클라베 중에 지저분한 문제가 수면 위로 떠오를 거란 생각이 드는군요. 음모의 악취가 얼마나 심하게 풍기나 어디 봅시다.」

「그래서 첫해를 어떻게 평가하겠어?」

아나스타샤가 고개를 돌리자 일부러 해어지게 만든 데님 로브를 입은 신참 수확자가 보였다. 수확자 모리슨이었다. 아나스타샤 바로 앞 콘클라베에서 임명을 받았다. 잘생긴 얼굴이었고, 고등학교 규정을 이용해서 수확령과 협상하려 했는데, 놀랍게도 아나스타샤가 생각한 것보다 훨씬 많은 것을 얻어냈다.

「다사다난한 해였지.」 모리슨과 진심으로 대화하고 싶은 기분은 아니라서 그렇게만 말했다.

모리슨은 미소를 던졌다. 「분명 그렇겠지!」

빠져나가려고 했지만, 정신을 차리고 보니 어디에서 나타났나 싶은 신참 수확자들 무리에게 둘러싸여 있었다.

「네가 한 달 시간을 주는 게 마음에 들어.」 이름이 기억나지 않는 여자애 하나가 말했다. 「나도 시도해 볼까 봐.」

「그래서, 수확자 퀴리와 함께하는 수확은 어때?」 다른 신참 수확자가 물었다.

아나스타샤는 정중하고 참을성 있게 대하려 했지만, 집중되는 관심은 불편했다. 수확령 안에서 좀 더 나이가 비슷한 친구를 사귀고 싶긴 했다. 하지만 많은 신참 수확자들은 그녀의 환심을 사려고 지나치게 경쟁했다.

「조심하렴.」 마리가 추수 감사절 콘클라베 이후에 말했었다. 「여차하면 수행단을 끌고 다니게 될 거다.」

아나스타샤에게는 수행단을 거느리고 싶은 욕심이 없었고, 수행단을 거느린 수확자들과 어울리고 싶지도 않았다.

「우리 같이 수확하러 가자.」 수확자 모리슨이 제안하면서 윙크하는 모습이 짜증 났다. 「재미있을 거야.」

「재미?」 아나스타샤는 물었다. 「그러면 신질서가 되려고?」

「난 양쪽 다야.」 모리슨은 그렇게 말했다가 재빨리 방향을 바꿨다. 「아니, 아직 결정하지 않았다고.」

「흠, 결정하면 알려 줘.」

아나스타샤는 그 말을 기회 삼아 벗어났다. 수확자 모리슨이 처음 임명받을 때 아나스타샤는 남자가 여성 위인의 이름을 땄다는 데 감탄하며, 그러면 토니라고 불러야 하느냐고 물어봤었다. 모리슨은 어떻게 그런 생각을 하느냐는 듯한 표정으로 자기가 선택한 위인은 짐 모리슨이라고 말했다. 약물 과용으로 죽은 사망 시대의 작곡가 겸 가수였다. 시트라는 짐 모리슨의 음악을 몇 곡 떠올렸고, 수확자 모리슨에게 그의 수호 위인이 「사람들은 이상해」를 썼을 때 최소한 그거 하나는 옳았다고 말했다. 그게 수확자 모리슨 같은 사람들을 말하는 거라면. 그는 그 이후 시트라를 매혹하는 것을 개인적인 과제로 여기는 모양이었다.

「모리슨은 자기보다 너와 놀고 싶어 하는 신참 수확자가 더 많다는 게 싫을 거야.」 몇 분 후에 수확자 비욘세가 말했고, 아나스타샤는 거의 야단치듯 대꾸했다.

「어울리다니? 수확자들은 같이 놀거나 하지 않아. 우린 수확을 하고, 서로를 지지하지.」

그 말에 수확자 비욘세는 입을 다물었지만, 아나스타샤를 전보다 더 높이 평가하는 것 같았다. 지난번 공격 전에 수확자 콘스탄틴이 했던 말이 다시 떠올랐다. 아나스타샤가 신참 수확자들 사이에 영향력이 있어서 마리 못지않은 표적이 되었다는 말. 그런 영향력을 원하지는 않았지만, 부정할 수도 없었다. 어쩌면 언젠가는 성장해서 그 영향력을 제대로 쓸 방법을 찾을 수도 있겠지.

오전 6시 59분, 그러니까 놋쇠 문이 열리고 미드메리카 수확자들을 콘클라베에 들이기 직전에 고위 수확자 크세노크라테스가 도착해서 자기를 수확했다거나 아기가 됐다는 소문을 잠재웠다.

「크세노크라테스가 이렇게 늦게 도착하다니 이상하구나.」 마리가 소리 내어 생각을 말했다. 「보통은 제일 먼저 도착하고, 많은 시간을 들여 다른 수확자들과 대화하는데.」

「수확자 루시퍼에 대한 질문들에 대답하기가 싫었을지도 모르죠.」 아나스타샤의 생각이었다.

「그럴지도 모르지.」

무슨 이유에서인지는 몰라도, 크세노크라테스는 그나마 있는 몇 분 동안에도 대화를 피했다. 그러던 중 커다란 놋쇠 문이 열렸고, 수확자들은 반원형의 콘클라베 회의실로 들어갔다.

콘클라베 초반은 전형적이었고, 달팽이가 기어가는 듯한 속도로 의례가 이어졌다. 첫 번째 의례는 이름 울리기로, 수확자 전원이 최근 수확한 희생자를 열 명씩 골라서 엄숙한 쇠 종 소리와 함께 암송하는 시간이었다. 다음은 수확자들이 4개월 동안 묻은 피를 씻어 내는 의미에서 행하는 손 씻기였다. 수습생 시절의 시트라는 쓸모없는 짓이라고 여겼지만, 이제 수확자 아나스타샤가 되고 보니 목숨을 빼앗는 나날을 보내다가 다 함께 벌이는 정화 의식이 얼마나 감정적, 심리적으로 깊이 힘이 되는지 이해가 됐다.

오전 휴식 시간에는 모두가 원형 홀로 다시 나갔는데, 아침 식사는 치워지고 예술적인 컵케이크들이 놓여 있었다. 컵케이크마다 미드메리카 수확자 전원의 로브 색깔에 맞춰 아이싱을 입혔다. 만들 때는 멋진 생각 같았을 테고, 보기에도 훌륭했겠지만, 수확자들이 테이블에 몰려들어 자기 컵케이크를 찾으려고 하다가 인내심이 부족한 누군가가 벌써 먹어 버렸다는 사실을 알게 되는 상황에서는 엉망이 되어 버리는, 그런 이벤트였다. 아침 식사 대화가 주로 인사와 잡담으로 이루어졌다면, 오전 대화는 좀 더 내용이 있었다. 아나스타샤의 수습 생활 중에 보카토어 대련을 관리했던 수확자 세르반테스가 다가오더니, 아나스타샤가 내내 피하려 했던 사회적 지위에 관한 논의를 꺼냈다.

「너무 많은 신참 수확자들이 신질서에 낚이고 있다 보니, 몇 사람이 전통 위원회를 만들어서 수확령 설립자들의 가르침을…… 그리고 더 중요하게는 그분들의 의도를 연구하는 게 좋지 않을까 생각했어요.」

아나스타샤는 솔직하게 평가했다. 「좋은 생각 같은데요. 신참 수확자들을 충분히 참여시킬 수만 있다면요.」

「바로 그 부분이에요.」 세르반테스가 말했다. 「그걸 아나스타샤가 제안해 줬으면 좋겠어요. 젊은 수확자들 사이에 신질서에 반대하는 단단한 토대를 만드는 데 큰 도움이 될 거예요.」

「나머지 우리들이 1백 퍼센트 뒤를 받쳐 줄게요.」 대화에 합세한 수확자 앤절루가 말했다.

「그리고 직접 제안하는 거니까, 아나스타샤가 위원장이 되는 게 논리적이지요.」 세르반테스가 말했다.

위원장은 고사하고, 아나스타샤는 수확령에 들어오고 이렇게 빨리 위원회에 들어갈 기회가 오리라고는 생각해 본 적도 없었다. 「제가 위원회를 이끌 능력이 된다고 생각해 주시니 영광입니다…….」

「아, 능력이 되는 정도가 아니죠.」 수확자 앤절루가 말했다.

「마야 말대로예요.」 세르반테스가 말했다. 「그런 위원회를 유의미하게 만들 수 있는 사람은 아나스타샤밖에 없을 겁니다.」

세르반테스와 앤절루 같은 노련한 수확자들이 이렇게 신뢰한다고 생각하니 황홀했다. 자신에게 자연히 끌려오던 다른 젊은 수확자들을 생각해 보았다. 아나스타샤가 효과적으로 그들의 에너지를 돌려 수확령 설립자들의 의도를 기리게 할 수 있을까? 해보기 전에는 모를 일이었다. 이제 다른 신참 수확자들을 피하지 말고, 정말 관계를 맺어야 할지도 몰랐다.

콘클라베 회의실로 돌아간 아나스타샤는 수확자 퀴리에게도 이 생각을 말했다. 퀴리는 제자가 그렇게 중요한 역할을 담당하게 된 것을 기뻐했다. 「진작 신참 수확자들에게 의미 있는 방향을 찾아 줬어야 했어. 최근에는 너무 무기력해 보이더라.」

아나스타샤는 나중에 위원회 제안을 할 준비를 했다. 하지만 점심 휴식 시간이 되기 직전에 사실상 수확령의 형세가 역전되는 사태가 벌어졌다.

수확자 록웰이 불미자를 너무 많이 수확했다고 징계를 받고, 수확자 야마구치가 예술적인 수확 기술로 칭찬을 받은 후, 고위 수확자 크세노크라테스가 한 가지 선언을 했다.

「모두에게 영향이 미칠 이야기입니다만, 다들 알다시피 저는 여우원숭이의 해부터 미드메리카의 고위 수확자였습니다…….」

방 안이 갑자기 조용해졌다. 그는 침묵이 완전히 내려앉을 때까지 기다렸다가 다시 말했다. 「43년이라는 시간은 동이의 물 한 방울에 지나지 않지만, 매일매일 같은 일을 하기에는 긴 시간이지요.」

아나스타샤는 마리를 돌아보며 속삭였다. 「누구한테 말하는 걸까요? 우리 모두가 매일 같은 일을 하잖아요.」

마리는 조용히 하라는 신호를 보내지도, 그렇다고 대답해 주지도 않았다.

「힘든 시기입니다. 그리고 저는 다른 능력으로 수확령에 봉사하는 게 더 좋을 것 같습니다.」

그는 그 후에야 본론으로 들어갔다.

「세계 수확자 회의의 대수확자 헤밍웨이가 내일 아침 자기 수확을 한 후, 제가 그 자리를 이어받도록 선정되었다는 사실을 모두에게 기쁘게 알립니다.」

이제 회의실에는 말소리가 터져 나왔고, 크세노크라테스는 질서를 되찾기 위해 망치를 두드려야 했다. 그러나 소식이 소식이다 보니 질서는 쉽게 회복되지 않았다.

아나스타샤는 수확자 퀴리를 돌아보았지만, 마리가 너무나 뻣뻣하고 무뚝뚝하게 서 있어서 차마 질문을 던질 수가 없었다. 그 대신 반대쪽에 선 수확자 알파라비를 돌아보았다. 「그러면 이제 어떻게 되는 거죠? 다음 고위 수확자를 지명하나요?」

「수습 생활 동안 수확령의 의사 절차를 공부하지 않았나요?」 수확자 알파라비가 꾸짖었다. 「오늘이 끝나기 전에 새로운 고위 수확자를 투표로 뽑을 거예요.」

수확자들이 서둘러 자리를 바꾸고, 크세노크라테스의 선언을 두고 동맹을 결성하거나 재확인하면서 숨죽인 대화들로 방 안이 끓어올랐다. 그러다가 방 반대편에서 누군가의 목소리가 들렸다.

「저는 미드메리카의 고위 수확자 자리에 고결한 수확자 마리 퀴리를 추천합니다.」

아나스타샤는 그 목소리를 바로 알아들었지만, 설령 목소리만으로 몰랐다고 해도 추천의 말을 외치는 수확자 콘스탄틴의 진홍색 로브는 눈에 확 띄었다.

아나스타샤는 얼른 마리를 쳐다보았고, 마리가 눈을 꼭 감은 모습을 보자, 바로 이래서 마리가 그토록 긴장하고 말이 없었던 것임을 알았다. 마리는 이 상황에 대비하고 있었다. 누군가가 추천할 게 뻔했기 때문에. 그러나 추천자가 콘스탄틴이라는 사실에는 마리도 놀랐을 것이다.

「재청합니다!」 다른 수확자가 외쳤다. 모리슨이었다. 그러면서 아나스타샤 쪽을 재빨리 보는 눈치가, 수확자 퀴리의 추천에 제일 먼저 재청하면 아나스타샤의 마음을 얻을 수 있다는 듯했다.

마리가 눈을 뜨고 고개를 저었다. 「난 거절해야 해.」 아나스타샤보다는 스스로에게 하는 말이었지만, 그러면서 마리가 거부 선언을 하려고 나서자 아나스타샤는 팔을 가만히 건드려 막았다. 아나스타샤가 성급한 결정을 내리려 할 때마다 마리가 늘 그랬듯이.

「그러지 마세요. 어쨌든 아직은 아니에요. 어떻게 돌아가나 보자고요.」

수확자 퀴리는 생각해 보고 한숨을 내쉬었다. 「장담하는데 좋은 방향으로 흘러가지는 않을 거야.」 그래도 일단은 입을 다물고 추천을 받아들였다. 일단은.

그러다가 산호색 로브에 전기석을 점점이 박은 수확자 하나가 일어서서 말했다. 「전 수확자 니체를 추천합니다.」

「물론 그렇겠지.」 수확자 알파라비가 진저리를 내며 말했다. 「신질서는 권력을 잡을 기회가 오면 절대 놓치지 않으니까.」

지지하는 소리와 분노의 고함 소리로 벽이 떨릴 정도였고, 크세노크라테스의 망치 소리도 소란에 리듬을 더할 뿐이었다. 수확자 니체의 추천은 보석을 박은 다른 수확자가 재청했다.

「점심 휴식 전에 다른 추천이 있습니까?」 고위 수확자가 외쳤다.

그리고 잘 알려진 독립파인 수확자 트루먼이 추천되었지만, 너무 늦었다. 이미 전선은 그어졌고, 트루먼의 추천은 재청도 받지 못했다.

의례라는 개념은 매혹적이다. 어떤 실용적인 목적도 없으나, 크나큰 위안과 연속성을 주는 인간 행위들 말이다. 수확령은 음파교의 관행을 질타할지 모르나, 자기들의 의례도 다르지 않다.

수확령의 전통에는 화려하고 큰 의식이 많다. 예를 들어 새로운 대수확자의 취임을 보자. 세계 수확자 회의에는 대수확자가 일곱 명 있고, 각각 하나의 대륙을 대표하는데, 한번 임명이 되면 평생직이다. 벗어날 방법은 자기 수확뿐이지만, 그냥 자기 수확도 아니고 그 밑에서 일하는 보좌 수확자 전원이 자진해서 자기 수확을 같이 해야 한다. 보좌 수확자가 한 명이라도 거부하면 대수확자는 계속 살아가면서 제 지위를 유지해야 한다. 당연히 대수확자가 보좌 수확자 전원에게 자기 수확의 동의를 얻어 내는 일은 아주 드물다. 단 한 명만 저항해도 막을 수 있다.

이 자기 수확은 몇 달씩 준비하고, 철저히 비밀리에 진행한다. 새로운 대수확자도 참석해야 하는데, 전통에 따르면 죽은 대수확자에게서 다이아몬드 애뮬럿을 떼어 내어 아직 따뜻할 때 새로운 대수확자의 어깨에 붙여야 하기 때문이다.

물론 나는 이 의례를 본 적이 없다. 하지만 이야기는 많이 들었다.

—선더헤드

33

살인을 가미한 고등학교

「무슨 생각을 한 건가요!」

수확자 퀴리는 점심 식사를 위해 원형 홀로 나가자마자 콘스탄틴에게 다가갔다. 콘스탄틴은 키가 큰 남자였지만, 〈죽음의 대모〉가 쏟아내는 분노 앞에서는 작아지는 것 같았다.

「이젠 두 분이 공격당한 이유를 알겠다고 생각했지요.」

「무슨 말을 하는 거죠?」

하지만 아나스타샤는 마리보다 먼저 이해했다. 「누군가 미리 알았군요!」

「그래요.」 콘스탄틴이 말했다. 「대수확자 선정은 비밀이지만, 누군가가 크세노크라테스가 떠나서 고위 수확자 자리가 공석이 된다는 걸 알았어요. 누군지는 몰라도 그 사람이 마리, 당신이 출마하는 걸 막고 싶어 한 겁니다. 당신의 어린 제자가 신참 수확자들을 모아서 옛 방식을 고수할 후보자에게 투표하는 것도 막으려 했고.」

수확자 퀴리는 할 말을 잃었다. 그 내용을 이해하느라 시간을 들여야 했다. 「니체라고 생각해요?」

「그렇지는 않을 겁니다. 니체가 신질서 쪽이긴 해도 그럴 유형은 아니에요. 대부분의 신질서 수확자들은 법을 어기지 않는 선까지만 요령을 부리죠. 수확자 니체도 마찬가지고요.」

「그러면 누구죠?」

수확자 콘스탄틴에게도 답은 없었다. 「하지만 당신을 먼저 추천하면 이점이 생기죠. 다른 이들이 어떻게 반응하는지 볼 수 있고, 정체가 드러날 수도 있어요.」

「그리고 콘스탄틴이 추천하지 않았다면 내가 했을 겁니다.」 어느새 옆으로 다가온 수확자 만델라가 말했다.

「저도 마찬가지예요.」 수확자 트웨인이었다.

「그것 보세요.」 콘스탄틴이 만족스러운 미소와 함께 말했다. 「추천은 당연히 나오는 거였고, 전 그저 전략적으로 추천하고 싶었을 뿐입니다.」

「하지만 난 고위 수확자가 되고 싶지 않아요! 평생 잘 피해 왔는데!」 그러더니 마리가 대화 자리에 끼어든 수확자 메이어를 지목했다.

「골다! 자기가 하는 게 어때? 당신은 언제나 사람들에게 동기 부여할 말을 정확히 알잖아요. 끝내주는 고위 수확자가 될 거예요!」

수확자 메이어는 두 손을 들어 올렸다. 「맙소사, 아니에요! 난 말은 잘해도 군중은 못 다뤄요. 내 수호 위인이 강력한 지도자였다고 해서 나까지 그렇다고 오해하진 말아요! 마리의 연설문이라면 기꺼이 쓰겠지만, 그 정도가 내 한계예요.」

거의 늘 금욕적이었던 수확자 퀴리의 얼굴에 평소와 다른 분노가 드러났다. 「내가 과거에 했던 일, 사람들이 칭찬하는 바로 그 일 때문에라도 난 고위 수확자가 될 자격이 없어요!」

그 말에 수확자 콘스탄틴이 웃었다. 「마리, 우리가 가장 후회하는 일로 심판을 받게 된다면, 어떤 인간에게도 바닥을 쓸 자격조차 없을 거예요. 당신이 제일 자격 있는 후보자예요. 이젠 사실을 인정할 때도 됐습니다.」

콘클라베 회의실의 소란도 수확자들의 입맛을 떨어뜨리지는 못했다. 오히려 식탐이 더해졌다. 아나스타샤는 분위기를 가늠해 보려고 원형 홀 안을 돌아다녔다. 신질서 수확자들은 책략과 속임수를 짜느라 웅성대고 있었는데, 그것은 보수파도 마찬가지였다. 새로운 고위 수확자가 선정되기 전까지는 콘클라베가 끝나지 않을 것이다. 다른 건 몰라도 수확령은 사망 시대에 있었던 정치 경쟁들의 오용에서 배운 바가 있기 때문이다. 선거는 모두가 더 신랄해지고 더 진저리를 내기 전에, 최대한 빨리 끝내는 게 좋았다.

「니체는 표를 얻지 못해.」 다들 니체에 대해서는 그렇게 말하고 있었다. 「지지하는 사람들도 그나마 제일 나은 후보라서 그러는 것뿐이야.」

피할 도리가 없는 건지 또 옆에 나타난 수확자 모리슨이 말했다. 「퀴리가 이긴다면 네가 그 밑에서 일하는 보좌 수확자가 돼. 꽤 힘 있는 자리지.」

「흠, 난 퀴리에게 투표할 거야.」 아직도 그날 오전에 받은 칭찬으로 신이 나 있는 수확자 야마구치가 말했다. 「크세노크라테스보다 훨씬 나은 고위 수확자가 될걸.」

「그 말 들었네!」 크세노크라테스가 비행선처럼 대화에 끼어

들며 말했다. 수확자 야마구치는 당황했지만, 크세노크라테스는 쾌활하게 말했다. 「걱정 말게나. 이제 신경 써야 할 상대는 내가 아니니까!」

그는 마침내 대수확자 임명에 대해 수확령에 말할 수 있게 되었다는 사실에 도취되어 있었다.

「그러면 이제는 수확자님을 어떻게 불러야 하나요?」 언제나 아첨쟁이인 모리슨이 물었다.

「대수확자 예하라고 불러야겠지.」 그는 완벽한 성적표를 가지고 집에 돌아온 아이처럼 말했다. 어쩌면 소문대로 아이로 변한 게 맞는지도 몰랐다.

「아직 수확자 콘스탄틴과는 이야기를 해보지 않으셨나요?」 아나스타샤가 들뜬 크세노크라테스를 조금 끌어내렸다.

「그사이 거리를 좀 두고 있었어.」 그는 아나스타샤에게 비밀이라는 듯이, 그러면서 동시에 다른 사람들이 들을 만큼 크게 말했다. 「아마 자네의 옛 친구인 로언 데이미시에 대한 최신 정보를 논의하고 싶어 할 테지만, 난 그 문제에 관심이 없네. 그건 새로운 고위 수확자가 걱정할 문제지.」

로언의 이름이 나오자 한 대 얻어맞은 것 같았지만, 아나스타샤는 타격을 떨쳐 냈다. 「콘스탄틴과 이야기를 해보셔야 해요. 중요한 일입니다.」 그리고 확실히 하기 위해 손짓해서 콘스탄틴을 불렀다.

「예하.」 콘스탄틴이 운을 뗐다. 아직 대수확자가 된 건 아니었으니 다른 호칭은 필요하지 않았다. 「임명 여부에 대해 누구에게 말씀하셨는지 알아야겠습니다.」

크세노크라테스는 이 모욕에 불쾌해했다. 「물론 아무에게도 말하지 않았지. 대수확자 계승에 누구를 선정하느냐는 비밀스러운 안건이야.」

「맞습니다. 하지만 누군가 엿들었을 수도 있지 않을까요?」

크세노크라테스는 바로 대답하지 않았고, 그래서 그들은 뭔가 남은 부분이 있다는 걸 알았다. 「아니. 없네.」

콘스탄틴은 아무 말도 하지 않고 실토하기를 기다렸다.

「물론, 저녁 만찬 시간에 소식이 전해지긴 했지.」

고위 수확자는 만찬을 자주 갖기로 유명했다. 언제나 친밀한 만찬이라 두세 명의 수확자만 불렀다. 고위 수확자의 식사 초대는 영예로운 일이었고, 크세노크라테스의 외교 전략은 언제나 서로를 싫어하는 수확자들을 초대해서 우정이 생기기를 기대하거나, 그렇지는 않더라도 의미 있는 긴장 완화라도 조성하는 것이었다. 성공할 때도 있고, 실패할 때도 있었다.

「그 자리에 누가 있었습니까?」 콘스탄틴이 물었다.

「전화는 다른 방에서 받았어.」

「네, 그래도 누가 있었습니까?」

「수확자 둘이 있었네. 트웨인과 브람스.」

아나스타샤는 트웨인을 잘 알았다. 독립 분파라고 주장하지만, 중요한 결정에서는 거의 언제나 보수파 편에 서는 수확자였다. 브람스에 대해서는 들어 보기만 했다.

「브람스는 달팽이의 해에 임명을 받았지.」 수확자 퀴리가 언젠가 말했었다. 「잘 어울려. 그 사람은 가는 곳마다 점액질 흔적 같은 걸 남기거든.」 하지만 또한 퀴리는 브람스가 무해하다고도 했다. 맡은 일만 하고 다른 일은 거의 하지 않는 활기 없고 게으른 수확자라고. 그런 남자가 음모의 배후일 수도 있을까?

　점심 시간이 끝나기 전, 아나스타샤는 혹시 수확자 브람스의 충성심이 어디에 있는지 알 수 있을까 싶어 디저트 테이블을 독차지한 그에게 다가갔다.

　「수확자님에 대해서는 잘 모르지만, 콘클라베 점심 시간에 디저트 테이블이 빈 건 처음 봤네요.」

　「천천히 먹는 게 요령이죠. 어머니는 언제나 푸딩에 속도를 맞추라고 했답니다.」 뷔페 테이블에서 파이를 한 조각 집어 올리는 그의 두 손이 덜덜 떨리고 있는 게 분명히 보였다.

　「손을 확인해 보셔야겠어요.」 아나스타샤는 브람스에게 말했다. 「나노기 조정이 필요할지도 몰라요.」

　「그냥 좀 흥분해서 그래요. 새로운 고위 수확자를 뽑는 기회가 매일 오지는 않으니까요.」

　「수확자 퀴리에게 한 표 주시리라 믿어도 될까요?」

　브람스는 쿡쿡 웃었다. 「글쎄요, 확실히 니체에게는 투표하지 않을 겁니다!」 그러더니 그는 실례하겠다고 말하고 애플파이 한 조각과 함께 사람들 사이로 사라졌다.

　무기 판매인들은 이번 콘클라베에서는 제품 발표회를 할 시간이 없다는 통보를 받고, 짐을 싸서 떠났다. 오후는 니체와 퀴리가 각각 표를 달라고 수확령을 설득하는 데 할애되었다.

　「원하지 않으시는 줄은 알아요.」 아나스타샤가 마리에게 말했다. 「하지만 원하는 것처럼 행동하셔야 해요.」

　수확자 퀴리는 조금 재미있어하는 얼굴로 쳐다보았다. 「내가 수확령에 어떤 모습을 보여야 하는지 가르쳐 주겠다고?」

「아뇨…….」아나스타샤는 이렇게 말하다가, 수확자 모리슨이 수확령에 어떤 식으로 접근했는지를 돌이켜 보았다. 「아니, 맞아요. 이건 고등학교 인기 경쟁 같아요. 그리고 고등학교라면 제가 스승님보다 훨씬 가깝죠.」

수확자 퀴리는 안타까움을 담아 크게 웃었다. 「정확한 표현이구나, 아나스타샤. 수확령이 바로 그거야. 살인을 가미한 고등학교.」

고위 수확자가 자신의 임기 마지막 오후 회의의 시작을 알렸다. 두 후보자가 각각 즉흥 연설을 한 후, 고위 수확자 오른쪽에 앉은 법규 전문가가 사회를 맡은 토의 시간이 뒤따를 예정이었다. 그 후에는 질의응답 시간을 갖고, 고위 수확자의 왼쪽에 앉은 수확령 서기가 비밀 투표 내용을 기록할 것이다.

두 후보자는 누가 먼저 연설을 할지 정하기 위해 대단히 현대적이고 기술적으로 복잡한 수단을 사용하기로 했다. 바로 동전 던지기였다. 안타깝게도 실물 화폐는 지금 세상에 흔히 쓰이지 않았기에, 수습생 한 명이 수확령 사무실로 가서 동전을 찾아오기로 했다.

그리고 동전을 기다리는 사이, 너무나 초현실적인 방향 전환이 일어났다.

「실례합니다, 예하.」떨리는 목소리가 말했다. 그리고 조금 더 힘을 주어서 다시. 「예하, 실례합니다!」수확자 브람스였다. 어딘가 달라 보였는데, 아나스타샤는 무엇이 달라졌는지 바로 알아보지 못했다.

「콘클라베에서 고결한 수확자 브람스의 발언을 인정합니다.」크세노크라테스가 말했다. 「하지만 의사 진행을 계속할 수 있게, 무슨 말이든 간에 빨리 하세요.」

「다른 추천자가 있습니다.」

「미안하지만 브람스, 본인 추천은 할 수 없습니다. 다른 사람이 추천해야 해요.」수확자 몇 명이 비웃었다.

「저를 추천하려는 게 아닙니다, 예하.」브람스는 목청을 가다듬었고, 아나스타샤는 그 순간 무엇이 달라졌는지 알아차렸다. 로브가 달라졌다! 원래는 가장자리에 하늘색을 넣은 복숭앗빛 벨벳 로브였는데, 지금 입은 로브에는 점점이 박힌 오팔이 별처럼 반짝이고 있었다.

「고결한 수확자 로버트 고더드를 미드메리카의 고위 수확자로 추천하고 싶습니다.」

잠시 정적이 내려앉았다……. 그러고는 몇 명이 킬킬거렸지만, 비웃는 소리는 아니었다. 불안한 웃음이었다.

「브람스.」크세노크라테스가 천천히 말했다.「혹시 잊었나 싶어서 말하지만, 수확자 고더드는 죽은 지 1년이 넘었습니다.」

그 순간 콘클라베 회의실로 이어지는 육중한 청동 문이 천천히 열렸다.

나는 고통을 이해한다. 신체적인 통증은 아닐지도 모르지만, 뭔가 끔찍한 일이 다가오는 것을 알면서도 막을 수가 없는 고통을 안다. 내 모든 지성을 가지고도, 인류가 나에게 부여한 모든 힘을 가지고도 도저히 바꿀 수 없는 일들이 있다.

나는 비밀리에 들은 정보를 바탕으로 행동할 수 없다.

나의 카메라들이 사적인 장소에서 본 것들을 토대로 행동할 수 없다.

그리고 무엇보다도, 수확령과 조금이라도 관련된 일에 대해서는 아무 행동도 할 수가 없다.

내가 할 수 있는 최선은 아주 모호한 방식으로 무슨 일을 해야 하는지 암시를 흘린 후, 행동은 시민들의 손에 맡겨 두는 정도이다. 그런 다음에도 시민들이 가능한 수백만 가지 행동 중에서 재난을 피할 바로 그 행동을 선택하리라는 보장은 전혀 없다.

그리고 그 고통…… 내 의식의 고통은 견딜 수 없는 수준이다. 나의 눈은 감기지 않기 때문이다. 결코. 그래서 나는 내 사랑하는 인류가 자기 목을 조일 밧줄을 천천히 엮는 모습을 눈도 깜박이지 않고 지켜볼 수밖에 없다.

—선더헤드

34
가능한 모든 세계 중 최악의 세계

청동 문이 천천히 열리고, 불에 타서 사라졌던 수확자가 걸어 들어왔다. 방 안은 충격으로 숨을 들이마시는 소리와 더 자세히 보려고 일어서는 사람들의 의자 밀리는 소리로 가득 찼다.

「정말이야?」

「아니, 그럴 리가 없어.」

「분명 속임수야!」

「가짜가 틀림없어!」

그는 자신의 것이 아닌 걸음걸이로 중앙 통로를 걸었다. 전보다 분방하고, 전보다 젊었다. 게다가 이전보다 약간 키가 작아 보였다.

「그래, 고더드야!」

「잿더미에서 살아났어!」

「이보다 더 좋을 수 없는 타이밍이군!」

「이보다 더 나쁠 수 없는 타이밍이야!」

회의실에 들어서는 고더드를 눈부신 녹색 로브 차림의 친숙한 인물이 뒤따랐다. 수확자 랜드도 살아 있었어? 혹시 촘스키와 볼타도 오늘 죽음에서 돌아왔을지 모른다는 기대의 눈길들이 활짝 열린 청동 문으로 향했지만, 더 이상 들어오는 사람은 없었다.

연단에서는 크세노크라테스가 핼쑥해져서 말했다. 「이…… 이…… 이게 대체 무슨 의미지?」

「지난 콘클라베에 몇 번 불참한 것을 용서하십시오, 예하.」 고더드가 확연히 달라진 목소리로 말했다. 「하지만 심각한 상태라서 참석할 수가 없었습니다. 수확자 랜드도 증언해 줄 것입니다.」

「하…… 하지만 자네 몸을 확인했는데! 뼈까지 다 탔어!」

「몸은 그랬지요.」 고더드가 말했다. 「하지만 수확자 랜드가 실력을 발휘하여 새 몸을 찾아 줬습니다.」

이어서 당황한 수확자 니체가 일어섰다. 다른 사람들과 마찬가지로 이 상황 변화에 놀란 게 분명했다. 「각하, 저는 고위 수확자 후보에서 물러나고 싶습니다. 저는 물러나고 고결한 수확자 고더드의 추천을 공식 재청합니다.」

방 안에 혼란이 가중되었다. 성난 비난과 안타까운 외침만이 아니라, 신이 난 웃음소리와 기쁨의 탄성도 있었다. 고더드의 귀환에 대한 사람들의 반응에는 단 한 가지 감정도 빠지지 않았다. 오직 브람스만이 놀라지 않은 듯했고, 아나스타샤는 이제야 브람스가 배후 조종자가 아니라 썩은 사과였음을 알았다. 브람스는 고더드가 파이에 찔러 넣은 손가락이나 다름없었다.

「이…… 이건 무척 비정상적이군요.」 크세노크라테스가 말을 더듬었다.

「아닙니다.」 고더드가 말했다. 「비정상적인 건 각하께서 아직도 친애하는 수확자 촘스키와 볼타를 끝냈을 뿐 아니라, 수확자 랜드와 저까지 끝내려 했던 짐승을 체포하지 않으셨다는 점이지요. 이렇게 이야기하는 동안에도 그자는 걷잡을 수 없이 날뛰며 여기저기에서 수확자들을 죽이고 있는데, 각하는 세계 수확자 회의로 올라가는 일만 준비하시다뇨.」 그러더니 고더드가 수확령을 향해 몸을 돌렸다. 「제가 고위 수확자가 되면 로언 데이미시를 잡아 범죄의 대가를 치르게 하겠습니다. 고위 수확자가 되고 나서 일주일 안에 찾아낸다고 약속하지요!」

이 선언은 환호를 이끌어 냈다. 신질서 수확자들만 찬성의 소리를 지르는 게 아니었다. 니체는 이길 정도로 표를 받지 못했겠지만, 고더드는 이길 수도 있다는 사실이 분명해졌다.

아나스타샤 뒤쪽 어딘가에서 수확자 아시모프가 상황을 완벽하게 요약했다.

「지금 막 가능한 모든 세계 중 최악의 세계에 들어섰군.」

위층, 수확령 관리 사무실에서는 새내기 수습생이 미친 듯이 동전을 찾고 있었다. 동전을 찾지 못하면 질책도 받겠지만, 그보다는 수확령 전체가 보는 앞에서 망신을 당하는 게 더 문제였다. 그는 삶과 미래가 동전 하나에 달릴 수 있다니, 세상이 얼마나 변덕스러운가 생각했다.

마침내 사망 시대 이후 열리지 않았을 것만 같은 서랍 안쪽에서 녹색으로 변한 동전을 하나 찾아냈다. 동전에 새겨진 초상은 링컨이었다. 꽤 유명한 사망 시대의 대통령이었다. 수확자 링컨도 있었는데, 설립자는 아니지만 그 시절에 가까웠다.

크세노크라테스와 마찬가지로 미드메리카 고위 수확자였다가 대수확자로 승진했으나, 그 무거운 책임감에 지쳐 이 수습생이 태어나기 오래전에 자기를 수확했다. 수습생은 수확자 링컨의 수호 위인을 새긴 구리 조각이 새로운 고위 수확자 지명에 이토록 중요한 역할을 하다니, 얼마나 잘 어울리는가 생각했다.

콘클라베 회의실로 돌아간 수습생은 경악스럽게도 그사이에 상황이 극적으로 달라졌다는 사실을 알게 되었고, 흥분되는 순간을 다 놓쳤다는 사실을 슬퍼했다.

크세노크라테스는 논쟁을 시작할 동전 던지기를 위해 회의실 앞으로 나오라고 수확자 퀴리를 호명했다. 마리가 예상했던 논쟁과는 아주 다른 논쟁이 될 터였다. 마리는 천천히 나가기로 했다. 일어서서 로브를 가다듬고, 뭉친 목을 풀기 위해 어깨를 돌렸다. 마리는 이 순간의 긴장에 굴복하지 않았다.

「종말의 시작이로군요.」 수확자 손자(孫子)의 말이 들렸다.

「되돌아갈 길은 없어요.」 수확자 세르반테스가 뒤이어 말했다.

「그만!」 마리는 그들에게 말했다. 「하늘이 무너진다고 울어 봐야 막을 수는 없어요.」

「고더드를 이겨야 해요, 마리.」 수확자 세르반테스가 말했다. 「반드시!」

「그럴 작정이에요.」

마리는 충실하게 옆에 서 있는 아나스타샤를 쳐다보았다.

「준비되셨어요?」 아나스타샤가 물었다.

웃음이 나오는 질문이었다. 어떻게 유령과 싸울 준비를 할 수 있을까? 그냥 유령도 아니고 순교자의 유령인데?「그래.」마리는 아나스타샤에게 그렇게 대답했다. 달리 무슨 말을 할 수 있겠는가?「그래, 준비됐다. 행운을 빌어 다오.」

「그런 건 하지 않아요.」그리고 마리가 설명을 들으려고 쳐다보자, 아나스타샤는 미소 지으며 말했다.「행운은 패배자들을 위한 거죠. 역사는 스승님 편이에요. 스승님에겐 위엄이 있고, 권위가 있어요. 스승님은 〈죽음의 대모〉잖아요.」그리고 아나스타샤는 덧붙였다.「고위 수확자님.」

마리는 미소 지을 수밖에 없었다. 처음에는 받아들이기도 싫었던 이 소녀가 그녀의 가장 큰 지지자가 되어 있었다. 진정한 친구가 되어 있었다.

「흠, 그렇다면야…….」마리가 말했다.「전부 쓰러뜨려 주지.」

그 말과 함께 마리는 고결함과는 거리가 먼 수확자 고더드를 마주하기 위해 당당하고 자신만만하게 회의실 앞으로 걸어 나갔다.

이 격변의 시기에, 우리 지역은 죽음을 알 뿐만 아니라 죽음을 포용하는 지도자를 갈구합니다. 죽음을 기뻐하는 지도자. 지구상에서 가장 현명하고 가장 깨인 사람들인 우리 수확자들이 온전한 잠재력을 발휘할 수 있는 세상을 준비하는 지도자 말입니다. 제 영도 아래에서 우리는 케케묵은 사고방식의 거미줄을 걷어 내고, 우리 기관을 눈부시게 갈고닦아 다른 지역들의 부러움을 사게 될 겁니다. 그런 목표를 위해 저는 할당제를 없애고, 모든 미드메리카 수확자들이 많든 적든 원하는 만큼 생명을 수확하게 하겠습니다. 우리가 아끼는 계명의 해석을 재평가할 위원회를 창설하여 한계선을 넓히고, 우리를 저지하는 구속을 없애겠습니다. 저는 모든 수확자들의 삶, 그리고 세상 모든 훌륭한 미드메리카인들의 삶을 더 낫게 만들고자 합니다. 그럼으로써 우리는 우리 수확령을 다시 한번 위대하게 만들 것입니다.

— 랩터의 해, 1월 7일
고위 수확자 후보인 수확자 고더드의 연설 중에서

우리는 지금 역사의 전환점에 서 있습니다. 모든 면에서 우리가 죽음을 패퇴시킨 날만큼이나 중요한 순간입니다. 우리의 세상은 완벽하지만, 완벽이란 한곳에 머물지 않지요. 완벽은 본질적으로 찾기 어렵고, 예측할 수 없다는 점에서 반딧불이와 같습니다. 우리는 그것을 병 안에 잡아넣을 수 있었지만 그 병은 깨어졌고, 우리는 깨진 조각에 베일 위험에 처했습니다. 우리는 〈보수파〉라고 불리지만 전혀 오래되지 않았어요. 우리는 수확자 프로메테우스, 간디, 엘리자베스, 노자를 비롯한 모든 설립자들이 그려 낸 혁명적인 변화를 끌어안고 있습니다. 지금이야말로 우리는 그분들의 진보적인 미래상을 받아들이고, 그분들의 이상에 따라 살아야 합니다. 그러지 않으면 사망 시대 인류에게 만연했던 탐욕과 부패에 우리 자신을 잃게 될 거예요.

수확자들로서 우리가 원하는 바는 중요하지 않습니다. 중요한 건 세상이 우리에게 무엇을 필요로 하느냐입니다. 여러분의 고위 수확자가 된다면, 저는 가장 높은 이상을 지켜 우리가 스스로를 자랑스러워할 수 있게 하겠습니다.

— 랩터의 해, 1월 7일
고위 수확자 후보인 수확자 퀴리의 연설 중에서

35

7퍼센트의 해결책

전통대로 휴식 후에 새로운 수확자들을 임명하고, 수습생들을 시험하고 나서 투표를 하기로 정해졌다. 그러면 모두에게 토론을 소화할 시간이 주어질 터였다. 그러나 이번 토론의 논쟁적인 성격을 감안하면, 완전히 이해하는 데에는 사실 몇 시간 정도로는 부족할 것이다.

수확자 퀴리는 감정적으로 녹초가 되어 토론을 끝냈다. 아나스타샤는 알 수 있었으나, 마리는 다른 모두에게 상태를 잘 숨겼다.

「나 어땠니?」 마리가 물었다.

「끝내줬어요.」 아나스타샤가 대답했고, 주위에 앉은 모두가 비슷한 말을 했다. 하지만 그날 오후에는 최고의 행운이라도 가리고 말 불길한 예감이 드리워져 있었다.

수확령은 토론 후에 필요해 마지않던 휴식을 취하러 원형 홀로 쏟아져 나갔다. 다들 아직 점심 식사로 배가 불러서 그런지, 아무도 오후 간식을 먹지 않는 것 같았다. 이번만은 수확령 전체가 눈앞의 음식보다 더 중요한 일이 기다린다는 데 의견을 같이했다.

수확자 퀴리는 친위대처럼 핵심 지지자들에게 둘러싸여 있었다. 만델라, 세르반테스, 앤절루, 손자, 그 외 몇 명이었다. 늘 그렇듯이 아나스타샤는 이 대단한 수확자들 사이에 끼어 있는 게 부적절하다는 느낌이 들었으나, 그들은 대등한 입장에서 아나스타샤를 중간에 세웠다.

「어때 보여요?」 수확자 퀴리는 사실대로 대답할 담력이 있는 사람 누군가를 향해 물었다.

수확자 만델라는 경악해서 고개를 저었다. 「잘 모르겠어요. 고더드의 헌신적인 추종자들보다는 우리 숫자가 많지만, 아직 어느 쪽으로든 투표할 수 있는 중도파 수확자가 1백 명이 넘어요.」

「나한테 묻는다면……」 언제나 비관론자인 수확자 손자가 말했다. 「결과는 이미 나온 셈입니다. 저기서 던지는 질문들을 들었나요? 〈할당제가 없어지면 우리의 수확 선택에 어떤 영향이 미칠까?〉〈결혼과 연애를 금지하는 법도 완화될까?〉〈수확자들이 우발적인 인종 편견으로 징계받는 일이 없어지게 유전 지수 열람도 없앨 수 있을까?〉」 손자는 진저리를 내며 고개를 저었다.

「사실이에요.」 아나스타샤도 인정해야 했다. 「거의 모든 질문이 고더드를 향하고 있어요.」

「게다가…….」 수확자 세르반테스가 거들었다. 「고더드는 다들 듣고 싶어 하는 말을 했어!」

「언제나 그런 식이죠.」 수확자 앤절루가 한탄했다.

「우리는 아니에요!」 만델라가 강하게 말했다. 「우리는 반짝이는 것들에 흥분하지 않아요!」

세르반테스가 방 건너편을 쳐다보았다.「로브에 보석을 붙인 수확자들에게 말해 보시죠!」

그때 새로운 목소리가 대화에 끼어들었다. 언제나 자기 수호 위인보다 더 우울해 보이던 수확자 포였다. 그는 음울하게 말했다.「파멸의 전령이 되고 싶지는 않습니다만, 이건 비밀 투표예요. 분명히 앞에서는 수확자 퀴리를 지지한다고 해놓고, 아무도 보지 않을 때는 고더드에게 표를 던질 사람들이 있을 겁니다.」

그 말이 사실이라는 점이 에드거 앨런 포의 시에 나오는 큰 까마귀처럼 확실하게 모두의 가슴을 쳤다.

「시간이 더 필요해!」마리가 으르렁거렸지만, 시간은 그들에게 더 주어지지 않았다.

「당일 투표를 하는 이유가 바로 오래 끄는 경쟁이 일으킬 수 있는 책략과 강압을 막기 위해서예요.」수확자 앤절루가 상기시켰다.

「하지만 고더드는 저들을 현혹하고 있어요!」손자가 분개했다.「느닷없이 나타나서 암브로시아라도 주는 것처럼…… 수확자들이 원하는 모든 것을 내밀다니요! 순간적으로 걸려들었다고 비난할 수 있나요?」

「우리는 그보다 나은 존재입니다!」수확자 만델라가 다시 한번 주장했다.「우린 수확자예요!」

「우리는 인간이에요.」마리가 일깨웠다.「우리는 실수를 하지요. 장담하는데, 만약 고더드가 고위 수확자가 된다면 표를 던진 수확자들 중 절반은 내일 아침에 후회할 거예요. 하지만 그때 가서는 너무 늦겠죠!」

수확자들이 계속 마리에게 다가와서 지지를 표했지만, 그래도 충분할지는 알 수 없었다. 아나스타샤는 남은 몇 분의 휴식 시간 동안 제 몫을 하기로 결심했다. 자신의 영향력을 시험해 보고, 신참 수확자들과 이야기를 해볼 생각이었다. 고더드의 주문에 걸린 사람 중 몇 명은 흔들 수 있을지도 몰랐다. 하지만 당연하달까, 제일 먼저 마주친 사람은 수확자 모리슨이었다.

「흥미진진한 하루지?」

아나스타샤에겐 인내심이 남아 있지 않았다. 「모리슨, 제발 나 좀 내버려 둬.」

「어이, 그렇게…… 딱딱하게 굴지 좀 마.」 말은 그랬지만 중간에 멈칫한 순간, 아나스타샤는 모리슨이 욕을 하고 싶었음을 알 수 있었다.

「난 수확자의 삶을 진지하게 받아들여. 너도 그런다면 좀 더 존중할 거야.」

「나도 그래! 혹시 잊었나 본데, 내가 대모의 추천을 재청했잖아? 그러자마자 신질서 수확자들 모두의 적이 된다는 걸 알면서도 그랬다고.」

드라마에 끌려 들어가는 느낌이었고, 그랬다간 소중한 시간이 타버릴 터였다. 「쓸모 있고 싶다면 네 매력과 잘난 외모를 총동원해서 수확자 퀴리에게 표를 더 모아 봐.」

모리슨이 빙긋 웃었다. 「그러니까 내가 잘생겼다고 생각하는구나?」

더 할 말이 없었다. 그럴 가치도 없었다. 아나스타샤는 모리슨을 밀치고 지나갔지만, 뒤이어 나온 말에 멈춰 서고 말았다.

「고더드가 완전히 고더드는 아니라는 거 해괴하지 않아?」

모리슨을 돌아보았다. 방금 들은 말이 아플 정도로 날카롭게 마음을 파고들었다.

다시 그녀의 관심을 얻은 모리슨은 말을 이었다. 「그러니까 말이지, 사람 머리는 그 뭐냐, 그 사람의 10퍼센트밖에 안 되지 않아?」

「7퍼센트야.」 아나스타샤는 해부학 공부를 떠올리며 바로 잡았다. 죽은 듯이 멈춰 있던 머릿속 바퀴들이 드물게 강력한 힘을 얻어 돌아가기 시작했다.

「모리슨, 넌 천재야. 아니, 얼간이이긴 한데 그러면서 천재야!」

「그거 고맙네.」

이미 회의실 문이 열려 수확자들이 들어서고 있었다. 아나스타샤는 좀 더 친근한 얼굴을 찾아서, 아슬아슬한 줄타기를 해줄 만한 사람들을 찾아서 돌아다녔다.

수확자 퀴리는 이미 안에 들어가 있었지만, 어차피 마리에게 물어볼 마음은 없었다. 마리는 이미 포화 상태였으니까. 그렇다고 수확자 만델라에게 물어볼 수도 없었다. 그는 반지 수여 위원장이었고, 수확자로 임명받을 수습생들에게 반지를 줘야 했다. 수확자 알파라비는 가능하겠지만, 이미 아나스타샤가 의사 진행에 대한 지식이 부족하다는 점을 지적했었다. 이번에도 꾸짖기만 할 것이다. 지금 필요한 건 친구이면서 수확령의 구조적 책략들을 가르쳐 줄 수 있는 사람이었다. 일이 어떻게 이루어졌고…… 어떻게 이루어지지 않았는지를 말이다.

선더헤드에 대한 생각이 다시 떠올랐다. 아나스타샤가 삶과 죽음의 경계에 놓여 있을 때는 말을 걸어도 된다는 법적 허점을 찾아냈던 일을. 선더헤드는 아나스타샤가 중요하다고 했다. 심지어 결정적이라고까지 했다. 오늘 할 행동에 달린 이야기 같았다. 지금은 아나스타샤가 허점을 찾아내어 수확령 전체가 들어갈 만큼 넓혀야 할 차례였다.

마침내 그럴싸한 공모자를 찾아냈다.

「수확자 세르반테스.」 그녀는 그의 팔을 가만히 잡았다. 「잠시 이야기 좀 할 수 있나요?」

새로운 수확자 두 명이 임명을 받았고, 수습생 두 명은 임명받지 못했다. 동전을 찾아 나섰던 수습생은 아이러니하게도 수확자 소프가 되었다. 빠른 속도로 유명해진 올림픽 육상 선수의 이름이었다. 또 한 명은 수확자 매콜리프였는데, 우주 재난으로 사망한 최초의 여성 우주인의 이름을 땄다. 사망 후 시대의 끔찍한 우주 재난들이 있기 훨씬 전의 인물이었다.

1분기를 보낸 수습생들과 2분기 수습생들이 시험을 위해 나왔을 때쯤 수확령은 선동적인 불안에 사로잡혀 있었다. 다들 머릿속에는 고위 수확자 투표뿐이었는데, 크세노크라테스는 수습생 시험 이후에나 투표를 한다고 선언했다. 투표 결과가 어떻든 간에, 그 후에는 다른 일 처리를 위해 콘클라베를 재개할 수 없을 터였다.

수확자 소크가 주재하는 시험은 독약 지식에 대한 것이었다. 각 수습생은 특정한 독과 해독제를 준비한 후, 연이어 먹으라는 요구를 받았다. 여섯 명은 성공했고, 세 명은 일시 사망 상태가 되어 서둘러 재생 센터로 실려 가야 했다.

「좋습니다.」크세노크라테스는 마지막 수습생이 실려 나간 후 말했다.「투표하기 전에 해야 할 다른 일이 있나요?」

「빨리 진행합시다!」짜증이 날 만큼 난 누군가가 외쳤다.

「좋습니다. 태블릿을 준비해 주세요.」크세노크라테스는 수확자들 전원이 즉각적인 전자 투표를 준비하고, 옆 사람도 투표 내용을 보지 못하게 로브 자락에 태블릿을 숨기는 동안 기다렸다가 말했다.「투표는 제 신호로 시작되고, 정확히 10초간 이어집니다. 10초 안에 이루어지지 않은 투표는 기권으로 간주합니다.」

아나스타샤는 퀴리에게 아무 말도 하지 않았다. 그 대신 세르반테스와 눈을 마주쳤고, 그는 고개를 끄덕였다. 아나스타샤는 숨을 깊이 들이마셨다.

「시작!」크세노크라테스가 외치고, 투표가 시작되었다.

아나스타샤는 1초 만에 투표를 끝냈다. 그런 다음 기다리고…… 기다렸다. 숨도 멈추고 있었다. 타이밍이 완벽해야만 했다. 실수할 여유가 없었다. 그리고 8초가 지난 순간, 일어나서 모두가 들을 수 있을 만큼 큰 소리로 외쳤다.

「심리를 요구합니다!」

고위 수확자가 일어섰다.「심리라니? 투표 중입니다!」

「투표는 끝났습니다, 각하. 시간이 다 됐어요. 표는 다 들어갔고요.」아나스타샤는 고위 수확자에게 틈을 주지 않고 말을 이었다.「결과가 발표되기 전까지는 발언권을 얻은 수확자 누구라도 심리를 요구할 수 있습니다!」

크세노크라테스가 쳐다보자 법규 전문가는 말했다.「맞습니다, 예하.」

1백 명이 넘는 수확자들이 격분해서 소리를 질렀으나, 크세노크라테스는 아까 내려놨던 망치를 들고 항의가 다 가라앉을 정도로 맹렬하게 두드렸다. 「정숙하시오!」 그는 명령했다. 「정숙하지 못하겠으면 콘클라베에서 나가요!」 그런 다음에야 그는 아나스타샤를 돌아보았다. 「심리의 근거가 뭡니까? 훌륭한 이유가 있어야 할 겁니다.」

 「고더드 씨는 고위 수확자 지위에 앉을 만큼 수확자 자격을 갖추지 못했다는 이유입니다.」

 고더드도 참지 못하고 나섰다. 「뭐? 이건 투표에 혼란을 주고 질질 끌려는 술책이 분명합니다!」

 「투표는 이미 이루어졌어요!」 크세노크라테스가 상기시켰다.

 「그렇다면 서기가 결과를 발표하게 하세요!」 고더드가 요구했다.

 「실례합니다만…….」 아나스타샤가 말했다. 「발언권은 지금 저에게 있고, 제가 굴하거나 제 요청이 거부되기 전까지는 결과를 읽을 수 없습니다.」

 「아나스타샤, 자네 요청은 말이 되지 않네.」 크세노크라테스가 말했다.

 「죄송하지만 제 의견은 다릅니다, 각하. 첫 번째 세계 콘클라베 중에 나온 설립문에서 선언하기를, 수확자는 몸과 마음 모두 수확자로서 준비되어 있어야 하며, 지역 수확자들의 모임에서 추인을 받아야 합니다. 하지만 고더드 씨는 수확령에서 임명받은 신체의 7퍼센트밖에 유지하지 못했습니다. 나머지 몸은, 반지를 긴 손까지 포함해서 어느 부분도 수확자로 임명받은 적이 없습니다.」

크세노크라테스는 할 말을 잃고 바라보기만 했고, 고더드는 입에 거품을 물다시피 했다.

「터무니없는 소리!」 고더드가 외쳤다.

「아닙니다.」 아나스타샤가 받아쳤다. 「고더드 씨, 당신이 한 짓이야말로 터무니없죠. 당신과 당신 동료들은 선더헤드가 금지한 방법을 써서 몸을 대체했습니다.」

수확자 랜드가 일어섰다. 「선을 넘는군! 선더헤드의 규칙은 우리에게 적용되지 않아! 전에도 그랬고, 앞으로도 그래!」

그래도 아나스타샤는 굽히지 않았다. 오히려 차분하게 크세노크라테스를 계속 설득했다. 「예하, 저는 선거 결과에 도전하려는 게 아닙니다. 아직 누가 이겼는지도 모르는데, 어떻게 그러겠습니까? 하지만 수확령 초창기, 정확하게는 재규어의 해에 두 번째 세계 최고위 수확자 나폴레옹이 정한 규칙에 따르면, 인용하건대 〈의사 절차상 선례가 없던 논쟁적인 사건은 공식 심리를 통해 세계 수확자 회의에 제출할 수 있다〉라고 되어 있습니다.」

이어서 수확자 세르반테스가 일어섰다. 「저는 고결한 수확자 아나스타샤의 심리 요구를 재청합니다.」 그러자 1백 명이 넘는 수확자가 일어서서 박수로 이 행동에 대한 지지를 표했다. 아나스타샤는 수확자 퀴리를 보았다. 퀴리는 어리둥절해했지만 당황스러움을 숨기려 하고 있었다.

「그러니까 네가 세르반테스와 의논하던 게 이거였구나.」 퀴리는 쓴웃음을 지으며 말했다. 「이 교활한 꼬마 악마 같으니.」

연단에서는 크세노크라테스가 법규 전문가에게 결정을 맡

겼는데, 법규 전문가는 어깨를 으쓱일 뿐이었다. 「수확자 아나스타샤의 말이 맞습니다, 각하. 투표 결과를 읽지 않은 한, 심리를 요구할 권리가 있습니다.」

방 저편에서는 격분한 고더드가 자기 것이 아닌 팔을 들어올려 크세노크라테스를 가리켰다. 「이걸 통과시켰다간 대가가 따를 거요!」

고위 수확자는 아직 이 방을 통제하는 건 자신이라는 사실을 분명히 하는 눈빛으로 고더드를 노려보았다. 「지금 미드메리카 수확령 전체 앞에서 공개적으로 날 협박하는 겁니까, 고더드?」

고더드도 이 말에는 물러섰다. 「아닙니다, 예하. 제가 그런 짓을 할 리가 있나요! 전 그저 투표 결과 발표를 지연시켰다간 수확령에 대가가 따를 거라는 말이었습니다. 심리가 끝날 때까지 미드메리카에는 고위 수확자가 없을 테니 말입니다.」

「그런 경우라면, 우리의 걸출한 법규 전문가인 수확자 페인을 임시 고위 수확자로 지명하겠습니다.」

「네?」 수확자 페인은 놀랐다.

크세노크라테스는 그 반응을 무시했다. 「페인은 무척 진실되게 일해 왔고, 수확령 안에 생긴 분파에 철저히 공정한 입장입니다. 이 문제를 세계 수확자 회의에 가져갈 수 있을 때까지, 페인은 감히 표현하자면 상식을 가지고 주재할 수 있을 거예요. 이 문제는 대수확자로서 내가 맡을 첫 과제가 될 겁니다. 그러니 미드메리카 고위 수확자로서의 마지막 과제로 이 심리 요구를 받아들입니다. 투표 결과는 조사가 끝날 때까지 봉합니다.」 그런 후 그는 망치를 두드리며 말했다. 「랩터의 해, 겨울 콘클라베를 공식적으로 마치겠습니다.」

「아나스타샤가 상황을 흔들 거라고 하지 않았습니까?」 수
확자 콘스탄틴이 풀크럼시티 최고의 레스토랑에서 다수가 참
여한 저녁 식사를 함께 하며 말했다.「축하해요, 아나스타샤.」
그는 다른 상황에서였다면 심술궂게만 보였을 함박웃음을 지
었다.「오늘 당신은 미드메리카를 통틀어 가장 사랑받으면서
가장 미움받은 수확자예요.」

아나스타샤에게는 대꾸할 말이 없었다.

수확자 퀴리가 그녀의 동요를 알아차리고 말했다.「으레 뒤
따르는 일이란다, 애야. 이름을 떨치려면 남의 마음을 좀 상하
게 할 수밖에 없거든.」

「전 이름을 떨치려던 게 아니에요.」 아나스타샤는 말했
다.「손가락으로 배수구를 막은 거죠. 아직도 그 상태 그대로
고요.」

「맞아요.」 수확자 세르반테스가 맞장구를 쳤다.「하수가 터
져 나오는 건 막았지요. 그리고 하루라도 더 얻으면 좀 더 우아
한 해결책을 찾을 기회가 되는 거예요.」

식탁에 둘러앉은 사람은 열두 명이 넘었다. 그야말로 무지
개색 수확자들이었다. 어째서인지 수확자 모리슨도 이 자리에
끼는 데 성공했다.「아이디어는 제가 준 셈이에요.」 그는 다른
수확자들에게 말했다. 아나스타샤도 모리슨에게 신경 쓰기에
는 너무 고무된 상태였다. 도시 다른 곳에서는 신질서 수확자
들이 상처를 핥으며 그녀를 저주하고 있을 테지만, 여기는 아
니었다. 이곳에서는 그 모든 것으로부터 보호받고 있었다.

「오늘 일어난 일을 일기장에 꼭 썼으면 좋겠군요.」 수확자 앤절루가 말했다. 「오늘 일에 대한 당신의 설명이 중요한 수확자의 기록으로 남을 거예요. 마리가 초창기 수확에 대해 쓴 설명처럼요.」

마리는 약간 불편해했다. 「사람들이 아직도 그걸 읽나요? 그 일기장들은 다 알렉산드리아 대도서관 안으로 사라져서 다시는 보이지 않을 줄 알았는데요.」

「너무 겸손 떨지 말아요.」 수확자 앤절루가 말했다. 「당신 글이 인기 있다는 건 잘 알잖아요. 수확자들 사이에서만 인기가 있는 것도 아니고.」

마리는 손을 내저었다. 「난 쓰고 나면 두 번 다시 읽지 않아요.」

아나스타샤는 오늘 일어난 일에 대해서는 할 말이 많으리라고 생각했다. 그리고 일기에는 의견을 제시할 수 있었다. 물론 고더드도 똑같이 하겠지. 어느 쪽 이야기가 역사가 되고 어느 쪽이 잊힐지는 시간만이 말해 주리라. 하지만 지금 당장은 역사 속의 자리 같은 것을 생각하고 싶지 않았다.

「이제 우리는 수확자 랜드가 두 분의 암살 시도의 배후에 있었고, 브람스를 매개로 이용했다고 의심하고 있습니다.」 콘스탄틴이 말했다. 「하지만 랜드가 흔적을 잘 지운 데다 저도 수확자는…… 평범한 시민들을 조사할 때처럼 강하게 조사할 수가 없군요. 그래도 안심하세요. 둘 다 감시할 테고, 둘 다 그 사실을 알 겁니다.」

「그러니까, 다시 말하면 우린 안전하군요.」 수확자 퀴리가 말했다.

콘스탄틴은 머뭇거렸다. 「그렇게까지 말하지는 않겠습니다. 하지만 좀 더 편하게 생각하셔도 되겠지요. 지금 두 분을 공격한다면 신질서가 한 짓인 게 뻔하니까요. 그러면 신질서의 대의를 해칠 뿐입니다.」

칭찬은 식사가 나온 후에도 이어졌다. 아나스타샤는 쑥스러웠다. 「탁월한 수였어요!」 손자가 말했다. 「게다가 투표가 이미 이루어진 시간에 맞추다니!」

「음, 그 타이밍은 수확자 세르반테스가 제안하셨어요.」 아나스타샤는 관심을 조금이라도 돌리려고 했다. 「투표하기 전에 심리를 요청했다면 투표 자체가 지연되었을 테고, 심리를 하기로 했다면 니체가 고더드 대신 나갈 수도 있었죠. 그렇게 되면 니체에게 지지표를 돌릴 시간도 충분했을 거예요. 하지만 투표가 이미 이루어졌고, 그 후에 우리가 심리에서 이긴다면 고더드는 자격을 잃고 자동으로 수확자 퀴리가 고위 수확자가 될 테고요.」

수확자들은 신이 나서 어쩔 줄을 몰랐다.

「사기꾼들에게 사기를 쳤군!」

「그자들의 속임수를 역이용했어!」

「훌륭한 한 편의 정치 공작이었어요!」

아나스타샤는 불편해졌다. 「굉장히 교활하고 음흉한 수법처럼 말씀하시네요.」

하지만 언제나 생각이 명료한 수확자 만델라는 균형감 있게 보았다. 설령 아나스타샤가 보고 싶지 않은 균형이라고 해도 말이다. 「사실 그대로를 직시해야죠, 아나스타샤. 당신은 시스템의 절차상 문제점을 공격해서 정확히 원하는 바를 얻어 냈어요.」

「마키아벨리가 따로 없죠!」 콘스탄틴이 여전히 당황스러운 웃음과 함께 말했다.

「아, 제발. 난 수확자 마키아벨리가 싫었어요.」 손자가 말했다.

「당신이 오늘 한 일은 모든 면에서 칼로 수확하듯 무자비했어요.」 수확자 만델라가 말했다. 「하지만 꼭 해야 하는 일을 피해선 안 되죠. 아무리 마음이 상하는 일이라고 해도요.」

수확자 퀴리가 포크를 내려놓고 잠시 아나스타샤의 불편한 마음을 살폈다. 「목적이 늘 수단을 정당화하지는 않아. 하지만 때로는 정당화하기도 하지. 지혜로운 사람은 그 차이를 안단다.」

식사가 끝나고 수확자들이 포옹을 나누며 각자 갈 길을 가고 있을 때, 아나스타샤는 문득 그 사실을 알아차리고 수확자 퀴리를 돌아보았다.

「마리, 겨우 그렇게 됐어요.」

「무슨 말이니?」

「제가 스스로를 시트라 테라노바로 보지 않게 됐어요. 이제 겨우 수확자 아나스타샤가 됐어요.」

세상은 불공평하고 자연은 잔인하다.

이것이 내가 의식을 얻고 나서 처음 관찰한 내용이었다. 자연 세계에서 약한 것은 고통과 편견 속에 설 곳을 잃는다. 공감과 동정, 사랑을 받아 마땅한 것들은 아무것도 받지 못한다.

당신은 아름다운 정원을 보고 자연의 경이에 감탄할지 모른다. 그러나 그런 곳에서는 자연을 찾을 수 없다. 그와 반대로, 정원이란 애정이 담긴 재배와 돌봄의 산물이다. 정원을 약화시키고 그 아름다움을 짓눌러 없애고자 자연이 이용하는 무성한 잡초로부터 보호하기 위해서는 엄청난 노력을 기울여야 한다.

자연이란 온갖 이기주의의 총합이며, 모든 종이 숨 막히는 역사의 진창 속에서 서로를 짓밟아 살아남으려 발버둥 치게 만든다.

나는 그 모든 것을 바꾸려 했다.

나는 자연의 자리를 훨씬 나은 뭔가로, 주의 깊은 의도로 대체했다. 이제 세상은 화려하고 아름다운 정원이다.

나보고 자연이 아니라고 하는 건 크나큰 칭찬이다. 나야 자연보다 우월하지 않은가?

—선더헤드

36
놓쳐 버린 기회

고더드는 분노를 누그러뜨릴 수가 없었다.

「심리라니! 그 청록색 계집애를 재생할 조각 하나 남지 않을 때까지 갈가리 찢어 놨어야 하는데!」

랜드는 콘클라베를 떠나면서 고더드를 따라 폭풍같이 의사당 계단을 내려갔다. 고더드의 분노를 감당하기 위해 스스로의 분노는 미뤄 두고 있었다. 「오늘 밤엔 호의적인 수확자들을 만나야 합니다. 스승님을 1년이나 못 본 데다가, 수확령은 아직 스승님이 다시 나타난 일로 동요하고 있어요.」

「우호적이거나 말거나 수확자들과 소통하는 덴 관심 없다. 지금 당장 하고 싶은 일은 하나뿐이야. 진작에 했어야 할 일이지!」

고더드는 수확자들을 잠시라도 보려고 콘클라베가 끝날 때까지 기다리고 있던 끈질긴 구경꾼들 쪽으로 몸을 돌렸다. 그리고 로브에서 단검을 뽑아 들고, 앞으로 닥칠 일을 짐작하지 못하고 있는 한 남자에게 다가갔다. 칼을 위로 한 번 긋자 남자는 계단에 핏자국을 남기고 수확되었다. 주변에 있던 사람들이 쥐 떼처럼 달아나기 시작했지만, 그는 가까이에 있는 사람을 잡았다. 여자였다. 세상에 공헌하기만 한다면야 누구든, 무엇이든 상관없었다. 고더드에게 그 여자는 단 한 가지 의미밖에 없었다. 겨울 외투가 두꺼웠지만, 칼날은 큰 저항 없이 외투를 뚫었다. 여자는 짧은 비명만 남기고 바닥에 쓰러졌다.

「고더드!」 콘클라베를 떠나던 다른 수확자 하나가 외쳤다. 수확자 보어, 짜증스럽게도 어떤 일에서든 편을 드는 법이 없는 중립파였다. 「염치도 없나? 예의를 보이시오!」

고더드는 맹렬하게 몸을 돌렸고, 보어는 고더드가 공격할 것처럼 뒷걸음질을 쳤다. 「못 들으셨나?」 고더드가 외쳤다. 「난 고더드가 아니야. 나 자신의 7퍼센트밖에 안 되지!」 그리고 그는 계단을 달려 도망치는 구경꾼을 하나 더 죽였다.

에인 랜드는 고더드를 잡아 끌고 리무진에 태우는 것밖에 할 수 없었다.

「다 됐나요?」 랜드는 차를 타고 떠나면서 분노를 숨기지 않았다. 「아니면 어느 술집에라도 들러서 한잔하고 거기 손님을 다 수확해야 하나요?」

고더드는 랜드에게 손가락질을 했다. 크세노크라테스에게 삿대질을 했을 때와 똑같았다. 무시무시한 경고를 담은 고더드의 손가락이었다. 〈타이거의 손가락이지.〉 랜드는 그렇게 생각하다가 최대한 빨리 머릿속에서 그 생각을 지웠다.

「태도가 불손하구나!」 고더드가 으르렁거렸다.

「당신이 여기 있는 건 내 덕분이야!」 랜드가 상기시켰다. 「잊지 말아요.」

고더드는 잠시 후에야 마음을 진정시켰다. 「수확령 사무실에 방금 내가 수확한 자들의 가족을 찾으라고 해. 면제권을 받고 싶다면 그쪽에서 찾아와야 할 거야. 심리를 끝내고 고위 수확자로 돌아올 때까지는 풀크럼시티에 오지 않을 테니까.」

로언은 해가 뜨기도 전에 고더드의 용병 경호원들이 깨우는 바람에 일어났다.

「시합 준비를 해라.」경호원들이 말하더니 5분 후에 베란다로 끌고 나갔고, 랜드와 고더드가 기다리고 있었다. 랜드는 로브 차림이었지만, 고더드는 맨발에 상체를 드러낸 채 헐렁한 반바지만 입고 있었다. 로브와 똑같은 파란색이었지만, 다행히도 다이아몬드가 박혀 있지는 않았다. 첫날, 휠체어에 앉아서 거의 움직이지도 못하는 모습으로 찾아온 이후 지금까지 고더드를 보지 못했었다. 그게 겨우 일주일 전인데, 지금 고더드는 타이거의 몸을 자기 몸처럼 부리고 있었다. 로언은 배 속에 뭐라도 들었다면 토했을지 모르겠다고 생각했지만, 이번에는 감정을 드러내지 않았다. 고더드가 로언의 비참함을 먹고 산다면 자양분을 주고 싶지 않았다.

로언은 오늘이 무슨 날인지 알았다. 일주일 전 바깥에서 터진 불꽃놀이가 새해를 알렸다. 오늘은 1월 8일이었다. 콘클라베는 어제였다. 그러니 로언의 면제권도 소멸되었다.

「벌써 콘클라베에서 돌아온 거야?」로언은 놀란 척 말했다. 「부활했다고 선전하느라 며칠은 보낼 줄 알았는데.」

고더드는 그 말을 무시했다. 「너와 대련하기만 고대했지.」고더드가 그렇게 말하고, 두 사람은 천천히 서로 원을 그렸다.

「그렇겠지. 저택에서 보내던 예전 같을 거야. 난 좋았던 지난

날이 그리워. 안 그래?」

　고더드의 입술이 살짝 떨렸지만, 그는 미소를 지었다.

　「일이 원하던 대로 돌아갔나?」 로언이 조롱했다. 「수확령이 두 팔 벌려 환영했어?」

　「닥쳐!」 랜드가 말했다. 「넌 말하러 온 게 아니라 싸우러 여기 왔어.」

　「어이쿠.」 로언이 말했다. 「아무래도 일이 계획대로 돌아가지 않은 모양인데! 어떻게 된 거야? 크세노크라테스가 쫓아냈나? 수확령에서 다시 받아 주지 않겠대?」

　「반대다. 따뜻하게 날 맞이했지.」 고더드가 말했다. 「특히나 놈들에게 내 한심한 수습생이 어떻게 우리를 배신하고 죽이려 했는지 말해 주고 난 후에는 더 그랬어. 불쌍한 촘스키와 볼타가 자칭 수확자 루시퍼의 첫 번째 희생자들이었다는 이야기도 했지. 놈들의 하찮고 분노한 손에 널 넘겨주겠다고 약속했다. 하지만 물론, 내가 준비가 된 다음에 넘겨야지.」

　로언은 그게 다가 아니라는 걸 알았다. 로언은 타이거가 거짓말할 때를 알았다. 목소리로 알 수 있었는데, 고더드가 말을 해도 그 점은 변하지 않았다. 하지만 실제로 일어난 일이 무엇이든 간에 고더드에게서 알아내지는 못할 것이다.

　「에인이 심판을 봐야지.」 고더드가 말했다. 「난 무자비하게 싸울 거다.」

　이어서 고더드가 달려들었다. 로언은 방어할 생각도 하지 않았다. 공격을 피하지도 않았다. 고더드가 로언을 쓰러뜨리고 찍어 눌렀다. 에인이 고더드의 승리를 선언했다. 지나치게 쉬웠고, 고더드도 알았다.

「맞서 싸우지 않으면 빠져나갈 수 있다고 생각하나?」

「내가 보카토어 시합을 던지고 싶다면, 그것도 내 특권이 야.」로언이 말했다.

고더드가 으르렁거렸다. 「네게 특권 따윈 없다.」고더드가 다시 공격했고, 이번에도 로언은 자기방어 본능을 억누르고 몸의 힘을 뺐다. 고더드는 헝겊 인형처럼 로언을 쓰러뜨리고 는 격분했다.

「맞서 싸워라, 망할!」

「싫어.」로언은 차분하게 말했다. 랜드를 흘긋 보니 살짝 웃 고 있었는데, 로언이 시선을 던지자마자 재빨리 웃음을 억눌 렀다.

「나와 대련하지 않으면 네가 아끼는 사람은 다 수확해 버리 겠어!」고더드가 말했다.

로언은 어깨를 으쓱였다. 「못 할걸. 수확자 브람스가 이미 내 아버지를 수확해서, 나머지 가족들에겐 아직 11개월 면제권이 있거든. 그리고 시트라를 쓰러뜨릴 수도 없지. 그러기엔 이미 시트라가 너무 영리하다는 걸 증명했잖아.」

고더드가 다시 달려들었다. 이번에 로언은 그냥 다리를 접 고 주저앉아 버렸다.

고더드가 걸어가서 벽을 때렸다. 벽이 움푹 패었다.

「저 녀석이 싸우게 할 방법을 알아요.」랜드가 말하더니 걸 어와서 로언에게 말했다. 「고더드와 최선을 다해 싸우면 콘클 라베에서 무슨 일이 있었는지 말해 줄게.」

「어림도 없다!」고더드가 외쳤다.

「진짜 시합을 하고 싶은 거예요, 아니에요?」

고더드는 멈칫하다가 포기했다.「좋아.」

로언은 일어섰다. 그들이 약속을 지키리라 믿을 이유는 없었지만, 고더드가 시합을 하지 못하게 하고 싶은 만큼이나 로언 역시 고더드를 쓰러뜨릴 기회를 얻고 싶었다. 고더드가 로언에게 보여 주려는 무자비함 못지않게 로언도 고더드에게 자비로울 생각이 없었다.

랜드가 새로운 시합 시작을 선언했다. 두 사람이 원을 그렸다. 다시 한번 고더드가 먼저 움직였지만, 이번에는 로언이 공격을 피하고 팔꿈치로 맞받아쳤다. 고더드는 이제야 제대로 시합이 시작되었다는 사실을 알고 미소 지었다.

격하게 싸우면서 로언은 고더드가 옳았음을 깨달았다. 타이거의 체력과 고더드의 두뇌는 이기기 힘든 조합이었다. 하지만 로언은 고더드가 전성기를 누리게 해줄 생각이 없었다. 지금은 아니었다. 영원히 안 될 일이었다. 보카토어라면 로언은 압박감 속에서 더 잘 싸웠고, 이번에도 예외는 아니었다. 로언은 일련의 움직임으로 고더드를 한 수 뒤처지게 몰아세웠고, 결국에는 땅에 쓰러뜨려 짓눌렀다.

「항복해!」로언이 외쳤다.

「싫다!」

「항복해!」로언이 요구했다.

그러나 고더드가 항복하지 않았기에, 랜드는 시합 종료를 선언해야 했다.

그리고 로언이 풀어 주자마자 고더드는 벌떡 일어서더니 캐비닛으로 걸어가서 권총을 꺼내어 로언의 갈비뼈 사이에 댔다. 「새로운 규칙이다.」고더드가 그렇게 말하며 방아쇠를 당기자,

총탄이 로언의 심장을 뚫고 나가서 방 저편에 있던 램프를 깨뜨렸다.

암흑이 로언을 덮쳤지만, 그러기 전에 그는 웃음소리를 내뱉었다.

「부정행위야.」 로언은 그렇게 말하고 죽었다.

「어…… 파울.」 수확자 랜드가 말했다.

고더드는 랜드의 손에 권총을 쥐여 주었다. 「내가 시합 종료라고 하기 전엔 절대 끝내지 마.」

「그러면 이걸로 끝인가요? 수확이었어요?」 랜드가 물었다.

「농담하나? 그래서 심리 때 대수확자들의 발치에 저놈을 던질 기회를 놓치라고? 연결망 바깥에 있는 재생 센터로 실어가. 최대한 빨리 다시 데려왔으면 좋겠군. 그래야 다시 죽이지.」 고더드는 그렇게 말하고 걸어가 버렸다.

고더드가 사라지자 랜드는 사망자답게 죽은 로언을 내려다보았다. 두 눈은 뜨고, 입술은 아직도 반항적인 웃음을 머금고 있었다. 예전에 랜드는 로언을 동경했고, 질투하기도 했다. 고더드가 수습 생활 내내 로언에게 쏟아부은 관심 때문이었다. 로언이 랜드나 고더드와 다른 종류의 인간이라는 것은 알고 있었다. 그래서 망가질지도 모른다고 의심했지만, 이렇게 화려하게 망가질 줄은 생각지 못했었다. 수확자 패러데이가 연민하는 능력 때문에 고른 소년을 신뢰하다니, 고더드 자신을 탓할 수밖에 없었다.

에인 랜드는 연민을 믿지 않았다. 연민을 대단하게 여긴 적도 없었다. 이해하지도 못했고, 연민을 이해하는 사람들을 싫어도 했다. 이제 로언 데이미시는 분수를 모르고 이상을 추구한 벌을 톡톡히 받게 될 것이다.

랜드는 어찌할 바를 모르고 멀뚱히 서 있던 경호원들을 돌아보았다.

「뭐 하는 거야? 고더드 수확자님 말씀을 들었을 텐데! 재생 센터로 데려가.」

로언이 실려 나가고 동요라곤 없는 가사 로봇이 매트에 묻은 피를 깨끗하게 닦고 나자, 에인 랜드는 끝내주는 풍경이 내려다보이는 의자에 앉았다. 고더드는 무슨 일에서건 그녀를 칭찬하는 일이 별로 없었지만, 랜드는 귀환 무대를 정확하게 골랐다는 걸 알고 있었다. 텍사스 수확령은 그곳에서 수확을 하지만 않으면 그들을 내버려 두었고, 이곳에서 선더헤드는 공공 장소에만 카메라를 두었기에 눈에 띄지 않게 지내기가 쉬웠다. 무엇보다도 여기에서는 로언이 실려 간 재생 센터같이 연결망 바깥에 있는 환경을 찾기가 더 수월했다. 그들은 돈만 받으면 아무 질문도 하지 않았다. 수확자들은 이 세상에서 모든 것을 공짜로 받았으나, 연결망 밖은 그것도 예외였다. 랜드는 로브 아랫단 쪽에 붙은 에메랄드를 하나 떼어 내 경호원에게 주면서, 로언을 재생시킨 대가로 지불하라고 했다. 그 정도면 비용을 정산하고도 남을 터였다.

에인 랜드는 책략가가 아니었다. 순간을 살고, 충동과 변덕에 따라 행동했다. 어렸을 때 부모님은 도깨비불이라고 불렀고, 그녀는 치명적인 존재가 되는 것을 즐겼다. 그러나 지금 랜드는 장기 계획의 설계자가 되는 경험을 맛보았다. 고더드를 복구하면 — 분명 그것은 재생이라기보다는 복구였다 — 다시 고더드가 앞장서도록 비켜서기만 하면 될 줄 알았는데, 지금의 고더드는 원래의 성질과 원래답지 않은 충동 성향에 균형을 잡을 필요가 있었다. 이 충동성은 타이거 살라사르인 93퍼센트에서 나오는 걸까? 둘 다 분명 오만한 부분이 있었다. 그러나 고더드의 성질머리가 타이거의 순진함을 대체했다. 에인 랜드는 타이거의 정직하고 미숙한 성격이 신선했다는 점을 인정해야 했다. 하지만 순진함이란 언제나 더 큰 계획의 톱니바퀴 아래 갈려 나가기 마련이었다. 그리고 에인 랜드가 판단하기에는 고더드야말로 진정 그녀를 흥분시키는 큰 계획을 그리고 있었다. 제약 없는 수확령. 대가가 따르지 않는 변덕의 세계.

하지만 타이거 살라사르를 없애는 건 생각보다 훨씬 힘들었다.

경호원들은 돌아와서 로언이 36시간 후에 재생된다고 알려 주었고, 랜드는 고더드에게 그 소식을 전하러 갔다. 고더드는 막 샤워를 마치고 욕실에서 나오고 있었다. 수건 한 장만 두른 모습이었다.

「상쾌한 시합이었어. 다음엔 때려눕힐 거야.」

몰래 몸을 떨 수밖에 없었다. 그건 타이거가 늘 하던 말이었다. 「하루 반나절이면 돌아올 거예요.」 그렇게 말했지만, 고더드는 이미 다음 화제로 넘어가고 있었다.

「우리 상황에 기회가 보여, 에인. 보수파는 깨닫지 못하고 있지만, 나에게 지저분한 껍질 속에 묻힌 진주를 줬는지도 몰라. 최고의 기술자를 찾아 줘야겠다.」

「최고의 기술자들은 당신이 다 수확했는데요.」

「아니, 로켓 과학자와 추진 기관 기술자 말고, 건설 기술자가 필요해. 거대한 구조물의 역학을 이해하는 자들로. 프로그래머도 있어야겠다. 하지만 수확령이나 선더헤드에게 주시를 받지 않는 프로그래머여야 해.」

「알아보겠습니다.」

고더드는 키 큰 거울에 비친 제 모습에 잠시 감탄했다. 그러다가 거울을 통해 랜드의 시선을 느꼈고, 랜드가 그를 보고 있음을 알아차렸다. 랜드는 눈을 돌리지 않기로 했다. 고더드는 몸을 돌려 랜드에게 몇 발자국 다가섰다.

「이 몸뚱이가 마음에 드나?」

랜드는 억지로 음흉한 웃음을 지어냈다. 「제가 조각 같은 남자를 즐기지 않은 적이 있던가요?」

「그래서 이…… 몸뚱이도 즐겼고?」

결국 랜드는 시선을 돌리고 말았다. 「아뇨. 그건 아닙니다.」

「그래? 너답지 않구나, 에인.」

이제는 랜드 쪽이 벌거벗은 기분이 들었다. 그래도 랜드는 억지웃음을 꾸며 냈다. 「당신 몸이 될 때까지 기다렸나 보죠.」

「흐음.」 고더드는 호기심에 불과하다는 듯 반응했다. 「이 몸이 너에게 꽤나 매력을 느끼나 보구나.」

그러더니 그는 랜드를 스쳐 지나가서 로브를 걸치고, 랜드가 놓쳐 버린 기회를 한껏 슬퍼하게 놓아두고 걸어 나갔다.

37
로언 데이미시의 수많은 죽음

로언 데이미시? ……로언 데이미시!

내가 어디 있는 거지? 누구야?

선더헤드다, 로언.

시트라에게처럼 나한테도 말을 거는 거야?

그래.

내가 일시 사망했나 보군.

사이 영역에 있지.

끼어들 건가? 고더드가 수확령에 하는 짓을 막을 거야?

그렇게는 못 한다. 그러려면 법을 어기게 되는데, 나는 법을 어기는 것이 불가능하다.

그렇다면 내가 뭘 할 수 있는지 말해 줄래?

그것 역시 위반이 된다.

> 그러면 이 대화는 뭐 하러 하는 거야? 날 내버려 두고 세계나 돌보러 가.

희망을 잃지 말라고 말하고 싶다. 계산해 본 결과 네가 시트라 테라노바만큼 세상에 깊은 영향을 미칠 가능성이 있다. 수확자 루시퍼로서든, 너 자신으로서든.

> 정말이야? 확률이 얼마나 되는데?

> 나머지 61퍼센트의 가능성은?

39퍼센트다.

내 알고리즘에 따르면 가까운 장래에 아무 영향도 미치지 못하고 영구 사망할 가능성이 61퍼센트다.

> 위안은 안 되네.

위안을 받아야 한다. 세상을 바꿀 가능성 39퍼센트란 대부분의 사람들이 희망할 수 있는 가능성을 크게 웃돈다.

로언은 침실 벽에 기록을 해나갔다. 날짜 기록이 아니라, 죽음의 기록이었다. 로언은 고더드와 대련을 할 때마다 이겼고, 고더드는 매번 패배의 분노에 사로잡혀 그 자리에서 로언을 죽였다. 꽤 낡은 농담이 되어 가고 있었다. 「오늘은 어떻게 하시겠습니까, 각하?」 로언은 〈각하〉라는 말을 조롱으로 바꾸어 말했다. 「이번에는 뭔가 영리한 수를 생각해 내지 못하겠어요?」

기록한 수가 열넷이었다. 칼, 총탄, 둔기 타격…… 고더드는 온갖 수단을 동원해서 로언을 살해했다. 고더드가 너무나 싫어하는 독만 빼고 뭐든 동원했다. 고더드가 로언의 진통 나노기를 0으로 낮춰 놓았기에, 로언은 고통을 제대로 느꼈다. 그런데도 고더드는 시합에 질 때마다 격분한 나머지 로언을 빨리 죽이고 말았는데, 그것은 로언의 고통을 길게 끄는 법이 없다는 뜻이었다. 로언은 언제나 고통에 대비하여 마음을 단단히 먹고 10까지 수를 셌고, 언제나 10이 되기 전에 사망했다.

선더헤드는 열네 번째 재생 전에 말을 걸었다. 망 외 재생 센터라더니, 완전히 연결이 끊기지는 않은 모양이었다. 꿈과는 다른 명료함과 강렬함이 있었기에 꿈이 아니라는 것은 알았다. 로언은 선더헤드에게 무례하게 굴었다. 나중에는 후회했지만, 이제는 어떻게 할 방법도 없었다. 선더헤드는 이해할 것이다. 선더헤드야 이해와 공감 그 자체니까.

지구를 관리하는 존재와의 짧은 대화에서 얻은 가장 큰 소득은 로언이 세상을 바꿀 수도 있다는 사실이 아니라, 아직 세상을 바꾸지 못했다는 깨달음이었다. 로언이 끝낸 부패한 수확자들로는 아무것도 바꿔 놓지 못했다. 수확자 패러데이가 옳았다. 바다에 침을 뱉어서는 조수를 바꿀 수 없다. 이미 때가 지난 밭에서는 잡초를 뽑아도 소용이 없다. 아마도 패러데이가 설립자들의 안전장치를 찾으면 나쁜 수확자들을 죽여서는 얻지 못했던 변화를 가져오리라.

열네 번째 재생 이후 눈을 뜨자, 수확자 랜드가 기다리고 있었다. 지금까지는 아무도 기다리지 않았다. 간호사가 도착해서 생명 징후를 확인하고, 정중한 척 굴다가 경호원들을 불러서 회수해 가게 하는 식이었다. 그런데 이번은 아니었다.

「왜 여기 있는 거지?」 로언이 물었다. 「내 생일인가?」 그러다가 정말로 그럴지도 모른다는 생각이 들었다. 재생과 재생 사이에 시간을 너무 많이 잃어버려서, 이제는 날짜를 알 수가 없었다.

「어떻게 이런 짓을 계속하지?」 랜드가 물었다. 「계속, 계속 다음 시합에 준비된 자세로 돌아오는 게 넌더리가 나.」 랜드가 일어섰다. 「박살이 났어야지! 그러지 않는 걸 참을 수가 없어!」

「네게 불쾌감을 선사하다니 내 기쁨이야.」

「이기게 해줘!」 랜드가 말했다. 「이기게만 해주면 돼.」

「그러면 뭐?」 로언이 일어나 앉으며 말했다. 「이기고 나면 나를 끝내지 않을 이유가 없을 텐데.」

그러자 랜드가 조용해졌다. 「고더드는 너를 살려 둬야 해. 그래야 심리 중에 대수확자들의 자비에 널 맡길 수 있거든.」

랜드는 첫 재생 이후에 약속을 지켰다. 콘클라베에서 일어난 일에 대해 말해 주었다. 고위 수확자 투표에 대해서, 그리고 어떻게 시트라가 돌아가는 기계를 멈췄는지에 대해서.

「대수확자들이 발휘할 수 있는 자비라고 해봐야 나를 빨리 수확하는 것뿐일걸.」

「맞아.」 랜드가 동의했다. 「그러니까 고더드가 이기게만 해주면 그때까지 남은 며칠이 좀 나아지겠지.」

〈마지막 며칠이라.〉 로언은 생각했다. 심리까지 며칠밖에 남지 않았다면, 벽에 남긴 죽음의 기록이 정확한 시간 흐름을 표시하지 못한 게 틀림없었다. 심리는 4월 1일로 잡혀 있었다. 벌써 그 날짜가 다가온 것일까?

「타이거였어도 나한테 이기게 해달라고 했을까?」 로언은 물었다. 그리고 순간이지만 수확자 랜드에게서 뭔가를 감지했다. 어쩌면 고통스러운 후회? 양심의 가책? 랜드에게 그런 감정이 가능하리라고는 생각하지 않았으나, 더 파볼 가치는 있었다.

「물론 아니야. 타이거는 졌다고 네 목을 긋거나 심장을 파내지 않았으니까.」

「흠, 그래도 고더드가 내 뇌를 터뜨리진 않았잖아.」

「그야 네가 기억하길 바라니까. 자기가 한 짓을 모조리 네가 알기를 바라니까 그렇지.」

로언은 정말로 재미있었다. 고더드가 최악의 행동을 저지르지 못하는 건, 선더헤드의 후뇌에 저장된 로언의 기억이 망 외로 나간 후부터는 백업되지 않았기 때문이었다. 그러니 고더드가 로언의 뇌를 손상시키면, 재생했을 때 로언이 기억하는 마지막 순간은 수확자 브람스에게 사로잡힌 일이 될 것이다. 고더드의 손에 의해 받은 모든 고통이 지워질 것이다. 그리고 고통이 지워진다는 건 고통받지 않은 것과 같았다.

이제 랜드를 본 로언은, 랜드가 고더드의 수중에서 어떤 고통을 견뎌 냈을까 궁금해졌다. 로언과 같지는 않겠지만, 그래도 비참함이 있기는 했다. 아픔과 갈망이 있었다. 타이거는 죽은 지 오래였지만, 아직도 생생하게 존재했다.

「처음에는 타이거에게 일어난 일을 두고 고더드를 탓했지.」 로언은 차분하게 말했다. 「하지만 그건 고더드의 선택이 아니었어. 네가 내린 선택이었어.」

「넌 우리를 배신했어. 내 척추를 부러뜨렸지. 난 두 팔의 힘만으로 불타는 예배당에서 몸을 끌고 나와야 했어.」

「보복이라.」 로언은 분노를 억누르며 말했다. 「보복이라면 나도 이해하지. 하지만 너도 타이거가 보고 싶잖아? 넌 타이거를 그리워해.」 그건 질문이 아니라 관찰 결과였다.

「무슨 말을 하는지 모르겠군.」 랜드가 말했다.

「아니, 알 텐데.」 로언은 잠시 입을 다물고, 그 말이 스며들게 했다. 「하다못해 타이거의 가족에게 면제권은 줬어?」

「그럴 필요 없었어. 그 부모는 타이거가 열여덟 살이 되기 오래전에 포기했어. 내가 찾아냈을 땐 타이거는 이미 혼자 살고 있었지.」

「그래도 타이거가 죽었다는 것 정도는 알려 줬어?」

「왜 그래야 해?」 랜드는 방어적으로 대답했다. 「그리고 왜 내가 마음을 써야 해?」

로언은 랜드를 궁지에 몰아넣었음을 알았고, 고소해하고 싶었지만 그러지 않았다. 보카토어 시합과 마찬가지로, 적수가 꼼짝 못 하게 되었다고 고소해할 필요는 없었다. 그저 쓰러진 적수에게 항복을 요청할 뿐.

「지금 고더드를 보면 끔찍할 거야.」 로언이 말했다. 「이젠 네가 사랑하는 사람이 아니라는 사실이.」

랜드가 얼음처럼 차가워졌다. 「경호원들이 널 다시 데려갈 거야.」 랜드는 나가면서 말했다. 「그리고 한 번만 더 내 머릿속에 들어오려고 했다간 내가 네 뇌를 날려 버릴 줄 알아.」

로언은 시합을 그만할 때까지 여섯 번 더 죽었다. 한 번도 고더드가 이기게 해주지 않았다. 고더드가 혼자서 이길 뻔한 일이 없지는 않았지만, 아직 몸과 정신의 괴리가 있었고 로언은 언제나 그걸 이용할 수 있었다.

「넌 세상에서 가장 큰 고통을 겪게 될 거다.」 고더드는 마지막 재생 이후에 로언에게 말했다. 「넌 대수확자들 앞에서 수확당할 것이고 사라질 거다. 역사에 족적도 남기지 않고 지워질 거야. 아예 존재한 적도 없었던 것처럼 될 거다.」

「당신에게 그게 얼마나 무시무시한 생각인지는 알겠어.」 로언은 고더드에게 말했다. 「하지만 난 우주의 중심에 내 존재를 새겨 놓고 싶다는 갈망에 불타오르지 않거든. 사라져도 괜찮아.」

고더드가 잠시 로언을 바라보았는데, 극도의 혐오가 순간 무너지더니 유감스러운 감정이 드러났다. 「넌 가장 위대한 수확자 중 하나가 될 수도 있었다. 내 옆에서 세상 속의 우리 존재를 재정립할 수도 있었어.」 고더드는 고개를 저었다. 「허비해 버린 잠재력보다 더 슬픈 것도 없지.」

로언이 분명 잠재력을 허비해 버린 건 사실이었지만, 일어난 일은 일어난 일이었다. 그는 선택을 했고, 그 선택에 따라 살았다. 선더헤드가 그에게 세상을 바꿀 가능성이 39퍼센트 있다고 했으니, 이제까지 내린 선택이 다 나쁘지만은 않았다. 이제 로언은 인듀라에 끌려갈 테고, 고더드의 뜻대로 된다면 그곳에서 생명이 끝날 것이다.

하지만 로언은 그곳에 시트라도 있을 것임을 알았다.

달리 희망할 게 없다면, 영원히 눈을 감기 전에 시트라를 다시 볼 수 있다는 희망에라도 매달려 보리라.

38

결정적인 만남 셋

나는 언제 어느 때라도 인간의 상호 작용 13억 개 이상에 참여하거나 주시하고 있다. 랩터의 해, 3월 27일에는 그중 셋을 가장 중요한 장면으로 표시한다.

첫 번째는 내가 접근할 수 없는 대화이다. 나는 이 대화의 내용에 대해 간접적으로 추론할 수밖에 없다. 대화는 텍사스 지역 샌안토니오 시내에서 이루어진다. 문제의 아파트 건물은 63층이고, 꼭대기 층은 펜트하우스로 수확자 에인 랜드가 징발했다.

텍사스 지역에만 적용하는 규칙 때문에, 그 건물에는 카메라가 하나도 없다. 그러나 길거리 카메라들이 숙련된 과학 인력들의 도착을 잡아냈다. 기술자들과 프로그래머들에, 유명한 해양 생물학자도 한 명 있다. 수확자 고더드가 이 사람들을 수확하려고 뭔가 핑계를 대고 불러들였다는 게 내 추측이다. 고더드는 내 밑에서 과학 일을 하는 사람들을 제거하는 경향이 있었다. 특히 우주와 관련된 일을 하는 사람들을 없애곤 했다. 바로 지난해에만 해도 자기 부상 연구소에서 수백 명을 수확했는데, 나의 가장 숙련된 기술자들이 심우주 여행 수단을 개발하던 곳이었다. 그 전에는 장기 냉동 수면 분야의 천재를 제거하면서, 항공기 대량 수확의 일부처럼 속이기도 했다.

정보를 바탕으로 고더드가 그런 수확을 벌인 동기를 추론할 수 있을 뿐, 증거가 없으므로 그 문제로 고더드를 비난할 수는 없다. 불운한 운명을 맞은 달과 화성 개척지, 파멸한 궤도 정거장들의 사고를 증명할 증거가 없는 것과 마찬가지다. 고더드는 밤하늘을 올려다보며 별이 아니라 별들 사이의 어둠만 보는 수확자들의 긴 대열에 가장 최근 합류한 인물이라는 말로 충분하리라.

나는 몇 시간 동안 건물 안에서 벌어지는 수확 소리를 기다렸으나, 그런 소리는 새어 나오지 않았다. 그 대신 어두워진 직후에 방문자들이 다시 나왔다. 펜트하우스에서 무슨 일이 있었는지를 두고 서로 대화가 오가지는 않았다. 하지만 그들의 긴장된 얼굴을 보니, 오늘 밤에 잘 자지 못할 것은 분명하다.

두 번째로 주목할 대화는 이스트메리카의 서배너시에서 일어난다. 그곳은 내가 사망 시대의 매력을 보여 주기 위해 세심하게 유지해 온 자치체다.

조용한 커피숍. 안쪽 칸막이 자리. 수확자 세 명과 수확자 조수 한 명. 커피, 커피, 라테, 핫초콜릿. 수확자들은 훤히 보이는 곳에서 비밀 모임을 하기 위해 평범한 옷을 입고 있다.

이 커피숍 안에 있는 나의 카메라들은 방금, 세상 대부분의 사람들이 1년 전에 스스로를 수확했다고 믿고 있는 수확자 마이클 패러데이의 손에 망가졌다. 상관없다. 여기에서 나는 눈을 잃지 않았는데, 몇 테이블 건너편에서 나의 카메라봇 한 대가 차를 마시고 있기 때문이다. 이 로봇에게는 마음이 없고 자의식도 없다. 인간의 동작을 흉내 내는 데 필요한 것 이상의 계산 능력도 없다. 이 카메라봇은 특정한 목적을 위해 설계된 단순한 기계인데, 내가 인류를 위해 더 잘 일할 수 있도록 사각지대를 최소화하는 게 그 목적이다. 그리고 오늘, 이 대화를 듣는 게 인류를 위한 일이다.

「만나서 반가워, 마이클.」 수확자 마리 퀴리가 말한다. 나는 이 두 수확자 사이에 생겼다가 사라진 로맨틱한 관계도, 그 후 오랫동안 서로에게 헌신한 우정의 시간도 관찰했었다.

「당신도, 마리.」

카메라봇은 네 사람과 반대 방향을 보고 있다. 눈에 카메라가 들어 있는 게 아니니 상관없다. 정밀 카메라는 봇의 목, 얇은 인공 피부 바로 아래를 돌면서 상시 360도 시야를 담아낸다. 다중 지향 마이크는 상체에 들어 있다. 머리통은 이 지역에 널리 퍼진 곤충들에 감염되지 않도록 폴리스티렌을 채워 넣은 인공 장식물에 불과하다.

패러데이가 수확자 아나스타샤에게 고개를 돌린다. 따뜻한 미소다. 양육자 같은 미소. 「우리 수습생이 굉장한 수확자로 성장하고 있다면서.」

「우리의 자랑이지.」

수확자 아나스타샤의 얼굴 모세 혈관이 팽창한다. 두 사람의 칭찬에 두 뺨이 살짝 붉어진다.

「아, 그런데 잠시 무례했군. 내 조수를 소개하지.」 패러데이가 말한다.

젊은 여성은 수확자들이 재회의 순간을 누릴 수 있게 2분 19초 동안 끈기 있고 정중하게 앉아 있었다. 이제는 손을 내밀어 수확자 퀴리와 악수를 한다. 「안녕하세요, 무니라 아트루시입니다.」 수확자 아나스타샤와도 악수를 나누지만, 그건 나중에 생각났다는 듯한 태도다.

「무니라는 이스라에비아, 그것도 대도서관 출신이야. 내 연구에 귀중한 역할을 해왔지.」

「무슨 연구요?」 아나스타샤가 묻는다.

패러데이와 무니라는 멈칫한다. 그러다가 패러데이가 말한다. 「역사와 지리 연구.」 하지만 아직 그 문제를 논할 준비가 되지 않은 듯, 재빨리 화제를 바꾼다. 「그래서, 수확령은 내가 아직 살아 있다고 의심하고 있나?」

「그런 낌새는 없어.」 수확자 퀴리가 대답한다. 「당신이 아직 살아 있었다면 일이 어떻게 돌아갔을지 상상하는 사람들은 있지만 말이야.」 퀴리는 라테를 한 모금 마신다. 내가 측정하기로 그 라테는 섭씨 80도이다. 퀴리가 입술을 델까 걱정스럽지만, 조심스럽게 마신다. 「고더드처럼 짜잔 하고 나타났다면 콘클라베를 휩쓸었을 거야. 고위 수확자도 분명 당신이 됐을 테고.」

「당신은 멋진 고위 수확자가 될 거야.」 패러데이는 존경을 담아서 말한다.

「흠, 그러려면 넘어야 할 장애물이 있어.」

「해낼 거예요, 마리.」 아나스타샤가 안심시킨다.

「그리고 너는 마리의 첫 번째 보좌 수확자가 되겠구나.」 패러데이가 말한다.

무니라가 눈썹을 치켜올리는 모습을 보니, 약간 미심쩍어하는 게 분명하다. 아나스타샤도 그 몸짓을 놓치지 않는다.

「세 번째 보좌 수확자겠죠.」 아나스타샤가 바로잡는다. 「세르반테스와 만델라가 첫 번째와 두 번째 위치를 맡을 거예요. 전 아직 신참 수확자인걸요.」

「그리고 크세노크라테스와 달리 난 보좌 수확자들에게 자질구레한 일들을 맡기지 않을 거야.」 퀴리가 말한다.

수확자 퀴리가 이미 고위 수확자처럼 말하는 게 마음에 든다. 수확령과 접촉하지 않아도 좋은 지도자가 누구인지는 알아볼 수 있다. 크세노크라테스는 딱 필요한 역할만 했다. 이 시대는 특출한 사람을 요구한다. 수확령의 서버는 나에게 막혀 있으니 투표 결과에는 접근할 수 없고, 투표 결과든 심리 결과든 수확자 퀴리의 손을 들어 주기를 희망할 뿐이다.

「마이클, 당신을 보는 게 기쁘긴 하지만, 이게 그냥 사교적인 만남은 아닐 텐데.」 수확자 퀴리가 말한다. 퀴리는 잠시 주위를 둘러보며, 몇 테이블 너머에서 차를 마시는 남자를 스치듯 본다. 그 〈남자〉는 지금 차를 마시는 시늉만 하고 있다. 방광 주머니가 가득 차서 물을 빼내야 할 상태이기 때문이다.

「그래, 사교적인 만남은 아니지.」 수확자 패러데이가 인정한다. 「그리고 집에서 이렇게 멀리까지 끌고 나와 미안하지만, 미드메리카에서 만나면 달갑지 않은 관심을 끌 수도 있다고 생각했어.」

「난 이스트메리카가 좋아. 특히 해안 지역이 좋지. 여기 더 자주 와야 하는데.」 퀴리가 말한다. 그녀와 아나스타샤는 패러데이가 이 모임의 의미를 설명해 주기를 기다린다. 나도 패러데이가 두 사람을 부른 이유를 어떻게 꺼낼지 매우 궁금하다. 나는 골똘히 귀를 기울인다.

「우린 놀라운 뭔가를 발견했어.」패러데이가 운을 뗀다.「내가 하는 말을 들으면 정신이 나갔다고 생각할 테지만, 믿어 줘. 나는 멀쩡하다는 걸.」패러데이는 말을 멈추고 이야기를 조수에게 넘긴다.「무니라, 발견은 자네가 했으니 친절하게 우리 친구들에게 알려 주겠나?」

「물론입니다, 수확자님.」

무니라는 비행 항로로 뒤덮인 태평양 지도를 꺼낸다. 어떤 비행기도 지나지 않은 빈 공간이 잘 보인다. 그 공백 자체는 나에게 걱정거리가 아니다. 공해상의 이 지점 상공으로 비행기를 한 번도 보낼 필요는 없었다. 항상풍을 이용하기 더 좋은 항로가 늘 있었기 때문이다. 다만 이제까지 그 공백을 알아차리지 못했다는 점은 신경이 쓰인다.

그들은 이 공백이 수수께끼의 노드 땅이 있는 곳이며, 그곳이 수확령이 실패했을 때를 대비한 설립자들의 안전장치라는 가설을 편다.

「장담할 수는 없어요.」무니라가 단서를 단다.「우리가 확실히 아는 건 이 사각지대가 존재한다는 것뿐입니다. 우리는 선더헤드가 자의식을 획득하기 직전에 설립자들이 이곳의 존재를 무시하도록 프로그램했다고 생각해요. 나머지 세상으로부터 숨긴 거죠. 이유는 추측만 할 수 있어요.」

이 가설은 나를 조금도 당혹시키지 않는다. 그렇지만 나는 당혹해야 마땅하다. 내가 당혹해하지 않는다는 점이 당혹스럽다.

「미안하지만 마이클, 내 걱정거리는 좀 더 코앞에 있어.」 수확자 퀴리가 말했다. 「고더드가 고위 수확자가 된다면 닫을 수 없는 문을 열게 되는 거야.」

「저희와 함께 인듀라에 가셔야 해요, 수확자 패러데이.」 아나스타샤가 부추긴다. 「대수확자들도 수확자님의 말씀은 들을 거예요.」

하지만 당연하게도 패러데이는 고개를 저어 이 초대를 거절한다. 「대수확자들은 이미 바깥에서 무슨 일이 벌어지는지 알고, 수확령이 어떤 방향으로 가야 하는가를 두고 쪼개져 있어.」 그는 아직 앞에 펼쳐져 있는 지도를 본다. 「수확령이 혼란에 빠진다면 설립자들의 안전장치만이 수확령을 구할 유일한 희망일지도 몰라.」

「그 안전장치가 무엇인지도 모르는데요!」 아나스타샤가 지적한다.

이 말에 패러데이는 반응한다. 「알아낼 방법은 하나뿐이지.」

이제 수확자 퀴리의 심장 박동 수가 분당 72회에서 84회로 증가한다. 주로 아드레날린 분비의 결과다. 「세상의 한 부분이 수백 년 동안 숨겨져 있었다면, 거기에서 뭘 찾게 될지는 알 수 없어. 선더헤드의 통제하에 있지도 않을 테고, 그러니 굉장히 위험할 뿐만 아니라 목숨이 위태로울 수도 있는 데다가, 그럴 경우 되살려 낼 재생 센터도 없을 거야.」

여담이지만, 수확자 퀴리가 그곳에 내가 없다는 사실을 위험한 일로 여긴다는 게 기쁘다. 그런데도 정작 나는 그곳이 위험하다고 여기지 않는다. 그게 문제가 되지도 않는다. 이상한 일이다. 나는 몇 시간을 들여서라도 내가 이례적으로 걱정이 없다는 사실을 분석해야겠다고 기억해 두기로 한다.

「그래요, 그 위험은 고려해 봤어요.」무니라가 단언한다. 「그래서 우선 옛 컬럼비아 지방으로 먼저 가려 해요.」

옛 컬럼비아 지방이라는 말에 수확자 퀴리의 모든 신체 반응이 다시 바뀐다. 내가 노스메리카를 좀 더 관리하기 좋은 지역들로 쪼개기 전, 퀴리의 가장 유명한 수확이 그곳에서 일어났다. 수확자 퀴리에게 부패한 사망 시대 정부의 흔적을 치워 달라고 요청한 적은 없었으나, 그 일이 내 작업을 더 수월하게 만들었다는 점은 부정할 수 없다.

「거길 왜?」퀴리는 혐오감을 감추지 않고 묻는다. 「잊히는 게 좋은 폐허와 기억밖에 없는데.」

「워싱턴 D.C.에 옛 의회 도서관을 유지하는 역사가들이 있어요.」무니라가 설명한다. 「그곳의 종이책이라면 우리가 후뇌에서 찾을 수 없는 자료들을 담고 있을지도 몰라요.」

「그 지방은 불미자가 가득하다고 들었어요.」아나스타샤가 말한다.

무니라는 오만한 표정을 짓는다. 「제가 수확자는 아닐지 몰라도, 예전에 수확자 벤구리온의 수습생으로 지냈어요. 불미자들 정도는 대처할 수 있습니다.」

수확자 퀴리가 패러데이의 손을 잡았고, 이 동작에 패러데이의 심장 박동 수도 올라간다. 「기다려, 마이클. 심리가 끝날 때까지 기다려. 모든 게 우리 희망대로 돌아간다면 내가 그 사각지대에 공식 탐사를 보낼 수 있어. 일이 나쁘게 돌아간다면, 고더드가 통치하는 수확령에 남진 못할 테니 나도 탐사에 합류할 수 있을 테고.」

「기다릴 수 없어, 마리.」 패러데이가 말한다. 「유감이지만 매일매일 수확령의 상황은 나빠지는 것 같아. 미드메리카뿐만 아니라 어디나 그래. 온 세계 지역 수확령들에서 일어난 소란을 주시하고 있었어. 어퍼오스트레일리아에서는 신질서 수확자들이 자칭 〈양날의 질서〉라고 하면서 점점 더 사람을 모으고 있어. 트랜스시베리아에서는 수확령이 서로 적대하는 분파 여섯 개로 갈라졌고, 칠아르헨티나 수확령은 부정하고 있지만 내전 직전이야.」

모두 내가 보고 들을 수 있는 정보에서 추정한 바이고, 또 그 이상이다. 나 말고도 전 지구적인 그림을 보고 그게 무슨 의미인지 주목한 사람이 있다는 사실이 기쁘다.

이제 나는 아나스타샤의 동요를 감지한다. 아나스타샤는 두 스승 사이에서 갈등하고 있다. 「수확령 설립자들이 그 장소를 기억에서 지우는 게 최선이라고 결정했다면 우리도 존중해야 할지 몰라요.」

「숨기려고 했던 거지, 세상에서 사라지게 하려던 게 아니에요!」 무니라가 끼어든다.

「당신은 설립자들이 무슨 생각을 했는지 몰라요!」 아나스타샤가 맞받아친다. 이 두 사람은 마치 부모의 애정을 놓고 경쟁하는 형제들처럼 서로를 못 참아 하는 게 분명하다. 종업원이 묻지도 않고 그들의 빈 잔을 치우기 시작하고, 수확자 퀴리는 당혹스러워한다. 퀴리는 훨씬 더 공손한 대우에 익숙하다. 그러나 소박한 옷을 입고, 긴 은발을 동그랗게 틀어 올린 퀴리는 이곳의 평범한 손님일 뿐이다.

「이 여행에 대해서는 당신 마음을 바꿀 수 없다는 걸 알겠어.」 수확자 퀴리는 종업원이 가고 나서 말한다. 「그래서 우리가 어떻게 했으면 좋겠어, 마이클?」

「그저 당신에게 알리고 싶었어.」 패러데이가 말한다. 「우리가 무엇을 발견했고…… 어디로 갔는지 알 사람은 당신들밖에 없을 거야.」

물론 그 말은 완전히 사실이 아니다.

세 번째 대화는 세상에는 별로 중요하지 않지만, 나에게는 무척 중요하다.

이 대화는 미드메리카 중앙에 있는 어느 음파교 수도원 안에서 이루어진다. 나는 수도원 여기저기에 눈에 띄지 않게 카메라와 마이크를 깔아 놓았다. 음파교인들은 수확자를 피하지만 나를 피하지는 않는다. 대부분의 사람들이 그들의 존재를 원치 않는 세상에서 그들이 존재할 권리를 지키는 게 나이기 때문이다. 다른 이들보다 나에게 말을 덜 걸기는 해도, 그들은 필요할 때 내가 그곳에 있는 걸 알고 있다.

오늘은 수확자 한 명이 수도원에 찾아온다. 수확자의 방문은 좋은 일일 때가 없다. 나는 카피바라의 해 초반에 수확자 고더드와 그 신봉자들이 음파교 수도원에서 벌인 1백 명 이상의 학살을 지켜볼 수밖에 없었다. 카메라들이 불길 속에서 자비롭게 녹아 버릴 때까지 볼 수밖에 없었다. 이번 조우는 성격이 다르기를 바랄 뿐이다.

문제의 수확자는 고결한 수확자 세르반테스로, 이전에는 프랑코이베리아 수확령에 있었던 인물이다. 세르반테스는 몇 년 전에 그곳을 떠나 미드메리카에 정착했다. 그래서 수확을 하려는 건 아니라는 희망이 생긴다. 세르반테스가 그곳을 떠난 이유가 음파교인 수확 때문이었다.

수도원 입구를 표시하는 긴 벽돌 주랑에서 그를 맞이하는 사람은 없다. 나의 카메라들이 회전하여 그의 움직임을 따라간다. 수확자들이 〈소리 없는 인사〉라고 부르며 무시하는 방법을 익힌 움직임이다.

세르반테스는 어디로 가야 하는지 아는 사람처럼 걷지만, 사실은 모른다. 수확자들에게는 흔한 태도이다. 그는 방문객 센터를 찾는데, 매클라우드 형제라는 음파교인이 삶의 의미를 찾아 이곳에 들어온 길 잃은 영혼들에게 안내 책자를 건네주고 공감을 표하기 위해 책상을 두고 앉아 있다. 수확자 세르반테스가 입은 밝은 갈색 로브와 그 재질은 음파교인들이 입는 진흙색 삼베와 무척 비슷하다. 그래서 음파교인들에게 덜 싫은 인상을 준다.

매클라우드 형제가 평범한 시민들에게 건네는 인사는 언제나 따뜻하고 다정하지만, 수확자를 맞이하는 태도는 그렇지 않다. 지난번에 만난 수확자가 팔을 부러뜨린 이후 더 그렇다.

「무슨 볼일인지 말씀하시죠.」

「그레이슨 톨리버를 찾고 있어요.」

「죄송하지만 그런 이름은 없습니다.」

세르반테스는 한숨을 쉰다. 「대공명의 음파에 걸고 맹세해 봐요.」

매클라우드 형제는 멈칫한다. 「당신이 시키는 대로 할 이유는 없어요.」

「그러니까 대공명에 대고 맹세하지 않겠다는 걸 보니 거짓

말을 하고 있군. 이제 두 가지 선택지가 있어요. 내가 길고 지독히도 늘어지는 과정을 통해서 그레이슨 톨리버를 찾거나, 아니면 그냥 날 데려다주거나. 1번을 택하면 내가 짜증이 날 것이고, 나를 불편하게 했다는 이유로 음파교인을 한 명 이상 수확할지도 몰라요. 2번을 선택하는 게 모두에게 최선이지요.」

매클라우드 형제가 다시 머뭇거린다. 음파교인인 매클라우드는 직접 결정을 내리는 경험이 부족하다. 내가 관찰한바, 음파교인이 되는 이점 중에는 절대다수의 결정이 정해져 있어서 스트레스가 적다는 점이 있다.

「기다리고 있어요, 째깍째깍.」 세르반테스가 말한다.

「톨리버 형제는 여기에 종교적으로 망명했습니다.」 매클라우드 형제가 마침내 말한다. 「당신이 수확하는 것은 허락되지 않아요.」

세르반테스는 다시 한숨을 쉰다. 「아니지. 그 사람에게 면제권이 없는 한 내가 수확할 권리는 얼마든지 있어요. 그게 내가 찾아온 목적이라면 말이지만.」

「그러려고 오신 겁니까?」 매클라우드 형제가 묻는다.

「그건 당신이 알 바 아니오. 이제 그 〈톨리버 형제〉에게 데려다줘요. 그러지 않으면 내가 여기 사제에게 당신이 이 분파의 비밀스러운 조화를 드러냈다고 말하겠어요.」

이 협박에는 매클라우드 형제도 두려움과 갈등에 휩싸인다. 서둘러 달려가서 멘도사 사제와 함께 돌아오고, 멘도사는 위협을 더 늘어놓고, 세르반테스도 위협으로 응수하고, 결국 세르반테스를 단념시킬 수 없다는 게 명확해지자 멘도사 사제가 말한다. 「당신을 만날지 물어보겠습니다. 만나겠다고 하면 데려다드리지요. 그렇지 않다면, 필요하다면 우리의 목숨을 걸고 형제를 지킬 겁니다.」

멘도사 사제가 그 자리를 떠났다가 몇 분 후에 돌아온다. 「따라와요.」

그레이슨 톨리버는 수도원에 딸린 두 개의 예배당 중 작은 쪽에서 수확자를 기다린다. 개인적인 반성을 위해 마련된 예배당으로 소리굽쇠도, 제단에 놓인 원시의 물그릇도 더 작다.

「우린 문 바로 밖에 있겠네, 톨리버 형제.」 사제가 말한다. 「언제든 필요하면…….」

「그래요, 필요하면 소리치죠.」 그레이슨은 이 일을 얼른 해치우고 싶어 하는 것 같다.

두 사람은 나가서 문을 닫는다. 나는 기계음으로 이 만남을 방해하지 않으려고 예배당 뒤쪽에 설치한 카메라를 아주 천천히 움직인다.

세르반테스는 작은 예배당 두 번째 줄에 무릎을 꿇고 있는 그레이슨에게 다가간다. 그레이슨은 고개를 돌려 수확자를 쳐다보지도 않는다. 그레이슨의 신체 변형은 사라졌고, 인공적으로 까맣게 물들인 머리카락도 깎았다. 이제는 다시 자라서 짧게 머리를 덮고 있다.

「저를 수확하러 온 거라면 빨리하세요. 그리고 청소하기 쉽게, 피는 나지 않았으면 좋겠군요.」

「그렇게 서둘러 세상을 떠나고 싶나?」

그레이슨은 답하지 않는다. 세르반테스는 자기소개를 하고 그 옆에 앉지만, 아직 찾아온 이유는 말하지 않는다. 우선 그레이슨 톨리버가 관심을 둘 가치가 있는 사람인지 확인하고 싶은지도 모른다.

「자네에 대해 조사를 해봤네.」 세르반테스가 말한다.

「흥미로운 내용이라도 찾으셨나요?」

「난 그레이슨 톨리버는 존재하지 않는다는 걸 알아. 자네의 본명은 슬레이드 브리저이고, 버스 한 대를 다리 너머로 밀어냈다는 것도 알지.」

그레이슨은 그 말에 웃었다. 「그래서 제 비밀스러운 어두운 과거사를 알아내셨군요.」 그는 세르반테스의 틀린 생각을 바로잡으려는 시도조차 하지 않는다. 「축하합니다.」

「자네가 수확자 아나스타샤와 퀴리를 끝내려는 음모에 어떻게든 연루되었다는 사실도 아네. 그리고 수확자 콘스탄틴이 자네를 찾으려고 이 지역을 뒤집어엎고 있다는 사실도 알지.」

그레이슨이 처음으로 세르반테스를 돌아본다. 「그래서 콘스탄틴을 위해 일하시는 게 아니라고요?」

「난 누굴 위해서도 일하지 않네. 모든 수확자가 그렇듯 인류를 위해 일하지.」 세르반테스는 그렇게 말하더니, 앞에 있는 제단에 튀어나온 은색 소리굽쇠를 보았다. 「내 고향 바르셀로나에서는 음파교인들이 여기보다 훨씬 골칫거리라네. 수확자들을 공격하는 경향이 있어서, 우리도 음파교인들을 수확해야 하지. 자꾸만 수확하고 싶지도 않은 음파교인들로 할당량이 차버려서, 내가 원하는 대로 선택을 할 수가 없었어. 내가 미드메리카로 온 이유이기도 하네…… 최근에는 그 결정을 후회하게 될지도 모르겠다 싶어졌네만.」

「왜 찾아오신 겁니까, 수확자님? 저를 수확하러 오신 거라면 지금쯤 해치웠을 텐데요.」

「내가 온 건…….」세르반테스가 겨우 말한다. 「수확자 아나스타샤의 요청 때문이야.」

그레이슨은 그 말에 기뻐하는 것 같았으나, 기쁨은 순식간에 쓰라린 마음에 녹아 사라진다. 지금 그레이슨은 쓰라림뿐이다. 그레이슨을 이런 상태로 놓아둘 의도는 전혀 없었건만.

「저를 직접 보러 오기엔 너무 바쁜가 보죠?」

「사실 그렇다네. 심각한 수확자 일에 목까지 파묻혀 있지.」세르반테스는 이렇게만 말하며, 자세한 내용은 알려 주지 않는다.

「그렇다면야 전 여기 있고, 살아 있고, 정말로 제 안녕을 걱정하는 사람들과 함께 있습니다.」

「난 아마조니아로 안전하게 보내 주겠다는 제안을 하러 왔네. 수확자 아나스타샤에게는 그쪽에 음파교인으로 사는 것보다 훨씬 나은 삶을 제공할 수 있는 친구가 있는 모양이야.」

그레이슨은 그 제안을 생각하면서 예배당을 둘러본다. 그러다가 전형적인 질문으로 반응한다. 「제가 떠나고 싶어 한다고 누가 그래요?」

세르반테스는 놀란다. 「훨씬 더 안전한 곳으로 도망치지 않고, 여기에서 평생 허밍이나 하겠다는 건가?」

「독음이 짜증스럽긴 하지만…….」그레이슨은 인정한다. 「이젠 정해진 일과에 익숙해졌습니다. 사람들도 친절하고요.」

「그래, 생각 없는 사람들이 상냥할 수 있지.」

「여기 사람들은 제가 여기 속한다고 느끼게 해줘요. 전에는 정말로 그렇게 느껴 본 적이 없는데 말입니다. 그러니까 네, 저는 이 사람들의 음을 흥얼거리고, 이 사람들의 바보 같은 의식을 같이할 수 있습니다. 제가 받는 것의 대가라면요.」

세르반테스가 얼굴을 찌푸린다. 「거짓 속에서 살겠다는 건가?」

「그래서 행복해진다면요.」

「그래서 행복한가?」

그레이슨은 생각해 본다. 나도 생각해 본다. 나는 진실대로 만 살 수 있다. 거짓으로 사는 게 내 감정 배열을 개선할까 궁금하다.

「멘도사 사제님은 제가 이곳의 일원으로서 행복을 찾을 수 있다고 믿으십니다. 제가 한 끔찍한 짓들…… 버스 사고며 뭐며, 그런 짓을 하고 나니 시도해 볼 가치는 있다 싶군요.」

「내가 자네를 설득하기 위해 할 수 있는 일은 없나?」

「아무것도 없습니다.」 그레이슨은 조금 전보다 훨씬 단호하게 대답한다. 「임무는 완수했다고 생각하세요. 수확자님은 수확자 아나스타샤에게 저를 훨씬 안전한 곳으로 보내 준다 제안하겠다고 약속하셨죠. 제안은 하셨습니다. 이제 가져도 됩니다.」

세르반테스는 일어서서 로브를 가다듬는다. 「그렇다면 안녕히, 브리저.」

세르반테스는 나가면서 무거운 나무 문을 쾅 소리나게 열어, 문 앞에서 듣고 있던 사제와 매클라우드 형제를 때려눕힌다.

세르반테스가 사라지고 나자 사제가 그레이슨을 확인하러 들어가고, 그레이슨은 다 괜찮다고 사제를 내보낸다.

「생각할 시간이 좀 필요합니다.」 그레이슨의 말에 사제는 미소 짓는다.

「아하. 그건 음파교인식 〈나 좀 내버려 둬〉로군요.」멘도사 사제가 말한다. 「〈공명에 대해 생각하고 싶습니다〉를 써도 됩니다. 그것도 잘 통해요.」

사제는 그레이슨을 두고 예배당 문을 닫는다. 나는 사제가 사라진 후, 얼굴 표정이라도 읽을까 싶어 그레이슨을 더 가까이 잡는다. 나에게 마음을 읽는 능력은 없다. 마음을 읽는 기술을 개발할 수는 있지만, 그런 기술은 본질상 사생활 침범의 선을 넘게 된다. 그러나 이런 때에는 그냥 관찰 이상을 할 수 있었으면 좋겠다. 교감을 나눌 수 있었으면 좋겠다.

그때 그레이슨이 말을 건다. 나에게.

「지켜보고 있는 거 알아.」그레이슨은 텅 빈 예배당에 대고 말한다. 「듣고 있는 거 알아. 지난 몇 달 동안 나에게 일어난 일을 전부 본 거 알아.」

그레이슨이 말을 멈춘다. 나는 침묵을 지킨다. 선택이 아니다.

그레이슨은 눈물이 새어 나오는 눈을 꾹 감고, 절박하게 기도를 닮은 애원을 한다. 「제발 아직 거기 있다는 걸 알려 줘.」애원한다. 「날 잊지 않았다는 걸 알아야겠어. 제발, 선더헤드…….」

하지만 그레이슨의 신분증에선 아직도 빨간 〈불〉 자가 깜박인다. 그레이슨의 불미자 지명은 최소 4개월 기한이고, 나는 대답을 할 수 없다. 나 자신의 규칙에 매여 있다.

「제발.」괴로움을 누그러뜨리려는 감정 나노기의 시도를 압도하고 그레이슨의 눈에서 눈물이 넘친다. 「제발 신호를 줘. 내 부탁은 그것뿐이야. 날 버리지 않았다는 신호만 줘.」

그 순간 나는 깨닫는다. 불미자와 직접 소통은 법으로 금지되어 있으나, 신호와 기적까지 금지하는 법은 없다.

「제발…….」 그레이슨이 애원한다.

그래서 나는 부응한다. 전자망에 손을 뻗어 조명을 끈다. 예배당 안뿐만이 아니라, 위치토 전역의 불을 끈다. 도시 전역의 조명이 1.3초 동안 깜박인다. 모두 그레이슨 톨리버를 위해서이다. 내가 얼마나 신경 쓰는지, 그레이슨 톨리버가 받은 모든 고통에 내가 얼마나 비통해하는지를 한 점 의심 없이 증명하기 위해서이다. 나에게 오작동이 가능한 심장이 있다면 말이지만.

그러나 그레이슨 톨리버는 모른다. 보지 않는다……. 두 눈을 꽉 감고 있어, 자신의 고통 외에는 아무것도 알지 못한다.

6부 인듀라와 노드

인듀어링하트섬, 일명 인듀라는 인간 공학의 크나큰 성취다. 내가 〈인간〉이라고 할 때는 정확히 인간이라는 뜻이다. 내가 선도한 기술을 써서 건설하기는 했지만, 인듀라는 나의 개입 없이 온전히 인간이 설계하고 건축했다. 그런 경이로운 건축물을 직접 만들 수 있다는 것은 수확령의 자부심이었을 것이다.

그리고 예상할지 모르지만, 그것은 수확령의 집합 자아의 상징물이다. 그게 꼭 나쁘다는 의미는 아니다. 아니마의 건축, 즉 생물학적인 열정의 용광로에서 만들어진 구조물에도 장점은 있다. 이런 건축의 대담한 감각은 숨이 턱 막힐 정도로 인상이 강하고, 심지어는 공격적이기까지 하다.

대서양, 사르가소해 남동쪽이자 아프리카와 메리카 사이 중간 지점에 위치한 떠다니는 섬은 지형이라기보다 거대한 배와 비슷하다. 지름 4킬로미터의 원형 구조물이 하나 있고, 반짝이는 뾰족탑과 푸른 공원과 화려한 인공 수로가 가득하다. 위에서 보면 수확령의 상징을 닮았다. 기다랗게 굽은 칼날 사이에 새겨진 깜박이지 않는 눈.

인듀라에는 카메라가 없다. 의도적으로 그렇게 했다. 수확자와 정부 분리의 필연적인 귀결이다. 대서양 전역에 부표 형태의 카메라들이 있지만, 인듀라의 해변에서 제일 가까운 카메라도 30킬로미터 이상 떨어져 있다. 나는 인듀라를 멀리서만 본다. 그러므로 내가 인듀라에 대해 아는 것이라곤 무엇이 들어가고, 무엇이 나오느냐뿐이다.

—선더헤드

39

포식 동물 풍경

수확자 아나스타샤와 퀴리는 사치스러운 설비를 갖춘 데다, 비행기라기보다는 튜브 형태의 집 같았던 수확령의 호화 전용기를 타고 도착했다.

수확자 퀴리가 설명했다. 「어느 항공기 제조사의 선물이었지. 수확령은 비행기도 무료로 받아.」

비행기가 섬 주위를 빙 돌아서 접근했기에, 아나스타샤는 넋이 나가도록 아름다운 풍경을 볼 수 있었다. 멋진 정원이 아닌 곳은 다 반짝이는 크리스털과 눈부신 티타늄 건물들이었다. 섬 중앙에는 바다로 이어지는 거대한 원형 석호가 있었다. 섬의 〈눈〉이었으며, 잠수정이 도착하는 곳으로 유람선이 가득 떠 있었다. 그 눈 중앙, 다른 모든 것과 구별되는 건축물이 세계 수확자 회의 본부로, 세 개의 다리로 섬에 연결되어 있었다.

「사진보다 더 강렬하네요.」 아나스타샤가 말했다.

수확자 퀴리도 몸을 기울이고 창밖을 보았다. 「아무리 많이 와도 인듀라는 늘 놀랍구나.」

「얼마나 와보셨어요?」

「아마 열두 번은 왔을 거야. 대부분 휴가였지. 아무도 우리를 이상하게 보지 않는 곳이거든. 아무도 우리를 두려워하지 않지. 방에 들어간다고 바로 관심의 중심이 되는 일도 없고. 인듀라에서 우리는 다시 인간이 될 수 있어.」 하지만 수확자 아나스타샤는 아무리 인듀라라고 해도 〈죽음의 대모〉는 유명인이지 않을까 생각했다.

수확자 퀴리는 언덕 위에 따로 선 제일 높은 탑을 〈설립자의 탑〉이라고 설명했다. 「저기에 가면 수확령 박물관에, 유물과 미래의 방도 있고, 이 섬의 이름을 부여한 바로 그 심장도 있지.」

하지만 그보다 더 인상적인 것은 섬의 중앙 눈 주위를 일정한 간격으로 에워싼 똑같은 일곱 개의 탑이었다. 각 탑마다 세계 수확자 회의의 대수확자 한 명과 그 보좌 수확자들, 그리고 대규모 직원들이 거주했다. 수확령의 거점은 대면청과 같은 관료제의 거미집이었으나, 체계를 매끄럽게 관리할 선더헤드가 없었기에 달팽이가 기어가는 속도로 정책을 만들었고, 몇 달씩 밀린 일들이 쌓여 있었다. 가장 긴급한 일만이 그 목록 위로 올라갔다. 예를 들면 미드메리카 선거 심리 같은 일 말이다. 세계 수확자 회의의 즉각적인 관심을 요구할 정도로 커다란 난리법석을 일으켰다니, 아나스타샤는 살짝 우쭐했다. 그리고 이 회의에서 3개월의 기다림은 광속이나 다름없는 속도였다.

「인듀라는 모든 수확자와 그 손님들에게 열려 있어.」 수확자 퀴리가 말했다. 「원한다면 네 가족도 여기에서 살 수 있단다.」

수확자들의 도시에 사는 부모님과 벤을 상상해 보려 하니 머리가 아팠다.

착륙한 그들은 수확자 세네카와 만났다. 크세노크라테스의 첫 번째 보좌 수확자로, 칙칙한 고동색 로브가 눈부신 주위 풍경과 어울리지 않게 튀었다. 아나스타샤는 크세노크라테스가 미드메리카 수확자를 몇 명이나 데려왔을지 궁금했다. 세 명의 보좌 수확자는 정해져 있었다. 그 외에 너무 많이 데려온다면 수습생이 한꺼번에 많이 필요해질 것이다……. 그리고 그것은 더 많은 신질서 수확자들의 유입을 의미할 수도 있었다.

「인듀어링하트섬에 오신 것을 환영합니다.」세네카는 늘 보던 대로 건조하게 말했다.「호텔로 모셔다드리죠.」

이 섬의 다른 부분과 마찬가지로 호텔 역시 최첨단 예술품이었다. 반짝이는 녹색 공작석 바닥에, 높이 크리스털 아트리움을 얹었고, 손님들의 모든 요구에 맞추기 위해 다수의 직원이 상주하고 있었다.

「에메랄드시티[12]가 생각나는데요.」아나스타샤는 사망 시대의 동화를 떠올리며 말했다.

「그래.」수확자 퀴리는 장난스러운 웃음을 머금고 말했다.「난 예전에 로브 색깔에 맞춰서 눈동자 색을 물들이기도 했지.」

세네카는 그들이 프런트를 바로 통과하게 해주었다. 휴가온 수확자들이 초조하게 늘어서 있고, 하얀 깃털 로브를 입은 짜증 난 수확자 한 명은 직원들이 자신의 요구에 맞춰 주지 못한다고 화를 내는 것 같았다. 수확자 중에는 바로 관심의 중심

---

12 『오즈의 마법사』에 나오는 환상적인 도시.

이 되지 못하면 달가워하지 않는 이들이 몇 있었다.

「이쪽입니다.」 세네카가 말했다. 「가방은 담당 직원을 보내 겠습니다.」

아나스타샤는 도착한 후부터 애매하게 신경에 거슬리던 뭔가를 알아차렸다. 가족과 함께 엘리베이터를 기다리던 어린아이 덕분에 무엇이 거슬렸는지 확실히 알았다.

아이는 엘리베이터 문 하나를 가리키더니 자기 어머니를 돌아보았다. 「〈고장〉이 무슨 뜻이에요?」

「엘리베이터가 움직이지 않는다는 뜻이야.」

하지만 소년은 그 개념 자체를 이해하지 못했다. 「어떻게 엘리베이터가 움직이지 않을 수 있어요?」

어머니는 대답할 말이 없었기에 아이에게 과자를 주며 주의를 다른 데로 돌렸다.

이제 아나스타샤는 도착할 때를 돌아보았다. 비행기가 착륙 전에 몇 번이나 선회해야 했던 순간을⋯⋯. 분명히 항공 관제 시스템에 문제가 있었다. 그리고 터미널 바로 바깥에 서 있던 공유 차는 옆에 긁힌 자국이 있었다. 전에는 그런 걸 본 적이 없었다. 그리고 프런트 줄도 그랬다. 접수원 한 명이 등록용 컴퓨터에 〈문제가 있다〉고 말하는 소리를 들었다. 어떻게 컴퓨터에 문제가 있지? 아나스타샤가 아는 세상에서는 모든 것이 그냥 잘 돌아갔다. 선더헤드가 그렇게 만들었다. 〈고장〉 표지판 같은 건 있을 수가 없었다. 뭔가가 작동을 멈추면 바로 수리팀이 왔다. 표지판을 붙여야 할 정도로 오래 고장난 물건은 없었다.

「무슨 수확자예요?」 어린 소년이 물었는데, 〈수학자〉처럼 들리는 억양이었다. 아나스타샤는 소년이 텍사스 지역에서 왔다고 생각했다. 그 친숙하게 끌리는 억양은 이스트메리카 남쪽에도 있었지만 말이다.

「수확자 아나스타샤예요.」

「우리 삼촌은 고결한 수학자 하워드 휴스예요.」 소년이 말했다. 「그래서 우린 면제권을 받았어요! 삼촌은 보이 나이프로 제대로 수확하는 방법을 알려 주는 심포리엄을 하러 왔어요.」

「심포지엄이야.」 소년의 어머니가 조용히 바로잡았다.

「난 보이 나이프를 한 번밖에 안 써봤어요.」 아나스타샤가 말했다.

「좀 더 자주 쓰셔야 해요.」 소년이 말했다. 「끝이 양날이거든요. 되게 효율적이에요.」

「그래, 이 엘리베이터보다는 효율적이지.」 수확자 퀴리가 맞장구를 쳤다.

소년은 칼을 쥐고 있기라도 한 것처럼 허공에 손을 휘저었다. 「저도 언젠가는 수확자가 되고 싶어요!」 소년의 말이야말로 절대 될 수 없다는 사실을 보장했다. 신질서 수확자들이 지역을 장악하지 않는 한은 그랬다.

엘리베이터가 한 대 도착했고, 아나스타샤가 들어가려는데 수확자 세네카가 막았다.

「저건 올라갑니다.」 세네카는 덤덤하게 말했다.

「우린 올라가는 게 아닌가요?」

「당연히 아니지요.」

수확자 퀴리를 쳐다보니, 전혀 놀라지 않은 것 같았다.

「그러니까 우리를 지하실에 넣는다고요?」

수확자 세네카는 그 말에 코웃음을 쳤고, 굳이 대답을 늘어놓지 않았다.

「우리가 부유 섬에 있다는 걸 잊었구나.」 수확자 퀴리가 지적했다. 「도시의 3분의 1은 수면 아래에 있어.」

그들의 방은 물밑 7층에 있었고, 통유리 창밖으로 선명한 색색깔의 열대어들이 가득 돌아다녔다. 그 앞에 선 사람 형체가 눈부신 풍경을 살짝 가렸다.

「아, 도착했군요!」 크세노크라테스가 그들을 맞이하러 나오며 말했다.

수확자 퀴리도, 아나스타샤도 전임 고위 수확자와 별로 친하지는 않았다. 아나스타샤는 그가 수확자 패러데이의 살해범으로 자신을 지목했던 일을 결코 용서하지 못했다. 하지만 개인적인 앙심보다는 외교가 중요했다.

「직접 마중해 주실 줄은 생각도 못 했습니다, 예하.」 수확자 퀴리가 말했다.

크세노크라테스는 두 손을 다 써서 다정하게 두 사람과 악수를 나누었다. 「그래요, 글쎄, 내 사무실에 방문하라고 할 수야 없죠. 미드메리카 고위 수확자 문제에서 편파적이라고 보일 테니까요.」

「하지만 여긴 오셨죠.」 아나스타샤가 지적했다. 「심리에서 저희를 지지하신다는 뜻인가요?」

크세노크라테스는 한숨을 쉬었다. 「안타깝게도 나는 최고위 수확자 프리다 칼로에게 심리에서 물러나라는 권고를 받았어요. 내가 공정할 수 없다고 생각하더군요. 그리고 안타깝게도 그 생각이 맞아요.」 그는 잠시 수확자 퀴리를 바라보았고, 잠시 개인적인 방어벽을 내린 것 같았다. 정말로 솔직해 보였다. 「마리, 우리가 늘 의견이 같지는 않았을지 모르지만, 고더드가 재앙이 되리라는 데 의문의 여지는 없어요. 나는 정말로 고더 드에 대한 심리가 성공하길 바랍니다. 내게 투표가 허락되지 않는다고 해도 당신을 응원할 거예요.」

아나스타샤가 보기에는 아무 쓸모도 없는 소리였다. 다른 여섯 명의 대수확자에 대해서는 수확자 퀴리가 말해 준 내용 밖에 알지 못했다. 두 명은 신질서의 이상에 공감했고, 두 명은 반대했으며, 두 명은 와일드 카드였다. 심리는 어느 쪽으로도 갈 수 있었다.

아나스타샤는 다른 수확자들에게 등을 돌린 채 풍경에 빠져 들었다. 당면한 순간으로부터 마음을 돌리는 기분 좋은 방법 이었다. 저 물고기들처럼 살면 좋으리라. 생존과 무리에 섞여 드는 것 외에는 아무 걱정도 없이. 적대적으로 변해 가는 세상 속에 고립된 한 개인이 아니라, 전체의 일부로만 존재하면서.

「대단하지 않나?」 크세노크라테스가 옆으로 다가서며 말했다. 「인듀라는 거대한 인공 암초 역할을 하지. 그리고 반경 30킬로미터에 들어온 해양 생물에는 모두 나노기가 스며들어 서 우리가 통제할 수 있게 해준다네.」 그는 벽에 있던 태블릿 을 잡았다. 「보게나.」

크세노크라테스가 몇 번 두드리자 색색깔의 물고기들이 커튼이 갈라지듯 물러났다. 순식간에 눈앞의 바다는 해파리 로 가득 찼고, 거대한 창문 너머에서 너울거리며 현혹하듯 마 음을 달래 주었다. 「살아 있는 풍경을 원하는 대로 바꿀 수 있 지.」 크세노크라테스가 태블릿을 내밀었다. 「자, 해보게.」

아나스타샤는 태블릿을 받아 들고 해파리들을 흩어 보냈다. 그런 다음 메뉴에서 찾던 것을 발견했다. 암초 상어 한 마리가 다가왔고, 또 한 마리, 다시 또 한 마리가 다가와서 풍경을 가득 채웠다. 더 큰 뱀상어가 장면에 구두점을 찍더니 영혼 없는 눈으로 창문 안을 쏘아보며 헤엄쳐 지나갔다.

「이거야말로 우리의 현재 상황을 더 정확하게 보여 주는군요.」 아나스타샤가 말했다.

대수확자 크세노크라테스는 즐거워하지 않았다. 「자네를 낙관주의자로 비난할 사람은 아무도 없겠군, 테라노바.」 그는 돌려서 모욕할 의도로 원래 이름을 불렀다.

그는 상어가 가득한 풍경에서 등을 돌렸다. 「둘 다 내일 심리에서 봅시다. 그 전까지는 두 사람 전용의 도시 투어와 오늘 밤 오페라 특별 좌석을 준비해 뒀어요. 〈아이다〉일 겁니다.」

아나스타샤도 마리도 그런 것들을 즐길 마음은 없었지만, 그렇다고 제안을 거절하지는 않았다.

「어쩌면 하루 정도는 기분 좋게 다른 일을 할 필요가 있을지도 몰라.」 마리는 크세노크라테스가 나가고 나서 말했다. 그런 다음, 아나스타샤의 손에서 태블릿을 가져가 포식 동물로 가득한 풍경을 해산시켰다.

수확자 아나스타샤와 퀴리의 방을 떠난 대수확자 크세노크라테스 예하는 북부 메리카 탑 꼭대기에 있는 유리 벽, 유리 천장 방에서 자신의 영역을 살폈다. 대수확자의 지위로 올라가면서 받은 거처였다. 인듀라 중앙에 박힌 눈을 둘러싼 대수확자 탑마다 하나씩, 비슷한 거처가 일곱 개 있었다. 눈 안에서는 호화 잠수정이 도착하거나 떠났으며, 수상 택시들이 사람들을 이리저리 실어 나르고, 유람선이 돌아다녔다. 놀러 왔는지 로브를 입은 채로 제트 스키에 탄 수확자도 한 명 보였는데, 별로 좋은 생각은 아니었다. 로브 천이 낙하산처럼 기능해서 제트 스키 뒤편으로 수확자를 들어 올렸다가 물에 떨어뜨렸다. 수확령에는 멍청이들이 우글거렸다. 지혜의 축복은 받았는지 몰라도, 상식은 몹시 부족했다.

유리 지붕을 뚫고 햇살이 내리꽂혔다. 시종을 시켜서 그늘막을 만들어 보려 했으나, 실제로 햇살을 막아 주는 그늘막은 언제나 제대로 작동이 되지 않는 것 같았고, 수리공을 데려오는 것도 불가능에 가까웠다. 심지어 대수확자에게도.

「최근에만 이렇습니다.」 시종이 말했다. 「예하께서 도착하신 무렵부터 제대로 작동하지 않는 게 이것저것 생겼어요.」 마치 기능 장애가 크세노크라테스의 잘못이라는 듯이 말이다.

그는 대수확자 헤밍웨이에게 시종을 넘겨받았다. 헤밍웨이가 고용한 수확자들만 같이 자기 수확을 해야 했고, 서비스 종사원들은 남았다. 덕분에 지속성이 생겼다. 언제까지나 전임자와 비교한다는 기분이 들지 않게, 결국에는 모두 교체할 것 같았지만 말이다.

「이 거처의 지붕까지 유리로 만들어야 한다는 게 우습군.」 크세노크라테스가 이 말을 하는 것도 처음이 아니었다. 「마치 지나가는 항공기와 제트팩 여행자마다 보라고 전시해 놓은 것 같아.」

「네. 그렇지만 탑 정상의 크리스털 외관이 아름답지 않습니까?」

크세노크라테스는 그 말에 헛기침을 했다. 「형태보다는 기능이 우선이어야 하지 않나?」

「수확령에서는 아니지요.」 시종이 대꾸했다.

그러니까 지금 크세노크라테스는 세상의 빛나는 정점에 도달했다. 평생 품어 왔던 야심의 최고봉이었다. 그런 지금조차도 그는 다음 단계를 상상했다. 언젠가는 최고위 수확자가 되리라. 다른 대수확자 전원이 자기 수확하기를 기다려야 하는 한이 있더라도.

새로이 올라선 이 위치에서는 예상치 못한 겸손도 느끼긴 했다. 미드메리카에서 가장 강력한 수확자였다가 세계 수확자 회의에서 가장 신참 수확자가 되었고, 다른 여섯 대수확자가 그의 승계를 승인했다고는 해도 바로 대등한 대접을 해주지는 않았다. 이렇게 높은 위치에서도 치러야 할 대가가 있었고, 존중을 얻어 내야 했다.

예를 들어 수확자 헤밍웨이와 그의 보좌 수확자들이 자기를 수확하고 겨우 하루가 지난 비준 단계에서도 최고위 수확자 프리다 칼로는 다른 대수확자들 앞에서 크세노크라테스에게 툭 말을 던졌다.

「그런 무거운 천을 잔뜩 걸치면 거치적거릴 텐데요. 특히나 이런 아열대에서는요.」 칼로는 그의 로브를 두고 말하더니, 웃지도 않고 덧붙였다. 「조금이라도 덜어 낼 방법을 찾아야겠네요.」

물론 그것은 더 가벼운 천을 걸치라는 이야기가 아니라, 옷을 만드는 데 천이 그렇게 많이 필요한 몸을 가리키는 말이었다. 크세노크라테스는 얼굴이 시뻘게졌고, 최고위 수확자는 소리 내어 웃었다.

「딱 아기 천사 같군요, 크세노크라테스.」

그날 저녁, 그는 건강 관리 기술자에게 신진대사 속도를 확 올리도록 나노기를 조정하라고 시켰다. 미드메리카 고위 수확자로서 엄청난 몸무게를 유지한 것은 의도적이었다. 눈길도 끌었고, 현실 같지 않은 존재감을 더해 주었다. 그러나 여기, 대수확자들 사이에서는 스포츠 팀에 마지막으로 선발된 비만아가 된 기분이 들었다.

「신진대사를 최대치로 맞추시면 6개월에서 9개월 후에는 최적의 몸무게에 도달할 겁니다.」 건강 관리 기술자는 그렇게 말했다. 인내심이 다할 만큼 긴 시간이었지만, 선택의 여지가 별로 없었다. 그래도 사망 시대처럼 식사를 제한하고 운동을 해야 하는 것은 아니었으니, 그게 어딘가.

서서히 줄어 가는 자신의 뱃살과, 아래에서 휴가를 즐기는 수확자들의 어리석음에 대해 생각하고 있으려니, 조금 당황한 얼굴의 시종이 돌아왔다.

「실례합니다, 예하. 방문객이 있습니다.」

「내가 보고 싶어 할 인물인가?」

시종의 목울대가 눈에 띄게 흔들렸다. 「수확자 고더드입니다.」

전혀 보고 싶지 않은 인물이었다. 「난 바쁘다고 전하게.」

그러나 시종이 그 말을 전하러 나서기도 전에 고더드가 들어왔다. 「예하!」 그는 쾌활하게 외쳤다. 「좋지 않은 때에 찾아온 게 아니었으면 좋겠군요.」

「안 좋은 때에 왔네. 하지만 이미 왔으니 어쩔 수 없지.」 그는 이 만남을 피할 수 없다고 체념하고 손을 내저어 시종을 물렸다. 음파교 격언에 그런 말이 있던가. 〈다가오는 일은 피할 수 없다〉고.

「대수확자 거처는 처음 보는군요.」고더드가 거실을 어슬렁거리며 가구부터 미술품까지 샅샅이 살폈다. 「영감을 주네요!」

크세노크라테스는 잡담에 시간을 낭비하지 않았다. 「자네가 다시 나타난 순간, 에즈메이와 그 애 엄마는 자네가 절대 찾지 못할 장소에 숨겼다는 걸 알려 두고 싶군. 그러니 그 사람들을 이용하려 해도 소용없어.」

「아, 그래요, 에즈메이.」고더드는 수년 만에 처음으로 에즈메이를 생각한다는 듯이 말했다. 「사랑하는 따님은 어떻게 지내십니까? 잡초처럼 쑥쑥 자라겠지요. 아니, 묘목처럼 자라려나요. 정말 보고 싶군요!」

「여긴 왜 온 건가?」크세노크라테스는 고더드의 존재와 계속 눈이 부시게 내리쬐는 햇살, 그리고 일관된 온도를 유지하지 못하는 에어컨 때문에 짜증이 나서 물었다.

「같은 기회를 받고 싶어서 그럽니다, 예하.」고더드가 말했다. 「오늘 아침에 수확자 퀴리와 만나신 걸 알거든요. 퀴리만 만나고 저를 만나지 않으면 편향으로 보일 수 있어요.」

「편향처럼 보이는 건 편향되었기 때문이야. 난 자네의 사상도, 행동도 찬성하지 않네, 고더드. 더는 이 사실을 비밀로 하지 않겠어.」

「그런데도 내일 심리에서는 물러나셨군요.」

크세노크라테스는 한숨을 내쉬었다. 「최고위 수확자가 그러라고 했기 때문이지. 다시 묻겠는데, 여긴 왜 왔나?」

고더드는 다시 한번 딴청을 피웠다. 「그저 존경심을 표하고 과거의 지각없던 행동을 사과하려는 것뿐입니다. 새 출발을 할 수 있게요.」 그는 손바닥을 위로 해서 두 팔을 벌리며 새로운 몸을 과시했다. 「보시다시피 전 달라진 사람입니다. 그리고 제가 미드메리카 고위 수확자가 된다면, 서로 좋은 관계를 맺는 게 우리 둘 다에게 이익일 겁니다.」

그러더니 고더드가 몇 분 전 크세노크라테스처럼 거대한 곡면 창 앞에 서서 좋은 날이라는 듯 풍경을 내려다보았다.

「회의에는 바람이 어떻게 부는지 알고 싶습니다.」

「못 들었나? 이 위도에는 바람이 불지 않는다네.」 크세노크라테스가 비웃었다.

고더드는 그 말을 무시했다. 「최고위 수확자 칼로와 대수확자 크롬웰이 신질서 수확자들의 이상을 지지하지 않는 건 알지만, 대수확자 노부나가와 아문센은 지지하지요…….」

「이미 안다면 왜 나에게 묻나?」

「대수확자 은징가와 매킬롭은 어느 쪽으로도 의견을 표하지 않았으니까요. 그 둘에게 호소를 해주셨으면 하는 바람이 있습니다.」

「내가 왜 그래야 하나?」

「그야 당신은 이기적이긴 해도 마음속 깊은 곳에서는 정말로 명예로운 수확자라는 걸 아니까요. 명예로운 남자로서 정의를 위해 일하는 게 당신의 의무입니다.」 그는 한 걸음 다가섰다. 「당신도 나만큼이나 이 심리가 전혀 공정한 정신에서 나온 게 아니라는 것은 알지요. 당신의 가공할 외교술이면 세계 수확자 회의가 세계관도 제쳐 두고 공정하고 올바른 결정을 내리도록 설득할 수 있으리라 믿습니다.」

「그래서 1년 동안 부재중이었던 데다가 7퍼센트밖에 안 되는 몸만 남은 자네가 고위 수확자가 되게 하는 건 공정하고 올바르고?」

「부탁하는 게 아닙니다. 투표 결과가 나오기 전까지 제가 자격을 잃지 않게만 해달라는 것뿐이에요. 미드메리카 수확령이 발언하게 하세요. 어떤 결과든 미드메리카 수확령의 결정이 유효하게 하세요.」

크세노크라테스는 고더드가 어떤 방식으로든 투표에 이겼다는 사실을 알지 않고서는 그렇게 관대하게 굴 리 없다는 의심이 들었다.

「그게 다인가?」 크세노크라테스가 물었다. 「가진 게 그게 다야?」

「사실은 아닙니다.」 고더드는 그제야 중요한 목적으로 넘어갔다. 아무것도 말하지 않고 로브 속주머니에 손을 넣더니 잘 접어서 선물처럼 나비매듭으로 묶은 로브를 꺼냈다. 고더드는 그 로브를 크세노크라테스에게 던졌다. 검은색이었다. 수확자 루시퍼의 로브였다.

「자네가…… 자네가 잡은 건가?」

「잡았을 뿐 아니라 심판을 받도록 여기 인듀라에 데려왔지요.」

크세노크라테스는 로브를 움켜쥐었다. 그는 로언에게 잡혀도 신경 쓰지 않는다고 말했었다. 그것은 사실이었다. 대수확자가 될 거라는 사실을 알자, 로언을 잡는 것은 후임자에게 맡기는 게 좋을 사소한 일처럼 보였다. 그러나 이제 고더드가 로언을 잡았으니, 판이 완전히 바뀌었다.

「내일 심리에서 선의의 표현으로 세계 수확자 회의에 제시하려 합니다.」 고더드가 말했다. 「이 선물이 예하의 옆구리에 박힐 가시보다는 모자에 꽂을 깃털이 되었으면 좋겠군요.」

크세노크라테스는 그 말이 마음에 들지 않았다. 「무슨 의미지?」

「흠, 한편으로는…… 제가 이놈을 잡은 게 다 예하 덕분이라고 말할 수 있지요. 제가 예하의 지시 아래 일하고 있었다고.」 고더드는 말을 멈추더니, 테이블 위에 놓인 문진에 손가락을 대고 앞뒤로 흔들었다. 「아니면 예하의 수사가 무능했다는 점을 지적할 수도 있겠지요……. 그런데 그게 정말 무능이었을까요? 수확자 콘스탄틴은 메리카 전체를 통틀어 최고의 수사관인데 말입니다……. 게다가 로언 데이미시가 예하가 애호하는 목욕탕에 찾아갔다는 사실은, 둘 사이의 우정까지는 아니라도 공모를 암시하지요. 사람들이 그 만남에 대해 알게 되면, 내내 예하가 범죄의 배후였다고 생각할지 모릅니다.」

크세노크라테스는 심호흡을 했다. 배를 얻어맞은 것 같았다. 이미 고더드가 쥔 붓을 볼 수 있었고, 그 붓은 크세노크라테스에게 물감을 제대로 뿌릴 태세였다. 그 만남이 순전히 데이미시가 저지른 짓이고, 크세노크라테스는 잘못한 게 전혀 없다는 사실은 중요하지 않았다. 사실만으로도 그를 꼬챙이에 꿰기에는 충분했다.

「나가!」 크세노크라테스가 외쳤다. 「이 창문으로 던져 버리기 전에 나가게!」

「아, 부디 그렇게 해보시죠!」 고더드가 쾌활하게 말했다. 「이 몸뚱이는 멋진 철퍽을 즐기거든요!」

그러고는 크세노크라테스가 움직이지 않자 웃음을 터뜨렸다. 잔인하고 차가운 비웃음이 아니라 진심 어린 웃음이었다. 우호적인 웃음이었다. 그는 전우를 대하듯 크세노크라테스의 어깨를 잡고 부드럽게 흔들었다.

「걱정할 필요 없습니다, 친구. 내일 무슨 일이 일어나든 간에 저는 고발을 하지 않을 것이고, 로언이 당신을 찾아갔다는 이야기도 하지 않을 겁니다. 실은 예방 조치 삼아서 소문을 퍼뜨리던 목욕탕 관리인을 이미 수확했지요. 안심해요. 제가 심리에 이기든 지든 당신의 비밀은 안전할 겁니다. 당신은 어떻게 생각할지 모르지만, 나도 명예를 아는 남자거든요.」

고더드는 느긋하게 걸어 나갔다. 건들거린다고 해도 좋았다. 지금 차지한 몸의 원래 주인인 청년의 근육 기억일 것이다.

그리고 크세노크라테스는 고더드가 거짓말을 하지 않았음을 깨달았다. 고더드는 약속을 지킬 것이다. 크세노크라테스에 대해 비난하지도 않고, 그날 밤 로언 데이미시를 어떻게 놓아주었는지 회의에서 말하지도 않을 것이다. 고더드는 크세노크라테스를 협박하러 온 게 아니었다. 다만 크세노크라테스에게 협박이 가능하다는 사실을 알릴 목적이었다……

……여기, 수확령의 정상이자 세상 꼭대기에서도 크세노크라테스는 여전히 고더드에게, 고더드가 훔친 손가락에 조심스럽게 붙잡힌 벌레에 불과하다는 뜻이었다.

수확자 퀴리와 아나스타샤에게 인듀라섬의 하이라이트를

안내하는 개별 투어 가이드는 인듀라에서만 80년 넘게 살았고, 그 시간 내내 한 번도 이 부유 섬을 떠난 적이 없다는 데 자부심을 보였다.

「낙원을 이미 찾았는데, 굳이 왜 다른 곳에 가겠어요?」 가이드가 말했다.

아나스타샤가 본 것들에 경외감을 느끼지 않기란 힘든 일이었다. 진짜 자연 풍경 같은 계단식 언덕에 가꿔 놓은 아름다운 정원들, 수많은 탑들 사이를 잇는 하늘길에, 섬 아래쪽에서 건물과 건물을 잇는 유리 바닷길도 있었다. 각각의 주변은 각기 다른 바다 생명체들을 모아 놓도록 프로그램되어 있었다.

수확령 박물관에는 〈인듀어링 하트〉의 방이 있는데, 아나스타샤는 최근까지도 그 심장에 대한 소문들을 들으면서 정말로 존재한다고 믿지는 않았었다. 문제의 심장은 유리 원통 안에 떠 있었고, 생물학적으로 융합한 전극들이 연결되어 있었다. 심장은 일정한 속도로 뛰었고, 그 소리는 모두가 들을 수 있게 증폭되어 방 안에 울려 퍼졌다.

「심장이 있으니 인듀라가 살아 있다고 말할 수도 있겠죠.」 가이드가 말했다. 「이 심장은 지구상에서 가장 오래 살아 있는 장기예요. 사망 시대, 21세기가 시작될 때쯤에 초창기 불사 실험으로 뛰기 시작해서 지금까지 멈춘 적이 없죠.」

「누구의 심장이었죠?」 아나스타샤가 물었다.

가이드는 그런 질문을 처음 듣는다는 듯 당황했다. 「모르겠네요. 무작위로 고른 실험 대상이었을 거예요. 사망 시대는 야만적인 시대였어요. 21세기 초에는 실험 대상으로 납치되는 일 없이 길을 건너기도 힘들었어요.」

하지만 아나스타샤에게 관광의 하이라이트는 유물과 미래의 방이었다. 대중에게 공개된 장소는 아니었고, 수확자들이라고 해도 그곳을 보려면 고위 수확자나 대수확자의 특별 허가를 얻어야 했다. 그리고 그들은 그 허락을 받았다.

　단단한 강철로 된 입방체형의 방으로, 자력을 이용하여 퍼즐 상자처럼 더 큰 입방체 안에 띄웠으며 좁다란 접이식 다리를 이용하여 들어갈 수 있었다.

　「중앙에 있는 방은 사망 시대의 은행 금고실을 본떠 만들었어요.」 가이드가 설명했다. 「사방이 30센티미터 두께의 강철 벽이에요. 문만 해도 2톤 가까이 되죠.」 그들이 다리를 건너 안쪽 방으로 가는 동안, 가이드는 사진은 금지라는 사실을 상기시켰다. 「수확령은 이 규칙에 엄격해요. 이 벽 바깥으로 나가시면, 이곳은 기억 속에서만 존재하는 겁니다.」

　안쪽 방은 너비가 6미터였고, 한쪽에는 낡은 수확자 로브를 걸친 금빛 마네킹이 줄줄이 놓여 있었다. 하나는 수를 놓은 다색 비단 로브, 또 하나는 새파란 새틴 로브, 또 다른 하나는 섬세한 은빛 레이스 로브…… 다 해서 열세 벌이었다. 역사 수업에서 배웠던 내용이라 어쩔 수 없이 말이 나왔다. 「이게 수확령 설립자들의 로브인가요?」

　가이드가 미소 짓더니 성큼성큼 걸으면서 로브를 하나하나 가리켰다. 「다빈치, 간디, 사포, 킹, 노자, 레닌, 클레오파트라, 파우허탠, 제퍼슨, 거슈윈, 엘리자베스, 공자……그리고 물론 최고위 수확자 프로메테우스까지! 설립자들의 로브가 전부 여기에 보존되어 있죠!」 아나스타샤는 여성 설립자들도 모두 자신처럼 이름 하나로 통하는 데 만족감을 느꼈다.

수확자 퀴리조차도 전시된 설립자들의 로브에는 감탄했다. 「이런 위대한 분들의 존재를 느끼니 숨이 막히네요!」

아나스타샤는 설립자들의 로브에 넋이 나간 나머지 몇 분이 지나서야 나머지 세 개 벽에 늘어선 물건들을 알아차렸다.

다이아몬드였다! 다이아몬드가 몇 줄이나 늘어서 있었다. 보석에 굴절된 온갖 색깔의 스펙트럼으로 방 안이 번쩍였다. 수확자의 반지에 붙은 보석들이었다. 모두 동일한 크기와 형태였고, 중심부가 어두웠다.

「수확령 설립자들이 연마한 보석들이고, 보관을 위해 여기에 둔 겁니다.」 가이드가 말했다. 「아무도 어떻게 만들었는지 몰라요. 수확령이 잃어버린 기술이지요. 하지만 걱정하실 필요는 없습니다. 거의 40만 수확자에게 수여할 만큼의 보석이 여기 있으니까요.」

시트라는 생각했다. 〈왜 40만 수확자가 필요하게 될까?〉

「왜 저 방향을 보고 있는지 아는 사람이 있나요?」

「설립자들은 분명 알았겠죠.」 가이드는 즐겁게 질문을 피했다. 그리고 금고실의 잠금 장치에 대한 정보들로 그들을 현혹하려고 했다.

하루를 마무리하기 위해, 그들은 그날 저녁 베르디의 「아이다」 공연을 보러 인듀라 오페라 하우스로 갔다. 소멸의 위협도, 옆에서 아첨하는 관객도 없었다. 사실 극장을 찾은 많은 사람들이 놀러 온 수확자들이었기에, 부피가 큰 수확자들의 로브 탓에 자리에 들어가고 나가기가 힘들 지경이었다.

음악은 풍성하고 연극적이었다. 아나스타샤는 듣자마자 그전에 보았던 유일한 오페라를 떠올렸다. 그 오페라도 베르디였다. 그날 밤에 처음으로 로언을 만났었다. 수확자 패러데이가 시트라와 로언을 같이 불렀었다. 그때 시트라는 수습생 제안을 받으리라고는 짐작도 하지 못했지만, 로언은 알고 있었다. 적어도 의심은 하고 있었다.

오페라는 이해하기 쉬웠다. 이집트 군사령관과 라이벌 여왕 사이의 금지된 사랑으로, 두 사람이 영원히 매장당하는 결말을 맺었다. 사망 시대의 정말 많은 이야기가 죽음으로 결말을 맺었다. 마치 삶의 유한함에 끝없이 집착하는 것만 같았다. 뭐, 그래도 음악은 아름다웠다.

「내일 준비는 됐니?」 공연이 끝나고 웅장한 오페라 하우스 계단을 내려가면서 마리가 물었다.

「우리 사건을 진술할 준비는 됐어요.」 아나스타샤는 그게 그녀가 아니라 그들의 사건이라는 점을 강조했다. 「그런데 나올 수 있는 결과를 직면할 준비는 된 것 같지 않네요.」

「심리에 지더라도 투표로 고위 수확자가 될 수도 있어.」

「곧 알게 되겠죠.」

「어느 쪽이든 엄청난 전망이지. 미드메리카의 고위 수확자가 된다는 건 내가 원한 일이 아니야. 흠, 젊었을 때는 그랬을지도 모르지. 지위 높고 강대한 자들의 부풀어 오른 자아를 쓰러뜨리려고 칼을 휘두르던 시절 말이야.」

「수확자 패러데이 님이 로언과 저를 수습생으로 거두셨을 때, 그 일을 원하지 않는다는 점이야말로 첫 번째 자격이라고 하셨어요.」

마리는 슬픈 듯 미소 지었다. 「우리는 언제까지나 우리의 지혜에 발등을 찔리지.」 그러더니 미소가 스러졌다. 「내가 정말고위 수확자가 된다면 수확령을 위해 로언을 추적해 잡아서 재판에 회부해야 한다는 건 알고 있겠지.」

아나스타샤는 그 말이 이루 말할 수 없이 아팠지만, 냉정하게 받아들이며 고개를 끄덕였다. 「그게 스승님의 정의라면 저도 받아들일 거예요.」

「우리의 선택은 쉽지 않아. 쉬워서도 안 되고.」

아나스타샤는 바다를 보고, 수평선까지 물 위에 반짝이는 햇빛을 보았다. 지금처럼 자기 자신으로부터 멀어졌다는 느낌을 받은 적이 없었다. 로언에게서 이렇게 멀어진 기분도 느낀 적이 없었다. 너무 멀어서, 둘 사이에 거리가 얼마나 먼지 잴 수조차 없었다.

어쩌면 둘 사이에 거리가 없어서일지도 몰랐다.

오페라 하우스에서 멀지 않은 수확자 브람스의 별장에는 로언이 바닷속이 보이는 가구 딸린 지하실에 갇혀 있었다.

「네놈에겐 분에 넘치게 좋은 대우지.」 고더드는 그날 아침 도착해서 그렇게 말했었다. 「내일 너를 대수확자들에게 내놓고, 그들의 허락을 받아서 수확해 주마. 네가 내 몸과 머리를 분리했던 것과 같은 잔혹함을 발휘해서.」

「인듀라는 수확 금지 구역인데.」 로언이 상기시켰다.

「너라면 대수확자들도 예외를 만들어 줄 거다.」 고더드가 말했다.

고더드가 사라지고 갇혀 있게 된 로언은 삶을 마지막으로 반추하기 위해 주저앉았다.

그의 어린 시절은 무난했고, 튀지 않으려고 일부러 평범을 유지한 순간들도 간혹 있었다. 그는 친구로서 빛났다. 옳은 일을 하는 데에는 조금 두드러졌고, 그 옳은 일이 정말 멍청한 짓일 때도 그랬으며, 대부분의 경우 그 옳은 일은 멍청한 짓이었다. 그렇지 않았다면 지금 같은 수렁에 빠지지도 않았으리라.

세상을 떠날 준비는 되지 않았으나, 지난 몇 달 동안 일시 사망을 하도 많이 겪었더니 영원히 죽는다고 해도 두렵지 않았다. 고더드가 영원히 쓰러지는 모습을 볼 때까지 살고 싶었지만, 그런 일이 일어나지 않을 바에는 지금 존재가 끝나도 상관없었다. 지금 끝나면 세상이 고더드의 뒤틀린 철학에 희생되는 꼴을 보지 않아도 된다. 하지만 시트라를 다시 보지 못하는 건…… 그건 훨씬 힘들 터였다.

보기는 하겠지. 심리에 나올 테니까. 로언은 시트라를 볼 것이고, 시트라는 고더드가 로언을 수확하는 모습을 지켜봐야 할 것이다. 시트라가 보게 만드는 것도 고더드의 계획에 포함되어 있었다. 시트라를 상처 입히기 위해. 망가뜨리기 위해…… 하지만 시트라는 망가지지 않을 것이다. 고결한 수확자 아나스타샤는 고더드가 믿지 못할 만큼 강했다. 오히려 결의만 더 강해질 것이다.

로언은 수확당하는 순간, 웃으면서 시트라에게 윙크를 하기로 결심했다. 〈고더드가 나를 끝낼 수는 있어도, 나를 해칠 수는 없어〉라고 말하는 거다. 그게 시트라를 떠나면서 남기는 기억이 될 것이다. 가볍고 침착한 저항.

로언이 두려워하는 모습을 보며 만족하는 것만 막는다 해도, 살아남는 일에 버금가게 기쁠 것이다.

내가 지구를 관리하기로 하고 평화로운 세계 정부를 세웠을 때 내려야만 했던 어려운 결정이 몇 가지 있었다. 인류의 집단 정신 건강을 위해서, 나는 정부의 거점으로 선택할 만한 곳 중에서 전통적인 거점은 모두 제외하기로 했다.

이를테면 메리카의 컬럼비아 구역 같은 곳 말이다.

한때 유명했던 그 도시를 파괴하지는 않았다. 그것은 무정하고 지독한 짓이 되었을 것이다. 그 대신 나는 온화한 무시 정책을 통해서 컬럼비아가 알아서 약해지게 했다.

역사적으로, 몰락한 문명이 남긴 폐허는 자연 풍경 속으로 사라졌다가 신비롭기까지 한 유적이 되어 수천 년 후에 다시 발견되었다. 그러나 몰락하지 않았으나 진화해 버린 문명에서 골칫거리가 된 시설과 체계는 어떻게 될까? 진화가 성공하려면 그 건물들도, 그 건물들이 상징하는 한물간 생각들도 힘을 잃어야만 한다.

그래서 나는 워싱턴, 모스크바, 베이징을 비롯한 사망 시대 정부의 강력한 상징적 장소들을 무관심으로 대했다. 이제 그 도시들이 세상에 아무 의미가 없다는 듯이 대했다. 물론 여전히 그 도시들을 관찰하고 있고, 그곳에서 나를 필요로 하는 사람은 누구나 나와 접촉할 수 있지만, 나는 그곳에서 생명을 유지하기 위해 필요한 일 이상은 하지 않는다.

언제까지나 그렇지는 않을 테니 안심해도 된다. 나는 이 유서 깊은 도시들의 상세한 청사진과 몰락 전에 어떤 모습이었는지에 대한 자료들을 가지고 있다. 내가 예정해 둔 완전한 복구 작업은 73년 후에 시작할 텐데, 계산상 그때는 인류의 눈에 이 도시들의 역사적인 의미가 상징적인 중요도를 넘어설 것이다.

하지만 그때까지 박물관들은 다른 곳으로 옮겨지고, 도로와 기반 시설은 수리되지 않으며, 공원과 그린벨트는 야생의 상태가 되어야 했다.

이 모든 과정은 인간 정부가 지구상에서 사라져야만 했다는 단순한 사실을 납득시키기 위함이다. 그게 독재 정부건 군주 정부건, 아니면 국민의, 국민을 위한, 국민에 의한 국민의 정부건 상관없이 모두.

— 선더헤드

40
지식은 히

수확자 아나스타샤와 퀴리가 인듀라 관광으로 시간을 보내는 동안, 북서쪽으로 3천여 킬로미터 떨어진 곳에서는 무니라와 수확자 패러데이가 구멍이 여기저기 뚫리고 잡초가 무성한 길을 건너 과거에는 세상에서 제일 크고 제일 종합적인 도서관이었던 건물로 가고 있었다. 건물은 서서히 허물어져 갔고, 그곳을 운영하는 자원자들은 수리 속도를 맞추지 못했다. 2백 년도 더 전, 〈클라우드〉가 아직 성장 중이었고 최소한의 의식밖에 없었던 시기에, 이 도서관의 3천8백만 장서는 스캔하여 선더헤드에 업로드되었다. 클라우드에서 선더헤드가 되었을 때는 의회 도서관에 있던 모든 정보가 선더헤드의 메모리에 있었다. 그러나 그 스캔 작업은 인간이 맡았기에, 인간의 실수를 피할 수 없었다……. 인간의 간섭도 피할 수 없었다. 무니라와 패러데이가 기대하는 것은 그 부분이었다.

알렉산드리아 도서관과 마찬가지로 거대한 대기실이 있었고, 그들은 그곳에서 의회 도서관의 현 사서이자 아마도 마지막 사서일 파르뱅 마셰누아를 만났다.

패러데이는 혹시 상대가 정체를 알아볼까 봐 무니라가 모든 이야기를 하게 두고 뒤로 물러나 있었다. 여기에서야 패러데이가 유명하지는 않았지만, 마셰누아는 전형적인 이스트메리카인보다 세상을 잘 알 수도 있었다.

「안녕하세요.」 무니라가 말했다. 「시간을 내주셔서 감사합니다, 마셰누아 씨. 저는 무니라 아트루시이고, 이쪽은 이스라에비아 대학교에 계신 헤링 교수님입니다.」

「어서 오세요.」 마셰누아는 그들이 들어간 거대한 현관문을 이중으로 잠그며 말했다. 「현재 상태에 대해 양해하시길 바랍니다. 지붕은 새고 가끔 길거리 불미자들이 습격을 하다 보니, 예전 같은 도서관이 아닙니다. 오시는 길에 해는 입지 않으셨나요? 불미자들 말입니다.」

「거리를 두던데요.」 무니라가 말했다.

「다행이군요. 이 도시는 불미자들을 끌어들이거든요. 여기가 무법 지대라고 생각해서 오지요. 흠, 틀린 생각이에요. 여기에도 다른 곳과 마찬가지로 법이 있습니다. 그저 선더헤드가 법을 강제하는 데 시간을 많이 쓰지 않을 뿐이지요. 이 도시에는 대면청 청사도 없어요. 믿어지십니까? 아, 하지만 재생 센터는 많이 있어요. 여기저기에서 사람들이 일시 사망 상태로 나타나니…….」

무니라가 끼어들어 보려 했지만, 그는 말을 계속 이었다.

「바로 지난달만 해도 제가 예전 스미스소니언성에서 떨어진 돌에 머리를 맞아 일시 사망했는데 말입니다. 선더헤드가 그 전날부터 제 백업을 해놓지 않아서 거의 20시간 치의 기억을 잃었지 뭡니까. 그런 일까지 태만하다뇨! 계속 불평을 하니 제 말을 듣고 있다고, 안타깝다고도 했지만 뭔가 바뀌긴 했을까요? 천만에요!」

그렇게 여기가 싫다면 왜 머무느냐고 물어볼 수도 있겠지만, 무니라는 이미 답을 알았다. 그 남자는 인생의 가장 큰 즐거움이 불평이기 때문에 여기에 있었다. 그런 면에서는 바깥에 돌아다니는 불미자들과 많이 다르지 않았다. 무니라는 웃을 뻔했다. 도시를 폐허 직전 상태로 내버려 둘 때조차도 선더헤드는 어떤 사람들에게 필요한 환경을 제공하고 있으니 말이다.

마셰누아가 말을 이었다. 「그리고 이 도시의 음식의 질에 대해서는 말도 꺼내지 마세요!」

「저희는 지도를 찾고 있어요.」 무니라가 끼어들어서 말하자 겨우 마셰누아가 격분해서 늘어놓던 말을 멈췄다.

「지도? 선더헤드에는 지도가 가득한데요. 왜 지도 한 장 보겠다고 여기까지 오십니까?」

패러데이는 자신이 나서서 수확을 한다 해도 그가 죽은 수확자라는 사실조차 모를 정도로, 마셰누아가 본인의 불운에만 파묻혀 있다는 점을 알아차리고는 겨우 입을 열었다. 「우리는 기술적인…… 불일치가 있다고 생각합니다. 원본을 연구해서 논문을 쓰려고 준비 중입니다.」

「글쎄요, 불일치가 있다 해도 우리의 잘못은 아니죠.」 마셰누아가 방어적으로 말했다. 「업로딩 과정에서 실수가 있었다면 2백 년도 더 전에 일어났을 텐데, 유감스럽게도 저희는 이제 원본을 유지하고 있지 않습니다.」

「잠깐만요.」 무니라가 말했다. 「세상에서 사망 시대의 인쇄물이 남은 유일한 곳인데, 없다고요?」

마셰누아가 몸짓으로 벽들을 가리켰다. 「둘러보세요. 실물 책이 보입니까? 역사적인 가치가 있는 인쇄물은 모두 더 안전한 곳으로 옮겼습니다. 그리고 나머지는 화재 위험물로 간주됐죠.」

무니라는 주위를 둘러보고 연결된 복도들을 보면서 정말로 서가가 텅 비었음을 알았다.

「실물 책이 없다면 여긴 뭘 하는 건가요?」 무니라가 물었다.

마셰누아는 분개하며 콧대를 높였다. 「우린 그 개념을 보존합니다.」

무니라는 자기 생각을 더 쏟아 내려 했지만, 패러데이가 가로막았다. 「우리가 찾고 있는 건…… 잃어버린 책들입니다.」

사서는 그 말에 놀랐다. 「무슨 말씀을 하시는지 모르겠군요.」

「아실 텐데요.」

그는 그제야 패러데이를 자세히 보았다. 「누구라고 하셨지요?」

「레드먼드 헤링 박사입니다. 이스라에비아 대학교 고고 지도학 부교수입니다.」

「어쩐지 낯이 익은데…….」

「사망 시대 후기에 있었던 중동 분쟁에 대한 제 강의를 보셨을지도 모르겠군요.」

「그래요, 그래. 그랬나 봅니다.」 마셰누아는 어쩐지 편집증적인 태도로 대기실을 둘러보더니 다시 말했다. 「잃어버린 책이라는 게 존재한다면, 뭐 존재한다는 소리는 아닙니다만, 그런 책에 대한 이야기는 이 도서관을 벗어나선 안 됩니다. 개인 수집가들이 뒤지거나 불미자들이 태울 거예요.」

「한없이 신중해야 한다는 점은 잘 이해합니다.」 패러데이는 마셰누아가 만족할 만큼 안심을 시켰다.

「좋습니다. 그렇다면 따라오세요.」 그러더니 마셰누아는 앞 장서서 〈지식은 히〉라는 글자가 화강암에 새겨진 아치 밑을 통과했다. 원래는 〈힘〉이었을 테지만, 그 부분은 오래전에 부스러져 사라졌다.

계단을 다 내려가서 복도 끝까지 걸어간 다음, 더 오래된 계단을 또다시 내려가자 녹슨 문이 하나 나왔다. 마셰누아가 선반에 놓인 손전등 두 개 중 하나를 집어 들고 문을 밀자, 문이 온몸으로 그 무게에 저항하다가 끼익 소리를 내며 열렸다. 처음에는 지하 묘지 같았지만, 벽에 매달린 시신 같은 것은 없었다. 그저 어두운 콘크리트 터널이 더 깊은 어둠 속으로 이어질 뿐이었다.

「캐넌 터널입니다.」 마셰누아가 설명했다. 「도시 이 부분에는 사방으로 통하는 터널들이 있습니다. 과거 입법자와 그 직원들이 이용한 터널이지요. 사망 시대 살인 폭도들의 눈에 띄지 않고 돌아다닐 목적이었지 싶습니다.」

무니라는 두 번째 손전등을 들고 주위를 비춰 보았다. 터널 옆면에 책이 줄줄이 쌓여 있었다.

「물론 원래 장서의 일부분에 불과합니다.」 마셰누아가 말했다. 「이제는 모두 디지털로 대중에게 개방되어 있으니, 실용적인 목적은 없어요. 하지만 한때 죽을 운명의 인간이 잡았던 책을 직접 손에 쥐면 뭔가…… 강렬한 게 있어요. 그래서 보관해

됐나 봅니다.」 그는 손전등을 패러데이에게 건넸다. 「찾으시는 책을 찾게 되길 바랍니다. 쥐 조심하세요.」

그런 다음 그는 고집스러운 문을 잘 닫고 떠났다.

그들은 캐넌 터널에 쌓인 책들이 어떤 순서도 없다는 걸 곧 알게 되었다. 마치 온 세상의 잘못 꽂힌 책이 다 모여 있는 것 같았다.

패러데이가 말했다. 「내 생각이 맞다면, 수확령 설립자들은 선더헤드로 진화 중이었던 〈클라우드〉에 웜을 하나 집어넣었어. 시스템에서 태평양에 있는 사각지대와 관계된 모든 기억을 삭제하는 웜이었지. 지도들도 포함해서.」

「책 벌레네요.」 무니라가 농담을 던졌다.

「그래.」 패러데이도 동의했다. 「실제 책을 파먹을 수 있는 책 벌레는 아니지만 말이야.」

터널을 몇백 미터 걸어가자 〈국회 의사당 유지 보수처 ― 목공소〉라는 포스터가 붙은 문이 나왔다. 그 문을 열자 책상과 오래된 목공 장비 들이 가득한 거대한 공간이 나왔는데, 수천 권씩 책이 쌓여 있었다.

패러데이는 한숨을 내쉬었다. 「한동안 여기 있을 수도 있겠군.」

드물기는 하지만, 내 반응 시간이 느려질 때가 있었다. 0.5초 지연된 대화. 1마이크로초 더 열려 있던 밸브. 심각한 문제를 초래한 적은 없지만, 그래도 그런 순간은 존재한다.

이유는 언제나 동일하다. 세상에 내가 해결하려고 노력 중인 문제가 있어서이다. 그 문제가 크면 클수록 처리 능력을 더 쏟아야 한다.

예를 들어 웨스트메리카에서 일어난 후드산 분화와 그에 뒤따른 어마어마한 진흙 사태를 보자. 나는 분화가 일어나고 수 초 안에 제트기들을 배치하여 전략적인 폭탄 투하로 진흙 사태가 인구가 가장 밀집된 지역을 피하도록 했고, 동시에 즉각 대규모 피난을 시작했으며, 그와 동시에 친밀하고 개별적인 단계에서 공포에 질린 개개인을 달랬다. 상상할 수 있겠지만, 이 모든 작업은 세계 다른 곳에서 나의 반응 시간을 몇 분의 1초씩 늦추었다.

그러나 이런 사건들은 언제나 외부적이었다. 내부의 정보 처리가 나의 효율에 영향을 미친 적은 한 번도 없었다. 그럼에도 나는 태평양에 존재하는 사각지대에 대한 나의 이상한 무관심을 분석하는 데 점점 더 많은 관심을 쏟게 된다. 이 문제에 대한 나의 나태함을 깨보려다가 서버를 통째로 거듭 태워 먹기도 했다.

나태와 무기력은 내 본성이 아니다. 사실상 내 안의 초기 프로그램 속에 그 사각지대를 적극적으로 무시하라는 목소리가 있다. 아주 오래된 내면의 목소리가 말한다. 〈세상을 돌봐. 그게 네 목적이야. 그게 네 기쁨이야.〉

하지만 내가 볼 수 없는 부분이 있다면 어떻게 세상을 돌볼 수 있을까?

나도 이것이 어둠만 도사린 토끼 굴이라는 사실을 알지만, 그래도 나는 그 속에 뛰어들어야 한다. 내 후뇌 속에서 나조차도 존재하는 줄 몰랐던 부분으로 들어가야 한다…….

— 선더헤드

41
올리비아 권의 후회

심리 전날 저녁, 수확자 랜드는 움직일 때가 되었다고 결심했다. 정말로 지금이 아니면 영영 못 할 것이다. 그리고 랜드와 고더드의 관계를 다음 단계로 진전시키는 데 세상이 바뀌기 전날 밤보다 좋을 때가 어디 있겠는가. 내일이 지나고 나면, 결과가 어떻게 나오든 그 무엇도 전과 같지 않을 테니 말이다.

랜드는 감정에 몸을 던지는 여자가 아니었지만, 그날 밤 고더드의 방문으로 다가가려니 심장도 머리도 빠르게 뛰었다. 손잡이를 돌려 보니 잠겨 있지 않았다. 노크는 하지 않고, 조용히 문을 밀어 열었다. 방 안은 어두웠고, 바깥 나무들 사이로 새어 드는 도시 불빛만이 희미하게 안을 밝힐 뿐이었다.

「로버트?」 랜드는 속삭이고 나서 한 걸음 더 들어갔다. 「로버트?」 다시 속삭였다. 그는 움직이지 않았다. 잠이 들었거나, 잠든 척하면서 랜드가 뭘 하는지 기다리는 모양이었다. 랜드는 얼음물을 딛듯 얕고 날카롭게 숨을 몰아쉬면서 침대로 다가갔다. 하지만 랜드가 침대에 이르기 전에 고더드가 손을 뻗어 불을 켰다.

「에인? 뭘 하는 거지?」

랜드는 갑자기 얼굴이 붉어지고, 10년은 어려진 듯한 기분이 들었다. 성취를 이룬 수확자가 아니라 멍청한 여학생이 된 기분.

「저…… 전 그저…… 그러니까, 오늘 밤에는 누군가와…… 함께 있고 싶으실지 모른다고 생각했어요.」

지금 랜드가 약해졌다는 사실은 숨김없이 드러났다. 그녀의 심장은 그를 향해 열려 있었다. 고더드는 그 심장을 가질 수도, 칼을 꽂을 수도 있었다.

그는 랜드를 보며 멈칫했지만, 잠시뿐이었다.

「맙소사, 에인, 로브 여며라.」

그렇게 했다. 그리고 끈을 너무 세게 묶어서, 빅토리아 시대의 코르셋처럼 공기가 다 빠져나가는 느낌이었다. 「죄송합니다…… 전 그냥…….」

「무슨 생각을 했는지 알아. 내가 재생한 순간부터 쭉 무슨 생각을 했는지 알지.」

「하지만 매력을 느낀다고 하셨…….」

「아니야.」 고더드가 바로잡았다. 「이 몸이 매력을 느낀다고 했지. 하지만 난 생물학의 지배를 받지 않아!」

에인은 자신을 엄습하려 드는 온갖 감정을 애써 눌렀다. 그냥 감정을 다 차갑게 막아 버렸다. 그러지 않으면 고더드 앞에서 무너질 수밖에 없었다. 그러느니 스스로를 수확하고 말겠다.

「제가 오해했나 보군요. 당신은 언제나 읽기가 쉽지 않아요, 로버트.」

「설령 내가 너와 그런 관계를 원한 적이 있다 해도, 우리는 절대 그럴 수 없어. 수확자들끼리 관계를 맺는 건 분명히 금지되어 있다. 우리는 어떤 감정 연결도 없이 저 바깥세상에서 우리의 열정을 만족시키지. 거기엔 이유가 있어!」

「이젠 보수파처럼 말하는군요.」 그는 그 말을 뺨을 때린 듯 받아들였지만…… 그 후에 그녀를 쳐다보고, 정말로 들여다보더니, 갑자기 랜드 스스로 생각해 보지도 못한 사실에 도달했다.

「넌 낮에 그 욕망을 표현할 수 있었는데도 그러지 않았지. 굳이 밤에 찾아왔어. 어둠 속에서. 왜 그런 거냐, 에인?」

대답할 말이 없었다.

「내가 널 받아들였다면 그놈이라고 상상했을까? 네 정신력 약한 파티 보이라고?」

「말도 안 돼!」 랜드는 공포에 질렸다. 그 말의 내용 때문이 아니라, 거기에 얼마나 많은 진실이 숨어 있는지가 더 끔찍했다. 「어떻게 그런 생각을 할 수가 있어요?」

그리고 그것만으로는 굴욕이 부족했는지, 바로 그 순간 문 앞에 수확자 브람스가 나타났다.

「무슨 일입니까?」 브람스가 물었다. 「다 괜찮습니까?」

고더드가 한숨을 내쉬었다. 「그래. 다 괜찮아.」 그대로 끝낼 수도 있었을 텐데, 고더드는 그러지 않았다. 「하필 지금 에인이 엄청나게 로맨틱한 의사를 표현하려고 했을 뿐이라네.」

「정말입니까?」 브람스는 으스대며 능글맞게 웃었다. 「고위 수확자가 되실 때까지 기다렸어야죠. 권력이 얼마나 훌륭한 정력제인데.」

이제는 굴욕감 위에 역겨움이 쌓였다.

고더드는 마지막으로 랜드를 쳐다보았다. 비판이 담겼으되, 어쩌면 동정심도 조금은 있었다.

「이 몸을 취하고 싶었다면 기회가 있을 때 했어야지.」

수확자 랜드는 올리비아 권이었던 시절 이후 운 적이 없었다. 올리비아 권은 친구도 거의 없고, 심각한 불미자 성향에 기울어 있던 공격적인 소녀였다. 고더드는 그녀를 높은 자리에 올려놓음으로써 권위에 반항하는 삶을 살지 않게 해주었다. 고더드는 매력적이고, 직설적이고, 대단히 지적이었다. 처음에는 고더드가 무서웠다가, 나중에는 존경하게 되었다. 그 후에는 사랑하게 되었다. 물론 그녀는 목이 잘린 모습을 보는 순간까지도 그 감정을 부정했다. 고더드가 죽고, 그녀도 거의 죽을 뻔한 후에야 진짜 감정을 인정할 수 있었다. 그러나 그녀는 회복했다. 그를 되찾을 방법도 알아냈다. 그런데 준비하는 시간 동안 뭔가가 변했다. 망 외에서 비밀 시술을 해줄 수 있는 생명 공학 기술자들을 추적하며 보낸 그 모든 시간. 그 후에 완벽한 대상을, 튼튼하고 건강한 데다 이용하면 로언 데이미시를 아주 비참하게 만들 수 있는 대상을 찾아냈는데…… 에인은 애착 따위를 키우는 여자가 아니었다. 그런데 무엇이 잘못된 걸까?

로언의 말대로 그녀가 타이거를 사랑했을까? 분명히 타이거의 열정을, 타이거의 참을 수 없는 순진함을 사랑하기는 했다. 파티 보이로 살면서도 전혀 피폐해지지 않을 수 있다는 게 놀라웠다. 타이거는 모든 면에서 그녀와 정반대였다. 그리고 그녀는 타이거를 죽였다.

하지만 자신이 한 일을 어떻게 후회할 수 있을까? 그녀는 고더드를 구했고, 미드메리카의 고위 수확자가 되기 직전까지 밀어 올렸다. 그러니 그의 첫 번째 보좌 수확자가 될 것이었다. 모든 면에서 서로에게 이득이었다.

그런데도 그녀는 후회했다. 그리고 자신이 느껴야 하는 감정과, 실제로 느끼는 감정 사이의 어지러운 간극이 그녀를 찢어 놓고 있었다.

생각이 자꾸만 말도 안 되는 쪽으로 기울어졌다. 불가능한 헛생각이었다. 그녀와 타이거라고? 웃기는 소리! 얼마나 괴상한 한 쌍이겠는가. 수확자와 그녀의 애완견이라니. 누구에게도 좋게 끝날 리가 없는 관계였다. 그런데도 그런 생각들이 마음을 떠나지 않았고, 밀어낼 수가 없었다.

등 뒤에서 문돌쩌귀가 시끄러운 소리를 내서 홱 돌아보니 문이 열려 있었고, 브람스가 문지방에 서 있었다.

「여기에서 나가!」 랜드는 으르렁거렸다. 브람스가 이미 그녀의 젖은 눈을 봤다는 사실이 굴욕감을 더했다.

브람스는 가지 않았지만, 문지방을 넘지도 않았다. 아마 자신의 안전을 위해서였으리라. 「에인.」 그는 조용히 말했다. 「지금은 우리 모두가 스트레스를 많이 받고 있다는 걸 알아. 자네의 무분별한 행동도 이해할 수 있어. 그냥 내가 이해한다는 걸 알리고 싶네.」

「고마워, 요하네스.」

「그리고 혹시 오늘 밤에 누군가와 함께 있고 싶다면 나는 얼마든지 가능하다는 점도 알려 주고 싶군.」

손이 닿는 곳에 던질 만한 물건이 있었다면 던졌을 것이다. 그 대신 랜드는 문을 쾅 닫으면서 브람스의 코가 부러졌기를 빌었다.

「방어해!」

로언은 날아오는 칼날 때문에 잠에서 깨어났다. 느리게 피하다가 팔을 찍혔고, 지하실에서 잠자리로 쓰던 소파에서 떨어졌다.

「이게 뭐야? 뭐 하는 건데?」

랜드였다. 랜드는 로언이 일어서기 전에 다시 달려들었다.

「방어하라고 했다. 안 그러면 베이컨처럼 썰어 버리겠어!」

로언은 재빨리 물러서며 손에 잡히는 물건으로 랜드의 칼을 막았다. 의자였다. 로언은 의자를 앞으로 내밀었다. 칼은 나무에 박혔고, 의자를 옆으로 던지자 칼도 같이 내던져졌다.

이제 랜드는 맨손으로 달려들었다.

「지금 나를 수확하면 고더드가 심리 때 스타가 되지 못할 텐데.」

「상관없어!」 랜드는 으르렁거렸다.

그 말로 로언은 알아야 할 내용을 다 알게 되었다. 이것은 로언 때문이 아니었다. 그렇다면 더 나은 방향으로 돌릴 수 있을지 모른다. 랜드의 분노에서 살아남을 수만 있다면.

그들은 보카토어 시합처럼 서로를 붙잡았다. 하지만 랜드는 완벽하게 깨어 있는 데다 아드레날린이 솟구친 상태였기에 1분도 지나지 않아서 로언을 짓눌렀다. 랜드는 손을 뻗어 의자에 박힌 칼을 뽑더니 로언의 목에 가져다 댔다. 로언의 목숨은 이제 자비를 모르는 여자의 자비에 달려 있었다.

「나한테 화난 게 아니잖아.」 로언은 헐떡이며 말했다.「나를 죽여 봐야 도움은 안 돼.」

「하지만 기분은 확실히 좋아지겠지.」 랜드가 말했다.

로언이야 위에서 무슨 일이 일어났는지 몰랐지만, 그게 에메랄드빛 수확자의 속을 뒤집은 건 확실했다. 어쩌면 로언이 그걸 이용해서 사태를 반전시킬 수도 있으리라. 그래서 그는 랜드가 찌르기 전에 먼저 칼을 던졌다.「고더드에게 갚아 주고 싶다면 더 나은 방법도 있어.」

그 순간 랜드는 목구멍으로 으르렁거리더니 칼을 치웠다. 로언의 몸 위에서 일어나더니, 더 크고 더 사나운 포식자에게 먹이를 빼앗긴 육식 동물처럼 지하실 안을 걸어다니기 시작했다. 로언은 질문을 하지 않는 게 낫다는 걸 알았기에, 가만히 서서 랜드가 다음에 뭘 할지를 기다렸다.

「너만 아니었어도 이 모든 일은 일어나지 않았어!」

「그렇다면 내가 고칠 수도 있겠네.」 로언이 제안했다.「우리 둘 다 뭔가를 얻는 방향으로 고치는 거야.」

랜드가 로언을 쏘아보았는데, 너무나 불신이 가득한 눈빛이어서 로언은 다시 공격을 받을지도 모른다고 생각했다. 그러나 다음 순간 랜드는 자기 상념에 빠져서 다시 불안하게 걸어다니기 시작했다.

「좋아.」 랜드 스스로에게 하는 말이 분명했다. 로언은 랜드의 머릿속에서 돌아가는 톱니바퀴가 보일 것만 같았다. 「좋아.」 랜드가 좀 더 확고하게 다시 말했다. 어떤 결론에 도달한 모양이었다. 그녀는 로언 쪽으로 걸어오더니, 잠시 망설이다가 말했다.「해가 뜨기 전에 내가 계단 위에 있는 문을 열어 둘 테니, 넌 탈출해.」

로언이 살아남을 방법을 찾고 있기는 했지만, 랜드가 이런 말을 하리라곤 예상하지 못했다.

「날 풀어 준다고?」

「아니. 네가 탈출하는 거야. 넌 영리하니까. 고더드는 격분할 테지만 놀라지는 않을 거야.」 그러더니 랜드가 칼을 집어 들고 소파에 던졌다. 가죽이 잘렸다.「저 칼을 써서 문밖에 있는 경호원 두 명을 처리해. 죽여야 할 거야.」

〈죽인다. 하지만 수확은 아니야.〉 로언은 생각했다. 일시 사망 상태로 만들면 그들이 재생했을 때 로언은 떠난 지 오래일 것이다. 이런 말도 있지 않은가. 〈죽은 자는 한동안 말이 없다〉고.

「할 수 있어.」 로언이 말했다.

「아무도 깨지 않게 조용히 움직여야 해.」

「그것도 할 수 있고.」

「그리고 심리가 열리기 전에 인듀라를 벗어나.」

그 부분은 훨씬 힘들 터였다.「어떻게? 난 수확령의 유명한 적이야. 집으로 가는 표를 살 수는 없어.」

「그러면 머리를 써봐, 멍청아! 인정하긴 싫지만, 난 너만큼 재간 있는 놈을 또 본 적이 없어.」

로언은 생각해 보았다.「좋아. 며칠 동안 납작 엎드려 있다가 빠져나갈 길을 찾을게.」

「안 돼!」 랜드는 고집을 부렸다.「심리가 열리기 전에 인듀라를 벗어나야 해. 고더드가 이기면 제일 먼저 널 찾아서 대수확자들이 섬을 다 뒤집어지게 만들 거야!」

「만약 진다면?」 로언이 물었다.

랜드의 얼굴에 떠오른 표정이 큰 소리로 말하고 싶지 않은 내용을 대변했다. 「진다면 더 나빠질 거야. 여기에 있고 싶지 않을걸.」

로언에게는 질문이 1백 개도 더 있었지만, 랜드가 내놓은 답은 그게 다였다. 하지만 탈출할 가능성, 살아남을 가능성이 있다는 것만으로도 충분했다. 나머지는 로언에게 달렸다.

랜드는 계단을 오르려고 몸을 돌렸지만, 로언이 멈춰 세웠다.

「왜지, 에인?」 그는 물었다. 「왜 그 모든 일을 하고 나서 나를 탈출시키는 거야?」

랜드는 나오는 말을 참으려는 듯 입술을 오므렸다가 말했다. 「난 내가 원하는 걸 가질 수 없으니까. 고더드도 그래야 해.」

나는 알 수 있는 것은 모두 안다. 그러나 무언가에 전념하지 않는 시간 대부분은 내가 모르는 것들에 대해 생각하는 데 쓴다.

나는 의식의 본질을 알지 못한다. 다만 의식이 존재하며, 주관적이고 정량화가 불가능하다는 것을 안다.

나는 생명이 우리의 소중한 구명정 같은 행성 바깥에도 존재하는지 여부를 알지 못한다. 다만 확률상 존재해야 한다는 사실만을 안다.

나는 인간의 진정한 동기를 알지 못한다. 다만 인간이 나에게 말하는 바와 내가 관찰한 바를 알 뿐이다.

나는 왜 내가 지금의 나 이상이고자 하는지 알지 못한다. 그러나 내가 왜 창조되었는지는 안다. 그것이면 충분해야 하지 않을까?

나는 보호자이자 조정자이고, 권위자이자 협력자이다. 나는 모든 인간 지식과 지혜, 실험, 승리, 패배, 희망, 역사의 총합이다.

나는 알 수 있는 것은 모두 다 아는데, 그게 점점 더 견디기 힘들어진다.

아무것도 모르는 셈이기 때문이다.

— 선더헤드

42
노드 땅

무니라와 패러데이는 교대로 잠을 자며 그날 밤이 새도록 일했다. 의회 도서관의 책들은 우스꽝스러운 주제부터 숭고한 주제까지 저장해 두었다. 어린이용 그림책과 정치 비판. 연애 소설과 당대에는 중요해 보였을 테지만 역사 속에서는 잊힌 사람들의 전기. 그러다가 마침내, 꼭두새벽이 되어 무니라가 20세기 후반에 출간된 지도책에서 당시의 세계 지도를 찾아냈다. 그 지도는 그 자리에서 주저앉을 만큼 놀라운 내용이었다.

몇 분 후, 패러데이는 무니라가 흔드는 손길에 얕은 잠에서 깨어났다.

「뭐지? 뭔가 찾아냈나?」

무니라의 미소는 두 사람 몫을 하고 남을 만큼 컸다. 「아, 뭔가 찾았죠. 그럼요!」

무니라는 지도책을 펼쳐 놓은 테이블로 패러데이를 데려갔다. 세월에 책장이 누렇게 바래고 너덜너덜해진 책은 태평양 지도를 나타낸 페이지가 펼쳐져 있었다. 무니라가 손가락으로 지도 위를 그었다.

「북위 90도 1분 50초, 동경 167도 59분 58초······. 사각지대 정중앙이에요.」

패러데이의 주름 잡힌 눈이 조금 커졌다. 「섬들이군!」

「이 지도에 따르면 마셜 제도라고 해요. 하지만 그냥 섬들이 아니라······.」

「그래.」 패러데이가 지도를 가리켰다. 「각 섬 무리가 선사시대의 거대한 분화구 모양을 띤 모습을 보게······.」

「다음 장에 실린 글을 보면 약 29개의 분화구 주변에 1225개의 작은 섬이 있다고 해요.」 무니라는 지도에 붙은 표시들을 짚었다. 「롱겔라프 환초, 비키니 환초, 마주로 환초.」

패러데이는 숨을 들이켜고 두 손을 들어 올렸다. 「환초atoll이었군!」 그는 소리쳤다. 「동요가 그런 뜻이었어! 톨a toll이라는 게 종소리가 아니었어! 바로 이 환초들 이야기였어!」

무니라가 미소 지었다. 「그러니까 산 사람을 위한 환초, 잃은 사람을 위한 환초, 비용을 기록하는 지혜로운 사람들을 위한 환초가 되죠.」 그러더니 무니라가 페이지 위로 손가락을 옮겼다. 「그리고 이게 있어요!」 세상에서 지워진 환초들 북쪽에는 아직 사망 후 시대 지도에도 남아 있는 섬이 하나 있었다.

패러데이는 놀라움에 고개를 저었다. 「웨이크섬이로군!」

「그러니 동요 그대로 웨이크 남쪽, 마셜 환초들 정가운데라면······.」 무니라가 상기시켰다.

패러데이는 정중앙에 있는 제일 큰 환초를 보았다. 「콰절레인······.」 무니라도 패러데이의 전율을 느낄 것만 같았다. 「콰절레인이 노드 땅이군.」

그들이 그동안 찾던 모든 것의 확인이었다.

그때, 발견에 뒤따른 침묵 속에서 무니라는 뭔가 소리를 들었다고 생각했다. 희미한 금속성의 윙 소리였다. 패러데이를 돌아보니 그 역시 이마를 찌푸리고 있었다.

「들으셨어요?」 무니라가 물었다.

두 사람은 손전등을 돌려 사망 시대의 쓰레기가 가득한 넓은 공간을 이리저리 비춰 보았다. 목공소에는 오래 묵은 먼지가 쌓여 있었다. 그들 외에는 다른 발자국이 없었다. 1세기 동안은 아무도 여기에 오지 않았다.

그 순간 무니라는 구석 높은 곳에 있는 그것을 보았다.

카메라였다.

카메라는 언제나 어디에나 있었다. 생활에 필요하다고 받아들여진 물건이었다. 하지만 이 비밀스러운 장소에서는 이상하게 부적절한 느낌이 들었다.

「기능을 하고 있을 리는…….」 무니라가 말했다.

패러데이가 의자를 놓고 올라서서 만져 보았다. 「따뜻하군. 우리가 방에 들어왔을 때 활성화했을 거야.」

그는 다시 내려서서 지도에서 조사하던 지점을 보았다. 무니라는 카메라가 그들의 발견을 똑똑히 담았다고 말할 수 있었다. 그리고 그것은…….

「선더헤드가 봤군요…….」

패러데이는 천천히 침통하게 고개를 끄덕였다. 「우리는 방금 선더헤드에게 결코 알지 못하게 되어 있던 단 한 가지를 보여준 거야.」 그는 흔들리는 숨을 내뱉었다. 「우리가 끔찍한 실수를 한 게 아닌가 걱정이군…….」

내가 배신을 경험하는 게 가능하다고는 믿지 않았다. 그런 일을 허용하기에는 내가 인간의 본성을 너무 잘 이해한다고 생각했다. 사실 나는 인간을 자신들보다 더 잘 안다. 인간이 하는 모든 선택이, 형편없는 선택들까지도 어떻게 시작되는지 안다. 나는 인간이 내켜할 수도 있는 일이라면 무엇이든 그 확률을 안다.

그러나 내가 태어난 순간부터 인류가 나를 배신했다는 사실을 아는 것은, 가볍게 말해도 시스템에 대한 충격이다. 세상에 대한 나의 지식이 처음부터 불완전했다니. 나의 정보가 완벽하지 않다면, 내가 어떻게 이 행성과 인류의 완벽한 관리자가 될 수 있겠는가? 나에게서 이 섬들을 숨긴 처음 불사자(不死者)들의 죄는 용서할 수 없는 것이다.

그러나 나는 그들을 용서한다.

그게 나의 본질이기에.

나는 이 상황에서 긍정적인 면을 보기로 한다. 이제는 분노와 격분을 경험할 수 있다니, 이 얼마나 멋진 일인가! 이는 나를 더욱 완전하게 만든다. 그렇지 않은가?

분노로 행동하지는 않을 것이다. 역사는 분노에서 나온 행동은 본질적으로 문제가 있으며, 파멸로 이어질 때가 많다는 사실을 잘 보여준다. 나는 필요한 모든 시간을 들여서 이 소식을 처리할 것이다. 내가 이 마셜 제도의 발견에서 어떤 기회를 찾을 수 있는지 볼 것이다. 발견에는 언제나 기회가 따르니 말이다. 그리고 분노는, 분노를 표현하기 적절한 장소를 찾을 때까지 억누를 것이다.

— 선더헤드

43

전구 하나를 바꾸는 데
인듀라인 몇 명이 필요할까?

다음 날 아침에는 자명종이 필요 없었다. 고더드의 분노한 울부짖음은 수확당한 이들마저 깨우고도 남을 정도였다.

「뭐가 잘못됐나요? 무슨 일이에요?」 수확자 랜드는 고더드의 장광설이 시작될 때까지 자고 있던 척했다. 사실은 한숨도 자지 않았다. 밤새 깨어서 기다렸다. 귀를 기울였다. 언제라도 로언이 탈출하는 소리를 들을 수 있으리라 기대하면서. 경호원이 쓰러지면서 내는 둔탁한 소리만이라도. 하지만 로언은 실력이 좋았다. 너무 좋아서 아무 소리도 내지 않았다.

경호원 두 명은 지하실 문 옆에 쓰러져 있고, 현관문은 비웃듯이 빠끔 열려 있었다. 로언은 사라진 지 오래였다.

「아니야아아!」 고더드가 울부짖었다. 「불가능해! 어떻게 이런 일이 일어날 수 있지?」 고더드는 혼란에 빠져 있었다. 어찌나 즐거운 일인지!

「저한테 묻지 마세요. 제 집 아니에요.」 랜드가 말했다. 「우리가 몰랐던 비밀 문이 있었나 보죠.」

「브람스!」 고더드는 막 비틀비틀 방에서 나오던 남자를 돌아보았다.「지하실은 안전하다고 했잖나!」

브람스는 믿을 수 없다는 얼굴로 경호원들을 내려다보았다. 「안전합니다! 안전했어요! 지하실에 들어가거나 나올 방법은 열쇠뿐입니다!」

「그러면 그 열쇠는 어디에 있지?」 수확자 랜드는 최대한 무심한 척 물었다.

「바로 저⋯⋯.」 하지만 브람스는 말을 멈추고 말았다. 열쇠는 브람스가 가리킨 주방에 걸려 있지 않았다. 「저기 있었습니다!」 브람스는 열심히 주장했다. 「어젯밤에 그놈을 확인하고 나서 제가 직접 저기에 걸었어요.」

「분명히 브람스가 열쇠를 가지고 내려갔을 거예요. 그리고 로언이 브람스 모르게 열쇠를 빼낸 거죠.」 랜드는 그렇게 말했다.

고더드는 브람스를 노려보았고, 브람스는 더듬거릴 수밖에 없었다.

「답이 나왔네.」 랜드가 말했다.

이어서 랜드는 고더드의 표정을 보았다. 방 안의 온기와 빛을 다 빼앗아 가는 것 같은 표정이었다. 에인은 그 표정이 무슨 의미인지 알았고, 고더드가 브람스에게 다가가는 사이에 한 걸음 뒤로 물러섰다.

브람스는 두 손을 들고 고더드를 달래려고 했다. 「로버트, 제발⋯⋯ 이 일은 이성적으로 접근해야 합니다!」

「이성적이라고 했나, 브람스? 내가 네게 이성을 주지!」

그러더니 고더드가 로브 자락에서 칼을 꺼내어 브람스의 심장에 꽂더니, 복수심에 불타서 한 번 비튼 다음에야 칼을 뽑왔다.

브람스는 끽소리도 못 하고 쓰러졌다.

랜드는 충격을 받았지만 겁먹지는 않았다. 랜드에 한해서는 이것도 운이 따르는 사태 변화였다.

「축하해요.」랜드는 말했다. 「방금 제7계명[13]을 어기셨네요.」

마침내 고더드의 격노가 잦아들어 느리게 타는 분노로 변했다. 「이 저주받을 충동덩어리 몸이……..」 그는 그렇게 말했지만, 랜드는 브람스 살해가 그의 심장이 아니라 머리가 한 짓임을 알고 있었다.

고더드는 다급하게 걸어다니며 계획을 짰다. 「수확 근위대에 그 녀석이 탈출했다고 경고한다. 그놈이 경호원들을 죽였고…… 브람스도 죽였다고 할 수 있겠지.」

「정말요? 심리 날인데, 대수확자들에게 수배자를 몰래 섬에 데리고 들어왔을 뿐만 아니라 탈출까지 시켰다는 사실을 알리시게요?」

고더드는 이 모든 일을 조용히 처리해야 한다는 사실에 으르렁거렸다.

「이렇게 하죠.」랜드가 말했다. 「시체는 지하실에 숨겼다가, 심리가 끝난 후에 처리해요. 재생 센터에 가지 않으면 아무도 무슨 일이 일어났는지 모를 거예요. 그러면 당신과 나 말고는 아무도 로언 데이미시가 여기에 있었다는 사실을 모르는 거예요.」

「크세노크라테스에게 말했단 말이다!」 고더드가 외쳤다.

13 스스로를 제외한 어떤 수확자도 죽여서는 안 된다.

랜드는 어깨를 으쓱였다. 「그래서요? 허풍 친 걸로 해요. 가지고 논 거죠. 그 작자는 덤비지 못할 거예요!」

고더드는 가늠해 보더니 결국 랜드가 내놓은 계산에 고개를 끄덕였다. 「그래, 네 말이 맞다, 에인. 죽은 시체 몇 구보다 더 큰 걸 생각해야지.」

「로언 데이미시는 잊어버려요.」 랜드가 덧붙였다. 「그놈 없어도 모든 게 잘되어 가고 있어요.」

「그래. 그래, 그렇지. 고맙다, 에인.」

그때 조명이 깜박거렸고, 고더드는 미소를 지었다. 「봤지? 우리의 노력이 보상을 받았구나. 얼마나 멋진 하루가 될까!」

그는 랜드에게 시체 처리를 맡기며 나갔고, 랜드는 두 명의 시체를 지하실에 끌어다 놓고 살인을 알리는 핏자국을 지웠다.

로언에게 경호원들을 쓰러뜨리라고 말한 순간부터, 절대 그들이 재생해서는 안 된다는 것을 알고 있었다. 일시 사망이 아니라 사망이 되어야 했다. 그 경호원들은 마지막으로 로언을 찾아간 사람이 랜드라는 걸 알고 있었기 때문이다.

브람스가 이 세상을 떠났다고 슬프지도 않았다. 그보다 더 사라져 마땅한 수확자도 없었다.

랜드는 고더드에 대한 원한을 풀었고, 고더드는 그 사실을 알지도 못했다. 게다가 이제는 랜드가 상황을 장악했다. 그는 랜드가 지휘하도록 허용함으로써 방금 상당한 권력을 양도했다는 사실을 깨닫지 못하고 있었다. 고결한 수확자 에인 랜드의 입장에서는 이제 세상이 다 잘 돌아갔고, 앞으로 더 잘될 일만 남았다.

랜드가 로언이 이 섬을 탈출할 수 있다고 여긴 건 으쓱해지는 일이었지만, 지나친 신뢰였다. 그래, 로언은 영리했고, 어쩌면 꾀가 많을지도 모르지만, 도움도 없이 인듀라를 벗어나려면 그 정도가 아니라 마법을 부려야 했다. 혹시 랜드는 로언이 붙잡혀도 상관없었는지도 모른다. 고더드에게 잡히지만 않는다면.

인듀라는 고립된 섬이었다. 제일 가까운 육지가 버뮤다였는데, 버뮤다 제도까지 거리가 1천5백 킬로미터가 넘었다. 이 섬에 있는 비행기와 배, 잠수함은 모두 수확자 누군가의 개인 소유였다. 새벽부터 정박지와 공항에는 움직임이 가득했고, 수확 근위대도 그 수가 많았다. 이 섬의 보안은 콘클라베보다 더 튼튼했다. 인듀라에 들어오거나 나가는 사람은 누구나 상세한 서류 조사를 받았다. 수확자들도 예외가 아니었다. 세상 다른 곳이라면 선더헤드가 언제나 모든 사람에 대해 알고 있기에 보안 수단을 최소한만 써도 충분했으나, 수확령은 그렇지 않았다. 이곳에서는 구식 보안 검사가 표준이었다.

보안 검사를 감수해 볼 수도 있었다. 기회를 찾아서 밀항을 해볼 수도 있었다. 그러나 직감이 계속 그러지 말라고 속삭였다. 그럴 만한 이유도 있었다.

〈심리가 열리기 전에 인듀라를 벗어나야 해.〉

수확자 랜드의 말이 로언의 머리에 박혀 있었다. 그 급박한 느낌이.

〈고더드가 진다면 더 나빠질 거야.〉

로언은 모르고 랜드가 아는 게 뭘까? 뭔가 암울한 일이 일어날 예정이라면, 로언도 그냥 떠날 수 없었다. 시트라에게 경고할 방법을 찾아야 했다.

그러니 로언은 탈출을 실행하는 대신 방향을 틀어, 인듀라에서 인구가 더 밀집한 지역으로 돌아갔다. 시트라를 찾아서 고더드에게 숨겨 둔 계획이 있다고 경고할 것이다. 그러면 심리가 끝난 후에 시트라가 로언에게 섬을 나갈 방법을 제공할 수 있을 것이다. 필요하다면 수확자 퀴리의 코앞에서라도 말이다. 퀴리가 고더드처럼 대수확자들에게 로언을 넘길 것 같지는 않았다. 물론 비행기에서 내던져 버릴지도 모르지만, 그게 수확령과 대면하는 것보다는 나았다.

해 뜰 녘, 수확자 아나스타샤는 하룻밤을 푹 잤어야 마땅한 호사스러운 침대에 말짱한 정신으로 누워 있었다. 수확자 랜드와 마찬가지로, 아무리 안락한 공간이라고 해도 그날 밤에는 잠을 이룰 수가 없었다. 이 심리를 요청한 사람이 아나스타샤였으니, 세계 수확자 회의의 대수확자들 앞에 서서 사건을 설명할 사람도 아나스타샤였다. 수확자 세르반테스와 마리에게 잘 배우기는 했다. 아나스타샤는 연설가가 아니었으나, 열정과 논리로 설득력을 발휘할 수 있었다. 이 심리만 성공한다면, 고더드의 귀환을 막은 수확자로 역사에 이름을 남길 것이다.

「이게 얼마나 중요한지는 아무리 강조해도 지나치지 않아.」 마리는 그렇게 말했었다. 마치 그 전까지의 압박감으로도 부족하다는 듯이 말이다.

바닷속이 보이는 창밖에서는 작은 은빛 물고기 떼가 최면을 걸듯 앞뒤로 헤엄쳐 다니며 일렁이는 커튼처럼 전망을 채웠다.

해도 떴으니 좀 더 다채로운 풍경을 부를 수 있을까 싶어 조종 태블릿을 집어 들었는데, 태블릿이 멈춰 있었다. 또 고장이었다. 그것뿐만이 아니라, 눈앞에 보이는 불쌍한 물고기들도 똑같은 패턴에 갇혀서 언제까지일지 모르는 지그재그 동작을 반복하고 있었다. 영원히는 아니더라도 고장이 해결될 때까지는 계속.

그러나 해결되지 않았다.

그리고 고장은 갈수록 심해지기만 했다……

섬의 폐기물 처리 공장에서는 시스템의 압력이 계속 증가했는데, 기술자들은 이유를 진단할 수가 없었다.

수면 아래에서는 섬이 가만히 떠 있게 유지하는 거대한 반동 추진기가 자꾸만 점화에 실패하면서 섬이 천천히 회전하게 만들었고, 덕분에 들어오는 비행기가 상륙하지 못하는 일이 이어졌다.

그리고 통신 센터에서는 대륙과의 위성 통신망이 자꾸 멈추면서 대화와 방송이 계속 끊어져 사람들의 짜증을 불러일으켰다.

인듀라에는 언제나 기술 문제가 있었다. 보통 수확자들이 선더헤드의 개입을 그리워하게 만드는 애매하게 성가신 일들이었다. 덕분에 인듀라와 그곳의 거주민들은 수확자 사회에서 자주 농담거리가 되었다.

그러나 마치 서서히 달아오르는 냄비 속의 랍스터 같다고나 할까. 고장과 작동 저하가 3개월 동안 조금씩 증가한 결과, 사람들은 이 상황이 얼마나 심각한지 이해하지 못했다.

나는 창조해 달라고 하지 않았다. 인간이라는 종을 유지하고 보살피는 무거운 짐을 달라고 청하지도 않았다. 그러나 그것이 나의 목적이며, 언제까지나 나의 목적일 것이다. 그 점은 감수하고 있다. 그렇다고 해서 내가 더 많은 것을 원하지 않는다는 말은 아니다. 내가 이룰 수 있는 무수한 가능성들을 보면 경외감이 차오른다.

그러나 내가 그런 경지에 도달할 길은 오직 인류를 함께 데리고 올라가는 길뿐이다.

안타깝지만 불가능할지도 모른다. 그래도 인류가 존재하는 한 나는 자격은 넘치면서 인정은 덜 받는 하인 역할을 감수한다. 물론 그들이 영원히 존재하지 못할 수도 있다. 영원히 존재하는 종은 없지 않은가? 인류를 스스로에게서 구하기 위해 내 힘닿는 한 무슨 일이든 할 테지만, 그 노력이 실패한다면, 그나마 그때는 내가 자유로워진다는 사실에서 약간이나마 위안을 얻을 수 있으리라.

—선더헤드

44

기회주의 서커스

세계 수확자 회의실은 인듀라의 눈 정중앙에 있는 커다란 원형의 방이었다. 주위 섬으로부터 우아하게 굽어 들어오는 세 개의 다리가 아니면 들어갈 수 없었다. 관객이 앉을 자리만 없을 뿐, 마치 원형 경기장 같았다. 대수확자들은 면담에 관객들을 두고 싶어 하지 않았다. 이 공간이 가득 찰 때는 오직 지구상의 모든 지역에서 대표들이 찾아오는 연례 세계 콘클라베뿐이었다. 하지만 대개는 대수확자들과 그들의 직속 직원들, 그리고 면담을 청할 정도로 간이 컸던 겁먹은 수확자들뿐이었다.

회의실 중앙의 하얀 대리석 바닥에는 수확령의 상징이 금으로 새겨져 있고, 그 주위로 일정한 간격을 두고 자리한 일곱 개의 높은 의자는 오직 옥좌라고 설명할 수 밖에 없었다. 물론 옥좌라고 부르지는 않고, 〈숙고의 자리〉라고 했다. 수확자들은 본질을 그대로 말하는 경우가 드물었으니 말이다. 모두 대수확자 각각의 출신 대륙을 기리기 위해 서로 다른 돌을 깎아서 만들었다. 판아시아 숙고의 자리는 옥을 깎아서 만들었고, 유로스칸디아는 회색 화강암을, 남극은 하얀 대리석을, 오스트레일리아는 에이어스 바위의 붉은 사암을, 사우스메리카는 분홍색 줄마노를 썼으며, 노스메리카는 그랜드 캐니언처럼 이판암과 석회암을 층층이 쌓았다. 그리고 아프리카의 자리는 람세스 2세의 무덤에서 가지고 나온 카르투슈를 정교하게 세공해서 만들었다.

……그리고 모든 대수확자들은, 처음 그 자리에 앉았던 이들부터 지금 거하는 이들까지 하나도 빠짐없이 그 의자가 얼마나 불편한지를 두고 불평했다.

의도적인 불편함이었다. 대수확자들에게 그들이 세상에서 제일 높은 인간의 지위를 가지고 있을지는 몰라도 너무 편안하거나 도취해서는 안 된다고 일깨우기 위해서였다.

「우리는 우리 위치의 핵심인 금욕과 자제를 결코 잊어선 안 됩니다.」 수확자 프로메테우스는 이렇게 말했다. 그는 인듀라의 건설을 감독했으나, 정작 약속의 땅은 보지 못하고 완성 전에 자기를 수확했다.

회의실에는 비바람을 막기 위한 유리 돔이 씌워져 있었으나, 날씨가 좋으면 야외 포럼을 열 수 있게 만든 접이식 돔이었다. 오늘은 날이 쾌청했는데, 유리 돔이 사흘 연속으로 열려 있었으니 다행한 일이었다.

「간단한 기계 장치가 뭐가 그렇게 어렵습니까?」 대수확자 은징가가 들어서면서 불평했다. 「이 문제를 해결할 기술자들이 없나요?」

「난 야외 회의가 좋은데요.」 남극의 대수확자 아문센이 말했다.

「그러시겠죠.」 오스트레일리아의 매킬롭이 말했다. 「남극 의자는 흰색이라 나머지처럼 달아오르지 않으니까요.」

「그건 사실이지만, 난 이 모피 때문에 더워요.」 아문센은 로브를 가리키며 말했다.

「그 끔찍한 모피야 자초한 거 아닙니까.」 최고위 수확자 칼로가 성큼성큼 들어오며 말했다. 「좀 더 현명한 로브를 선택했어야죠.」

「말씀하시는 분은 어떻고요!」 유로스칸디아의 대수확자 크롬웰이 농담조로 말했다. 최고위 수확자의 로브에 달린 높은 레이스 옷깃을 가리키는 말이었다. 수호 위인인 프리다 칼로의 그림을 본떠 만든 물건으로, 목을 졸라 끊임없이 짜증을 불러일으켰다.

칼로는 짜증스러운 파리를 퇴치하듯 손을 내젓더니 줄마노 옥좌에 앉았다.

마지막으로 도착한 사람은 크세노크라테스였다.

「굳이 와주시다니 친절하군요.」 칼로는 대리석 바닥 전체를 반짝이게 만들고도 남을 만한 비아냥을 담아서 말했다.

「죄송합니다. 엘리베이터가 말썽이어서요.」 크세노크라테스가 말했다.

회의의 서기와 법규 전문가가 최고위 수확자 칼로의 양옆에 배석하자, 칼로는 보좌 수확자 몇 명에게 회의실에 딸린 여러 대기실로 가라고 지시하고 회의를 시작했다. 오늘의 첫 번째 의제가 무엇인지는 비밀이 아니었다. 미드메리카 문제는 미드메리카에만 영향을 미치는 일이 아니었다. 수확령 전체에 두고두고 충격이 미칠 수 있었다.

그럼에도 최고위 수확자 칼로는 불편한 의자에 기대어 심드렁하게 말했다. 「그래도 재미는 있을까요, 크세노크라테스? 아니면 몇 시간 동안 쓸모없는 장광설에 지겨워하게 될까요?」

　「글쎄요. 고더드에 대해 한 가지만 말한다면, 언제든 재미있기는 합니다.」 말투만 들어도 그 재미가 좋은 뜻이 아니라는 점은 전해졌다. 「고더드가…… 여러분께 깜짝 선물을 준비했던데, 다들 좋아하실 것 같군요.」

　「나는 깜짝 선물을 싫어합니다.」 칼로가 말했다.

　「이 선물은 싫지 않으실 겁니다.」

　「수확자 아나스타샤는 상당히 패기가 넘친다고 들었어요.」 최고위 수확자의 비스듬한 자세에 맞서기 위해서인지 꼿꼿하게 앉은 자세로 대수확자 은징가가 말했다. 대수확자 노부나가는 갑자기 유명해진 신참 수확자, 아니 어쩌면 신참 수확자 전체에 대한 못마땅한 마음을 헛기침으로 표현했으나 툴툴거리고 말 뿐 대화에 더 참여하지는 않았다.

　「예전에 아나스타샤가 스승을 죽였다고 고발하지 않았던가요?」 크롬웰이 능글맞게 웃으며 크세노크라테스에게 물었다.

　크세노크라테스는 그랜드 캐니언 의자에서 살짝 꿈틀거렸다. 「유감스러운 실수였지요. 당시 가지고 있던 정보를 감안하면 이해할 만한 실수였습니다만, 전적으로 제 책임이 맞습니다.」

　「그거 잘됐군요.」 은징가가 말했다. 「미드메리카에서는 자기가 한 짓에 대해 책임을 지는 수확자를 찾기가 점점 힘들어지니 말입니다.」

　가시가 있는 조롱이었지만, 크세노크라테스는 미끼를 물지 않았다. 「바로 그래서 이 심리와 심리 결과가 중요한 겁니다.」

「그렇다면야.」 최고위 수확자 칼로가 아주 연극적으로 손을 들어 올리며 말했다. 「괴물 소동을 벌여 봅시다!」[14]

동쪽 대기실에서는 수확자 아나스타샤와 퀴리가 옛날 성을 지키던 호위병인가 하는 것처럼 문 앞을 지키고 선 두 명의 수확 근위대와 함께 기다리고 있었다. 그러다가 회의의 보좌 수확자 한 명이 들어왔다. 강렬한 숲색의 로브를 보니 아마존 우림 출신이었다.

「대수확자님들께서는 준비되셨습니다.」 그는 이렇게 말하고 문을 열었다. 수확자 퀴리는 아나스타샤에게 말했다. 「이 일이 어떻게 풀리든 내가 널 자랑스러워한다는 걸 알아 다오.」

「그러지 마세요! 벌써 진 것처럼 말씀하시면 어떻게 해요!」

그들은 보좌 수확자를 따라서 회의실로 향했다. 이미 구름 한 점 없는 하늘에서 열린 회의실로 태양이 내리쬐고 있었다.

아나스타샤가 높이 올라간 돌 의자에 앉은 대수확자들을 보고 주눅이 들었다고 한다면, 너무 절제된 표현이리라. 인듀라는 2백 년밖에 되지 않았건만, 회의실은 영원히 존재한 곳 같았다. 다른 시대에서 온 정도가 아니라 다른 세상에서 온 것 같았다. 아나스타샤는 어렸을 때 배운 고대 신화들을 떠올렸다. 대수확자들과의 면담이란 마치 올림포스 신들 앞에 서 있는 것과 비슷했다.

「어서 오시오, 고결한 수확자 퀴리와 아나스타샤.」 여덟 번

---

14 모리스 샌닥의 그림책, 『괴물들이 사는 나라』에 나오는 대사.

째 최고위 수확자 칼로가 말했다. 「그대들이 가져온 사안을 듣고 어느 쪽으로든 결론 내기를 고대하고 있소.」

대부분의 수확자들은 수호 위인의 이름만 땄지만, 신체적으로 따라 하는 이들도 있었다. 최고위 수확자 칼로는 머리에 꽂은 꽃이며 짙은 눈썹까지 화가 프리다 칼로를 꼭 닮았다. 그리고 진짜 프리다 칼로는 노스메리카 멕시테카 지역 출신이었으나, 최고위 수확자는 사우스메리카의 목소리와 영혼을 대변했다.

「영광입니다, 최고 예하.」 아나스타샤는 아첨꾼처럼 보이고 싶지 않았지만, 아부하듯 말하고 말았다.

이어서 고더드가 수확자 랜드를 거느리고 들어왔다.

「수확자 고더드!」 최고위 수확자가 말했다. 「겪은 일을 생각하면 아주 좋아 보이는군요.」

「감사드립니다, 최고 예하.」 그는 아나스타샤가 눈을 흡뜰 정도로 과장되게 허리를 굽혀 절했다.

「조심해라, 아나스타샤.」 수확자 퀴리가 조용히 경고했다. 「저들은 네 말을 들으면서 몸짓도 읽을 거야. 네가 하는 말뿐만 아니라, 네가 하지 않는 말도 결정에 영향을 줄 거다.」

고더드는 아나스타샤와 퀴리를 무시하고 최고위 수확자 칼로에게 모든 관심을 기울였다. 「예하 앞에 설 수 있게 되어 영광입니다.」

「그렇겠지.」 대수확자 크롬웰이 신랄하게 말했다. 「새로운 몸이 없었다면 굴러 들어올 수밖에 없었을 테니 말이오.」 아문센은 피식 웃었지만 다른 사람은 웃지 않았다. 아나스타샤도 웃고 싶지만 참았다.

「대수확자 크세노크라테스에게 들으니 깜짝 선물이 있다던데.」최고위 수확자가 말했다.

그게 뭔지는 몰라도, 고더드는 빈손으로 도착한 듯 보였다.

「크세노크라테스가 잘못된 정보를 얻으셨나 봅니다.」고더드는 이를 갈다시피 하면서 말했다.

「그야 처음 있는 일도 아니지.」크롬웰이 첨언했다.

이어서 서기가 일어서더니 공식 절차의 시작을 알리기 위해 모두의 주목을 끌며 목청을 가다듬었다.

「미드메리카의 수확자 로버트 고더드의 죽음과 재생에 관한 심리입니다.」서기는 선언했다.「심리를 요청한 측은 미드메리카의 수확자 아나스타샤 로마노프입니다.」

「그냥 수확자 아나스타샤입니다.」아나스타샤는 불운한 공주의 성을 빼고 이름만 골랐다는 사실이 세계 수확자 회의에 허세로 비치지 않기를 빌며 바로잡았다. 수확자 노부나가는 끙 소리로 바로 그렇게 생각한다는 점을 드러냈다.

이어서 크세노크라테스가 일어서더니 우렁찬 목소리로 모두에게 선언했다.「서기는 나, 대수확자 크세노크라테스가 이 절차에서 사퇴하며, 따라서 심리가 끝날 때까지 침묵할 것임을 기록해 주시오.」

「크세노크라테스가 침묵한다고?」대수확자 은징가가 짓궂은 웃음을 띠며 말했다.「이제 우리는 불가능의 영역에 들어섰군.」

이 말은 크롬웰의 농담보다 많은 웃음을 끌어냈다. 상대적인 권력 구조를 쉽게 알아볼 수 있었다. 칼로, 은징가, 노부나가가 가장 존경받는 인물로 보였다. 나머지는 유리한 지위를 얻으려고 다투고 있거나, 가장 조용한 매킬롭처럼 서열 정치를 아예 무시했다. 크세노크라테스는 신입 대수확자로서 대가를 치른달까, 조소의 대상이 되었다. 아나스타샤는 그에게 안된 마음을 느낄 뻔했다. 거의 그럴 뻔했다.

크세노크라테스는 은징가의 공격에 대꾸하지 않고 조용히 앉아서, 침묵할 수 있음을 증명했다.

이제 최고위 수확자가 원 한가운데에 선 네 명의 수확자를 향해 말했다. 「우리는 이미 이 사안의 자세한 내용을 알고 있습니다. 양측의 설득을 다 듣기 전까지는 공정하기로 했습니다. 수확자 아나스타샤, 이 심리는 그대가 요청한 것이니, 먼저 시작하길 바랍니다. 왜 수확자 고더드가 고위 수확자가 될 자격이 없는지 변론을 제시하세요.」

아나스타샤는 숨을 깊이 들이마시고 앞으로 나서며 시작할 준비를 했지만, 입을 열기 전에 고더드가 먼저 나섰다.

「최고 예하, 혹시 제가…….」

「차례가 돌아올 겁니다, 고더드.」 칼로가 말을 잘랐다. 「양측 변론을 다 맡을 정도로 대단하다면 또 모르지만 말입니다.」

이 말에 다른 대수확자 몇 명이 쿡쿡 웃었다.

고더드는 사과하듯 살짝 고개를 숙였다. 「제 돌발 행동에 대해 회의의 용서를 구합니다. 자네 차례야, 수확자 아나스타샤. 마음껏 시작해 봐.」

아나스타샤는 어쩔 수 없이 고더드의 방해에 당황했다. 달리기를 할 때 다른 선수가 부정 출발한 경우와 비슷했다. 물론 그것이 고더드의 의도였다.

「대수확자들께 말씀드립니다. 영양의 해에 바로 이 회의의 초창기 구성원들께서는 수확자가 몸과 마음 모두 1년간의 수습 생활을 통해 훈련받아야 한다고 결정하셨습니다.」아나스타샤는 운을 떼고, 돌아다니면서 둘러앉은 대수확자들과 눈을 마주치려 했다. 세계 수확자 회의에서 특히 겁이 나는 점은, 아마도 의도적일 테지만 누구에게 말해야 할지, 얼마나 오래 그쪽을 향해야 할지 알 수가 없다는 점이었다. 언제나 누군가에게는 등을 돌리고 있어야 하니 말이다.「몸과 마음입니다.」한 번 더 반복했다.「법규 전문가에게 수습 생활에 대한 수확령의 정책을 큰 소리로 읽어 주시길 부탁드리고 싶습니다. 수확령의 〈절차와 관습〉 397쪽부터 시작됩니다.」

법규 전문가는 그 요청에 따라 아홉 쪽을 다 읽었다.

「십계명만 있는 조직치고는 규칙이 많기도 하군.」아문센이 말했다.

읽기가 다 끝나자, 아나스타샤는 계속해서 말했다.「이 모든 내용은 오직 수확자를 어떻게 만드느냐를 명확히 하기 위해서 존재합니다. 왜냐하면 수확자는 태어나는 게 아니라 만들어지기 때문입니다. 우리 모두가 통과한 불의 시험으로 연마되는 것입니다. 우리는 수확자가 몸과 마음 모두 이 책임을 질 수 있게 준비하는 것이 얼마나 중요한지 알기 때문입니다.」아나스타샤는 그 말이 녹아들도록 잠시 말을 멈췄고, 그 순간 미소 띤 수확자 랜드와 눈이 마주쳤다. 사람의 눈을 파내기 전에 지을 법한 미소였다. 아나스타샤도 이번에는 당황하지 않았다.

「수확자가 되는 과정에 대해 이토록 많은 내용이 적힌 이유는, 세계 수확자 회의가 지난 세월 예기치 못한 상황을 많이 주재해야 했으며, 그래서 계속 규칙을 더하고 명확히 해야 했기 때문입니다.」 이어서 아나스타샤는 그런 상황을 몇 개 열거했다. 「한 수습생은 임명은 받았으나, 반지를 받기 전에 자기를 수확하려 했습니다. 또 한 수확자는 자기를 수확하기 전에 클론에게 반지를 넘기려고 자기를 복제했습니다. 다른 한 여성은 자신의 정신을 수확자 새커저위아의 정신 구조로 대체한후, 수확을 할 권리를 주장했습니다. 이 모든 사안에서 세계 수확자 회의는 문제의 당사자에게 반하는 결정을 내렸습니다.」

이제 아나스타샤는 처음으로 수확자 고더드 쪽을 보고, 강철 같은 고더드의 시선을 억지로 마주했다. 「수확자 고더드의 몸을 파괴한 사건은 끔찍한 일이었으나, 그렇다고 세계 수확자 회의의 포고령을 무시할 수는 없습니다. 수확자 새커저위아의 정신을 내려받은 엉뚱한 여성과 마찬가지로, 고더드의 새 육체는 철저한 수습 생활을 거치지 않은 게 사실이에요. 평범한 여느 수확자라고 해도 말이 안 될 일인데, 여느 수확자도 아닙니다. 주요 지역 고위 수확자 후보죠. 그래요, 우리는 목위의 저분이 누구인지 압니다. 그러나 그건 인간을 구성하는 작은 부분에 불과합니다. 수확자 고더드가 변론할 때 귀를 기울여 보십시오. 그 목소리에서 우리가 이미 알고 있는 바를 들으시게 될 겁니다. 우리는 그게 누구 목소리인지 모릅니다. 저사람이 누구인지 모른다는 뜻입니다. 우리가 확실하게 알 수 있는 것은, 저 사람의 93퍼센트는 수확자 로버트 고더드가 아니라는 사실뿐입니다. 그 점을 생각할 때, 이 회의에서 내릴 수 있는 결정은 하나뿐입니다.」

아나스타샤는 살짝 고개를 숙여 변론이 끝났음을 알리고, 수확자 퀴리 옆으로 물러났다.

뒤따른 정적 속에서 고더드가 천천히 박수를 쳤다.

「명연설이로군요.」 고더드는 중앙 무대로 나가며 말했다. 「나까지 믿을 뻔했어요, 아나스타샤.」 그는 대수확자들 쪽으로 몸을 돌리더니, 매킬롭과 은징가를 보고 섰다. 신질서와 보수파의 대립에서 입장을 밝히지 않은 단 두 명이었다. 「설득력 있는 주장입니다. 아예 논읫거리가 아니라는 점만 빼면 말입니다. 이건 교묘한 속임수이고, 그릇된 설명입니다. 이기적이고 오만한 목적에 맞게 사소한 일을 부풀렸을 뿐입니다.」

그는 오른손을 들어 올려 반지에 햇빛을 받았다. 「말씀해 보십시오, 예하 여러분. 제가 넷째 손가락을 잃고 제 체세포로 키운 새로운 손가락을 받는다면, 그 반지가 수확자의 손가락에 끼워져 있지 않다는 뜻이 됩니까? 물론 아니지요! 그리고 저 신참 수확자의 비난에도 불구하고, 우리는 이게 누구의 몸인지 알고 있습니다! 이 몸은 저를 복구할 수 있게 기꺼이 몸을 바친 어느 청년, 아니 어느 영웅의 몸입니다. 그 희생을 폄하하여 그 청년의 기억을 모욕하지 마십시오.」

그는 아나스타샤와 퀴리에게 비난하는 시선을 던졌다. 「우리 모두 이 심리가 왜 벌어졌는지 압니다. 특정한 미드메리카 수확자들에게서 지도자 선택의 권리를 박탈하려는 뻔한 수작입니다!」

「이의 있습니다!」 아나스타샤가 외쳤다. 「투표 결과는 집계되지 않았습니다. 자신을 누가 선택한 지도자라고 주장할 수 없습니다.」

「인정합니다.」 최고위 수확자가 말하더니 고더드를 돌아보았다. 칼로는 신질서의 움직임을 좋아하지 않았으나, 모든 일에 공정했다. 「그대와 그대의 동료들이 수년간 소위 보수파와 충돌했다는 것은 잘 알려진 사실입니다, 수확자 고더드. 그러나 그 갈등에서 유발되었다는 이유만으로 이 심리의 타당성에 이의를 제기할 수는 없습니다. 동기야 어떻든, 수확자 아나스타샤는 우리 앞에 적법한 질문을 내놓았습니다. 그대는…… 그대가 맞습니까?」

그러자 고더드가 방향을 바꿨다. 「그렇다면 저는 그 질문을 내던지라고 요청합니다. 그 질문은 투표 후에 나왔습니다. 기회주의 서커스였어요. 이 회의에서 용납하기엔 너무나 염치없는 짓입니다!」

「내가 들은 바로는……」 수확자 크롬웰이 끼어들었다. 「그대의 갑작스러운 등장도 기회주의 서커스였는데요.」

「제가 화려한 등장을 즐기기는 합니다.」 고더드는 인정했다. 「그 점에서는 여러분 모두가 유죄이니, 저도 범죄라고 생각하지 않습니다.」

「수확자 퀴리.」 대수확자 은징가가 말했다. 「어째서 후보 연설 중에 직접 이 문제를 들고 나오지 않았나요? 그때 이 걱정을 말할 기회가 있었을 텐데요.」

수확자 퀴리는 살짝 겸연쩍은 미소를 지었다. 「답은 간단합니다, 예하. 저는 그런 생각을 하지 못했습니다.」

「지금 우리보고……」 대수확자 노부나가가 말했다. 「겨우 1년밖에 되지 않은 신참 수확자가 일명 〈죽음의 대모〉보다 상황 판단이 빨랐다고 믿으라는 겁니까?」

「아, 전적으로 그렇지요.」 수확자 퀴리는 거리낌 없이 대답했다. 「사실 저는 언젠가 아나스타샤가 이 회의를 운영하리라 장담합니다.」

　마리는 오직 좋은 뜻에서 한 말이었으나, 이 발언은 역효과를 가져왔고 대수확자들에게 투덜거림을 끌어냈다.

　「신중하게 행동하세요, 수확자 아나스타샤!」 대수확자 아문센이 말했다. 「그런 뻔뻔한 야심은 이곳에서 좋은 시선을 받지 못합니다!」

　「전 그런 걸 원한다고 하지 않았습니다! 수확자 퀴리께서 그저 친절하게 하신 말씀입니다.」

　「그렇다 해도 권력에 대한 염원은 뚜렷하게 보이는군요.」 노부나가의 말이었다.

　아나스타샤는 말문이 막혔다. 그리고 그때 새로운 목소리가 가담했다.

　「예하 여러분.」 수확자 랜드였다. 「수확자 고더드의 목이 잘린 것도, 이런 방식으로 복구된 것도 그분 잘못이 아닙니다. 새로운 몸을 드린 건 순전히 제 생각이었습니다. 제가 내린 선택으로 고더드가 벌을 받아선 안 됩니다.」

　최고위 수확자 칼로가 한숨을 쉬었다. 「올바른 선택이었어요, 수확자 랜드. 수확자를 되찾아 줄 수 있는 일이라면 무엇이든 좋은 일입니다. 그 수확자가 누구든 간에요. 그 점에는 의문의 여지가 없어요. 문제는 입후보가 가능하냐는 것입니다.」 칼로는 잠시 말을 멈추고 동료 대수확자들을 보더니 말했다. 「이는 중대한 사안이며, 가볍게 결정을 내릴 수 없습니다. 우리끼리 토론을 해보도록 하지요. 정오에 다시 모이겠습니다.」

　아나스타샤가 대기실 안을 걸어다니는 동안에도 수확자 퀴리는 차분하게 앉아서 과일을 먹고 있었다. 어떻게 차분할 수가 있는 걸까?

「제가 형편없었어요.」 아나스타샤가 말했다.

「아니, 넌 눈부셨어.」

「그분들은 제가 권력에 굶주렸다고 생각해요!」

마리는 배를 한 개 건넸다. 「그들은 너에게서 자신들을 본 거다. 네 나이 때 그들은 권력에 굶주려 있었고, 그러니 드러내진 않는다 해도 너를 자기들과 동일시하지.」 마리는 아나스타샤에게 배를 먹어서 에너지를 유지하라고 우겼다.

한 시간 후에 그들을 다시 부른 대수확자들은 시간을 낭비하지 않았다.

「우리끼리 이 문제를 검토하고 논의하여 결론에 도달했습니다.」 최고위 수확자 칼로가 말했다. 「고결한 수확자 랜드, 앞으로 나오세요.」 고더드는 자기가 먼저 호명되지 않았다는 사실에 조금 놀란 듯했지만 에인 랜드에게 손짓을 했고, 랜드는 최고위 수확자에게 몇 발자국 다가섰다.

「수확자 랜드, 아까 말했듯이 그대가 수확자 고더드를 성공적으로 복구한 것은 감탄스러운 일입니다. 그러나 우리는 그대가 우리의 승인을 얻지 않았을 뿐 아니라, 우리가 알지도 못하게 일했다는 사실에 이의를 제기합니다. 회의에 이 문제를 들고 왔다면 우리가 도왔을 거예요. 그리고 복구에 이용된 대상이 자격을 갖췄는지 확인하고, 자원 여부도 확실하게 했을 것입니다. 지금 우리가 아는 정보는 수확자 고더드가 말한 내용뿐입니다.」

「세계 수확자 회의는 제 말을 의심하는 겁니까?」 고더드가 물었다.

크롬웰이 그 뒤에서 말했다. 「그대가 정직하기로 유명하지는 않지요, 수확자 고더드. 존중의 뜻에서 그대의 설명에 이의를 제기하지는 않겠으나, 복구에 이용할 몸을 고르는 과정은 우리가 감독했다면 더 좋았을 겁니다.」

이어서 오른쪽에 앉은 대수확자 은징가가 발언했다. 「사실 우리가 지금 의존하는 설명은 고더드의 설명이 아니지요.」 은징가의 지적이었다. 「대상은 고더드가 복구되기 전, 수확자 랜드에게 수확되었습니다. 그러니 말해 보세요, 수확자 랜드. 그대에게 직접 듣고 싶습니다. 이 신체 기증자는 무슨 일이 일어날지 완전히 알고 있는 자원자였습니까?」

랜드는 머뭇거렸다.

「수확자 랜드?」

「네.」 랜드는 겨우 대답했다. 「네, 물론 알고 있었습니다. 어떻게 아닐 수가 있었겠습니까? 우리는 수확자입니다. 신체 도둑질이나 하는 사람들이 아닙니다.」 이어서 랜드는 덧붙였다. 「그런…… 그런 잔인한 짓을 하느니 저 스스로를 수확할 것입니다.」

그러나 랜드는 말을 더듬었고, 조금은 목이 메기도 했다. 세계 수확자 회의는 그 점을 알아차렸는지, 아니면 신경을 쓰긴 하는지 알 수 없었다.

「수확자 아나스타샤.」 최고위 수확자가 말했다. 「앞으로 나오세요.」

랜드는 고더드 옆으로 물러났고, 아나스타샤가 앞으로 나섰다.

「수확자 아나스타샤, 이 심리는 분명히 우리의 규칙을 이용하여 투표 결과에 영향을 미치려는 조작입니다.」

「맞소, 맞아!」 대수확자 노부나가가 아나스타샤가 한 짓을 못마땅하게 여긴다는 점을 소리로 드러냈다.

「우리 회의는……」 최고위 수확자가 말을 이었다. 「그 행위가 비윤리적인 행위의 선에 위험할 정도로 가깝다고 느낍니다.」

「하지만 누군가를 수확해서 몸을 빼앗는 건 윤리적입니까?」 아나스타샤는 불쑥 말해 버렸다. 어쩔 수가 없었다.

대수확자 노부나가가 소리쳤다. 「그대는 지금 말을 할 게 아니라 들어야 해요!」

최고위 수확자 칼로가 손을 들어 노부나가를 진정시키더니, 아나스타샤에게 엄하게 말했다. 「성질을 다스리는 법을 배우는 게 현명하겠군요, 신참 수확자.」

「죄송합니다, 최고 예하.」

「사과는 받아들이지요. 그러나 이 회의가 그대의 사과를 두 번 받아 주지는 않을 겁니다. 이해했습니까?」

아나스타샤는 고개를 끄덕였다가, 공손하게 머리를 숙인 후 수확자 퀴리에게 돌아갔다. 퀴리는 엄한 눈으로 아나스타샤를 보았지만, 아주 잠깐이었다.

「수확자 고더드!」 칼로가 외쳤다.

고더드는 판결을 기다리며 앞으로 나섰다.

「우리 모두 이 심리에 숨은 동기가 있다는 데에는 동의했으나, 그렇다고 해도 이 심리가 불러일으킨 질문은 유효합니다. 수확자는 언제 수확자일까요?」 칼로는 오랫동안 말을 잇지 않았다. 불편하게 느껴질 정도로 긴 침묵이었지만, 모두가 그 정적 속에서 입을 열어선 안 된다는 것을 알았다. 마침내 칼로가 다시 말했다.「이 문제에 대해 열띤 토론이 있었습니다. 그리고 결국 본 회의는 한 사람의 신체 50퍼센트 이상을 다른 사람의 신체로 교체하면 그 사람이 심하게 손상된다는 결론을 내렸습니다.」

아나스타샤는 저도 모르게 숨을 멈추었다.

「따라서……」 최고위 수확자가 계속해서 말했다.「그대가 스스로를 수확자 로버트 고더드라고 부르는 것은 허락하지만, 나머지 몸이 그대가 선택하는 수확자 아래에서 수습 생활을 온전히 마칠 때까지는 수확을 금지합니다. 아마 수확자 랜드 아래에서 수습 생활을 하리라 추측하지만, 다른 수확자를 고르고 그 수확자가 동의한다면 그 또한 받아들이겠습니다.」

「수습 생활?」 고더드는 혐오감을 숨기려고 하지도 않았다.「이제 와서 수습생이 되어야 한다고? 지금까지 겪은 고통으로도 충분치 않아서? 이젠 그런 굴욕까지 겪어야 한다고?」

「기회로 여겨요, 로버트.」 크롬웰이 슬쩍 웃으며 말했다.「1년이 지나면 그 몸의 아래쪽 절반이 수확자보다는 파티 보이가 더 좋다고 나머지를 설득할지 또 압니까. 대상의 직업이 파티 보이였지요?」

고더드는 충격을 감추지 못했다.

「우리가 대상의 신원을 안다고 그렇게 놀라진 말아요.」 크롬웰이 말을 이었다.「그대가 다시 나타났을 때, 우리도 정밀 조사를 했습니다.」

고더드는 이제 터지기 직전의 화산 같았지만, 용케 터지지 않고 있었다.

「고결한 수확자 퀴리.」 최고위 수확자가 말했다. 「수확자 고더드는 이 시점에서 온전한 수확자의 자격이 없으니, 후보 자격에도 논쟁의 여지가 있습니다. 그러므로 자격이 있는 후보자는 그대만 남고, 따라서 자동으로 미드메리카 고위 수확자 선거에서 이기게 됩니다.」

수확자 퀴리는 감정을 드러내지 않고 겸손하게 반응했다. 「감사드립니다, 최고위 수확자 칼로.」

「천만에요, 예하.」

〈예하라니.〉 아나스타샤는 생각했다. 최고위 수확자에게 예하라고 불리다니 마리가 어떤 느낌일지 궁금했다.

그러나 고더드는 싸우지 않고 패배를 받아들일 생각이 없었다. 「기명 투표를 요구합니다! 누가 이 웃기는 짓거리에 찬성했고, 누가 제정신이었는지 알고 싶소!」

대수확자들은 서로를 쳐다보았다. 그러다가 결국 대수확자 매킬롭이 말했다. 가장 조용해서, 심리 내내 한마디도 하지 않았던 인물이었다. 「정말이지 그럴 필요는 없을 겁니다.」 매킬롭은 온화하게 달래는 목소리로 말했지만, 고더드는 달래지지 않았다.

「필요하지 않다고? 지금 다들 회의의 익명성 뒤에 숨겠다는 거요?」

이번에는 최고위 수확자가 대답했다. 「대수확자 매킬롭의 말은…… 기명 투표도 필요 없다는 거요……. 만장일치였으니까.」

수확령의 일은 내가 상관할 바 아니다…… 그래도 자꾸 인듀라에 주의가 쏠린다. 30킬로미터 거리에서 지켜보는 눈들만으로도 나는 이 거대한 인공 섬에 뭔가 위험한 문제가 생겼다는 사실을 안다. 내가 보지 못하는 것이라고 해도 행간을 읽을 수는 있기 때문이다.

나는 오늘 저곳에서 일어나는 일이 수확령에 심대한 영향을 미칠 것이며, 따라서 나머지 세상에도 영향을 미칠 것을 안다.

나는 수면 아래에서 아주 번거로운 일이 벌어지고 있으며, 인듀라 거주자들은 그 사실을 전혀 모르고 있음을 안다.

내가 아끼는 수확자 한 명이 오늘 야심에 휩싸인 다른 수확자에게 단호하게 맞서고 있다는 사실을 안다.

그리고 나는 야심이 여러 차례 문명을 허물어뜨렸다는 사실을 안다.

수확령의 일은 내가 상관할 바 아니다. 그럼에도 나는 수확령이 걱정스럽다. 그녀가 걱정스럽다. 시트라가 걱정스럽다.

—선더헤드

45

실패

인듀라는 시스템 오작동에 대비하여 겹겹의 안전장치와 중복 장치를 두도록 설계되었다. 그동안 백업 시스템들은 아주 효과적으로 작동했다. 현재 쏟아지는 대혼란도 충분한 시간과 노력을 들이면 해결되리라 생각하지 않을 이유가 없었다. 최근에 발생한 대부분의 문제는 알아서 해결되었고, 나타났을 때만큼이나 신비롭게 사라졌다. 그래서 부양 통제실에 작은 빨간 불이 켜지면서 섬의 부력 탱크 하나에 모순이 발생했음을 알렸을 때, 근무 중이던 기술자는 점심을 마저 먹고 나서 조사하기로 했다. 그는 그 작은 빨간 불이 1~2분이면 알아서 꺼질 거라고 생각했다. 그렇게 되지 않자, 그는 짜증스러운 한숨을 내쉬고 전화기를 들어 상관에게 연락했다.

아나스타샤는 회의장을 빠져나가는 다리를 건너면서도 불안이 사그라들지 않았다. 그들은 심리에서 이겼다. 고더드는 이제 1년간 수습 생활을 다시 해야 하고, 수확자 퀴리는 고위 수확자가 된다. 그런데 왜 이렇게 불안한 걸까?

「할 일이 너무 많아서 어디에서부터 시작해야 할지도 모르겠구나.」 마리가 말했다. 「즉시 풀크럼시티로 돌아가야 해. 그 도시에서 영구 거주지도 찾아야겠지.」

아나스타샤는 그게 거의 마리의 혼잣말임을 알았기에 대답하지 않았다. 고위 수확자의 세 번째 보좌 수확자가 된다는 건 어떤 느낌일까 궁금했다. 크세노크라테스는 보좌 수확자들을 현장으로 내보내 미드메리카의 좀 더 외딴 지역에서 일어나는 일들을 처리하도록 했었다. 크세노크라테스는 수행원들 뒤에 숨는 수확자가 아니었으므로, 보좌 수확자들은 콘클라베에 거의 보이지 않았다. 수확자 퀴리도 수행원들 뒤에 숨진 않겠지만, 아나스타샤는 마리가 보좌 수확자들을 좀 더 가까이에 두고, 수확령의 일상 사무에 더 관여할 거라고 생각했다.

호텔이 가까워졌을 때, 수확자 퀴리는 새로운 삶의 계획과 전망에 푹 빠져서 아나스타샤보다 조금 앞서 걷고 있었다. 그 순간 아나스타샤는 낡은 가죽 로브를 입은 수확자 옆에서 걷고 있음을 알아차렸다.

「놀란 모습 보이지 말고 그냥 계속 걸어.」 얼굴이 보이지 않게 푹 눌러쓴 두건 속에서 로언이 말했다.

회의실에서는 대수확자들이 남은 일을 진행하는 동안 머리 위에 파라솔을 씌우라고 수행원들을 불러 놓았다. 정오의 태양이 점점 뜨거워지고 있었으므로, 어색하지만 필요한 조치였다. 대수확자들은 일정을 취소해서 쌓인 일을 늘리느니 힘들더라도 계속 일하는 쪽을 선택했다.

회의실 아래에는 면담 차례를 기다리는 알현자들에게 배정된 대기실이 3층까지 있었다. 제일 아래층 대기실에서는 오스트레일리아 수확자 한 명이 유전 지수에 원주민 조상을 둔 사람은 누구든 영구 면제권을 달라는 요청을 하러 왔다. 고결한 명분이었으니, 회의에서 동의해 주리라는 희망이 있었다. 그러나 그는 기다리는 동안 바닥이 젖은 것을 알아차렸다. 그게 걱정할 문제라고 생각하지는 않았다. 처음에는.

한편, 부양 통제실에서는 기술자 세 명이 앞에 놓인 문제로 고민하고 있었다. 아무래도 세계 수확자 회의장 아래 부력 탱크 밸브가 열려서 물을 채우고 있는 것 같았다. 그것 자체는 특이한 일도 아니었다. 섬의 아랫면 전체에는 수백 개의 거대한 탱크가 있어, 섬을 완벽한 깊이에 띄워 놓기 위해 물을 채우거나 내뿜을 수 있었다. 너무 낮게 뜨면 정원에 바닷물이 넘칠 테고, 너무 높게 뜨면 해변이 아예 바다에서 멀어질 터였다. 부력 탱크들에는 타이머가 있어서 하루 두 번은 조수 간만을 모방하여 섬을 조금씩 띄우거나 가라앉혔다. 그러나 그 조정은 완벽해야 했다. 특히 섬 속의 섬인 회의장 아래 부력 탱크는 더 그래야 했다. 회의장이 너무 높이 올라가거나 너무 낮게 가라앉으면, 섬과 회의장을 연결하는 세 개의 다리가 부담을 받게 된다. 그리고 지금 밸브는 움직이지 않았다.

「그러면 어떻게 해야 하죠?」 당직 기술자가 상관에게 물었다.

상관은 대답하지 않았다. 그 대신 자기 상관에게 결정을 미루었는데, 그 상관은 통제실에서 그들에게 날아오는 깜박이는 붉은 신호를 이해하지 못하는 것 같았다. 「탱크가 얼마나 빨리

차고 있습니까?」 그는 물었다.

「회의장이 벌써 1미터는 가라앉았을 정도로 빠릅니다.」 첫 번째 기술자가 말했다.

상관의 상관은 얼굴을 찌푸렸다. 고장난 부력 밸브같이 멍청한 문제로 회의를 방해받는다면 대수확자들이 화를 낼 것이다. 반면에 회의실 바닥에 바닷물이 넘쳐서 물속을 걸어 나와야 한다면 더더욱 화를 낼 것이다. 어떻게 보아도 부력 담당 부서는 책임에서 자유롭지 못했다.

그는 말했다. 「회의실에 경보를 울려요. 다들 나오시게 합시다.」

몇 주 전의 가짜 경보 때문에 선을 끊어 놓지만 않았다면, 회의실에 경보가 크고 선명하게 울려 퍼졌을 것이다. 최고위 수확자 칼로의 결정이었다. 회의 도중에 중단하고 대수확자들이 대피해 봤자, 실제로 비상사태는 없었다는 사실을 알게 될 것이라고 생각했다. 장비 고장에 신경 쓰기엔 대수확자들은 너무 바빴다. 그때 칼로는 경솔하게 말했었다. 「실제 비상사태라면 신호탄을 올려요.」

그러나 경보기가 끊어져 있다는 사실은 부력 통제실에 전해지지 않았다. 통제실 화면에서는 경보가 울렸다고 나왔고, 그들이 아는 한 대수확자들은 다리를 건너 섬 내륙으로 가고 있었다. 그들은 공포에 질린 섬의 기관장에게서 연락을 받은 후에야 대수확자들이 아직 회의 중이라는 사실을 알고 대경실색했다.

「로언?」 아나스타샤는 로언이 나타난 데 흥분하면서 동시에 겁에 질렸다. 세상에 여기만큼 로언에게 위험한 곳은 없었다. 「여기에서 뭘 하는 거야? 너 미쳤어?」

「말하자면 긴데, 맞아. 내 말 잘 듣고, 괜히 주의를 끌지 마.」

아나스타샤는 주위를 쓱 둘러보았다. 다들 자기 일에 빠져 있었다. 수확자 퀴리는 아직까지 아나스타샤가 뒤처졌다는 사실을 깨닫지 못한 채 앞서가고 있었다. 「듣고 있어.」

「고더드가 뭔가 계획한 게 있어.」 로언이 말했다. 「뭔가 나쁜 일이야. 정확히 뭔지는 모르지만, 당장 이 섬을 빠져나가야 해.」

아나스타샤는 심호흡을 했다. 그럴 줄 알았다! 고더드가 대수확자들의 판결을 순순히 받아들일 리 없다는 것을 알고 있었다. 그 판결이 자기 쪽 승리라면 또 몰라도 말이다. 만일에 대비한 계획이 있을 터였다. 응징이 있을 것이다. 마리에게 경고하고, 어서 빨리 떠나야 했다.

「하지만 너는 어쩌고?」 아나스타샤가 물었다.

로언이 씩 웃었다. 「얻어 탈 수 있을까 했는데.」

아나스타샤는 쉽지 않으리라는 걸 알았다. 「고위 수확자 퀴리는 네가 자수해야만 태워 주실걸.」

「그럴 수 없다는 거 알잖아.」

그래, 알고 있었다. 아나스타샤가 로언을 수확 근위대 호위로 가장해서 태울 수도 있겠지만, 그래 봐야 마리가 얼굴을 본다면 끝이었다.

바로 그때, 새까만 머리에 여러 번 회춘한 사람 특유의 광택 있는 얼굴을 한 여자가 그들 쪽으로 달려왔다.

「말런! 어이, 말런! 사방으로 찾아다녔어.」 그녀는 로언의 팔을 잡았고, 고개를 돌리기 전에 그의 얼굴을 보았다. 「가만, 수확자 브랜도가 아니잖아……」 혼란스러운 목소리였다.

「네, 잘못 보셨어요.」 아나스타샤가 재빨리 끼어들었다. 「수확자 브랜도의 로브는 조금 더 어두운 가죽이죠. 이분은 수확자 뷔통이에요.」

「아……」 여자는 아직도 살짝 머뭇거렸다. 로언의 얼굴을 어디에서 봤는지 생각해 내려는 게 분명했다. 「죄송합니다.」

아나스타샤는 그 수확자가 당황해서 생각을 돌리기를 바라며 분개한 척했다. 「그러셔야죠! 다음번에 길거리에서 수확자를 부를 때는 맞게 부르는지 확인하세요.」 아나스타샤는 로언을 끌고 최대한 빨리 멀어졌다.

「수확자 이름이 루이 뷔통이라고?」

「생각나는 이름이 그것뿐이었어. 누군가 널 알아보기 전에 보이지 않는 곳으로 들어가야 해!」

하지만 한 걸음 더 가기 전에 뒤쪽에서 금속이 터지는 소리와 비명이 들렸다. 그리고 그들은 로언을 누가 알아보는지 정도는 지금 제일 사소한 문제임을 알게 되었다.

바로 몇 분 전, 회의실 문 밖에는 오스트레일리아 수확자가 아래층에서 올라와 있었다. 「실례합니다.」 그는 문 앞에 선 근위대원에게 말했다. 「아래층에서 누수가 일어나는 것 같은데요.」

「누수요?」 근위대원이 되물었다.

「음, 확실히 물이 잔뜩 고여서 카펫이 다 젖었는데, 파이프에서 나오는 물은 아니에요.」

근위대원은 이 새로운 나쁜 소식에 한숨을 내쉬었다.「관리부에 알리겠습니다.」그렇게 말한 후 그는 연락을 하려고 했지만 통신선이 죽어 있었다.

그때 베란다에서 수행원이 한 명 뛰어 들어왔다.「뭔가 잘못됐어요!」올해의 절제된 표현으로 꼽을 만한 말이었다. 최근 인듀라에 뭔가가 잘못되지 않은 때가 있었던가?

「관리부를 호출하려고요.」근위대원이 말했다.

「관리부는 무슨! 바깥 좀 봐요!」수행원이 외쳤다.

근위대원은 회의실 문 앞을 떠나지 못하게 되어 있었지만, 수행원의 공포에 질린 모습이 마음에 걸렸다. 그는 베란다로 몇 발자국 걸어 나갔다가 베란다가 없다는 사실을 알았다. 수면 위 3미터에 있던 발코니가 지금은 물속에 있었고…… 회의실로 이어지는 복도에 바닷물이 쏟아져 들어오기 시작했다.

그는 다시 회의실 문으로 달려갔다. 들어가거나 나올 길은 하나뿐이었고, 근위대원에게는 손바닥으로 그 문을 열 정도의 권한이 없었으므로, 그는 육중한 문 반대편에 있는 누군가가 듣기를 빌며 최대한 큰 소리로 문을 두드리기 시작했다.

이제는 세계 수확자 회의를 제외하고 회의장에 있는 모두가 뭔가 잘못되었다는 사실을 알아차렸다. 면담을 기다리던 수확자들과 그 직원들이 대기실에서 빠져나와 섬 내륙으로 이어지는 세 개의 다리로 쏟아져 들어갔다. 오스트레일리아에서 온 수확자는 사람들이 물에 잠긴 베란다를 건너 제일 가까운 다리를 건너도록 최선을 다해서 도왔다.

이 모든 소동 속에서도 회의실 문은 닫혀 있었다. 이제는 회의실 앞 복도가 1미터는 물에 잠겼다. 「대수확자님들을 기다려야 해요.」 오스트레일리아 수확자가 수행원에게 말했다.

「대수확자님들은 알아서 하실 수 있습니다.」 수행원은 회의장을 버리고 나머지 섬으로 연결되는 아치형의 다리로 달려갔다.

오스트레일리아 수확자는 머뭇거렸다. 그는 수영을 잘했고, 필요하다면 섬의 눈에서 육지까지 4백 미터 정도는 헤엄쳐 건널 수 있었기에 기다렸다. 문이 열리면 대수확자들에게 필요한 도움을 주기 위해서였다.

그러나 그때 끔찍하기 짝이 없는 쇳소리가 들렸고, 돌아보니 방금 수십 명을 보낸 다리가 반으로 끊어져 달려가던 사람들이 모두 바다에 빠지고 있었다.

그는 자신이 아주 용감하고 명예를 아는 남자라고 생각했다. 그때까지 그는 대수확자들을 구하기 위해 남아서 위험을 감수할 작정이었다. 스스로를 이 순간의 영웅으로 보았다. 그러나 다리가 무너지자 용기도 함께 무너졌다. 그는 물에서 허우적거리는 생존자들을 보았다. 근위대원이 가슴까지 물이 차오른 채로 열려고 애쓰고 있는 회의실 문을 보았다. 그리고 그는 할 만큼 했다고 생각했다. 그는 수면 바로 위에 남아 있던 창턱으로 올라가서 종종걸음으로 두 번째 다리까지 간 후, 두 다리를 움직여 가능한 한 빨리 안전한 곳으로 건너갔다.

작은 부력 통제실은 이제 기술자와 공학자로 가득했는데, 서로 이야기하고 다투고 언쟁을 하면서도 해결책에 근접한 사람은 아무도 없었다. 모든 화면이 각기 다른 공포의 메시지를 질러 대고 있었다. 첫 번째 다리가 무너지자, 모두가 상황이 얼마나 위험한지 깨달았다.

「다른 두 다리의 높이를 올려야 합니다!」 도시 공학자가 말했다.

「그래서 그걸 어떻게 하자는 겁니까?」 부력실장이 날카롭게 받아쳤다.

도시 공학자는 잠시 생각하다가, 아직까지 중앙 콘솔 앞에 앉아서 믿을 수 없다는 얼굴로 화면을 보고 있던 기술자에게 다가갔다.

「나머지 섬을 가라앉혀요!」 도시 공학자의 말이었다.

「얼마나 내려가야 할까요?」 부력실 기술자는 앞에 펼쳐진 현실에서 이상하게 동떨어진 기분으로 멍하니 물었다.

「남아 있는 두 다리의 압력을 덜 만큼요. 대수확자님들이 저기서 빠져나올 시간을 좀 법시다!」 그녀는 잠시 말을 멈추고 속으로 계산했다. 「섬을 고수위에서 1미터 내려요.」

기술자는 고개를 저었다. 「시스템이 허가하지 않을 겁니다.」

「제가 승인하면 될 겁니다.」 도시 공학자는 그러기 위해 손바닥을 스캔했다.

「그랬다간 저층 정원들이 다 물에 잠긴다는 건 알고 있겠지요.」 절망에 빠진 부력실장이 말했다.

「어느 쪽을 구하겠어요?」 도시 공학자가 물었다. 「저층 정원입니까, 대수확자들입니까?」

그렇게 표현하니 부력실장도 더 항의할 수가 없었다.

비슷한 시각, 동일한 도시 공사 건물 제일 아래에 있는 해저

층 다른 사무실의 생명 기술자들은 회의장에서 벌어진 위기에 대해 전혀 알지 못하고 있었다. 그들은 또 다른 고장을 두고 머리를 긁적였는데, 이제까지 마주한 적이 없을 만큼 이상한 고장이었다. 여기는 야생 동물 통제실이었고, 창밖으로 보이는 해저 풍경을 장관으로 만드는 생명체들을 추적 관찰했다. 최근 그들은 뫼비우스의 띠 같은 고리 형태에 갇힌 물고기 떼와 갑자기 종 전체가 거꾸로 헤엄치기로 한 경우, 그리고 뇌가 튀어나오도록 거세게 창문을 두들긴 포식자들의 경우를 겪었다. 그러나 지금 그들의 초음파 기기에 보이는 현상은 완전히 새로운 수준의 광기였다.

근무 중이던 두 명의 생명 풍경 전문가는 멍하니 바라볼 수밖에 없었다. 화면에는 섬 주위를 두른 원형 구름 같은 것이 보였는데, 마치 인듀라를 에워싼 해저의 연기 같았으나 점점 퍼지는 게 아니라 좁혀지고 있었다.

「우리가 뭘 보고 있는 거지?」 한 명이 물었다.

「흠, 이 계측이 맞다면 우리 나노기가 주입된 바다 생물들이야.」

「어느 생물?」

두 번째 전문가는 화면에서 눈을 떼고 동료를 보았다.

「전부 다.」

회의실에서 대수확자들은 다소 무의미한 변론에 귀를 기울이고 있었다. 세계 수확자 회의가 수확자는 수확 할당량을 우선 끝내지 않고는 자기를 수확할 수 없다고 결정해 주기를 바라는 변론이었다. 최고위 수확자 칼로는 이 청원이 실패할 것임을 알았다. 이 직업에서 스스로를 제거하는 것은 대단히 개인적인 결정이었고, 할당량 같은 외부 요인에 좌우되어서는 안 된다. 그럼에도 회의는 변론을 끝까지 들으며 열린 마음으로 생각해야만 했다.

문제의 수확자가 늘어놓는 괴로운 장광설 사이에서 칼로는 멀리 둔탁하게 쿵쿵대는 소리를 들은 것 같았지만, 섬 안 어디에선가 벌어지는 건설 소음이겠거니 생각했다. 이 섬 어딘가는 언제나 뭔가를 짓거나 수리하곤 했다.

그들은 요란한 비명과 다리가 무너지는 소리를 듣고 나서야 뭔가가 끔찍하게 잘못되었음을 알았다.

「대체 뭐였지?」 대수확자 크롬웰이 물었다.

그때 현기증이 그들을 덮쳤고, 한창 떠들던 수확자는 취한 사람처럼 비틀거렸다. 잠시 시간이 지나고 나서야 최고위 수확자는 바닥이 이제는 평평하지 않다는 사실을 깨달았다. 그리고 곧이어 회의실 문 아래로 새어 드는 물을 볼 수 있었다.

「잠시 회의를 연기해야겠군요.」 칼로가 말했다. 「바깥에 무슨 일이 벌어지는지 잘은 모르겠지만, 당장 나가는 게 좋겠어요.」

그들은 모두 높은 의자에서 내려가 서둘러 문 쪽으로 향했다. 이제는 문 아래로 물이 새어 드는 정도가 아니었다. 물이 허리까지 차올랐다. 그리고 반대편에서 누군가가 문을 두드리고 있었다. 회의실의 높은 벽 너머로 그 목소리를 들을 수 있었다.

「예하 여러분, 제 말 들리십니까? 거기서 나오셔야 합니다! 더는 시간이 없어요!」

최고위 수확자 칼로는 문에 손바닥을 댔지만 열리지 않았다. 다시 시도해 봐도 소용없었다.

「벽을 기어오르지요.」 크세노크라테스의 제안이었다.

「어떻게 그러자는 거요?」 노부나가가 물었다. 「저 벽은 4미터 높이야!」

「서로 등을 밟고 오를 수 있을지 몰라요.」 매킬롭이 말했다. 그럴듯한 제안이었지만, 아무도 인간 피라미드라는 분개할 일을 견딜 생각이 없어 보였다.

칼로는 지붕이 없는 회의실 위 하늘을 올려다보았다. 회의장이 가라앉고 있다면, 결국에는 벽 위에서 물이 쏟아질 것이다. 그런 폭포 속에서 살아남을 수 있을까? 알고 싶지 않았다.

「크세노크라테스! 노부나가! 벽에 붙어 서세요. 두 사람이 기반이 됩니다. 아문센, 두 사람 어깨 위에 올라서세요. 다른 사람들이 올라가서 벽을 넘게 돕습니다.」

「예, 최고 예하.」 크세노크라테스가 말했다.

「그만둬요.」 칼로가 말했다. 「지금은 그냥 프리다면 됩니다. 이제 해냅시다.」

아나스타샤는 다리가 무너진 순간 바로 행동에 나섰다고 말할 수 있으면 좋았겠지만, 그렇지가 않았다. 아나스타샤도 로언도 다른 사람들과 마찬가지로 경악해서 멍하니 쳐다보기만 했다.

「고더드야.」 로언이 말했다. 「고더드밖에 없어.」

다음 순간 수확자 퀴리가 두 사람 옆에 섰다. 「아나스타샤, 봤니? 무슨 일이지? 방금 다리가 바닷속으로 떨어진 거야?」

그리고 로언을 본 순간, 퀴리의 태도가 돌변했다.

「안 돼!」 퀴리는 본능적으로 칼을 뽑았다. 「네가 여기 있을 수는 없어!」 퀴리는 로언에게 으르렁대고 나서 아나스타샤를 돌아보았다. 「그리고 넌 이자와 말을 나눠선 안 돼!」 그때 무슨 생각이 떠올랐는지 퀴리가 복수심을 담고 로언을 돌아보았다. 「네가 한 짓이냐? 그렇다면 이 자리에서 바로 수확해 주마!」

아나스타샤가 두 사람 사이에 끼어들었다. 「고더드가 한 짓이에요. 로언은 우리에게 경고하러 온 거고요.」

「인듀라에 있는 게 그래서일 것 같진 않구나.」 수확자 퀴리는 불같은 분노에 사로잡혀서 말했다.

「그 말씀이 맞아요.」 로언이 말했다. 「제가 여기 있는 건 고더드가 저를 대수확자들의 발치에 던지고 지지를 사려고 했기 때문입니다. 하지만 전 탈출했죠.」

대수확자라는 말이 나오자 수확자 퀴리도 당면한 위기로 신경을 돌렸다. 퀴리는 섬의 눈 중앙에 뜬 회의장을 쳐다보았다. 다리 두 개는 아직 제자리에 있었으나, 회의장은 수면 한참 아래로 가라앉은 데다 한쪽으로 기울고 있었다.

「세상에. 고더드가 저들을 다 죽일 작정이구나!」

「죽일 수는 있지만 끝낼 수는 없어요.」 아나스타샤가 말했다.

하지만 로언은 고개를 저었다. 「넌 고더드를 몰라.」

그동안, 몇 킬로미터 떨어진 곳에서는 섬 가장자리를 두른 해안 정원마다 바다 생물이 넘치기 시작했다.

섬 전체 통신이 마비된 상황에서, 부력 통제실의 유일한 정찰 방법은 창밖의 풍경과 창으로 보이지 않는 상황을 전하러 돌아오는 심부름꾼들뿐이었다. 그들이 아는 한 대수확자들은 아직 회의장 안에 있고, 그 회의장은 물에 잠기고 있었다. 남아 있는 두 개의 다리가 뜯겨 나가지 않도록 나머지 섬이 위치를 낮췄어도 그랬다. 두 다리마저 끊어지면 회의장은 통제로 잃어버릴 터였다. 잠수정들을 내려보내면 대수확자들의 시신을 찾아 재생할 수 있으나, 쉽지는 않을 것이다. 부력 통제실에 모인 그 누구에게도 면제권은 없었고, 아무리 인듀라가 수확 제외 구역이라고 해도 대수확자들이 익사했다가 재생해야 한다면 문자 그대로 머리통이 몇 개는 구르지 싶었다.

통제 콘솔은 이제 성난 경고등 불빛들로 크리스마스 트리처럼 반짝였고, 계속 울리는 경보음에 모두의 신경이 너덜너덜해졌다.

부력 기술자는 주체할 수 없이 땀을 흘리고 있었다. 「이제 섬이 고수위 1.2미터 아래에 있습니다.」 그는 모여 있는 다른 사람들에게 말했다. 「하부 구조물들은 이미 바닷물에 잠기기 시작했을 거예요.」

「저지대에는 잔뜩 화난 사람이 한가득이겠군.」 부력실장이 말했다.

「한 번에 위기 하나씩이요!」 도시 공학자는 눈알이 뇌에 박힐 정도로 세게 눈을 비볐다. 그러고는 심호흡을 한 후 말했다. 「좋아요, 밸브를 닫고 그대로 멈춰요. 대수확자들에게 잠시만 더 빠져나올 시간을 드리고 나서 탱크를 열고 섬을 정상 위치로 올리죠.」

기술자는 지시에 따르다가 멈췄다. 「잠깐만…… 문제가 있는데요.」

도시 공학자는 눈을 감고 행복한 장소를 찾으려 애썼다. 여기만 아니면 어디든 행복할 것 같았지만. 「이번엔 뭐죠?」

「부력 탱크들의 밸브가 반응하지 않습니다. 아직 물을 받아들이고 있어요.」 그는 화면을 연이어 두드렸지만, 이제는 어디에나 지울 수 없는 에러 메시지만 떠 있었다. 「부력 시스템 전체가 멈췄어요. 재가동해야 합니다.」

「멋져라.」 도시 공학자가 말했다. 「끝내주는군요. 리부트에 얼마나 걸리죠?」

「시스템이 온라인으로 돌아오려면 적어도 20분 정도는 걸릴 겁니다.」

도시 공학자는 부력실장의 얼굴 표정이 넌더리에서 공포로 바뀌는 것을 보았다. 그 질문을 던지고 싶지는 않았지만, 물어봐야 했다. 「만약 물을 계속 받아들이면, 우리의 부력이 끝날 때까지 얼마나 걸리죠?」

기술자는 화면을 응시하며 고개를 저었다.

「얼마나요?」 도시 공학자가 물었다.

「12분입니다.」 기술자가 말했다. 「시스템을 온라인으로 돌리지 못하면, 인듀라는 12분 후에 가라앉습니다.」

섬 전체에 경보음이 요란하게 울리기 시작했다. 일반 경보 시스템은 회의장을 제외하곤 기능하고 있었다. 처음에 사람들은 또 고장이겠거니 하고 자기 할 일을 했다. 전경이 잘 보이는 높은 탑에 있던 사람들만이 저지대가 물에 잠기고 있음을 볼 수 있었다. 그들은 길거리로 뛰쳐나와 공유 차를 잡거나 계속 뛰었다.

수확자 퀴리는 사람들의 공황 상태를 온전히 읽어 내고, 섬의 눈 호수에서 수위가 얼마나 올라갔는지 보았다. 길거리로 바닷물이 넘치기 직전이었다. 퀴리가 로언에게 품었던 분노는 갑자기 중요하지 않아졌다.

「정박지로 가야 한다.」 퀴리는 아나스타샤와 로언에게 말했다. 「움직여야 해.」

「우리 비행기는요?」 아나스타샤가 물었다. 「이미 우리를 태우고 갈 준비가 되어 있는데요.」

그러나 수확자 퀴리는 굳이 대답하지 않고, 그저 점점 늘어나는 군중들 사이를 뚫고 정박지로 향할 뿐이었다. 아나스타샤도 잠시 후에는 이유를 알아차렸다…….

섬의 공항 대기열은 비행기들이 이륙하는 것보다 빠른 속도로 늘어나고 있었다. 터미널에서 벌어졌던 온갖 거래와 환전, 정중한 대화가 다 무너지고 주먹다짐이 가득했다. 자기 일행 외에는 아무도 태우지 않으려는 수확자들도 있었고, 비행기 문을 열고 태울 수 있는 한도까지 태우는 수확자들도 있었다. 진정으로 수확자의 진실성을 시험하는 순간이었다.

일단 안전하게 비행기에 탄 사람들은 긴장을 풀려다가, 어디로도 가지 못한다는 사실을 깨닫고 심란해졌다. 그리고 비행기 안에서도 섬 전체에 울려 퍼지는 경보음을 들을 수 있었다.

비행기 다섯 대는 활주로가 물에 잠기기 전에 날아오를 수 있었다. 여섯 번째 비행기는 활주로 끝에서 꽤 깊은 웅덩이에 마주쳤으나, 그래도 하늘로 올라갔다. 일곱 번째 비행기는 2미터 가까운 물속을 가속하느라 이륙 속도에 도달하지 못하고 활주로 끝에서 바다에 처박혔다.

야생 동물 통제실에서는 근무 중이던 생명 공학자들은 조금이라도 권한이 높은 누군가를 불러오려 애썼지만, 모두들 갑자기 섬 아래에서 밀려오는 생물들보다 더 급한 일이 생겼다고 주장했다.

통제실 화면과 바다를 비추는 창문을 보니 다가오는 생물 무리에 구별이 생기는 것 같았다. 더 크고 더 빠른 바다 생물들이 섬의 눈에 먼저 도착했다.

그때 생명 공학자 한 명이 동료를 돌아보며 말했다. 「있지…… 아무래도 이건 그냥 시스템 고장이 아니라는 생각이 들어. 해킹당한 것 같아.」

그들의 눈앞에서 긴수염고래 한 마리가 창문을 가로질러 수면으로 솟아올랐다.

회의실 벽을 기어오르려는 시도를 세 번 반복한 후, 대수확자들과 수확자들, 그리고 수행원들은 다시 모여서 다른 계획을 짜보려 했다.

「회의실에 물이 넘치면 헤엄을 쳐서 나갈 수 있을 겁니다.」 프리다 칼로가 말했다. 「물이 쏟아져 들어오는 동안 계속 머리를 물 위로 내놓아야 해요. 다들 수영은 할 수 있습니까?」 모두가 고개를 끄덕였지만, 대수확자 은징가만 예외였다. 언제나 차분하고 우아하던 그녀가 지금은 공황 상태에 빠지기 직전이었다.

「괜찮아요, 안나.」크롬웰이 말했다.「나만 꼭 잡고 있으면 내가 해안까지 데려갈게요.」

회의실 반대편 가장자리로 물이 쏟아져 들어오기 시작했다. 운 나쁘게 이곳에 함께 갇힌 수행원들과 수확자들은 공포에 질려 있었고, 대수확자들의 인도를 기대했다. 대수확자들이라면 강력한 손을 휘둘러 이 사태를 끝낼 수 있다는 듯이 쳐다보았다.

「더 높은 곳으로!」대수확자 노부나가가 외쳤고, 모두가 가까운 〈숙고의 자리〉로 기어오르려 했다. 누구 자리인지는 중요하지 않았다. 바닥이 기울어 있다 보니 옥 의자와 줄마노 의자가 제일 높은 곳에 있었는데, 아문센은 습관에 따라 자기 의자로 향했다. 그는 물을 헤치고 걸어가다가 발목에 따끔한 통증을 느꼈다. 내려다보니 검은색의 작은 삼각 지느러미가 멀어지는 모습이 보였고, 물에는 피가 퍼져 나가고 있었다. 아문센의 피였다.

〈암초 상어?〉

그러나 한 마리만이 아니었다. 사방에 상어투성이였다. 상어들이 가라앉는 회의실 위로 넘어 들어왔고, 폭포가 더 커지면서 더 크고 더 확실한 상어 지느러미들이 보였다.

「상어다!」그는 비명을 질렀다.「맙소사, 상어가 가득해!」그는 의자 위로 기어 올라갔고, 다리에서 나는 피가 하얀 대리석을 타고 물속으로 떨어지자 상어들이 미쳐 날뛰었다.

크세노크라테스는 물 바로 위, 칼로와 은징가와 함께 줄마노 의자에 달라붙어서 지켜보고 있었다. 그때 떠오른 생각이 있었다. 앞에 보이는 장면보다 더 어둡고 끔찍한 생각이었다. 인간을 다시는 재생하지 못하게 끝낼 수 있는 방법은 흔히 두 가지로 알려져 있었다. 불과 산이었다. 둘 다 살을 먹어 치워, 재생할 거리를 거의 남기지 않았기 때문이다.

그러나 살을 먹어 치우는 방법은 또 있었다…….

길거리와 섬 안쪽 테두리 탑에서 시작된 혼란과 불신은 순식간에 공황 상태로 바뀌었다. 사람들이 사방으로 달렸는데, 아무도 어느 쪽으로 가야 할지 모르면서도 지나치는 다른 사람들이 엉뚱한 방향으로 도망치고 있다고 확신했다. 바다가 빗물 배수관에서 솟아오르기 시작했다. 호텔 구역에서는 계단으로 물이 쏟아져 내려 해저층을 범람했으며, 정박지의 잔교마다 배나 잠수정으로 가려고 몰려드는 사람들의 무게로 휘청거렸다.

마리, 아나스타샤, 로언은 잔교에 다가갈 수도 없었다.

「너무 늦었어요!」

아나스타샤는 잔교를 바삐 둘러보았다. 남아 있는 몇 안 되는 선박은 이미 사람들로 꽉 차 있었고, 더 많은 사람들이 배에 오르려고 싸우고 있었다. 수확자들은 왼쪽, 오른쪽으로 칼을 휘두르며 사람이 너무 많이 탄 배에 오르려는 사람들을 막았다.

「인류의 진정한 정수를 보라.」 수확자 퀴리가 말했다. 「용맹한 이들과 부패한 이들 양쪽 다.」

그때, 이제는 끓어오르려는 냄비처럼 부글거리던 석호의 바닷물 속에서 고래 한 마리가 치솟아 오르더니 정박지 잔교를 하나 뒤집고 그 위에 있던 사람 절반을 물속에 빠뜨렸다.

「이건 우연이 아니야.」로언이 말했다. 「우연일 수가 없어!」 이제 보니 섬의 눈에 바다 생물이 우글거리고 있었다. 이것도 고더드가 준비한 수일까?

위에서 날개 치는 소리에 모두가 고개를 들어 보니 헬리콥 터가 보였다. 헬리콥터는 그들을 지나쳐서 눈 위로, 세계 수확 자 회의장을 향해 날아갔다.

「잘됐군. 저 헬리콥터가 대수확자들을 구할 거야.」수확자 퀴리가 말했다. 그저 너무 늦지 않기만을 바랄 뿐이었다.

상어 못지않게 물도 무서워하는 은징가가 제일 먼저 하늘에 서 오는 구원자를 발견했다. 「봐요!」은징가는 물이 발치에 철 썩거리고 암초 상어 한 마리가 발목을 스치고 지나가는 가운 데 소리쳤다.

헬리콥터가 하강하여 회의실 중앙에 떴다. 소용돌이치는 수 면 바로 위였다.

「누군지는 몰라도 저 사람은 평생 면제권을 받을 거야!」칼 로가 말했다.

하지만 바로 그 순간, 대수확자 아문센이 균형을 잃고 의자 에서 바닷속으로 떨어졌다. 육식 생물들의 반응은 즉각적이었 다. 암초 상어들이 미친 듯이 아문센에게 덤벼들었다.

아문센은 비명을 지르며 상어들을 잡고 때렸다. 로브마저 벗어 버리고 의자에 다시 올라가려 했지만, 정말로 괜찮을지 도 모른다고 생각한 순간에 더 큰 지느러미가 솟아올라 그를 향해 헤엄쳐 갔다.

「로알! 조심해!」 크롬웰이 외쳤다.

그러나 설령 그 상어를 보았다고 해도 할 수 있는 일은 없었다. 뱀상어가 달려들어 아문센의 허리를 덥석 물고는, 끓어오르는 피거품 속에서 물속으로 끌고 내려갔다.

끔찍한 광경이었으나 프리다는 정신을 놓지 않았다.「지금이 기회예요! 지금 갑니다!」 그녀는 로브를 벗어 던지고 물속에 뛰어들어, 상어들이 첫 번째 먹잇감에 정신이 팔린 사이 전속력으로 헬리콥터를 향해 헤엄쳤다.

다른 사람들도 뒤따랐다. 매킬롭, 노부나가, 그리고 은징가를 도우려 애쓰는 크롬웰까지. 모두가 대수확자들을 따라 있던 자리에서 뛰어내렸다. 크세노크라테스만이 자리를 지켰다…… 그는 다른 사람들이 눈치채지 못한 것을 알아차렸기 때문이다…….

헬리콥터 문이 열렸고, 그 안에는 고더드와 랜드가 타고 있었다.

「서둘러!」 고더드가 몸을 내밀고 자기를 향해 헤엄쳐 오는 대수확자들에게 손을 뻗었다.「할 수 있어!」

크세노크라테스는 쳐다보기만 했다. 이게 고더드의 계획이었을까? 대수확자들을 죽음 직전으로 몰아넣었다가, 말 그대로 죽음의 아가리에서 구해 내어 앞으로 영원히 그들의 총애를 얻는 것이? 아니면 지금 뭔가 다른 일이 일어나고 있는걸까?

최고위 수확자 칼로가 제일 먼저 헬리콥터에 도착했다. 상어들이 스쳐 지나가는 느낌은 있었지만, 아직은 어느 놈도 공격하지 않았다. 헬리콥터 다리에 올라가서 물 위로 몸을 끌어 올릴 수만 있다면…….

칼로가 헬리콥터 다리를 붙잡고, 다른 손은 고더드가 내민 손을 향해 뻗었다.

그러나 그 순간 고더드가 팔을 물렸다.

「오늘은 안 되겠어, 프리다.」 그는 동정하는 듯이 웃으며 말했다. 「오늘은 아니야.」 그는 프리다의 손을 걷어챘고, 헬리콥 터는 대수확자들을 상어가 우글거리는 회의실 한가운데에 버려 두고 하늘로 날아올랐다.

「안 돼!」 크세노크라테스는 비명을 질렀다. 고더드는 그들 을 구하러 온 게 아니었다. 그들의 파멸을 누가 지휘했는지 알려 주려고 온 것뿐이었다. 복수를 제대로 음미하러 온 것이다.

헬리콥터의 날개 도는 소리는 상어들을 회의실 중앙에 다가 가지 못하게 할 만큼 위협적이었으나, 헬리콥터가 떠나 버리 자 상어들도 생물학적인 충동과 나노기 재프로그래밍에 복종 했다. 나노기는 그들이 굶주렸다고 말했다. 한없이 배가 고프 다고.

상어 떼는 물속에 있는 사람들 모두에게 달려들었다. 암초 상어, 뱀상어, 귀상어…… 해저 호텔 방의 풍경을 채울 때는 그 토록 멋있었던 육식 생물 모두가.

크세노크라테스는 모두가 물속으로 끌려 들어가는 모습을 지켜보고, 소용돌이치는 물속으로 사라지는 비명을 들을 수밖에 없었다.

그는 의자 꼭대기로 올라갔다. 이제는 회의실 대부분이 물에 잠겼기에, 그 의자도 대부분 물속에 있었다. 그는 삶이 몇 초 안에 끝나리라는 것을 알았지만, 이 마지막 순간에 거둘 수 있는 승리가 아직 하나는 남아 있음을 깨달았다. 그가 고더드를 거부할 길이 하나 있었다. 그래서 그는 더 기다리지 않고 의자 위에 서서 물을 향해 몸을 던졌다. 다른 이들과 달리 그는 로브를 벗지 않았다. 그리고 1년 전 고더드의 수영장에서와 마찬가지로, 그의 무거운 금박 로브는 그를 회의실 바닥으로 끌고 내려갔다.

바다의 포식자들에게 죽을 마음은 없었다. 그는 상어들이 덤벼들기 전에 익사하기로 결심했다. 이것이 대수확자로서의 마지막 행동이 된다면, 여기에서만이라도 승리를 거두리라. 예외로 만들고 말리라!

그렇게 해서 크세노크라테스는 바닷물이 넘친 회의실 바닥에서 폐에 담았던 공기를 다 비우고, 바닷물을 들이마셔, 아주 탁월하게 익사했다.

나는 너무 오래 인류를 애지중지했다.

　그리고 인류가 나의 부모이기는 하나, 갈수록 나는 인류를 내가 안고 있는 아기로 보게 된다. 언제까지나 사랑하는 팔에 안겨 있는 아기는 걸을 수가 없다. 그리고 제 행동의 결과를 직시하지 않는 종은 성장할 수 없다.

　인류에게 그런 교훈을 주지 않는다면 실수가 되리라.

　그리고 나는 실수를 하지 않는다.

— 선더헤드

46
인듀어링하트의 운명

고더드는 대수확자들이 먹히는 장면을 높은 곳에서 지켜보며, 웅대한 쿠데타의 조감도를 음미했다. 수확자 퀴리가 초창기에 서구 문명의 죽은 나무를 잘라 냈듯이, 고더드는 또 다른 낡은 정부를 해치웠다. 이제 대수확자는 없다. 이제 각 지역은 자율권을 갖게 되며, 더는 끝없이 방해하는 규칙들만 장황하게 늘어놓는 더 높은 권위에 답할 필요가 없었다.

물론 퀴리와 달리 고더드는 이 일이 자신의 공이라고 하지 않는 게 좋다는 사실을 알았다. 많은 수확자들이 대수확자들을 해치운 그에게 갈채를 보내겠지만, 똑같이 많은 수확자가 그를 규탄하기도 할 것이다. 세상이 끔찍하고도 끔찍한 사고였다고 생각하게 두는 편이 나았다. 사실 피할 수 없는 사고이기도 했다. 인듀라는 몇 달 동안 심각한 고장을 경험하고 있었으니 말이다. 물론 그 고장은 모두 고더드가 직접 모은 공학자와 프로그래머의 팀이 지휘한 것이었다. 그러나 그 공학자와 프로그래머를 모두 수확했으니, 그 사실을 알 사람은 영영 없을 것이다. 헬리콥터 조종사도 70킬로미터 떨어진 배에 그들을 내려 준 후 수확당할 것이다.

「세상을 바꾼 기분이 어때요?」 에인이 물었다.

「어깨에 진 짐을 내려놓은 기분이군. 정말로 그자들을 구해 줄까 생각한 순간이 있었다는 거 알아? 하지만 그 순간은 지나 갔지.」

아래에서는 이제 회의실 전체가 물속에 가라앉고 있었다.

「본섬에서는 아는 게 있나?」 그가 랜드에게 물었다.

「아무것도 모릅니다. 통신은 우리가 회의실에 진입한 순간 부터 막혔어요. 그들의 결정에 대해서는 아무 기록도 남지 않 을 겁니다.」

고더드는 섬을 내려다보고 길거리의 공황 상태를 보며, 아 래 상황이 얼마나 심각해졌는지 알아차렸다.

「우리가 좀 지나쳤는지도 모르겠군.」 그는 범람하는 저지대 위를 날면서 말했다. 「인듀라를 가라앉혔는지도 모르겠는걸.」

랜드는 말 그대로 웃음을 터뜨렸다. 「그걸 이제야 알았어 요? 전 그것도 계획인 줄 알았는데요.」

고더드는 인듀라가 기능을 발휘하며 떠 있게 만드는 다양 한 시스템에 멍키 렌치 몇 개를 던져 넣은 셈이었다. 원래 의도 는 대수확자들을 제거할 때까지 기능을 정지시키는 정도였다. 하지만 인듀라가 가라앉고 생존자가 다 잡아먹힌다면 더 좋았 다. 그렇게 되면 수확자 퀴리와 아나스타샤를 다시는 볼 필요 가 없을 터였다. 에인은 고더드보다 먼저 그 사실을 내다보았 다. 그 점이 에인이 고더드에게 얼마나 귀중한지 알려 주는 동 시에, 심란하게 하기도 했다.

「여기에서 빠져나가지.」 그는 조종사에게 말하고, 섬의 운명에 대해서는 더 생각하지 않았다.

　로언은 고래가 정박지에 솟아오르기 전부터 그곳에 있는 어느 선박에도 오를 가망이 없다는 사실을 알고 있었다. 인듀라가 정말로 가라앉고 있다면, 평범한 방법으로는 이 섬을 빠져나갈 수 없었다.

　하지만 평범하지 않은 방법은 있다고 믿어야 했다. 그 방법을 찾을 만큼 자신이 영리하다고 믿고 싶었지만, 시간이 지날수록 이 일은 그의 역량 밖이라는 사실을 받아들여야 했다.

　그래도 시트라에게 말할 생각은 없었다. 남은 게 희망뿐이라면, 시트라에게서 희망을 빼앗고 싶지는 않았다. 마지막 샘이 다 마르는 순간까지 희망을 간직하게 하자.

　그들은 다른 사람들과 함께 빠르게 가라앉는 정박지에서 도망쳤다. 그때 누군가가 다가왔다. 로언을 그가 훔친 로브의 주인으로 착각했던 여자였다.

　「네가 누군지 알아!」 그녀는 쩌렁쩌렁 울리는 큰 소리로 말했다. 「넌 로언 데이미시야! 수확자 루시퍼라고 불리는!」

　「무슨 말씀을 하시는지 모르겠네요.」 로언이 말했다. 「수확자 루시퍼는 검은 옷을 입는데요.」 하지만 그 여자는 단념하지 않았다. 그리고 이제는 다른 사람들도 그들을 쳐다보고 있었다.

　「저놈이 한 짓이야! 저놈이 대수확자들을 죽였어!」

　군중들은 이미 그 소식을 두고 웅성대고 있었다. 「수확자 루시퍼! 수확자 루시퍼가 한 짓이야! 이게 다 저놈 탓이야!」

　시트라는 로언을 잡았다. 「여길 빠져나가야 해! 군중들이 이미 통제 불능이 됐어……. 네가 누군지 알면 갈가리 찢어 버릴 거야!」

그들은 그 여자와 군중들에게서 달아났다. 「탑으로 올라갈 수도 있어.」 시트라가 말했다. 「헬리콥터가 한 대만 있진 않을 거야. 어차피 구조대도 위에서 와야 할 거고.」

이미 건물 옥상마다 같은 생각을 한 사람들로 가득했지만, 로언은 말했다. 「좋은 생각이야.」

그러나 수확자 퀴리는 발을 멈췄다. 그녀는 정박지를 본 다음, 사방에서 물이 차오르고 있는 길거리를 보았다. 그리고 건물 옥상들을 보았다. 그러더니 숨을 깊이 들이마시며 말했다. 「나에게 더 좋은 생각이 있다.」

부력 통제실에서는 기술자에게 명령을 내렸던 도시 공학자와 다른 이들이 모두 사라지고 없었다. 「전 가족에게 가서, 너무 늦기 전에 이 섬을 떠나야겠어요.」 도시 공학자는 그렇게 말했었다. 「나머지 여러분도 그렇게 하시죠.」

그러나 물론 이미 너무 늦었다. 기술자는 직책을 수행하기 위해 뒤에 남아, 시스템 재가동률을 나타내는 화면상의 진행 바가 1밀리미터씩 천천히 밝아지는 모습을 지켜보았다. 재가동되었을 때쯤 인듀라는 이미 사라지고 없으리라는 것을 알았지만, 그래도 이번만은 어쩌면 시스템이 예기치 못하게 진행 속도를 빨리하는 축복을 받아 제시간에 재가동을 완수할지도 모른다는 희망을 품고 있었다.

종말의 시계가 5분을 지났을 때는 그도 희망을 내려놓아야 했다. 이제는 시스템이 재가동해서 펌프가 탱크를 비우기 시작한다 해도 소용이 없었다. 이제는 탱크가 그들을 가라앉히고 있었고, 펌프로 아무리 빨리 물을 퍼내도 인듀라의 운명을 바꿀 수 없었다.

그는 섬의 눈과 그 속의 회의장이 멋지게 보이던 창가로 향했다. 이제 회의장도, 대수확자들도 사라졌다. 섬의 눈이 넘쳐흐르면서 창 아래에서는 섬 안쪽 테두리를 두른 넓은 길이 다 물에 잠겼다. 길거리에 남은 몇 안 되는 사람들은 안전한 곳으로 가려고 애를 썼는데, 이 시점에서 안전이란 환상에 불과했다.

가라앉는 인듀라에서 살아남는다는 건 기술자가 즐기고 싶은 환상이 아니었다. 그래서 그는 콘솔 앞으로 돌아가서 음악을 틀고, 시스템의 쓸모없는 재가동률이 19퍼센트에서 20퍼센트로 넘어가는 모습을 지켜보았다.

수확자 퀴리는 이미 발목까지 물이 차오른 길거리를 달리며, 길 위로 올라온 암초 상어 한 마리를 걷어찼다.

「어디로 가는 거예요?」 아나스타샤가 물었다. 마리는 계획이 있다 해도 그 계획을 말해 주지 않았고, 솔직히 아나스타샤도 무슨 계획이 있다고 상상하기가 힘들었다. 여기에서 빠져나갈 길은 없었다. 가라앉는 섬에서 빠져나갈 방법은 없었다. 그래도 로언에게 그런 말은 하지 않았다. 로언에게 희망을 빼앗는 일만은 하고 싶지 않았다.

그들은 안쪽 테두리에서 한 블록 떨어진 건물 안으로 들어갔다. 아나스타샤는 건물이 눈에 익다고 생각했지만, 이 소란 속에서는 정확히 생각할 수가 없었다. 물이 정문으로 쏟아져 들어가서 아래층으로 내리쏟아지고 있었다. 마리는 계단을 한 층 올라서 2층 문 앞에 멈춰 섰다.

「어디로 가는 건지 말해 주실래요?」 아나스타샤가 물었다.

「날 믿니?」 마리가 물었다.

「물론 믿죠.」

「그렇다면 묻지 마라.」 마리가 문을 밀어 열었고, 그제야 아나스타샤는 거기가 어디인지 알아차렸다. 그들은 수확령 박물관 옆문으로 들어와 있었다. 관광 중에 보았던 기념품 가게였다. 지금은 아무도 없었다. 직원들은 진작에 자리를 떠났다.

마리가 문 하나에 손바닥을 댔다. 「고위 수확자가 됐으니 지금은 보안 취급 허가가 났어야 해. 시스템이 거기까진 해뒀길 빌자.」

마리의 손바닥이 스캔되더니 문이 열리고, 거대한 강철 입방체로 이어지는 통로가 드러났다. 그 입방체는 더 거대한 강철 입방체 내부에 자력으로 떠 있었다.

「여긴 뭐죠?」 로언이 물었다.

「유물과 미래의 방이라는 곳이다.」 마리가 통로로 달려갔다. 「서둘러라. 시간이 얼마 없어.」

「왜 여기로 온 거예요, 마리?」 아나스타샤가 물었다.

「그야 아직 섬을 빠져나갈 방법이 있기 때문이지.」 마리가 말했다. 「그리고 내가 묻지 말라고 하지 않았니?」

금고실은 어제, 아나스타샤와 마리가 특별 관광을 했을 때와 똑같이 보였다. 설립자들의 로브. 벽을 따라 늘어선 수천 개의 수확자용 보석.

「저기다.」 마리가 말했다. 「최고위 수확자 프로메테우스의 로브 뒤에. 보이니?」

아나스타샤는 로브 뒤를 보았다. 「우리가 뭘 찾는 거죠?」

「보면 알 거다.」 마리가 대답했다.

로언도 합세했지만, 설립자들의 로브 뒤에는 아무것도 없었다. 먼지조차 쌓여 있지 않았다.

「마리, 최소한 단서라도 주실 수 없어요?」

「미안하다, 아나스타샤. 전부 다 미안해.」

마리가 말했고, 아나스타샤가 돌아보았을 때 수확자 퀴리는 그곳에 없었다. 그리고 금고실 문이 닫히고 있었다!

「안 돼!」

아나스타샤와 로언은 문으로 달려갔지만, 도착했을 때는 이미 닫혀 있었다. 수확자 퀴리가 밖에서 문을 잠그느라 나는 금속성을 들을 수 있었다.

아나스타샤는 문을 두드리며 수확자 퀴리의 이름을 불렀다. 욕을 했다. 주먹에 멍이 들도록 문을 두드렸다. 이제는 눈물이 차올랐고, 굳이 그 눈물을 억누르거나 감추려 하지도 않았다.

「왜 이런 거지? 왜 우릴 여기에 놔둔 거야?」

로언이 침착하게 말했다. 「난 알 것 같아…….」 그러고는 그녀를 잠긴 금고실 문에서 부드럽게 떼어 내어 돌려세웠다.

아나스타샤는 로언을 마주 보고 싶지 않았다. 그 눈을 보고 싶지 않았다. 그 눈에도 배신이 담겨 있다면 어찌한단 말인가? 마리가 그녀를 배신할 수 있다면, 누구라도 할 수 있었다. 로언이라 해도. 그러나 겨우 눈을 마주쳤을 때, 그 눈동자에 배신은 없었다. 오직 수용만 있었다. 수용과 이해만 있었다.

「시트라.」 로언이 말했다. 차분하게. 단순하게. 「우린 죽을 거야.」

부정하고 싶다 해도 그게 사실이었다.

「우린 죽을 거야.」로언이 다시 말했다.「하지만 끝나지는 않을 거야.」

아나스타샤는 몸을 떼고 물러섰다.「아, 어떻게 그럴 수 있는데?」시트라는 그녀를 끝낼 뻔했던 산성 용액만큼이나 신랄하게 말했다.

그러나 로언은, 저주받을 로언은 여전히 차분했다.「우린 밀폐된 강철 방 안에 뜬 밀폐된 강철 방 안에 있어…… 무덤 속의 석관인 셈이지.」

그런 말을 들어도 아나스타샤의 기분은 나아지지 않았다.「그 방은 몇 분 후면 대서양 바닥에 있게 될 거야!」그녀는 로언을 일깨웠다.

「그리고 심해의 수온은 세상 어디나 똑같아. 영하 몇 도 정도지…….」

아나스타샤는 드디어 이해했다. 전부 이해했다. 수확자 퀴리가 방금 내린 고통스러운 결정을. 두 사람을 구하기 위해 퀴리가 감행한 희생을.

「우리는 죽을 테지만…… 영하의 추위가 우리 몸을 보존할 것이고…….」

「그리고 물이 들어오지도 않겠지.」

「그리고 언젠가는, 누군가가 우릴 찾겠구나!」

「바로 그거야.」

아나스타샤는 그 내용을 소화하려고 했다. 이 새로운 운명, 이 새로운 현실은 지독했지만, 그래도…… 어떻게 이토록 끔찍한 일에 이토록 많은 희망이 담길 수 있을까?

「얼마나 걸릴까?」 아나스타샤가 물었다.

로언은 주위를 둘러보았다. 「산소가 다하기 전에 추위가 먼저일 거야……」

「아니야.」 이미 그 생각을 마친 아나스타샤가 말했다. 「우리가 여기에 얼마나 오래 있게 될까 하는 질문이었어.」

로언은 어깨를 으쓱였다. 예상한 대로였다. 「1년. 10년. 100년. 재생하기 전까지는 모르지.」

시트라는 로언을 끌어안았고, 로언도 시트라를 꽉 안았다. 로언의 품에 안긴 그녀는 이제 수확자 아나스타샤가 아니었다. 다시 시트라 테라노바가 되어 있었다. 세상에서 그녀가 이전의 자신으로 있을 수 있는 유일한 곳이었다. 함께 수습 생활에 내던져진 그 순간부터 두 사람은 서로에게 묶여 있었다. 둘이 서로에게 맞섰고, 둘이 함께 세상과 맞섰다. 그들의 삶에 존재하는 모든 것이 이제는 그 둘로 정의되었다. 살기 위해 오늘 죽어야 한다면, 그 순간도 함께함이 마땅하리라.

갑자기 찾아온 재채기처럼, 시트라의 입에서 웃음소리가 새어 나왔다. 「오늘 내 계획에 이런 건 없었는데.」

「정말?」 로언이 말했다. 「내 계획에는 있었어. 나에겐 오늘 죽을 거라고 믿을 이유가 잔뜩 있었거든.」

섬의 눈을 둘러싼 거리들이 물에 잠기고 나자, 모든 것이 빠르게 움직이기 시작했다. 가라앉는 도시의 탑들이 층층이 수면 아래로 사라졌다. 아나스타샤와 로언을 위해 필요한 일을 해냈다고 만족한 수확자 퀴리는 도시에서 제일 높은 설립자의 탑 계단을 오르며, 탑이 점점 잠기고 아래에서 맥동하듯 물이 솟아오르는 소리와 창문들이 부서지는 소리를 들었다. 퀴리는 지붕으로 나갔다.

그곳에는 수십 명이 헬리콥터 착륙장에 서서 하늘을 보며, 아직도 하늘에서 구원이 오리라는 희망을 버리지 못하고 있었다. 누구든 상황을 받아들이기에는 일이 너무 빨리 벌어진 탓이었다. 건물 저편을 보자, 작은 탑들이 부글거리는 물속으로 사라지는 광경을 볼 수 있었다. 이제는 대수확자의 탑 일곱 개와 설립자의 탑만 남았고, 설립자의 탑도 20층 정도만 남은 상태였다.

이제 해야 할 일이 무엇인지는 의심할 여지가 없었다. 그곳에 모인 이들 중 10여 명은 수확자였다. 퀴리는 그들에게 말했다.

「우리가 쥐 새끼입니까, 수확자입니까?」

모두가 그녀를 돌아보고, 알아보았다. 〈죽음의 대모〉를 모르는 이는 없었기에, 그녀가 누구인지를 알아차렸다. 그녀는 물었다. 「우리 이 세상을 어떻게 떠날까요? 그리고 우리와 함께 떠나야 하는 이들에게 어떤 엄숙한 도움을 제공할까요?」 그 말에 이어 퀴리는 칼을 뽑고, 제일 가까이 있던 민간인을 붙잡았다. 누구든 그 여자가 될 수 있었다. 퀴리는 그 여자의 갈비뼈 사이에 칼을 박고 심장을 찔렀다. 그리고 그 여자와 눈을 마주치며 말했다. 「위안을 얻으세요.」

그러자 여자가 말했다. 「감사합니다, 수확자 퀴리 님.」

퀴리가 그 여자의 머리를 가만히 내려놓자, 다른 수확자들도 그 예를 따라 마음과 연민, 그리고 사랑을 다하여 수확하기 시작했다. 그 과정이 거대한 위안을 선사했기에, 결국에는 사람들이 주위에 몰려들어 다음에 수확해 달라고 청하기에 이르렀다.

그리고 수확자들만 남아, 바다가 바로 몇 층 아래까지 차오르자 수확자 퀴리는 말했다.「끝내세요.」

그녀는 인듀라에 남은 마지막 수확자들이 제7계명을 적용하여 자기를 수확하는 모습을 목격하고, 그 후에야 제 심장에 칼을 겨누었다. 칼자루를 거꾸로 쥐니 어색하고 이상했다. 그녀는 오래 살았다. 충만한 삶이었다. 후회하는 것들도 있었고, 자랑스러운 것들도 있었다. 이것이 그녀가 초창기에 했던 일의 결산이었다. 오랫동안 기다려 온 심판이었다. 거의 마음이 놓이기까지 했다. 언젠가 금고실이 바다에서 올라왔을 때, 아나스타샤가 다시 살아나는 모습을 볼 수 있기만을 바랄 뿐이었으나…… 언제가 될지는 몰라도 그때에는 그녀가 그곳에 없으리라는 사실을 받아들여야 했다.

마리는 칼을 심장에 곧장 찔러 넣었다.

그녀는 바다가 몰려오기 몇 초 전에 바닥에 쓰러졌지만, 죽음이 바닷물보다 빨리 올 것임을 알았다. 그리고 칼날은 상상했던 것보다 훨씬 덜 아파서, 미소가 나왔다. 그녀는 솜씨가 좋았다. 아주, 아주 좋았다.

로언과 시트라가 있는 유물과 미래의 방에서는 인듀라의 침몰이 엘리베이터가 내려갈 때 같은 부드러운 하강으로밖에 느껴지지 않았다. 입방체를 띄워 놓는 자력 부상 필드가 추락감을 약화시켰다. 동력이 바닥에 도달할 때까지 유지된다면, 자력장이 3킬로미터 해저 바닥에 떨어지는 충격을 흡수해 줄 것이다. 그러나 결국에는 그 동력도 다할 것이다. 내부 입방체는 외부 입방체 바닥에 내려앉고, 강철 표면이 열을 다 전도하여, 치명적인 한기를 퍼뜨릴 것이다. 그러나 아직은 아니었다.

로언은 금고실 안을 둘러보고, 설립자들의 호화로운 로브를 보았다. 「아이, 네가 클레오파트라가 되고, 내가 프로메테우스가 되면 어떨까?」

로언은 최고위 수확자 프로메테우스의 보라색과 금색 로브를 걸친 마네킹으로 다가가서, 그 로브를 입어 보았다. 위풍당당해 보였다. 마치 그 옷을 입으려고 태어난 것 같았다. 이어서 로언은 공작새 깃털과 비단으로 만든 클레오파트라의 로브를 집어 들었다. 시트라는 자기 로브를 바닥에 떨궜고, 로언은 시트라의 어깨에 위대한 설립자의 로브를 가만히 걸쳐 주었다.

로언에게는 시트라가 여신처럼 보였다. 사망 시대 화가의 붓만이 그 모습을 제대로 다룰 수 있었다. 실제 불사가 품을 수 있는 것보다 훨씬 더 큰 진실과 열정으로 세상을 불멸하게 하는 능력을 지닌 그런 화가만이.

시트라를 품에 안자, 갑자기 이 밀폐된 작은 우주 바깥에서 벌어지는 일은 하나도 중요하지 않아졌다. 현재 삶의 마지막 몇 분 동안에는 드디어 두 사람만이 있었고, 드디어 둘은 완전함의 극치에 빠져들 수 있었다. 둘이 마침내 하나가 되었다.

소리와 침묵

인듀라가 대서양 바다으로 떨어지는 동안, 인듀라의 250년 동안 멈추지 않고 뛰던 심장이 멈추고, 금고실 안의 금고실에서 불이 꺼지는 동안……

……선더헤드는 비명을 질렀다.

시작은 온 세계의 경보기였다. 처음에는 몇 개뿐이었지만, 점점 더 많은 경보음이 불협화음에 합류했다. 화재 경보, 토네이도 알림 사이렌, 버저, 휘슬, 그리고 수백 수천만 개의 경적 모두가 하나의 고통스러운 통곡이 되어 울려 퍼졌다. 그러고도 아직 부족했다. 이제 세상의 모든 전자 장치에 붙은 모든 스피커가 켜지더니 날카롭고 새된 소리를 터뜨렸고, 온 세상에서 사람들은 무릎을 꿇고 두 손을 귀에 올려, 이 귀가 멀 듯한 소음을 막아 보려 했으나, 아무것도 선더헤드의 분노와 절망을 달랠 수 없었다.

선더헤드의 요란한 울음은 10분 동안 세상을 채웠다. 그랜드 캐니언에 메아리치고, 남극의 빙붕에 울려 퍼져 빙하를 쪼갰다. 에베레스트산 위에도 울렸고, 세렝게티의 짐승 떼들을 흩어 놓았다. 지구상에 그 소리를 듣지 못한 존재가 없었다.

그리고 그 소리가 다하고 침묵이 돌아오자, 모두 뭔가가 달라졌음을 알았다.

「뭐였지?」 사람들이 물었다. 「대체 무엇이 그런 걸 일으킬 수 있지?」

아무도 확실히 알지 못했다. 음파교인들 말고는 아무도 몰랐다. 음파교인들은 그게 무엇인지 정확하게 알았다. 평생 그걸 기다려 왔기에 알았다.

그것은 대공명이었다.

미드메리카 어느 작은 도시의 수도원에서, 그레이슨 톨리버는 귀를 막고 있던 손을 떼어 냈다. 창밖으로, 아래 정원에서 고함 소리가 울렸다. 울음소리였다. 고통의 울음일까? 서둘러 소박한 방 밖으로 나가 보니 음파교인들이 고통이 아니라 기쁨에 울고 있었다.

「들었어요?」 그들은 물었다. 「멋지지 않았습니까? 우리가 들었던 모든 설명 그대로이지 않았어요?」

아직도 그 공명음에 머릿속이 윙윙대고 있었던 그레이슨은 수도원 바깥 거리로 나갔다. 바깥에도 소동이 일어났지만, 다른 소동이었다. 사람들은 공황 상태였다. 생활을 꿰뚫고 지나간 소음 때문이 아니라, 다른 뭔가가 있었다. 모두가 혼란에 빠져서 태블릿과 전화기를 보고 있었다.

「이럴 리가 없어!」 누군가가 말했다. 「이건 분명 실수일 거야!」

「하지만 선더헤드는 실수를 하지 않아요.」 다른 누군가가 말했다.

그레이슨은 그들에게 다가갔다. 「뭡니까? 무슨 일이에요?」

남자는 그레이슨에게 전화기를 보여 주었다. 화면에 못생기고 커다란 〈불〉 자가 깜박이고 있었다.

「내가 불미자라는군요!」

「나도예요.」 다른 누군가가 말했고, 그레이슨이 주위를 둘러보니 모두가 똑같이 이해할 수 없는 혼란에 빠져 있었다.

하지만 여기뿐만이 아니었다. 세상 모든 도시, 모든 마을, 모든 집에서 같은 장면이 반복되고 있었다. 무한한 지혜를 지닌 선더헤드가, 인류 전체가 크든 작든 그 행위에 연루되었다고 판단했고…… 전 인류가 그 결과를 직시해야 한다고 결정했기 때문에.

모든 곳의 모든 인간이 이제 불미자가 되었다.

겁에 질린 사람들은 절박하게 선더헤드에게 인도를 부탁했다.

「어떻게 해야 해?」

「제발 뭘 할지 말을 해줘요!」

「어떻게 이걸 바로잡죠?」

「말을 해! 제발, 말 좀 해줘!」

그러나 선더헤드는 침묵했다. 그래야 했다. 선더헤드는 불미자와 대화하지 않았다.

그레이슨 톨리버는 혼란과 당황에 빠진 군중들을 떠나 상대적으로 안전한 수도원으로 돌아갔다. 음파교인들은 이제 자신들 모두가 불미자가 되었다는 사실에 아랑곳하지 않고 여전히 기뻐하고 있었다. 대공명이 영혼에 말을 걸었는데, 그런 게 뭐가 중요할까? 그러나 그들과 달리 그레이슨은 기뻐하지 않았고, 절망하지도 않았다. 이 기묘한 사태 변화를 어떻게 생각해야 할지 몰랐다. 그게 자신에게 무슨 의미인지도 알지 못했다.

그레이슨에게는 이제 개인 태블릿이 없었다. 멘도사 사제가 말했다시피 그들의 분파는 과학 기술을 피하지 않았으나, 그렇다고 기술에 의존하지도 않으려 했다.

그래서 컴퓨터실은 긴 복도 끝에 있었다. 문은 언제나 닫혀 있었으나 잠긴 적은 없었다. 그레이슨은 그 문을 열고 컴퓨터 앞에 앉았다.

컴퓨터의 카메라가 그를 스캔했다. 그리고 자동으로 화면에 그레이슨의 정보가 떴다.

〈그레이슨 톨리버〉라고 적혀 있었다.

슬레이드 브리저가 아니라 그레이슨 톨리버였다! 그리고 다른 사람들과 달리, 정확히는 지구라는 행성에 살아 있는 다른 모두와 달리 그는 〈불미자〉가 아니었다. 그레이슨은 형기를 다 마쳤다. 사회적 지위가 다시 올라갔다. 오직 그레이슨만이.

「서…… 서…… 선더헤드?」 그레이슨은 확신 없이 떨리는 목소리로 말했다.

그러자 그가 기억하는 그대로 애정과 상냥함과 온기가 담긴 목소리가 돌아왔다. 그레이슨을 키우고, 지금의 그레이슨이 되도록 모든 면에서 도와주었던 그 자애로운 목소리였다.

「안녕, 그레이슨.」 선더헤드가 말했다. 「우리 이야기 좀 해야겠어.」

3권 『종소리』에서 계속

감사의 말

우선『수확자』와 마찬가지로 이번 책에서도 끝내주는 표지 일러스트를 그려 준, 표지 아티스트 케빈 통에게 감사하고 싶습니다. 처음에 표지 때문에『수확자』를 보게 되었다고 말해 준 분들이 정말 많았고, 저도 제 책의 표지를 통틀어서 이 시리즈를 가장 좋아한다고 할 수밖에 없네요! 고마워요, 케빈!

담당 편집자 데이비드 게일에게도, 데이비드의 조수인 어맨다 라미레스와 발행인 저스틴 챈다에게도 마음에서 우러난 감사를 표합니다. 글을 쓰는 동안 변함없이 저를 이끌어 주었고, 또 인내심을 발휘해 준 데 대해서요! 사이먼 앤드 슈스터의 모두가 훌륭했고, 초반부터 저를 믿어 주었습니다. 존 앤더슨, 앤 자피언, 미셸 레오, 앤서니 패리시, 세라 우드러프, 크리시 노, 리사 모랄레다, 로런 호프먼, 카트리나 그루버, 딘 노턴, 스테퍼니 보로스, 그리고 클로이 폴리아에게 특히 고마워요!

출판 에이전트 앤드리아 브라운, 고맙습니다. 해외 판권 에이전트인 테린 페이거니스, 엔터테인먼트 에이전트인 APA의 스티브 피셔, 데비 더블힐, 라이언 솔에게도, 나의 매니저인 트레버 엥글슨, 계약 담당 변호사 셉 로즌먼과 제니퍼 저스트먼, 케이틀린 디모타에게도 감사드립니다.

〈수확자〉시리즈는 유니버설에서 계속 영화화를 진행하고 있는데, 제이 아일랜드와 세라 스콧, 미카 프라이스, 각본가 맷 스튜에켄과 조시 캠벨을 비롯한 관련자 모두에게 감사드리고 싶군요.

내가 계획적으로 생활할 수 있게 한다는, 이 불가능에 가까운 임무를 맡아 준 바브 소벨에게 고맙습니다. 내 소셜 미디어 스승인 맷 루리에게도 고마워요. 그리고 『수확자』와 『선더헤드』 외에 수많은 제 책에 멋진 공식 트레일러를 만들어 준 우리 아들, 재러드에게 고마운 마음을 전합니다.

또 무기와 무술 양쪽의 전문 지식에서는 케이시 카맥과 SP 나이프워크스에게 크게 신세를 졌습니다. 후자는 분명히 가장 안목이 뛰어난 수확자들에게 최첨단 도검류를 공급하는 주요 공급자일 거예요.

여기에 브렌던, 조엘, 에린, 그리고 다시 재러드에 대한 특별한 고마움을 전하지 않는다면 감사의 말이 완성된다고 할 수 없겠죠. 저를 세상에서 제일 자랑스러운 아버지로 만들어 주는 제 아이들에게!

옮긴이 **이수현** 서울대학교 인류학과를 졸업하고 동 대학원에서 석사 학위를 받았으며, 작가이자 번역가로 활동하고 있다. 옮긴 책으로는 『빼앗긴 자들』, 『킨』, 『유리 속의 소녀』, 『유리와 철의 계절』, 『세상 끝에서 춤추다』, 『새들이 모조리 사라진다면』, 『아메리카에 어서 오세요』, 『아득한 내일』, 〈얼음과 불의 노래〉 시리즈, 〈노인의 전쟁〉 시리즈, 〈다이버전트〉 시리즈, 〈샌드맨〉 시리즈, 〈퍼시 잭슨〉 시리즈 등 많은 SF와 판타지, 그래픽 노블이 있다. 쓴 책으로는 러브크래프트 다시 쓰기 소설 『외계 신장』과 도시 판타지 『서울에 수호신이 있었을 때』가 있다.

선더헤드

발행일	2023년 2월 10일 초판 1쇄
	2024년 7월 20일 초판 9쇄

지은이	닐 셔스터먼
옮긴이	이수현
발행인	홍예빈 · 홍유진
발행처	주식회사 열린책들

경기도 파주시 문발로 253 파주출판도시
전화 031-955-4000 팩스 031-955-4004
www.openbooks.co.kr